花窗

洪振秋 著

上海文艺出版社
Shanghai Literature & Art Publishing House

图书在版编目（CIP）数据

花窗 / 洪振秋著.--上海：上海文艺出版社，2023
ISBN 978-7-5321-8901-4

Ⅰ. ①花… Ⅱ. ①洪… Ⅲ. ①长篇小说—中国—当代
Ⅳ. ①I247.5

中国国家版本馆 CIP 数据核字（2023）第 213274 号

责任编辑　徐如麒　毛静彦
特约编审　姚海洪　唐根华
封面设计　尚书坊

书　　名　花窗
作　　者　洪振秋
出　　版　上海世纪出版集团　上海文艺出版社
地　　址　上海市闵行区号景路 159 弄 A 座 2 楼　201101
发　　行　上海文艺出版社发行中心发行
　　　　　上海市闵行区号景路 159 弄 A 座 2 楼　201101
　　　　　www.ewen.co
印　　刷　廊坊市新景彩印制版有限公司
开　　本　880mm×1230mm　1/32
印　　张　19.5
字　　数　435 千字
印　　次　2023 年 12 月第 1 版　2023 年 12 月第 1 次印刷
ＩＳＢＮ　978-7-5321-8901-4 / Ⅰ · 7012
定　　价　96.00 元

（敬启读者，如发现本书有印装质量问题，请与印刷厂联系 0316-2555257）

内容提要

推开花窗看世界，打开花窗见徽州。

《花窗》以清代和民国时期的徽州为背景，述说了洪、程、孙三大徽商家族祖孙三代的兴与衰，生动展现了博大精深的徽文化，深刻诠释了矢志进取的"徽骆驼"精神。是一部展示徽州近二百年变迁的史诗，一轴皖南乡村五彩斑斓、蔚为大观的长篇画卷，是中国文坛第一部反映徽州兴与衰的风情录。书中三大家族，三代子孙，在烟雨江南中，上演了一幕幕惊心动魄、耐人寻味的话剧：接灵牌、建会馆、设书院、拜朱子、重科举、奔商海、竖牌坊、做女祠、创百窗楼……

《花窗》以娴熟的艺术手法，塑造了众多富有典型意义的文学形象。其中既有商界骄子洪文翰、洪朝奉、程熹礼、孙吟可，又有理学的捍卫者方阶云、探花郎孙孔嘉；既有封建礼教的受害者三寸金莲方春梅，芝兰楼的程家寡妇、花嫂，玉女茶守卫人朱茗珍，敢做敢为的冯小丰，幽默风趣的地师春嬉公，又有受新思潮影响，向往自由平等、大胆争取个性解放的洪砚耕、海棠、樱桃、程兰花；既有专横腐朽的封建官僚查正庸、荒淫残暴的程麻仁、狡猾贪婪的烂肚宝，又有封建道德的维护者吴德懿等。通过这些人物的矛盾纠葛、故事演绎，展示了时代的风云变迁以及在此背景下的人物性格和不同命运。上至儒商显贵，下至草民百姓，尽在花窗内外演绎着各自的悲欢离合。

《花窗》展示了虚无主义和现实主义的矛盾、封建主义与科学民主思想的冲突、乡土观念和战争毁灭的对抗等。历经乾隆盛世、戊戌变法、辛亥革命、抗日战争的洗礼，古老的土地在新生的阵痛中颤栗。厚重深邃的思想内容，复杂多变的人物性格，跌宕起伏的故事情节，丰富多彩的风土人情，形成了《花窗》鲜明的艺术特色和触及心灵的真实感。

楔　子

　　江南徽州驼峰下，梅溪河岸上，那块巨大的梅石也不知道停放了多少年。

　　此石高二丈多，形似一株游龙状的老梅桩，因而得名梅石。根部石脉暗褐渐红，其上半部却是青绿，颇具唐人大小李将军青绿山水之韵味，绿茵茵的苔衣，周身披挂。梅石通体有许多大小不一玲珑剔透的孔穴，每逢天欲雨，便孔穴生烟，清香弥漫。

　　那年，正逢京都宋徽宗筑造万岁山，举国搜罗怪石，灵璧、太湖、慈溪、武康诸地花石纲盛行。徽宗以为怪石应有蟠龙神力，可助己得道升天。近臣便提及了江南梅溪河上那块游龙状的梅石，朝廷于是命地方官府速运入京。

　　歙州方腊之乱的消息传至汴京，徽宗大惊，乃派童贯赴江南，下诏罢苏杭应奉局和花石纲。梅石刚刚搬运到水口码头就摆放在那里了，再也没有移动过一丝一毫。同年闰五月，方腊之乱平定，从此，梅溪河畔的村子也口口相传成了梅溪村，梅溪所属的歙州改名为徽州。

　　梅溪人为了保护好这块鬼斧神工的梅石，特意在其旁砌了一道长长的白色照壁，朝暮之间，照壁就有了花影、树影、云影荡漾着，风声、水声、鸟语回响着。近看梅石，那一个个孔穴酷似梅溪人家墙上的一扇扇小花窗，别有洞天，恍然隔世。

不远处，渐渐出现了祠堂、牌坊、学堂及会馆，粉墙黛瓦，重重叠叠。望族世家深宅大院，雕栏玉砌，朱门绣户，富丽而堂皇。街巷上的人群熙熙攘攘，川流不息，或坐轿，或骑马，或步行。他们或是商人，或是官人，也有穷困潦倒的秀才，当然也少不了耕田种地的农夫。他们或趾高气扬，或颠沛流离。不知谁家临街的花窗半掩着，窗内的女人望着窗外无意中嫣然一笑，竟成惊艳。

千百年来，梅石依然在，梅溪河日夜流淌着，梅溪人的故事也在不停地演绎着。

第 一 章

梅溪河又起风了，梅溪镇凉风骤雨，粉墙黛瓦之间的花窗皆洞开着。

梅溪的水口码头上聚集着乌拉拉的人群，等待各地灵牌回梅溪，梅溪镇的老少男人们一早就忙碌开了。十岁、二十岁、三十岁的男丁，都捧着供品托盘，早早地站在水口码头等候。十岁男丁托盘里全是米馃供品，二十岁的男丁托盘里还加了一些鸡、鱼、肉，三十岁的男丁托盘里除了鸡、鱼、肉以外，还加了一个熟猪头作供。还有几个男丁都捧着十斤重的大烛，站在人群的前方。人群中还有不少被称为扬州客苏州客杭州客广东客京都客的外地商人，梅溪人称外地商人为客。他们都是许多灵牌者生前的好友。这天他们从各地赶来梅溪，一起帮忙接灵牌。

噼劈噼劈！叮当叮当！铜钱大的雨点饶有节奏地落在重重叠叠的粉墙黛瓦上，敲打着千姿百态的花窗。"轰隆"一个炸雷，好像炸裂了驼峰上的天池，随着远处天空一道道闪电，犹如银河从天而降，瓢泼大雨从天空倾泻下来，水口上的古樟树在风雨中发狂地摇摆。梅溪河畔上一幢幢瓦房顶腾起一团团白雾，房檐的水流像驼峰瀑布般泄下来。岸边的人群成了一具具巍然挺立的兵马俑，任风雨恣肆，又一道闪电像一条矫健的金龙，把人群头顶的乌云撕得四分五裂，兵马俑的身上披着金黄的光彩，脸上也染着黄金般的光芒。

一艘艘船缓缓驶进梅溪水口码头，有人站在船头，透过雨帘，向岸上人群大声喊道：

杭州会馆的灵牌到了

苏州会馆的灵牌到了

广州会馆的灵牌到了

扬州会馆的灵牌到了

京都会馆的灵牌到了

……

水口码头传来"轰、轰、轰"三声炮响，梅溪人都知道这是客死他乡那些人的灵牌已到，家家户户开始焚香烧纸。雨滴在屋顶上溅起一朵朵碗豆花，雨滴斜敲着花窗发出叭哒叭哒的声音。兵马俑瞬间骚动起来，男女老少手执"箍香"，不停地跪拜着。男丁们在各祠堂族长的指引下，扛旗撑幡，敲锣打鼓，列队在水口迎接各姓氏的灵牌。

说来也怪，一艘艘船刚刚在水口码头停下，一道闪电腾空而起，直冲云霄，雨突然停下来了，太阳又露出了灿烂的笑脸，看着河上的船在轻轻摇摆着，岸畔的樟树刚刚洗过的绿叶晶莹油亮，岸上船上的人喝足了雨水，也变得滋润、舒畅。他们抬望眼，远处云气蒸腾，群山浮空，尽是宋人丘壑笔墨，好一幅青山不墨千秋画。山间流瀑奔腾，一派泉响鹤鸣，似一部又一部竖立着的巨大古琴在天地之间杂弹着。

每一只船靠岸了，几个壮汉下船，每人都背着一大捆扎得整整齐齐的灵牌，虽然每一个灵牌都有一个名字，江雾弥漫着，谁也看不清上面写的是谁的名字。每一个壮汉一登岸，便有一个姓氏的人群向前簇拥着，浩浩荡荡地向自家祠堂走去。那些捧着供品的男丁、执烛的男丁紧跟在背灵牌的壮汉身后。人群进了各家祠堂，众人立即摆放好供品，点燃起一支支大蜡烛。

洪朝奉陪着洪氏族长洪正堂一直站在南街不远处的洪氏宗祠门口等候着，洪家祠堂大厅里的供品桌早已摆满荤素三十六碗，它们是鲍鱼、银鱼、野鸭、黄雀、鳊鱼、烧鳗、鱼翅、猪蹄、鸽子、鲈鱼、鸭、鹅、鹿筋、米花、春饼、蛋卷、鲜鸡、脚鱼、冬笋、鸭舌、米肚、糟蟹、果子狸、马蹄鳖等等，随灵牌一起进门的供品，也依次排放在另一张供桌上。

灵牌进祠堂依次在祖宗龛里排放好，洪正堂引着洪姓孝子孝孙，鞠躬、敬酒、焚香。接着，便开始读哀章，哀章无非是魂归故里、保佑子孙之类的话语，气氛十分肃穆。

程家祠堂离洪家祠堂有一段路，从南街向东走，再向左拐，朝着斗山方向，爬上高高的百步石阶梯，便到了一个空旷平坦，平坦靠斗山处有一幢飞檐走壁的大楼，便是程家祠堂，大楼前有一对抱鼓石，又黑又圆地立在石板地面上，暴风骤雨刚刚停止，抱鼓石被清洗得乌亮乌亮的，在阳光的照耀下，又像两个硕大的正在燃烧的黑煤块，欲往梅溪河滚去。程熹礼一直站在族长程麻仁身边，他们望着那条逶迤的青石板阶梯，指指点点，正等待着接灵牌的人群到来。祠堂旁有一道瀑布飞流而下，落在弯道的青石板上，溅起白浪滔滔，轰隆隆的瀑布声，像是无数孤魂野鬼在怒吼。

孙家祠堂离洪家祠堂很近，建在一个山梁上，风水师说过，这两家祠堂的位置都处于一个龙脉上，而且都耸立于龙的背脊处，龙一动，两家祠堂都会抖动，极易发生纠纷。族长孙道德站在祠堂大门那块宽大的匾额下，望着那渐行渐近的接灵队伍，大声地宣读着祭文：

夏朝的桀，商朝的纣，秦时的嬴政，隋朝的炀帝……视百姓如草芥，任意践踏，唯我独尊，穷兵黩武，民不聊生。

秦朝的赵高，唐朝安禄山，北宋高俅，南宋贾似道……唯恐天下不乱，贪赃枉法，颠倒是非。

南宋祝半州，元代的江嘉，明代的王直，清代江鹤亭……以众帮众之和协，同舟共济，名闻天下。

……

孙吟可站在祠堂的侧面墙下，望着那幅已经模糊不清的壁画，似听非听，他也一直在等待着接灵的队伍。那壁画，据说是那次叛军攻进梅溪时留下的宣传画，画面战旗挥舞，尘土飞扬，清朝官兵有的被砍掉了头，有的正在长跪乞降，梅溪的百姓从南街涌出到水口码头迎接叛军。战争结束后，孙道德立即叫人刮掉墙壁上的画面，祠堂是神圣的地方，工匠们轻重不得，也只有敷衍了事，便留下这斑驳陆离的花墙。

接灵队伍随孙道德涌进祠堂后，孙吟可那张马脸似乎拉得更长，很孤独地走进了祠堂。

梅溪的五月天，正是江南的梅雨季节，天空瞬间万变，雨了又晴，晴了又雨。突然，花窗外，猛地电光一闪，照得各家祠堂里里外外一片雪亮。那闪电像长了眼睛似的，一股劲在梅溪的天空中闪着，祠堂内的人一个个目瞪口呆着，胆小的人赶紧躲在祖宗像的幔幕之后，闪光追着他，从窗户钻到幔幕闪着。洪家祠堂里的洪朝奉似乎司空见惯，他推开祠堂门，站在门前，见一道道闪电照得梅溪夜空亮如白昼，高高低低的楼房猛然地显现出来，一下子又隐没于黑暗中，一阵阵惊雷在天空中翻滚，"轰隆……轰隆"之声不绝于耳。

第 二 章

　　灵牌接回的那天傍晚，程熹礼带着本族人在梅溪河的沙滩上放天灯招魂。程熹礼走到沙滩，远远望去，一个用竹篾编就的硕大的灯架圆滚滚的，躺在地上，众人不停地在骨架上糊绵纸。一个天灯要糊上厚厚的绵纸才算牢固，升空时才不会膨胀破裂。

　　"不好，我带来糊天灯的绵纸快用完了，赶紧去找一些来。"糊天灯的老师傅急促地提醒着四周围观的人群。

　　"不急，绵纸用完了也不怕，我们梅溪绵纸书多，它们都是用绵纸印刷或者抄写的，我去捧一捆来。"程家仆人螺蛳大声地答道。

　　"那就快去呀。"程熹礼大声地催道。

　　放天灯也要看老天爷的心情，暴风雨过后是最佳时刻，即使天灯落在驼峰，也不会起火烧山，所以，糊天灯的师傅总是急急忙忙的样子。

　　"绵纸来了。"螺蛳捧着一大捆书纸夹杂的东西。程熹礼走向前去，顺手抓起一叠书，边看边大声喊道："《礼记》《论语》《道德经》《孟子》《庄子》……你这个猪头瘟，这些全是克己复礼的典籍，怎么可以撕下来糊天灯？宁可不放天灯，也不能毁了这些书。"

"这些旧纸总可以吧。"螺蛳赶紧拿起一大叠散乱的绵纸文书，胆怯地递给程熹礼。

"我来看看。"程熹礼冬瓜脸上的眼光没有刚才那么冷峻了，顺手接过那叠文书。

"这些可以，都是梅溪那些老秀才写的无病呻吟的流水帐日记，还有一些也不知道是哪家祖宗留下来的早已作废的任命书，候补道、员外郎、太傅、太保，听起来吓死人，其实都是虚设的官，糊天灯好，可以吓唬一下那些孤魂野鬼。"程熹礼翻着看着，脸色也渐渐晴朗起来。

"程老爷，天灯糊好了，你吩咐要题写一个字，现在可以写了。"老师傅终于轻了一口气，天灯糊好了。

螺蛳捧着早已磨好的墨汁盆和用温水浸泡过的大毛笔在程老爷身边伺候着。

"我今天只写一个归字，归字有甲骨文、繁体字、异体字等多种写法，我就写甲骨文，虽然我不是书法家，但特意把这个字练了很多遍，应该游刃有余。"程熹礼喜笑颜开，两只眼睛好像是冬瓜上突然出现了两个小洞，洞光如矩。

"老爷，你为什么不写简体字呢，甲骨文的字是很难写的，把握不好就会成了'四不像'一样的怪字。"螺蛳在身边悄悄地提醒着。

"甲骨文是最早的文字，每一个字都意趣无穷，孔圣人写文章都是用这样的字写成的，这才是真正克己复礼呀。"

天灯里的油炉被装满了花生油，老师傅从衣袋里摸出月牙形的火镰，在火石上使劲一划，点燃了它，众人纷纷退避，他撒开手，天灯带起下面那一连串的小灯升空而去。那个归字也在天空中不停地摇晃着，飘飘然远离了地面，渐渐成了若隐若现的亮光。

这一天，孙家也没有闲着。孙吟可扛着夜荧火把，带领本族人在梅溪大街小巷行走，其他人都扛着一把大刀灯。这些大刀灯里面是用竹篾扎成，外面糊着金铂纸，里面的蜡烛点燃了，在黑暗夜晚中便成了刀光闪闪的大刀，大刀震慑着那些游荡于旷野陋巷的邪神邈遢相。这邈遢相是要抓生魂的鬼，孙吟可他们担心这些招回的灵魂，刚刚到了梅溪，就被邈遢相抓走。

洪朝奉牵头这件接灵牌的事，其实已经谋划了很长时间了。

梅溪客死他乡的人确实有许多，他们不仅仅是五花八门的生意人手艺人，甚至还有不少赶考不中的穷书生，无脸回乡，流落街头，最后也会病死饿死冻死，承蒙各会馆替他们收留埋葬尸骨，还立了灵牌供奉在会馆的祭祀堂里。梅溪经历了战争，祠堂也被叛军破坏得很惨，那时候大家根本顾不到这些事情。如今，战争早已结束，许多姓氏的祠堂都重新修复好，该考虑那些客死在外的人，让他们的灵魂回归故里。洪朝奉进了浮生园，刚踏上德邻堂的台阶，就把这想法告诉管家林琴坤他们。

"把这么多死人的灵牌都请回梅溪各家祠堂？"林琴坤轻轻地问道，他觉得这是一件很难的事情。

"金山银山不如送百姓一个米缸，乡谊重如驼峰，该为乡人做些有益的事。"洪朝奉接过家人递过来的茶碗，喝了一大口茶，便大声地说道。

"我们不仅要把他们的灵牌顺顺当当地请回来，而且接送仪式还要隆重。"洪朝奉严肃地说着。接着，他又说道："先从水路方便的地方开始，扬州、苏州、杭州、广州来回都很便利，过了大运河，渡过新安江，都可以到达梅溪。我们就从这些地方开始，然后一个个地方来，把这些灵牌全部请回家。至于费用，我洪家拿大头，其他姓氏乐意捐赠的，我们也来者不拒。"

"朝奉，还有一个问题？"林琴坤悄悄地提醒道，他总是小心翼翼地给老爷拾遗补缺着。

"还有什么疑难？"洪朝奉急切地问道，浓眉紧锁，那张宽大的国字脸似紧缩起来。

"我们梅溪大多数姓氏都有祠堂，但也有一些姓氏，人数少，又贫穷，也建不成祠堂，他们的灵牌怎么办？"林琴坤忧心忡忡地说着。

"那就先把它们暂时摆放在城隍庙、华佗庙里，以后我们再筹集银两替这些人家建一个公祭的祠堂，再来重新安放这些灵牌。只要是梅溪人，我们绝不能让他们的灵魂无处可归。"洪朝奉胸有成竹地说着，他总是那么豁达乐观。

这些小户人家当然显得寒碜了许多，他们在梅溪没有自己的祠堂，他们家的灵牌只能暂放在庙堂后进一个小厅里，供桌上的供品皆为素品，只有面粉制品和糯米制品两大类，面粉制品置于托盘，糯米制品则置于果盒。还有黑白芝麻、瓜籽、葵花籽、赤豆、绿豆、花生及一些水果蔬菜也搭配于其中。

这些人家基本上是从外地流浪来梅溪的破落户，还有许多世仆、佃户等，最强的人家，也只是在南街上租了一小店，刚刚开业，还没有成为富户。大都数人家或在商家当伙计，或租地种粮为生，但在祖宗贡品制作上，也一点不含糊。他们制作的吉祥盘，如"喜鹊登梅""三羊（阳）开泰""骑（气）象回春""马上封猴（侯）""一鹭（路）连科"等等，每一只面粉或糯米粉捏制的动物都栩栩如生，逼真传神。还有一些"五谷丰登"盘、"六畜兴旺"盘、"龙凤呈祥"盘、"亭台阁塔"盘等，虽然都是一些素食，但通过雕刻、点红、缀绿，也同样显得精美绝伦，趣满意足。

洪朝奉、程熹礼、孙吟可等大户人家，在自家祠堂里举行祭祀仪式后，天色也黑了，就在祠堂的侧厅摆了许多桌丰盛的宴席招待大家。而这些的杂姓小户也从南街屠户合买了一个猪的杂碎，包括猪头、猪尾、猪肠、猪肺、猪肝、猪心，还有一些屠户不易卖出去的猪下水肉、猪槽头肉等，再掺一些腌菜、干菜，一共烧了两大锅，在华佗庙一个厨房里招待众人吃喝。

两只大锅放在临时搭的砖头灶台上，锅上面还冒着热气呢，众人也陆陆续续地进了华佗庙，耕种义田的佃户富贵、旺财、小狗、阔海、讨饭、痢痢、老狗剩、麻子、歪嘴青等人，也前前后后赶来。长住在华佗庙里的地师春嬉公得地利之便，也被邀请。司马正虽说是黄家人，但他的父亲却是死在杭州城外的徽州塘，尸骨未留，也没有什么灵牌，这天，他闲着无事，正在庙里看热闹，也顺便被邀请。

每一只大锅四周摆满了长长的短短的高高的低低的方方的圆圆的各种凳子，冒着热气的铁锅很快就被两堆人围得紧紧。众人一只手握着一只小碗，一只手拿着筷子，开心地吃着。一对小蜡烛在他们身后的一个砖台上燃烧着，火苗也在不停地摇摆着。谁也看不清锅里的东西，只凭自己的运气，挟到肉就高兴，挟到腌菜就是你自己的运气不好。

"这才是我们梅溪真正的人间烟火味呀，远胜那些朱门酒肉臭的大户人家，比他们更加有滋有味啊。"司马正夹了一块干萝卜，边咀嚼着边说。

"都说梅溪人有钱，可我们身前只是一只屌，背后一个屁股，苦不拉几，穷得叮当响。"佃户歪嘴青夹到了一块猪肺，嘴叭哒叭哒地吃着，还在念念不忘地叫穷。

"梅溪像洪朝奉、程熹礼、孙吟可那样的有钱人也确实不少，只能说明他们的命好。我们就不要梦里娶媳妇，尽想美事。"佃户老狗剩满脸怨气地说着，他筷子突然挑起一段猪肠，在众人面前闪了闪，赶紧塞进嘴中。

"方阶云也只是一个老秀才，凭什么他在学堂里之乎者也一番，好像也比我们这些人高贵。"佃户瘌痢大字不识一个，却对梅溪学堂的教书先生方阶云酸溜溜起来。他的眼睛一直盯着老狗剩的那段猪肠，见老狗剩把猪肠吞进肚子，又恨恨地叽里咕噜着，皱着眉头，一脸无奈。

梅溪有句古谚说得好，一人不进庙，二人不看井，三人不抬木，众人边吃边讲，酒过三巡，更是牢骚满腹，叽咕叽咕说个不停。

"我看你们就是那些古代梅溪的小矮人，叽里咕噜，不知在说些什么鸟语？"司马正望着这些酒气冲天的人，愤愤不平道。

"小矮人怎么了？小心我们烧了你家楼房。"歪嘴青也没有好口气，转过脸来，看着司马正，恶狠狠地说道。歪嘴青说完这句话，众人顿时感到毛骨悚然。

梅溪的华佗庙就是建在一个古衙门的遗址上，三国时代，东吴大将贺齐征服了当地的山越土著人后，在此设立了衙门。这地方的土著人极其矮小，三尺高，但他们也讲究礼节，戴帽子，系腰带，善爬山越溪，一口鸟语。贺齐在梅溪俘虏了一些矮小的山越人进献给孙权，恰逢罗马商人拜访孙权，罗马商人第一次看到这些小人，大为惊奇，十分感兴趣。孙权大手一挥，将男女各十人当作礼物送给了罗马人。梅溪一带的矮人们得知此噩耗，个个泪流满面，咬牙切齿。官兵见他们叽哩呱啦说着鸟语，根本就不屑一顾。

有一天，驻军首领的太太来到厨房，看见几个身高还不及水桶高的小矮人，正躲在里面说着鸟语。他们好像发现有人过来，便匆匆地爬上窗户，朝窗外的一棵树上跳了过去，等人追到树下，小矮人们早已无影无踪。就是这天晚上，衙门周边的驻军粮仓、兵械库、马厩突然起火，片刻一片焦土。从此，那个小矮人部落在梅溪消失，一波波移居梅溪的人再也见不到他们的身影。

这时庙外刮起大风，墙上的木头花窗发出了咯吱咯吱的声音，庙门也被风吹得呼嗵呼嗵地响。那对小蜡烛的火苗也在不断地前后闪烁，过了片刻，突然熄灭了，厨房一片黑暗。

"不会是小矮人们的鬼魂又来了吧？"不知谁说了一句，一根猪骨头重重地落在地上，发出的声响就知道上面的肉已经被啃得干干净净。

"不会的，不会的，一千多年都过去了，他们早就魂飞魄散。"众人异口同声互相安慰着，其实全身的汗毛都竖了起来。

春嬉公立刻站起来，摸索着来到蜡烛台边，从衣袋里掏出火镰，哒哒几声，又点亮了蜡烛，厨房里一下子又亮起来。

司马正眼睛转向身前的大锅，突然惊叫起来，嘴里连连喊道："你们，你们，你们……"接着他抑不住激动的情绪，大声地喊道："我们梅溪有文化的人都崇尚着'吹灭读书灯，一身都是月'，而你们这些人，真是烂污田里的猪，灭了吃饭灯，满手都是油，可笑之至。"

春嬉公听到他的喊叫，大吃一惊，赶紧跑了过来一看，只见锅四周的人，一双双手直接插进锅里摸着肉，拼命往自己的嘴里塞，筷子抛得满地都是。春嬉公哭笑不得，只有摇摇头长叹了一声。

"你们心中哪有什么祖宗？只想着把自己喂饱就行，坐没有坐相，吃也没有吃相，让我怎么说你们啊。"司马正终于从吃惊中缓过神，露出一脸不屑的怪模样，嘴一直不停地骂着。

哈哈，嘿嘿……众人干脆撕掉脸皮，吃着笑着，笑声从那破旧的花窗传出来，弥漫在梅溪的夜空。

第 三 章

　　梅溪河下游的金滩村，这几天同样热闹。当朝宰相查正庸嫁女儿，场面盛大隆重，女婿是商贾巨擘胡家之子。胡家备下的聘礼令人咂舌：黄金五十斤，白银万两，马匹十匹，金茶筒一个，银茶筒二个，银盆子两个，绸缎一百匹，玉器二十件，玉如意四柄，龙凤呈祥珐琅盘一套，名人书画百余幅。围观者瞪大眼睛，惊叹艳羡不已。叹的是胡府家底雄厚，羡的是能与当朝宰相结为亲家。众人料想那侯府门第，必是十里红妆，队伍浩浩荡荡，风光嫁女。

　　胡家迎亲那天，十六人抬的花轿从胡府出门，锣鼓喧天，鞭炮阵阵，新郎一身红袍，高坐马背，春风得意好不快活。徽州城内城外，十里八村赶来贺喜、围观之人水泄不通，喝彩声、惊叹声不绝于耳。单看那顶迎娶新娘的双人成凤轿，奢华似一座宫殿，细看做工繁杂，雕工精致，描金点翠。轿子红木构架，立柱、及轿顶、窗、踏板等处，精雕细刻着金色木纹，花、鸟、麒麟各色瑞兽栩栩如生，游鱼、金锭、绣球、如意、流云、长命锁等各色图案，维妙维肖。轿身四周雕刻着姿态各异的徽州名人毛甘、汪华、朱熹、洪经纶等等，神采奕奕，情趣盎然。

胡家十分看重这来之不易的官商联姻，新郎官的父亲是一个商人，头脑十分活络。他经商时，就听说查正庸的父亲是一个不可多得的才子，日后必定金榜题名，他通过朋友的关系，结识了这位才子，其时查家因家道中落，困守穷庐，胡家资助其白银千两赴京赶考，后来当了京官。查正庸父亲生前多次嘱咐儿子，日后一定要善待胡家。可当胡家替儿子向查家提亲时，查正庸却犹豫不决了，一品大员的千金小姐和商人之子结亲，实在是门不当，户不对呀，这门亲事一直拖延下来。

　　然而造化弄人机缘巧合，一场罕见的山洪暴发冲垮了徽州府治歙县的河西大石拱桥，城民哗然，徽州知府发帖邀请徽州各县富户共商投资修桥。胡家接到帖子后，父亲就让少爷去歙县出头露面。

　　胡家少爷也是一个涉世不深的读书郎，知府一提议，他就急着表态，又赶紧提起毛笔，匆匆写道："建桥所有费用独家应承。"他一边写字一边读着字，心里想，胡家万贯家财，修建一座石拱桥岂不是小菜一碟，众人听了都在倒抽着一口冷气。

　　儿子冒失惹来的大麻烦，父亲只好忍痛割爱了十个商铺，凑齐费用，择日动工。许多乡绅不满胡家儿子的狂妄，扬言修桥时不准用本地的一石一木，胡家只有外地购买山场，开采石料，运往练江畔修建石拱桥。京城查正庸听到这义举，大为震动，连连说道："此子义薄云天，大有可为！"当即写信给徽州家人，这才同意两家联姻。

　　查正庸嫁女那天，胡家的聘礼厚重丰盛，而查家抬进胡家的嫁妆却大大出乎众人意料，如同百姓家嫁女儿一样，极其平常：针线盒、合欢被、鸳鸯枕、喜盆、喜梳、锤子、都斗、剪刀、算盘、绣花鞋、尺子、压钱箱、滴水香茶叶、文房四宝等等，还有一份亲笔书写的婚礼序章。

查大人之举令双方的亲朋好友觉得不妥，就连梅溪的洪朝奉他们听说此事，也颇有微词：嫁妆如此敷衍，有违宰相门户之礼。还不如普通商人家烧火丫环出嫁的礼遇，真是寒碜！但也有人在想着，查大人身居一品大员，高高在上，是看不起商人出身的女婿呢，还是故作清贫，故意不拿出丰盛的嫁妆呢，他们一直在揣测着。梅溪河畔那一排排翠竹正扬着绿波摇曳着，那一丛丛芦草也在不停地点着头，似乎也在议论纷纷。洪朝奉望着梅溪河的流水。说了一句耐人寻味的话："官商联姻，如雾里看花，水中望月，一言难尽呀。"

胡家为了这姻缘，费尽心思，特意把查家通往胡家的山路全铺成青石板路，蜿蜒曲折，连绵不断数十里。此外，胡家特意请风水先生、能工巧匠斥巨资新建府邸，亭台轩榭、珍贵名木好不奢华，府内更有一座飞檐翘角之高楼，大屋套小屋，扑朔迷离，仿佛一座引人入胜之迷宫。沿街的外墙下半部采用了十三块巨大的长方形青石板，直立起来砌筑，变成了一面光洁的青石外墙，引人注目。徽州有句谚语："前世不修，生在徽州，十三四岁，往外一丢。"这十三块青石板诉说着商人的艰辛。人家开大门喜欢坐北朝南，胡家这幢楼大门却朝西侧开，代表胡家远在扬州经商，但不忘徽州。大门上的砖雕门楼繁复多变，由浮雕入深雕，再悬空，从近景到远景，多达六个层次，所雕人物栩栩如生，仿佛在迎接查大人的到来。正厅的大门更加特别，两扇大门关闭后，相互重迭关不拢。工匠们说，胡家是商人，商家的大门永远为顾客敞开的，即便夜深人静，还是半掩半闭，仍然等待着风雨夜归人。新郎官的父亲却说："我是在等待家中出大官，将来儿子中进士点翰林了，我就会把门关闭。"

后来，胡家儿子进京参加会试时，岳父查正庸煞费苦心为其张罗。以为自己举办寿宴为名，宴请诸位考官赴宴，微醺时，无意间说出自己女婿的乳名不雅，很想取一个像模像样的名号，请诸位大人引经据典，集思广益替他赠一个响亮的名号。众人一听，心知肚明，最后一致同意将其取名为元旭，元为第一，旭为光明，暗示查大人的爱婿今科必中状元，不料众官中也有二心者，一夜之间，京城大街小巷贴满着"新科状元胡元旭"的字条。查正庸三朝元老，深受皇上恩宠，对这些闲言碎语不屑一顾，而主考官却吓破了胆，再也不敢在皇帝面前推荐胡元旭为新科状元，只是将他定为进士。

当胡家儿子中进士的消息传到徽州后，胡家立即请来木匠，把木头门削掉了一些，府邸大门终于重重地关闭起来。他家那一扇扇花窗却依然洞开着，工匠们又涂了一层红漆，显得更加美轮美奂，光彩照人。

第 四 章

梅溪镇的左前方，有一奇峰突起，乱云飞渡，似一只巨大的骆驼行走，梅溪镇人称它驼峰。峰顶有一个浩瀚的天池，似蓝天的眼睛，一年四季，碧水汪汪。林麓之间，峭壁飞流，泉水激荡，到了峰底，形成了流玉走翠的梅溪河，河岸人家更喜欢自己的村落称为梅溪。梅溪人以四季流不尽的天池为财富象征，耕读之外，崇尚经商。峰峦岭窦，长满了名树佳木，奇花异卉。梅溪人取其木材，仿百花形态，雕刻出一扇扇精美的花窗，镶嵌于粉墙黛瓦的墙上或金黄的木板壁屋中。

梅溪很久就有雕刻花窗的习俗，吴越争霸之际，这里居住一户以雕木为业的山越人家。老艺人育有两个如花似玉、通体芳香的女儿，大女儿往往在阳光明媚之时就从细嫩的肌肤中散发出浓浓的桃花气息，因此取名日香。小女儿却是月光如昼时，梨花香扑鼻而来，就取名为夜香。日香夜香成了二八佳人，老艺人替她俩雕刻了两个花窗，镶嵌于她俩各自的窗户上。这天，老艺人独立于梅溪河畔，见天上的流云，时而似桃花笑靥，时而梨花带雨，于是桃花窗、梨花窗出现，行人路过梅溪，常常闻到从花窗里透出来的体香，如痴如醉，若癫似狂。此时越王勾践正在搜寻越国美女献吴国，官差闻名赶到梅溪抢走了这对姐妹。老艺人从驼峰伐木回家，见两个女儿杳无音讯，一气之下，用斧头砍断了花窗，一股脑儿全部抛进门前那口胭脂井。以前两个女儿常常望井梳头打扮，所以称这井为胭脂井，这户人家从此从梅溪消失了。

梅溪人讲究花窗的意趣，求其形态美，意境更佳，每一种花窗都有它的语言，称之为窗语。

梅花窗：清客耐得人间雪，傲骨先发一枝春。
牡丹窗：锦绣华彩真国色，金蕊天香冠群芳。
梨花窗：香雪凝素不媚尘，带雨离痕有情人。
玉兰窗：银毫蕴藉三九寒，一树琼花报首阳。
荷花窗：绿荷擎枝举菡萏，亭亭净植君子风。
昙花窗：枯笔续墨守岑寂，刹那芳华付月明。
凌霄窗：金钟志存青云上，艳欹攀缠择高枝。
兰花窗：九畹修兰不辞苦，幽芬千斛忆空谷。
水仙窗：冰姿绰约立万槁，玉叶祥瑞庆岁朝。
芭蕉窗：绿扇非只送清凉，也读半卷无字书。
桃花窗：燕暖桃红春水生，盼有良人桃叶渡。

驼峰飘过来的流云，吹过来的山风，总是不约而至，梅溪粉墙黛瓦的楼房，便一下子鲜活起来。千家万户的花窗渐渐地被风吹开了，斜开着，半开着，或全部敞开。梅花窗、桃花窗、荷花窗开了，绽放成高高低低粉墙上的花朵；葫芦瓶窗犹如幻成了一个个在空中不停摇荡的葫芦；日月窗中方外圆的模样，此时也变成了一枚枚巨大的铜钱在雾中散排着；灯笼窗似一只只圆硕的灯笼，颜色陈旧，也在不停地召唤着山中的风霜雨雪。站在梅溪河畔那片广阔义田的田野上，不仅可以看到梅溪人家花窗的壮观，还可以听到悦耳动听的声响，这些声响就是花窗在岁月的疾风中发出的声音。

这一年真怪，春节都过了许多天，梅溪的天空依然不停地下着大雪，花窗外，白雪皑皑。梅溪山顶白，山腰白，黛瓦白，青石板白，连梅溪河畔上的芦草也染白了头，弯着腰，垂着头，在寒风潇潇中，不停地摇曳着。家家户户的花窗似乎都在不停地呼唤着春天。

洪朝奉家的浮生园，楼亭台阁、林木板桥皆银装素裹。那曲水流觞的热闹气氛消失，流水早已成了一弯硕大的寒冰，上面积着厚厚的白雪。园中的藏书阁突兀于雪源之上，檐角上挂着一根根似银杖的冰棱，如徽州府衙内的"水火棍"那样粗长，很是威武。

这天是大年十五，是梅溪人家的重要节日。当年，徽州圣人朱夫子就是这一天来到我们梅溪，掐掐手指算一下，应该有好几百年了。朱夫子从杭州走官道进梅溪是这一天，他的车马爬到驼峰山腰时，一轮明月高悬空中，见梅溪千窗万窗烛光点点，整个梅溪形似硕大的梅花在月光下闪烁，顿感心旷神怡。进了梅溪后，便挥毫疾书：'梅花映月'。后来，梅溪人把这四个字制成匾额，一直挂在洪家祠堂里，再后来便无影无踪。洪朝奉一起床就和管家林琴坤饶有兴趣地说起这些往事。接着，他走到一扇梅花窗前，说道："梅溪先人为了纪念他，特把大年十五列为祭祀朱夫子的节日。"

"你赶紧去一趟梅溪学堂，让老秀才方阶云把那幅朱子像抱来，今天洪家要举行祭拜朱子仪式。"洪朝奉和林琴坤说完这句话，又转过身去吩咐家人准备香案和祭品。

"方秀才，快点，我们都等了一个多钟头了。"洪朝奉有点迫不及待，梅溪学堂中的老秀才方阶云刚走到浮生园门前，他就不停地催着。

方阶云见门至不远处的德邻堂有一条弯弯曲曲、高高低低的白堤，那本是一盆盆兰花草，上面堆积了白雪，便成了突兀于石径旁的白堤。园内清扫石径的男仆，回廊上行走的婢女或从灶台里走出来的烧火丫环，个个年轻俊秀。方阶云心里想，这是洪家从扬州、苏杭带回来的派头，洪朝奉祖辈父辈以盐为业，富甲江南，生活竞相奢丽。洪家人喜爱兰草，故自门以至于内室，置兰殆遍。洪家人喜欢人美，自司阍以至灶婢，皆选十数龄清秀男女，这些癖好与其他大户相比，却高雅了许多。

方阶云一身白色棉袍，像一只矮胖的肥鹅，摇晃着进了楼，冲到了德邻堂，钻石脸上布满汗珠，长辫子散乱地垂在左肩上。跟在方阶云后面还有一个老秀才，飞雪让瘦小个子的老秀才突然丰腴了许多，像梅溪河畔义田上的稻草人，在风雪中颤抖着。

"朱子像请来了。"方阶云进了德邻堂赶紧拂去长袍上的白雪，小心翼翼地把抱在怀中的一个大木匣子轻轻地放上八仙桌，随手从桌下摸出一块布，抹去木匣子上的白雪，慢慢地抽去匣子上的木盖，双手捧出一幅浅黄浅黄的大画轴。

众人都过来帮忙，把画挂在八仙桌后的板壁上，随着朱子像缓缓地自上而下舒展，大厅也升起了袅袅的烟火。

这地方，平日里都张挂着两张巨幅山水画，不是倪云林，就是黄公望的画，要看季节变换。洪朝奉家讲究风水，春夏挂黄公望画，高山峻岭湿气少。秋冬挂倪云林画，平湖秋月，可以替人世间补补水。今天是祭拜朱子，这幅画是前朝丁云鹏画的朱子像，二三百年过去了，画像依然栩栩如生，那眼神目光如炬，众人看着看着，心里就开始发慌。那一撮浓黑的胡子，虽然被后人补过笔，墨线连接得巧妙，显得神采飘逸。

装朱子像的木匣子，长长宽宽的，静卧在长条桌的一角，很像梅溪人常用的、装殓夭折小孩的棺木，又让众人毛骨悚然。

众人在方阶云带领下，面朝朱子像，大声地诵读梅溪家典：

徽州为朱子桑梓之邦，则宜读朱子之书，服朱子之教，秉朱子之礼，以邹鲁之风自持，而以朱子之风传子若孙也……

"叮当，哗啦……"德邻堂的梅花窗外，传来了冰棱坠地的声响。

"莫管窗外事，不就是有人在敲打屋檐上的冰棱罢了。"方阶云见那个老秀才转身和林琴坤交头接耳，眼睛瞟了一眼梅花窗外的冰天雪地，冷冷地说着。钻石脸前那一缕头发随风飘扬，他立刻用手将一将头发。

梅溪人朝拜朱子，总是在严肃、死板的气息中度过，窗里窗外的空气也是冰冷冰冷，连人讲的话，也是冰冷冰冷。祭拜仪式结束，方阶云他们出了浮生园，如两只肥胖的企鹅，渐行渐远。

洪朝奉推开德邻堂客厅西边的梅花窗，见驼峰上积雪浮云端。而花窗外那一株株梅花树正在不停地摇曳着，哗啦啦声充盈耳鼓，雪花和梅花纷纷坠落。洪朝奉见儿媳胡月姣正和几个人在梅林中忙碌着，有人双手抱着梅树枝干用力地摇着，也有人用竹杆上下挥舞，敲打着梅枝上的残花积雪。

洪朝奉有点纳闷，媳妇胡月姣她们想干什么呢？真是无情，或是痴傻。这梅园从洪朝奉的祖父洪阅甫开始，三代人一株一株地添种起来的。他们无论在扬州、京城，还是在苏州、杭州，只要见到上好的梅花品种都会高价买下，运往梅溪，种进浮生园。梅花开放时，满树生花，红霞满天，暗香浮动，沁人心脾。梅花花季刚刚结束，她们就迫不及待地拍打着这些残花败絮，洪朝奉心中有些生气。

洪朝奉悄悄地出了德邻堂，朝着梅林方向走来，见胡月姣踏着细步，走到梅花树下，双手抱着一棵又一棵的梅树，使劲地摇啊摇，枯萎的梅花朵纷纷从枝头脱落，她似乎觉得还不痛快，又拿来一杆细竹，噼哩啪啦一阵乱舞，梅枝渐渐地稀疏了，她才踏着斑驳错杂的树影，轻轻袅袅地回到曲径上。

"月姣，你们怎么这样迫不及待地把一树树残花残雪弄掉？"洪朝奉语气中带有几分责怪。

"公爹，花再好看也会枯萎，再高洁的梅花也会腐烂，残留在树上的败花不好看，枝上的残雪也开始消融，不如落地为肥。"她手指着梅林轻柔地说着，她见洪朝奉脸上开始露出笑容，接着又柔柔地说道："我没有公爹有文化，开口闭口是'梅雪争春未肯降，骚人搁笔费评章。'其实呀，梅花再好看，最后也是一身枯萎腐烂的败花，何不潇潇洒洒地把残花抖得干干净净，给春天留个好印象。"

　　洪朝奉听了胡月姣的一番话，顿时哈哈大笑起来，连连称道："我媳妇今天讲的话真有水平，不愧是儒商之娇女。"

　　"公爹莫取笑，媳妇怎敢与公爹论文化，但我想，春节已过，很快是立春，春天可不是梅花的世界，树上的残梅还在拖泥带水、战战兢兢、犹豫不决地缠在枝头不肯落地，反而使梅园变得不美了。"胡月姣说的话，越来越有情趣。

　　梅林中还有家人在清除树上的残花，洪朝奉望了望，残花残雪脱落的枝头已浸满了云淡风轻、阳光灿烂的轻盈。他心里想，徽州也好，梅溪也罢，近千年的变迁，何曾也不是花开花落的世界。

第 五 章

　　浮生园门前便是梅溪的南街，数千米青石板路，逶迤蜿蜒。南街前段从突起的驼峰下伸出，街的前后尽是粉墙黛瓦、高楼宅院。洪家、黄家、程家、孙家等大户人家的祠堂、庭院遍布其间。南街尾紧依梅溪河，与新安江相连。平日里，镇里人上澡堂，上茶馆，听说书，看老人捧着烟袋呼呼地吸水烟，夹杂着补锅、修伞、换铜勺铲子、卖五香豆腐干、梅溪毛豆腐、灵山酒酿等等叫卖声。南街中段店铺林立，旗帜斜矗，有铜匠店、铁匠店、锡匠店、银匠店、画匠店、箍桶店、染坊、中药坊、刺绣铺、毛笔铺、剃头铺，还有许多很小摊点，如代写书信摊、磨剪铲刀摊等等。据说，南街上最发财的还是洪家的一壶春茶庄、孙家的当铺、程家的木材铺。梅溪镇洪家、程家、孙家的店铺后院，好像每家都种有两棵高大丰茂、枝干奇古的白玉兰树，耸立于粉墙之上，亭亭玉立，笼盖着一庭或一段街面。每年早春余寒尤烈，白玉兰就热热闹闹地开放了，满树琼瑶，如雪丘玉峰，美妙极了。

　　行人纷纷驻足，远处望着，近处看着，不停地感叹："有钱人家何处不是玉堂春啊。"

"这三户人家也许就是靠了这些古树佑护，才有享不尽的富贵荣华。"有人开始感觉到了这些玉兰树的奇妙之处，说的话也有几分道理。

梅溪河畔那些商人们捐赠出来的义田，真的奇怪，佃农们插上了一丛丛绿油油的秧苗，便长满了沉甸甸的稻穗。田垄间种上玉米，到了秋天，杆上也挂满了金黄的玉米棒。义田是梅溪人在外经商，发了财，特意购置了一些农田，交给族里使用。族里从这些农田上得到的收获，可以操办许多公益事，也救济了不少老弱病残的穷人。大户人家捐赠农田从数亩到百亩不等，洪家、程家、孙家捐赠的农田，都在百亩以上。小商小贩们，也不甘落后，从几厘到数亩农田不等。一块块直立于田间地头的青石条上，都刻有户名和田亩数，德邻堂碑、费隐堂碑、春蠡堂碑等等，神气十足地代表着他们的实力，但上面刻的年份却是不一样，顺治五年，康熙八年，乾隆十年等等。一丘丘农田渐渐聚合成广阔的田野，站在驼峰往下看，义田的界碑明显，碑里的田畴恰似一朵巨大的荷花，夏日是绿荷花，秋日是黄荷花，冬日，义田上盖满了白雪，又成了一朵巨大的白荷花。梅溪人喜欢称义田处为荷花畈，风声也成了这里四季的梵音。

义田上收割的稻米、玉米特别地好吃，许多救济户吃了这里的粮食后，生儿育女都极其旺盛，不像洪朝奉家的男人们，妻妾成群，日夜耕耘播种，还是男丁不旺，几代单传。

华佗庙里的地师春嬉公，擅长替人家看风水。他手捧罗盘，围着浮生园走了一圈，说左青龙吉，右白虎吉，南朱雀吉，北玄武吉。庭院要密植树木，尤以红豆杉之类为上，彰显花草萌芽之象，梅花窗里软床上的妻妾也易结果实，方可子孙满堂。

春嬉公不仅是一个地师，更是梅溪一带的名士，他自称是战国时期信陵君的后人。那年他随父从中原逃亡皖南徽州，他们的木船出了屯浦不久，顺着渐江的流水，便到了歙县篁墩。进了村庄，刚刚走到洛闽溯本牌坊底下，就有许多人围着他们父子俩观看，村人见了地上摆放的铺盖，心里都明白了几分，一位长者冷冷地问道："你们又是从北方来的吧？""徽州地方好，我们从中原而来就是为了混口饭吃，听说徽州人很重视风水，我们看风水的水平不差。"春嬉公的父亲望着大家自我介绍起来。

"你们来的正好，我们这个村现在是人满为患，各姓氏的族长都在想重新选址，开拓新的村庄，你们是地师，真是打瞌睡的人遇到枕头，太巧呀。"那位长者脸露微笑地说着，手不停地梳理着那几根长长的胡子。

长者又指着对岸说道："你们船游过去，便到了花山，花山下有许多千奇百怪的大石窟，石窟下游便是千山万壑，也有不少荒野地，但不知那一带风水好坏，你们是地师，这下可帮上忙了。"

"既然有许多石窟，表明这个地方曾经有人住过，怎么又成了荒野地了呢？"春嬉公的父亲好奇地问道。

"你们是从外地来的，也许还不了解徽州，我们徽州紧连杭州，曾经是南宋京都的京畿之地，京都大兴土木，建造皇宫需要大量的石材，还有徽州府各县建坝堤，竖牌坊也要许多石梁石柱石块，花山紧连渐江，便于水运，于是这里成了一个采石场，成形成块的石料被取出后，便留下了结构怪异的石窟群，层层迭宕，洞中套洞。"老者说起话来，如数家珍，头头是道。

第二天一大早，春嬉公父子就被村人送到对岸的花山下，他俩身后是一个个黑漆漆的石窟洞，茅草杂生，也看不清洞的深浅高低。东南方远处的驼峰从晨曦中醒来，旭日东升，云蒸霞蔚，把周边大大小小的峰峦以及天空都染成了一个霞光万道的世界。

"儿子，从天象来看，那座似骆驼奔走的山峰脚下一定是一个风水好的地方，天空弥漫着金银气，地下的商人富得流油，我们不如继续向东南走，反正这里的人待我们也是不冷不热的模样。"春嬉公的父亲手指驼峰方向轻轻地说道，双眼充满着一丝丝光亮。

驼峰下的梅溪河，上有水口码头，水向东流，便又到了渔梁码头，这里是梅溪河和新安江的交叉口。春嬉公父子一下木船，爬上梯梯升高的石阶，石阶顶便是新安关，关墙上镶嵌一块斑驳的石碑，碑文是用毛公鼎铭文写的字体，许多行人见此碑便一头雾水，不知所云。春嬉公父亲站在石碑前，静静地默读着，过了片刻，他干脆放下挟在腋下的草席和布袋，痴痴地望着碑文，时而自言自语，或用手拔着下巴的一根胡须，突然兴奋地大叫起来："妙哉！奇哉！这里的徽州人不同凡响，竟有如此高妙的境界，我可以断定，无论哪个高人只要读懂这篇碑文，经商做生意就会富可敌国。"

"父亲，那块像蝌蚪字的碑文说了什么意思？"春嬉公随口问道，他肚子很饿了，自己无心思细看这难懂的碑文。

"不说，不说，说白了就毫无趣味。天快黑了，我们赶紧去前村找地方吃饭住宿下来要紧。"春嬉公父亲笑迷迷地说着，一脸深奥的模样。

鲍家庄依山傍水，一条青石板街顺着水流方向，弯弯曲曲地朝着山外缓缓延伸着，街两旁尽是高楼庭院，房屋鳞次栉比，店铺熙攘繁华。村子周围是粗壮苍劲的古木，浓绿茂密的树林，掩映着古老的庙宇和石塔。春嬉公父子挑着铺盖杂物，走了半个时辰的路便到了鲍家庄，到了村尾的一座社庙里安顿了下来。社庙左边有一座前朝的贞节牌坊，年份已久，牌坊下荒芜一片，牌坊石柱上爬有一根粗壮的何首乌藤，红白两色，交结成片。第二天中午，阳光正烈，春嬉公父亲叫儿子拿来锄头，来到贞节牌坊下寻找到那棵何首乌藤的根部，拨开杂草，沿着根系掘下去，果然挖出一枝硕大的赤白何首乌，大如栲栳，春嬉公惊讶于父亲的洞察力，连连赞叹：厉害厉害！

春嬉公父子一到梅溪，就被洪朝奉家人请去看风水了，洪家总觉得这座浮生园有或多或少的缺陷。其实洪朝奉的祖父洪阅甫在建楼之初就费尽心思，他见荒坡上一棵古树，根部长出几朵大灵芝，云状环绕，祥云出岫，瑞气弥漫，见此"异象"，洪阅甫欣喜若狂。他想："这灵芝，像一个特大的蘑菇，招福气，聚运气，吸纳瑞气，家庭肯定会兴旺发达。"于是，他就在此处建造一幢气势宏大的徽式庭院，浮生园就是有十九个庭院楼台组成，几十年过去了，这一带逐渐形成了街市，浮生园前后左右也被其他人家建起了一幢幢楼房，重重叠叠，曲曲如屏。

这天晚上，月上中天，花影西斜，微风拂过柳轻摇，池塘里几声蛙鸣，衬得浮生园格外寂静。洪朝奉从卧室里出来，一个人在小径上驻足，月华光洁，爬满薜荔的墙上已经结出了秤砣般的薜荔果。临街的墙上，有数十个形状各异的花窗，洪朝奉边走边看，边走边数，突然停了下来，前面似乎有人在悄声细语。"洪家昨天来的客人是绩溪胡家，今天来的贵客是江村江家人，灶房里可忙坏了。""老太婆，你受累了，哪天归家给你揉揉。""做下人的命啊，咱儿书读得可好？""用心着呢，说是三更灯火五更鸡，正是男儿读书时。""也好，做生意虽然富贵，但很多生意人劳碌一辈子客死他乡，还是考个功名吧。这几日洪老爷从外地回梅溪款待贵客，剩些上好的鹿茸酒，给你装这葫芦里啦，拿回去喝上几盅，还有几块麂子肉卤好了，你一并拿去下酒。"窸窸窣窣有从花窗里塞递物件的声音。

　　洪朝奉并未出声，轻轻转身，准备向书房走去。刚在花窗旁的厨娘，是镇上佃户富贵之妻，大家喊她富贵嫂。没想到这夫妻半夜还约在花窗下见面，园子里的富贵嫂但凡有点好东西，就想到园外的富贵。

　　洪朝奉没走几步又静静地站在小径上发呆，他想起了已逝的原配夫人张巧莲。未出阁的巧莲，一尘不染，天真浪漫，想起洞房那夜，巧莲娇羞无比。洪朝奉像着了魔，迷恋着巧莲的身子，喜欢看她乖巧的小鹿模样，沏茶也好，针线活也好，总是那样的娴静和美，对公公婆婆、家中仆人，无一不恭俭温良。

　　洪朝奉喜食甜物，巧莲觉得灶房里做得不够精致，自己亲手做桃酥饼。洪朝奉身上穿的衣服和鞋子，都是巧莲所缝，把洪朝奉惯得不成样子。不到一年，巧莲就怀上了，洪家上下一片喜庆。

窗外天色刚亮，驼峰在云雾间若隐若现，巧莲一夜没有睡好，看着自己帮洪朝奉整理好的行囊，心中有万分不舍。洪朝奉从后面缓缓地抱住她："你在家等我，伺候好娘亲，把我们的娃娃生下来，那时候我肯定回家了。""嗯，我知道的，你放心……"等到公公洪文翰带着洪朝奉一行车马渐远，巧莲才哭出声来。

午后，浮生园花窗外的紫薇树上知了声声，纵使玉簟清凉，巧莲孤身难寐。算来腹中孩儿有五个多月了，明日就是七夕，却担心起夫君忙于奔波忘记自己和孩子，心中执意明日要去赶一趟庙会。

在离梅溪二十里地，有山名为搁船尖，也叫福泉山，山上有个仙女庙。每年七夕都有庙会，善男信女纷纷前往，许愿还愿最为灵验。家人担心山路难走，况且七夕当日信客众多，腹中孩子颇为金贵，不让张巧莲上山祈福。谁知这一向温顺的儿媳，第二天丑时已雇上两轿夫上山。天还未亮，男男女女打着灯笼和火把走在山路上，身怀六甲的张巧莲虽有轿夫相助，遇到险隘石厓，还是要自己下轿攀爬，才能过叫石门九不锁的险峰。仙女庙里，每磕一个响头，汗珠与泪珠交汇在一起，湿了跪拜的蒲团。

白驹过隙，年味渐浓，梅溪家家户户开始做豆腐，煎油馃，洪家上下忙成一团。随着一声婴儿的啼哭，婆婆乐呵呵抱上了孙儿。这是张巧莲记忆里最幸福的一个年节，洪朝奉终于回来了，似乎比以前更高更壮实了。看着白胖的儿子，洪朝奉按照父亲的嘱托，热热闹闹操办了满月酒。正月十五一过，洪朝奉一行人又出门了。然而这一去七年，除了家书，巧莲再也没有见到过洪朝奉。七年，在巧莲这里，是日复一日的盼望和煎熬，寥寥无几的家书是她坚守下去的希望，看着儿子渐渐长大，眉宇间有洪朝奉的英气，自己身体却是每况愈下。终究，鲜活的生命因为思念成疾，忧心忡忡，病倒了，凋零了，逝去了。

儿子性格温和，与他母亲张巧莲如出一辙，识文断字天资聪颖，一壶春茶庄里的伙计都佩服他，这小少爷能双手拨算珠，三下五除二，算账干净利落。

儿子的婚姻大事，早早就被定下了亲。洪朝奉趁着清明回梅溪祭拜的张巧莲的机会，给儿子完了婚。这一年儿子十八岁，新娘是绩溪一个茶商的女儿胡月姣。这个茶商因擅制金山时雨茶与洪朝奉生意往来多年，家底丰厚，膝下无子，只有一对貌美如花的女儿胡月姣和胡月娥。茶商十分看中洪家少爷，觉得女儿胡月姣能攀上洪家是幸事。

这一年的初夏，雨落不停，水涨满了浮生园的池塘，满了梅溪河、新安江、钱塘江。雨刚停，新婚不久的儿子就和伙计们就出发了，这几船的茶叶催得紧。

胡月姣回到房中，打开妆奁，里面有好几只翡翠镯子，都是丈夫每次出远门专程带回来给她的，配上她玉白的手臂，煞是好看，月姣戴着镯子昏昏睡去。忽然园内一阵嘈杂，继而有哭声起，听到夫君在金滩船覆人亡的消息，镯子应声掉落，碎了一地，胡月姣眼前一黑，昏倒在地。

洪朝奉痛失爱子，数宿未眠。虽未到中年，但一夜间近乎白头，心中悲怆，这是他和巧莲唯一的爱子。霎时，洪朝奉觉得造化弄人，家业钱财又有何用？对不起死去的巧莲，没有把儿子照看好啊！

第二天，洪朝奉独自一人，走进洪氏宗祠。这祠堂上一次修整是在父亲洪文翰手里。洪氏祠堂第一进是门楼，由五凤楼式的大门和门厅组成，正门的八根立柱和月梁庄严大气，前后屋檐翘起，如凤凰展翅凌空欲飞。五凤楼下正中间的门被称为"仪门"，举办重大活动时，族中德高望重的老者才从仪门进。洪朝奉绕过仪门，从左侧回廊进入天井，四水归堂之下几口大缸水波粼粼，荷叶刚出水面。前面是甬道，洪家祠堂的甬道宽敞，形似内院，甬道两旁分别有二棵桂花树和二株银杏树，这两株银杏树有二百年的树龄了，其扇叶绿意葱茏，院子内阴翳无声，偶有飞鸟扑翅离开的声音。洪朝奉在院子里停了下来，看到地上自己斑驳的影子，低首含胸，仿佛被抽了魂。影子慢慢移进正厅。

正厅由十根银杏木柱架起，架着大小三十六根冬瓜梁，柱基全部采用楠木并刻成莲花瓣的形状。在这个正厅里，一直都是洪氏家族洪文翰洪朝奉主掌族中事务，颇有话语权。如今到了洪朝奉这里，白发人送黑发人，竟然断了后，洪朝奉心有不甘。

穿过正厅，汉白玉扶手的石阶通向寝殿。寝殿比享堂高出十二级台阶，列祖列宗的牌位上上下下、前前后后摆满了寝殿的山墙。看着排山倒海似的祖宗排位，洪朝奉扑通一声跪下，泣不成声："朝奉不孝，洪家祖业未兴，原配张巧莲忧思而去，挚儿覆船而亡，朝奉做错了什么，请列祖列宗明示"。殿内烟雾缭绕，烛火明暗，映照着一个个熟悉的先祖大名，洪朝奉感到愤慨委屈，又自责难当。他抚摸着儿子崭新的牌位，心里想着，一定要让年轻貌美的胡月姣守身如玉，最好尽早替她立个贞节牌坊，这样才对得起意外早夭的儿子。

洪朝奉昂起头，走出祠堂。

第 六 章

胡月姣一直忧心忡忡，偌大的浮生园，尽管莺歌燕舞，可都是女人家呀。这天，她从藏书阁出门，前往听雨轩，闲走着，芭蕉叶正吐着绿意，绿油油的，煞是可爱。沙沙……沙沙……好像是水浇芭蕉叶的声音，越近越响，胡月姣举起右手挑开前方的芭蕉叶，脸不禁热了起来。不远处，公公洪朝奉正站在一棵高大的芭蕉下小便，从两腿间喷射出来的抛物线特别清晰，阳光从蕉叶斜射下来，那道弧线熠熠生辉，当弧线射到碧绿的阔叶上，声音急促清脆。月姣心里明白，公公阳具强壮，依然阳气十足……她想着想着，突然想到娘家那个刚刚及笄的小妹月娥，脸顿时火辣辣地烧起来。小妹长得水灵，前凸后翘，春心萌动，许多中医说，这样的妙龄女子极容易怀孕生儿子。小妹成了婆婆，姐姐成了儿媳，虽然有些尴尬，但总比家中的男人和别的女人生儿子要强多了，肥水不流外人田啊。

浮生园前的南街，这一天热闹起来了，锣鼓喧天，炮竹声声，沿街人家的一扇扇花窗也悄然洞开。洪朝奉又纳小妾了，而且是他儿媳妇月姣的妹妹，镇上又多了一个带荤的趣事。

"老牛又吃嫩草了。"左邻右舍在遐想着。

"一树梨花压海棠。"方阶云秀才的话，显然诗意多了。

洪朝奉请了方阶云秀才的女儿方春梅，替他的婚庆唱"撒帐歌"。唱撒帐歌是梅溪的一种习俗，在婚庆时，大户人家都会请一位能歌善舞已结过婚的美貌女子，对着婚床的丝帐，边撒五谷种子，边唱吉祥的歌词助兴。

浮生园太热闹了，园里园外，人山人海，车水马龙，惊得春梅姑娘目瞪口呆。高大魁梧的洪朝奉紧挨着娇小玲珑的胡月娥，坐床待撒，春梅竟然找不到写满"撒帐词"的那张纸了，场面尴尬，女眷、仆佣们惊惶失措。方春梅一双小脚，也在洞房中走来晃去，摇摇晃晃，如风摆柳，煞是好看。突然，春梅想起当私塾老师的父亲平日里教她的徽州民谚："黟县蛤蟆歙县狗，祁门猴狲翻跟斗，休宁蛇，婺源龙，一犁到磅绩溪牛。"匆匆忙忙地口撰"撒帐词"：

歙县狗，傲于东。忠肝义胆生性聪，鸿儒巨贾尊首府，皇恩浩荡族俱荣。

祁门猴，行于西。不惧艰险斗天地，胆闯九州身手敏，拜相封侯指日期。

休宁蛇，游于南。山越始祖保家仙，身游万里营四方，文誉状元久流传。

黟县蛤蟆卧于北。桃花源里好山水，读书力田守祖业，蟾宫折桂耀门楣。

绩溪牛，立于上。踏实肯干善心长，吃苦耐劳尝自立，号数明清第一帮。

婺源龙，潜于下。圣人潜渊腾云驾，玉德金声龙尾山，徽商贤达名天下。

春梅在众人的注目下，一双小脚如两瓣红莲，落步娇娇。她的香唇不停地低吟浅唱，似梅花窗外的杏花春雨，水淋淋，情淋淋，惹得洞房里的人如喝醉酒一样，恍恍惚惚，手舞足蹈。

洪家包了两锭沉沉的雪花银厚赠。春梅是梅溪有名的小脚女人，纤纤细步，精妙无比的小脚有"三寸金莲"的美名，如今又成了梅溪唱撒帐歌的名角。街上的铜匠铺、铁匠铺、锡匠铺、银匠铺、篾匠铺、皮匠铺、裁缝铺，还有茶叶店、毛笔店、中药店，以及染坊、修伞摊，只要有喜事，必请春梅唱撒帐歌。她还有一些追捧的拥趸，中药店里那个李玉晶郎中，便是其中一个，只要有春梅唱撒帐歌的场面，他准会早早地关闭中药店，赶去凑热闹，还认真记下春梅那些丰富多彩的撒帐歌词。

梅溪镇上的人常说，梅溪有五多，一是祠堂多，二是牌坊多，三是姓氏多，四是地窖多，五是码头多，其实，商人吃的东西花样更多。洪朝奉纳月娥为姜后，自然对这个年轻貌美的女人欢喜无比。他还特意托人从西天目山的山民家中，购买了六十只母鸡，六十只母鸭，这些鸡鸭不是用来清炖红烧，而是用来生鸡蛋、生鸭蛋。洪朝奉专门请了街上的李玉晶郎中，在浮生园里，特地为鸡鸭配食。李郎中根据保胎的药方成份：菟丝子、桑寄生、川续断、阿胶，再加少许长白山老人参，替那群母鸡增添营养。李郎中把中药磨成粉末，杂糅于优质稻谷中，专供那六十只母鸡食用。没过一个月，六十只母鸡变得硕大肥嫩，生出的鸡蛋也成了一个个保胎丸，小妾月娥天天吃着这种鸡蛋，人越发水灵漂亮，身上还散发出一种浓浓的芳香。

鸭子们也吃着老山参、珍珠粉、黄精等与稻谷杂混一起的食物。母鸭们趾高气扬地踱着正步，挺着胸膛，翘着尾巴，抬起淡黄的脚丫，迈开正步在浮生园中转来转去。李郎中说，鸭子多迈步，可以促进鸭子吸收营养，下的鸭蛋营养丰富，洪朝奉食后，头上的白发渐渐变得乌黑油亮，国字脸的皮肤逐渐光鲜饱满，眼睛也特别炯炯有神，走起路来，身姿似乎有公鸭子一般的威仪。

这群鸭子走起路来很神气，在浮生园的曲径中大摇大摆的，有的鸭子左边走走，右边逛逛，似南街那几位中了举又喝醉的举人老爷，等待人们出店门向他们道喜。有的鸭子，刚刚还在左摆右晃，可到了园中藏春坞边的水塘时，见到许多小鱼嬉戏，就立即扑过去，跳入水中，双腿一蹬，钻入水中不见了，颇有南街上那些掌柜们的风范，见利忘为。还有些鸭子气度非凡，神气活现，引吭大叫，浑身颤动摇晃着，时不时还拽着一身英姿，真有点像徽州府大堂之上正在断案的官爷们。洪朝奉偷偷地把这些鸭子取名举人、掌柜、官爷。他还叫家人把这些鸭子分三个笼子关养，下的鸭蛋也分三个不同的瓷缸装着，缸外贴有举人蛋、掌柜蛋、官爷蛋的字条，至于洪朝奉喜欢吃哪种鸭蛋，每餐吃多少鸭蛋，浮生园里的人也弄不清楚。

梅溪许多人还不太清楚洪朝奉的食肉癖好，他从不食马肉牛肉驴肉之类，认为这些动物是和人一样，创造财富，劳碌一生。他只食猪肉，讲吃猪肉，其实只吃猪头里的脑髓，吃猪肝上的血筋，吃猪肺里的软骨，吃猪肠只吃排大便处的肠头，如果肠头夹杂着几根绒毛，他更兴奋，狼吞虎咽，一扫而光。

弄璋之喜降临浮生园，胡月娥生了双胞胎，洪朝奉请方阶云秀才替小孩取名字，老秀才把大儿子取名砚耕，在砚台上耕耘，读书争功名。小儿子叫石农，像浸在梅溪河水中那块巨大的梅石，立在梅溪，守住祖业。

洪朝奉中年得子，从早到晚，心里灌满了蜜糖，想到儿媳妇月姣的恩德，他特意向徽州府申报其儿媳守节的道德事迹。毕竟有了儿子，也就有了希望，洪朝奉花多少钱，也心甘情愿。

"大姐，想起来有点滑稽，小妹成了婆婆，大姐成了儿媳妇。"胡月娥说着这话，脸成了梅花窗外的桃花，绯红一片。

"是啊，你要感谢大姐呀，大姐眼力好，让你嫁给了有钱人家。你男人身体下的东西，是不是见到你就变成一根紫红的长茄子，折腾你以后，又成一个山芋条。男人和这东西一个样，神奇，善变，你要好好把握住。"胡月姣打趣道，脑海里又浮现那次公公尿洒芭蕉的情景。

"姐……你……"胡月娥低着头轻轻地说道。

"叫儿媳妇！"胡月姣抬着头高声地说着。

"南街上的人都说，黄脸婆竖牌坊，小美妾数银两，我们洪家的银两由你来数，我也放心，你不会亏待儿媳妇吧？

再说，也怪我命薄，嫁了一个短命鬼。"胡月姣说着说着，两行眼泪流了下来。

洪朝奉兴冲冲地走进德邻堂，边走边叫道："皇上圣旨到，我儿媳妇的牌坊可以竖起来了。"他一手握着黄灿灿的丝绸圣旨，一手拿着一张京城里王侍郎的题字，轻轻地放在八仙桌上，然后慢慢地展开。圣旨上有满文和汉文，胡月姣仔细地读着那几行汉字："旌表已故儒士洪某某之妻胡氏节妇……节烈由来静女事，纲常须用贞妇担……"王侍郎还题写了四个斗大的字："清白流芳"，黑漆漆一片，让胡月姣感到铅压一般，沉甸甸地压在自己心头。"清白流芳，徽州这类牌坊多得很，多一座少一座，真的无关紧要！"胡月姣泪水满脸地说着，胡月娥拍了拍她的肩膀，她抬头望了望洪朝奉，公公一脸不悦，一句话也不说。

第 七 章

　　胡月姣贞节牌坊就竖在南街一壶春茶庄不远处，立牌坊时辰也是洪家两位小少爷周岁之时。浮生园里办起了别开生面的"梅花宴"，宴请名流乡贤。平日里在茶庄忙碌的姨太太们都来浮生园采梅花，她们把采摘来的五色梅花，先用清水洗净，再取芭蕉叶上的雪煎煮，去其涩味，然后用白糖调制，瞬间五个瓷盘装好的梅花菜，如梅花瓣一般在八仙桌上盛开。绿萼枝上的白梅花，骨里红上的粉红梅花，腊梅枝上的嫩黄花，送春梅上的胭脂红花，徽州檀香枝上的浅红花瓣，巧联妙串，清香满桌，美其名"梅开五福"。李玉晶郎中也是第一次参加这样的宴会，大开眼界，见人就连连称赞："这可是上等的药膳啊！"

　　梅溪的落雪天和江南其他地方不一样。风雪来时，铺天盖地，纷纷扬扬，天地尽白。雪花飞尽，阳光照耀着大地，让人在寒冬中，仍然感到暖暖的春意，天地间弥漫着一股股梅花的清香。

　　竖牌坊的那天，胡月姣在妆台前自怨自艾，静坐了很长时间。她不停地拿起梳妆镜照看着自己的脸蛋，媚眼含春，两条柳叶眉，似蹙非蹙，一双秋水眼，亦明亦荡。清晨，月亮从浮生园那高高的马头墙上渐渐隐去，黎明鸟开始在窗外桂花树上叽叽喳喳鸣叫了，桂花树有高有低，有粗有细，枝枝绿意葱浓，记载着浮生园的故人荣耀。洪姓家谱有这样文字："凡洪家子弟，有功名者，皆可在园中种桂树一株……"洪朝奉的祖父洪阅甫中过秀才，父亲洪文翰也封过官，也算贵人了。园子里桂花树渐渐长成大树，这都是男人的光彩。今天，洪家媳妇立牌坊，也是洪家女眷头回的最高荣耀了。

"我们洪家从外地迁来梅溪时，也是小家小户，靠摆地摊，一步步地积累，才创建了一壶春这样名闻江南的名店，建筑起宏伟的浮生园庭院……你嫁入洪家，本来也是一个好姻缘，吾儿玉树临风，你们算是一对璧人，闺房之乐，可以胜于画眉，只怪我那个没有福气的儿子命短……你这般花样的容貌，可谓秋水为神玉为骨，还守住贞节，真不容易，公公为你感到自豪。"洪朝奉在德邻堂讲了这番肺腑之言。说着说着，两行眼泪也从那张好看的国字脸上缓缓地流下。

冷风从梅花窗吹进，厅堂中央那幅蓝底金字的楹联"读书好营商好效好便好，创业难收成难知难不难"在木板壁上摇曳着，吱吱响个不停。

胡月姣心中冷冷道："何谓守节，你不见我人在地狱一般，你们把德邻堂挂满牌匾，什么'留耕''水环山拱''听月''怡然''少得佳趣'……可是，我的田谁耕？我的身子谁拱？何来佳趣？岂不是在哄鬼！"想着想着，胡月姣渐渐地进入了梦乡。

次日早晨胡月姣想到今天是她的喜事，精心打扮了一下，轻粉衣裙淡裹柔软腰肢，素白沙衣轻披在外，裙幅褶褶如雪月光华，流动轻泻于木地板上。青丝被浅银发带束起，斜插一支银亮的蝴蝶钗，衬着杨柳般的身材，妩媚无比。

她推开梅花窗，清新自然的梅花香扑鼻而来，整个人好似随风翻飞的蝴蝶，又似清灵透彻的冰雪。

一对鸟儿正站在树枝上，叽叽喳喳，欢快地嬉戏着。月姣一见此景，心头一热，喃喃地说道：“我要是能化作一只鸟儿该多好啊，成双成对，也不枉我的青春年少，花容月貌。”

牌坊竖在南街，工匠们正忙碌着。这是一座跨街二楼式的石坊，石材全是从新安江运来的茶园石。那根宽大的横石梁，一面雕刻着梅溪镇广为流传的目连救母劝善的故事构图，一面镌“清白流芳”四个台阁体大字。临近中午，四根巨大的石柱高高竖起，其他横梁也装配完毕，只剩下中间那根“清白流芳”横石梁，一直高高地吊在空中，怎么也合不拢……忽然，冷云密布，雨丝纷纷扬扬地从驼峰那边飘然而至，恰似一道一道闪亮闪亮的雨帘，把众人围得紧紧，又好似千根线、万根线，捆住他们的手脚。洪朝奉和工匠们感到奇怪，都冬天了，怎么还下这么绵长的雨？只得暂时停工。

洪朝奉独自站在德邻堂门口正在懊丧，胡月姣来到他的眼前。媳妇今天真美，肤白如雪水嫩，面如花娇月皎，两道柳叶眉，一双秋水般的眼珠，樱桃小口鲜红欲滴。洪朝奉心里，突然咕嘟起来，冷冷地问道：“月姣，你说实话，守寡期间，你是不是和其他男人有瓜葛？”“公公，这些年，我从未出过浮生园的大门，何来什么瓜葛！”月姣十分委屈，百般分辩。"真是怪事，你那座贞节牌坊，任众人怎样用劲，横梁就是无法合龙。你还是好好想一想，什么地方得罪了朱圣人？"洪朝奉不停地追问。"公公，我想可能是？"月姣的心如小鹿一般，怔了一下，又轻轻说道。"快说，什么事？"洪朝奉迫不及待。

"今天早晨，我见花窗外斜梅枝上一对鸟儿正在嬉戏，突然心动了一下。"月姣满脸通红，微微娇喘，怯怯地说着，眼睛流出了汪汪的泪水。

洪朝奉听到这句话脸不禁地红了起来，手也不由自主地摸了一下滚烫的国字脸，轻轻地说道："哦，原来如此，虽然你是清白之身，但意念淫邪，朱夫子的眼珠真是见不得一粒沙子。"洪朝奉似乎恍然大悟，赶紧叫林琴坤去找方阶云，把朱子像请到德邻堂。朱子像高高地挂在大堂之上，众人立即点蜡焚香，让胡月姣跪拜请罪。

也不知是不是巧合，浮生园里的胡月姣刚刚跪拜完毕，天空乌云顿时散尽，雨也停了。工匠们兴奋地大喊大叫："横石梁架上去了。"浮生园朝着南街开的大门"呷"的一声开了，胡月姣体态轻盈，腰肢袅娜的走出门，一双眼睛却是呆呆愣愣，痴痴傻傻，见门前南街上的行人，熙熙攘攘，人声鼎沸，可心里就是开心不起来。

南街在兵灾之前极其繁荣，铺店林立，富商如云。望族大户不只是洪、程、黄、孙等几家，还有方家、赵家、王家等等。南街有句广为流传的话："王家喜戴红顶子，赵家爱捧白元宝，程家只想竖牌坊，孙家抱着红绣鞋，洪家广藏线装书。"

梅溪学堂的老秀才方阶云，望见家家户户纷纷开着的花窗，一个个伸出头，都在观看着洪家竖牌坊的盛况，心有感触，就以梅溪的花窗为名，替王、赵、程、孙、洪五大户人家，编唱了一首现实版的"撒帐歌"，耐人寻味。

凌霄窗南街东

王家花窗斜半开　红顶帽子路路通

杏花窗南街南

程家窗摇冷风吹　十里街市想牌坊

玉兰窗南街西

赵家窗闭斜阳里　满屋元宝如铜锡

桃花窗南街北

孙家窗漏脂粉香　环肥燕瘦舞歌台

梅花窗南街中

洪家推窗邀明月　书声琅琅伴茶盅

梅溪的建筑大都是粉墙黛瓦马头墙的徽派风貌，黄、江、程、孙四家的门楼却大相径庭。黄家喜欢红顶子，一心想着做官，考不取功名就用白银子捐官，他家门前的屏风墙就是一个宋代文官帽子的造型。孙家开当铺，赚白银，大门左右摆放着两个硕大的石头元宝，孙家钱又多，庭院美色多，花窗数量多，有"一窗一美人"的盛况。程家门楼是一个巨大的木头牌坊模样，虽称不上牌坊，却可激励后人。

洪朝奉那天请客，几家的老爷们当然都来了。他们表面上，一个比一个谦虚恭逊，心里却各有心思。

"晚年得子，血气不足，子孙在仕途上不会有什么出息。"头戴候补道官帽的司马正冷言冷语。

"儿子周岁，媳妇竖牌坊，只弄了一个不值几两银子的梅花宴，穷开心。"赵图远很不以为然，这人平日里都在扬州府当幕僚，偶尔回梅溪。洪朝奉父亲洪文翰一直在扬州经商，所以，洪朝奉也邀请了他。

"竖一个二脚牌坊，还这么兴高采烈！"程熹礼极其蔑视。

"那个儿媳妇的妹妹，庸脂俗粉。"孙吟可也不屑一顾。

各讲各的，各不相让，洪朝奉似乎没有听到一句，国字脸上那双眼睛，醉意朦胧，手还在不停地推盏交杯。酒后，他又热情地邀请大家去参观他家的藏书阁。

德邻堂到藏书阁有数百米景致，爬了孤山，过了断桥，便到藏书阁。远远望去，横挂在门上的"报春堂"三个台阁体大字，金光闪闪，这是洪朝奉外祖父王待郎的手笔。那大门形似一个大大的"商"字，早已洞开等候。门的两边挂有木制楹联一幅，蓝底金字："读书众壑归沧海，下笔微云起泰山。"门前就是那片梅园，台阁梅、玉蝶梅、迎春梅、徽州檀香、绿萼梅参差于园中，铁干虬枝，势若蟠龙，清香四溢。

"这倒是一个梅魂的清净处。"司马正慢悠悠地走在用砖头铺成的人字型小径上，边看边说。

"再清净也会被人弄得不清净。"人群中的程熹礼偷偷地回了一句。

"快来看，梅林边的那座山峰真美。"赵图远喊了一句，说完后，眼睛紧紧盯住那个年轻气盛满嘴刻薄的司马正。

众人向梅林那边望去，见院墙和一池水之间，一座用奇石叠成的池山突兀而出，陡峭挺拔，洞室透漏，形状各异，水拍石洞，鱼潜山影，峰身披绿，峰顶似乎正冒着一股股青烟。

"假山，假山，一座假山而已，没有什么好看的。"洪朝奉急急忙忙地引开话题。

"洪朝奉，梅溪人都说你家浮生园里，有一个'藏春坞'，是不是在这个山峰里？"司马正开始紧追不放了，一只手还在不停地摸着头顶上那个候补道的官帽子，生怕被风吹落。

"我还听说，这些太湖石有些奇妙，你用嘴巴对着任何一个孔穴吹气，还会冒出不同的声音。"司马正兴趣盎然地说道。他走上前去，抱着那块突兀到小径的太湖石，见面上有不少石孔，司马正翘起嘴巴，对着最近的三个石孔，鼓着气，不停地吹着。吹第一个石孔发出了"痴"，第二个石孔却是"搭"的声音，第三个石孔又是"废"的声响。众人一听大笑道："痴搭废，司马正吹得太好了。"

洪朝奉不说是，也不说不是，只推着众人向前走，但他心里明白，众人都在讽刺司马正狂妄自大。

众人进了"商"形门，"铜钱的味道越来越浓烈。"司马正又打趣了一句，鼻子还不停地吸着气。

"不要急，进去就可以闻书香了。"洪朝奉还是热情地说着，嘴里嘟噜了一句"满嘴喷粪"。

藏书阁座南朝北，两层构架，左墙对驼峰，右边临街。左墙上有漏窗，窗眉上有四个楷体字："驼峰烟雨"，右墙漏窗的窗眉上，也有四个楷体字："街市人烟"，壁墙上有空窗两扇，左边是梅花窗，右边还是梅花窗，不过一个窗是繁梅，另一个窗是孤梅。

一楼是洪家的藏书厅，左边的书架上，尽是一本本、一丛丛、一层层古籍珍本，众人不停地抽出翻翻，又塞进书丛中。"《春秋四传》《诗经集传》《礼记集说》《周易传义》……这里还有明代崇祯四年的《列国东坡图说》《诸国兴废说》，还有崇祯五年的《唐宋八大家选》……尽是经典名著。"程熹礼突然有点兴奋，谈起古书来，像是一个饱读诗书、通晓古今的儒生。

"这有什么大惊小怪？此类书本人早已通晓。"司马正冷冷地说着，他似乎对这些书籍毫无兴趣。

"谁能和你比，你是司马迁后第一人。"程熹礼反讥了他一句，他心里很瞧不起这个人。

"你说的一点不错，我的族名是黄洼盈，司马正是我的雅名，你知道吗？司马迁的《史记》还得让我这个晚生校正，否则，谬误多也，大家称我为司马正，不是恭维，实至名归也。"司马正兴致勃勃地说着，众人默默无语，一直在翻着看着书。

"这里还有崇祯四年刊的《程颐传》、朱熹本文《周易传义》、程颐撰《下下篇义》、朱熹撰的《图说》……本朝科考题目大都出自于这些书"。方阶云如数家珍，缓缓道来。"书读多了，也不一定能中举"，程熹礼无意间说的一句话，弄得方阶云、司马正满脸通红。

左边的书架上，大都是洪朝奉前辈留下来的诗集文丛《广陵诗事》《城南宴诗集》《馀庆堂诗集》《梅溪诗集》等等。

"是啊，现在南街上的商人喜欢文墨，爱风雅，他们家中都聘有先生，明言坐馆，暗里提刀，翻翻诗韵，调调平仄，如唱山歌一般，刚刚凑集四句二十八字，仆人就立刻上南街做宣传，老爷能作诗，老爷能作文，洪朝奉家中收藏的诗集大都是这些作品吧？"孙吟可说出这些话，自己也感到有些过分。众人听了，你看看我，我看看你，鸦雀无声。

大家随洪朝奉上了二楼，厅中央设有几个书案，上有湖笔二支，徽墨一块，歙砚一方，诗韵一本，笺纸数张，瓷碗一只，茶壶一盅，果盒、茶食盒各一只。众侍女鱼贯而入，侍立于案几边，红袖添香，娇声燕语，令人心醉。

"今天是我洪家的大喜日子，承蒙众乡贤抬爱，令浮生园蓬荜生辉。诸位或为官，或为商，亦是饱学之士，欲请你们留下墨宝，诗文皆可。我家园中的景致不错，内有看山楼、报春堂、梅园、红药阶、觅句廊、紫薇庵、浇药井、梅溪鹤影、杏花春雨楼、薪客居诸景，你们可以看个够，或许可以激发诸位的诗文雅兴。"洪朝奉似醉非醉，一口气说完。

"我先来，抛砖引玉！"林琴坤毛遂自荐，他借唐人诗在宣纸上龙飞凤舞：

腹中贮书一万卷

不肯低头在草莽

程熹礼似小冬瓜一般长的目字脸上的眼神，忽闪忽闪个不停，嘴里轻轻地说了一句："有拍马屁之嫌。"接着便高声说道："我也来幅。"便提笔写道：

万人丛中一握手

使我衣袖三年香

司马正见程熹礼写完了字，近前一看，便冷冷道："借本朝龚自珍诗，马屁拍得更响。"羞得程熹礼脸红得像关公一样。

方阶云似乎没有刚才那样兴奋，干脆就把梅溪家典默写一段："我新安为朱子桑梓之邦，则宜读朱子之书，服朱子之教，秉朱子之礼，以邹鲁之风自持，而以朱子之风传子若孙也。"他写得很认真，字字端庄而秀雅，众人大赞。

孙吟可也读了不少书，只是屡考屡败，后干脆经商，肚子里还是有不少唐诗宋词。今见美人簇拥，不可失去面子，那张马脸拉得很长，长长下巴就让人感到格外的沉重。突然，他提起毛笔，沙沙几下，便在纸笺上写下一首诗："媚眼含羞合，丹唇逐笑开。风卷葡萄带，日照石榴裙。"也不知是前人诗，还是他自作的，搜肠刮肚半天，总算完成任务。司马正赵图远远地站在梅花窗下，冷冷地望着他们。

一股清风从两扇梅花窗吹进，梅香盈鼻楼内的人，心旷神怡。

洪朝奉望着窗外朵朵梅花，红的似霞，白的似云，如痴如醉地说道："诸位妙诗巧句不断，彰显了我们梅溪人很有文化，令我不得不刮目相看。我呢，文才不如诸君，就学着梅溪撒帐歌的曲调，也来凑合几句，图个风雅。"他放下手中的水烟枪，从桌上拾起写满墨字的宣纸，大声说道："我这篇文字叫梅开三度。"

"梅开三度？"众人异口同声。

"正是，诸君请听。"洪朝奉笑眯眯地说着。接着，他学着方阶云摇头晃脑的样子，吟颂着：

> 梅仙子，正月来，香雪宫粉挤花台。
>
> 小绿萼，最先开，洪岭二红齐焕彩。
>
> 舞朱砂，抢着开，徽州淡粉玉人来。
>
> 紫蒂白，争着开，素白台阁引诗才。
>
> 骨里红，赶着开，千层朱砂梅苑排。
>
> 园中梅，处处开，树树梅花来进财。

洪朝奉一读完，众人皆道："好诗，好诗……"一直站在花窗下观望的司马正赵图远，竟也开心地鼓掌。

"献丑，献丑……"洪朝奉一脸谦虚，春风满面。

第 八 章

洪朝奉在诗文会上唱的撒帐歌词，全都取材于浮生园中的梅花。这些梅花也是他祖父洪阅甫开药店时，取之不尽的中药材。

梅溪人称阅甫先生为"驼峰采药翁"，他十六岁考取秀才，可这以后，连考六次也未中举，得了一个老童生的称号，过着耕读的日子。一天，他闲着无事，翻开二本祖上的珍籍《注解神农草木经》《木草便读》，发现驼峰一带盛产名贵草药，前胡、徽白术、山茱萸、杜仲、厚朴、伏苓尽在满山遍野的碧绿中。

"我不能只知读书，考功名……这里可是遍地黄金啊！卖草药肯定发财。"洪阅甫把这个想法告诉家人，一脸豁然开朗的神情。

一个年年考，年年不中举的老童生，肯定不是文曲星，还不如采药卖药，赚些银子实惠，省得左邻右舍看笑话。家人听了他的想法，欣喜若狂，心里想，洪家的老童生终于开窍了。

洪阅甫在南街那棵高大的白果树下，摆起了一个地摊。平日里，隔三差五上驼峰采药，余下日子都在摊点卖各种草药，祁术、黄连、绿萼梅、生晒术、枣皮、前胡这些草药特别畅销，是这一带独有的中药。南街来往过客都喜欢买他的干草药，材质地道，价格适宜。他卖草药，名气越来越大，如驼峰滚下来的雪球，越滚越大，皇都客广东客杭州客苏州客扬州客等都赶来采购。有一次，洪阅甫从古医籍《本草蒙鉴》中发现一种名贵中药，梅溪称为"狗头术"，产在驼峰下的深山坞中，个头瘦小，得土气充盈……药力极好，徽州府把它列为贡品献皇宫。他用多年积累下来的银两，开了一个"梅溪药肆"，前店后坊，临街做门市生意，零售成药和配方，后坊加工草药和菟丝子丸，兼营批发和收购。洪阅甫广读医书，深研医理，以程朱理学入医，引朱子"太极""理气合一"等入药，渐成一个名医，老童生的称呼在南街上消失，采药翁的名字却越来越响。

"请问采药翁的药店在哪里？"几个操着外地口音的人问道。

"一直朝西莫走叉，遇到街口向右拐，大树下的'梅溪药肆'便是他家店。"梅溪人都熟讲这句话。

这几个外地人是贩药材的客商，他们从千里之外的云贵高原贩药到江浙等地，其他药材很快脱手，剩下的黄柏、大黄各千余斤无人收购，又逢江南的梅雨季节，干药材成了湿漉漉的包袱，走了几百里的商道，正好路过梅溪，他们想到了信誉度很好的"梅溪药肆"，想贱卖走路。

"你们出门在外不容易，又遇上这个鬼天气，药材是什么价，我就照价收购，黑心的钱我不能赚，这是'梅溪药肆'的店规！"采药翁的国字脸有些消瘦，却显得慈眼善眉。他叫伙计们把药材全部搬进后坊，然后拿出银锭，一锭一锭地支付给来人，商贩们千恩万谢，磕完头赶路去了。

这些药材一直放在药肆的后坊，洪阅甫也没有打算靠它发财。大概过了几个月，江南一带瘟疫流行，徽州府急需黄柏、大黄药材。一夜之间，这两种药材供不应求，价格猛涨。洪阅甫不慌不忙地把后坊的存药全部抛售出去，连本带利得纹银数千两。洪阅甫的救急之举，使徽州疫情得到了很好的控制，同邻近州县比较，徽州人死亡率极低，徽州百姓感激，官府还特地制作一块蓝底金字牌匾，上有四个金光闪闪的大字："功同良相"，衙役们敲锣打鼓如同梅溪孙白廉中举时送捷报一般热闹，把牌匾抬到采药翁家。

傍晚，洪阅甫家的店铺早早地关上大门，一家人都在浮生园兴高采烈地议论着："功同良相，这个评价太好了！"洪阅甫抬头望着那光亮光亮的金字牌匾，又转身看了看一箱箱、一锭锭的雪花银，心花怒放："徽州府那座'先学后臣'牌坊，是皇上赐给许丞相的，只是高大一点而已，还不如我这块匾实惠，即得名，又获利！"

"死读书，不如经商好啊！镇上的人再也不敢小瞧我这位老童生了。"

"是啊，干什么事不能一根筋，就是中了举，当了老爷，官府也不会称你是良相。"众人忙着恭维。洪阅甫听到这些话，一张瘦脸都笑成了花，心里想，那个老举人孙白廉中举后，多少年过去了，还是天天穿着一件油光可鉴的长衫在南街上四处晃荡着。

从这以后，洪阅甫彻底断了参加科举的念头，一心一意地研究历代医书，掌握了不少秘方、验方，又做到临床随机应变，不泥古方，效如桴鼓，名声渐噪。

洪阅甫只有一个儿子，叫洪文翰，也就是洪朝奉的父亲。洪阅甫取其名是有深意的，希望儿子长大后，考取功名，做一个翰林大学士的文官，光宗耀祖。洪文翰文章很好，通儒而精于医，却不热衷功名，常说："为臣必忠，为子必孝，我要把父亲的精髓学到手。"

这年秋季，天气很冷，邻村仁里有一个七岁的小男孩得了急病，昏迷不醒，孩子的父亲找了许多医生，也一直不见效，最后抱着死马当活马医的渺茫希望，找到了梅溪药肆。洪阅甫想试下儿子的医术，让儿子独自看病救人，洪文翰叫人把男孩平卧于床上，观颜察色，辨其阴阳，然后说道："快去门外的泥地上挖一个坑。"

"啊……没有办法抢救，也不能急着入土吧！"小孩的家人大为吃惊。

"你在瞎扯什么，这是在救他的命！"

"我赶紧去挖坑，听医生的话。"来人虽然按照洪文翰的意思去做，心里却有些莫名其妙："可能遇到庸医。"

片刻，药店侧门草地上的坑挖好了，洪文翰叫来人把小孩的厚棉袄脱掉，换上薄衣薄裤。一切做好后，洪文翰便把床上的小孩抱起，慢慢地走到土坑边，把小孩以坐姿放进坑中，他一只手护着孩子的身体，另一只手把坑边的浮土填进坑去，直到小孩的身体全部被埋在土中，只露出小男孩双目紧闭的头。洪文翰站起来，急促地叫道："赶紧提两桶冷水来。"众人又大吃一惊，洪文翰提起水桶，冷水从小孩的身上浇下去，第二桶水即将浇完时，小孩便

"哇"的一声，苏醒了。洪文翰赶紧扒土，把活过来的小孩送进屋。来人从悲痛欲绝变成了欢天喜地。

这件事越传越神，都说洪文翰是华佗转世。梅溪河畔，有一座华佗庙，庙里就住着地师春嬉公，庙前的石磴上有一棵斜长的古树，绿油油的，远看似一把半打开的雨伞，这天，古树不停地摇晃着，春嬉公心里想，肯定是华陀菩萨下凡来梅溪了，他还特意来药肆拜访洪文翰，洪文翰总是笑而不答话，送了地师一些银两，把春嬉公送出大门。

清明节这天，洪家人都忙着上祖坟挂纸钱去了，洪文翰独自临窗读医书。百米外的王家祠堂却锣鼓喧天，正在表演目连戏，说是王瑞茂秀才生了一种怪病，需要赶鬼。王瑞茂去年秋试未遂，去苏州经商，得了一种怪病，病噎，进食辄吐，不能吃一粒米，日渐虚弱，遍访苏州名医也不见效，只好叫仆人背至梅溪家中等死。梅溪有老者说，可能饿鬼附体，可以请人演目连戏，赶走附在王瑞茂身上的鬼。清明节是梅溪人的节日，也叫鬼节，那天扮演目连戏中鬼的人有很多，表演度索、舞、翻桌、翻梯、斤斗、蜻蜓、蹬坛、蹬臼、跳圈、窜火、窜剑等众鬼散乱登场。台上一个披头散发的女鬼正唱着：

风雨聚歌，淡烟雾清明节。

清明节，柳底黄鹂，花间蝴蝶。

杜鹃叫落梨花月，海棠露湿胭脂颊。

胭脂颊，露滴花梢，好似我珠泪流血。

戏台下，静坐在人群中的王瑞茂眼泪汪汪，好不悲伤。

洪文翰匆匆赶到戏台下，挤进人群，悄悄地来到了王瑞茂的身旁。洪文翰一边看戏，一边偷偷地注视着王瑞茂。当戏台上的"天尊"开始追赶鬼时，台上、台下鞭炮齐鸣，锣鼓大作，焰火弥漫，台下人也一片喧哗……洪文翰突然发现鞭炮炸响时，那浓浓的火药烟冲进王瑞茂的鼻子，王瑞茂深深地呼吸了两口气，似乎心肺洞开。戏演完后，洪文翰看了一遍王瑞茂治病的药方，便吩咐王家人再加一味药：火药粉。王家至此也无药可治，便把一串串鞭炮剥开，火药一点一点地倒进药罐中……。三天后，王瑞茂竟然出现了奇迹，可以喝一点鸡汤了……王瑞茂十分佩服洪文翰的才华，感恩戴德，把自己那位如花似玉的长女嫁给他为妻。

"吾乡梅溪，吴越佳境，山高水清，峙者有驼峰、搁船尖、大彰山之奇，流者有箬叶溪、梅溪、昌溪之异，是以讴歌弘诵之声代不绝响。"王瑞茂秀才病好后，又想到科举，起进取之心，常用这些话激励自己，发愤图强。他又说："观驼峰之佳处，草木皆异，无俗物，观此亦知文曲星辈出也。"他一直认为，自己就是文曲星下凡。每天晨读，他都要取出前朝徽人张习孔《家训》文先读一遍："书香不可绝。书香一绝，则家声渐垮于卑贱，则出入渐鄙陋。人既鄙陋，则上无君子之交，下无治生之智……"他天天挑灯夜读，苦读朱子的《四书集注》等经典著作，还经常去梅溪学堂参加文会，辨析八股，切磋制艺。这一年，王瑞茂终于中举了。中举那天，王家祠堂按照《春秋办祭规则》奖王瑞茂举人登科贺银五十两、肉四斤、鳜鱼六斤、豆腐六斤、包子六只等。王举人看都不看，立即叫人送去浮生园给女儿女婿，并一再叮嘱仆人说："你话不要多说，只说一句，王举人过几天要登门看望他们。"

　　洪文翰收到岳丈的礼物后，心里顿时明白岳丈大人的意思，立即忙碌起来。此时的鳜鱼，正是春水泛涨时，故诗人有"桃花流水鳜鱼肥"之诗句，梅溪人也称此时的鳜鱼为"桃花鳜"。洪文翰夫妇把这些鱼一层层地放入木桶中，然后，以"斤水钱盐"的比例配制好淡盐水，将鱼完全浸没，上面再压一块石头。豆腐则切成方正的豆腐胚，均匀地撒上精盐和配料，覆上木桶盖，盖上保温被，让它进行发酵。

　　大概七八天后，王瑞茂举人到女婿家来了，虽是民间筵席，洪文翰特意按照前朝《永乐大典》的规定，设计了一个"八碗十二盘"。"八大菜"是清炖蹄膀、火腿炖鳖、红焖牛肉、红烧石斑鱼、石耳炖鸡、干渍菜焖肉、徽州肉圆和愁娘子豆腐。"四冷盘"为花生、瓜子、海蜇丝、皮蛋，花生、瓜子是不能变的，其寓意是"加子加孙"；"四热盘"是炒猪肝、炒肚片、虎皮毛豆腐、桃花臭鳜鱼；"四果点"尽是梅溪周边产生的佳果名点，即三潭枇杷、高山柿饼、金丝琥珀蜜枣、慈坑山核桃。当金灿灿的毛豆腐、热气腾腾的"臭鳜鱼"端上八仙桌时，王举人喜笑颜开，连连称道："我女婿不愧是一个读书人，我只叫人把食材送给他，并没有讲明我心中的意图，他就办好了这桌'高升宴'，太合我意，这种宴席品位，可不是一般的村姑拙夫能弄出来的。""你们别看毛豆腐普通，其实大有讲究，它是用一种'六月黄'大豆制作，而煎豆腐的油却是叫'十月白'的豆油，两者相得益彰，煎出的毛豆腐才香气扑鼻……"洪文翰一边替岳丈倒酒，一边解说着他的杰作。

　　王举人开心地吃完这次宴席后，就去京城参加殿试，又中了进士。他从县令一直升到户部左侍郎，都喜欢吃梅溪的毛豆腐和臭鳜鱼。在京都，他每次招待达官贵人也少不了这两道菜。

一年皇太后染病，皇宫太医院和京都附近的名医们，看过太后的病情后，都面面相觑，束手无策。徽州府推荐洪文翰入宫看病，洪文翰察色按脉以后说："这种病是由惊气入心引起。"太医们听了惊奇道："你的诊断怎么这样神啊！"便将前阶段宫中失火、救火而导致太后生病的经过说了一遍。洪文翰立刻开出一个药方。太医们认真审查，发现中药成份大同小异，只是玉米叶有别，洪文翰写的是"霜后玉米叶"。皇太后服了中药后，病慢慢地好了。皇太后想挽留洪文翰在宫中当太医，皇上也想封他为中书的官。

"皇上，微臣女婿愚钝，皇太后洪福齐天，治好太后的病也只是碰巧而已，他根本不适合当官，还是让他回江南经商行医去吧！"王侍郎就是原来的王瑞茂举人，洪文翰的岳丈大人。他听到皇上想封洪文翰当官的消息后，立刻上书参奏。

"爱卿言之有理，这样的奇才在民间，能为大清更多的子民救死扶伤，也是功德无量的事。"

"朕想恩赐一样东西给他，算是嘉奖。"

"那就赐他两棵红豆杉吧，这树在臣家乡徽州极为稀少，红豆又是一味很珍贵的中药材。"王侍郎顺水推舟，为洪文翰讨了两棵树苗，他早就听说，女婿家的浮生园缺少红豆杉苗木。洪文翰回乡后，立刻种在浮生园的后院中，王侍郎也题了四个隶书字"娑罗春融"，刻在一块黟县青石块上，镶嵌在园子的石灰墙中，以示皇恩浩荡。

第 九 章

　　洪文翰去了一趟京城增添了不少见识，也结识了不少朋友，在德邻堂里，他宴请朋友，酒越喝越开心，便海阔天空地谈道："此时做盐生意更加发财，如果借用好岳丈这座靠山，做盐生意是很稳笃的活儿。"

　　夫人听了洪文翰的话，便悄悄地来到丈夫身前，随手提起桌子上的瓷器酒壶，替众人把酒杯斟满酒，看了看洪文翰，笑眯眯地说道："做生意赚大钱就得打开大门行走天下，大家呆在徽州本地争一个饼，难免会穷争恶斗，一事无成。"洪文翰一听这话，心中块垒顿消，点头说道："猪栏里养不出千里马，花盆里种不出万年松，做生意也是这个道理。""是呀，夫君你看我家浮生园里的薜荔藤，爬出花窗，挂在墙外的薜荔果又圆又大，没有爬出去的薜荔藤，挂在树上的薜荔果又小又瘪。"夫人不愧是名门之后，说起话来一点也不逊色男人。众人也不禁啧啧称赞。

　　"我已经和父亲大人商量好了，准备筹集资金去扬州做盐生意，程家的程秉仁老爷也同我结伴去扬州。梅溪的药铺、茶庄等生意全凭父亲掌管，各位须鼎力相助……"几天后，洪文翰在梅溪药肆里宣布这个消息时，众人都感到吃惊。

　　"隔行如隔山，行行有门道，你去扬州人生地不熟，做盐生意，难度很大。"伙计们小心翼翼地劝道。

　　"如今，朝廷推行了新的盐政，特别适合我们这些从大山里走出的徽商……况且，我岳父王侍郎帮我写了推荐信，只要我们有财力投入，必获利无疑。"洪文翰信心百倍。

　　凭岳丈的推荐，洪文翰很快立足扬州。他又饱读经史，熟知历代盐法利弊，盐运司每以盐政大计咨询众商，他都侃侃而谈，切中要害。他的建议多被盐官采纳，连善于谋划的山陕盐商也对他极为折服，大家推选他为众商首领。

　　梅溪浮生园也不停地扩建，一时间，徽州府六县许多好的商铺、田地、林场、茶山，都有洪家的产业。他又捐资梅溪学堂，捐资大修洪氏宗祠……他和许多商人一样喜欢书画，扬州郑板桥的墨竹、汪士慎的梅花、金农的兰草、罗聘的鬼，一夜之间涨价不少银两。

　　洪文翰甚爱郑板桥的字，他说板桥的字有点像梅溪街道上青石板边的铺路石，大小疏密、短长肥瘦，参参差差巧缀妙串，灵动而不刻板。更像从徽州古道上联袂而来的男女老少，老翁拄杖，孙儿牵袂；少男张扬，少女含羞；急者抢道，徐者闪让；壮者担货，弱者随行，不离不弃，不散不结。

　　"洪老爷，你也很喜爱金农的字吧，扬州歙南别墅里最长的对联就是金农题写的吧，好像是'恶衣恶食诗更好，非佛非仙人出奇'的句子，何故？"有一个同行好奇者问道。

　　"我觉得金农的字体特别像我们的徽商。"洪文翰微笑地答道。

"徽商与金农的字有什么关联，你就胡扯吧。"一些人对他的回答颇有微词。

洪文翰竟然从袖口里掏出一卷充满墨香的纸轴，在一桌子上缓缓展开，这是他刚刚从金农寄居室里买来的一幅未裱的立轴。他一手按着纸，一手点着字，侃侃而谈着："这字用墨如漆，运笔如运刀斧，像不像我们商人在赚钱道上大刀阔斧的动作。"

"这点确实像，有意思。"众人附合着。

"再看这字肥瘠有态，上重下轻，像不像我们在商道上走路的样子。"

"想想却是有些相像。"众人迟疑了一下说着。

"这些字古拙中略显媚姿，像不像你们见到官府老爷时的模样。"

"嘿嘿，惟妙惟肖极了。"众人笑了起来说着。

"还有这些字用笔似帚却非帚，像不像你们收银子清账时得意忘形的姿态。"

"太像了，简直把我们商人刻画得太精准细腻，这样下去，我们也变成了纸上的黑字。"众人异口同声道。

"我们商人能够获得一个好名声，能被文字记载下来，也是祖坟冒青烟，好运道呀。"洪文翰大声地说道，众人纷纷点头称是。第二天，郑板桥和金农等人的字，一下子又涨了不少，大有洛阳纸贵的气势。

洪文翰经常对同行们说："要想减少铜臭味，就得用书香来冲淡，所以我就喜欢名家书画、古雅的线装书。"

"那你喜欢捐钱给族里修学堂，给府县修建考棚呢，难道你还想去读书参加科考？"有人好奇地问道，心里想，有钱人大概又发官瘾了吧。

　　"我本来就是一个读书人，所以尊敬读书人。那些当官的人哪个不是'先学后臣'的楷模。我们只有读好书，就容易和他们攀上关系，生意才能做得更好。"洪文翰望着花窗外的瘦西湖，一片阳光明媚，桃红柳绿。

　　烟花三月，皇帝恰巧来扬州巡察，船在瘦西湖，过五亭桥畔，随口说："这里桃红柳绿，春色惹人，只可惜少了一座塔。"哪知，第二天清晨，皇帝推开花窗远望，竟然发现五亭桥旁的晨雾中巍然耸立一座白塔，大为惊奇："怎么一夜之间就出现如此雄伟的塔。"

　　"是一个洪姓盐商为了弥补圣上之憾，连夜赶造而成。"身旁的侍从跪奏道。

　　"不会是那个替太后治好病的洪郎中吧？听王大人说，他在扬州的盐生意，干得风生水起。"

　　"皇上英明，就是他，他现在已成了一个大盐商。"虽说白塔是用盐包堆叠而成，但诚心可嘉，皇上大悦："让他来面见朕！"

　　"朕赐你的红豆杉，现在如何？"皇上关切地问道，目光如炬般盯着洪文翰。

　　"谢主龙恩，红豆杉长势喜人，它和大清国一样，生机勃勃。"洪文翰跪拜回话，额头上露出点点光亮的汗珠。

　　"难得爱卿一片忠心，天下臣子都如你一样，朕则万幸也！"皇上龙颜大悦，边说边望着花窗外那个高大雪白的盐塔。

行宫里，皇上亲解御佩荷囊，面赐佩带，并御书"徽商流芳"，恩赐了一些金子给洪文翰。洪文翰胆颤心惊地接过圣物，双手发抖，嘴里不停地喊着："谢主龙恩，吾皇万岁、万岁、万万岁！"洪文翰喜从天降，激动得语无伦次。心里却想着，洪家又一次得到皇上的恩赐。幸好，这次皇上没有赐我红豆杉，否则，浮生园都种不下去了。说句心里话，这种皇恩浩荡真有点承受不起呀。

方阶云正在扬州游学，听到洪文翰家的喜事，也特意赶到兵马司巷的歙南别墅，见大门的侧面有一水沟，正冒着红水，方阶云见此，心里不禁嘀咕起来了，洪家运势这般好，原来门口就是鸿（红）运当头呀。洪文翰见徽州老家方阶云老秀才来了很高兴，方阶云刚踏上台阶，迎面三扇大门，中门和左右各侧门，平日里两个侧门都是洞开着，中央门关闭着。"快、快，把中央门赶紧打开，恭请方秀才。"洪文翰话毕，大门便咕啦一声打开了，弄得方秀才一脸绯红。洪文翰在前走，方阶云在后面跟着，此时院中的芍药早已没有花朵了，只是一丛丛的绿叶，洪文翰边走边解说，这是红药阶、浇药井、藤花阁、梅寮、觅句廊、看山楼、清响阁、丛书楼，那是透风漏月两明轩、驼峰草堂等等，方阶云目不暇接，嘴里不停地嗯嗯地应着。

他们走到了驼峰草堂前，方阶云突然停下了脚步，呆呆看着一座假山，洪文翰走到他的身前，望着那座假山笑着说道："这是雪石叠砌而成的假山，冬日便是赏雪围炉之佳处，有一点'积雪未消'的味儿，又有'晚来天欲雪，能饮一杯无'之趣，你也好像似曾相识吧？徽州老家梅溪浮生园里的藏春坞假山也用了不少雪石。""哦，难怪我觉得这么熟悉。"方阶云如梦初醒，低声回道。

次日，方阶云刚吃完饭，洪文翰带着他出门游玩，方阶云赶紧理了理头上的长辫子，拉了拉长衫的袖子，紧跟着洪文翰。他们刚出了歙南别墅，又见门前水沟里正突突地冒着红水，洪文翰指着水沟说："扬州这地方自古物华天宝，人杰地灵，你别以为只有徽州有山，扬州也有山，叫蜀冈，有人在四川江中丢了瓢，竟在蜀冈一口井中出现，你说奇妙不？所以这座山被称为蜀冈，我家门口这水沟叫满溪红，凭这风水宝地，洪家的生意也会红红火火的，红者洪也。""哦，有道理。"方阶云随声说着，任洪文翰海阔天空地吹嘘。

"文翰，你家这个门楼怎么和其他人家不同，大门前的门当是两座石牛，可人家的门眉上的户对都是两根木柱，你家却有四根呀？"方阶云又认真地问道。

"我虽是一个盐商，但有二品官的帽子，二品官者可以在门楼建有四根木柱的户对，这就是门当户对的礼制啊！"洪文翰听到方阶云的问话，心情特别地激动，说起话来，声音明显又高了许多。

方阶云跟着洪文翰周旋于一条又一条的古巷中，方阶云见这里的巷皆口狭而肠曲，寸寸节节布满精房密户，越走越有玩兴。柳巷因绝色女子而取名，流芳巷因徽州人程姓者开书肆而名，文楼巷是萧统编《文选》处，洪文翰边走边说着。当他们来到另一个巷口时，突然停了下来，洪文翰指头幽长的古巷，笑吟吟地说："这条巷的妇人多以做肚兜为业，所以叫兜兜巷，梅溪孙吟可每次来扬州，都要替妻妾买一大包形形色色的肚兜。方先生你要买不？"

"老夫家中只有一个老妻，也不讲究什么时髦，买肚兜何用？"方阶云低着头回道，心里却想，你这个洪文翰又不是不知道老夫的贫寒，开这种无聊的玩笑。

他们边走边笑，又走进另一条巷口。洪文翰又停了下来，笑哈哈地说道："这条巷叫多宝巷，也称如意巷，许多扬州瘦马都住在这里，等待买主，有的女人运气好，被官宦富商买走后成了如意夫人，所以叫如意巷。"

"扬州瘦马，可以被人骑的吗？"方阶云第一次听到这个名字，一脸茫然。洪文翰又哈哈大笑起来："她们不是草原上那些行军打仗的马匹，而是被有钱人在床上骑的女人。"接着，他望着不开窍的老秀才，又怪怪地笑道："这些瘦马其实都是从扬州周边的乡间买来的漂亮小姑娘，教她歌舞、琴棋书画，长成后可以高价卖给富人作妾或入秦楼楚馆，买来的时候价格不过十几贯钱，卖出时可达千百两银子，她们个个都是苗条消瘦的小美人，所以称为瘦马。"方阶云听到买来时才十几贯钱，顿时情趣盎然，腰身一下挺拔起来，当听到卖出时要一千多两银子，顿时脸色暗然无光，背脊又弯了起来。洪文翰似乎没有看到方秀才的表情，继续侃道："挑选瘦马非常看重姑娘的小脚，一定要'三寸金莲'才行，还要达到'瘦、小、尖、弯、香、软、正'的七条标准。"方阶云听到这里，心里又开心起来，自言自语道："我家女儿方春梅一双小脚才是江南第一呢。"他的自豪感油然而生，腰身又挺拔起来了，突然打断洪文翰的话语，大声地说道："我这个读书人，难得来扬州一次，快带我去云蓝阁吧，我要买一些文房四宝。"

他们沿着一些歪门斜道，七拐八转进了两淮盐运司边的云蓝阁，见大堂墙壁上画有山水、人物颇是古雅。方阶云走近一看，见是扬州王素和徽州高僧莲溪和尚的合作画，心中陡然感到徽州人有些厉害。店里挂有许多字画轴和一些刚刚印刷出来的崭新年画，尤其是那幅桃花美女，桃花美女脸蛋如花，胸脯里的双乳好像要突破薄薄的衣衫，方阶云心脏怦怦怦怦地快速跳起来，悄悄向前细看，转过身和洪文翰说道："这年画竟然是徽州人郑曼陀画的，想不到徽州人也能画出这种画，有愧朱子啊。""这很正常呀，时代在变，这画当然受了西洋人的影响。不过，当朝也有人在讲，以夷人之长制夷人呀。"洪文翰见多识广，不以为然地说着。

方阶云买了二刀宣纸和几幅空白书画轴，挟在长衫中出了云蓝阁，又转身看着那张美女年画，美女似乎也朝着他娇滴滴地笑，方阶云的嘴不禁咂咂了几下。洪文翰认为他在替徽州人感到自豪而依依不舍，洪文翰边走边告诉方阶云说："徽州人值得骄傲的地方多着呢，你别以为徽州人就画画厉害，在扬州做生意、造园林也是很厉害的，今天天气好，天未黑，干脆我陪你去看我们家乡人在扬州造的园林，那也是一个巧夺天工，美轮美奂之地。"

他们来到歙县程梦星家的筱园，见园内荷田数亩，虽然已是残荷季节，许多奇丑无比的男人正在消凉，令方阶云大吃一惊。

洪文翰见方阶云那个怪模样，便微笑地告诉他，扬州富商巨贾许多，他们受了西洋人的影响，不仅喜欢用木制裸体妇人作为室内装饰，还有一些癖，家中男佣尽用奇丑者，有些穷人为了有口饭吃，被雇佣前用镜子照看自己，觉得不够丑，还会自毁其脸后，再以酱敷之，以博主人欢心。"真是作孽！"方阶云气愤地骂道。洪文翰似乎一点都不感到奇怪，轻轻地说道："不过这样男主人放心，家中娇妻美妾见此等怪物避之不及，只得簇拥男主人了。"他俩边走边说，到了湖边，洪文翰又高声地说道："我洪家和他们不一样，我们都喜欢相貌俊美的人。"湖中有一个亭，亭旁有一巨石从水中出，如美人出浴，顾盼情郎，含情脉脉地望着方阶云他们。

　　"你们商人真有钱，就这块石头就值不少钱吧。"方阶云若有所思地问道。

　　"可以说是无价之宝吧，当今天下的名石，应属苏州留园的冠云峰和这块美人石，当然我们家乡梅溪的梅石也是难觅的宝贝，他们都是宋代灭亡后遗留下花石纲中的稀有灵物。"洪文翰说着话，有一种纵观天下的气势。

　　方阶云听着听着，长长吸了一口气感慨道："这些石头果然蔚为壮观，巧夺天工，难怪宋徽宗当年就想把它们搬进他的万岁宫。"

　　几天过去了，方阶云想回徽州梅溪，洪文翰十分热情地在歙南别墅里办了一桌送别宴。"方秀才，这几天厨房里的菜全是淮扬菜和徽菜，该品尝的我都让下人上了。现在正值丹桂飘香菊花黄的日子，扬州的蟹也是一绝，今晚我们就来一个蟹宴，琉璃酒满手持蟹，酒也是扬州本地名酒木瓜酒，还是满有情趣的呢。"洪文翰在别墅里的曲径上边走边说着，他们一走进餐厅，宽大的八仙桌早已摆满了剥壳蒸蟹、酒煮蟹钳、蟹炒鱼翅、蟹炒南瓜、蟹肉干、蟹炖蛋、炒蟹肉、拌蟹酥等等，方阶云见满满的一桌蟹，顿时目瞪口呆。那位眉清目秀的厨子也是梅溪人，他来扬州多年了，见方阶云的模样，也微微一笑道："方秀才有口福，这些蟹都是替你准备的，两天前我就把活母蟹洗过，悬空挂半日，再把蟹放进装满蛋清的盆里，让它们吃饱了再蒸。雄蟹先把爪扎起来，剃去毛，再让它们在甜酒和蜂蜜中吃个够，凝结如膏再烧制的，味道也很特别，你赶紧试试。"

洪文翰和方阶云边吃边谈，谈笑风生，很是惬意。"你把条桌上的醉蟹取来。"洪文翰吩咐着厨子，厨子把袖子捋得高高的，拿着一个勺子伸进高高的玻璃缸里，捞出来两只肥嫩的醉蟹，一只递给洪文翰，另一只放在方阶云身前的碟子里。"方秀才你不要用筷子，干脆用手抓着吃，边吃边喝酒才有劲道。"洪文翰一手拿起酒杯，一手抓着一只蟹往嘴里塞，他见方阶云还在迟疑着，便又说："这种醉蟹很干净，味美，先把鲜活幼蟹浸清水中数日，让其吐尽秽物，即置瓶中，以酒渍之，就成了这美味。"方阶云越吃越开心了，酒酣之时，他低声地问洪文翰道："文翰贤弟，瘦西湖那座盐塔到底是真是假？"洪文翰看了一下四周说道："假似真时真亦假。""何意？"方阶云兴趣正在头上，不停地追问着。"当时圣上下江南时，偶尔对瘦西湖缺塔有憾，我们得到这个消息后，觉得是一个好机会，可再找工匠找石料建塔也不知要多少时间，恰巧，盐船刚到码头，我就突发灵感，用盐包先堆叠一个塔，再连夜用白漆涂抹，瘦西湖上便竖起了一座白塔，圣上在不远处见到此塔，大为高兴，还重重地恩赐于我。洪文翰说着说着，语气越来越兴奋，眼睛也不停地露出明亮的光彩。

"你们用了多少盐包堆砌而成？"方阶云轻轻地问道。

"大概有几万个盐包吧！"洪文翰淡淡地说着。

方阶云听到这里，嘴巴张得大大的，一下子都说不出一句话来，过了一会儿才冷冷地责骂道："亏你们想得出来，这些盐够我们徽州府所有人吃一年吧。""我们也是迫不得已的呀，只有让有权力的人满意，我们才能生存下去。"洪文翰苦笑着，一脸无奈地说道。

"你也算费尽心机了，把动静搞得这么大，连我这个徽州乡下人都有耳闻。"方阶云这话，洪文翰也听不出来是褒还是贬。

"你知道吗？富人最大的财富，不是深深庭院，金山银山，不是乱七八糟的古画古砚古瓷器，富人最大的财富就是他上面那些有权力的人。经商如在海上行船一般，如落水了，就成人们眼中的窝囊废或人渣，如果船到码头货到岸发财了，则是清一色白璧无瑕的贤人，还有人替你抬轿立传，代代膜拜。"洪文翰似笑非笑地说着，方阶云点头称是。

吃完饭后，洪文翰说是带方阶云去欣赏古物，他们到了厅堂后进，爬了十几级木梯，便上了阁楼的过道。方阶云见每一个房间门口皆立一个裸体妇人，大惊失色，身上的毛孔都竖起来了。洪文翰却笑哈哈地说道："她们都是木头做成的女人。"他一手摸了摸一位妇人高耸的乳房，一个房间门便开了，原来这乳房是进出密室的机关。密室的几案上堆满了古今文籍字画，还有无数汉、魏、晋、唐、宋、元、明人之印章，凡金银、玉石、玛瑙、珊瑚、水晶、青金及铜磁、象牙、檀香等材质物件，竟有数万枚，弄得方阶云眼花缭乱，一惊一乍地叫着。

阁楼的边门突然开了，方阶云见一个苗条的女人捧着托盘，袅袅地向他身边走来。洪文翰立刻站起来，从托盘中拿出一根细细的链条索，有一米多长，链索涂了一层红漆，光亮光亮的，很精致。洪文翰把链索递给方阶云，说道："秀才难得来扬州一趟，明天要回去了，我也没有什么东西好送你，就送你一根红漆牛索，做个纪念吧。"方阶云一听牛索，心里嘀咕着，我又不放牛，送我牛索有何用，家中珍宝千万，却送这贱东西，有钱人真会捉弄人，但又不好当面驳洪文翰的面子，伸手就接着了，感觉足足有两斤重，心想还真是一个铁索。洪文翰见方阶云漫不经心的样子，又轻轻地说："方秀才，在回徽州的路上，千万不要把牛索外面的红漆弄掉，那样会影响美观的。"

"知道了，这次来扬州，吃你的喝你的，现在又拿你的礼品，我心满意足了，你的牛索我也会完整无损地带回徽州。"方阶云满脸通红，脸上刹那露出微微的不屑。

第二天，方阶云为了不驳面子，把牛索先用一张宣纸包好，再夹进一捆宣纸里带走了。

那天晚上，洪文翰和方阶云也谈起了梅溪的浮生园，从方阶云口中得知，梅溪浮生园如今已是一片森林了，父亲洪阅甫中秀才时种下的桂花树，早已有饭盆那般粗壮了，自己替太后看好病，得到了皇帝的赏赐，又种了两棵红豆杉树，而那两棵红豆杉长得很是夸张，才十几年时间，就成了两棵参天大树，高耸入云。洪家人最担心这两棵树出现问题，仆人们总是不断地浇水施肥，而且不敢修剪一个枝叶，它们的神圣也就成了两棵张牙舞爪、威武霸气的树，它们还在桂花树旁疯长、攀吣着，桂花树也不恼也不怒，低垂着头顽强地生长。

第 十 章

徽州梅溪洪家一个天大的喜讯传到扬州，洪文翰夫人生了一个儿子。临近儿子满月，洪文翰带着洪家的春怡戏班立即从扬州赶往徽州，一到徽州，他让戏班直奔梅溪，自己先去城西西溪连襟家后，再去拜见了徽州府衙老爷。

洪文翰马车未进徽州城大门，就马不停蹄地向西溪方向奔去，官道两旁一垄垄绿油油的稻田正吐着穗，晴翠接天蓝，蛙声一片。远处有七座牌坊次第地排列着，晨雾中显得隐隐约约。洪文翰心里想，西溪一带是徽州府的大粮仓，果然一点不虚。他们匆匆地过了贞白里牌坊，上了双溪桥，很快就进了西溪。他叫马夫停车，下了车便走到了一条宽广光滑的青石板街，见四幢高大的古楼连在一起，墙壁上一扇扇花窗洞开着，楼顶飞檐翘角，马头墙更似几匹高大的骏马正向街道中奔驰而来，这便是西溪的不疏园，汪家的进士第就在第四幢的古楼。洪文翰的岳父王侍郎的二女儿嫁给汪进士，也就成了洪文翰的妻妹夫，洪文翰的连襟。

洪文翰进了进士第，汪家十分热情，他和襟弟寒暄了几句，便来到了辑易轩，这是汪进士辞官后在家乡研易、著述、写字、画画之所。洪文翰来连襟家是有目的的，徽州府新任知府高傲风雅，尤其喜欢欣赏徽州客居扬州的名家作品，他常说："这些画家的精品，是新安画派和扬州画派兼容并蓄的结晶，画境最高。"而这类名家手迹汪家特别多，比如渐江、查士标、戴本孝、梅清、汪之瑞、萧云从、梅庚、巴慰祖等等，还有"扬州八怪"中的罗聘、汪士慎、李啸村等等，这些作品挂满了辑易轩。还有一幅罗聘夫妇合作的梅花手卷，静静地铺在一个花窗下的长条几案上，画上还有几片小小的干枯的桂花树叶，这是花窗外飘进的落叶，主人大概有段时间没有光顾这画了，落在画上的树叶也成了弯曲的月牙儿。

　　他俩选了半天，最后想起了这幅罗聘夫妇画的梅花手卷。这幅画很有意趣，罗聘先生生前用了三天时间，画成了这幅梅花长卷，夫人方婉仪看了又看，总觉得还是不过完美。清晨，郁闷的方婉仪徘徊在花园中，她天生爱花，红白、黄白、紫的、粉的，姹紫嫣红的花儿让她平静下来，那一串串粉粉的牵牛花像婴儿的脸，让人顿生爱怜，忍不住轻轻触摸了一下带着晨露的花瓣，似乎连手指也变得粉粉的，突然，她心头一亮，急忙地采了一捧牵牛花奔向书房，夫君的梅花图长卷还铺在画桌上，方婉仪迅速将花捣乱，将花汁在梅花瓣上逐一点染，顿时画上的梅枝扶疏，空明一片，牵牛花汁干透，千万朵梅花，盛开的、打着朵儿的，鲜嫩欲滴，令人称赞叫绝。

　　洪文翰静静地看着，突然拍案叫绝起来："好一股傲气凛然，恰似那知府大人的脸色，襟弟，这幅画送给他，一定会欣喜若狂。"洪文翰一边摸着梅花图，一边激动地说着，心里却想，我可不管梅花什么高洁、傲气呢，只要让当官的开心就行。

"襟兄，我是中过进士，当过县令的，虽然现在退出官场了，但深知当官人的脾气，这幅画他们肯定喜欢。"汪进士望着洪文翰，一边说一边慢慢地卷起那幅长卷，画卷好后，又说了一句："你拿走这幅画，是在割我的肉呀。"洪文翰还在兴奋着，心里又想，这幅画的梅花是用牵牛花汁画的，这多好呀，经商和开垦田地一样，只有牵着那些力大无比的肥牛，就会把田地耕种得又深又宽。

举办满月酒席，浮生园堆满了嫩黄的冬笋、玉白的豆腐、青紫的蕨菜、艳红的辣椒、金黄的馃品，馃品有寿桃馃、米粉蒸馃、油馃、灶馃、拓馃、春馃、艾草馃、蕨粉馃、葛粉馃。厨房里，热气腾腾，厨子们打开笼屉后，一只只"发包"形态圆润、丰满、柔软，厨子趁热在发包顶端盖上刻有"福""寿"等字形图案的红印。难得下厨的洪文翰，悄悄地来到厨房看这些发包，见热气腾腾的包子没有出现"陷笼"，全都圆滚滚胖乎乎地排列着，心里更是喜气洋洋。梅溪人以为"陷"就是"贱"，不吉，发就是发家，洪文翰看到这些包子，就认为是一个好兆头，洪家要出贵子了。

"我儿子的名字就取朝奉，这个名字在徽州太有意思。"洪文翰酒过三巡，替儿子取起了名字。

"老爷，朝奉可是我们徽州男人的通称啊，洪家少爷称朝奉，是不是太平常了？"洪正堂族长在酒桌上提出异议是有一定的道理。据说，宋代皇帝赵匡胤拥兵南下，平定歙州

（那时徽州称歙州）时，歙州人箪食壶浆，夹道欢迎，赵匡胤见了很感动，停车对众人安抚道："多谢汝等朝奉！"意思是说，多谢你们朝拜和礼物奉献。但歙州人一听，以为皇帝亲口封他们"朝奉"，一个个喜不自禁。此后，徽州卖盐的称朝奉，卖木头的称朝奉，典当行的男人也称朝奉，连那些耕田种茶的农夫也称自己是朝奉。

"你不理解我的真正含义，此朝奉非你们讲的朝奉，朝奉大夫是正五品，朝奉郎也有正七品，我的儿子长大后应该多读书中功名，富和贵连在一起。我家有皇上赐的红豆杉树、御书墨宝，它们也会庇护洪家兴旺发达……"洪文翰踌躇满志，若有所思。接着他又说："我儿子洪朝奉，字梅溪，号双峰人，我干脆一并取好。梅溪从驼峰流下，碧水长流，流玉走翠，如文人文思不断，又如商人财源滚滚，接地气。江南人都说我们这些商人是'徽骆驼'，骆驼有两个背，如两个小山峰，双峰就是希望我儿子饱含骆驼精神，不畏长途跋涉，经商就要纵横天下！"洪文翰喜气洋洋，口吐莲花。

宴会后，洪家祠堂灯火通明，热闹非凡，那块"徽商流芳"匾早已高高地挂在祠堂正厅的上方。戏班是洪文翰从扬州带来的春怡班，在祠堂演出，方便梅溪人观看。演的剧目是徽州人方成培编写的《雷峰塔》，曲牌戏目有上冢、舟遇、端阳、求草、断桥、炼塔、祭塔、水漫金山等等，洪文翰只精选了几个精彩剧目，演了三天三夜，还无法结束。但洪文翰接到扬州急信，要立即赶去处理生意上的事，只有和爱妻告辞去扬州。

戏还在继续演着，戏台上白娘子正要上断桥，一身素衣的美娇娘，绿云堆发，白雪凝肤。眼横秋水之波，眉插春山之黛；桃萼淡妆红脸，樱珠轻点绛唇；步鞋衬出小金莲，玉指露纤纤春笋。戏台下的男人都屏住呼吸，鸦雀无声。

"扬州瘦马真是姿容若神仙，迷死人了。"台下一些色迷迷的男人，口吞唾沫，终于沉不住气了，从嘴中涌出了酸水。

"扬州瘦马是天生的尤物，虽穿素衣，而姿容婉媚。赶紧去经商吧！今后或许也像洪文翰老爷一样，家里让黄脸婆拖儿带女，服侍公婆，自己又在扬州纳几房小妾，快活神仙。"

"难怪老人说，大老婆在家竖牌坊，小妾在外数银两。"也不知是谁，人家请他看戏，他却背后讲人家的不是。

"这次，家中的黄脸婆总算替他家生了一个儿子，有点得意了。朝奉这个称呼本是我们徽州所有男人的尊称，洪老爷倒好，干脆把儿子取名朝奉，这是要用尽我们所有男人的才气和财气啊！"有人还在对取名的事情耿耿于怀。

"也许以后梅溪又多了一个石头牌坊，茶园石的，雕刻很精美，上面还有'恩荣'的台阁体字，漆黑漆黑。"又不知是谁，也在热嘲冷讥。

台上的戏一直演着，扮演许仙的男演员正唱着："少年佳人，可喜得宠儿占尽春。她眉弯新月秋波韵，脸霞红鬓挽乌云，疑似广寒仙子降凡尘，款金莲香街步稳。"可能是演戏太投入，一个趔趄，差点跌下台。

"还好，洪文翰不在台上，不然，肯定要滚下台来。"戏台又有人盐里生蛆了，开心地挖苦起洪文翰。

"为什么？"总有人明知故问。

"他见白娘子如此千娇百媚，还不神魂颠倒。"那人又高声地说道。

"嘿嘿……"

"哈哈……"

台下一片哗然，众人七嘴八舌，打情骂俏，热闹非凡。

戏还没有演到水漫金山寺，台下早已醋满梅溪了。

老秀才方阶云一直把自己的眼光放在演《雷峰塔》剧情中的女娘子身上，大脑里又浮现出那次在扬州见过的瘦马，几个钟头过去了，他的眼睛依然痴痴地盯着台上那几位千娇百媚的女人。他见身边的人叽叽喳喳，很是厌烦，口气很不好地说了一句："你们这些人怎么这样刻薄，人家花钱演戏给你们看，你们不但不感恩，还在背后数落人家，真缺德啊。""你也不要这样数落我们，小心你的家门也被人涂上黑漆，再画上一个色鬼或是啬啬鬼。"人群中也不知谁说了这句话，台下充满呵呵哈哈的嘲笑声。

洪文翰刚刚离开梅溪，人还没有到达扬州，浮生园那两扇红漆闪亮的大门就被人在黎明前涂画了两个鬼像，一边门画了一个色鬼模样，另一边门画了一个啬啬鬼，大门本来是红色的，画却用黑漆刻意画的，阳光下特别醒目，近看像两个骷髅，远看才像鬼。

天亮后，浮生园大门前的空坦上聚焦了许多看热闹的人，到了上午，门前的人越来越多了，摩肩接踵。一些小贩很会抓住商机，香烟洋火桂花糖，斗笠蓑衣油布伞，各种叫卖声、讨价还价声交织在一起。那卖桂花糖的男子，一只手把一个铜元放进油腻腻的口袋，另一只手拿着一个小铁锤在一块薄薄的铁片上敲一下，铁片一撬，一块白白的小糖递到前面的小孩子手中。一个女子刚拿了伞付好钱，突然发现挂在担子上另一把伞更好看，就把手上的伞递还给小贩，拿走了挂在担子上的那把，笑盈盈地凑近人群听笑话。

"洪文翰是不是色鬼，我不好说，但说吝啬鬼有些不妥，他家一直乐善好施，梅溪修桥补路盖祠堂捐义田都是他家最喜欢干的事。据说，徽州府里的考棚、紫阳书院的维修，他家都是带头捐资的，真是难得的积善之家呀。再说，他待我们这些乡人也不薄呀，这次他儿子洪朝奉满月，他还特意从扬州带来了戏班，让我们开开眼界。不知是缺心眼或者黑了心的恶人，把他家的门弄成这个样子，真是缺德。"人群中一个满嘴白胡子的老人很不服气地说道，一些人也十分赞同老人家的说法，异口同声地应道："是啊。"

"我看洪家这次都是不低调造成了一些人的嫉恨，他儿子的名字取为朝奉，我们梅溪男人的喜气全被他家吸尽了，谁心里都不舒服，还把满月庆宴弄得轰轰烈烈，虽然也让我们白吃白喝白拿白看戏，可众人的心里还是难受的很呢。"人群中一个满脸横肉的汉子大声地嚷嚷道，许多人也十分同意汉子的话，都大声地唱诺道："对啊。"

春嬉公也在人群中，见了众人这般嘴脸，冷冷地说道："这些人啊，如有人在肉里注了一点水再卖给他，他就会暴跳如雷，恨不得杀了他。可有人往他脑子里注水，他却千恩万谢，感恩戴德呀。"他虽然是一个很有灵气的地师，但望了望浮生园门上的鬼像，再看了看这些人的嘴脸，骂了几句话后，也无可奈何地摇摇头走了。方阶云见春嬉公走了，自己义愤填膺也无济于事，也悄悄地离开了人群。

　　戏台上的戏演完后已是三更半夜，方阶云出了洪家祠堂，七转八拐后就到家门口，举起灯笼在门板上照了照，心里想，我这种穷书生也不会让人嫉妒的，还是自己多想了。进了院关好门，他突然想到一个问题，梅溪都有这么多人眼红洪家有钱有势，可那次我去扬州，洪文翰只送一条涂抹红漆的铁链牛索给我，难道他真是一个吝啬鬼？可这不像他家的为人风格呀。想着想着，他立即关好厅前的木门，再把左右的梨花窗全部闭上，从桌子底下拖出一个鞋箱，翻了几下，见那条红红的牛索躺在箱角，他把沉甸甸的牛索拿了出来，在烛光下，他一手握着牛索，另一只手拿着一块刀片，轻轻地刮着上面的红漆，渐渐地露出了黄灿灿的金光。方阶云不禁流下了泪水，喃喃自语道："洪文翰呀，我虽然清高自傲，不敢轻易享用金子，但也喜欢看这黄灿灿的颜色呀。你这般重情重义，我却小肚鸡肠，错怪你了。"他又找来了一个瓷瓶，把包裹好的牛索放进去，趁家人都在酣睡，悄悄地在院中的梨树下挖了一个坑，把瓷瓶放进去，再把泥土填好，用脚踩了踩，又把一个种有黄山松的盆景搬过来放在泥土上面，他一边向厅堂走去，一边回头看了看，慢慢地关上厅堂的木门。

第十一章

　　浮生园门外，洪夫人雇了好几个油漆工忙活了几天，总算把大门上的鬼像处理完，门板涂上红漆后，依然油光可鉴。洪文翰已经离开梅溪去扬州多日了，这天，夫人独自进入书房，见案桌上有一张画，宣纸左右有两块镇纸木压着，画中有山有街有人，煞是可爱，这是洪文翰临走前那个夜晚画的，虽是画得好玩，却很有意趣。

　　画的上半部有一山峰耸立，峰巅以累累矾头点乩而成，主山之右，群峰重叠，郁郁苍苍；主峰之左，峰峦稀疏历落、峭拔秀丽。山峰之下，云气蒸腾，群山浮空。浓荫翠盖之下一处平坡，平坡紧连一条古街，古街又有许多店铺模样的建筑群。平坡上还有两人对弈，一主一宾，一人观局，又似听泉赏景，另有一童仆正在煮茶。夫人毕竟是王侍郎之女，书香门第，见画也多遐思。这画的山水好像是梅溪的驼峰，画中的店铺好像是梅溪的南街，倒和扬州古街又有几份相似。她弯下腰细细地盯着画，见临街建筑的门眉写有一些蝇头小字：木材铺、茶叶铺、典当铺、粮店、绸布店等等。这一下她心里明白，这是夫君参照《清明上河图》的一些技法画的小景。梅溪外出经商的人多，发了财喜欢买画买古董，据说，《清明上河图》的仿画就有许多，几乎所有大户人家都收藏了一幅，每年春节，梅溪人都赶回家乡过年，有此画者都喜欢在家宴上献宝，人人都说自己家是真迹，其他人家皆为赝品，为此经常吵得脸红耳赤，舌干口燥。公公洪阅甫在扬州结识了不少画家朋友，郑板桥、金农都是洪家的座上宾，还有汪士慎、罗聘回徽州探亲也喜欢到梅溪的浮生园，高凤翰在徽州歙县、绩溪为官时，也常来浮生园喝酒作诗画画。

每次来人，洪阅甫也喜欢把家藏的《清明上河图》拿出来献宝，洪夫人总是静静地站在花窗下，随时等待公公的吩咐。

洪阅甫从八仙桌后的板壁木楼梯子下来，他一手捧着一个长长木匣子，一手扶着木护栏，一步步地往德邻堂的堂前走来。平日里这木匣子都他自己保管，家人只知道他藏在藏书阁某个旮旯里，具体放在哪里，谁也不知道。

好友高凤翰见洪阅甫这般慎重，忙起身想接那个长长的木匣子。"不劳先生了，我自己来。"洪阅甫让好友坐下，他把木匣子轻轻地放在八仙桌上，立刻从衣袋里拿出一双薄薄的丝绸白手套戴上，再轻轻地把匣子打开，一股浓浓的樟木香味扑鼻而来。洪阅甫从匣子里轻轻地拿出一卷古旧的画，一手按着轴头，一手缓缓地打开画卷。"真是宋人丘壑，不同凡响，高先生过来帮老夫看看，这幅《清明上河图》如何？这可是吾儿洪文翰花了半年卖盐钱买来的宝贝。"洪阅甫边说边把画展开，高凤翰也站在一边静静地看着，也不和老友搭言。

"高先生怎么不说一句话？"洪阅甫侧过头望着高凤翰好奇地问道。

"老夫眼拙，可不敢妄议。"高凤翰笑了笑说着。

"你看这画在装裱时，就留下来了许多空白，是让名人用来题词的，你看，能否题上几笔？"洪阅甫轻轻地问道。

"不敢，不敢，在先贤的珍宝上涂鸦是一种不尊重。"高凤翰委婉地拒绝了。洪阅甫又轻轻地把画卷了起来，缓缓地放进木匣，心里想，不题更好，以免老虎身上添了一根老鼠尾巴。高凤翰又回到自己的座位上去了，端起茶杯吮吸一点茶水，心里想，这是张择端画的《清明上河图》吗？怎么一点宋人气韵都没有，唉，反正他们徽商有钱，不说也罢。

洪夫人依稀记得画鬼的罗聘有一个非常美貌的小妾方婉仪，此女一身素衣，宛如一朵白莲花，喜欢围着假山藏春坞边的荷塘转悠，似一朵白莲花正在盛开，一下飘在东，一下落在西。夫人想着想着，便酸酸地笑了起来，喃喃自语道："扬州女人有福气，我们徽州女人就没有这个命，进了洪家门，除了伺候公婆，还要照看子女，丈夫总是千里之外。"

洪夫人看了丈夫这张画也懂得了许多，这张四不像的画其实就是夫君的行旅图，他何尝不想当一个对弈的老翁，轻松愉快呀，其中滋味，画中隐隐约约寄托着。

今年浮生园的紫薇花开得特别的迟，花窗外凉风萧萧，却依然弥漫飘香。夫人心里明白，紫薇花开的迟早在梅溪是有讲究的，花开早见仙界，花开中香凡界，花开迟遇冥界，难怪今年怪事多，浮生园大门还被人画了鬼，原来是遇到鬼了。想到这里，夫人又笑了起来，朝着家人说道："今年花是香，但家中不要插花。"家人笑了笑，也都点头回道："是呀，我们知道紫薇花是容易招鬼的异卉。"

"不知洪家在扬州的歙南别墅里插什么花？"有人好奇地问着洪夫人。

"当然是芍药花呀。"洪夫人轻柔柔地回道。

这一年，扬州的歙南别墅里芍药开得特别灿烂。

歙南别墅里芍药品种有彩瓣芍药、球花芍药、白花芍药、拟草芍药、多花芍药、川芍药、草芍药等等，清风入园，一朵朵花瓣成了潋滟的红波，漾着妖媚的胭脂。洪文翰根据自己的喜好，把她们取了许多香艳的名字，诸如西施粉、冠群芳、御衣香、金带围、贵妃出浴、月下貂蝉等等。

芍药花开了，浓馥的清香溢满窗明几净的花墅，一大批扬州画家都在花前品头论足，正在白描一朵朵芍药花，这是洪文翰特意请来的画家，说是要为这些鲜花画像。

"今天请大家来我家花园赏花，主要是以画交友，想请各位名家替我家园子里的芍药花画像。园中芍药花的品种有许多，大家各选一种为摹本，红花题'艳红'，绿花题'叠绿'，白花题'香雪'，黄花题'金菊'……但不要题诗，明天我还要举办诗文会，请扬州各位大人来赏花看画，再请他们题诗，至于大家的酬金，我会加倍付给你们……"洪文翰说起话来，一派财大气粗的口吻。

"我们自己画的画，不让我们题诗落款，这样不好吧！"有人对此极为不满。

"有两个臭钱就这样放肆，看不起我们画画的人，我偏要题款，不给钱就拉倒！"一些人对此举，深恶痛绝，唱起了反调。

大多数画家说得正气浩然，画依然画得笔墨淋漓，冷艳清香，撩人眼目，吃得喝得也是眉飞色舞。

众人酒足饭饱，纷纷离开，洪文翰翻着八仙桌上那堆画稿，大多数人都是按照他的要求画，也有几张画却题了款。虽然和芍药花文不对题，但颇有情趣，似乎在发泄心中的不满。

其中有一首诗，是一个瘦小的画家所写，自喻樱桃果：

> 见过小院醒樱桃，静侍篱笆三尺高。
> 花碎今时不堪赏，珠红他日胜香蓼。

还有一首诗，写得更加有情趣，是一位瘦高的画家所作：

> 长条枯瘦水边斜，桃杏沉酣未著花。
> 春信不须燕子报，绿风早已入千家。

"唉，真是清高之人，我花了银两，也买不到他们那股清气，说句心里话，文人真不好惹，还是那些达官显贵好通融啊！"洪文翰感叹着，心里想，我今天付的酬金也不薄呀，还这样和我唱反调。

"写得好也没有用，擦屁股还嫌这字脏，废纸二张，抽出来毁掉。"洪文翰边说边摇头。身旁的仆人立即抽出那两张题有诗句的画，捏成一团，恶狠狠地抛进垃圾桶。

第二天，洪文翰把全扬州城和周边县的官宦都请到了歙南别墅。贵宾们见到这满园秀色，凉风也在不停地荡漾着。

列为两队的侍女们，个个姿容美丽，袅娜多姿。她们都是洪文翰用钱买来的"瘦马"，经过训练后的小家碧玉，如今都成了仪态万千的美人儿。一张张脸如园子里的芍药花，随风吐艳，或羞涩地打着朵儿。她们每人都捧着芍药花图，一眼望去，艳红、粉西施、冠群芳、御衣香、贵妃出浴、香雪、叠翠……排成了二排。美人们捧着画，红色花，白色花，黄色花，碧绿花，姹紫嫣红，美不胜收。这些"诗人"们，一个个摇头摆尾，骚姿弄首，还有几位已经很老的退职官员，眉飞色舞，左手不停地捧着长衫袖子，右手不停拈着稀疏胡子，叽里咕噜，对花苦吟。

"春风又绿江北岸，怡红快绿花满园……"一位官员诗人很快就在粉西施画上题了一首诗，还得意洋洋地吟着。

"大人，古人的诗应该是'春风又绿江南岸'，怎么写成江北岸了？"洪文翰身边的仆人看到这诗，也知道是借用宋代王安石和本朝《红楼梦》书中的诗意，总觉得诗偷了太多，而且诗句也别扭，闭不住自己的嘴，竟然胆大妄为地说着。

"你们这些只会赚钱的商人不懂风雅颂，春风来了，江北的草也会泛青，歙南别墅在江北扬州，也不是同样有这满园的秀色。"这位官员诗人非常不以为然，冷冷地答道。洪文翰皮笑肉不笑的点了点头，心里却想，我们这些盐商的文才个个都超过你这酸腐的诗人。

"树下芍花五六枝，池塘水暖鹅先知……"另一位官员诗人一边在贵妃出浴图上题着，一边高声地诵颂着，洪文翰一听，哭笑不得，朝着众人露出怪异的神色。

"不要大惊小怪，春江水暖，鸭和鹅都在水中游，鸭都知道了，难道鹅就不知道了吗？鹅的毛色是白色，更能衬托出园中那些素白芍药花的香雪味，诗境早已超过苏东坡！你们这些商人只知俗银子，而不知雅艺术！"这位训斥洪文翰的诗人，是一位刚从巡抚位子退下来的高官，余热还烫人手呢。洪文翰立刻改口称赞着，心里却在想着，"树下芍花五六枝"，这位老巡抚人五人六的样子就叫人胆颤心惊，再说，我今天办这个诗文会，就是和他们拉拢关系，更好地卖盐赚钱，没有必要去管鸭先知，还是鹅先知的闲事。

诗会后，大家开始推盏移杯，酒酣之时，侍女们端上一碗碗金灿灿的蛋炒饭，众人见到这碗饭，纷纷把碗推到一边，继续喝酒谈诗文。

"诸位，别小看这碗饭，这饭一碗值十两银子呢。"洪家的大厨子高声地说道。

厨子见大家一脸不信的神态，继续说道："这饭选用的鸡蛋极其珍贵，下蛋的鸡每天要吃鲜鱼活虾，还把长白山的千年人参、黄山的灵芝、天山的雪莲等磨成粉，再用徽州驼峰上的积雪化成的水杂糅成一粒粒药丸给鸡吃，生出来的鸡蛋不仅味道鲜美，营养也极其丰富。蛋炒饭做法更是复杂新奇，先用蛋汁浸透米饭，然后进锅翻炒，炒得每一粒米饭外面金黄，饭心雪白；再浇上'百鱼汤'，这鱼汤是用鲫鱼舌、鲢鱼脑、鲤鱼白、斑鱼肝、黄鱼膘、鲨鱼翅、鳖鱼裙、鳝鱼血、白鱼片熬制的汤。这样一来，这碗饭的价格自然不菲。"

众人听了厨子的话变得如痴如醉，纷纷把碗移到自己的嘴边，争着抢饭吃，个个满嘴金黄，连连称赞："盐商真有钱啊，待客真诚，又很有文化，如此精通美食文化，了不起的儒商啊！"众人赞不绝口。客人们一个个酒足饭饱，三三两两离开了。

洪文翰特邀"鹅先知诗人"留下来继续切磋诗词。

"大人，请移步到那花窗下去听曲。"洪文翰手指后院那扇精美的牡丹花窗，笑吟吟地说道。

"花窗下听曲，这种情调我特别喜欢。"老巡抚拍了拍洪文翰的肩头，笑哈哈地回道。

"今天我替大人选了一首《阳关三叠》曲子，大人可否喜欢？"洪文翰试探地说着。

"没关系，就是没有唱词，也消魂啊。"老巡抚见室内的那些美人儿便善解人意地笑道。

花窗下，众女子簇拥在一张案桌周围，妩媚多姿，吹拉弹唱着那首悠扬的《阳关三叠》。案桌中央摆放着一方幽光闪闪的歙石砚台。

"美人肤，一摸就有细皮嫩肉之美感！"鹅先知边摸边赞叹着。

"孩儿脸，嫩似凝脂！"洪文翰立刻附和了一句。

"这方歙砚是我花重金买来的名砚，叫珠璧砚，是前朝宰相严嵩家流出来的稀世之宝。"洪文翰边摸边说。

"何以见得？"鹅先知两眼发光，露出贪婪的神色。洪文翰眼珠转了一下，接着说："这砚石如膏似脂，是徽州龙尾山中不可多得的宝石；其色七彩相混，宝气内涵，珠光外现，金屑玉毫隐嵌肤黑之间。砚石含雄黄，嗅之有微蒜叶味，研墨能驱蚊蝇，避五毒，所作书画能历久无虫蛀啊。"

"让我多饱饱眼福，出了浮生园大门再无缘玩赏了。"鹅先知发光的眼睛突然暗淡下来。他诡异地看着洪文翰那张脸，片刻，眼睛又死死地盯住案桌上那方砚台。

"大人，不可这样说，我认真地想过，它就是和你有缘。所谓红粉送佳人，宝剑送英雄，你这么爱它，那就送给你吧。在红袖添香的夜里，你可以时刻把玩，一边摸着美人的肌肤，一边摸着光滑的砚台，诗文灵感更佳，留下的墨宝存世更久远，对你这个文坛宗师来讲，是一件何等的风雅事啊！"洪文翰情真意切地说着。"这叫真名士自风流！"洪文翰又补了一句。

"真名士？"

"真名士！"

哈哈……他们俩一下子成了知己，笑声朗朗。惊起牡丹花窗外树上的一群鸟雀，顿时响起鸟儿和黑漆漆叶子的碰撞声，哗啦啦一片。

"这是我的门生，现在当了苏州织造这个官，我这里有一份他上奏朝廷的奏折初稿，他硬把稿子塞给我，让我替他把关文字，而我日理万机，哪有空闲时间看。所以，一直挟带在老夫的衣袋里。你对我忠心，我偷偷地给你这个有心人看看，或许有用。"鹅先知从袖里摸出一份卷纸，重重地放在洪文翰手中，转过身，双手又去抚摸那方如美人肤的砚台。

"真似美人儿的细皮嫩肉呀！"鹅先知边摸边说，口水从稀稀落落的白胡子里流着。

洪文翰急忙打开奏折，上面有一段话立刻勾起了他的兴趣。这话是这样写着："念臣叨蒙豢养，并无报效出力之处，今寻得几个女孩子，要教一班戏进京以博皇上一笑。窃想昆腔颇多，正要寻个戈腔的教习，学成送京……"奏折让洪文翰猛然想到一个问题，"昆腔颇多"，皇宫对昆腔已不觉新鲜，反而喜欢"戈腔"之类的地方戏曲声腔。

　　"你不是天天称皇恩浩荡，没有春风，哪有秋实？当今圣上好这一口，你就得想办法满足，只有这样，你洪家才能成为皇恩浩荡下的常青树。"

　　"大人说得极是，我应该怎么办？"

　　"你们徽州盐商在扬州，家家都有戏班，貌美如花的女孩子多得是，只要找几个好师傅，多教一些适合皇宫口味的戏，将来一定会配上用场。"

　　"大人说得对，扬州城徽戏班有不少，戏也演得很精彩，进京面圣这事，我还真不敢想。"洪文翰双眼直勾勾地盯住鹅先知，轻轻地说着。

　　"这对你们这些有钱人来说，根本就不是一个难事，不要着急，只要逢圣上寿庆，或其他大典，都是机会啊。"鹅先知有些不耐烦了，说完这句话，抱着那方砚台就站了起来，朝大门方向走了。

第十二章

洪文翰把鹅先知送出大门，望着他乐颠颠的样子，心里想，宝贝没有白给他，他确实带来了一个好消息。这对洪家来讲，确是一次难得的好机遇，我得把洪家的春怡班打造好，适时进京。如果皇上龙颜大悦，洪家就会再次辉煌，可眼下最重要的是经营戏班的人才。

洪文翰早就听说家乡梅溪一山之隔的仁里村，有一个叫江啸天的艺人，擅长演地方戏，尤其是喜剧。这人偶尔客串，神情激越，风度秀美，曾经来扬州演《空城计》中的孔明，坐城头抚琴，往复而奏，目送手挥，歌喉曼啭，抑扬顿挫，台下千百人睹而听之，惊呼："一代梨园名角！"

洪文翰心里明白，要在扬州把春怡班经营好，得请此人出山，哪怕酬金再高，也得请他来扬州，洪文翰这么想，也是这么干。江啸天本是一个秀才，自从他中了秀才后，也就成了屡考屡落第的穷秀才。他特别喜欢历代的戏曲戏文，拼命的钻研。他天生就有一副好歌喉，不知不觉中就成了一个戏子。他在声腔上会把昆曲、高腔、徽调杂糅于一炉，他演的《祭塔》《断桥》《惊变》《昭君》《梳妆》《宝莲灯》等戏，徽州人妇孺皆知。他本是文化人出身，刚柔兼蓄，善于武戏文唱，如《十字坡》《破洪州》《红桃山》《七星庙》《打桃园》等，他经常在徽州各地表演，这些戏都成了著名徽戏剧目。

"江啸天，你是一个戏曲天才，我们以前都认为你只是一个文弱书生，哪知你是当今梨园的泰山呀。"徽州人或者扬州人看戏后，都会这样夸奖他。

"我们徽州人大都是从书生开始，诗文好，有考官赏识，便可中举人、中进士，做一个大官；有经商头脑的人，便去卖盐、卖木材、卖丝绸、卖茶叶、开当铺，甚至还去搞海上贸易，发洋财；我是最没有用，只会写戏文、演演戏，混口饭而已。"江啸天在众人面前，总是轻轻地说着这句话，他把自己看得很轻，自己中秀才后，再没有中举人当个官，也没有经商发财，认为自己是徽州三等人。

几年前，他有一个同乡，中秀才后无意再考，就去了扬州卖盐，发了大财，于是请江啸天去扬州帮忙他主理戏班。同乡对他礼遇有加，他的生活也开始稳定了。但他的自尊心极强，寄人篱下的心理总在他心中萦绕不去。同乡为了把生意做好，广交天下名士，家中经常成了扬州一个诗文酒会的盛地，往来送迎，夜夜笙歌。江啸天是一个清客，免不了参与其事，他本来就不善应酬，又不能喝酒，酒对他那天生的好嗓子影响大。于是，他干脆辞去小小的班头，回到徽州老家。

江啸天那座粉墙黛瓦的小院，栽有两棵梅树，几年过去，梅花树长高了，伸出院墙，尽情疏影横斜地泛滥着诗情画意。下雪了，梅花开了，月下雪中赏梅，梅清、月白、疏影，冷香洒满衣裳，江啸天清一清嗓子，清唱几句，其乐无穷：

> 无有心情送旧年，梅花不觉近窗前。
> 暗香飘忽犹如梦，瘦骨参差亦可怜。
> 常因琐事文章老，难料微尘性命全。
> 借问君来是何故，莫非和靖寄书笺。

江啸天唱着画着，片刻工夫便画好了一幅水墨梅花，觉得这题诗有些趣味，看了又看，好像缺点什么，又拿起笔，在横枝下，有如制印，写下"空里疏香"四个古趣盎然的篆书。

"好……这空里疏香，应改为千里飘香！"洪文翰大声地赞扬，把江啸天吓了一跳，江啸天也不知洪文翰什么时候进了院子，他俩在扬州就是好友，也不多客套，两人相视一下，便哈哈大笑起来。

"江先生多才多艺，此梅花诗境开阔，枝外有枝，花外有花，天高地远，尽在眼底……恰似先生的嗓子，自然天成，余音绕梁啊！"洪文翰一番夸奖，无非是想请江啸天出山。这点心思，江啸天心知肚明，无事不登三宝殿，徽州和扬州有数百里之远，平白无故，洪文翰这个精明的人，也不会轻易来到这山里人家。

"洪先生找我，莫非是想重振春怡班，为今后送戏进京面圣做准备吧……你们商人，银子当头，熙熙而来都是为发财。圣上高兴，你们的生意自然就好做，银两赚得更多了……"江啸天直奔主题，把洪文翰的心思，说得明明白白。

"你是怎么知道的？"洪文翰不禁问道，心里想，你怎么成了我肚子里的蛔虫了。

"早有耳闻。"江啸天不冷不热地回道。

"真是秀才不出门，也知天下事。先生所言极是，这次，你一定要出山帮忙我，我会加倍支付酬银。"洪文翰说着，双手紧合不停地拜着江啸天。

"酬银是一回事，但你得支持我的提议！"江啸天慢悠悠地说道。

"这个没问题，春怡班的一切事物由你决定，我只负责银两。"洪文翰大声地说道，还向江啸天伸出了大拇指。

王啸天顿时笑了起来，侃侃而谈："这个戏班要想一枝独秀，成为天下的名班，实现巨变，就得有三步曲要走！"

"何谓三步曲？"洪文翰有些迫不及待。

"第一步，本地乱弹；第二步，百家杂糅；第三步，声腔突变。"江啸天说起三步曲时，神采飞扬，院中的梅花也似乎善解人意，暗香一股一股地涌进书房，沁人心脾。

洪文翰在江啸天指点下，召集扬州及周边的戏班，在歙南别墅里一场一场地演着，从中找出地方戏的特色和优缺点。他们又花重金，征聘四方名旦，苏州的杨九官、安庆的郝天秀都请来，把秦腔、京腔融合进地方戏，形成京秦二腔。

会演那天，戏台就在歙南别墅后进，洪文翰特意请了在扬州府当幕僚的同乡赵图远等人，他儿子赵谦也随父而来，一并观看演出。众人随着洪文翰来到了戏台前，戏台两侧的八字壁，镶嵌着一扇扇精美的木格子，方正整齐。众人进入戏台大门，看看藻井里的波光倒影，就匆匆地过了那条长长的轩棚，前方一排排屏风整齐地排在戏台上，两扇小门，一门上写有"出将"，另一门写有"入相"，显得十分醒目。赵图远尖嘴猴腮，说起话来阴阳怪调，走到戏台前沿，用脚踢了一下拦板，沙哑地说道："商人太有钱了，连块拦板也精雕细刻成这般精致。"洪文翰不答言，手指向戏台正对面的观戏楼，一直向前走去。

众人上了观戏楼，洪文翰示意赵图远在主位坐下，其他人也在两侧纷纷落坐。戏台上便开始热闹起来了，人影翻动，弹拉吹唱，笙歌高奏，锣鼓震天。

突然，戏台一片安静，挂在空中的大布幕缓缓拉开，一只巨大的红桃子向台中央移动着，待大桃子停在台中央时，戏台前藻井边的烟花齐放，光焰四射，蛇掣霞腾，众人赶紧用手遮着自己的眼睛，光线太炫目了。这时，戏台的桃子突然裂开，里面的桃核缓缓展开，变成了一个高高的莲花台，上面有许多正在表演杂耍功夫的演员，或耍扇子、耍念珠、耍辫子、耍翎子，或跳加官、跳财神、跳僵尸、跳魁星，还有的演员在表演着变脸、变衣。有人头戴头盔，有人挂着长长的胡须，有人穿着蟒袍，有人穿着红袍子，有人身上扎着小旗……载歌载舞，声势浩大。还有一个扮演小和尚的人，身披一件灰色的衲衣，正在耍念珠，时而抛向空中又回到手里，时而绕手绕膝旋转着，反身一转，念珠便轻轻地套在颈上，引得戏台下的观众们轰然雷动。

"有钱人喜欢热闹，瞎折腾，讲排场，过于奢华了。"坐在正位上的赵图远看着看着，竟然讲出了一些莫名其妙的酸醋语。洪文翰听得清清楚楚，却似乎像什么话都没有听见似的，依然如痴如醉地沉醉在戏中。心里也在想，本来看你也是一个徽州同乡人，略通徽戏，让你提提戏目的意见，哪知，偏偏遇上一个给脸不要脸的人，再说，戏也不是给你一个人看的，喜欢戏的人多得很呢，而且官位一个比一个大，哪像你这个穷酸小吏，秀才都考不取，靠花银两才谋得的一个小小幕僚。想到这里，他更加开心："只有这样的排场和气势，今后戏班进京，达官贵人们都会产生一睹为快的冲动。"洪文翰越看越乐，忘记了身边的赵图远，竟然放肆地开怀大笑起来。

"荠菜先开花，婢妾先开口。"赵图远见到洪文翰那副得意洋洋的模样，用家乡话恶狠狠地嚷道，站起身，拂袖而去，他那个精细的儿子，也赶紧起身，匆匆离席。洪文翰他们好像什么话都没有听到，依然乐哈哈地看着戏。

"狗肉不上台盘，只恨我有眼无珠，好意请他们来看戏，反成了托鬼问病。"赵图远他们一出观戏楼，洪文翰忍不住也骂了几句。

台下的人还在争看江啸天一手导演的新戏《思凡》。千娇百媚的演员们一上台，台下一片欢呼，他们好像不是来看戏，而是来参加选美。演员们先用昆腔唱着，唱着唱着又变成了木邦子、罗罗、弋阳、二簧腔，无腔不备。

"戏妖来了……"台下人在惊呼。戏中的花鼓妇出台，千姿百态，歌声凄婉，台下男人如痴如醉。戏中的男角，亦京亦秦的腔调，让台下的贵妇们一改往日的矜持，纷纷向台上抛香巾、鲜花。

洪文翰独自端坐在观戏楼上认真地看戏，心想着，这样一个高颜值、高水平的戏班，进京献戏应是水到渠成了。

"洪先生，戏怎么样？我应该没有辜负你的期望吧。据说，巡抚要派几大徽班进京演戏，我们这个戏班决不会输给其他几个戏班吧。"江啸天信心满满，说起话的语气还是淡淡的轻柔，他站在洪文翰身旁自豪地说着。

"你不想进京去？京都我熟悉，那里可是另外一个世界呀。"洪文翰试探地问道。

"你们时刻都想着进京面圣，我却无心进京赶考，还是回徽州老家吧！"江啸天一心想着徽州老家，一个布包袱早已背在身上了。

"洪先生，我要走了，你可否多赠我几件冬衣？"江啸天笑呵呵地说道。

"春天都来了，还要冬衣何用？"洪文翰一脸茫然，心想，有才的人都是怪怪的。

"都说冬天来了，春天不远了；春天到了，还有冬天般寒冷的倒春寒天气呢，要防范于未然呀。"江啸天说着这句莫名其妙的话，令洪文翰心里一阵寒冷。

"好吧，你如此固执，我也不留你了。你路过梅溪，去一趟浮生园，代我向家人报个平安吧。"

"这个你放心，我到梅溪，自会去浮生园替你问候你家人。"江啸天边走边说着，他又回过头来，望着洪文翰说道："演戏务必精益求精，但春怡班太优秀难免遭人嫉恨，你看看扬州那些徽籍的查姓人，恨不能吃了你，他家在京城里，有一个比你岳丈王侍郎还大的官呢，说不定他们也会吞并春怡班，你还是小心为妙。"

江啸天说完，便和洪文翰揖礼告别，出门乘船，沿着新安江又回万山众壑的山村去了。洪文翰抬头望着江啸天渐行渐远的背影，嘴里咕噜着："他今天怎么了？说起话来古里古怪。"

第十三章

　　江啸天刚走上风雨廊桥，见不远处的南街热闹非凡，便向行人打听，有人告诉他，梅溪人正在搞品莲赛事。

　　品莲赛在南街上举行，这场赛事由典当商孙吟可家出资筹办，虽然这事让洪家程家等大户所不齿，但比赛那天，梅溪空前的热闹。

　　品莲，其实就是观赏女人的小脚，南街上越女轩、梦春楼、十里香那些女人倒是很乐意的，干脆坐在各店门口临时搭建的高台之上，将鞋袜脱掉，露出双足，任那些登徒子和公子哥们把玩、品鉴。以脚小而软、净白而饱满、无疤痕有香气者为优异，夺冠者授"莲中花魁"。夺冠者还要乘坐一种多人抬的特制大床，将双足托起，游街展示，许多有钱的乡绅纷纷向床上抛丢金银，这些东西全归花魁所有。但这赛事，无论什么女子，那张脸都是用红绸布紧紧地包裹着的，谁也看不到那女子的脸蛋。

　　大户人家的小姐、少妇参加这种赛事，显然要复杂许多，她们比青楼女子明显尊贵。比赛那天，小姐、少妇们早早坐在厅堂的一张椅子上，椅子就摆放在各家的花窗下，一片光亮。她们的脸蛋也是被一条红绸布包裹着。一双双小脚早已解卸掉上面的裹脚布，洗得白白嫩嫩的，并抹上一层香水，搁放在身前的红漆圆木托盘里。老秀才方阶云对这类事也是深恶痛绝，但考虑到女儿今后想嫁一个好人家，只得入乡随俗，竟然破天荒让女儿方春梅也参加了这次品莲赛。

方阶云秀才家中的庭院，属于小家小户，楼房称不上大，但粉白墙上的花窗却很别致，梨花形花窗，月下幽倩皎洁，月光溶溶似水。

方秀才的女儿方春梅是远近闻名的美人，出嫁之前，梅溪人几乎都没有见过她，但都在闲谈着她身下那双小脚，说是有"一弯软玉凌波小，两瓣红莲落步娇"之美妙，完全达到了瘦、小、尖、弯、香、软、正的标准，众人都称赞她的脚是一双"黄鱼脚"，一场"品莲赛"，让她的美名越来越大。

梨花窗下，一些男人都握着光洁的小脚，争先恐后摸着、捏着，嘴里不停地说道："阴柔之美，绝色也。"他们边说边流着口水，评论着方阶云秀才女儿方春梅的双足。

孙吟可特别开朗，竟然让他自己的婆娘也参加这次盛事，在孙家的桃花窗下，又有一些男人在摸着孙吟可大老婆吴德懿的小脚，她的小脚白净肥嫩，尖尖的弯曲的脚指上，突起一个小气泡，显得别有一番风韵。

这次比赛夺冠者是方春梅，她和状元郎一样，也可上南街游行。她是一个秀才家的小姐，人们就不用什么大木床，四个男人干脆抬着大木椅出行。出门的时候，尾随者只有十多人，可上了南街，有人高喊一声："花魁来了。"片刻，人们蜂拥而至，南街一下子就拥挤起来。

南街的铁匠店那叮叮当当的声音，戛然而止。锡匠店的烟囱刚刚还在突突地冒着烟火，瞬间灰飞烟灭。那个正在煮毛豆腐的老头，急忙站起身走了，也不管铁锅上的毛豆腐渐渐焦黑冒油烟，吱吱响个不停。卖斗笠的汉子跑得快，也不顾那一堆似宝塔的斗笠，早已狼藉一片，任人踩踏。还有一个壮年汉子，头发刚理了一半，就从剃头店里冲出来，头发成了一个马桶盖，在南街上飞奔而去。

众人都迫不及待地挤到行走的椅子前，争看那双娇小白嫩的三寸金莲，小脚还散发出淡淡的香味，令观众们如痴如醉。

"可惜呀，无法望见花一样的脸蛋啊。"

"从这双小脚就知道方秀才的女儿肯定是一个绝色美人。"

"孙吟可老爷最喜欢在当铺里摸着光滑滑的砚台石，嘴里不停地说着美人肤，口水直流。要是他摸着这光滑柔嫩的小脚，口水要流三尺长了。"

众人七嘴八舌，议论纷纷，唾沫不停地飞溅着，美人儿方春梅的名声也随着众人的唾沫飞遍了梅溪。

"山老鼠穿花衣，无聊之极！"江啸天边走边骂，任洪家人怎么挽留，也绝不想多停留一刻，趁着月光，匆匆离开了梅溪。

方春梅有一副好嗓子，梅溪的撒帐歌经她一唱，梨花窗外的男人都变得情意绵绵。她还有一双巧手，能绣出一件件美妙绝伦的绣品，绣出的美女眼睛脉脉含情；绣出的兔儿让人如闻喽喋之声；绣出的猫狗调皮之状可掬；千里山水，也可以缩于盈尺之中。绣好一件绣品，春梅扭着身姿，斜眼欣赏，一手抚摸着绷架上的丝布，一手拂起长长的丝裙，左右摆动着。一双小脚如两朵红莲花在地板上开放着，身子一扭动，恰似凌波仙子下凡，梨花窗里的影子，煞是好看。

这样的女子，自然让许多媒婆们天天踏着方家的木头门槛，可最后不是八字不合，就是门不当户不对。方家虽然不是官宦人家，也没有什么钱财，但毕竟是秀才门第。这天，踏进方家门求方春梅庚帖的人，却是在扬州经商的梅溪人洪文翰派来的。洪文翰受在扬州府当幕僚的赵图远委托，虽然心不甘情不愿，但还是硬着头皮替他儿子赵谦谋求这门亲事。赵谦一直随母亲在梅溪生活，大部分时间都呆在梅溪，如今已长大成人，方阶云也在南街上见过几次，颇有玉树临风之风雅。方阶云很爽快地把写有女儿生辰八字的庚帖交给来人。双方在洪文翰的撮合下，很快达成婚约。赵谦虽然没有见过春梅的模样，但早已耳闻了她的美貌，自然乐得合不拢嘴。

赵图远和方阶云两家在梅溪也算门槛高的人家，称得上门当户对，婚事当然不会马虎。方阶云的房子在梅溪河边的梨花坦，这里有几棵巨大的梨花树，因此得名。从梨花坦到赵家要绕过几条曲曲折折的青石板巷，结婚那天，巷口巷尾或巷道拐弯处都挂满了写有赵字的红灯笼，这些红灯笼是赵家办婚事特意张挂的。一条红地毯从赵家门口通往巷的拐弯处，花轿到了拐弯处便停了下来，新娘子下轿了，周围的炮竹便噼叭噼叭地响了起来，新娘子盖着红头巾，在喜娘的搀扶下袅袅地走在红地毯上。

"新娘子的脚真是三寸金莲啊。"街上的人都在赞叹着。

"凭这双脚，就知道这小娘子是人间不可多得的尤物呀。"也有些男人在唾涎欲滴了。

赵家娶了方秀才的女儿，又是一个美名远播的女人，自然得意洋洋，故意显摆一番，让新娘子早早地落轿，就是让众人领略新娘子那双三寸金莲的风采。

婚宴上的人吃足喝饱，渐渐地趁着月色散去。赵谦也似醉非醉地进了洞房。大红蜡烛吐着红红的火苗，正在吱吱地燃烧着，整个洞房全是红彤彤的光影。坐在床沿上的新娘子似乎感觉到了男人的气息，便扭扭怩怩起来，身子微微颤抖着。

赵谦满心欢喜地摸到新娘子的身前，一手扶着床板，一手颤抖地伸了出来，轻轻地去掀新娘子头上的红盖头，突然，手又停了下来，心却扑嗵砰砰直跳，这可是远近闻名的大美人啊，赵谦大脑里突然涌现了许多女人的身影，盐商洪家的茶娘，木商程家的姨太，典当商孙家的侍女，还有随父在扬州见到的各商家中的瘦马。赵谦的眼前，似乎盛开着鲜花朵朵，有艳红的桃花，带雨的梨花，妩媚的杏花，娇羞的莲花。他迷迷糊糊一阵后，猛然掀开了新娘子的红盖头，举着红艳艳盖头的手在空中突然停顿下来，整个人好像凝固起来了，有点像祠堂里的祖宗像，似哭非哭，似笑非笑，举在空中的手也有点像年画里的武松打虎，手举得高高的，就是放不下来。赵谦望着新娘子的脸蛋，似一条长长的黄瓜，两只小小眼睛似两颗蚕豆停顿在浓眉之下，胭脂里还有隐隐约约星点，低矮鼻子紧贴在红红的嘴唇之上。新娘子见新郎这副模样，惊得目瞪口呆，红红的嘴唇也张得大大的。气急败坏的赵谦弯下腰，抓住新娘子的双脚，举起来看了看。

"梅溪人是不是有病，这样的女人也叫美人儿？"赵谦自言自语着。他边说边走到凌霄花窗前，把手上的红盖头狠狠地抛出窗外，大声地说道："花窗原来是骗人的，站在花窗外，永远是一个傻子，花窗引人遐想，到头竟是一场啼笑姻缘。"新郎踉踉跄跄走出房门，冲出大门，消失在朦胧的月色中。

这一下，梅溪可热闹了，新郎因新娘子脸蛋不美，洞房花烛夜竟然跑了，众人再也找不到他了。邻居们都在惊叹，赵谦这小子不识货，新娘子的小脚这般美妙，可真是人世间难寻的尤物呀，放弃这样的美人儿，真是暴殄天物。

方阶云因女儿的婚事，老脸也挂不住了，几个月后，把女儿接回家。梅溪人认为，一个女人只要拜了天地，拜了祖宗，男女对拜，就算是夫妻了，哪怕没有上床行夫妻之事，也是从少女变成少妇。方春梅成了一个处女身的活寡妇，方阶云公开宣布，一女不能嫁二夫，春梅成了一个永不再嫁的女人。

方阶云临梅溪河的梨花窗，一到天黑便成了两朵硕大的孤独梨花，挂在黑漆漆的冰冷的墙上，时隐时现。从远处看，两朵梨花也映在梅溪河的碧波上，水在哗哗地流着，恰似流不尽的梨花泪。

梨花窗内的方春梅，每到夜晚，孤灯照镜，寂寞难耐，一双手不停地抚弄自己的青丝，盘扎着自己的发髻，一下子

扎燕尾髻、同心髻，一下子又换成了羽扇髻、凤凰髻、螺丝
髻。甚至又扎起蝴蝶髻、蝉翼髻。

方阶云见女儿实在孤独可怜，平日里也常常教女儿写撒
帐歌词，也好替一些人家婚庆时唱唱撒帐歌。反正女儿已是
结过婚的女人了，带出门也可以让她散散心，又可以赚点银
两。

每次，方春梅一回到家，望着冰冷的梨花窗，总是不停
地问着："花窗呀，你看似精美无比，可花窗下的奴家，凭
什么只落得个孤独一生守空房啊。"

这年冬天，江南十月份就开始下大雪了，一朵朵鹅毛大
雪在梅溪天空中飞舞着。梅花窗变白，梨花窗变矮，桃花窗
变小……

梨花窗内又传出了婉转悠扬的声音，方春梅正在对窗清
唱，那是一首《新妇金莲》的词：

锦帕蒙头拜天地，难得新妇判嫱艳。

忽看小脚裙边露，夫婿全家喜欲颠。

她边唱边叹着气，喃喃自语道："奴家夫婿为啥只爱脸
蛋而不爱小脚呢，我还不美吗？"她在嗔怪着逃婚的丈夫，
她又沉醉在那场浩大的"品莲赛"喜悦中。

方春梅还在傻傻地想着品莲赛那天的场景，坐在梨花窗
下的她，一头乌发早已扎成了两条长长的粗辫子，再披盖上
一块粉红丝绸纱巾。争先恐后的男人们都在争着看她那双瘦
小的小脚，隔着纱巾的春梅，却能把身前男人看得清清楚

楚。或脸蛋刮得光亮的青年人，或头发油光可镜的中年汉子，或胡子雪白的走路摇晃的老男人。他们摸着她那两只白嫩的小脚时，一个个变成了怪模样，或眼光发亮，或呼吸急促，或口水直流。还有一个汉子，那张马脸似乎拉得很长，他一双手抓住春梅的小脚，不停地摸呀捏呀揉呀，一双贪婪的眼睛盯住盖在春梅头上的粉红纱巾，恨不得一口把她吞了，那男人下身裤子里的东西，渐渐地撑了起来，让他久久地弯着腰，无法挺直站起来。"我怎么会成了一个活寡妇呀。"她越想越觉得苍天不公，这是有意折磨她这个梅溪大美人。

满天的飞雪，正袅袅地落着。方春梅突然推开重重的厚厚的木头门，一双小脚在雪地上匆匆地踩着，身后出现了许许多多深深浅浅的残月印，那些印迹又很快被飞雪盖住。一双小脚不停地在梨花窗下的雪地里，反复地走来又走去，印出许许多多杂乱无章的足迹。她那苍白的嘴唇，还在叽里咕噜地数着片片雪花。她的头开始白了，那个精美的雪白蝴蝶髻也渐渐成了一只硕大的白蝴蝶，在风雪中一直颤抖着。

第十四章

梅溪的雪下个不停，梅溪河下游的金滩村也一直飞扬着鹅毛大雪，金滩村紧依新安江，那雪正下得紧，两岸白雪皑皑，江岸人家的房顶上也盖有三尺厚的积雪，查正庸家门前的梨树林也分不清是雪花还是梨花，千朵万朵压枝低。

查正庸在京城辞了官，沿大运河来到扬州，带了一个戏班后又回到了徽州老家了。这天他正在庭院里赏雪，他身穿长袍，外面套了一件毛绒绒的虎皮短袄，像一只垂老的瘦弱的白老虎，竖起身子走到回廊上，静静地看着墙上那些石刻碑文，他边走边摸着冰冷的石碑，右手伸出一个手指，不停地比划着。他走到一块硕大的碑文前，石板上刻有水桶口那么大的三个字"山中天"，竟然陶醉起来，嘴里不停地喃喃自语："山中天，这可是颜真卿的真迹啊。"跟在他身后的仆人便开口道："查大人，这是你还乡经过山东时，道台大人送给你的宝贝呀。"查正庸一听这话，嗓子连咳了两声，低声地训斥道："胡言乱语！这不叫送，叫文会互赠之物，那天，我也替他们写了几张字，你知不知道？宰相的字可不是那些穷酸书生写的字，他们的字写得再好也不值几个钱，而我的字呢，一字千金呀，真是脑门不开窍。"

他们走过长廊，便来到凌霄阁，阁中央有一个丈许宽的天井，犹如一块硕大的白豆腐，天井上空依然白雪纷飞，白豆腐也越来越厚了。查正庸一手接过仆人递过来的热茶壶，仰起头吸了两口热茶，又弯下腰身，伸出一只手，在那块白豆腐上不停地拍打着，兴奋地说着："瑞雪兆丰年，瑞雪兆丰年……"

"查大人，有人送信来了，据来人说，他是两淮总督陶澍大人派来的信使，看样子有点急。"查府的管家走到天井旁，仓促地汇报着。

"陶澍大人从几百里外派信使来找我，一定有急事，快叫他进来。"查正庸转过身子，几步来到了会客厅，在一张宽大的八仙桌旁坐下，仆人立即走上前去，双手拉了拉大人的长袍，查正庸自己也把那件虎皮袄拉了一下，便正襟危坐着。

那位信使一见到查正庸，便从衣服里掏出一封信，双手递给端坐在太师椅上的查正庸。查正庸伸出一手接过信，便冷冷地问道："陶澍大人近况可好？"

"一切安好，就是有些烦恼事。"

"何事这么烦心？"

"陶大人来信，就是想向恩师求教。"

"哦，原来如此。"

查正庸急忙拆开信，从信袋里抽出几张纸，便一张一张地看着，眉头皱了起来，脸色也渐渐地灰暗起来了，片刻，脸色又渐渐开朗，还露出一丝笑容。接着，他望着身边的仆人很爽快地说道："你去，把笔墨纸砚备好，我马上给陶大人写回信。"

查正庸疾步冲到书桌前，飞快地拿起毛笔，饱蘸墨汁，龙飞凤舞地写着几行字："淮北盐务弊病太深，改革是大势所趋，你想好了就改，如有困难，老夫撑着老骨头也会替你做主。老夫已经快七十岁了，对于晚辈们的生意，我不管，也管不了，我们徽州朱夫子有句话，叫作儿孙自有儿孙福……"

"大人，你还是慎重一点，不要这样爽快，陶大人之所以请示您，是考虑到对我们徽商的影响，弄不好，就会让徽州盐商遭受灭顶之灾啊。"管家在一边看着，脸上冒出了冷汗。

"你们也不要顾虑太多，天下有饿死的宰相吗？"查大人事不关己，一副高高挂起的老朽模样。

那位信使收好查正庸递交给他的信，便用一块蓝色的绸布包裹好，塞进衣兜里，拱拱手，叩了一下头，便出了凌霄阁大门。查正庸一手抓着那只小茶壶，悠悠地走到大门，望着渐行渐远的信使以及他身后留下的碎雪足迹，摇摇头又冷冷地笑了声。

查正庸的头脑里渐渐出现当年"四大徽班"的盛况，而且越来越清晰。那是皇帝八十大寿时，浙江盐务大臣征集徽剧三庆班进京祝寿，寿期过后，三庆班便留在京都的戏园里演出，深受达官贵人和市井平民的喜爱。随后四喜、启秀、霓翠、和春、春台等徽班也相继入京都，梅溪洪文翰家的春怡班也进京献戏。

当时，考虑到徽班的班社多，演出力量分散，所以查家提议把所有班社合并为四班，即三庆、四喜、和春、春台，把启秀、霓翠两班中专唱昆腔的一些角色并入四喜班，唱其他声调者并入三庆班，擅武功者并入和春班，春台班则多为年轻演员。查家人把这个建议报告在朝为官的查正庸，查大人考虑了一下，也觉得很合理，就点头同意了。

洪文翰以他家的春怡班剧目丰富、阵容齐整，演员们除了唱徽调外，昆腔、吹腔、四平调、梆子腔也无所不能，所以拒绝并入其他四个徽班之中，一时闹得纷纷扬扬。

"跟我唱反调有什么用？现在京都处处流传着'三庆的轴子、四喜的曲子、和春的把子、春台的孩子'，哪有春怡班的影子呀，你们洪家不就是靠卖盐赚了些银子，又靠着当侍郎的老泰山，见过两次皇上而已，就敢横冲直撞，不把我放在眼里，现在是看你们当现世宝的时候了。"查正庸望着门外的飞雪，自言自语了一番。

门前的梅花正在雪中开放着，一阵阵幽香飘入凌霄阁，也飘进查正庸的鼻子里，他使劲地吸了几口气，喃喃自语道："那个不知轻重的徽州知府龚丽正，我尊他为家乡父母官，他倒好，把我们查家的官司判得一个比一个惨，让徽州人看笑话。可他的儿子龚自珍进京考进士，那年偏偏是我当了主考官，龚自珍答卷上的字没有一个中规中矩的样子，我毫不留情地就把他的考卷判了差卷，当然也中不了进士。现在他天天都在愤世嫉俗，一天到晚只喊着梅树弯曲呀、病态呀，这又有什么用呢？嘿嘿……"

"大人，门边寒气重，快去大厅堂吧。"仆人望着有些发呆的老爷，边说边用一只手搀扶着他。

"不用扶着我，我今天心情特别好，身子骨轻松着呢。"查正庸抛开仆人的手，快步向厅堂走去。

查家大大小小的昙花窗，都关的紧紧的，任窗外寒风呼啸，门楼上、庭院的回廊上、凌霄阁的顶端都挂有大大小小红彤彤的灯笼。天黑了，灯笼上一个个查字显得更加耀眼，灯火从花窗中漏出，一朵朵忽明忽暗的昙花幽幽地贴在冰冷的墙壁上。

　　　　眼见宫差宣神医
　　　　眼见皇帝赐红杉
　　　　眼见南街竖牌坊
　　　　眼见湖畔立盐塔
　　　　眼见庭院婆娘哭
　　　　……

　　仆人在昙花窗外的雪地上欢快地踏着积雪，高声地唱着。他本来个子不高，削尖脑袋上有一双小小的绿豆眼，笑起来眼睛眯成一条缝。他把积雪踏得咯吱咯吱地响，就是这些响声才让人知道他是一个人，不然那摇摇晃晃的丑态，还误以为是农户插在田间地头用来吓唬飞鸟的稻草人呢，风吹两边倒的模样真滑稽。这人本是梅溪替烂肚宝棺材店拉棺材的伙计，棺材拉多了，背也驼了，三十好几也没有娶到婆娘，到处偷鸡摸狗，还爬过方春梅家的墙头，方阶云知道后，在梅溪一闹，这人也被赶出了梅溪。如今竟成了金滩查府的红人，他放肆地喊叫着。查府的管家忍不住地骂道："同是徽州人，打断骨头还连着筋呢，你别在这里幸灾乐祸，扬州的同乡们都在哭爹叫娘了。"

"金滩，金滩，处处冰影雪光。"仆人自言自语道，他望着漫山遍野的雪原，又见金滩诸峰积雪如白帽，心中充满着无限的快乐。

金滩这个好听的名字，却是驼峰山中白云寺四个倒霉的僧人带来的。南宋末年，这四个僧人苦心修炼，即将修成罗汉之身。这天，四僧人见寺外蓝天白云，就结伴沿着梅溪河来到了新安江一个浅滩处洗浴，想着自己马上要成为千人点香、万人祭拜的金身罗汉，心里无比开心。四个僧人洗尽身体上的凡尘后，江水习习，感到无比的快活，心里想，如果在自己的身体上涂上金粉不就是四个金身罗汉了吗，想着想着，仿佛四个金光闪闪的金身罗汉就在江边。他们竟然自顾自地在各自身体上涂抹起金粉来。金光直耀天庭，佛祖大惊，急查这四罗汉的来历，原来是四个未曾开悟的僧人在人间炫耀。佛祖气愤地说道："伤风败俗，欺世盗名，无缘我佛。"话刚说完，四个在沙滩上嬉戏的僧人立刻成了四具僵硬的泥人。稍后，那四个泥人身上的泥土开始纷纷散落，先是身上的金粉落下，再是脸面也消失，躯干落下，两条粗壮的腿也坠地，四堆烂泥也全部融入沙滩。从此，新安江边便有了一个金滩的名字。

"管家，管家，你过来一下，我有事情告诉你。"查正庸在厅堂里又大声地朝着院外喊着。管家一听到老爷呼叫他，赶紧小步向厅堂跑去，心里想，老爷今天的心情特别好，喊叫的声音比往日响亮了许多清脆了许多。"老爷，有何吩咐？"管家气喘吁吁的问道，他见老爷一脸春风，肯定又是什么雅兴大发了。"昔日水浒书中有林教头风雪山神庙，今日有查大人风雪桃花源，今天我心里很痛快，你陪我去桃花源观雪去。"查正庸眉飞色舞地说道。管家赶紧替老爷披上风衣，打开院门，在前面引路，往桃花源方向走去。

桃花源其实是查家临江仿建的一处园林小筑，他们出了院门，沿着桃花坝，很快就到了。这桃花源建的时间不长，前几年查正庸回乡探亲，见桃花坝上的桃花夭夭，甚是美妙，又见坝下的江岸滩地泥土肥沃，野草青青，便忽生出建一个桃花源的念头，设计的理念就是陶渊明《桃花源记》中的意境。"这里沙滩，根基不稳，就算种上了桃花，虽然会偶得一片青绿和片刻红花，一旦洪水暴发，便是一片汪洋啊。"一个老者公开反对，认为这是愚昧无知的行为。"别理他的鬼话，难道我堂堂的宰相还不如一个乡间农夫有见识！"查老爷对此话极其反感，愤然地说道。查老爷说好，众人皆说道："好好好，老爷有见识，这里有山有水，又有肥沃的泥土，最适合种桃花。"查家有钱有人，桃花源只用了三个月的时间，很快就建好了。

管家在前面走着，很吃力地在雪地上替大人印着一个又一个八字脚印，查正庸在后面跟着，他的脚步顺着管家的鞋迹，却很轻松地迈着八字步。

他们一走进那个假山做的山洞口，查正庸一本正经地说道："快把山洞的木门关上，这里面民风淳厚，洞外人间世风浇薄，切不可玷污了这块世外的净土。"

进了洞口，顿觉豁然开朗，他们的眼前就是桃花源。数条曲曲折折的篱笆墙上飘浮着一块块白雪，桃树枝上压着沉甸甸的积雪，数排整整齐齐的茅草房上也堆满了厚厚的雪。

家家户户的干草门洞开着，一些炊烟从门洞中飘了出来，在房顶上袅娜着。远看，门口都站有一二个或者三四个看似异常肥胖的男人和女人，他们都是查家的佃户，桃花源便是他们劳作之后的居住地。近看，他们每人都穿着厚厚的打着补丁的冬衣，一个个都缩着头，鼻子里的冷水正流着，或搓着手，或顿着脚，还说这样会暖和一些。

"你们穿着这么厚的棉衣，还有这么冷吗？"管家大声地问道，心里想，这群下贱胚又开始装可怜，想博得老爷同情，讨取一些好处。

"老爷，我们衣服里哪有一两棉花，里面装的全是新安江岸的芦花，看起来很厚，其实一点也不保暖。"一个高个男佃户壮着胆子大声地回道。他挥舞着一只冻红的手，不停地拍打着自己的胸前，芦花便从衣服上飞了起来，一朵又一朵地融进了雪花。

"查大人今天亲自来问候你们，你们怎么也不把门前的红灯笼点燃起来。"管家赶紧把话题一转，指着高高挂起的红灯笼斥责着。

"雪又大，杆又滑，肚子又饿，我们根本爬不上去呀。"又是那高个佃户，低声地嘀咕着。

"真是一群刁民，住在桃花源里的时间久了，日子也快活惯了，人也变得越来越懒。"管家怒气冲冲地骂着。众人也不理他，你望望我，我看看你，一言不发。他们拖着沉重的破草鞋，聚集在查正庸的身前，弯着腰，点着头，异口同声道："老爷辛苦了。"查正庸脸无表情地点了点头，望了望这些桃花源里的农人，顿感无趣，转过身朝洞口方向匆匆走去。

第十五章

　　几百里外的扬州，鹅毛大雪从腊月二十四就开始下起，一直下到除夕，纷纷扬扬，密密匝匝，那雪一直下得很紧，大运河上也盖满了厚厚的雪。洪文翰家的歙南别墅门口，厚厚的雪把路堆得高高的如一块巨大的白豆腐横跨在巷道中。众人都在院中，热情高涨地焚烧一捆捆干枯的桃木，说是除旧气，迎新春。大雪来临之前，洪文翰就用了一些银两，大量收购大运河两岸那些枯死的桃花树，堆满院中，以备除夕夜烧桃木火堆。天上的雪，虽然很大，但到了歙南别墅的天空便化成了雨点，撒在熊熊烈火中，在桃木上冒着青烟，滋滋作响。

　　"我看到这些飘荡的水气，心情特别好，好像自己的恶气从胸中排泄出来一样。"洪文翰望着眼前的桃木火，心里很舒畅。"大家多烧一些，把柴房里的桃木烧个精光，再开始封岁，吃年夜饭，然后再玩叶子戏，今晚，我们来一个通宵……"洪文翰侧身对家人和伙计们大声说道。

　　"老爷，还要接着烧吗？桃木已经烧了不少，比其他人家多得多……"一个仆人不明事理，自作聪明地说着。

　　"除夕夜多烧桃木可以除邪，再说，我一听这个'桃'

字，心里就颤抖，你们烧得越多，我心情就越好受一些。"
洪文翰平时很儒雅，此时变得有些粗暴。他内心非常憎恨两
淮总督陶澍大人，就是徽州那个高官查正庸的门生，他只是
敢怒不敢言，借烧桃木以解心中之气。

年夜饭后，大家又围在几张桌子上玩叶子戏，这是洪
文翰最喜欢玩的一种游戏。这种游戏中的纸牌数量，一般
是有固定的数目。陶澍盐政改革，盐商们变得愁苦和无
聊，玩这种游戏的人也越来越多。有一天，大家玩的纸牌
里突然多了两张牌，其中一张绘有桃树，另一张绘有桃花
女。打牌的人如果得到"桃树"即使是赢也算全输，因而
人人视为灾星；如果拈得"桃花女"，即使全输也算是全
赢，所以人们喜爱之。

"我抽到一张桃树，输了。"洪文翰大声地叫道，他又
说了一句："我要砍掉这棵桃花树！"那神色充满恨意。

"我得到了桃花女，赢了。"一个仆人大声地叫道，他
又色迷迷地说："这个桃花女，细皮嫩肉，好鲜嫩的水蜜桃
啊，我好想咬一口……"那神态犹如嫖客在戏弄宠妓。

"你们闹也闹了，气也泄了，这样是毫无用处的，得想
想办法重振生意，这世道本来就是花红众人捧，墙倒众人推
呀。"站在洪文翰身边的儿子洪朝奉也劝起父亲来了，他看
问题似乎比老子透彻。

"还有什么办法？该死的陶澍，该死的查正庸，见死不
救，还落井下石！"洪文翰边说着边唉声叹气，偶尔还有些
咬牙切齿。

"落井下石？"洪朝奉一下子有点摸不到头脑了，心里

想，这些人真是想把盐商赶尽杀绝？

"他们竟然把皇上借给我们的帑银也全部追缴，东山再起的一点希望也灭绝了。"洪文翰有气无力地说着，一脸绝望无奈。

洪文翰手中本来还有一些帑银，这是以前他对朝廷做出了杰出贡献，皇帝特意"赏借"给他用的。用洪文翰的话说就是"万岁爷发的本钱"。哪知陶澍总督不依不饶，铁面无私，毫不留情地清欠帑银，一分一厘都得没入进官库。

"这次要追缴帑银，我没有办法了，大家把家里所有能变银两的东西，全部卖掉吧！不管金玉瓷器，还是古砚古墨古画……"说到这里，洪文翰老泪婆娑，他望着眼前这些悲戚戚的人，轻轻地说道："我也不能亏待你们，你们都是背井离乡来到扬州讨生活，我尽量多发一些银两给你们，别墅里的家具物品，这里的榻、桌、罗汉床、书案、欹案等等，也不管是黄花梨、紫檀，还是髹漆、贴金、镶嵌，只要你们喜欢，都可以取一二件带回你们的家乡，至于银两多少，你们凭着良心结算就行。但花窗上的格子门不要拆掉，留着做个念想，哪怕今后别墅无力修葺，成了断墙残垣，也要一定保护好。"人群中有人哭出声来了，洪文翰望了望几个脸色苍白的仆人，用手巾擦了一下双眼，又接着说："我终于想明白了，我们生意人是在官府的关照下发迹，也是在官府的盘剥下破产亡家，想当初，我家在扬州城叱咤风云，上交天子，下接显贵，何等荣耀，何等风光。然而，曾几何时，昙花一现，美梦成空。"众人早已哭声一片，洪文翰不吐不快。

"老爷，我们可以找一下你的老泰山王侍郎大人，让他来拯救一下惨局。"

"他都下台了，人走茶凉，再说这是生意上的事，谁也帮不了。"

"不管是洪家，还是程家、孙家，后人一定要好好读书，不要为了生意上那点利益斗得你死我活，读好书，当高官才是正道，假如那位查大人是我们家族里的人，假如陶大人也是我们徽州人，我们的盐铺会这样快地关门吗？……真是一场噩梦啊。"洪文翰越说越想说，那样子刚从睡梦中醒来，说起话特别有神气。

"父亲大人，你放心，今后我们会东山再起的，我一定要在这幢空房里建一个大的藏书楼。如果扬州建不起来，我也会想办法把它搬回徽州梅溪，建一个藏书楼，让后人好好读书，多考一些举人、进士、翰林。"洪朝奉说着这些话，洪文翰听了点了点头，心里似乎好受多了。

戏他桃花女，砍却桃花树。
盛衰本有自，何必怨陶澍。

洪文翰唱着走着，离开了众人，也不知是他想通了，还是心里实在痛苦，顿着双脚，向他的卧室走去。

洪文翰刚离开，众人就急急忙忙地搬着家具、食案、奏案、宴几、蝶几、屏联、闷户橱、亮格柜、镜台、衣架，还有许多大大小小的漆器等等，一下子大厅就堆满了杂乱的物品。一个仆人正和一个厨子站在一张红木八仙桌边，互相争夺着桌子，桌子一下子吱吱地被拖过来，又吱吱地被拉过去。

洪朝奉望着众人慌忙的身影，流下了眼泪，嘴里说出一句少年老成的话："都说天上的云彩美丽，但人世间的雨雪冰雹也是拜它所赐，真是世道无常啊。"

天上的雪，越下越大。

地上的雪，越积越厚。

不远处许多人家开始在雪地上接天地了，大年三十晚这是生意人必干的头等大事。

一些人站在门前高喊道：伏以今夜吉良天地开放，安财神符万事大吉昌，财利大兴旺，启请武财神赵公明，利市仙官降来临，招财使者亲到此。

又有一些人接着呼道：请到吾家木材铺，请到吾家典当铺，请到吾家玉器店，请到吾家茶叶店，请到吾家丝绸店……此起彼伏，经久不息。

许多小摊小贩人家也跟着喊叫，声音明显低了许多。他们也在细声细语道：快进汤包店、老虎灶、猪头肉摊、豆腐店、切面店、钉碗店、鞋楦店、灯笼店、糊裱店……呢喃细语，不仔细听，还真听不清楚。

噔噔……一颗颗烟花在天空中炸开，流光溢彩，像金菊怒放，牡丹盛开。时而火树烂漫，时而像彩蝶翩跹，火星稀稀疏疏地窜向四周，旋即又消失了。紧接着又有一个烟花在空中绽放，映着众人的笑脸。

第十六章

在梅溪建造一座藏书楼，是梅溪人几十年来的愿望，尤其是洪家，洪文翰无论在扬州经商，还是在徽州乡间行医，他就有了这个想法。他心里明白，生意再大，银子堆积如山，朝廷一句话，说没了就没了，远不及科考出来的进士翰林尊贵，万般皆下品，唯有读书高的古话深深地刻在他的脑海里。

梅溪学堂本来就是梅溪水口边的一座古庙，原是梅家人建的梅家社庙，后来梅家迁往外地，又变成了王家社庙，王家人又迁往外地，便成了一座无人祭拜的孤庙。

许多年前，洪文翰和一些商人来到这里，望望远山，看看近水，都说这里的风水很好，大家凑集了不少银两，改建成丰德楼，用于暂时藏放梅溪镇里各姓氏古籍、祖宗谱及文书。文书堆里有公家文书、交易文契、合同文书、承建文书、族产账簿、官府册籍、政令公文、诉讼文契、会簿会书、乡规民约等，存放于此，有专人看守保管。楼四周粉墙簇拥，大门对面有照壁，门口还有一座四脚牌坊，上有"金榜传芳"四个大字，这是一百年前，镇里梅家有人中了进士，进了翰林院，皇帝恩赐给梅溪的圣物。楼内有两座建筑物，左边是尊经阁，右边是明伦堂。后来，镇里外出经商的人越来越多，每家的男丁并不多，单独在家请私塾老师又浪费银两，洪文翰他们合议在丰德楼开办了一个梅溪学堂，就设在明伦堂里。

　　刚从扬州回来的洪朝奉就约了程熹礼同去梅溪学堂，他们一进围墙门，倍感亲切，没走几步，便是一幢二层楼的徽式建筑，一楼是学童启蒙读书之地，二楼是文会堂。一楼的正堂壁墙上挂有一张朱子的衣冠像，两边有许多用木板制作的"蒙规"："貌必肃""容必庄""色必温""言必慎""功必贤"等等。多少年来，这里面的老师都是一些学富五车、名望很高的先生。先前梅溪住户大都是吴越地区移居来的南方人，上课的先生是一口吴侬软语。后来，梅溪又变成了中原移民的聚集地，先生们的口音则是南腔北调。

　　洪朝奉、程熹礼的老师方阶云也有一口很特别的口音，经常弄得学生们一头雾水。"诸位要认真学习朱子文章，中功名，光宗耀祖！"方阶云讲课时，读朱子两个字总是有一种特别的腔调，学生们总是感觉他在讲"珠子文章"或"猪子文章"。

　　"先生，读珠子文章，就可以考取功名？"小小的洪朝奉奶里奶气地问道。

　　"你长大后，问你老婆去！"方阶云先生很生气，气愤地训斥道。

　　"朝奉，先生是叫我们读猪子文章，因为猪肚子有货，人人都喜欢吃，吃了又有劲，所以容易考取功名。"程熹礼嗲声嗲气地帮忙解释。

"你们家钱多，猪肉吃多了，只知道猪子文章。"方阶云听后，哭笑不得，凶巴巴地训斥着学生，古板的钻石脸上露出尴尬的神色，一直在摇头叹气。

"我听爷爷讲，孔子不吃猪大肠，只喜欢猪腿。"洪朝奉又小心翼翼地插上一句话。

"哪有这种怪事？"程熹礼听了，又懵住了，眉头皱得紧紧的，一脸怒气。

"孔子看见猪大肠在锅里煮的时候，越煮越粗，以为这是活物。他是圣人，心生慈悲，所以拒绝吃猪肠。"洪朝奉一句一句地说着，他说的话有板有眼。

"哦……"程熹礼只是睁大双眼，连连点着头。

他俩一问一答，气得方阶云满脸通红，大声地责骂道："你们这两个小子，朱子都弄不懂，还管那么远的孔子。真是三天不打，上房揭瓦，把手伸出来。"说完，拿着一把戒尺，冲到洪朝奉的座位旁，抓住手狠狠地打了三下。接着，又转身抓住程熹礼的手，重重地打了六下。课堂终于平静下来。

方阶云也是梅溪的一位著名老童生，咸丰年间就中了秀才，那时，他才十三岁，大家都称他是文曲星下凡。可中秀才后，过完了咸丰年，熬完了同治年，又进了光绪年，屡考屡败，一直没有中举，五十多岁，还是一个秀才，故有"三朝秀才"之称。方阶云熟读朱子书，《四书章句集注》《通鉴纲目》之类，他都背得滚瓜烂熟。每一次乡试，他在徽州府考棚中，总是刚刚写完一行字："江南直隶徽州府歙县梅溪方阶云"后，便全身发抖，冷汗直冒，再也写不出什么妙句佳词了，只有一次又一次地名落孙山。洪文翰见其可怜，就聘其为洪家的先生，帮忙洪家打理藏书阁的古籍，编辑家典，挣点银两养家糊口，后来又推荐他为梅溪学堂的先生。

洪朝奉和程熹礼一走进明伦堂，都好像想起了这件往事，两人不由自主地伸出自己的手，张开手掌，看了看，相视一笑。

他们轻轻地上了二楼，望见方阶云危襟正坐在朱子衣冠像前，焚香点蜡，高声诵颂："学校者，化民成俗之本也。而南渡后，徽为朱子阙里，彬彬多文学之士，其风埒于邹鲁……"正在此时，吴孝周老秀才也上了二楼，悄悄地走到方阶云的身旁，轻轻地说："方先生，听说徽州府新来的学政大人是戴东原的徒孙，对朱子学说并不看好！""这位大人还说，宋儒讲求义理乃是凿空之言，要倡导'求是'之学术主张……还要求府学、县学及各书院、学堂都要张挂孔子像，而不提倡挂朱子像。"吴孝周神秘地咕噜了几句后，快步地下了楼。

"我们梅溪学堂永远高悬朱子像，想下掉他的像，我就跟他拼命，看看谁敢？"方阶云突然大声嚷道，猛然站起来，满脸通红，一双脚把二楼的木板踏得噔噔响，他双手青筋暴裂，左手拿着书，右手甩了一下，那件多天未洗有些油亮的青色长衫便飞扬起来。

方阶云转过身子，发现两位多年不见的学生，正吃惊地望着他，脸色立即变得和蔼起来，高兴地说道："你们什么时候进来的，也不和我招呼一声？"

"我们见先生正在诵颂朱子文章，不敢打扰。"洪朝奉满脸笑容，轻声地说着。

"真是我的好学生，你们先生有一个毛病，一读起朱子文章，便心无旁骛了。"方阶云不停地嗔怪起自己来。

"先生何故发这样的火？这是要伤身体的啊。"程熹礼关切地问道。

方阶云一听这话，火气又上来了，他满脸通红地说道："这世上又有人在作怪，有些文化人竟然诬蔑起朱子思想，还不知天高地厚地批评起朱子文章，为首的人也是我们徽州人，真是没有家鬼不死人，朱子的神圣是他们可以随便侵犯的吗？府县里一些人见风使舵，还想下掉在徽州张挂了几百年的朱子像，你说我气不气呀。"方阶云余恨未消，越说越来气。

"先生，也许他们只是说说而已，我想，没有人敢在这个问题上兴风作浪。"洪朝奉很自信地安慰着。

洪朝奉说完这句话，方阶云也觉得有道理，朱子思想毕竟统治了几百年以来的读书人，不是谁想变就敢变的啊。方阶云想到这里，心情明显好起来了，他笑容可掬地看着两位学生，大声地说道："不管它了，我们去学堂后面的菜园，你们以前最喜欢在那里抓蝴蝶逮飞娥，我也可以采摘一些瓜果招待你们这两位贵客。"

学堂后面的菜地是一块断墙残垣里的坡地，上面长满碧绿的青菜，满架紫红的扁豆，青青的辣茄树上也挂有一个个半红半绿的辣茄……时有三五只小鸡前来啄虫，师生三人见到这些，都感到无比地愉悦。

"方先生，梅溪学堂里的朱子像不见了。"刚离去不久的吴孝周，又匆匆跑到菜园地，急促说着。

"真的？"

"千真万确，是有人来把朱子像取走的……那班人好像是衙门上的人，刚刚离开学堂。"吴孝周很严肃地说。

"真是作孽啊！要我的老命啊……"方阶云气急攻心，全身颤抖，差点倒在菜地里，箩筐落地，地上撒了许多红的辣茄，紫红的扁豆，幸好洪朝奉眼疾手快，冲上前扶住了他。

"两位贤侄，你们先回家，这次我非要和他争个理，这是对我们的朱圣人大不敬啊。"方阶云称自己的两位学生贤侄，这是非常客气的话。说完这句话后，好像若无他人似的，匆匆地向明伦堂走去。

方阶云进了明伦堂，学堂里的先生洪宝庆和吴孝周坐在同一条长板凳上，两人正在喃喃细谈，两条灰色的长衫都从屁股后垂挂到花青石的地面上。还是初夏，他们似乎都感觉很闷热了，每人手中的折扇开开合合，不停地摇着。他们见方阶云一脸怒气，气呼呼地从门槛迈进大门，赶紧从长板凳上站起来，齐声说道："方秀才请坐。"然后轻轻退到一扇花窗下，身靠在木头板壁上，静静地望着方阶云。方阶云望了望他们，在大堂里走过来又走过去，像只无头苍蝇似的，嘴里不停地嚷道："这是大清朝吗？有人这样胆大包天，敢犯朱老夫子，官府竟然也装糊涂，也没有人来制止这种忤逆的闹剧。"明伦堂楼上还有一些没有先生管的学生，正在兴高采烈地蹦跳着，木板的灰尘一浪又一浪地飘洒着，落在方阶云的脸上身上，一头灰头灰脸。洪宝庆和吴孝周见方阶云狼狈的模样，偷偷地笑。

"老童生这次真的生气，不过讲起话来还是有板有眼的。"洪宝庆一只手摸着身边的一片紧凑着一片的板壁说着。吴孝周听了这话，也悄悄地说了句："他就是一个一板一眼的怪人，心胸比这些木板还窄挤，一粒沙子都放不进去呢。"方阶云还在高声地咒骂着那些对朱夫子不忠还把朱子像拿走的人，对徽州府的官员也颇有微词，声音响亮。南街棺材店老板烂肚宝站在门槛外已经有些时间了，歪脖子一直伸得长长的，斜眼珠也在不停地翻动着。洪宝庆和吴孝周早已看见，却都把眼光转向花窗外的天空，看天上的白云悠荡，竖着双耳听方阶云慷慨激昂的责骂。

"这股歪风邪气不去掉不行，我明天要去徽州府找那些官老爷，非要他们自己出来收拾这些丑恶暴徒。"方阶云又大声地说着，那些取走朱子像的小吏们在他眼里就是十恶不赦的暴徒。

"先生不要太激动，在我们徽州学堂里挂的像本来就不一样的，有挂孔子像、朱子像的，也有挂王阳明像和戴东原像的，他们喜欢挂谁就挂谁，何苦这样较劲呢。他们把朱子像下了，我们就挂其他圣人像就是了，还都不是儒家吗？"洪宝庆以和事佬的口吻安慰着方阶云。

"你根本就不懂朱子，他可是我们徽州人的思想灵魂，徽州的文风，徽州的牌坊，徽州的祠堂等等，哪一样可以离开他。"方阶云又高声地责问起洪宝庆老秀才了。

"先生息怒，你这样意气恣肆，官府里的老爷们也未必听得进耳朵呀。"吴孝周走到他俩身边劝和着。

"我不管这些，明天我就去徽州府告状，如果他们一意孤行，我就撞死在府衙门前。"方阶云满脸通红，脖子上的青筋像几条蚯蚓一样蠕动。两位老秀才还在不停地劝说着，方阶云竟然开始变得不理不睬，昂着头，楼板的灰尘还在一波又一波地飘洒在他的灰脸上，门槛外的烂肚宝也消失了。

　　第二天，梅溪雾朦朦，太阳还没有露出脸，方阶云背着一个包袱，一手挟着一卷红布，推开明伦堂的大门，上了南街，往徽州府方向走去，洪宝庆和吴孝周也跟在方阶云的身后，渐渐地消失在晨雾中。

　　凌晨，棺材店灯火通明，烂肚宝特意请了佃户旺财、阔海、讨饭、麻子吃早餐，他家的棺材店"长寿屋"平日里都是黑漆漆、阴森森的相道，今天早晨倒是灯光闪闪，有些人气。几位佃户乐滋滋地围着一张八仙桌，桌上几碗浇头面热气腾腾，还有一碟刚刚出油锅的煎鸡蛋饼，众人边吃边说笑着。

　　"方阶云那个犟牛头已出村口，他去徽州府闹事，官老爷对他必定不屑一顾，凭他的性格肯定会撞死在府衙门口，我们这时候去帮忙收尸，不仅有一个很好的口碑，还可以赚棺材钱呢。我这次雇你们几个，到时候就是帮忙抬棺材收尸的，大家快点吃，我特意挑选的红棺材都已经摆放在毛驴车上了，稍后就可以走了。"烂肚宝的左眼本来就斜，边说边眨，有些迫不及待。

　　"万一老秀才死了，棺材也让他睡进去，谁来付棺材钱和我们的辛苦钱？"旺财心里有些不踏实了，阔海、讨饭、麻子他们也觉得旺财问的话有些道理，一个个把碟子里的鸡蛋饼夹进自己的碗里，放下手中的筷子，眼睛齐刷刷地盯着烂肚宝。烂肚宝斜眼望着头上那块金光闪闪的蠡儿堂的牌匾，一脸得意洋洋，他见大家望着他，就转了转眼珠子说道："你们想得太多，你们这些粗人怎么就不知梅溪那些老爷们的脾性，他们一个个都死要脸面，说不定争着付钱呢。"

"那三个老鬼大概走了不少路了，我们要赶紧去追上他们呀。"讨饭心里有些着急，生怕这趟生意不成，自己的辛苦钱也会没有。

"不急，不急，三个死老鬼走不快的，我们一上毛驴车就哒哒地追上了。"烂肚宝悠悠地说着，心想那几个书呆子走起路来，那种雍容雅步的模样，也不知何时走到徽州府。

烂肚宝他们的毛驴车在古官道上嘀嘀哒哒地走着，见前面七座四脚牌坊群正整整齐齐地排列在官道的中央。天开始下着濛濛的细雨，牌坊石梁上的大字遇到雨水后，更加醒目沉重。他们也感到有点驴困人饥，就在牌坊群前面的憩步亭停车休息。雨越下越大，雨水从方亭四周的黛瓦流下，像是梅溪人在制作纱面，万条垂下如白纱。斜坐在美人靠上的富贵他们，望着眼前的雨帘，肚子里感觉有些饿了，一双手伸出去接雨，嘴不停地咂着，心里想，这要是纱面多好呀。烂肚宝站在亭子中央，那只斜眼盯着亭外的毛驴车和车上那口红棺材，心里想，这次肯定可以做笔赚钱的买卖。他看见这几个佃户的馋相，感到好笑，肚子里骂着："穷鬼饿死鬼，早上给你们吃了那么多，我还心痛呢。"嘴巴里却吐出了一句令大家兴奋的话："我家养了几头三年的公猪，猪肉特别好吃，你们这次好好干，进城后要抬着棺材去府衙门口，一定要卖力，回梅溪后，我就请屠户杀猪，保你们吃个够。"众人一听，感到雨中出现了太阳，乐呵呵冲出亭，冒着雨向徽州府衙方向赶去。

方阶云他们离开牌坊群的时间并不长，几十里官道石板路已经让三位老童生走得气喘吁吁。方阶云还是肯花钱的，这次去徽州府，洪宝庆和吴孝周吃喝住的费用全由方阶云一个人支付，但想雇一辆车却无能为力了，三个人都感到疲惫不堪。三人到了牌坊群，七座牌坊按照忠、孝、节、义的顺序排列着，洪宝庆斜靠在"忠"字牌坊的石柱上呼着粗气，吴孝周侧躺在"孝"字牌坊的石条上唉声叹气，连连叫苦，方阶云却莫名其妙地兴奋起来了，他双脚迈着八字步，摇头晃脑地从一块块方正的青石板上跳跃着，嘴里还大声地喊叫着："忠、孝、节、义啊，我这次就是为了捍卫你们来的，不成功便成仁。"方阶云走出牌坊群后，好像全身充满了活力，把自己头上的长辫子狠狠地向身后一抛，一手推着洪宝庆，一手拉着吴孝周，呼噜噜地向前走。

三人进了城门，刚拐过东谯楼，一座高大的八脚牌坊便进入了他们的眼帘，这牌坊的主人是许国大学士，徽州人称许国牌坊，也称学士坊。天上一直下着雨，湿透了雨水的牌坊变得更加沉重，牌坊上四个字"先学后臣"却变得更加清晰透亮，在方阶云眼里就是皇帝恩赐的四块方正的金牌。他想这次自己也是忠义之举，大概也会引起徽州人敬仰。

府衙不远处的打箍井街突然人头攒动，人声鼎沸。方阶云他们望了望打箍井方向，见四个汉子抬着一口红漆漆的棺材往府衙这边走来，走在前面的正是梅溪的烂肚宝。方阶云他们正在纳闷着，烂肚宝的斜眼真尖，一下就看到了方阶云他们三人，便大声喊道："方秀才，你要的棺材，我们帮你抬来了。"方阶云一听，如坠雾海，悄悄地说道："我的棺材？""是啊，你方秀才是一个忠义之士，为了捍卫朱夫子的英名，要舍身取义，以死抗争。那天，你还在梅溪明伦堂里说，如果官府不同意你的建议，你就要撞死在府衙门口，一诺千金呀，令人佩服。"方阶云听到这里，脸一下子红了起来，那天他确实有些冲动，说过这句话，烂肚宝竟然说得清清楚楚，到了这个份上，也只有任烂肚宝他们把那只红漆漆的棺材抬到了徽州府衙门前。

徽州府衙八字门楼上冷雨菲菲，粉墙黛瓦上的青苔吸足了雨水，斜垂在虎头瓦的檐口或倒挂墙角边，依然透着绿绿生机。门前看热闹的人群如潮水一般涌来，有卖山货的山民，肩上还挑着箩筐；有卖花卖鸡蛋的农妇，手上还挽着竹篮，大部分是穿长衫的男人，他们望着那口红棺材，拼命地往前挤。

方阶云站在棺材前空旷地上，一步一步地向府衙大门走去，旺财他们抬着棺材也跟着方阶云向前慢慢迈步，棺材后面的洪宝庆、吴孝周尾随在棺材后，手上拉着一块红布，红布上有方阶云用台阁体亲书的六个漆黑的大字：朱子光辉永存。方阶云双手高高地举起状子，手上的青筋好像要暴裂，一道一道凸在黄皮肤上，他脸对着八字门，任冷雨飘洒，高声地喊道："巍巍皇天，佑我朱子。"

"老童生，什么深仇大恨事？至于这样声势浩大。"知府大人终于走出了大门，来到了他的身前，大声地问道。

"誓死捍卫朱子威严！朱子像不上墙，我就睡进棺材。"方阶云脸转向红漆棺材，满脸青筋，大声地喊道。

"唉，我看你身后的六个大字，颇有苏东坡遗风，笔力雄放，逸气横霄，肥而不俗，就知道你是一个很有学问的人，再说你中过秀才，应该知书达理，有话好好说，这样你有面子，我也有威仪啊！非要把事情闹成这个样子，真是小题大作。"知府大人脸含怒气，但语气却很平和。

"你们官府的人把梅溪学堂的朱子像取走，我今天就是为了争这个理。"方阶云满脸通红地说着，语气明显平缓了许多。

"我还以为是什么大事情呢，在我的辖地上讲究百家争鸣，我会把事情弄清楚，至于你爱挂朱子像，依你就是了。"知府大人笑了笑，很轻松地同意了方阶云的要求。方阶云万万没想到知府大人如此开明，那张紧绷的脸一下子就红了起来，赶紧转身匆匆地跑了，两个老秀才尾随其后。抬棺材的旺财他们只有抬起棺材灰溜溜地飞快跑着。

第十七章

朱子像在梅溪学堂重挂那天，方阶云一改以往那种邋遢相，变得衣冠楚楚。他从那个似小棺材的木匣子里取出朱子像画轴，小心翼翼地张挂在原来的墙壁上。他跪倒在朱子像前，时而喃喃自语，时而对天长笑，时而悲戚戚地哭泣，弄得众人哭笑不得，直喊他是一根筋。

"筋僵直了，很难弯过来。"梅溪学堂里除了吴孝周、洪宝庆两人外，其他先生也都在背后议论着。

方阶云倔犟在梅溪是有名的，他喜欢和学生、同僚争个脸红耳赤，理直气壮。

洪朝奉以前常听方阶云说："我熟读朱夫子的《四书集注》，虽然是屡考屡败，这是我的命运。但你们不一样，前程似锦，一定要苦读朱子之书，而且要奉为圣言，自有厚报。"一些学生却很不以为然，就调皮地问道："我们怎么知道孔子的言论是曾子记录的？"

"是朱子讲的。"

"朱子是什么时代的人？"

"宋代人。"

"孔子、曾子是什么时代的人？"

"周朝人。"

"周朝宋朝相差多少年？"

"大概二千年吧！"

"相差二千年的朱子怎么知道二千年前的事呢？"学生的问话，让方阶云哑口无言。

"孺子不可教也！你们怎么还不如梅溪的司马正那个老寿头。"方阶云有些气急败坏，牙齿咬得咯咯作响，眼里闪着一股无法遏止的怒火，好似一头被激怒的狮子。

方阶云一直瞧不起同乡的司马正，司马正就是梅溪黄家的黄洼盈。这人和方阶云不一样，考了多年，连个秀才都未考中，后来买了一个虚职的官，还自命清高，装作愤世嫉俗的样子，一直呆在梅溪家中，守住一个小小的毛笔店。黄洼盈喜欢钻研古书，经常断章取义，还常讲一些稀奇古怪的话。梅溪人取笑他，他也不生气。他常讲，整个江南，只有他一人通晓古今。在众人面前写字时，总喜欢把毛笔蘸足墨汁，下笔重重地把个正字写得又大又黑。

司马正的房子和那幢四周院墙高高的芝兰楼也只是一墙之隔，墙角处那棵几百年的罗汉松早已超越两家的院墙，在空中开枝散叶，院墙层层黛瓦下长满了一丛丛骨里红梅的绿叶。司马正在罗汉松上系了一根绳子，一直牵拉到自己书房的花窗木格子上，这绳子平日里常常挂着那件一年四季都穿的灰色长衫。他是一个孝子，一直守护着自己的母亲花嫂，这件长衫每次清洗都得靠花嫂帮衬，渐渐地司马正的年纪也快到四十岁，母亲急，他却无所谓，孤独一人满街转悠。他似乎对女人毫无兴趣，邻居家的花窗常常被推开，挂有一二条艳丽飘扬的女人衣裙，路过的男人都会不停地张望着，而他只会望着人家墙角的树丛，也不顾是花还是绿叶，莫名其妙地吟道：

岚气欲飞山隔岸
生香不断树交花

天气暖和时，他穿着薄薄的长衫在南街上行走，长衫上的带子和袖子也随风飘扬。天寒地冻，他的身体似乎变得越来越粗壮，手和脚渐渐地鼓起来，带子紧紧绑扎着他的腰身，灰色长衫也好像被棉花灌得鼓鼓的，竟和梅溪河对岸的义田上那些专门用来吓唬鸟雀的稻草人十分相像，也和一些大户人家喜欢演的木偶戏类同，木偶人时瘦时肥。他还时不时戴上那顶买来的官帽，既像只大头猕猴，又像只在梅溪河冰上走的呆头鹅。他成天在大街小巷徘徊着，眼睛总喜欢盯着临街各家各户的花窗看，似乎在寻找形形色色的花窗败笔，木质、窗形、雕工、颜色、大小也全在他的巡视范围，很有明察秋毫的味儿。

每年除夕之夜，梅溪有接天地的习俗，司马正什么事都不干，备供品焚香烧纸他不会干一件，他只捧一捆红红的炮竹在院子里独放自看，他先把一根根炮竹筒插进装满细沙的盆中，用香火点燃后，躲在罗汉松树下观看。

随着一声嘟叭，炮竹从沙中窜出，一线呼啸，飞入夜空，司马正的嘴也不停地喊道："厉害了，我的炮竹，这威力不亚于红衣大炮。"

"红衣大炮是什么？"母亲花嫂好奇地问道。

"红衣大炮很有威力，当年多尔衮就是用它炸开京都的城门，李自成只有跑回商洛山中了。清兵又用它轰倒扬州的城墙，史可法因此兵败殉国。"司马正说得头头是道，他越说越来劲："听说，西洋人在天上飞行的飞机，如果遇上我这些炮竹，肯定能够被击中坠毁。"司马正说着说着，声音越来越大，瘦弱的身子突然挺拔起来了，他一只手拳趴在罗汉松树上，突然用力一推，那树便抖动起来，零零落落的枯叶也稀稀落落地飘下来，落在他的官帽长衫上。

司马正家后院不远处就是斗山，斗山向东走数里便是一个叫白虎头的山坡，山坡上长满粗壮的杉树。平日里，只要天空晴朗，司马正便捧着一只万安罗盘在山中乱窜。他母亲花嫂讲他在替梅溪人做好事，看风水，寻龙脉，梅溪学堂里的老秀才们却说他在找地窖。据说，以前战乱时，许多大户人家把金银财宝都埋藏在这里。司马正从树林里爬出来，官帽早已在头上转了半个圈，斜斜地盖住他瘦长的黄脸，灰色的长衫也挂有几片绿叶和一些长长短短的松针。他一见到行人，便大声叫道："不得了，重要发现，武松打虎的景阳冈就在这里呀，我把《水浒传》书中写的景阳冈和这里一对比，竟然一模一样，山的坡度，松针的长短，林中的动物，经考证这里的松树在宋朝就有了，难怪后人称这里为白虎头，原来武松到过这里啊，真是大有玄机呀。"行人一听，哈哈大笑，但见司马正如此严谨地说着，又很友好地点点头应声道："司马正了不起啊，又把《水浒传》校正了。"

有一天，他路过梨花坦方阶云家门口，望着临街的梨花形花窗，足足站了半天，他一直在沉思，嘴也在喃喃自语着："这个花窗怎么看都像当年潘金莲推窗竹杆落到西门庆头上的那个窗户，花窗里还粘贴一张年画，年画上画有孙尚香嫁刘备的故事，花窗四周贴有一些本地生产的澄心堂纸，这些古物足以证明西门庆就是梅溪西街的某家前人，这屋里的女人肯定是潘金莲的后代啊。"司马正把这一成果在南街上宣讲，许多人听了摇头叹气，但也有人恭维地说道："司马正真了不起，又把《金瓶梅》校正了。"随后，又有人不解地问道："潘金莲是一个淫妇，而这屋的方春梅是一个终身不嫁的贞节妇女啊，司马正的考证肯定有误。"司马正一听这话，不以为然地反驳道："世间轮回，淫妇也会投胎成一个贞节烈女。"方阶云听到了司马正这些闲话，气急败坏地骂道："凭空捏造，牵强附会，满口胡言的鬼话，这世道真的弄不清楚，竟然还有一些人甘当他的吹鼓手，满大街生事造谣。"

司马正喜欢评论梅溪名人的长短，他逢人就说："咱们梅溪的孙白廉举人，他的字写得一般般，文章稍好一点点，但他的画可堪称大师之作，尤其是画乌龟，简直是前无古人，后无来者。"孙白廉听到这话，自己也感到纳闷："我明明字好文章好，才被主考官点为举人的呀，我又不画画，只是有一次酒后兴起，随手用笔乱描了一只乌龟，大家都叫四不像呀，可这个司马正却偏偏说我乌龟画得好，居心何在？"

司马正又说，方阶云老秀才授课时声音好听，再是字写得好，朱子文章写得一般般。方阶云听到这话也糊涂起来了："我最得意的是朱子文章，再是我的字写得不错，我的讲话声音本来就是沙哑，讲快了还有几分口吃，许多人都嘲笑我讲话像一只沙哑的公鸡鸣叫，司马正真是满嘴鬼话。"

司马正听到这些话一点也不生气，心情好像是六月里喝了雪水，冬日里吃牛肉萝卜火锅，特别地兴奋："谁叫你们的字写得好，谁叫你们的文章写得精彩，还中了秀才，中了举人，这又有什么了不起呢，我好歹也有一顶官帽，虽说是用钱捐来的，真恨你们那种高傲的神色。"他摸了摸头上那顶官帽，又歪了，用手移了移后，便哈哈大笑起来。

司马正见梅溪许多人都写诗文，还有些商人有钱，只要凑满一百首诗便有诗集出现，他心中不免愤疾起来，心里想，我司马正名声在外，可肚子里的学问实在有限，有些古文通篇读完都觉得很吃力，实在无法考证什么诸子百家，或唐诗宋词之类。但在众人面前还得露几手，不然方阶云那些老童生都会瞧不起我。有一段时间，他果然诗兴大发，文思泉涌，怎奈文笔太差，实在无法动笔，苦思冥想，终于想到了读蒙童馆时，先生教他的记流水帐方法，立即关掉街上的毛笔店，开始创作鸿篇巨著。

他一天一篇文章，或二十首诗，从不停笔。他从身边的物品或琐事写起，小鸡、小鸭、小狗、小猫、老鼠、蚊子、臭虫、麻雀等等，都被他记录进文章。他的诗也从不讲格律，只是顺口溜。几年下来，他的诗文数量极其可观，仅文章的数量就大大地超过梅溪历代秀才、举人、进士等名流的诗文总数。于是，他有些飘飘然了，每写完一首打油诗，就到左邻右舍串门，宣讲他的名句，逢人就说："吹灭读书灯，一身都是月"等等。他还说，自己终于发现文学创作的三境界，写完鸡鸭鼠蚊时，就感到自己已是大师，此乃第一境界也；记述完码头、庙宇、祠堂、廊桥、南街、花窗、黛瓦时，自己又是一代宗师，此乃第二境界；记录完春嬉公、春梅、烂肚宝，以及佃农富贵、老狗剩、歪嘴青等梅溪名人，突然有了文坛泰斗的感觉，此乃第三境界。

"井底之蛙，不知羞耻。"方阶云无论在哪里遇上他在吹牛，就会愤愤地骂着。

"自己没有学问，还要嫉贤妒能。"司马正也毫不客气地反讥着。

"黄洼盈先生，圣贤孙子说过一句话：'知己知彼，百战不殆'呀，你也该醒醒了。"方阶云还是压着心中的怒火，呼着他的真名，提醒着他。

"你这个老童生也是满口谎话，梅溪哪家的孙子说过这句话，真是肚子没学问，还要假装斯文，可恶之极。"司马正以为抓住了方阶云的辫子了，狠狠地讥嘲一番，方阶云被他说得无话可言，摇摇头，红着脸转身走开了。

司马正为了展示自己的多才多艺，临摹了几幅竹子，刚刚有一点浓浓淡淡，疏疏密密，长长短短，肥肥瘦瘦的味儿，就觉得自己竹子便是天下第一竹王，逢人就送上一幅。"先生的竹子比八大山人更有情趣，稀世之宝啊。"有人收到他的竹子，便故意奉承拍马一番。哪知，司马正听到这句话，立刻勃然大怒道："什么八大山人！他们算个鸟，不过是驼峰山中的八个山中樵夫而已，怎能和我相提并论。"这人见司马正发大火，很知趣地走了，那人边走边骂道："丑怪之物不知丑，还当自己是潘安宋玉呢。"

他常在南街吹嘘，梅溪的梅字异体字是两个呆子并排列在一起，即楳也。

"无稽之谈！不可理喻！"方阶云见司马正又扯上这个呆字，气愤不已，大声叫道。

"理喻？梅溪人有几个人知道这理字的含义，你这个老童生也不过是捧着朱子的理学书，骗吃骗喝而已。"司马正也毫不留情地挖苦着方阶云。

这样，他们俩渐渐成了梅溪人眼中的两个活宝，两个排在一起的呆子，总是那样不合时宜。

梅溪趣事多多，在洪朝奉、程熹礼的眼里却不以为然，他们总认为自己的老师方阶云才是真正的一代大儒。

第十八章

朱子像又重新挂在梅溪学堂，方阶云心情当然好了许多，洪朝奉和程熹礼再次来访师，师生三人谈得特别开心。

"这次两淮总督陶澍大人下手真狠，我家的盐业生意几乎殆尽。"洪朝奉话题讲到了洪家在扬州生意上的遭遇，心情一下子低落了下来，话语中默然伤神。

"那我们的徽商不是要垮了？"方阶云忧心忡忡地问道，满脸愁云。

"这倒未必，吾徽商业，盐、茶、木、典当四者为大宗，茶叶六县都产，木则婺源为盛，典当到处都有，而盐商兴于淮浙……如果以后，盐的生意不好做，我就改行当茶商！"洪朝奉雄心勃勃，说起话来就让方阶云感到年轻气盛。"先生，现在什么都在变化，许多文人都反对空谈义理的程朱理学。他们从音韵训诂、字义名物、典章制度等方面阐明经典大义……我们也不能在一根树上吊死啊！"洪朝奉开导着他的先生。方阶云脸色一下子不好看了，转过身去，学生的话就当作一种杂音，自顾自地品着茶。

"还有扬州瘦马，那才是人间尤物，身材苗条，貌美如花。还有那'三寸金莲'，真是一个瘦、小、尖、弯、香、软啊，她们都是一等一的美人啊。弹琴吹箫，吟诗写字，画画围棋，无所不能，还会女红、裁剪、油炸蒸酥，做炉食，摆果品，各有手艺……男人在那里简直就是神仙。哪像我们这个山沟沟，其他的不说，就说炖菜吧，我们这里的主妇炖来炖去，不是山中的野笋、野菇，就是溪水中的老鳖和鳜鱼。"洪朝奉一说到扬州，口无遮拦，越说越来劲，满口飞沫。

"水在山中清，出山则浊，好后生出外经商就变坏，不能忘记根本啊！你是出了乡间，淡了乡情。"方阶云忍不住了就敲打着这位门生，脑海里又浮现出那次去扬州见到的那些貌美如花的尤物。

"天天抱着瘦马寻欢作乐，也不要忘记家乡的婆娘，她可天天在浮生园里数着'记岁珠子'睡觉啊！"方阶云还在不依不饶地说着。洪朝奉的脸红了，立即闭口不言，脑海中尽是老婆张巧莲死前遗放在首饰盒里那七颗珠子，这让他至今在梅溪众人面前还说不上嘴。

那年，洪文翰差儿子洪朝奉来徽州歙县参加童子试，想中一个秀才，替洪家争争门面。洪朝奉在管家林琴坤陪同下，行至梅溪还有二十里的一个叫老竹源的村子附近，只见那地方绿竹青青，桃红柳绿，野花遍地，远处的驼峰如一朵绽开的莲花在云海中开放，令人赏心悦目。洪朝奉看得高兴，就吩咐林琴坤系马槐荫，稍作休息，自己则缓步独往山村走去。走到村子尽处正想返身时，忽见一家墙院门半开半掩，一枝素白的梨花探出墙头，正热闹地开放着，他推门伸头，一位漂亮的姑娘独自坐在一个废弃的石磨盘上，手里拿着一枝梨花在掌上搓弄，倚树斜立，正好奇地朝着他微笑，身旁的梨树似缀满素白的雪花，纷纷扬扬地飘落，蜜蜂嗡嗡飞个不停。洪朝奉春心荡漾，便找话与姑娘搭讪，姑娘母亲也客气地见了这个陌生的后生，洪朝奉便在她们母女面前大吹特吹考中秀才如何如何，还拿出皇帝赐给他父亲洪文翰的金子作定情物交给那位姑娘。然而，姑娘的母亲根本就不在乎这些，她气呼呼地说道："我家尚有茶园十几亩，薄田数亩，梨树三株，家里男人会泥水制砖瓦，又有收入，粗茶淡饭，尚能生活。我们不要黄金，我家姑娘也不嫁秀才郎！"洪朝奉碰了一鼻子灰，呆呆地站在门口，林琴坤找到洪朝奉时，他还在痴痴地望着那枝出墙的白梨花，只得怏怏离去。

　　洪朝奉这次童子试未考中秀才，反而还感到一脸轻松，心里惦记着那位梨花树下的姑娘。林琴坤把这事告诉了洪朝奉的父母洪文翰和夫人，他们立即托人去老竹源村上门说亲，哪知，这次说亲，一说即合。姑娘的母亲这次变得特别的爽快，她说："我家姑娘的名字，就是她出生那天，她爹见远方的驼峰像一朵莲花似的，就取名巧莲，她是不能离开这一块地方的。考秀才有什么好？中了秀才，想考举人，中了举人，又想中进士，还有什么探花、榜眼、状元，有什么好？山顶上的辣椒容易红，容易落，当了官做了老爷，东奔西跑，看似威风凛凛，其实还不是苦了家中的女人，梅溪那些当官的人家，家中的女人还不是夜夜守空房。洪朝奉这次中不了秀才，这多好呀，这才是我女儿的如意郎君啊。"

　　洪朝奉对张巧莲的感情笃深，燕尔新婚，小两口热热乎乎，双进双出，形影不离，洪朝奉打算放弃科举考试，甚至也不想去扬州学做生意了。洪文翰夫妇担心儿子过渡沉溺于儿女私情，荒废学业不说，还影响了他的学徒生涯，于是暗中说通了张巧莲，张巧莲和她母亲不一样，极力支持丈夫的事业，遂使洪朝奉又去扬州边读书边当学徒。

洪朝奉走了，不久张巧莲生下一个男孩，她不仅要照顾好儿子，还要侍奉婆婆，虽说洪家不缺钱，可她依然喜欢在烛光下做针线活，织品卖掉可以获得一些钱。每年快过年时，她把自己攒下的钱去南街"琼琳"珠宝店购买一粒硕大的珍珠，藏进床头那只绿茵茵的首饰盒，一年一粒，岁岁如此。

夜深人静，烛光下的张巧莲，脸孔也变得红红的，她把一粒粒珍珠放在自己的手心，不停地抚摸着，好像那珍珠就是洪朝奉的化身，她时而握紧拳头，把珍珠放在心窝，时而展开手拳，用樱桃小嘴亲吻着珍珠，嘴唇上的热气弥漫在珍珠上，她又撅起嘴巴悠悠地吹着，最后，才把那粒珍珠放在一片红绸布上，一层层叠起，再轻轻放进首饰盒。

"儿子，你父亲离家一年，我就买一粒珍珠，这珠也叫记岁珠，现在过去几年，我的首饰盒里就有几粒珠子，这买珠子的钱都是你娘自己赚来的。梅溪人都认为，钱都是男人赚的，娘赚了钱，就是为了记岁呀。"张巧莲说着这话，眼泪也不停地流着。年幼的儿子也不知母亲的心思，只会似懂非懂地点着头。

这年春天，梨花淡白，柳色青青，柳絮也飞满梅溪，可梨花树下的那个女人因抑郁而死了。洪朝奉在张巧莲坟前嚎啕大哭，责怪父母逼他长年在外读书经商而失去爱妻。当他打开张巧莲遗留下来的首饰盒时，从里面拿出一个红包，打开红绸布，发现七颗硕大的珍珠灿然于眼前，珠子下面还有一张发黄的宣纸，用小楷字抄的一首古诗：

鸳鸯溪来凫雁鹙，柔荑惯绣双双逐。
几度抛针背人厌，一岁眼泪成一珠。
莫爱珠多眼易枯。
小时绣得合欢被，线断重缘结未解。
珠累累，天涯归未归？
……

血泪满纸，怨气袅袅，令洪朝奉断肠欲绝。

"洪朝奉，洪朝奉，你又在想什么？嘴一只手一双，怎么和祠堂里挂的太公像一模一样，也一动不动。"

方阶云、程熹礼大声的说话声，把洪朝奉的魂魄拉回了学堂。

师生们又接着谈，海阔天空的话题一个接着一个。刚刚赶考完回家的老秀才吴孝周、洪宝庆二人又进了梅溪学堂。大家寒暄后，便一起上了明伦堂二楼，这里的文会已成了秀才们的习俗。每年乡试结束，大家喜欢聚集在一起，各人把自己在考棚里写的文章，互相叙述一遍，然后相互评判，评评优劣，推测这次秋闱谁中举的可能性最大。谁希望最大，谁就得花银两做东请吃喝。

方阶云笑道："你们要好好评判，不要让老实人吃亏。九年前那次乡试，你们都说我答题最好，一定能中举，害得我家两只正下蛋的老母鸡，全进了你们的肚子里，最后还是名落孙山。家中的婆娘到现在还在心痛，常常唠叨着这件事。"

程熹礼大笑："难怪人家称先生是老母鸡秀才，原来是这回事啊！"

"反正你们谁请客都一样，我负责陪吃！今天，我的学生洪朝奉、程熹礼特意从外地回来看我，你们得多添二双筷子。"方阶云一脸心安理得的神色。

"今年乡试的题目有点难，'致天下之民，聚天下之货，交易而退，各得其所'，不知是出自哪一本经典著作里。"洪宝庆皱着眉头，有气无力地说着。

"这是朱熹夫子《四书章句》里的句子，还有元代徽州人程复心的《四书章图》里也有……"洪朝奉不假思索地说道。

"你这么精通朱子文章，如果去科考，一定能得功名。"吴孝周惊得目瞪口呆，大声地称赞道。

"能否得功名，也要一个命啊。江南人都称徽州商人是儒商，此言一点不虚！"方阶云不得不佩服起这位做生意的门生，拿起酒杯来敬洪朝奉酒，他也觉得刚才责怪门生的话太刻薄。不过，他一直认为，自己多年中不了举人，不是学识浅薄，而是时运不济而已。

酒吃到一半时，一个秀才发起行"飞花令"，须各人依次说一句古人诗句，句中要有一个红字。这个令并不难，吴孝周、洪宝庆、方阶云、洪朝奉他们很快说出，轮到程熹礼，也不知什么原因，他想了半晌，也回答不出来，只好捏造了一句："柳絮飞来点点红。"柳絮是白色的，何以变成红色？满座哗然，笑其杜撰。

洪朝奉却不慌不忙地站起来，侃侃而谈："你们别笑，此乃元人咏扬州平山堂诗，引用得很确切。"接着，他又吟道："廿四桥边廿四风，凭栏犹忆旧江东。夕阳返照桃花渡，柳絮飞来片片红。"

"落日熔金，此时的飞絮就是片片红，好意境。"洪宝庆由衷地称赞这首诗，直夸程熹礼学问深，博学多才。洪朝奉偷偷看了程熹礼一眼，见他满脸通红，像一块刚刚烤好的红薯，却露出不屑一顾的神色。

洪府管家林琴坤急匆匆地冲上梅溪学堂二楼，在洪朝奉的耳边咕噜了几句，洪朝奉立刻起身和大家作别，匆匆地随伙计下楼去了。

洪朝奉的祖父洪阅甫睡在床上命如游丝，就是没有断气，似乎在等待孙子洪朝奉的到来。这老人一直和儿孙客居扬州，九十多岁了，红润的脸庞，长长的白胡发，颇有仙风道骨的神采。晚年，洪阅甫再也不替人看病，也不管儿子的生意，天天与扬州的文人为伍。同是徽州人的汪士慎、罗聘都和他过从甚密，还有一个叫高凤翰的名士，此人任过徽州府歙县县丞、绩溪县令，后来在任泰州巡盐分司时被人诬陷入狱，右臂遭残，洪阅甫破天荒地帮他疗治，也成了挚友。洪阅甫著有《驼峰居士诗集》，收集了自己所写的诗、词二千余首。其中一篇是教导子孙后代的诗："五世活人功已积，一经教子意难忘。尔曹好展摩云翮，伴我黄花晚节香。"这诗写得有味道，也有点吩咐身后事的感觉。

"文翰，我不能呆在扬州了，赶紧送我回徽州老家，我命该绝了。"一天早上，洪阅甫就和儿子说了这句莫名其妙的话。

"怎么可能呢，父亲大人面色红润，气血充盈，寿命还长着呢！"

"我今天搭了自己的脉，已经没有秋天的脉象了。"他认真地和儿子说出自己即将寿终的原因。洪文翰听了这句话，顿时毛骨悚然，急忙把父亲送回梅溪。

洪文翰一回到梅溪，安顿好老父亲，就出了浮生园，从南街一直走到尽头，转进梅溪河畔的皱月巷，便是城隍庙。庙前后杂草蔓生，老树昏鸦，庙的左后方有一幢高大的二层砖瓦楼，大门上方挂了一块牌匾，上题有三个字"长寿屋"，似唐张旭的草书，龙飞凤舞，行人都很难认出来，梅溪人都知道这是一家棺材店。店主人又瘦又矮，三角黑脸，头显得很大，没有几根头毛，似一只干枯的又有些光亮包浆的葫芦。葫芦头光亮，两只眼睛一大一小，左眼长得很有特点，眼珠子有点斜，眨一下，便凶色尽露。他的肚子突凸起来，又成了一只肥大的蜘蛛肚，南街上的人都很熟悉这肚子，说这肚子里灌满了坏水，大家都称他叫"烂肚宝"。至于他姓什么叫什么，反倒成了一个谜，谁也弄不清。烂肚宝也读了不少书，考过秀才，只是名落孙山。他的头脑很灵活，见驼峰上长满柏木、松木、杉木，木商们都把挺直木材运往江浙去贩卖，他却在梅溪四处收购歪木老木，打造成了一具具大大小小的棺材。大门上还有一幅他自写的对联："上正中歪下乱套，勤穷懒富官发财。"是仿张旭的草书，许多人也认不出来。烂肚宝见人，表面上说好话，心里却盼着众人快点早死。人死得越多，棺材卖得更多，他越发财。

"洪老爷，你又回梅溪了，令尊大人的身体，应该无恙吧。你是一个大孝子，肯定要事先替他老人家的后事做一个准备……我店铺里有许多棺材，有大有小，大的是替成年人置办，小的是替那些夭折的小鬼准备。小的就不用看了，它的模样，南街上的人都司空见惯了，老秀才方阶云经常抱着它，在街上走来走去。据说，方阶云用它装一张很大的朱子像，熟悉的人自然不会去打开。生疏的小偷小摸，见到这木匣子，也会胆颤心惊，多少年来，这张古画安然无恙，这说明我做的棺材是很有灵气的，能带来好运！"烂肚宝的话，夹杂几分得意。洪文翰望了望眼前这个阴阳怪气的男人，一言不发。

"你朝这边来……"烂肚宝指着楼后进，把洪文翰领进去。洪文翰越走越感到阴森森，有些毛骨悚然，要不是替父亲大人精心挑选棺材，他是不会走进这个鬼地方……前方尽是一层又一层叠起的棺材，有红色，有黑色，也有未油漆的原木棺材。

"这些未油漆的棺材，都是用楠木打造，极其珍贵，价值不菲啊！你们洪家，家大业大，令尊是一个见过世面的贵人，应该替他准备一具楠木棺材，方显洪家尊贵。"烂肚宝指着那具最大的楠木棺材说着。阴森森的楠木棺材，竟泛着星星点点的黄色光泽。

"银两多少？"

"纹银三百两，这棺材用的是上等的楠木，棺盖和棺底全是金丝楠木，不仅气派，而且在泥土中也不易腐烂。"烂肚宝说着，那只斜眼又露了一丝不易被人察觉的贪婪神色。

"钱不是问题，但棺材一定要气派华丽，出殡的时候，全梅溪的人都会盯着看。我不能落个不孝子孙，还有吝啬鬼的骂名。"洪文翰说着这句话，脑海里浮现出几年前浮生园大门被人画上的鬼像的事，轻轻地叹息一声，匆匆出了长寿屋。

洪朝奉从梅溪学堂很快赶到家中，祖父奄奄一息地躺在床上，床四周围着许多悲戚的家人，他那只干枯的手紧紧捏着一个纸团。嘴巴时不时地发出轻微的呜呜的声音。洪朝奉走到祖父身旁，老人也似乎感觉到孙子已经到了，那只干枯的手又很吃力地举起来，洪朝奉马上握着老人的手，纸团便从手中松开，落在盖被上。站在床边的管家林琴坤伸手捡起纸团，慢慢地展开，轻轻地读道："朝奉吾孙，徽州府中的紫阳书院我家每年应承了捐银五百两，以后你一定要接着捐银，而且不可打折扣，诚信为本，切记切记！"洪朝奉满脸热泪，嘴里不停地嗯嗯应着，老人似乎听得很清楚，苍白的脸上露出一丝笑容，一会儿便断气了。

出殡那天，秋雨濛濛。驼峰上一大群白鹭，翩翩而至，时而落在那一棵棵抚云摩天的枫树上，时而又驻足于梅溪河滩那些大大小小的鹅卵石乱堆里。棺材由八人肩抬，棺材前方插有龙头，后方插有龙尾，上面还铺了大红毯，毯上有一袋米和一只被缚捆着的雄鸡。洪文翰披麻戴孝，脚上还穿着一双崭新的草鞋，双手扶着灵柩，洪朝奉撑着旌旗，走在最前面。出殡队伍浩浩荡荡，孝子贤孙身后是鼓吹手、祭幛、道士，还有许许多多亲朋好友，以及各家族派出的乡贤。灵柩从南街到梅溪河，沿途所至，鼓乐、鞭炮齐鸣，到了驼峰山下一个空旷地，灵柩停下。洪文翰、洪朝奉向大家跪拜辞别，洪府管家林琴坤用一把菜刀将一只硕大的瓷碗敲碎，碗面上那大大的金灿灿的寿字，瞬间成了碎片，散落一地，送葬的人纷纷脱去孝服返回。灵柩由八个人重新抬起来继续上路，朝着雾气濛濛的驼峰前行，棺材店老板烂肚宝也一直尾随其后。

第十九章

洪阅甫归山那天，程熹礼一直在浩大的葬礼队伍中，静静地看着洪文翰、洪朝奉父子悲戚戚的情态。洪家家大业大，扬州有盐铺，梅溪有药铺、一壶春茶庄。洪家对家乡人都很厚道，能帮的尽量帮，能给的也尽量给，尤其是对程家，那更是无可挑剔，扬州的盐庄，虽说洪家占的股份比程家大得多，但程家获利也是很丰厚，父辈们的合作，一直很愉快。程熹礼总认为，二家养一头牛，不如自家独养一只羊。洪家人好强，喜欢出风头，在荷花畈买义田时，洪文翰总是要抢先买那些水足地肥的田块，这些田都是捐赠给族里，他也要争一个好口碑，父亲程秉仁对这事很反感。程家在梅溪也算是一个礼仪之家，天下事倒山倾海，而不可持蠡测海……程熹礼想到这里，大脑里闪出了另起炉灶的念头。

程熹礼心里也明白，盐生意利润高，但现在濒临崩溃了，何况权柄总是被官僚们握在手中，难免会大起大落，徽州本地不产盐，就有一种无根之木的感觉，让人越来越不踏实。而木材生意却不一样，徽州地处万山丛中，茂林修竹布满山野，竹、木资源极为丰富。尤其是杉木，种植后一般二三十年即可成材。松树又可以烧成松烟，用来制徽墨。漆木又可以制成油漆，扬州漆器离不开它。黄檀木、红豆杉又是徽州木雕、东阳木雕、岭南木雕的最佳材质。木材运输两条水路都可以走，一条是从梅溪入新安江，再过钱塘，进杭州。另一条由梅溪镇到祁门县城，沿昌江上游的祁门河顺流而下，舟行二百五十公里即可到达瓷都景德镇，再行水路一百九十里可达饶州，自饶州入鄱阳湖，北上可通长江，南下可经赣江，越大庾岭，达广州。

"走广州这条路，以前的梅溪商人很少走过，我用了近一年时间全部走完了。如果以后从这条路贩运木材，必获利丰厚。"程熹礼在费隐堂，越想越有信心，忍不住说出自己的谋划。

当时，苏州、杭州、广州出现许多城居地主、达官显贵、富商巨贾，都在纷纷建造高门大第，竞相豪奢，就连众多的市井小民也都喜欢建房舍数间，用于栖身之所。

"你们没有到过苏杭，也许不知道那里的繁华程度。那真是一个个店铺林立，屋宇相连，茶馆酒楼，鳞次栉比，往往连绵数里不绝。我家中藏有宋朝张择端那幅《清明上河图》的风俗画吧，你们拿出来看看就明白。"程熹礼侃侃而谈，满脸博古通今的喜气。他心里想，洪朝奉自以为道山学海，我以后会让他愁山闷海。程熹礼一直记恨那次诗文会，总以为洪朝奉不是替他解围，而是故意戏弄他。

"老爷，为什么要看这张画呢？"一直站在他身边的仆人螺蛳如坠云海，一脸茫然。

"那画中有'瓦屋鳞鳞，俱以木成'的风景，就好像是现在杭州城等一些城市里的建筑群。这些楼房建造时耗费木材甚多，而且极易发生火灾，不烧则已，烧则必百家或千家，许多高楼庭院、台榭亭阁瞬间化为灰烬。火灾后，人们又要在原来的废墟之上重建，每次所耗的木材真是难以估量。"程熹礼人在徽州，却精透都市风俗。他说完这句话，肚子里又在咕噜着："三代不读书，就是一窝猪。"

"老爷，这些和我们有什么关系呢？"螺蛳听了这话，还是懵懵懂懂。

"这两年江南一直干旱少雨，很有可能发生木材危机，这对我们来讲是重大商机啊！"程熹礼此时颇有几分预言家的风范，花窗外知了叽叽地叫着，热风一股股地向花窗涌来。

程熹礼就在梅溪河畔广贮木材，他不仅广收松木、杉木，也收购不少榉木、樟木、榆木、槐木，还叫伙计们到徽州各山场"拔大毛"。山场中的林木，有的长得快，有的长得慢，砍去大树以利小树成长，梅溪人叫拔大毛。程熹礼要求大家拔大毛要彻底，能砍的大树，都要尽量砍下来。

程熹礼收购了数量巨大的木材，不入库，不贮藏，直接请老匠人捆扎成簰筏，停放在梅溪河上。等待雨季，迎接河水暴涨，梅溪河的木材入新安江，过钱塘，直入杭州城，程熹礼称此是"漂杭州"。昌江也有一部分木材入广东，程熹礼称之为"漂广东"，广州路途遥远，他高价雇佣了梅溪船老大一班人去干，自己直奔苏杭。程熹礼这次囤积木材，雇了很多人，租种义田的十八家佃户富贵他们正好是农闲期，也全部跑来替程熹礼打短工赚外块。拚山伐木、搬运木材、捆扎簰筏，人山人海，数里长的河滩尽是他的雇工。歇工休息时，程熹礼要伙计们学习唱歌，就是那首"徽州府由严州至杭州水路程歌"，其实就是为了让大家熟知水路的行程。歌曰：

> 一至渔梁坝，百里至街口。
>
> 八十淳安县，茶园六十有。
>
> 九十严州府，钓台桐庐守。
>
> 橦梓关富阳，三浙垅江口。
>
> 徽郡至杭州，水程六百走。

众人排起整整齐齐的队伍，犹如一支即将开拔的远征军，歌声响遍梅溪河。

"徽州这些粗人匠师也这样有文化。"路过的行人，也由衷地称赞着。

"我们徽商能发达几百年而不衰，就是因为喜欢读书，书中自有黄金屋啊。"程熹礼自豪地回道，此时，他觉得自己不仅是一个生意人，更是一个文人骚客。

这天早晨，驼峰乌云密布，沉沉地压在梅溪河上，大雨开始倾泻，徽州进入梅雨季节了，梅溪河的水由碧转黄，水流急湍，水位渐渐升高，正是放簰筏的好日子。

"老爷，梅溪口的木运司来人了，是不是我们的动静太大？"螺蛳急匆匆地跑进费隐堂通报，满脸水珠，也不知是汗珠还是雨珠，正一滴一滴地往下流着。

"你们木材外销量如此之大，可缴纳的税款少得可怜……我们柴大人说，这里面肯定有问题，在没弄明白之前，你们必须停止外销，否则，按大清律例严惩！"官差走到程熹礼的身前，狠狠地抛下这句话。那官差见众人不语，又说了一句话："据说，你们伐木滑木下山时，折断了不少小树木，数量惊人，要知道今日的小小柴火棒，就是以后的参天大树，这次官府必须要严惩不贷。"那人说完这句狠话就高视阔步地走了，程熹礼想向前去赔礼，却追不到那个官差。

"老爷，自古经商必须和官府搞好关系，我在程府侍候令尊、太祖父多年，见他们很有资财，又往往不惜重金行媚权势。你一本正经地经商，即使缴清了税金，他们还会逼你输军饷、捐救生局、修城隍庙、疏河道、开官道、建书院等等，最后，再假惺惺地送你一块'义中取利'的金字牌匾。那时，你就得打断牙齿连血一起吞，哭笑不得。"螺蛳说了一通意味深长的话，程熹礼听了直点头，心中对这位仆人生出一丝敬意，他走到螺蛳身旁，嘴巴贴着他的耳朵，轻轻地说道："赶紧去打点吧，吮痈舐痔的事情，你比我在行。"他俩说完话，又哈哈大笑起来。

螺蛳心领意会，掇臀捧屁地走了。

螺蛳原来也是一个小生意人，每年春天，梅溪新茶开采时节，他背着一个小布袋，走门串户到农家收购毛茶，再转售给茶行（茶庄）。驼峰一带的人，经常望见他行走在乡间的小道上，酷似石头上的螺蛳爬行，所以，大家都叫他"螺蛳"。后来，许多商人都直接购买或承包茶场，直接种茶、采叶、制茶，螺蛳便没有饭吃了。

快过年了，梅溪家家户户忙着做冻米糖、煎豆腐、做米粿等，螺蛳闲着无事，四处串门，不知不觉地感到肚子饿了。他想到梅溪人过年的习俗摸粿，只背着一个空麻布袋往人家门口一走，人家都会送他一些米粿，或多或少。他背着布袋路过南街春嬉公的卜卦摊，肚子里更是饥肠辘辘，有气无力了。"螺蛳，我来帮你算一卦，看看今天摸粿的运气如何？我分文不取。"春嬉公嬉皮笑脸地问道。"算就算，反正我现在麻杆当拐杖，扶不起来了。"螺蛳毫不在乎地说道。他把背上的布袋抛在地上，弯下腰，捧起那个竹签筒，哗哗一阵猛摇，叭哒一声，一个竹签落地了，他赶紧拾起，递给了笑眯眯的春嬉公。春嬉公拿着竹签，揉了揉眼睛，便一本正经地说道："命中注定八个粿，走遍梅溪不满十。"螺蛳一听，不以为然地笑道："你又在胡扯吧。"他把麻布袋拿起往肩上一抛摸粿去了。这天真怪，大家都对螺蛳很客气，家家户户把一碗碗热气腾腾的米粿倒进他的麻布袋中，他只走了一段路，麻布袋早已满了，沉甸甸的，何止十个粿，足足超出百个了。他乐颠颠地背着一大袋米粿，边走边骂道："什么狗屁地师，还算命，自己的命都算不好，难怪还是一个穷光蛋。"他越想越开心，脚步越来越快。进了皱月巷，那条巷一头连着南街，一头延伸到梅溪河的大水潭。在巷的转弯处，他一不小心脚踢到一户人家的台阶，便跌倒在地，哗啦啦，那麻布袋里一个个圆圆的米粿也洒满一地，随后如一只只圆圆的小车轮沿着倾斜的巷道向梅溪河滚滚而去。螺蛳赶紧从地上爬起来，扯拉着布袋，捡起地上的米粿，说来也巧，一数正好八个，大多数的米粿全部滚进了梅溪河的深水潭中。他望着碧水汪汪的梅溪河，大声叹息道：

"这就是我螺蛳的命啊，强扭也是没有用。"从此，他再不做小商小贩了，干脆进了程府当佣人。

他只有租程家田地、住程家屋，父亲也葬在程家山，最后又立契卖身，沦为奴仆。程家也养有许多运粮、运木材的毛驴，程家老爷见他人机灵能干，就让他负责毛驴队，手下有两三个家奴，程家依然喜欢称他螺蛳。螺蛳心里明白，一切都是命运，他见惯了洪朝奉家的才大气粗，见惯了程家那股外强中干的味道，也垂涎孙家那些如花似玉的女眷，空叹自己孤身一人。他认为，生为奴仆，只有死心塌地效忠主子，才能得到多一点银两，否则，就会饿死在南街头那座城隍庙里，尸体也许会被野狗叼走。

"螺蛳，官府那边处理得怎么样？"程熹礼望着满头大汗的螺蛳正朝他这边跑来，便轻轻地问道。

"一切都处理好，他们还说，今日的大树也只不过是曾经的小小柴火棒而已，无足挂齿。"螺蛳见主人忧心忡忡的样子，故意提高嗓门高声地说道。

程熹礼的木排队伍，终于从狭长的梅溪河开始向前涌动，过了水口码头，木排开始疏散，满河尽是木伐阵，很快又到了渔梁码头，顿时山高水急，云闪开，雾闪开，一块块巨大的木排从河中冲泻而下，排上立有两个壮汉，前面壮汉手撑竹篙搏浪前行，后面的壮汉持着竹篙前后呼应。为了各木排之间的呼应，程熹礼根据木排上撑竹篙的佃农名，编为"富贵号""旺财号""小狗号""狗剩号""麻子号"等等。过了金滩，进了新安江，江面忽然开阔，烟波浩荡，横无际涯。

木排浩浩荡荡地在江中前行，时而如一条巨大的青龙，时而又弯成了一个个之字型的方阵，忽然又合成了一个巨大的三角形。

　　木排浩荡向前奔，青山不觉向后跑。

　　"各位师傅，靠岸停行。"程熹礼在第三块木排上大声地喊着。木排到了一个绵潭湾的地方，天色渐渐灰暗下来了，木排上那些炖锅，正冒着袅袅的热气，悠悠地融进了灰蒙蒙的江雾中，这锅里盛有火腿炖问政贡笋。这是程熹礼见大家辛苦劳累，特意替他们加的餐，火腿咸，盐量大，大伙吃了长力气。不远处有一个渔村，许多渔民聚焦在江湾深潭处，船上的龙灯、鱼灯都在奔腾，灯彩流星，满江花雨。

　　"今天，我们运气真好，躺在木排上，也可以看人家表演亮船了。"程熹礼大声地说着。

　　"亮船？"佃农狗剩不解地问着。

　　"这还要问？船上灯火通明，载着圣人像游江，这是渔家人每年必演的节目，以求水上平安。"程熹礼开心地说着。江风太大，他的长辫子向上飘起来，脸成了一条不大不小的冬瓜，竖立在他那下垂的肩膀上，冬瓜上长出了一条长尾巴，他的长辫子随风又竖起来了。风变小了，长辫子又垂了下来，缠绕在他的脖子上，像是一条黑蛇在蠕动。

　　"还好，我们老爷平日总是昂首挺胸的，他要是像烂肚宝那弯腰的模样，那条黑辫子早就像一条黑蛇落在木排上了。"佃农旺财见到老爷这幅怪模样，也在悄悄地打趣着。

　　"他不是蛇，却是一只蛲蛔虫，尽早会累死！"佃农麻子总是说不完俏皮话。

"赶紧看，亮船队过来了。"程熹礼见众人叽叽喳喳个不停，大声地叫道，长辫子又垂挂到冬瓜的背面去了。

　　亮船队缓缓地从木排边游过，领头的是龙舟，舟前高挂着九莲灯，汪华像立在舟头，许宣平像立在舟尾，随后是张良、方储、程元谭、任昉、洪经纶等圣像的坐舟，他们次第排开，紧跟其后。八艘亮彩船，也缓缓跟着，每一艘船上中间是鱼灯，船沿上是龙灯，鱼灯摇头摆尾，不停地喷出流星，龙灯一直在翻腾着。

　　船上的渔民，见不远处木排上站有许多人，也显得异常的兴奋，不停对着木排喊道："过路客，快接着，圣人吃好了，也给你们一些吃吃，一路顺风。"一只只糯米粽子也随风落在木排上。

　　"我们放排二十年了，今天最开心，有火腿笋汤喝，又有糯米粽子吃。"佃农们特别兴奋，众人一手拿着汤碗，一手捏着粽子，在木排上摇摇晃晃着。

　　"大家吃完粽子赶紧休息，明天还要起大早赶路，早点进富春江才好。"程熹礼忽然忧心地说道。冬瓜脸上两只小眼睛，不停地眨着，下巴拉得更长。

　　"老爷，要这么急干什么？"螺蛳见程熹礼一脸严肃，小心翼翼地问道。

　　"刚才，我看了天象，云都往大山里跑，徽州人有句老话'云下城，天大晴；云进山，水推江。'我们这一段水路还是比较狭窄的，大水一到，山洪暴发，木排就不稳，要尽快进入富春江，那里江面更宽阔，木排就平缓安稳。"程熹礼两眼望了望黑黢黢的远山，急促地说着。

第二天中午，木排队伍终于到了龙门峡严子陵钓台处，大家高兴地对着江岸边的钓台山指指点点，心里总算舒了一口气，过了这里，很快就要进入富春江地段了。

　　春日的富春江，气象万千，突然，太阳一下子就隐入云层中去了，彤云密布。

　　"红霞转黑霞，天上落雨冲毁桥。"程熹礼刚说完这句话，暴雨就铺天盖地从天上倾泻下来，哗啦啦，哗啦啦，伙计的眼前尽是一层又一层雨帘，无法看清前面的景物。

　　"赶紧停下来！"有人大声地喊了一声。

　　"千万不能停，赶紧向前，洪流很快就要来了，这地方狭窄，江上漂下来的枯树枝特别多。我们的木排一旦碰上这些，就不稳了。"程熹礼大声地喊叫着，大家谁也看不清谁。

　　就在这时，程熹礼突然脱掉身上笨重的簑衣，摔掉头顶上的斗笠，撑起一根竹杆，立在木排的中央，仰着头，望着茫茫的雨帘，高声地唱起了号子歌：

新安江，天上来，

涨水了，放木排，

桃花红，梨花白，

徽州木，要出山，

天银河，地春江，

过千滩，绕万弯，

戴星月，披霞光，

排要稳，心莫慌。

……

程熹礼唱一句，大家也跟着唱一句。说来也怪，天上的雨渐渐地变得稀稀落落了，木排浩浩荡荡，次第前行。程熹礼站在木排的前方，那条长辫子吸足了雨水，重重地垂挂在身后的背脊上，水滴从辫子尾断断续续地滴落着，冬瓜脸变得特别白，两只不大的眼睛，却显得炯炯有神。

　　木排突破了富春江，终于进了钱塘江，在杭州武陵门下货，树木堆积如山。果然如程熹礼预测的那样，杭人争购，不到半天就销售一空。这批木材，他囤积了两年，价格高出当时市场价的几倍，赚得钵满盆盈。

　　程熹礼在杭州赚了大钱后，就让螺蛳带着伙计们去采购物品，铜、银、锡、丝绸等物，装满了几个大货船，运回徽州。

　　"记住，再带歪嘴青、老狗剩他们一起去买一些好看的灯笼，这里的灯笼比梅溪南街店里的要富贵大气许多。他们长年蹲在梅溪种田挖地很辛苦，很少见过世面。过年过节，也让他们家家户户挂一个高档的红灯笼，沾沾喜气。"程熹礼好心好意地向螺蛳他们吩咐着。

　　货物一到梅溪，刚下货船，就被南街上商户们抢购一空。铜匠店抬铜，银匠店搬银，锡匠店争锡，刺绣铺和一些大户人家匆匆忙忙抢着一匹又一匹五颜六色的丝绸。佃户歪嘴青他们，也一个个兴高采烈，提着一只只红灯笼，那些红灯笼，都写有不同的一个字，这是程熹礼特意让人题写的字，佃户们在码头上走着，灯笼上的字很显眼，孝悌忠信礼义廉耻勤俭谦和公平正直等字，一只只灯笼，在风中摇曳着，向梅溪河畔的皱月巷涌去。

"生意要做大，还得有好的名声，让杭城里的客户都明白，我们程家不仅资金雄厚，而且是义中取利。口碑好了，财源会滚滚而来。"螺蛳望着满脸春风的程熹礼，讨好地说着。

　　"高山击鼓？"程熹礼微笑地问道，一脸得意洋洋。

　　"我们徽州商人足迹遍布天下，无论是京都、扬州、苏州，还是武汉、广州，他们都会举办一些吸人眼球的事情，比如演徽戏、办文会、敬贡茶等等，都赢得很好的口碑。杭州是我们通往长江中、下游各大城市的重要口岸，这里也是南宋古都，居民的文化水平高，如果要搞活动，想把影响搞大一些，必须要不同流俗。"螺蛳虽是一个仆人，肚子里货色不少。

　　"何事方显大气尊贵？"程熹礼侧头问道。

　　"我认为办一次规模盛大的灯会，而且要展示出各式各样的'徽州灯'。"

　　"徽州灯？"

　　"徽州灯得请家乡一些剪纸高手制作，盏盏灯都得讲究，五光十色，艳丽夺目，吸人眼球。还要请一些工笔画师，把灯上的徽州人物画得栩栩如生，有呼之欲出之神韵……这样杭城人就会另眼相看，认为徽商既能赚钱，又有文化品位。"螺蛳眉飞色舞地说着，削尖的脑袋、削尖的肩膀时高时低地抖动着。

　　灯会那天，满杭城的人都拥到西湖畔来看灯，白堤、苏堤的柳枝上挂满一盏盏彩灯，烛光灯火，通宵达旦。

　　徽州花灯真美，白堤、苏堤都成了不夜天。堤上人山人海，语笑喧阗，时而吹唇唱吼，时而春蛙秋蝉。

"花灯上的那些人物，还有点难认！据讲都是徽州人？"

"是啊，那个穿唐朝官服的人叫汪华，徽州人的太阳神。"

"那个穿宋代官服的人呢？"

"那个人叫朱熹，我们杭城还是京都时，他还是一个高官呢，徽州人称他为朱子，别看他形象精瘦，他可是徽州人心目中的大圣人。徽州人对他的崇拜，还超过孔圣人呢。"

"范蠡可不是徽州人，怎么也把他的像画上灯了？"

"徽州人喜欢经商，尊范蠡为商人的祖宗，称陶朱公。"

"那鲁班呢？"

"这个拿出银两办灯会的东家，就是一个卖木头发财的商人，当然离不开鲁班先师那把斧头呀。"

杭城人在柳堤上七嘴八舌地说着，一句句话总是那样抑扬顿挫。

程熹礼说，既然灯会开张，就不能心疼银子。他们又请来两个琵琶班，一个班在白堤上，另一个班在苏堤上，两班共奏，文武套琵琶一个接一个，从《潇湘夜雨》开始，接着是《平沙落雁》《夕阳箫歌》《霸王卸甲》，一直弹到《霓裳六幺》，杭城的观众，被撩拨得晕乎乎，时而兴奋起舞，时而哀凄坠泪。

杭城人奔走相告，都说程熹礼这个大木商，亦商亦儒，能赚钱，也舍得替大家花钱，真是义薄云天。程熹礼听着众人传来的赞语，心里乐滋滋的。螺蛳走到了程熹礼身边，叽里咕噜地说了一通话："老爷，这次我们发了财，也挣了不少面子，但与洪家当年的盐生意相比，还是小巫见大巫。这些天的忙碌，也是螺蛳壳里做道场，很难混出大气象。"螺蛳望着程熹礼的脸，小心翼翼地说着。他见程熹礼不答言，又接着说："现在朝廷正在建造宫殿、官廨、修造兵船、漕船，消耗木材极多，如果你谋得一个采办皇木的'札付'，那真叫名利双收。我们的簰筏过每一条河道，都可以优先过闸，就算是在路上横冲直撞，官船民船都得让道。"

"想得到采办皇木的美差，岂不是海中捞月。"程熹礼眉头又皱起来了，目字脸一下子缩短了许多。心里想，你这个奴才，吃饱了一餐饭，就想炙冰使燥，真是见识短浅。

"成事好似铁杵磨针，心坚杵有成针日，你想和柴大人搞好关系，必须从他身上下手，立竿见影。"螺蛳诡异地笑着说道，削尖的头在削尖的肩膀上不停地晃着。

第二十章

　　梅溪河和新安江的交界处有一个沙洲，这里本没有街道，只是徽商几百年，来来往往的商人多了，也成了一个叫渔梁的小镇，也有了渔梁码头，码头连着鱼鳞街，木头做的板壁屋一幢接着一幢。木运司设在沙洲对岸的一个荒坡野岭的山腰中，依山傍水，纵横交错的河道在此一览无余。房子因山势而建，粉墙黛瓦，台阶渐升，木杆上的旗帜有二个大大的巡查字，正迎风招展。程熹礼和螺蛳几个人从渔梁码头乘船来到对岸，下船后，抬着一大筐新鲜鳜鱼，过了沙滩，便见怪石林立的山坡，上坡，下坡，累成了一只只喘着粗气的毛驴。"大人，上次承蒙你的关照，让我们去杭州城一路顺风，这些是最好的桃花鳜鱼，桃花流水鳜鱼肥，刚刚打捞起来，请大人品尝。"程熹礼仰着脸看着柴大人，心里却有些紧张。"抬回去吧，什么桃花鳜鱼，我一点兴趣都没有。"柴大人一脸冷漠，露出一指蔽目的寒气。"大人，你不是很喜欢吃鱼吗？这是我的一点心意，请收下吧！"程熹礼一脸不惑的神色。"我是喜欢吃鱼，一点不错，这是我的特别嗜好，但我用自己的俸禄买鱼来吃，吃多少都放心。可是吃了你的鱼，就两回事了，弄不好丢了乌纱，失了俸禄，今后想吃鱼也吃不到……"柴大人一脸五丈灌韭，严肃地说着。程熹礼的脸一下变成了猪肝色，恨不得钻进地去。

程熹礼他们悻悻地抬着鱼，出了木运司那座木栅门。程熹礼边走边想，柴大人平日里是那么喜欢吃鱼，可今天鱼不但不收，还驱赶我们，语气是那样斩钉截铁。到了滩头，程熹礼望着人头攒动的商人和官兵，心里更是闷闷不乐。"老爷，柴大人那样子是装出来的，嫌我们的礼太轻。"螺蛳在程熹礼身边嘀咕了一声。接着，他又轻轻地诡异地说道："桃花鳜鱼再肥美，他没有兴趣。他现在可能最感兴趣的是桃花流水美人来。"

"此话何意？"程熹礼双眼盯着螺蛳，有气无力地问道。

"你也许不知道，他的夫人去年冬天生病死了，他现在天天想着纳妾呢。不是金刚钻不揽瓷器活，老爷多花点银两，在这事上下点功夫，保准奏效，再说，花掉的雪花银，到时候还不是羊毛出在羊身上……"螺蛳冷冷地又很轻蔑地笑着说道，那颗削尖的头，又开始摇晃起来了。

"他想纳妾，与我何干？"程熹礼吃惊了一下，又接着问道。

"柴大人对一般的女人也不会感兴趣，据说，他死掉的那位夫人，可是一位才貌双全的美娇娘。"螺蛳又不知从哪里捞鱼回来，竟知道的这么多，程熹礼听了也感到莫名其妙。

"美娇娘，我怎么知道哪里有这般尤物？自己家里的老婆还是一个歪瓜裂枣呢。"程熹礼冷冷地回道，一副黔驴技穷的苦脸色。

"老爷，你总见过洪朝奉浮生园里的那几位莺歌燕舞的女人吧，她们都是洪家从扬州买来的瘦马，这样的瘦马让天下男人见了，谁不垂涎欲滴。"螺蛳虽然是一个下等的仆人，说起这套路倒是轻车熟路，用他自己的话说，没有吃过猪肉，总听过猪叫吧。

"舍不得孩子套不住狼，我们去扬州。"程熹礼豁然开朗，感到螺蛳说的话，确实是一个妙计。说干就干，第二天，程熹礼就带着螺蛳，乘船赶往扬州，拜托从梅溪去扬州当幕僚的赵图远找找门路。

扬州的瘦马都是替有钱人准备的货物。赵图远精于这门道，带着程熹礼很快就在扬州大虹桥畔一户人家选中了一位妙龄少女。程熹礼把她认做自己的干女儿，带回徽州，立即派媒人前去木运司柴大人处说合。媒人还说，程老爷这次嫁女儿，不要彩礼，厚赠嫁妆。柴大人听了这些话，高兴得软瘫了半边。干女儿过门后很快被立为继房，并得到夫人封诰，自此干爹和干女婿来来往往，亲密无间。

果然，柴大人托人找了一个内廷的宦官，很快替爱妾的干爹求得了采办皇木十六万根的"札付"。程熹礼捧着女婿交给他的皇差文书，兴匆匆地出了木运司，从台阶上飞快地向下跳着，在沙滩上，他昂首挺胸，龙行虎步，很是气宇轩昂，一不小心一只靴子陷进沙滩，他干脆拔出那只脚，靴子也不要，一直向前奔跑。等螺蛳拔出靴子后，见老爷已经走了很远。官差就是不一样，梅溪河、昌源河、新安江、昌江一下子成了他进进出出的自由航道，搀越过闸，横冲直撞，甚至磕撞官民船只，也无人当面质问。木船浩浩荡荡，大赚了许多银两。程熹礼脑子活络，他把驼峰一带的山场全部承包下来，砍掉生长周期长的树种，重新种植杉木，成材之后，运销外地。

"这瘦马留给自己享用多好啊！偏偏送给了那个狗屁的柴大人，真是让他捡了个大便宜！"财大气粗的程熹礼开始想起那位貌美如花的瘦马，内心渐渐有些不甘，他心里想，肥水不流外人田，却偏偏痛失一位美娇娘。

"狗官，我恨不得用剪刀剪掉你的命根子。"程熹礼忿忿不平，开始对那位女婿产生了许多莫名其妙的恨意。

程熹礼开始有点魂不守舍。白天拨着算盘进货出货，算账经常出差错，夜里抱着枕头唉声叹气，睡着了又梦见瘦马来暖被窝，一觉醒来感觉下身湿漉漉，被褥也潮湿了一大块。

寒冬腊月，梅溪河畔梅花开得正盛，河风吹过脸颊耳根有些刺痛。一天，程熹礼请几位商人朋友前往南街一壶春茶庄喝热茶。坐在楼上，可以看清洪家浮生园的后花园，程熹礼坐在二楼窗户边，边喝茶边望着浮生园。洪朝奉穿着一身蓝色长袍貂皮马褂，玉树临风般。美人们提着小花篮采摘着梅花，哼着小曲，活脱脱一幅踏雪寻梅图。一个个梳着双环髻，一身整齐的月色百褶裙，各人手提一篮鲜梅花，哧哧说笑着。程熹礼的眼珠直勾勾地盯着她们，酸溜溜说了一句："这园子里的女人简直就是仙女下凡。"程熹礼又丢魂了，夜里辗转反侧难以入眠，爬起来照着镜子自言自语："我相貌堂堂，家财万贯，却是悍妻相伴，怎么就没有妻妾成群的洪朝奉有福气？"程熹礼好像变了一个人，整天穿着长袍马褂戴着礼帽，提着银袋子，四处溜达。

程夫人长得高大壮实，黝黑皮肤，平时喜欢一身大红丝绸裙子，绿色布底绣花鞋，露出一双很不好看的小脚。娘家在梅溪街上做糕饼，家境也算殷实，嫁到程家里里外外帮忙打理得井井有条。

程熹礼父亲程秉仁当时一直随洪文翰在扬州做盐生意，梅溪老家需要找一个能干的儿媳妇打理，也不管儿子程熹礼喜欢不喜欢，看了帖子，算了一下八字，就选中这位彪悍的女子，还说这女子能持家旺夫，也算是门当户对。程熹礼对父亲定的婚事，心里一百个不满意，敢怒不敢言，也一直凑合着。

程夫人想着程熹礼的所做所为，不免伤心欲绝，越想越憋屈。

这天晌午，棺材店老板烂肚宝赶着毛驴来程府后院拉木材，见程夫人眯着眼，躺在费隐堂前院空坦的椅子上晒太阳。烂肚宝转了一圈，偷偷望了一眼，四边没人，便走近程夫人，喊了一声："夫人，我有话要和你讲呢！"

"烂肚宝，有什么好消息？"程夫人招了招手问道。烂肚宝作揖凑过脸："小的今日在南街油漆店找人漆棺材，听说漆店白老板有一小女，小名叫大暴牙，外号倒挺诱人的，叫白娘子，一直未嫁。牙齿突得厉害，年纪有点大，嫁给程老爷做小妾肯定愿意。"程夫人听了，一下子从椅子上跳了起来："还是烂肚宝懂我心思。"程夫人心里一下子开心起来，都说美人勾魂，丑女折煞男人，不美不丑男人疼。替老爷纳大暴牙为妾，一举两得，程家人说我通情达理，贤惠豁达，其实呢，我会更得宠，大暴牙哪有我美呢。

烂肚宝能说会道，白家正愁女儿年纪大了找不着主，盘算着程家也算是镇上大户人家，于是送了许多陪嫁的物品，连家里祖传的红木油漆床也一并送到程家。洞房花烛夜，程熹礼送走客人，迫不及待走进侧房，靠近婚床，坐在新娘子身旁，轻轻地掀开盖头。新娘子笑着抬起头来，看了他一眼。那新娘子一笑起来，就好像要吃人的模样，身形粗壮结实像男子汉，一双小脚板也不显得小……程熹礼赶紧提起裤子，气匆匆地摔门而去。大暴牙羞愧难当哭笑不得，呆愣着静坐了一夜。第二日程熹礼在夫人房里破口大骂：“你这个妇人安的什么心？找个大暴牙来吓我！”程夫人笑道：“老爷您有所不知，这女人入了洞房，吹了蜡烛，还不都一样！”程熹礼听了，眼一瞪，扬长而去，“我才不想被她活活咬死！”

程夫人心里明白，自己的男人一点甜头不给是不行的，她听说南街酱油坊蒋家有一女，长得美貌，只是误了佳期，至今未嫁。程夫人托媒婆上门说合，蒋家竟兴高采烈，非常爽快地答应了这门亲事，还说当穷汉妻不如做富人妾。

程熹礼早就听闻蒋氏女未婚配，姿色如何，他心里一直是个谜。但愿这次纳的小妾身材苗条脸蛋美，那就万幸。又见夫人又是保媒又是定日子，忙得不亦乐乎，只好勉强应允。洞房花烛夜，蒋氏女着大红凤凰霞衣，头上盖了绣着花纹的红盖头，缕缕青丝垂在双肩。程熹礼迫不及待地掀开红盖头，发现新娘子女脸蛋可人，美目盼兮，凤眼含情脉脉，妩媚极了。程熹礼按捺不住激动的心情，立即熄去大红蜡烛，只留一对小红烛。春光融融，他急扯新娘子衣裙，双肩圆润柔滑，一手拥抱入怀，一手掀开红肚兜，春光乍泄，身下的阳具便如棍子一般硬了起来……一把扯下红肚兜，顾不上新娘子羞红的脸，压着娇小的玉体，尽情吮吸。房间里那婚床上的蚊帐不停地荡着波浪，两只小红烛的火苗也在不停地摇晃着，站在花窗外的夫人，正静静地听着房间里的响动，从花窗里漏出的红光，时明时暗，夫人轻轻地酸酸地咕噜着："老牛啃嫩草，鲜美啊。"

　　自从程熹礼纳了蒋氏女为妾后，心也平，气也和，也很少外出串街走巷，天天呆在府里，不久，那蒋氏女就怀孕了。

　　他又开始忙生意了。有一天，程熹礼突然觉得对不起那位已过门一年的白娘子，至今还未圆房。他毕竟也读了不少古书，历史上的四大美女的描述，他至今还记得清清楚楚。黑暗中，他摸到白娘子的手，就想到西施采荷那双纤纤玉手；碰到白娘子的胸脯，就想到华清池出浴的杨贵妃；听到了呼吸声就想到月夜下貂蝉的喃喃自语；闻到白娘子体内散发的气息，就想到了蒙古包中王昭君的体香……朦朦胧胧，一挥而就。过了二个多月，白娘子也怀孕了，再过了几个月，竟然生了一个儿子，程熹礼顿觉云开雾散。他静静地看着白娘子，越看越耐看，总觉得这小妾气质不凡，有一种独特的韵味，尤其是那突出的二颗门牙，就如两把利剑，直刺洪朝奉浮生园里的娇妻美妾，心里感到特别的开心。

第二十一章

　　程熹礼把儿子取名赖狗，自有一番道理，赖狗百日那天，在费隐堂举办了宴会，程熹礼一脸兴奋："别看我们商人有钱，可人家看我们的眼神有些异样，总觉得我们一身铜臭，仅有的那点面子也是花钱买来或者换来的。我替儿子取这个名字，不仅仅是儿子容易养大，还有一个深意，赖字原意在《说文》中的小篆里，就是赢利、依靠的意思，而且还有赖着不走之意，这就是我们商人啊，要做好生意，不仅要靠山，还要坚忍不拔。"站在一边的螺蛳递上一杯冒着热气的香茶，程熹礼一手托着，一手用杯盖轻轻地刮了一下漂在茶水上的浮茶，吹了二口气，抿了几口茶水，就把茶杯放在八仙桌上，他沉浸在终得娇子的快乐中。

　　"老爷，你家现在几乎所有方面都可以和洪朝奉家平起平坐，就是有一样，还是云泥之别！"烂肚宝这天棺材生意清淡，又跑到程熹礼家来拉家常，也难怪，梅溪也有几个月没有死人了。

　　"什么云泥之别？"程熹礼很生气地问道，他最恨眼前这个人那副呵佛骂祖的嘴脸。

　　"就是牌坊啊，洪家几年前建了一座清白流芳牌坊，你程家可是空空如也呀！"烂肚宝这句话如一把匕首，直插程熹礼的痛处。"那有什么办法？皇帝老爷的圣旨又不是我说下就下，钱再多有个屁用！"程熹礼心里又开始恼怒起来。

烂肚宝说得也没错，别看牌坊这玩意，虽说只是一个石头奖状，可它不仅光宗耀祖，而且也是一个家族的脸面。程家想在南街上建一座牌坊，那可是一件比登天还难的事。因为建牌坊得有皇帝的圣旨才行啊！想到这里，程熹礼双眉紧锁，想起程家的祖祖辈辈，一门心思都想着建牌坊，临渴掘井，化为泡影，心里又生出了许多悲伤，无可奈何地摇着头。

"程老爷，你有一个堂侄儿上个月去世，这不是一个好机会吗？"烂肚宝抬起头来望了望程熹礼，诡异地说着。

"此话何意？"程熹礼高声地问道，心想这个人又有什么黑言狂语从狗嘴里吐出来。

"你这个堂侄儿刚离世，遗留下一个美貌的娘子，而且这个娘子还未生育。如果她能殉夫，朝廷肯定会很快恩赐一座贞节牌坊，这种牌坊比守寡守来的牌坊要容易得多，甚至比洪朝奉家的'清白流芳'牌坊更加有光彩，说不定是一座'万世流芳'牌坊呢。"烂宝肚说着，程熹礼的眼前似乎正在竖立一座气势宏大的石头牌坊，许多能工巧匠正趴在高大的石梁上，叮叮咚咚雕刻着飞龙舞凤图。

"这倒是一个好办法，反正她死了男人，再美貌也是闲置着没人用，不如图个好名声，换一座贞节牌坊。"程熹礼颤抖地说着，又像是喝了一碗鹿血，一下激动起来了，冬瓜脸顿时舒展开，两只眼睛似乎拉开眉纹，显得有神。"不知她愿不愿意？"程熹礼心里突然虚了起来，觉得此事还是没有把握，殉夫过于惨烈，人家毕竟还是一个鲜活美貌的少妇呀。

"有什么愿不愿意，她没有生育，肚子里也没有遗腹子，用族规威逼利诱她，也许就行。梅溪以前许多寡妇，都乐意殉夫，以为这是替夫家娘家争得一座牌坊，懿范就会长存于人间。"烂肚宝说起这档事，似乎句句都有道理。

"那我去找一下程家祠堂的族长程麻仁，但愿心想事成。"程熹礼又觉得有点希望，心里想，这个寡妇的命运真好。他甚至感觉到，那个娘子正仰着那张如花似玉的脸，娇滴滴地朝他笑着说："程老爷，我想喝一杯鹤顶红，我用肉体替程姓换得一座牌坊值得"。

程家祠堂前有照壁、棂星门、左右碑亭，一丛丛野草簇拥在墙脚，绿油油的，偶尔一二只粉蝶正在飞舞着。程家娘子身着一袭素衣，袅袅地随着一位老太太进了大门，穿过庑廊、露台，露台下有两棵高大的丹桂树，上了台阶后，就到了大堂，过了大堂就是寝殿，这是摆放祖宗牌位的地方。平日里，族里没有大活动，关着门，显得阴森森。此时，这个娘子心里也有些害怕。

天下着濛濛细雨，灰墙灰瓦上的芦草正无精打采地摇曳着，几只鸟鹊也在叽叽喳喳，似乎在鸣不平。

"我们族长程麻仁说了，摆在供桌上有二个瓷杯，一杯是红茶水，另一杯是鹤顶红。你想殉夫就喝下鹤顶红，程家会替你争取竖一个牌坊。如果你不想死，就喝下红茶水，但一辈子要背不贞不节的黑锅，好好考虑，有三天时间。"

看护的老太太是镇里一个做惯老好人的老妇女，她说这些话时，也是一脸同情。程家娘子一身素衣，悲戚戚地坐在供桌旁的一个椅子上。她呆呆地望着大堂前，石栏上那些娇艳的牡丹花，正绽放着甜美的笑容。又抬头看看天井上的天空，白云朵朵，恍若白衣仙女下凡。门外那两只粉蝶翻墙飞了进来，在娘子眼前翩翩起舞。

"唉，到底人间欢乐多呀。"娘子情不自禁地叹了一声，两行眼泪从那双好看的丹凤眼中溢出，站在身旁的老太太也流下两行老泪。两只蝴蝶在空中徘徊了一会儿，又依依不舍地飞走了。

"这也太惨无人道了，为了一个牌坊，也不能逼死一条活生生的人命啊！"梅溪许多人当天就从烂肚宝嘴里听到了这个消息，极其反感程家的做法。"这肯定是程熹礼干的好事，他们几代人天天盼着竖牌坊，又没有什么能耐，一无功绩，二无名气，只会在这些可怜的寡妇身上打主意，害了一个又一个，这样的贞节牌坊竖起来有什么意思！他现在财大气粗，族长程麻仁也由他摆布？我们得想个法子救这个可怜的寡妇。"一些人忿忿不平，痛恨程熹礼家为富不仁，为了竖牌坊，尽干一些咄咄怪事。

"办法是有的，如果这个寡妇怀孕了，族规也无可奈何。"烂肚宝若有所思地说，那只斜眼珠朝着程家祠堂方向，一闪一闪着。

"其实怀孕一点不难，梅溪强壮的后生多得很，许多人还是站起来一竖，睡倒一横的光棍汉，饥饿的很，再说，我身体也不差呀。"烂肚宝猥琐地说笑道。

"癞哈蟆想吃天鹅肉！"众人吃惊地望着烂肚宝，恨不得给他一个耳光。

"那个寡妇，她会破罐子破摔吗？"有人不禁大声地问道。

"她只要不想死，一切都好办，祠堂里的事就让看护的老妇女去操心吧！"烂肚宝说起这句话，有点酸酸的感觉。

祠堂的侧面是程家的议事厅，四周的木架上堆满《四书》《五经》等线装书，墙中央挂有一张陈旧的宽大的朱子像。多日不用，灰尘满地，蜘蛛网纵横交错。老妇女悄悄打扫一下，便在地面上铺了一条草席，这是她昨晚托人偷带的东西。夜半，月儿正高高地挂在丹桂树上，地面一片银白，月光下，程家娘子终于见到了一个强壮的汉子，已是满面春情，眼角流俏，两颊飞起了红露，轻轻的格格娇笑。那汉子看了这素衣的美少妇，早就怦怦的心动起来，忍不住将她拥住，推倒在草席上，云雨起来。虽是六月天，夜间尚有凉意，娘子忙将草席上的毛毯扯过，盖在男人身上，二人紧紧拥在一起，细诉衷肠。一阵风从窗外吹过，那朱子像便发出了叭嗒叭嗒的响声，似乎在责骂，谁这么大胆，把祠堂变成了婚房。

程家祠堂外的公鸡鸣叫了，那男人很不情愿地掀开毛毯，站起身，打了一哈欠，悄悄地出了议事厅，向祠堂的侧门出去。台阶上靠在椅子上的老太太听到响动，揉了揉睡意蒙眬的眼睛，透过微微的烛光，细细看了那个男人的身影，知是族长程麻仁走了，便自言自语道："老秀才方阶云说的话一点不错，官字两个口，上面口说一套，下面口干一套，说啥都有理。"

"这个寡妇不能殉夫，她肚子里有遗腹子。"看护的老太太，第三天早晨就把这个重大消息报告了程家。

"不会吧，怎么这么巧呢？"程熹礼他们依然半信半疑。

"不要不信，过点时间，请中医号脉就知道，这三天，我一直陪着她，她跟我讲明了他丈夫死前和她的床笫之事。我是过来人，她肯定已经怀孕，不会有错。"看护的老太太胸有成竹地说着。

过了一段时间，程熹礼请来了中医李玉晶亲自去娘子家中替她把脉，李玉晶一搭上那玉手，便大叫起来："喜脉，说不定还是一个男丁呢。"娘子顿时喜笑颜开，一双好看的丹凤眼在左顾右盼，似乎在寻找那对蝶儿。程熹礼听到这消息，脸色顿时乌云密布，贞节牌坊还是竖不起来。

"马上放人，干什么事都要讲族规，既然肚子里有货，就赶紧把她送回娘家。"族长程麻仁很有威严地说着，说完侧过身子，一脸淫笑，想起那天夜晚的快活事，开心极了。

程家祠堂四周的墙脚下，荒草越来越盛，越来越绿，有许多蝴蝶在草丛上不停地飞舞着。

第二十二章

　　"洪家盐，程家木，孙家开当铺。"烂肚宝在南街上逢人就说这句话，话说得有点酸溜溜，但也不无道理。程熹礼这几年木材生意，越做越大，名气也可以和洪家盐业、孙家的典当行旗鼓相当，只要官府一下圣旨，在南街上竖一座牌坊，这对程熹礼来说，也是九牛一毛的小事。

　　"烂肚宝，你家的棺材铺生意如何？"有人喜欢打趣他，心里却骂着，发死人财的缺德鬼。梅溪的地面上经常出现一种爬行的毒刺蛾虫，这虫肚子大，毒毛多，还不时喷出难闻的臭气，触及人的皮肤，立即红肿，疼痛异常。人们一见到就去踩死它。有时，烂肚宝正在说话，那虫又爬过来了，人们边说边叭嗒叭嗒地踩着。

　　"我家的棺材铺生意还勉强，这年头，梅溪人都经商发财了，吃得好，穿得暖，一个个都活成了老不死的妖精。特别是那孙家，开当铺发大财，白花花的银子天天被人抬着进库房，却不见抬一个死人，难得照顾我的生意啊。"烂肚宝天天盼着孙家死人。这也难怪，他棺材店里面有几具楠木棺材，要价高，一般的平头百姓买不起，他只指望着洪家程家孙家这些大户。洪家已经买了他家一具楠木大棺材，程家那里，他也得了一些好处。唯独孙家，他还没有捞到什么大的油水。卖一具贵重的楠木棺材，强过卖给平头百姓十具薄木棺材，这种棺材也只有像孙家这些有钱的主才买得起，烂肚宝心里一直这样想着。

孙吟可家的广仁义当铺，开在南街上最热闹的地方，门庭上有三个金光闪闪的大字匾额：广仁义。门前有两个很大的石元宝，紧靠店铺左右的窗口，两个窗口开得很小。来典当的客人，先爬上石元宝，站在元宝石的凹处，弯着腰，驼着背，把头伸进窗口，喊道："东家，我要典当东西。"然后把头又从窗户抽出来，双手紧紧地抱着那些典当的物品。

"来了……"静坐在店里的伙计们，正昏昏欲睡，可一听生意来了，立即变得精神抖擞，高声地应答着。他们弯着腰，驼着背，把头从里面伸出来，眼睛死死地盯着典当客，大声问道："你喊得这么响，狗肉上不了台盘的货色，还好意思这样狼嚎鬼叫。"

平日里，如果遇上贵重的物品，或大件物品生意，伙计们就会打开边门，让来人直接进店交易。店主孙吟可立即放下手中的水烟枪，捧着送来的物品，细细地看着，轻轻地摸着，时而摇头晃脑，时而神采飞扬。他就是不轻易开口说话，开口说话的人总是他身边那些管家、伙计们。

"这瓷瓶包浆很自然，应该是一个老货。"一个伙计见孙吟可点头的样子，就大胆地对眼前这对花瓶下了定论。

"这张古画是明显的'套棺材'，画心是新仿，裱工是套用了明代的无名氏老裱套，确假无疑。"伙计见孙吟可摇头晃脑的样子，立即开口拒绝了典当客人。

孙家当铺经营范围广，大凡珠宝玉器、金银首饰、古玩字画、绫罗绸缎、毛皮制品、土特产品、日用衣物以及生产工具和粮食等，无一不可在孙家当铺来押当。孙家当铺在孙吟可父亲经营时，做过不少善举。老店主知道徽州山民的艰难，特意让农民们在交租纳税之后，让他们只留下冬季几个月的口粮，其余粮食全部交给当铺，用以赎回去年质押的棉衣，以便御寒。挨到五月份，当铺又让山民脱去棉袄押进当铺，赎回粮食，以供耕种时食用……这一进一出，让梅溪一带的山民都能平安地活下来。孙家当铺还有规定：对顾客要和气，千万不可以势压人。贷出的银子要成色好，分量足；顾客赎当时，不得额外多收赎金；计算利息要公平合理，不许因超过几天的期限，就多算顾客的利息。老店主这些做法赢得许多顾客的信赖，贫苦的百姓竞趋其门，连杭州府、宣州府的人也舍近求远，蜂拥梅溪南街，奔到广仁义当铺押当。

前两年，江南大旱，百姓遇到灾荒，负债人纷纷卖儿鬻女以还债。

老店主叹道："我怎能为了取利而让人骨肉分离呢。"于是把那些农民的债券取出全部焚毁，并大声说道："你们都是穷苦农民，乡里乡亲，烧掉债永远不用还。"农民们一片欢呼称颂，无不对老店主感恩戴德。

"昔日陶朱公经商，能积能散，千古留名；今日孙老爷有陶朱公遗风，也能聚能散，也会千古留名。"店中的伙计们也在纷纷议论着。

"这不仅仅是留名吧！"老店主笑兮兮地说着，一脸神秘。第二天，他又捡出篓中押当券数十张，并把那些欠债的人一并召集来，当面焚烧掉这些旧账，众人无不感激涕零。消息传出后，总督、布政使、知县等各级官员都对其褒奖，孙家当铺"旷古高义"之美誉传遍江南。许多州县因无典铺，致使放私债者横行无忌，其害巨大，乡绅们一致建议他们所在的府县，去徽州梅溪召请孙家前来开设当铺。

"那天被焚烧的债务不过八千两银子，他们本已无力偿债，如果对这些银子穷追不放，不但收不到一两银子，反而招致忌恨。与其如此，倒不如做个顺水人情，用几笔索要不得的呆账，换取'旷古高义'的美名，值得啊！"老店主对自己的所做所为颇有几分得意。

"是啊，孙老爷深通徽商'义中取利'之道！"伙计们无不欢呼称赞。

灶肚宝这个人，在梅溪确实是一个角色。他打也来，骂也来，就是吃亏不来。后来，老店主生病，还没有咽气，他就天天跟着孙吟可磨嘴皮，谈着楠木棺材对孙家是怎么怎么的重要。老店主刚断气，棺材已经就抬到了孙家的门口。孙吟可死要面子，烂肚宝说什么数吉利，就什么数买下，让烂肚宝狠赚了一笔银两。

孙吟可接手广仁义典当铺后，渐渐地也变成了一个门槛精。他对典当这一行，似乎特别有天分。他看东西眼光老辣，收购东西也特别有心机。店里的伙计，在当押贵重物品时，都是以孙吟可的眼神来确定真和假，收还是退。

那天，一个穷秀才拖着病体，抱着一张古画，来到广仁义当铺典当，他穿着一件雪白的直襟长袍，腰间还吊有一件玉质粗糙却古朴沉郁的墨玉。当古画打开后，伙计们见是一幅碎破不堪的山水画，不以为然，连说不值钱。孙吟可见此画清秀中和，恬静疏旷，用墨明洁隽朗，温敦淡荡，青绿设色，古朴典雅。孙吟可顿时两眼发亮，闪烁着贪婪的眼光。他镇定了一下情绪，淡淡地问疡秀才："这张破画，你想当多少钱呢？"

"当一百两银子，这可是我家传承了几代的宝贝。"秀才说话有气无力，身上的长袍不停地抖动着，让人有些冷飕飕的感觉。

"一张破画哪里值这个钱，你还是先拿回去考虑一下再说。"孙吟可刀切斧砍地回绝。这一天，孙吟可穿着一身冰蓝的上好丝绸，头发以竹簪束起，身上还有一股不同于兰麝的木头香味，一脸呼幺喝六的冷气。

望着那秀才踽踽前行的背影，孙吟可自言自语地说道："这可是前朝董思白的精品啊！"弄得伙计们全掉进云山雾海中，目瞪口呆。

接着，他侃侃而谈起这幅古画。这是一幅诞生于梅溪明代的古画，董思白曾在梅溪当过私塾老师，他深知徽州"文房四宝"的妙处。他用了胡开文的油烟墨，磨墨是用了金晕的歙砚，还有汪伯立的笔，澄心堂的宣纸，显现了宋人丘壑的气韵。

"何以见得？"伙计他们听着问着，一个个睁开了大眼小眼，呆乎乎地盯住孙吟可。

"你们可知道？此画墨色能分出浓淡层次，真是落纸如漆，万载存真，这可是用了上上品的徽墨。徽州古代工匠制作这墨时，在黄山松烟末中加了麝香、冰片、珍珠、金箔、玛瑙、公丁香、阿胶等名贵原料。再把墨锭按在金晕砚上不停地磨啊磨，墨色入纸，画面便细腻如肤、光洁莹亮。你们看见我将手在画面上轻轻地抚摸了二回，就是看这个效果，百年墨亮啊，也只有这种墨和砚，才能形成这样的妙境。"

"那你为什么要把画放在灯盏前，摇摇晃晃呢？"一个伙计睁着大眼睛问道。

"我在灯光前，可以细看墨色的变幻，当墨色显现绿莹莹时，就说明墨中的珍珠、玛瑙粉末在澄心堂纸上的独特反应，因为澄心堂纸肤卵如膜，坚洁如玉。这是难得的一张六尺澄心堂纸啊，说不定就是南唐李后主遗留下的宝贝，别说是董思白的画，就讲这张纸的价值，也足够我讨一房小妾的费用。"孙吟可说到这里有点陶醉了，似乎那张古画就是一个绝色女子变成的，正散发着淡淡的体香。

"那你怎么知道，是用汪伯立的笔画的呢？"另一个伙计睁着小眼睛问道。

"汪伯立笔，以尖、齐、圆、健著称于世，它的特点含墨量多，易开合，控制墨液，宜书宜画。董思白之画，讲究书法入画，阴柔蕴藉，外柔内刚，尤其山水，虽粗不犷，只有汪伯立笔才有这样的效果。"孙吟可大声地说着，接着他望了望大门口，又念念有词："菩萨保佑，穷秀才快把那张宝贝画抱回来吧！"多少天过去了，孙吟可天天喃喃自语，那个秀才的踪影再也没有出现过了，当铺前的元宝石静静地卧在那里。

孙家有钱有势，当然就想到了男丁多多益善。孙吟可老婆吴德懿虽然长得五大三粗，但她有一双好看的小脚，梅溪人都以为她也是一个不可多得的标致女人，可她就是生不出一个儿子。在丈夫纳妾的问题上，她是一个很大度的贤妻。

她总认为，男人纳多少小妾，她这个大娘的地位变不了。她的枕头下，长年摆放着一个很精致的小木盒，盒内藏有一根闪亮又尖锐的银针，是专门用来对付那些恃宠而骄的小妾，或喜欢耍性子的丫环，这针是她从娘家带到孙家的。

这天，媒婆领了一个女子来到了春蠢堂。这个女子是一位少妇，眉目青黛，眼似秋水，颇有几分姿色，孙吟可一见到这个妇人，前凸后翘，心里十分满意。

"这女人身价多少？"孙吟可一手握着茶杯，一手指着那个少妇，漫不经心地问道。

"三百两。"媒婆伸出三根手指轻轻地回着。

"太贵了，太贵了，又不是什么黄花大闺女，哪值这个价。"

"不贵呀，这女人长得好又识字，她还是一个秀才娘子呢。"

"我只出二百两银子。"

双方僵持，媒婆就劝女子道："你丈夫死前，房子和家里的东西都卖空了，就留给你一张破画，还有一屁股债，你不嫁这样的老爷，你今后怎么生活呢？二百两就二百两吧，只要还清债就行了。"

"阿婆，你别小看那张破画，这可是我夫家的传家宝呀。据讲，值许多银两呢。"那少妇轻轻地说着，一双媚眼汪汪地望着媒婆。

"还传家宝呢，你上次不是说，去年你丈夫捧着这张破画到当铺抵押换银子，人家还不收吗？"媒婆疑惑地问道。

那少妇一听这句问话，脸一下子绯红起来，低着头，轻轻地回道："那是人家有眼无珠，不识货呀。"

她俩在说话，孙吟可的两只耳朵也竖了起来，他想到了去年那个拖着病体来典当的穷秀才，立刻转过头就和媒婆说："三百两就三百两吧，这也算是积善成德吧！"那个女人一听此话，泪如雨下，跪拜道："谢谢恩公。"

"典当公门槛精，财色兼收。"伙计们在背后偷偷地说着。

"吴德懿婆娘那根银针，又可以在春蠹堂挥舞了。"伙计们又有些幸灾乐祸。秀才娘子争气，不久就替孙家生了一个儿子。吴德懿的银针，根本刺不到她，孙吟可处处保护着她。

秀才娘子进门第二年，她儿子孙冠儒周岁时，孙吟可出钱在梅溪镇西搭起一座戏台，请来了豫、楚、吴、越等地戏班共同唱戏献艺。北方寿州有位柳六娘，率女郎十五六人来演《西厢记》，生、旦、净、丑悉由美貌女郎扮演，各色皆得其趣。尤其一个女演员，年仅 15 岁，艺名"舞媚娘"，更是夺人心魂。她扮演的是徽州人汪道昆杂剧《唐明皇七夕长生殿》中的杨贵妃，腰纤姿媚多妖艳，台下的男人们如痴如醉。孙吟可见此女，容貌娟妍，肌肤玉雪，一顾一盼，勾人心魂，惊为天人。演出一结束，他早已捺不住激动的心情，冲上戏台，解下自己佩戴的襄镜，亲自挂在舞媚娘那高耸的胸脯上，并将一炙鹤顶的宝石簪插在她乌黑的发髻上。又从口袋掏出一对镶金手镯，手镯上还铭刻一首情诗："舞媚娘，初日光，贻清扬，情所当。"

孙吟可还向戏班主许诺，若得此女，愿付万金。第二天，孙吟可和一个伙计挑着银两再来寻找她们时，早已人去楼空。

"一品锅里的肉好吃，吃多了就想吃白菜、萝卜了。"南街有人路过广仁义当铺，望着门前那两个大元宝石都要讲这句话，笑话孙吟可风流多情。

"有什么好笑，哪条老牛不想拱小白菜？"孙吟可望着秀才娘子的俊脸，笑兮兮地说着。

梅溪学堂的方阶云秀才，听到这韵事，感到很有趣，竟用禁书《红楼梦》书中的美人名字，在明伦堂里，戏写了一首颇有意趣的"撒帐歌"，以"桃花窗"为题，尽显孙家宅院中的东厢、南厢、西厢、北厢之美。

词曰：

东厢窗上云
碧痕媚人见香菱　　晴雯檀云史湘云
南厢窗下花
紫鹃司棋雪雁夸　　金莺文杏弄文花
西雁窗外月
佳蕙蕙香薰春燕　　嫣红娇红伴碧月
北厢窗前雪
移屏袭人绣凤靴　　坠儿良儿看茜雪

碧痕、媚人、香菱、晴雯、檀云、史湘云、司棋、雪雁、金莺、文杏、文花、佳蕙、蕙香、嫣红、娇红、碧月、移屏、袭人、绣凤、坠儿、良儿、茜雪都是红楼大观园中佳丽，似乎都来到了孙家庭院。

“我这次是老夫聊发少年狂，左吟色，右唱色。”方阶云写完这撒帐歌，便同梅溪学堂里的秀才们闲聊着，道貌岸然的味道，明显淡了许多。

　　“你这撒帐歌唱起来尚可，就是听不懂，也不合时宜。”司马正也不知什么时候，混入了秀才群中。

　　“这些你就不懂，这歌词交给我女儿春梅，遇上哪家老爷纳妾，洞房花烛夜一唱，说不定又有不少赏银呢。”方阶云半真半假地说道，眼睛斜斜地看着司马正。

　　“堂堂的朱子门生，竟讲出这些话，俗不可耐。”司马正反讥着方阶云，左右手不停地拍着长衫的袖子，好像在拍方阶云说话时溅到他身上的吐沫。

　　“俗才实惠啊，你天天窝在毛笔店里，还不是为了银子，孙吟可大俗，家中银两堆满山。”方阶云有些时候好像换了一个人似的，竟然佩服起孙吟可这些商人来了，他看都不看一眼司马正那股浅薄的蠢像。

　　孙吟可开当铺发财，就想到买山买地。他总觉得，看满山遍野的田地，比看银子还过瘾。孙吟可买了不少山产，在梅溪周边有数千亩林场地，林中尽是名木古树，奇花异卉，还有许多名贵中药。梅溪镇中的许多祠堂庙宇的顶梁柱都得从孙家购买，山中还有许多黄檀木，材质金黄，充满宝贵气，适合雕刻，梅溪大户人家都争购此种古木，用于雕刻。黄家厅堂上的横梁，雕着云蒸霞蔚的山水；程家的天井四周，尽是形神兼备的雕刻人物，细看就知道是程颐、程颢、朱熹之先贤；赵图远家的阁楼，全刻有栩栩如生的虫鱼和呼之欲出的铜钱和元宝；洪家的梅花窗，也刻有一丛丛兰草，还有用丝带捆扎的书卷。

浮生园大门那幅用黄檀木雕刻的楹联："欲高门第须为善，要好儿孙必读书"，黄灿灿，特别显眼。

"洪家最有问题，木雕上的书都是黄色，肯定要禁，以前民间流传的《剪灯新话》《国色天香》《醋葫芦》《隔帘花影》等黄书，不是全部被禁了？"

梅溪南街上一些闲人，对这几家的黄色木雕议论纷纷。洪家的木雕却成了焦点，林琴坤一直替主人家辩解说："洪家黄檀木上的雕刻书，只是一个图画，怎么可以和黄书扯上边，这是明显的小题大作。"

孙吟可家的春蠢堂，用尽黄檀木，无处不雕，门楼上、门罩上、楼阶前，还有梁、雀替、斗拱、驼峰、柱础、梁柱、斜撑、匾额尽是秀丽精美的木雕。烂肚宝逢人就说："黄灿灿，赛过京都的金銮殿。"金銮殿里本来就是美人如云的地方。

"我读了不少古书，历朝历代的荒唐事多着呢，只怕你想不到，没有君王朝廷做不到的奇葩事，房子被称金銮殿是很可怕的事情，树大招风，说不定以后真有人要抓住孙吟可的辫子不放呢。"方阶云却在替孙家担心着。他常说，梅溪人戏说程熹礼是一只蜡蚋虫，那是不对的，而孙吟可却是一只彻头彻尾的蜡蚋虫。梅溪人只从古书知道这种虫，这种虫也没有在梅溪出现过，但所有人似乎都见过它。说起来这种虫很古怪，它是一种特别喜欢背东西的小虫，爬行时遇到东西，总是拼命地驮上身体，东西越来越重，累趴了还不停地驮着东西。它还喜欢往高处爬，用尽了力气，也不停下来，以致从高处落下摔死为止。

第二十三章

树本该长在深山老林中，哪怕几百年过去了，还是在那里。河畔上的树，长得很快，长高了，长粗了，被砍伐的日子也不长了，即使没有被砍掉，也有被洪水冲倒的日子。除非你是一根东歪西倒的丑木，人们无法打造需要的器具，暂且留着你，或许还可以让你装点一下人世间的风景。

孙吟可发财了，孙吟可见到美色就如苍蝇遇到腥鱼一样，竟把眼光盯着本族的一个女子身上，这女子便是那个已被朝廷解除举人功名孙白廉的儿媳妇。

这女子被孙吟可瞧见一面，那天这女子恰巧去南街买针线，刚出门就被路过的孙吟可碰面。孙吟可上上下下地打量着这个小媳妇，只见她乌黑的头发盘成了一个斜滑的云髻，白嫩的皮肤透着美玉的润光。樱桃小口，微挺的小鼻，两道弯弯的柳眉衬着一颗美人痣。一双杏眼，晶莹透亮。上身穿着一件蓝底碎花的斜襟小褂，下身穿一梨花白暗花罗裙。

"弟媳妇，你出门呀。"孙吟可搭讪着，心里想乌烟鬼堂弟的女人真美。

"嗯。"女人低着头，只从鼻子里不亢不卑地吐出一个字，却如风铃叮当，便如仙子飘逸而去。

"这女人比那个舞媚娘还妩媚。"孙吟可有点耐不住性子了，望着远去的女人，自言自语地说着。

　　孙白廉举人那个亲生儿子，平日里缺少教养，游手好闲，吸食鸦片成瘾，人们在南街上常常见他牙齿漆黑，面色乌青，眼泪鼻涕滴淋淋。后来，徽州知府颁示禁烟令，他又跑到其他地方去了，一去十几年，不知所踪。

　　孙吟可垂涎这个女人的美貌，他总是有意无意注视这个女子。一天晚上，天气炎热，孙吟可睡不着觉，悄悄地来到后院吹吹风。他见隔墙那边的桃花窗灯光闪烁，光线透过花窗，窗外的芭蕉叶时亮时暗。他轻轻地推了一下孙白廉家的那扇小门，门竟然半开半掩。他好奇地摸到桃花窗下，叮咚、叮咚、叮咚……这是铜钱落地的声音。孙吟可手指蘸了一点唾沫，粘在花窗的白棉纸上，然后轻轻地往里一戳，顿觉春光四溢。房里那位少妇正坐在床帷边一个小凳子上，身上只有一件薄薄的丝绸红肚兜，高高的胸脯呼之欲出，一双白藕般的手臂在灯光下晃动，铜元一个接一个地落地。那少妇的嘴还不停地数着念着：顺治、康熙、雍正、乾隆、嘉庆……一个铜钱就有一个大清皇帝的名字。渐渐地，那少妇累了，便趴在床沿上入睡。花窗外的孙吟可，好像刚喝了一碗梅花鹿的血，全身都热血沸腾起来，恨不能冲进去，把那美人一口吞下肚。

　　"这个女人一定是寂寞了，她是用数铜钱、摔铜钱、念铜钱的办法消磨时间。"孙吟可越想越美。心里想，干柴遇烈火，一定烧得旺旺的，桃花窗里又有一场颠鸾倒凤的戏了。

这天，孙吟可特意穿了一件月白秋罗长衫，把身后那条长辫子梳得整整齐齐，乌黑乌黑的，跨过那条窄窄的隔墙，走到孙白廉家后院那扇小门前，拍打门环。里面传出黄莺般的声音："是谁？我家夫君不在家。"孙吟可心里早就知道她男人跑到外地去了，急忙接上话道："我是你男人的堂兄弟，顺带捎了些东西，还望开门接纳。"大门咿的一声开了，只见那少妇体态轻盈，腰肢袅娜地走出来。再看她的模样，一张鹅蛋脸，两道春山细眉，斜挑入鬓，不点而翠，一双秋媚眼，闪动生气，比灯光下的姿色更添几分。"这等美人闲置不用，真是暴珍天物。"孙吟可呆呆愣愣，痴痴傻傻，咕嘀着这句话。少妇见他这模样，又看他衣着整齐，穿戴极为讲究，疑道："你究竟是何人？你有什么事？"孙吟可向前一步，将手中的礼物递上说道："早就听说弟媳生得绝丽清雅，今日一见果然不凡，可惜配给了我们孙家那个不成器的家伙。我一直为你鸣不平，今天没有别的意思，就是看望看望弟媳……"少妇顿时面红耳赤，使劲地把孙吟可往门外推，嘴里说道："你再不走，我可要喊人了。"孙吟可还想纠缠。突然，有人大声呵斥道："哪个无赖如此大胆，光天化日之下，竟敢调戏良家女子。"二人回头看，孙白廉正怒视着他们，少妇乘机跑了，孙白廉把孙吟可往外一推，重重地将院门关上。

　　"家门不幸啊！"孙白廉把这件事告诉了义子孙孔嘉，边说边不停蹬脚，整个背脊都弯成弓形。孙孔嘉心里明白，义父这次精神上又一次受到重创。

　　孙白廉是举人的时候，他的背脊一点也不驼，挺拔得很。要不是那个愚蠢的仆人害了他，也许他早就是南街上又一个达官贵人。

孙白廉本是光绪皇帝时的举人，他中举后，成了南街上一个很显贵的人，可是多少年过去，也没有捞到一个官做。他的一个同科举人韩仁康，官运亨通，中了举人，又中了进士，在京都殿试时又被皇帝点了状元，据说，这位状元祖籍地就是徽州。

春天，二月春风似剪刀，把江南裁出了一片又一片的新绿。练江两岸，桃红柳绿，徽州府衙前，一个个店铺早早地开了大门，一扇扇精美的花窗也打开了，新科状元韩仁康被任命为钦差大臣巡视徽州来了。

钦差大臣韩仁康在众官员的簇拥下，过二十四根柱城门楼，便进了徽州府衙，他见到了墙上张挂的一张朱子像。道貌岸然的钦差大臣终于开口道："徽州不愧是程朱阙里，文风端正，刚才我看了府衙门前那座牌坊上面，那四个'先学后臣'字，就知道徽州读书人的理想和操守。"

"大人说得是，我们徽州人喜读书重科举，又特别崇拜朱夫子的理学文章。"徽州知府大人顺着韩仁康的语气，连连称赞道。

"徽州人也喜欢经商，刚走府前街就闻到了浓浓的铜钱味。"韩仁康冷冷地说道。

"是啊！我们这里的人都热衷功名，久考不中者就去经商。徽州进士多、翰林多，举人也多，秀才遍地都有，有的老童生考到古稀之年还不放弃，坊间称呼'同胞进士''父子翰林''三朝秀才'，比比皆是，这是徽州人追求的尊贵。但大多数人都跑去经商，或业盐、或业木、或业茶、或业丝绸、或海上贸易，都成了巨商，在江南形成了'无徽不成镇'的气象。也有一部分人喜欢隐居在山野中，白天耕种，晚上读线装书，自得其乐。"知府大人侃侃而谈。

"知府大人深知徽州人之习性，体察民情，难能可贵。"韩仁康随口称赞了一声。他们边走边谈，谈笑风生，走到正堂前的一个大回廊，见廊左右树木森森，阳光从高高的马头墙折射而下，煞是好看。

"大人，这棵梅花树有些年份了，它的名字叫徽州檀香，是南宋范成大先生在这里任司户参军时种下的梅树。"知府大人指着回廊左边那棵如游龙一般的古梅说道。

"这个范先生我知道，是一个典型的梅痴，他有一句诗'隙月知无梦，窗梅寄断魂'，大概就是写这里的景色吧。"韩仁康淡淡地说道。

"钦差大人通古晓今，博览群书，令下官深感佩服、佩服！"随从的官员异口同声地说着。

"大人，这棵桂花树是以前的徽州知府龚丽正之子龚自珍种的树，虽经风雨侵蚀，风采犹存。"知府大人又指着回廊右侧那棵苍老的高大的桂花树报告钦差大人。

"这位老先生我也知道，文才很好，就是字写得潦草难看。我朝科考要求用'馆阁体'，字体讲究乌、方、光、大，字体好看，容易被选中。殿试时，主考官查正庸以他'楷法不中程'为由，名次排了后面，龚自珍也因此失去进入翰林院的机会。他动不动就愤世嫉俗，'我劝天公重抖擞，不拘一格降人才'，难道我们大清朝不重视人才？吾皇英明，才有你我出头之时。还有那篇《病梅馆记》文章，好像天下文人读了朱子文章，就会缚住思想，成了病态，真是蛊惑人心！这样的文章，你们还是少读为妙。"韩仁康有点愤愤然，疾言厉色地说道。

"大人句句真理，我等还是少读那人的诗文为妙。"众官附和声响彻整个回廊。

进了大堂，立即有衙役搬来椅子，让钦差大人坐下。而钦差大人却饶有兴致地来到木板墙上的地图前，自言自语："徽州一府六县尽是青山碧水，山水灵秀，人才辈出啊！"

"大人说得极是，徽州人历来重视风水，民间有俗语'黟县蛤蟆歙县狗，祁门猴狲翻跟斗，休宁蛇，婺源龙，一犁到磅绩溪牛'，就是根据山水龙脉而出现的说法。比如歙县狗，重乡谊，讲团结，知恩图报，无论官衙、书院，还是古桥、古道，他们都喜欢把白花花的银子捐出来，促进了徽州的繁荣。"知府大人深知徽州商人的秉性，侃侃而谈。

"前朝的汤显祖老先生有一首诗：'欲识金银气，多从黄白游；一生痴绝处，无梦到徽州。'我常听人说，这是一首汤老先生对徽州颇有微词的诗。"韩仁康若有所思地问道，便站在那里沉思默想着。

"大人，我以为这是一些文人老学究的断章取义，其实汤先生对徽州山水一直是倾慕和向往，曾自述：'予尝闻海阳之地，松萝奇秀，不让匡庐、九瀑、巫峡，心窃慕之。'他五十九岁时，还特意来到徽州拜访大儒商汪廷纳，在坐隐园、环翠亭参禅味玄、吟诗对弈，乐乎快哉。无梦到徽州，其实就是说他没有一个梦，不梦到徽州呀，情深意长啊。"

知府大人微笑地说了一遍，韩仁康也满意地点点头，哈哈笑道："徽人好讼，当然也喜欢打笔墨官司呀"。

"钦差大人，有人求见？"韩仁康刚刚坐下椅子，一大群随从环拥于其左右，这时就有人前来通报。

"何人？"韩仁康轻轻地问道，一脸和悦地微笑着。

"据来人讲，他是歙南梅溪镇一个举人老爷派来的，那举人的名字……叫什么孙白廉，还……还说，孙举人和大人您是同科举人。"衙役支支吾吾，心里有些紧张。韩仁康一听孙白廉这个名字，脑海里渐渐地浮现那个个子矮小的老学究。平日里，他总是穿着长衫，脑后的长辫子半黑半白，鼻梁上的老花镜，镜片又厚又圆，盖住了那双浑浊的眼珠子。孙白廉中举后，参加多次京都的会试，就是考不取贡士，更不用说进士，也一直没有官做。他精于书法，家中收藏着大量金石书帖、石鼓文、李斯峰山碑、太山刻石、敦煌太守碑、李阳冰城隍庙碑等等，要有尽有。他又擅长篆刻，深知篆字之奥秘，曾说过这样的一句令人刮目相看话："秦文美人纤丽，汉篆隐士精神，六朝云中飞鹤。"这位同科举人的书法颇有大家气派，韩仁康一直这么认为。

有一年，孙白廉进京城，想找找当官的门道，便跟随回乡探亲的韩仁康一同进京。也不知是孙白廉内心自卑，还是生性愚腐，竟然不愿与韩大人舆轿同行，单独骑毛驴跟随。那天山东巡抚等地方官员都在郊外迎接韩大人，孙白廉正好骑驴过辕门，门卫呵斥。韩大人坐在堂上遥见孙白廉，赶紧出来把孙白廉请上堂，让座，并乐哈哈对众人说："此江南徽州梅溪高士孙先生也，其书法和篆刻堪称第一。"众官吏见韩大人如此推崇，于是对孙白廉敬如上宾，为他准备车舆。韩大人微笑地说："孙先生就是这个脾气，愿诸公共成先生之志。"众官员就把孙白廉骑的驴喂得饱饱，再牵过来交给他。当时京中书法首推刘大学士，他对孙白廉极为推崇："百年无此作矣。"于是，孙白廉名震京都，人人都以得孙氏片字为珍宝。后来刘大学士下台了，内阁翁大学士，因孙白廉到京都却未上门拜访，非常不满，极力加以诋毁，一年过去了，孙白廉还是摸不到一个官帽，再也不愿在京城呆下去，一气又回到了徽州梅溪。

"这次他自己不来，而派人来拜见我，故作清高，肯定又是想我推荐提携他，多少年过去了，这人还是想当官呀。"韩仁康心知肚明，心里有些不快，轻轻地骂道："不是金刚钻，不揽瓷器活，没有当官的命，累死也无益。"

"大人，我家老爷本想亲自来拜访您，近期他身体有恙，就派我把这个信件交给您。"孙家仆人颤颤惊惊说着，把信件递交了过来。

"好吧，你回去代我向孙老爷问好。"韩仁康边说边把信件放在身边的案桌上，正襟危坐地听众人说着。

"你可以走了，我们还有事情要议。"韩仁康见那个仆人呆站在他面前一动不动的样子，只有委婉地下了逐客令。

"大人，你把信件打开看看，看看是什么东西，我也好回去交待，不然，老爷又会怀疑我没把信件交到您的手里……"仆人当着众人面请求着，死皮赖脸地站在那里一动也不动。

"好吧！不为难你。"韩仁康边说边抽出信封里的信笺，由于抽信笺动作过快，两张浅绿色的银票也在钦差大人的手中摇晃着。众官面面相觑，鸦雀无声，钦差大人的脸一阵红一阵白，突然大声喊道："孙举人大胆放肆，竟敢贿赂本官，徽州府查处。"

孙白廉举人，因贿赂钦差，银铛入狱，出狱后，又被革去功名，成了一个布衣。

孙白廉成了布衣，天天热衷研究梅溪山神土地观音庙等神灵之事，他见梅溪河对面山上的白云寺年久未修，欲牵头修复。这天，正值梅溪人祭祀神灵的日子，有些人家祭越国公汪华，有的人家祭忠壮公程灵洗，还有的人家在祭城隍和五猖神。各姓氏祭祀后，各家族的头面人物，都在一壶春茶庄后院举行宴会。五张八仙桌显"梅花"形，中桌为首席，首席上坐的人都是各族德高望重者，程熹礼、孙吟可、洪朝奉、林琴坤、方阶云等，八仙桌可以坐八人，大家又推孙白廉也入坐首席。首席的菜以"八碗八碟"为主，八碗即火腿炖甲鱼、清炖全鸡、清蒸石鸡、荷包红鲤鱼、臭鳜鱼、红烧野猪肉、杨梅丸子、凤炖牡丹等，八碟为虎皮毛豆腐、双脆锅巴、香菇盒、问政山笋丝、双爆串飞、香菇板栗、青椒肚片、麻油银鱼干等。其他四桌为"六碗六碟"，菜品稍为普通一点，年长者多的桌，用一品锅、中和汤、粉蒸菜来替代；青壮年者多的桌，往往清蒸糟鱼、干渍菜焖猪肉、屯浦醉蟹替代。最后一盘菜，清蒸翘嘴白鱼上桌，众人都不去动鱼头和鱼尾，俗称"有头有尾"。孙吟可那双筷子偏偏在鱼头鱼尾动个不停，众人你看我，我看你，一言不发。孙白廉实在看不下去了，责骂道："这个桌子上，你算老几啊？一点规矩都没有！"众人哑然。他又接着说："我们今天在一起聚餐，不仅是祭祀神，还要商量修复白云寺的事，你打算出多少银两？"

"我是狗肉上不了台桌的小角色，哪有银子啊！"孙吟可不以为然地说着，他见孙白廉不给自己一点好颜色，心里一直恨着，故话语也肉中带刺。

"你家没有钱？楼房像个金銮殿，想纳一个戏子为小妾，银子都一担担地挑出去。"孙白廉针锋相对。猪尿泡打人不痛，可污气难受，孙吟可的脸一块红一块白。

"你是蚂蚁缘槐，但还是举人丢掉，官帽也没有影子，儿子天天抽鸦片，媳妇夜夜数铜钱。"孙吟可直刺孙白廉的痛处，说得他体无完肤。两人好像在烂污田里搬石臼，越陷越深。

孙白廉听了这一句话，几根稀拉拉的胡子顿时翘了起来，嘴唇颤抖几下，连说几个你、你、你……便口吐鲜血，昏倒在八仙桌边。

孙白廉真是一个打酱油钱不打醋的呆板之人，而且自命清高，怎么也受不了这般污辱，没过几天，便一命呜呼。

出殡时，孙家从烂肚宝棺材店抬出了一口薄木棺材，十分地寒酸。"孙吟可家那么有钱，也不拿出银两，孙白廉老爷就是被他气死的，应该要负责任，承担这次丧事的费用，竟然一毛不拔！"烂肚宝站在孙家大门口，对着孙白廉义子孙孔嘉，义愤填膺地诉说着。他本来想卖掉一口楠木棺材，到头来，只卖掉不值几个钱的杉木棺材，越想越忿忿不平。

"都什么时候了，南方有人造反，大清岌岌可危，你还在想着自己的一点蝇头小利，这是和孙吟可一样的货色，全是粪缸里的臭蛆。"孙孔嘉冷冷地说道，他恨孙吟可，也瞧不起烂肚宝。几只不知死活的毒刺蛾虫又在孙孔嘉脚下爬行着，孙孔嘉一抬脚，恶狠狠地踏下去，噼叭噼叭几声，那些死虫的臭气便弥漫开来，孙孔嘉赶紧捂住鼻子，拂袖而去。

第二十四章

这天晚上有些怪异，梅溪四周的山坞突然吹起了一阵大风，人们不感觉到凉意，反而有些冷飕飕的恐惧。南街上那些洞开的花窗，被风吹得扑嗵扑嗵地嘶叫着，各家祠堂里的祖宗像和梅溪学堂里的朱子像也被这风吹得稀里哗啦响，令人有些毛骨悚然。

"赖狗，赶紧进店关门，阴兵借道来了。"程熹礼推醒儿子，一手把他拉进店中。程熹礼一边关店门，一边不停地说道："刚刚许多人都在喊叫，说是看到了一队阴兵已经漂浮到驼峰上的古官道了，他们身穿铠甲，骑着战马，还夹杂着浩浩荡荡的马蹄声战鼓声，正匆匆往梅溪而来，很快要上南街。"

"爹，你别吓人，阴兵就是鬼的部队，他们上南街来干啥呀。"赖狗还在迷迷糊糊之中，半信半疑地说着。

"小鬼蒂，你不懂，南街本是徽杭古官道的一段，以前军队征战，都要从这里路过的，岳家军、戚家军，还有倭寇都要从这条道走过的，这是他们的熟路啊，他们的鬼魂当然也记得住这条古道。"程熹礼关好门后，在店堂后进一张太师椅上坐下，细声细语告诉赖狗这些，赖狗惊得不停地吐着舌头。

"唉，据老人讲，天下出现阴兵借道的事情，是一个不好的征兆，就是要战争，要死许多人……"程熹礼喃喃自语，心中产生了无比的焦虑，那夜父子俩是在恐惧中熬到了天亮。

天明了，南街上有人说，南方有人造反了，战火正向梅溪这边蔓延。梅溪在外经商的人都纷纷逃回家乡，总以为这里千山万壑之间的乡村是避风港。

叛军攻打江南，做生意的人首当其冲，他们说商人是银子堆里爬出来的害虫，不是杀死就是抓走去当兵！他们极其凶恶，见男人就杀，见女人就奸，见财物就抢，见楼房就烧，无恶不作，逃回梅溪的生意人一提到他们就胆颤心惊。

"我们是做生意赚钱，怎么就成了害虫？"梅溪许多人对此仍百思不解。

"他们认为我们赚的银两，都是靠投机倒把获得！"一些人讲起这句话，身体还在颤抖不已。

叛军刚刚攻下徽州邻近的池州府、宣州府后，梅溪学堂灯火如昼，洪朝奉和几大姓的族长乡贤们在梅溪学堂里商讨保境安民的事情。

"各位族长，如今叛军已经攻占下了我们徽州邻居池州、宣州，唇亡齿寒，不久也会攻进我们的徽州，当然朝廷的军队也会倾巢而动，梅溪就变成了战场。我们这里富裕的人又多，庭院、商铺、庙宇、祠堂遍布山水之间，这对攻守双方来讲，都是独一无二的战争掩体。"洪朝奉不断地渲染着，众人似乎进入了战争状态，见眼前一幢一幢青砖瓦房正在浓烟烈火中崩溃，高大宏伟的祠堂也在不停地倒塌，一张张墨香四溢的朱子、汪华以及各姓氏始祖的衣冠像，都被士兵们从墙壁上扯下，撕毁，然后抛进那熊熊的烈火中。烈火中尽是古籍线装书、家谱、账本、契约等，还有一块块的祖宗牌位。

"要是这样，我们几千年的文化和礼仪就会付之一炬。"有人在捶头顿足，灰头灰面地叹息道。

"还有更可怕的，他们都知道梅溪商人多又有钱，家中又多娇妻美妾，估计垂涎已久，我们也说不清这些官兵是好还是坏。战场在这里，就是一个非常恐怖的噩梦……"洪朝奉说到这里时，许多人脸上青筋暴突，咬牙切齿，更多的人是在抖抖索索着。

"所以，我们要学习先人汪华保境安民的方法，大家出钱，建立一支乡勇队伍，保卫我们梅溪。平日里，可以保护村庄，以防山匪，战争来了，又可以护送老弱病残、妇女儿童逃进驼峰的山中。"洪朝奉犹如大将军战前的动员讲话，讲累了就坐在椅子上，静静地望着大家。

"前不久梅溪发生阴兵借道的怪事，我就知道不妙，这次战争已使我家木材生意就像蛤蟆跳进老蟒蛇嘴里，全完蛋。新安江两岸，到处都有官兵把守，我家的帮工们每次途遇官兵盘诘，回话时方言重，官兵也不容易听懂，支支吾吾，许多人都被疑是敌军的奸细，眼睁睁地惨死于乱兵的屠刀之下……"说到这里，程熹礼眼泪婆娑，痛哭了几声，头上那条长辫子估计有些天没有梳理了，松散零乱地挂在脑后。

"我家在江南各地开的当铺不是被烧，就是被抢劫一空。叛军好像特别恨我们这一行业，说我们是盘剥穷民的典商，极为仇视，他们每到一地都要查封当铺，并没收财物。当铺中的金银财宝更是官兵盗匪们觊觎的目标，十个当铺十个空呀。"孙吟可说起他家的困境，不停地摇头叹气，脸上没有一丝笑容，眼袋也明显鼓起来了。

"我们盐商也一样，两淮总督陶澍大人推行盐政改革后，我们本来就一蹶不振，现在又遇上了战争。我家在扬州、杭州的盐生意，个个步履维艰，开一个小小盐铺都难，本想回到梅溪还算清净一些，开个小店能维持一家人的生活，哪里知道，又起战乱了。"洪朝奉说完洪家的难处，又坐回椅子上，静静地望着大家。

"我家尽量出钱。"

"我家出钱也出人。"

……

众人异口同声，情绪高昂，小商小贩们也毫不吝啬，争先恐后地捐资捐物。

这个乡团由两大部分组成，一部分是梅溪的大户人家献出的奴仆、佃仆、伙佃、伴当、家僮、藏获、竖子等，这些人都是梅溪世代传下的世仆，有的是几代，甚至是几十代的奴仆，他们一直生活在乡间，见的世面很少。另一部分是由巨商富户献出的伙计、雇工、学徒等，这些人本是各大商户在江南各地商铺中逃回来的帮工，见多识广，灵活机动。程家的奴仆，大都挖山种树，刀斧伐木，撑船驶筏运木，就编成了刀斧兵。洪家出的人，大都是盐包、茶叶包的搬动工，编成了棒子兵。孙家的仆人，从事典当业，眼力好，能观颜察色，就被编为哨兵。众人东拼西凑，以洪朝奉为总首领的队伍，也有了近千名的杂牌乡勇。洪朝奉虽说是首领，叛军未攻进梅溪之时，刀斧兵还是听程熹礼的命令，朝出暮归，在驼峰一带山场拔大毛，砍树囤积木材。孙家的哨兵，穿街走巷，四处寻找值钱的古董。洪家棒子兵，每人扛着一根丈长的杂木棒，在街道巡逻，在古木苍苍的水口码头站岗放哨，给梅溪人不少的安慰。

叛军未打进梅溪，大家就想起了水口那巨大的梅石，历经数百年风霜雨雪，石上苔草青青，生机勃勃。这块巨石着实让洪朝奉、程熹礼等人伤透脑筋。

"我突然想到了一个办法，把梅石沉进皱月巷外那个深水潭里，叛军是很难发现的，这样就可以保住我们梅溪的不祧之祖。"洪朝奉手指前方大声地说道。众人顺着他手指的方向，遥望着那碧波荡漾的水潭，纷纷点头赞同，也有一些人摇摇头，冷冷地说："这么一个庞然大物，你当是盐包、茶叶包呀。"

搬运梅石那天，说来也怪，梅石身上千万个孔眼里生出一朵朵白色云烟，似千万朵白梅花绽放着。随着梅石微微移动，石头上袅袅升起的朵朵白云，在空中不停地飞舞着。

洪朝奉他们特意选了义田佃户十八位壮汉，他们自己先在梅溪学堂里祭拜朱子像，再到各祠堂祭拜各家的始祖像，随后众人聚集在水口码头的梅石前。

十八壮汉先把巨大的梅石推上一架平板车，平板车由二十个车轮和八根挺直粗大的杉木扎成。车轮缓缓地向皱月巷

移动，过了皱月巷，又慢慢地移上水潭边一个巨大的木筏
上。众人把木筏驶向深水潭中央，便停了下来。十八壮汉手
中的刀斧一阵挥舞，先是木筏上的平板车散架了，梅石晃了
一下，便落在木筏上，木筏解体了，梅石便重重地沉进了水
潭。十八壮汉向四周游走，身后掀起了巨浪，石孔里那些飘
扬的白云顿时聚在一起，形成一朵巨大的白梅花，向空中飞
去。

　　道途梗阻，交通乏便，叛军进入徽州也是十分艰难的。
大鄣、昱岭雄其东，浙岭、五岭峻其西，大鳙、白际亘其
南，黄山、武亭险其北。水道只有北，可由青弋江上溯至绩
溪，东溯新安江至歙县、婺源，西由鄱阳湖入阊江北上祁
门。叛军进了徽州后，便成了无头苍蝇，赶紧突围。徽州新
安江有高屋建瓴之势，滩高流急，直泻浙江，梅溪又是新安
江的源头，成了叛军屯兵出军的战略要地，也是朝廷军队重
兵把守的主战场。叛军刚刚逃出梅溪，南街上便出现了乌鸦
鸦的背后有"勇"或"兵"字的清军。夜晚，还有一些穿着
各色衣服的山匪出没于大街小巷中，梅溪人已经弄不清谁好
谁坏，一见到陌生人就拼命往驼峰方向的深山野林去逃命。
南街上的盐铺、店屋、碾坊、典屋、住宅，被官兵们当作掩
体，早已千疮百孔，狼藉一片。清兵军纪也极其败坏，驻兵
在梅溪，每见路人就上去一刀割下头颅，拿去冒功领赏。他
们知道梅溪巨商多，毁了房子，又挖地三尺，寻找每家每户
藏在地下的宝藏。南街李姓老郎中，心怀慈悲，心想自己只
是一个医生，干着救死扶伤的善事，也就没有随其他人逃进
山中，清兵抓住他，也不问青红皂白，在南街当众砍头，幸

好两个儿子李玉平、李玉晶跑掉了，其妻子、儿媳、幼孙亦投梅溪河而死。

"嘡嘡……"南街上又响起铜锣声，那是程家仆人螺蛳在敲锣。

"各家各户，接探子报，又有一股叛军要来梅溪，大家赶紧多准备干粮，随乡勇们进山。"敲锣的螺蛳放开嗓子在街上大喊大叫。

"朝廷的军队，要来保护我们吗？"有人还在白日做梦，傻傻地问着。

"他们早跑了，反正进梅溪的兵丁都是一些杀害男人，奸淫妇女，搜刮财宝的虎狼。"螺蛳不耐烦地回道。洪朝奉虽有一支杂牌军，可一遇到官兵便溃不成军，但保护村民进山躲避，不仅路熟，而且跑得飞快。

梅溪盛产糯米，糯米包裹的粽子，不仅好吃，又特别耐饿。家家户户逃难时，准备最多的干粮就是糯米粽子。梅溪家家粽子飘香，烂肚宝背着一个大布袋，走街串巷，从这家进，那家出，进进出出，大布袋装得鼓鼓的粽子。他还不满足，大布袋扛回棺材铺藏好，便又拿了一个空布袋出门。他出了几家大户后，又进了浮生园。

"灶肚宝，你不能这样多吃多占，这可是大家逃难用的救命粮食，你一个孤家寡人拿了这么多粽子干什么？"洪朝奉实在看不下去了，狠狠地指责。家家户户都在忙于准备干粮，烂肚宝什么事也不干，一家一户乞讨，大家都碍于面子，不得不给他一二只，他不劳而获，而且总是贪心不足。

"乡人愿意给我，与你有什么相干？多管闲事！"烂肚宝眼珠子斜视着洪朝奉，理直气壮。

"你是讨饭懒上了干檐，不讨到东西就不走了，大家见到你这个人，也是叫没有办法，心里恨不得马上把瘟神送走，你真的一点自知之明都没有？"洪朝奉毫不客气地道出众人的心里想法，接着他又说："你拿了这么多粽子，也和我们一起进山躲避，你也扛不动，吃不完呀，我看你还是躲在棺材铺等死吧，再把吃不掉的粽子送给鬼吃啊。"

洪朝奉毫不客气地说着，言语狠狠地刺着烂肚宝，烂肚宝立刻提着那只半满的布袋，出了浮生园大门。走了几步，又回头冲到浮生园大门口，抬起一脚，朝着那木门联恶狠狠地踢去，木板叭哒叭哒地响起来。"我就是一个鬼，你不想破财消灾，还侮辱我，总有一天，就让你捧着粽子去祭鬼。"烂肚宝气呼呼骂完，便像一阵风溜了。

叛军又从新安江折回头，直奔梅溪而来，众人拼命地往大山里跑。孙吟可的儿子孙冠儒却担心匆忙埋在一棵桂花树下的地窖，那是母亲临走前交给他的几根金条。跟从他的奴仆已不见人影，他只独身一人，匆匆挤出流动的人群，独自溜回家，找来一把锄头，轻轻扒去泥土上的青苔，一块青石板显出来了。他用锄头扒掉石板四周的泥土，再用锄头尖插进石板的一角，向后用力撬开，石板便斜在一边，石板下的陶器缸闪耀着黄灿灿的光。他一只手摸出金条，慌忙藏在身上，又把石板盖上，重新填好土。烂肚宝像一个幽灵一般出现在他的眼前，斜眼紧盯着他的衣袋，一言不发。突然，他推倒孙冠儒，抢走他口袋里的金条，飞快地拐进了一条小巷。孙冠儒从地上爬起来，摸了摸腰带，里面还有一根沉甸甸的金条，他拐进一条小巷朝驼峰方向逃。这个文弱小男人平日里很少走山路，他走到一个叉路口，分不清是哪一条路上驼峰。二天二晚在山间鸟道上攀行，走到溪水边又逆水而行……反反复复，就是找不到村人的躲藏地。到了第三天，他跑到一个羊肠小道上，已是上气接不了下气，忽觉腹饥难忍。这时，他看见几个扛着木棒的洪家奴仆从山道这边走来，他心里想，这回终于有救了。

"我好饿啊！带在身上的粽子全部掉完了。我已经一天一晚没有吃过东西，你们救救我。"孙冠儒乞讨着，那几个人冷冷地看了他一眼，继续向前走。

"我们也是有上顿没下顿的过着，这次，又不知道这些叛军何时撤离梅溪，我们也得保命！"走在后面的一个瘦高个子男人回过头来无可奈何地说了一句话。

"我用一根金条和你换一个粽子如何？"孙冠儒吃力地摸出那根金条递上，叭嗒一声，又掉在地上。

"这个时候，别说是金条，就是一座金山我们也不换。"瘦高男人的语气斩钉截铁，再也不搭理他了，匆匆地沿着山道，往驼峰方向跑去。

十几天后，孙家人在那条羊肠小道上找到了孙冠儒的尸体，手里还紧紧握着那根黄灿灿的金条。

第二十五章

　　叛军进入梅溪后，各村祠堂都成了军营，大户人家的楼房、店铺也成了驻军的住宿房。当官的头目，都居住在祠堂、学堂里。一般的小官住在那些大户人家的庭院。兵丁一律住在南街两边的店铺，这样可以随时应战。叛军在各家厅堂上，用砖头砌起简易的炉灶，架上铁锅，点火烧水做饭。梅溪镇炊烟升起，烟火袅袅，弥漫在天空，久久不能散去。

　　叛军进梅溪分四路纵队，南街显得有些拥挤，一队背着大刀，一队扛着长矛，一队捧着雨伞，这些人还提着一个小小木桶，据说里面装有狗血，交战时可以压制清军的长枪子弹，还有一队人，每人手握一把扇子，还挽着一个菜篮子，据说可以用扇子把清军的子弹和红衣大炮的炮弹扇进菜篮子。南街两边的店铺大门都是紧紧关闭的，墙上形态各异的花窗也都关得紧紧的，花窗上的木檐早已布满灰尘，上面结满蜘蛛网，花窗上的蜘蛛依然自顾自地编织着精美的网，网很密，也不怕风吹雨打，活像一个个八卦阵，它们倒成了一个个小小的诸葛亮，独坐军中帐，摆下八卦阵，冷冷看着他们。地上有许多毒刺蛾似乎在列队爬行，稀稀拉拉，好像是等待各路兵马的到来。叛军在南街上行走时，还是有模有样的，齐刷刷地向各家祠堂走去。南街空无一人，没有观众观看他们，一到祠堂，片刻鸟散而去，乌啦啦一片又一片。

叛军进梅溪以后，祠堂、店铺、大户人家的庭院、平民家的小宅全部都被他们毁掉大门，蜂拥而入，成了兵营。洪朝奉家的浮生园被毁得更惨，高大的红豆杉成了他们烧饭的柴火，桂花树、紫薇树也被砍倒许多。他们好像有点知道徽俗，桂花树代表功名，紫薇树是观世音菩萨下凡的落脚处。他们厌恶科举，不信佛，梅溪这些树几乎被他们砍得精光，抛进炉灶烧水煮饭。

早晨，祠堂外店铺，家家户户门口都坐满许多军人，他们赤裸上身，好像是在练气功，他们自信刀枪不入，嘴里说着让人听不懂的咒语，练好后猛然站了起来，便大喊道："消灭曾剃头（曾国藩），打进北京城，坐上金銮殿。"声音很大，其他人听到了也跟着一起喊叫，此起彼落，声震梅溪，连躲在驼峰林中的洪朝奉他们也隐隐地听到一两句，不禁毛骨悚然。

这些兵将开始挨家挨户地搜索，每个旮旯都不放过，来不及逃走的人全部被赶到洪家祠堂门前的大坦上，有清廷当官的家属、商人、老秀才、中医、店员、佃户，连白云寺的僧人也抓了好几个，梅溪学堂里的方阶云也在人群里。

"你们这些人都是恶魔，是妖人，现在开始审查，通不过者死，知道吗？"一个当官模样的人望着人群大声地嚷着。他见没有一个人吭声，接着吼道："所有人排好队，把手掌伸开，一个个地往我这边来。"

众人一个个垂着头，莫名其妙地伸出手掌，抖抖颤颤向那边缓缓走去。前面三人走过军官的身边时，军官看了看，也没有说什么，就让他们过去了。"把这个人拉去砍了。"当第四个人通过时，军官突然大叫起来，吓得这个店员瘫倒在地，但他还是有气无力地申辩道："为什么要杀我，我只是替人家看店的伙计呀。"

"杀你不冤，你的手白白嫩嫩，一点老茧都没有，肯定是一个剥削者，我们可是替贫穷者报仇的军队。"军官冷冷地说道，两个兵丁冲过来，像抓小鸡一般，把那人拉到不远处，咔嚓一声，头已落地，鲜血从细小的脖子上喷出，把两个兵丁的头上、肩上染得红红的，顿时，祠堂门口哭声一片。片刻，大坦上滚满一个个如西瓜一样的人头。老秀才方阶云教书之余，喜欢摆弄梅溪学堂后山坡的菜地，手也起了一层薄薄的老茧，竟然过了关。

叛军特别痛恨满人，第二轮审查时，又让存活的人排好队，一个一个地问话。他们问话很简单，就问你的姓氏。"你姓什么？"军官见一个小脚女人袅袅地走来，便大声问道。

"俺呢姓钱。"方阶云的老婆是外地人，说话总喜欢带个俺字，她刚一说完，军官手一挥，这个可怜的女人就被拉去砍了头。军官心里很得意，四个字的姓氏肯定是满人，他佩服自己通晓古今，见识广博，不然要出现许多漏网之鱼。

"你姓什么？"军官见一个衣冠楚楚的年轻人走来，又大声问道。

"我姓赵赵……"赵谦可能过于紧张，说起话来就有点口吃。哪知军官很不耐烦了，冷冷地吐出一句话："四个字的姓氏，杀！"赵谦的头便落地了。赵谦做鬼也悔青了肠子，逃婚走了几年，战争了又跑回梅溪，反而丢掉性命。

方阶云、赵图远顿时失去魂魄，不顾安危地冲向前，责问军官为什么要滥杀无辜。军官大声骂道："我们最恨满人，这两人都是清妖生的崽子，我见一个杀一个。""他们是地道的汉人啊，怎么扯上满人呢？"方阶云争辩着。"谁叫他们的姓氏是四个字，满人姓爱新觉罗氏，他们虽然不是这个姓，但八九不离十，不是亲戚，就是满人的变种。"军官振振有词道。方阶云、赵图远听了这些，也百口莫辩，捶胸顿足，大声地哭叫着。赵图远是一个死要面子的人，当晚在家中悬梁自尽了。

方阶云感到越来越可怕，许多人无故被叛军祸害，几个月过去了，但这些叛军还在梅溪大街小巷中横冲直撞，不断地杀人放火。他心里想，以前古书中的乱臣贼子穷凶极恶，也往往敬畏鬼神，李自成到曲阜，不犯圣庙；张献忠到梓潼，也祭文昌。可这些叛军，无庙不毁，无像不灭，神鬼共愤啊。叛军狂飙席卷梅溪，庐舍为墟，遍地瓦砾。

临近南街的洪家祠堂，气势宏大，洪氏家族中巨商大户多，祠堂里的木雕、石雕、砖雕，雕镂精巧，富丽堂皇。

叛军们冲进祠堂，就见到祠堂照壁墙上有一排巨大的百鹿图雕刻木板，雕有精美图画，奇山异水，烟云袅袅，老树枯藤，山泉飞溅，绿草萋萋，百只大小不一的野鹿，或饮水照清波；或嬉戏于芳草中；或卧于青草上看云；或林中散步；或窃窃私语谈心事；或对美景发呆；或与树上松鼠对话等等，形态各异，神情兼备，野趣横生。

"这些雕刻真逼真，我当兵前在老家常常在林间看到野鹿就是这样的。"一个冲在前面手握大刀的兵丁看到百鹿图大声地嚷道。

　　"这雕刻有问题，鹿暗喻禄，俸禄是清妖发放的，赶紧把这些东西拆掉烧毁。"军官总以为自己才高八斗，看问题很透彻，于是很自负的一声令下，众兵丁用大刀一阵挥舞，照壁墙顿时一片狼藉，大大小小的木板抛在祠堂门口，片刻就堆成一座小山。

　　叛军们进了祠堂的正厅，大厅的正面挂着一张宽大的朱熹像，左右侧面挂满了洪家世世代代的祖宗像。朱熹头戴宋代的官帽，正襟危坐，一双炯炯有神的眼睛正望着这些人，左右侧的祖宗们一个个丰姿怡态，眉目严肃地对着他们。军官心里想，我们这些泥腿子出生的人，哪有他们这般肥头大耳，肯定是民脂民膏吃多了，要是被尖嘴猴腮的上司看见，一定很生气。

　　"赶紧把所有画像扯下来，在门口给我烧了。"军官突然暴跳如雷地叫起来，兵丁立即哗啦啦地扯拉画像。军官坐在大厅太师椅上，一只脚搁在椅子的把手上，看着兵丁慌慌张张地跑进又跑出，总觉得大厅前天井边的屏风墙有些挡人视线，又大声命令道："把前面那堵墙拆掉一些，挡住了我的视线，不然清妖兵来了，我也看不见。"片刻，祠堂的屏风墙就出现了一个凹凸不齐的缺口。军官躺在太师椅上，望着祠堂前大坦上的熊熊烈火，不禁哈哈大笑起来，嘴里还不停地骂道："要不是祠堂要作军营，恨不得一把火也把它烧了，我看见这些有钱人家精美的器具，心里特别嫉恨，恨不得把它们烧光。"接着，他低声地对站在左右兵士说道："那些大户人家的千工床不能烧掉，简直太美妙了，上司喜欢，我也喜爱，梅溪这里的美娇娘多，我还没有享用过瘾呢。"说完又嘿嘿地奸笑起来。

这时，洪家祠堂前来了一个个子不高，却满脸横肉，右眼斜，头戴一个油光可鉴破帽的男人，他一步高一步低地向祠堂走来。兵丁以为他是一个奸细，抓住他押进了祠堂。

"官爷，我不是奸细，我是替人家做棺材运尸体的奴才，连个名字都没有，大家都叫我烂肚宝。"见到堂上的军官，烂肚宝心里一点都不觉得害怕。

"你胆子不小，竟敢闯军营？看你这个模样也不是好人，你来干什么？"军官责问道。烂肚宝见那人脑袋用头巾裹住，两边鬓角各垂下一缕长发，他又抬头看着，整个祠堂里都是一些穿着黑色衣，衣服上有许多杂乱花朵和彩云的人。他已听说过，这些人不喜欢常人的衣冠，还剪去辫子，留满额发，喜欢穿着徽戏班留下的戏服行军打仗……他们一进村，就点燃烧毁各家祠堂的朱子像，各姓氏的祖宗像……这些人肯定不是官府的官兵，烂肚宝越看越想越明白。

"你在想什么，还不快快说清楚。"军官大声叫道，一双冒火的鼠眼死死地盯着烂肚宝。

"官爷，我们梅溪，自古民风质朴，深受满清官吏迫害，我和你们一样，都是被打压的人，我家世代为奴，穿不暖吃不饱，苦啊。"烂肚宝心里明白，既然官府围剿的部队，肯定是恨清廷，所以说了一通讨好的话。

"那你到底是想干什么？是当兵还是讨饭吃。"军官低声地问道，脸色明显和悦多了。

"我眼睛有病，看不见东西，还有一只脚有点拐，上战场等于废物一个。我今天来是想告诉你们，我们这里有一个人叫洪朝奉，名字就很古怪，朝奉就是清朝俸禄的意思，他也是一个很有钱的奸商，南街上许多店铺都是他家的财产，而且这个人很有心机，在你们未到之前，就打着保境安民的旗帜，招募乡民，其实就是想攻打你们。如今，你们的大军来了，他又吓破了胆，带着人跑进山里去了。他还有一个外祖父，在清廷里当大官，叫什么王侍郎……"烂肚宝说到这里，便咬牙切齿起来，脑海里许多粽子似乎正冒着热气。

"这样吧，你去将洪朝奉店铺的墙上都写上一个洪字。等我们走时，一把火把它烧了，狠狠杀一下这个朝廷鹰犬的威风。至于你，我们也不亏待你，一日三餐保你有大馍吃，有肉吃，我们走时，再给你一些银两，让你看病疗伤。"军官和颜悦色地吩咐道，烂肚宝得到了军官的许诺，感到特别开心，心里想，洪家大戏马上上演。他千恩万谢地跟着一群兵丁出了洪家祠堂。

洪家药肆、一壶春茶庄的墙上，都被烂肚宝用了一支专门涂抹棺材颜色的大排笔，写了一个个大大的"洪"字，每一个洪字又被烂肚宝加画了一个个或大或小的红色圈圈。

叛军进入梅溪，方阶云老婆无缘无故地被杀了，他痛哭了几顿后，又想起梅溪学堂里那幅朱子像，就叫书僮赶紧把墙上的朱子像拿下来，卷好后，又用几张厚厚的毛边纸包起来，捆好后装进了那个小木匣子，放入早已挖好的土坑里。然后捧着诗书若无旁人地苦读。梅溪家家户户都黑灯瞎火，唯独学堂的花窗里烛光一闪一闪着。

军官听说后觉得很稀奇，心里想人们都视我们如恶鬼，你却如此从容淡定，就带了二个军士去拜访他，竟想请他当幕僚。方阶云见来了那些兵丁，叫书僮杀鸡待客，书僮得令后，在菜园里追赶着那二只鸡，鸡被惊得四处扑腾。方阶云见此情景，心中十分不忍，又叫书僮放过这鸡，另外烧一些菜肴。酒过三巡，方阶云明白了他们的来意后，就说："我虽然是百无一用的穷书生，但也要为天下立节义，为万世明纲常，我是吃清朝饭，是清朝的臣民，倘若再到你们那里去当差，不免有失名节……各为其主，不要难为我吧！"

"你想当清朝的狗，就不怕我们杀了你！"军官语气中充满杀气。

"就是死，我也不会跟着你们！反正婆娘被你们杀了，我到阴间地府去陪她。"方阶云昂着头，脸朝驼峰方向，也不说一句话。军官见这个怪老头宁死不屈的样子，心中竟然生出一些敬意，就把一件官服往桌上一丢，大声说道："你也不要敬酒不吃吃罚酒，自己好好掂量一下，给你三天时间考虑。"军官说完气汹汹地走了。恰好，当天晚上，军队就开拔了，方阶云总算躲过一劫。

叛军撤离梅溪，各家祠堂早已被损坏得支离破碎，破破烂烂的祖宗像和大大小小的牌匾也被弄得稀巴烂。叛军又一把火点燃了临街的店铺，熊熊烈火，梅溪成了一片火海。

叛军是从水口码头上船，沿着新安江，前往杭州府。兵丁登船前，他们在码头的空旷地祭旗、祭水神。他们把搜刮来的一头瘦猪杀了，用猪血涂抹军旗。接着祭水神，他们走新安江，就要祭水神，兵丁们在空旷地上挖了一道水沟，先把水沟灌满水，不远处还有一个土堆，上面插有草木，一个军士把一壶酒倒入水沟中，又用酒浇着战车，然后把车推水沟越过，再从土堆辗轹而去，表示从此跋山涉水，一往无前。战车周围的叛军见车已过水沟，越过了土堆，便异口同声高喊："灭了曾剃头，打进北京城，坐上金銮殿。"喊叫声一停下，便乌啦啦地向水上的战船拥去。

第二十六章

　　又一股军队进入梅溪镇了，队伍虽然不整齐，稀稀啦啦，写有清字的黄旗迎风招展，倒有几分威风。躲在深山坞里的乡民，见到这些旗帜，胆子也大了一些，零零散散往家里跑。当晚，清兵就在街上敲起锣，挨家挨户，筹措军饷，实是搜刮。各家破烂不堪的祠堂都有清军把守，清军头目把各姓大户人家押到祠堂里议事，说是议事，实则威胁敲诈。

　　"大人，你们这样没日没夜地审问这些人，一点都没有用，这些人个个家徒四壁，仅有的一点财产也被叛军搜刮干净。他们不像洪朝奉家，三代人又卖药又卖盐又卖茶，江南巨富，家中金山银山，有人送金条给他的下人，他们竟然都看不上眼……"从人群中挤出的烂肚宝走近那个头目，便添油加醋地说着，还把孙吟可儿子孙冠儒活活饿死的惨样，又在他们面前描述了一番。

　　"他家的店铺都被叛军烧光，还会有什么钱，其实我们也只是请大家捐银两当军饷而已！替大家剿匪也要军费呀。"清军头目心平气和地说着。

　　"大人，你有所不知，洪朝奉他名字前两个字就叫洪朝，就是一个朝代，你说钱多不多？他家在扬州有许多盐铺，在梅溪也有药店茶庄，他人贼得很，他家店铺地下也许就埋有许多金银财宝！"烂肚宝信口雌黄地说着。

"洪朝奉对我们很敬重呀，我们刚进梅溪，他就让手下人抬来上好的糯米粽子，犒劳我们的兵士。"清军头目边说边盯着烂肚宝。

"官爷，你们中计了。"烂肚宝眉头一皱，眼珠子一转，惊叫起来。

"中计，中什么计？"头目惊奇地问道，觉得眼前这个人有些大惊小怪。

"洪朝奉就是用犒劳军队的粽子数目，来统计你们的军队人数，以便准确无误地密报叛军。如你不信，把他手下那班奴才抓来审问一下便知。"烂肚宝斜眼珠翻了一下，恨恨地说着。他既肯定又憎恨的口气，让这头目不得不生出疑惑来。

"有道理，你这个人眼睛斜，心却正，一心替朝廷着想，难得，难得，我会奖赏你一些银两。"那个头目赞扬着烂肚宝，冷笑地点点头。清军把洪朝奉押进洪家祠堂，洪朝奉自己感到有些奇怪，嘴上不说，心里在连连叫苦。"你也不要抵赖，你家的金银多如牛毛，我们也是为你们老百姓流血拼命。我们大帅是一位大儒，挚爱儒家学说，你们是儒商，也深知这些，朝廷现在也很困难，军费开支庞大，等叛军镇压下去，江南太平，你们经商就会获得更多的利润。"这头目讲得合情合理，洪朝奉一句话都没有说，只是摇头喊苦。头目见他这副油盐不进的样子，十分震怒，干脆派了几百人，把洪朝奉家所有店铺废墟再挖地三尺，可是挖了几天，也找不到一块银子。又派几百兵丁，抓走洪朝奉那群棒子兵，全部押到梅溪河畔的荷花畈严刑逼供。他们冲进浮生园大肆搜寻，也没有找到值钱的东西，倒是找到一件黑色的叛军官服，就是那件叛军请方阶云出山为幕僚，走时丢下的官服。叛军刚跑，洪朝奉和程熹礼就赶去拜访先生，洪朝奉见黑衣上的图腾好玩，就拿回浮生园，他对着衣服上的图腾看了半天，也看不出所以然，就丢到一边。

"原来你是叛军的奸细，难怪对我们这么无情。"清军头目指着那件黑色的官服，高声责问。

"我不是奸细，我对大清无限忠心。"洪朝奉说着，也露出了一脸不屑的样子。心里暗暗发急，后悔当初不该从方秀才那里拿走这件怪模怪样的黑衣服。

"你怎么会有叛军的官服，这可是铁证如山。"清军头目怒发冲冠地责问道。

"这是我从方阶云先生那里拿来的衣服，叛军逼迫他当幕僚他不从，临走时抛下这东西……这事程熹礼也可以做证。"洪朝奉理直气壮。"再说，我外祖父就是当朝的户部左侍郎，就是这个原因，我家的店铺全部被叛军烧了，我恨死叛军。"洪朝奉说完这话，头也不回气呼呼地走出洪家祠堂，清军头目见他是当朝王侍郎的外孙，也觉得不好再追究下去。

清军他们都在想一个问题，徽州本是江南的一块富庶之地，徽州商人很有钱，梅溪的大街小巷尽是粉墙黛瓦，楼高院宽，连那些窗户都是用名贵木材雕刻而成的花窗。官兵大都是来自北方，从来没有见过如此精美的徽州庭院，官兵们一个个大脑思维都成了一个个铁铸的秤砣，认为这里的人有钱，弄点军饷应该是轻而易举的小事。战事一来，许多商人都跑掉了，抓到的百姓都说他们财宝全被乱军搜刮完了，可是叛军来去匆匆，就是天天挖地窖找金银也是有限的，这些百姓肯定都在欺骗我们，官兵越想越疑惑，总觉得梅溪的地下天上尽是金银财宝。

清兵开始拉地毯式地搜刮了，梅溪水口码头周围林木密集，郁郁葱葱，枝丫交错间有不少鸟巢，兵丁们用长长竹竿不停地刺捣，一根根黄灿灿的金条便纷纷落下，引得树下官兵们一片欢呼。几家祠堂侧门外，都摆放着许多长时间没有清理的粪桶，装满粪便的粪桶散发着臭气，兵丁们掩着鼻子，走上前去，用脚一踢，粪桶翻倒在地，粪便四处横流，片刻，金灿灿的手镯、戒指、项链在臭污的粪水中泛着光亮。程熹礼家的费隐堂里有一堵夹墙，也引起了他们的注意，几个兵丁用铁锤对着墙壁猛敲，一会儿夹墙轰然倒下，无数银元宝哗啦啦地向厅堂滚来，堆了一地。众人你望着我，我望着你，一个个都张着大嘴，说不出一句话来。从此以后，他们搜刮越来越频繁，越来越仔细。

"江南十分宝，徽州占三分，果然名不虚传。"清军头目见桌上堆满了金银财宝，激动地嚷道。

"这些刁民人前人后两个样，还骗我们说钱财全被叛军搜刮干净了，看看这是什么？徽州巨商富可敌国，一点不错，据说离梅溪不远的潭渡村有黄姓兄弟四人，家中金山银山，号称扬州四元宝。他们和洪朝奉父辈一样的，都是以盐业起家。徽商还有一个习惯，发财后他们会把金银财宝偷偷地用驴车从各条古官道或水路运回徽州埋藏。我想，还有许许多多的钱财仍然在地下没有被人发现。"这个头目秀才出身，曾在大帅曾国藩帐中当过幕僚，深知徽州人文和习俗。一个幕僚模样的瘦小老人悄悄地走到头目身边，轻轻地说道："大人，我突然想到一个问题，梅溪这个地方家家都有一口水井，而且深不可测，这水底肯定有戏。""是啊，你说得一点不错，井水在徽州人眼里就是财，所谓四水归井，就有财不外流的意思，他们为了逃命，肯定会想到这个地方，甚至还以为水井神会保护他们的钱财呢。"他俩越说越兴奋，一起走到一个水井前，伸头往下看，碧水汪汪，只有两个头影在水底下晃荡着，可越看越像两只硕大的金元宝在闪耀着。

清兵们冲进大户人家的庭院，或是推开贫民家的木头门，凡是有水井的地方，必有一队兵丁在忙碌，他们一个接一个地接成龙，把水井的水弄干为止，果然，几乎所有水井底都有或多或少的金子或银块沉在那里。"这些人自作聪明，哪有我们的头脑好使，皇帝下江南他们争着献宝献美人，我们来替他们清剿叛军，让他们贡献一点军饷就好像挖他们的肉一样，还要我们百般辛苦寻找，真是不识好歹。"头目说到这里，也渐渐地感到心安理得了。突然他转过身，对身边的人说道："那个软硬不吃的洪朝奉，他家园子里有一座假山，假山下有一个大的水塘，我想这里面一定有问题。"众人冲进了浮生园，聚集在水塘周边。洪朝奉面对这些虎狼兵丁也不吭一声，默默地看着他们指手画脚。不一会儿，他们从门口抬进一架抽水用的桔槔，烂肚宝也紧跟兵丁们身后，他来到池塘边，斜眼看着荡漾的池水，也不正眼看洪朝奉，他的手一下指指池水，一下子又在胸前不停地比划，俨然是一个正在指挥战斗又受了伤的将军。一会儿功夫，池塘的水被桔槔抽了出来，哗啦啦地流向浮生园那片梅林的草丛中。

池塘的水渐渐地浅下去了，怪石嶙峋，孤零零地散落着。

"继续抽水，很快就要水落石出了。"头目在池塘边大声地嚷道。

池塘的水越来越浅，那些怪石左右堆满了黑魆魆的东西，显现出了许多高高低低的黑土堆。一个兵丁跳下池塘，向土堆那里爬过去，他手轻轻地扒了一下黑泥，感到土堆坚硬，便用劲一抓，再把手提了起来，沉甸甸的，一串铜钱，再一抓一提，又是二串铜钱。他心里突然无比激动，朝着众人大声叫道："这些不是土堆，全是用铜钱堆积起来的铜钱山。"接着，他又弯下腰抓了几串铜钱，边看边说："这些铜钱丢进水的时间不长，穿铜钱的绳子还是崭新的呢。"众人忙碌了半天，几辆运输的木板车也装满了铜钱。"人算不如天算，不是我们不给你家面子，而是你家一点都不替官府解忧排难，这些铜钱全部充公做军饷了。""好好……听官爷的话。"洪朝奉不停地点头哈腰。"还吹嘘自己是忠君爱君的人，这些铜钱都刻有大清朝历代皇上的名号，你看看，顺治、康熙、雍正、乾隆、嘉庆、道光、咸丰的，你把他们浸泡在水中，就是大不敬的罪行，还好是我们这些忠臣及时把他们从水中救出，否则是暗无天日。"头目一脸严谨，不停地数落着洪朝奉的罪状。"是，是……官爷说的是！"洪朝奉不停地点着头，嘴里不停地说着，一直把他们送出浮生园大门，望着那群人走远了，便把大门重重地关上了。洪朝奉转过身，见妻子胡月娥、儿媳妇胡月姣满脸悲戚戚的样子，便笑了起来，轻轻地说道："不就是几车破铜钱，有什么好伤心的，又不是苋菜地下的东西被挖走了，这些东西不值多少钱，破财消灾，因祸得福呢。"洪朝奉一说完这句话，胡月姣、胡月娥不由自主地望了望浮生园外的那个山头，会心地笑了笑。

叛军逃走，清军也撤走，洪朝奉觉得自己这次被这些人折腾得心力交瘁。他独自在南街上徘徊着，出了浮生园后就来到洪家祠堂门口，望着破烂不堪的屏风墙，心里感到有愧于列祖列宗，那些烧毁的木雕、圣人像、祖宗像的炭灰早已被雨水冲洗多遍，大坦上的青石板四边似乎被炭墨描过一样，显出了一块块方正的模样。那些没有被烧透的炭头好像是天上撒下的陨石，散落在大坦上，也砸在洪朝奉的心窝里，他不停地叹着气，心里想着，这些叛军真是些十恶不赦的恶魔。据方阶云秀才说，就是他们制造了动乱，让沙俄乘虚占领了大清国黑龙江以北、大兴安岭以外的大片土地，英法联军也把京城的圆明园给烧了。再看看我们徽州，叛军认为这里曾是直隶徽州府，是天子的脚下，穷凶极恶地烧杀抢掠，祸害得满目疮痍，残破萧条，一片凄凉。

老秀才方阶云一手撑着一根竹竿，一手拿着一根红红的牛索往祠堂坦走来，他看看眼前的残墙断垣，叹着气摇着头来到洪朝奉的身边。"朝奉莫伤心，想办法修好祠堂才是正事，祠堂修好，祖宗的灵魂才有安住处，我们后人才能安心。洪家祠堂虽然不是我们方家的，但历代的洪家人待我们这些客姓人不薄，这是以前我去扬州时，你父亲洪文翰赠我的金子，当时，这绳索外面涂了红漆，我还误认为是涂了漆的铁索，一直不在意，回到梅溪就丢进一个木箱里了，后来才知道你父亲的良苦用心，嘿嘿，想起来真有趣。不过，现在可以派上用场了，也算我对洪家列祖列宗的一份孝心吧。"方阶云把沉甸甸的牛索交给了洪朝奉，洪朝奉双眼顿时滚下了两滴泪水，不停地点着头。"唉，这次兵灾真是人神共愤，我们的徽商也像六月稻田上的禾苗，一场霜打了光光，今非昔比。"方阶云叹着气摇着头向梅溪学堂方向走去。突然，他又回过头说道："朝奉，尽快把祠堂修好，祭祖后烧猪头不要忘记我，我还想着那年去扬州，你祖孙三代请我吃的红烧猪头的味道呢。"他似乎又开心起来，吐吐舌头，咂咂嘴转身走了。

洪家祠堂和其他姓氏的祠堂都在修复，众人尽心尽力，修复得很快。洪家祠堂修复难度最大的就是那堵屏风墙，当时乱军嫌这堵墙挡了视线，砸了一个大窟窿，朝大坦面的墙上本来有洪状元题写的两个巨大颜体字"真趣"，洪家人世代宝之，一直保护着这两个代表"唯有读书高"荣耀的浓黑大字。叛军几锤就把个"趣"字砸没了，"真"字的墙体还残留着。后来，叛军用石灰水把残墙刷新，重新写上一句标语："天地玄黄，宇宙洪荒。仙间老祖，万寿无疆！"虽然也是用红漆写的，但让人感到疲软无力，猥琐隐晦，再说梅溪也没有几个人知道这是何意。

洪朝奉和众人都一致认为，既然"真"字还隐在石灰墙里，一定要让它重见天日，切莫荒废。洪朝奉请教了书法高手方阶云等人，最后才让一个老雕刻师开始动手。老者身披蓑衣，鼻梁上还架了一副眼镜，镜框是银子的，镜片是水晶的，圆圆的煞是严肃的模样。他站在一条木板凳上，左身趴在残墙上，右手的砖刀小心翼翼地在墙上不停地刮着，然后用湿布擦了擦灰墙，又继续刮着……一个上午过去了，老者的眼镜片上、头发上、蓑衣上都布满了红色的白色的灰粉，眼镜片擦了又戴，戴了又擦，一点点，一层层，红色的标语渐渐淡去了，墙里面那个浓黑的"真"字微微地露出了。

洪朝奉见"真"字越来越清晰了，顿时喜笑颜开，手舞足蹈起来，激动地说着："去掉一个'真'字容易呀，找回一个'真'字太难了。"

"是啊，找一个真字，真难啊！真不容易啊！真不简单啊！"众人异口同声地呼应道。

洪氏祠堂修好了，祖宗也祭拜完毕，厨子就拎着一只大猪头进了侧面的厨房。厨子在扬州就是替洪文翰家烧饭炒菜，擅长徽菜、淮扬菜，焖猪头更是一绝。他红烧猪头很特别，先取出一个木桶，中间用铜帘隔开，将洗净的猪头整个放入，再加作料焖入桶中，用文火隔汤蒸之，当猪头的肥油从桶外溢出时，猪头也熟烂了。

众人争着吃，厨子却在吹嘘着："这种猪头烧法，我是从袁枚《随园食单》中学来的，怎么样？味绝浓厚吧。"

"我才不管这些呢，据中医李玉晶讲，吃猪头可以补人头，这次我伤透了脑筋，那张朱子像还埋在地下，我还没有从土中挖出来，也不知怎么样了。"方阶云望着桌上的猪头肉叽里咕噜地说着，接着，他又望了望洪朝奉他们，高声地说道："我就不客气了，先挟一块猪嘴肉，这东西拱地厉害，吃完肉后，我也要去梅溪学堂扒地取朱子像。"

众人见他这模样，一个个哑口无语，你看看我，我望望你，心里都在想，这哪有先生的文雅样，好像是从饿牢里放出来的囚犯，吃得多，还讲得冠冕堂皇。方阶云几块肉进嘴，满嘴流油，便用手抹了抹，喝掉身前的米酒，站起身，口里不停地说"有劲了，有劲了"，出了祠堂门，向梅溪学堂走去。

第二十七章

　　方阶云在南街上走着，感到太阳和往日一样，从驼峰的丛林露出头，梅溪灿烂一片。快走到梅溪学堂的门口时，不远处山坡上，却有一股股恶臭味，向这边涌来。方阶云心里明白，这是那些来不及埋的尸体散发出来的气味。他赶紧进了学堂，关好所有的窗户和前后的大小门。

　　方阶云从院门后找了一把锄头在前面走，老秀才吴孝周在他身后跟着，一起来到那棵粗壮的桂花树下。方阶云小心翼翼地把泥土上面的青苔拨开，竟露出一片的松土，心怦怦地直跳，这里已被人挖过。方阶云猛然高高举起锄头，重重地挖下去，叭哒一声，这是锄头挖到了那木匣子的声音。方阶云笑了起来，嘴里不停地喃喃自语："朱子有灵，东西还在。"脑海里出现了一个倒霉鬼，见挖到了一个小棺材的木匣，嘴里不停地大叫晦气晦气，匆匆掩盖好泥土，拔腿就跑的情景。

　　他们把木匣子从泥土中拖出，再用毛巾擦去木匣子上的泥土，轻轻地抽掉上面的盖子，双手捧着画轴，慢慢地走到一片空旷地，缓缓地放在青石板上，小心翼翼地把画像铺展开。画已经受潮了，沉甸甸地铺在地上，衣冠像的墨线依然完整，面容和衣冠上的颜色掉落了许多，有些斑驳杂乱，朱子面容显得一脸怒气。

"真是驮牌，让朱子蒙羞，我这个弟子有罪啊！"方阶云突然悲痛起来，对着画像边哭边自责地说着。

"先生你不要自责，这不能怪你，要怪就怪这世道无常，我们赶紧找人修补画像要紧。"吴孝周站在方阶云旁边，边劝边提醒着方阶云。

梅溪学堂对外宣布，谁修补好这张朱子像，立即支付纹银十两。梅溪及周边的画匠们，来了一拨，又走了一拨，梅溪学堂的门槛被人踏光亮了，可谁也不敢动笔，都说这张古画本来就有几百年历史，朱子画像又极其神圣。铺在画桌上的朱子像一脸怒气，众人见到他，心中就发怵，弄不好会身败名裂。许多围观凑热闹的人，大眼小眼齐刷刷的盯着那张画像，默默无声，谁也不敢轻易动笔。

"这也不能补，那也不能修，我来补笔。"烂肚宝不知什么时候，窜进梅溪学堂。

"你？……"画匠们大吃一惊。

"不行不行，有辱斯文，莫说你不会补笔，就是会补，我也不会让朱子丢失颜面。"方阶云一口回绝，又转身走过去和众人商议着。

"你们也太迂腐了，不就是画像吗？人的脸无非三种颜色，红色、黑色、白色，我平日里漆棺材也是这个样，把大排笔改成小毛笔就行。"烂肚宝自言自语着，蹑手蹑脚走到画桌旁，猛然提起毛笔，在颜料盘中蘸了几下颜色，龙飞凤舞几下，便大声说道："画像补成，金相玉映。"

众人吓一跳，走近一看，朱子像该红的地方变红，该黑的地方变黑，该白的地方变白，竟然恢复原样，脸容变活了，变慈祥了，脸色也笑了。"这叫自古高手在民间。"烂肚宝望着众人得意洋洋地说道。

"真是歪打正着的妙笔。"众人不得不称赞。

"朱子画像的骨架未变，神韵还在，脸面偶尔变一下也讲得过去。"方阶云见朱子像比以前还增添了几分神采，赶紧替自己找下台的理由，怒气也渐消了。

学堂的花窗外，突然一下沸腾起来，一股人流拥挤而来，把临巷人家的篱笆墙推倒在地，踩得斑驳杂乱。一些壮汉也不顾及身旁的老弱病残，拼命朝着人群向前冲，还有一些白发苍苍的老光棍，好像也很兴奋，撑着拐杖也死命向前挤，租种义田的佃户们，也成了人流中的主力，瘌痢、讨饭、老狗剩、麻子、歪嘴青等人，争先恐后地跑着、喊叫着，像一群饥饿的狼群，冲上南街，向风雨廊桥方向涌去。

"你们老盯着这张朱子像，有什么意思？南街上有许多女人等你们去挑选，有老有嫩，赶紧去吧！"一直在众人旁边看热闹的孙吟可大声地冒出一句话。

"你好大胆，在朱夫子面前竟敢如此放肆！"方阶云大声训斥着孙吟可。

叛军打进徽州后，梅溪镇周边村庄的男丁大量死亡、大量失踪。梅溪上十八村，下十八村，几乎都成了无男人村。当躲在深山的妇女回村时，一个个都成了寡妇。官府正在风雨廊桥安置这些无家可归的女人，当场低价处置，有老有嫩。为了防止捡嫩丢老，官府想了一个办法，让她们全都用毛巾裹着头，一排排地站在那里，一个价格，一个号头，三两银子，按号领购，凭自己的运气，买到一个年轻的女人，男人们就兴高采烈，立即回家做新郎，买一个老妇女，只有当老妈供养起来。那天，有二十多岁的男人牵着白发苍苍的"老妈"，也有八十多岁的老翁牵着二十多岁的小媳妇，啼笑姻缘。孙吟可出于好奇，也按号牵到一个二十多岁的少妇，顿时喜笑颜开，心里想，这三两银子赚大了，那次买进的秀才娘子他花了三百两银子呢。

"相公，你无意买到我，说明我们有夫妻缘分，嫁鸡随鸡，嫁狗随狗，我有一个秘密要告诉你。"那个少妇进了孙家后，梳洗打扮一番，显得雍容华贵，说起话来也清脆悦耳。

"嘿嘿，你都落难了，算你命好，从糠箩跳进米箩，还有什么秘密可言？"孙吟可嘻皮笑脸地说道，一只手不停地抚摸着少妇及腰的长发。

"我的婆家也是一个巨富人家，也是开典当铺的，在苏州、杭州一带经营，记得那时候，许多高官都把银子交给我家放贷，要不是叛军们烧毁我家店铺，杀了我夫君，我怎么会落到这个可怜的地步？一切都是命啊！不过他生前藏宝的地方，我略知一二。"少妇呆怔了半晌又幽幽的说着。孙吟可见她两条春山眉，似蹙非蹙，一双秋水眼，亦明亦荡，有一种别样的妩媚动人。

孙吟可走遍许多山头，满山遍野尽是郁郁葱葱的松树林，他细心地寻找那些形如雨伞的老松树。快到山顶时，孙吟可发现阳山面有一排参天摩云的古松，似一把把巨大的绿油油的撑天伞，云绕雾浸，摇曳婆娑，很像少妇描述的地方。"这人真聪明，把金银财宝藏在这里面，别说是人生地不熟的叛军、清军，就是我这个本土人也无法找到啊。"孙吟可暗暗地佩服少妇的前夫。他让仆人在原地等候，独自向那片松树林走去。孙吟可在一棵松树下终于发现一点端倪，地上的浮土显得比其他地方干燥了许多，心中猛的出了一个念头，立即用锄头扒开土层，再用劲挖了几锄，喱咚一声，他赶紧把浮土扒光，只见一个大水缸里堆满黄灿灿的金子。他赶紧用两只麻布袋子，把金子和泥土混在一起装进袋子，封好，扎上死结，独自一人爬出松树林，又急忙呼叫一直在路叉口等候的仆人，假模假样地挖了几株黄山杜鹃苗木，两人匆匆下山。是夜，他又忙碌了一个晚上，那东西进了春蠹堂，但谁也没有看到。

"孙老爷，这几天看你春风满面的样子，一定有什么喜事发生了吧？"烂肚宝拖着那双没有后跟的黑布鞋又跑到孙吟可家来了，一进春蠹堂，斜着眼望着孙吟可便恭维个不停。

"哪有什么喜事，只是添加了一个吃饭的女人而已！"孙吟可对此人心存戒备，担心着地窖的事情，会被他闻到了什么气息，急忙改变话题。

"你的家底那么厚，叛军和朝廷军队进村时，我可没有讲过一句对你家不利的话啊。"烂肚宝说话时也想到了，他从孙冠儒身上抢过金条，幸好孙冠儒死了，谁也不知。

"这倒是真的要感谢你的大恩大德……"孙吟可也不知这人葫芦里卖什么药。他顺着他的鬼话附和了一句。

"你的儿子孙冠儒死了好几个月了吧？也该拿出一些银两重新替他安葬。他死时，正在打仗，你们只用草席包裹一下，粗粗埋了，也是情有可原的……"烂肚宝说这话，孙吟可心里明白，这次战争，梅溪大部分人都家破人亡，满山遍野白骨累累，人们不可能用钱去买棺材，有条草席包裹着入土也算不错。烂肚宝这次上门来，就是想在他身上赚一笔钱，在烂肚宝眼里，他孙吟可就是一个有肉的猪头。话都说到这个分上了，孙吟可干脆爽快地说："好……请你替吾儿挑一具上等的好棺材，儿子的死，伤透了我和他娘的心。"

"孙老爷，你是一个大善人，螺蛳的儿子是不是也给他配一个小棺材？这个小孩真的伤阴骘。"

"螺蛳又不是我们孙家的仆人？"

"这世道，还分什么程家孙家，你做一点好事也算积阴德，程家人说不定还会高看你一眼呢。"

孙吟可一听这话，悲从心来，那次叛军刚到南街，螺蛳带着村里人跑进山了，可忘记了家中还有一个刚刚会爬的小儿子，等到叛军跑了，他急忙赶回家，推开院门，小男孩早已饿死在冰冷的台阶上，石缝间长满了杂草，草丛上几只蚂蚱还在蹦跳着。

"好吧，你照你说的办吧，这对螺蛳也算是一个安慰，听说他儿子真伤阴骘，尸体臭了，手里还紧紧抓住一本没有被吃完的旧书，就是我们梅溪人喜欢读的朱子文集，咬得支离破碎，真的是惨啊。"此时，孙吟可一点也不讨厌烂肚宝的贪婪，反而觉得他有些时候也有慈悲之心。

"大娘，孙老爷刚纳了新妇，还这样替你分担忧愁，也算是难得。"烂肚宝见孙吟可大老婆吴德懿在一边流泪，走过去讨好地说道。烂肚宝的话，总是有点扇风点火的味儿。

吴德懿心里明白，这点棺材钱对孙吟可来说，是微不足道的小钱，再说，孙冠儒也不是她的亲生儿子，她只是一个假娘名分而已。

孙吟可前脚跟着烂肚宝出门去了，吴德懿后脚就踏进少妇的房间，一手插在腰间，一手指着刚嫁进孙家的少妇大骂，那块裹脚布还没有来得及包裹，放在房间外的一条长凳上，散发出浓烈的刺鼻气味。

"大娘，我没有别的意思，只是看到老爷生意好了，少爷的后事又快安排好了，心里感到有些宽慰呀！"那少妇轻柔地说着，心里感觉到，老爷出去了，此时还是小心为妙，否则会吃苦头。

"你还敢顶嘴，谁让你把卧室的桃花窗打开？是想让老爷闻着你身上的肉香吧，谁让你吃饭时，也敢坐在桌子边来？是想和我平起平坐了吧！谁叫你一笑，就把雪白的牙齿露出来？是不是嘲笑我的牙齿黑黄。"

"大娘，这些都是我无意的举动呀。"

"无意？当年潘金莲打开花窗引来了西门庆，也是无意？你喜欢露白牙，就是想勾引老爷亲你的香唇……我不教训你一下，你就不知道我的厉害，这样下去，你们这些贱女人就会在我头顶上作鸟窝了。"吴德懿眼睛露出凶光，匆匆走进大厅旁自己的房间，在房内一阵摸索，便捧出一个光亮光亮的微黄色的小楠木盒子。据讲这木盒子是烂肚宝用打造楠木棺材多余的边角料，特意替她制作的宝盒。她像一只肥硕的企鹅，一蹦一跳地走到了八仙桌边，把那个木盒子重重地摔在桌上。"贱人，给我滚过来。"吴德懿双手撑着腰，大声地喊叫。

两个丫环顿时全身颤抖起来，那少妇见此情景，也紧张起来了，但又不知大娘究竟想干什么，只苦笑地问道："大娘，里面是什么宝贝呀。"

"宝贝，稍后让你看个够！"吴德懿恶狠狠地嚎道。

她从楠木盒子里拿出一个细长的东西，外面包裹着红色绸布，肥嫩的手，把它一层一层地剥开，一根银光闪闪的尖锐的银针，冷冷地显现在众人的眼前。众人呆乎乎地望着，屏住呼吸，厅内鸦雀无声。吴德懿猛然冲到少妇身前，左手一把抓住少妇一只玉手，右手高高举起那银光闪闪的细针，对准手心，凶狠地插下去。

"啊……姐妹们救我呀。"少妇痛得大叫大哭，但谁也不敢去帮她。

"你这手漂亮吧，我要让这块白玉变成玉屑，老爷不在，谁也不敢救你。"

"大娘，真不是你想的那样，你快放手吧！"少妇哀求着，那位秀才娘子站在不远处静静地看着，一言不发。

"别叫了，今天天王老子来了也没有用，老娘必须给你这个贱女人一个教训！"吴德懿的银针还在不停地扎着。

"你这个恶婆娘，赶紧给我放手！"孙吟可突然冲进门，大声训斥道。刚才，有一个家人感觉到情况不妙，偷偷地溜出门，跑到棺材铺，告诉孙吟可，家里又出事了。

"我就不放！"吴德懿咬牙切齿道。

"谁给你的胆子？"孙吟可大声地嚷道。

"这是孙家的家法！"吴德懿理直气壮地回道。

"好大的胆子，无事生非，要是洪朝奉家里的女主都像你这般歹毒，浮生园早就山崩地裂了。"孙吟可说着，一把拿起长凳上那条又长又臭的裹脚布，抓住吴德懿的双手，一道一道地捆绑起来。长银针叮咚一声，落在地面上，发出闪闪的冷光。

孙吟可牵着少妇气呼呼地离开春蠢堂大厅，一个丫环讨好地上前去，赶紧替吴德懿解开裹脚布，另一个丫环慌忙拾起地下的银针递给吴德懿。吴德懿用一块布条，擦了擦银针上的血，又用红绸布一层一层地包裹好，轻轻地放进那个微黄色的盒子里，抱在胸前，那块又长又臭的裹脚布也紧紧抓在手中，如企鹅一样，一蹦一跳地向侧房走去，黑色的裹脚布竟然飘扬起来，散发着浓烈的臭味。

第二十八章

梅溪一带战争结束之后，梅溪人从各个角落返回来，集中力量对被毁的房屋进行修复，又补种各种花木，阳光雨露，梅溪又开始和往日一样欣欣向荣起来。

……

洪朝奉从梅溪赶到扬州已经一个多月了，见父亲洪文翰几乎天天起早摸黑去参加诗文会或是琼花宴，盐铺生意大不如以前了，可他好像无所谓，在文人墨客群里乐此不疲。这天，洪朝奉见父亲和一班徽籍商人在会馆中祭社，那头刚刚宰好的"社猪"足足有四五百斤重，光溜溜地趴在一个木架上，父亲他们在替社猪妆容，梳鬃毛、结尾辫，眼嵌明珠，口含红果，披红挂彩，插戴金花，一如排演大型戏剧。洪朝奉见父亲如此怡情悦性，心里感到很轻松，反而自己有些百无聊赖，望着窗外的濛濛细雨，心却念叨着梅溪的新茶。

他晨起便对身边的侍妾兼茶娘玉屑说："我已在扬州多日了，父亲这边一切安好，我该回梅溪了，陌上花开，可缓缓归矣。"玉屑自觉好笑却也暖心。这九个字是吴越王钱镠写给庄穆夫人吴氏的一封书信，意在催夫人早归团聚。玉屑知道老爷的心思，更是有心同行，认祖归宗。

玉屑早就耳闻徽州有"新安大好山水"。说南朝梁时，东海郯人徐摛富有才学，为太子的老师，后来武帝听别人说徐摛自思年高，又爱泉石，想到一处奇山异水、天下独绝的地方去当官，以怡养天年。梁武帝召见徐摛，对他说："新安大好山水，任昉等并经之，卿为我卧治此郡。"于是徐摛便成了新安太守。宋代大儒朱熹过歙岭古道，夜宿长陔南源古寺，寺僧求其墨宝，朱熹想起梁武帝的金口玉言，提笔一挥而就，写下"新安大好山水"六个大字，僧人宝之，遂请匠人把字镌于寺后一块形似老鹰展翅的岩石上。至此新安山水便成了天下文人雅士欣然前往之地。

这一日诸行李准备妥当，亦是出行吉日。玉屑心中欢喜又颇有些不安，终是要回夫家徽州去也。离了这瘦西湖畔烟柳繁华之地，前往山越古村，一路不免颠簸。经运河，宿会馆，再启程。马车辘辘作响，官道还算平稳。玉屑几度掀开车上帷裳，见青山后闪，便知离了临安，前往徽州。至昱岭关，丫环扶她下马。

昱岭关坐西朝东，横跨昱岭山口隘，烽火台关墙，依山势用块石砌筑。这是古代山越人为抵御孙策的进攻而建立的，用大小不等的花冈岩垒砌而成。

玉屑通晓古今，便问老爷："《水浒传》上撰述北宋末年卢俊义大战昱岭关，可是此地？"洪朝奉哈哈一笑："夫人博古通今，聪慧过人。"却不知玉屑此时心中所虑：此地崇山峻岭，莽荒之地，不知夫宅坐落山中何处，府上又是何种光景？此时三人吹罢松风，重新开拔。不多时，竟柳暗花明起来，淙淙山泉汇作一河，河面宽阔，虽不能与秦淮河大运河相比，但水波粼粼，清澈欢快，减了玉屑不少倦怠。老爷告诉她前面就是梅溪河。迂回过数道山坳，老爷停了马车，牵了玉屑的手。玉屑站在山腰处，不由得呆了，先前山势险峻之势，便是为了护着这世外桃源吧！陶潜去南山种菊，真不若来徽州梅溪耕读！

玉屑心里想，陶公有几句诗，与眼前之境颇为契合：榆柳荫后檐，桃李罗堂前。暧暧远人村，依依墟里烟。

难得的是梅溪古镇粉墙黛瓦，飞檐翘角各异，星罗棋布有序，尤其是家家户户耸立的马头墙。在徽州，山墙的墙顶部分，因形状酷似马头，故称马头墙。马头墙造型丰富多样，翘首长空，既可防火，又可防风。车过驼峰古官道，人站在山腰俯看梅溪镇的马头墙，明朗素雅，层次分明，有万马奔腾之势。

玉屑转头看向老爷，只见老爷胸脯起伏，便知其心有波涛。看到这梦里家园的马头墙，老爷自然是亲切激动的，想到这儿，玉屑走近老爷，微微靠在老爷怀里，说了一句，"归家了。"洪朝奉心满意足，叹此女甚慰他心。

一行人过了梅溪河上的风雨廊桥，进得梅溪镇来，小桥流水入村而过。细看大街小巷，精致小巧，应有尽有，茶楼酒肆、当铺药房、铜铁锡匠……一应俱全。人头攒动，摊贩吆喝声不绝于耳，住民、商贾、艺人杂耍，熙熙攘攘。玉屑仿佛回到了扬州闹市，真是山中别有洞天，世外有此桃源！

近乡情更怯。处处阁楼府邸，雕梁画栋，那些大户人家镶嵌在门罩、窗楣、照壁上生动逼真的人物、虫鱼、花鸟……玉屑那双灵巧的眼睛，竟一一看不过来。

玉屑还未问及洪府坐落何处，马夫轻车熟路，老爷轻声说快到了。玉屑急忙唤丫环打开妆奁，重新描画起来。未曾想深山腹地，竟是徽商大儒，藏龙卧虎之地。老爷经常和她说，徽州，十里之村不废诵读，处处耕读世家。玉屑此行意在随老爷回乡认祖归宗，故此不敢含糊，不仅穿戴齐整，不敢有一丝一毫逾矩之处，便是说话也是要等老爷先发话。她知道徽州是最讲究门户、规矩的地方。

　　车行在南街上，到了十字路口处，洪朝奉大声说道："这就是梅溪的十字街。"玉屑拉开布帘，街上人来人往，南腔北调，车也只有缓缓前行。

　　"为什么叫十字街？"玉屑好奇地问着。

　　"其实就是横街、竖街纵横交叉的地段。"洪朝奉淡淡地答道。接着，他又说："我们梅溪有句老话，家中读死书，不如十字街头听闲话，这里的人，个个都有水平，海阔天空，无所不知，听他们的闲话，也会让人涨不少见识呢。"

　　车过了南街，便拐向另一条街，这街弯弯曲曲，像一条条巨大弯弓，一个接着一个，每一个弓的顶部都有一个门楼，门楼的门都是顺着弓形建造，也都斜斜地朝着来人方向。"这就是歪门斜道，我们徽州人造房子很讲究风水，看似因地制宜，其实是为了聚财聚气。"洪朝奉笑吟吟地说着，车也歪歪扭扭地前行。

　　"昔人豪贵信陵君，今人耕种信陵坟。"在一个弓形的拐弯处，有一个老头在大声唱着，他穿着白色长袍，头戴一个覆斗形的帽子，帽子底下有一张蜡黄的脸，正端坐在一张方桌背后。

玉屑惊奇地看着，洪朝奉边看边说："这人是常住梅溪华佗庙里的地师，叫春嬉公。他自称信陵郎，说是他家也从河南逃难来到新安江畔的篁墩，后来又来到梅溪，还是古代信陵君的后裔呢。平日里，喜欢在街头巷尾摆摊，替人占卜算命，赚点银两。"

"梅溪有高人呢？"玉屑轻柔地说着。

"这人看似大彻大悟，其实也精灵古怪得很呢。"洪朝奉边说边拉上车帘。

"朝奉，又回家了，这次捧了一朵什么花？"春嬉公眼尖，早就认出洪朝奉的车，大声地招呼着。

"哪里的话，我从扬州赶回来，看看家中的茶叶生意。"洪朝奉把玉屑往里轻轻一推，头伸出车窗，笑哈哈地回着话。

车前行十多步便到浮生园后门了，洪朝奉叫丫环扶着玉屑下马车，自己疾步向前去敲门。玉屑抬头望着浮生园，曲曲折折的女儿墙从这头延伸到街的尽头，黛瓦下的白墙上有许许多多大小不一、形态各异的梅花窗，透过一个梅花窗，便见院中楼台亭阁隐约于绿色葱郁的林木中。后门正处于一个巷口上，青石板街明显狭窄了许多。玉屑站在门口，见门楼从院墙凹进去了几尺，她又抬头望，门楼顶飞檐翘角、雕梁画栋，门楣上镶嵌着一块黟县青石板，横写着五个篆体字：做退一步想。洪朝奉见玉屑一脸茫然的样子，便笑道："这是一个巷口，许多人家抬运东西都得过此处，直角不好拐弯，我家就干脆把门楼向后退一步，方便左邻右舍呀。"

花窗 ⋯⋯ 243

玉屑听着这话心中窃喜："洪家义中取利，果然名不虚传！"门开了，众人迎着洪朝奉和玉屑向院中走去，过了桂花树林，又转到梅花树林。

眼尖的玉屑见梅林那边有一个水塘，塘边耸立了一座奇石而筑的山峰，峰上长满了浓绿的植被，峰下有几个通透大孔洞，塘水荡漾，波光粼粼，倒映洞孔。远看，似高士伫位，临池自赏，再向前走两步看，又似一个窈窕美人，顾盼生情。

洪朝奉见玉屑呆呆地望着那座山峰，便笑道："快走吧，不就是用一些奇石叠起来的一座山，扬州城里多得很。"

"我感觉到这座山很特别。"玉屑娇柔地说道。

"你说的一点也不错，这山峰也叫藏春坞，它的模样和《金瓶梅》书中插图的藏春坞相像，书中的藏春坞是西门大官人偷情的地方，可这山坞，虽是石叠，却蕴藏着梅溪的千年之秀啊。"洪朝奉轻描淡写地说着，一双眼睛闪烁着神秘的眼神。

他们边说边走，很快就到了德邻堂门前。玉屑见门前左右的墙壁上，挂着两块大的木板楹联，门顶上也挂有一块长方形的牌匾，上面凸凹的金字，在阳光下闪闪发着金光。走进了厅堂，玉屑见到几个女人坐在大厅西侧的椅子上，眼睛都齐刷刷地盯着她，自己倒成了一只误入厅堂的小白鹿，任凭她们肆意的眼光流转，玉屑心想着，这一定是洪朝奉的妻妾们，突然感到有些紧张。洪朝奉似乎意识到玉屑的尴尬，急忙向众人解释道："她是我从扬州替你们带来的茶娘，你们要相互关照呀。"

"我们哪敢不关照她呀，大郎爱小妻，这点道理我们懂。"胡月娥笑吟吟地说道，语气中充满酸酸的醋味。

"老爷，你和玉屑姑娘的喜事什么时候补办？"媳妇胡月姣也娇声娇气的问道。

"快了，快了……你把箱子提过来，里面的东西都是你们喜欢的。"洪朝奉脸朝丫环细声细语道，他迫不及待地要讨好众女人。

林琴坤听闻德邻堂莺歌燕舞，甚是热闹，悠悠地进了厅堂，见主人身边又多了一位千娇百媚的女人，便笑哈哈地说道："老爷又从扬州带回一位仙子般的茶娘，看样子，一壶春茶庄又要脱胎换骨了。"洪朝奉听了管家的话，心里明白，他胸有成竹地说道："现在卖盐的生意天亮了，但我们把茶叶生意干好，茶庄虽然被叛军毁了，我可以在原址上重建，亡羊补牢。"

"重建一壶春茶庄可不是一件容易的事，银两从何而来？"林琴坤吃惊地望着洪朝奉问道，一脸难色。

"烂肚宝说洪家金银多，全埋藏在地下，一点没错，饿死的骆驼比马大。但他怎么也想不出洪家的藏宝地。"洪朝奉说出这话，颇有几分得意。他见林琴坤一脸茫然的样子，接下去又说："这次全靠了那大片红艳艳的苋菜地啊！"

"苋菜地？"林琴坤一副舌桥不下的模样。

"我说的就是浮生园后山坡上那块苋菜地。"洪朝奉用无容置疑的语气回道。

叛军未进梅溪之前，洪朝奉就从外祖父王侍郎那里获得消息，叛军很快就要攻占徽州。他叫家人赶紧把浮生园所有的金银财宝集中起来，装进三口大缸里，再用稻谷铺在上面，用木盖子封死。他叫家人全部离开德邻堂，自己到大厅外，点派了几个粗壮的外籍雇工，集中到大厅里。

"这是几大缸稻谷种子，兵荒马乱的时候，也是值钱的东西，放在家里就会被叛军搜走。你们帮我抬到后山去，放在指定的地方就行，我自会处置。"洪朝奉指着那三只封死的陶器缸，漫不经心地说着。

"就这几只缸？"

"对，你们就把它们抬到后山，放在指定的地方，什么都不用管，立即回德邻堂，我把这几个月的酬银全部发给你们。你们有了盘缠，也赶紧回老家去，不然，叛军打过来，想跑也跑不掉。"

月亮从驼峰的山坳中升起来了，浮生园一片皎白，到了半夜，一轮明月静静地挂在德邻堂大大小小的梅花窗前。那些外籍雇工，一个个背着包袱，趁着月色，悄悄地离开了浮生园。

洪朝奉带着媳妇胡月姣、继妻胡月娥，趁着月色，偷偷地从浮生园的后门，来到了山坡上。三只大缸早就安放在三个大坑里。洪朝奉叫她们站在那里，注意周边的动静，自己拿起一把挖锄，把细泥一层一层地铺在缸盖上。这些细泥几天前就堆放在旁边，泥土的颜色和周边的泥土一模一样。

"月姣，把我带来的苋菜籽给我。"洪朝奉把泥土铺好，又见周边也没有一丝动静，轻轻对媳妇说。

"哦……"胡月姣也不知道公公的真正用意，把一只布袋递过去，静静地看着。洪朝奉从袋中掏出种子，左右、前后不停地撒着。

那晚以后，在一个月里，梅溪的天气便是一阵雷雨，一阵晴，洪朝奉撒下苋菜籽的地方，竟长满泛红的苋菜，密密匝匝。

叛军们一进村，到处搜寻人和财物，人早已逃进了驼峰山中。几天下来，梅溪家家户户都被搜刮一空。村庄周围的菜田旱地，只要有泥土动过的痕迹，就会被挖地三尺。洪朝奉家的菜地，上面的苋菜尽是肥嫩的绿杆，浅红的叶子，正在风中抖擞。官兵们看了看，摇摇头就走过了。

第二十九章

一壶春茶庄坐北朝南，四间房的门面，两进七架梁合蓬的店堂。迎面大门梁上横挂着一块"一壶春"大牌匾，字属台阁体一类，出自清代本家洪状元之手，原匾被乱军烧毁了，洪朝奉又从家中找出状元的手迹，重新制作了一个匾额。大门两旁还有一幅木刻的对联："青灯耿窗户，设茗听雪落。"粉红色底子，十个茶壶一般大小的正楷金字。屋檐下，悬空均匀地挂着十块长方形木制"挂牌"，上面标出徽州各地的名茶："黄山毛峰""祁门红茶""顶谷大方""滴水香""太平猴魁""休宁松萝""婺源绿茶""金山时雨""茗洲炒青""问政珠兰"等。

浮生园中的家务事，洪朝奉全部交给胡月姣、胡月娥姐妹俩。他一心一意地经营着一壶春茶庄的生意。一壶春茶庄的行茶之礼，点茶斗茶，瀹茶之事，由六个美女担任。这些漂亮女人，大多是他几年前花高价从江南各地买来的小妾，也包括玉屑姑娘，个个姿色超群，琴棋书画俱佳，茶庄春光融融。她们的艺名很有趣味：桃花、杏花、梨花、牡丹、海棠、樱桃。南街上的人都感叹道："洪朝奉家的一壶春茶庄真是春色满园啊！"

玉屑回梅溪后，住进了浮生园，浮生园中最多的花就是牡丹花，牡丹花色艳姿丽，恰似玉屑姑娘的妩媚，洪朝奉就把她取名牡丹。

三月的梅溪，桃红柳绿，百花次第开放着。驼峰的绿茶也齐刷刷喝着春雨，长得碧绿碧绿。

三月三，是梅溪人的敬茶节，一壶春的节庆，别开生面，引人顾盼。

那天，六位美人如六朵妖丽的鲜花，在春雨的滋润下，簇拥在一壶春行一场丝竹品茗之雅集，吴歌越语，楚楚动人，一派热闹。

桃花手中一根抖动的竹笛，风流俊逸，悠扬潇洒；杏花的古筝，或幽微，或淡雅，娓娓道来；梨花的琴曲，曲境寂寥，暖风徐徐；海棠的曲调，泛音处清越，实音处摇曳，有林和靖"疏影横斜水清浅，暗香浮动月黄昏"之韵；樱桃之箫，颇有微醺，不拘之态，气韵自然；牡丹是主角，她左手行韵，右手急急切切，让所有人进入了"间关莺语花底滑，幽咽泉流冰下难"的美妙境界。茶会雅集之末，这六位女子乘坐花轿给各大户人家送新茶，叫做"敬鲜"。

敬茶节期间，店外来往的顾客想品尝新茶也很方便，一壶春店门口摆放着一把大锡茶壶，几只精美的瓷器杯就放在茶桌上，来往行人可自由饮茶解渴。如果是买了一定量茶叶的商人，就可以大摇大摆地进里面的大茶室，六位俏娘子来去穿梭，娇声细语，不停地替客人加茶、添花、冲水。她们的纤纤玉手，在茶杯中加入几朵不一样的小花，沁人心脾。店堂的柜台上有几只透明的玻璃方瓶，里面都是一些从驼峰山中采来的山花，茉莉花、月季花、玉兰花、桂花、梅花等。茶中添花，因时而异，因人而异。绿茶添茉莉花，茶水产生色香；月季花茶水能生出暖香；玉兰花茶水可透出清香；桂花茶水飘出馨香；梅花茶水溢出冷香。有人参加科举考试，店中美人会送一杯"桂花茶"，以示折桂中举。如果来自江南水乡的顾客，美人会递上一杯"月季茶"，助暖除湿。达官贵人来店品茶，一个大托盘，上有五杯冒着热气、飘着五种芳香的绿茶，以示"花开五福"之意。

一壶春茶庄的花窗里，传出女人们美妙的歌声：

> 一月花窗梅花雪，二月江南杏花雨。
> 三月杨柳沾桃红，四月墙头蔷薇笑。
> 五月石榴挂灯笼，六月梅溪莲花开。
> 七月葵花向太阳，八月桂花遍地香。
> 九月风摇东篱菊，十月蝶儿戏芙蓉。
> 十一二月无花香，一壶春茶美人花。

茶客和行人都感到一壶春里的新茶，总是甜甜的，香香的，闻歌心更醉。

几位伙计也跟着凑热闹，在烧开水的炉灶边，哼着南腔北调的歌曲：

> 前世不曾修，出生在徽州；
> 年到十三四，便多往外遛。
> 雨伞挑冷饭，背着甩溜秋；

爬山又越岭，一脚到杭州。

有生意，就停留；

没生意，去码头。

转来转去到上海，

拜亲访友寻路头……

"唱些什么乱七八糟歌，酸溜溜，我亏待你们了？给的
银两少了吗？赶紧寄些给家乡的父母妻儿，不要一关店门就
去赌博场、乌烟馆、翠香楼，那里可是一个熔金化银的地
方。"洪朝奉走进开水房，一听到伙计们唱这些歌，心里十
分烦躁，毫不客气地数落着。

"站着说话腰不疼，老爷家里美妻娇妾如云，夜夜做新
郎，可有谁知道我们这些穷伙计的辛酸，夜夜抱着冷被条睡
觉啊。"一个伙计还在轻轻地咕噜着。

"你们现在都应该好好干事，多积累一些银两，将来回
家乡开一爿小店，慢慢地发财，等你们有钱了，何愁无
妻？"洪朝奉望着这些强壮的伙计们，又开始鼓励着大家。
众人见东家说得有情有义又有希望，都开心起来。

"是啊，最近梅溪一带生意开始兴隆了，许多地方来了
一些娼妓，诱引富家子弟，昼夜歌舞，小偷小摸的人也越来
越多。"伙计换了口气，顺着洪朝奉的意思附和着。

梅溪河上有一个月形的清水潭，潭岸便是一大片沙滩
地，许多赌博之徒在这里搭设赌棚，小棚里拥挤着几十个
人，大棚里簇拥着几百人，押宝桌上堆满红红的黑黑的骰
牌，男女老少齐上阵，通宵达旦。南街上许多男人都染上吸

鸦片这个恶习，面黧骨削，一天到晚，肚肠吱吱叫，放屁不停，头发乱蓬蓬，牙齿漆黑，面色乌青，人不人，鬼不鬼，谁见到他们都感到恶心。

众人七嘴八舌地述说着，他们痛斥娼妓、赌博、嗜乌烟的恶习，头头是道。洪朝奉听了，顿时感到美滋滋，心里想，一壶春有这些伙计，生意会越来越红火。

洪朝奉喝了一口茶润了润喉咙，也十分开心地哼了起来：

> 初食鸦片好风光，
> 烟馆欢喜献殷勤。
> 敬香茶，茉莉香，
> 春花、夏雨二妞伴。
> 日落西，烟瘾起，
> 一日烧掉几大洋，
> 吸得店铺全破产，
> 再进烟馆遭人嫌。
> 翻箱倒柜无银两，
> 眼泪鼻涕喊爹娘。
> ……

花窗外，春雨濛濛，不远处的小巷中又传来了"珠兰茉莉夜来香，堪笑世人个个想……"的声音，此起彼落，卖花姑娘的声音总是那么悦耳动听。

"程家的小狐狸精又在窗外卖花了。"一个伙计悄悄地说。

"他家的狐狸精多，你指的是哪一个？"另一个伙计偷偷地问着。

他们说的就是程熹礼女儿程兰花，孙家未过门的媳妇，小老公孙冠儒在叛军进梅溪时，就饿死了，她就成了一个未开苞的小寡妇。她每次来一壶春卖花，喜欢睡懒觉的小少爷洪石农，总是起得早早，一双眼睛，紧紧地盯住她，从脸蛋、胸脯、一直看到屁股，嘴巴还咂咂个不停。

那个伙计见四周没有其他人，又轻轻地说道："这骚娘还有一个好听的嗓子，唱起撒帐歌，风情万种，千娇百媚，迷死人啊。"

在洪朝奉纳玉屑姑娘为姜那天婚庆上，大家又见识了程兰花的风骚模样。

入洞房时，洪朝奉请了梅溪邻村的一个女子正在欢快地演唱撒帐歌：

撒帐撒向东，撒向黄山十八峰，

峰峰都有珍和宝，不是黄连见甘草。

……

撒帐撒开场，一对红烛亮厅堂，

今日洞房花烛夜，生下贵子状元郎。

"撒帐歌唱得好……就是有点不合洪家老爷派头。"一个唇红齿白，面如花娇月皎的小姑娘，在人群中说道。

"怎么唱才有派头呢？"人群中正在色迷迷地观看新娘子的伙计，听到这句话，立刻故意纵容地问道。

"我是卖花女，珠兰花、茉莉花都卖给洪朝奉家窨花茶，他家的茶叶就是多，今日是洪老爷大喜日子，撒帐歌要唱茶，才有味道呢。"那姑娘说起话来，声音如山中的百鸟歌喉，樱桃小口鲜红欲滴。

"那你也来唱一回？"那位唱撒帐歌的女子笑盈盈地说着。

姑娘一双秋水般的眼珠，露出迷人的笑容。她望了望坐在床上的新郎和盖着红绸布的新娘，便在众人面前娇羞地唱道：

喫茶东，老竹大方长在东。扁平匀齐盖龙井，长饮浩气生其胸。

喫茶南，婺源绿茶生在南。紧细圆直樱草香，三分徽茶销外番。

喫茶西，茗洲炒青生在西。条索紧结数泡醇，屯绿极品数第一。

喫茶北，太平猴魁生在北。不卷不翘两头尖，兰香魁首声名斐。

喫茶中，黄山毛峰生在中。白毫披身似雀舌，延年仙药育云峰。

喫茶前，金山时雨采在前。回甘爽口鹰嘴芽，谷雨丝丝寄谪仙。

喫茶后，休宁松萝赶在后。色绿香高味橄榄，消滞祛寒比松寿。

小小年纪，竟能如此巧连妙串，把一壶春茶庄的徽州喫茶歌唱尽唱美。这个卖花女就是程熹礼和小妾蒋氏生的女儿，程熹礼的大老婆看不惯蒋氏的妩媚，就把她们赶到程家的"梅溪山房"居住。这是程家的花房，在斗山的山坡上。这里到处摆满茉莉花、珠兰花的花盆。程家的丫头、婢妾常常来此采花，她们喜欢用这些花来窨制花茶。平日里，程家用不完的鲜花，程兰花就一篮一篮的背着沿街叫卖，最大的买主就是一壶春茶庄。

"这小娇娘这般标致，今后不知谁有福气消受？"一个伙计流着口水在鬼祟祟地说道。

"孙吟可老爷再贪色，也不敢当卫宣公、楚平王、唐明皇他们，敢娶未过门的儿媳妇吧。"另一个伙计摇着头，愁眉锁眼地说了一句话。

伙计们从程兰花的姿色一直闲谈到孙吟可的好色，还有孙吟可那些奇怪的生意经，话题一个接着一个，总是那样的有滋有味。

第三十章

孙吟可家在南街上的广仁义典当铺虽然没有被叛军烧毁，但也被刀枪弄得支离破碎。孙吟可雇人用了近一年时间重新修理，当铺比以前更加气派堂皇。孙吟可总觉得门前那两个元宝石太低矮，便又让工匠们重新雕刻两个大的元宝石，原来的两个元宝石成了小元宝，摆放在春蠡堂后门去了。前来典当的人，先要伸出双手抓住元宝石两边的翘角，猛然吸一口气，向上一跳，才能站在元宝石上面，然后把头伸进那小小的窗口，往里大声喊道："孙老爷，好货来了。"

"莫急，生意要一桩一桩地做。"窗口里的人大声地回道。

"孙掌柜，你真是厉害，战争刚刚结束，还能开张如此气派的店铺。"孙吟可对来往顾客的问话，笑而不答。他家当铺押当的物品种类比战争前更多，再也不局限于珠宝玉器、金银首饰……似乎什么都可以用来押当。

当铺里什么都可以用来押当，宋元书籍法帖、名墨佳砚、奇香、珍药，还有夫尊彝、圭璧、盆盎之类都可以当。徽州遍地都是宝，他们似乎不忽略每一个顾客送来的东西，比如新安书画、徽戏戏服、中医名方、茶具瓷器、古木家具、石雕木雕砖雕、篆刻印章、破旧刻书，甚至一些大户人家流出来的菜谱，还有姨太太穿旧的丝裙绸衣，还有她们弃用的胭脂等等。

"老爷，这些破玩意到时候处理给谁啊？"众人都很茫然，也不知孙老爷葫芦里卖什么药。

"这场战争，一切都到了低谷。但生意却如新安江上的波浪，落到低谷便会重新扬起波浪，到时候，你们自会明白。"孙吟可胸有成竹地说着。

"可是，那些姨太太弃用的东西，收进当铺真的是没有一点价值。"伙计们还是弄不明白老爷的心思。

"这个你们不用管，洪朝奉那些姨太太弃用的红红绿绿的衣物和胭脂，我们的价格还可以开高一点，也不要去管是人家捡来，还是偷来，照常全收。"孙吟可说这些不合情理的话，又把众人弄得一头雾水。

"老爷可能有怪癖，恋上洪朝奉家那些莺歌燕舞的美人了……人得不到，闻闻那些女人的汗味也不错。"一个伙计在柜台后偷偷地笑着说着。

战争让徽州变得一片苍凉。战争后，百废待兴，朝廷又派右都御史韩仁康钦差来巡视徽州府。韩仁康上次来徽州是以状元身份委派的，这次官职明显大多了，徽州府为了接待上司，认真地准备着。韩仁康的官轿刚刚在昱岭关下的梅溪落下，见万户萧疏的惨败徽州有了炊烟升起，很是欣慰，连连说道："徽州是多么美的地方，今非昔比。"

"徽州、杭州、苏州、扬州本都是富庶之地，这次战争带来的残害太大了，尤其是徽州，身处皖南的千山万壑之中，多少年来，从未有过战火，而这次战争，这里竟成了主战场，十多年拉锯战，可怜焦土。这里的徽戏、新安书画，还有篆刻、刻书，甚至徽菜等等，以前哪一样不是独秀江南？我这个韩姓后人，也是从徽州迁出去的，这次见家乡遭受这般惨害，也让我彻夜难眠啊。"韩仁康大人动起真感情，情不自禁地老泪纵横，徽州府的官员们听了这话，更是诚惶诚恐。那几天，招待钦差大人的许多厨子都是新手，原来的名厨要么在战争中被杀死，要么逃到外乡去了，连找一个菜谱都难。这时，有人想起了梅溪那个广仁义当铺，这当铺什么都可以押当，或许就有菜谱之类的东西。知府大人立即派人找到了孙吟可，不一会儿工夫，当铺里找出了一些大户人家遗留下来的徽菜菜谱。厨子没花多少心思，照葫芦画瓢就行，一桌酒菜便弄好了，有一道菜叫"菊花锅"，简单实惠又高雅。仆人用芭蕉扇不停地扇起了风，厨娘举起纤纤玉手，手心上的菊花瓣，便被吹入一只盛满鲜汤的大锅中，宴席顿时散发出一阵馨香，沁人心脾。韩仁康兴致勃勃地站起身自己动手摘下菊花瓣，投入火锅，众人争先竞食。

"徽州菜有文化又有诗意，真是名不虚传，我终于找到回故乡的感觉了。"韩仁康眉飞色舞，心情无比快乐。宴会后，徽州知府大人请钦差大人在府衙后的百花台观看《牡丹亭》。

"战争刚结束，戏班里还有这么漂亮的戏服？不是说，那些叛军最喜欢搜寻戏服，穿戏服作战，戏班里的衣服不是早被他们搜刮干净了吗？"韩仁康大人侧头问身边的知府大人。接着，他眼睛紧紧地盯住台上那个女戏子说道："杜丽娘身穿素洁的衣裳，美丽绰约如仙。"

"大人有所不知，这些戏服也是我们从梅溪广仁义当铺里找来的宝贝。"

"这个生意人门槛精，还真有意思！"韩仁康夸起了他根本不认识的人。

"大人，这个孙吟可确实头脑好，他今天还奉献一张古画，画家的名字叫韩铸，据说是大人您的先祖。"知府大人讨好地说着，说完话后，便死死地盯着韩仁康的脸。

"韩铸？是明末清初那个徽州画家韩铸？"韩仁康半信半疑。知府大人立即叫二人在钦差大人面前展开了一张八尺整张的巨幅中堂画，整幅画用米家笔法画成，宣纸和全绫裱工都形成了陈旧的包浆，题款是乾隆壬戌春月，治人韩铸，一派烟雨苍茫。韩仁康越看越激动："这是我曾祖父的画，他起先是学习黄公望，晚年又学米家法，故其山水大气而又苍茫。"接着，他又侃侃而谈："这里有一个印章，上面有'逸槎'二字，就是飘逸枝桠的意思，表示他在新安画派众多名家中，独树一帜。我这个老祖宗太有情趣了。今天我真有眼福，还能见到这么大的好画……"韩仁康满心欢喜地说着，知府大人也在不停地点着头。

"如果大人喜欢的话，你就拿去欣赏吧，这也算是物归原主。"知府大人边说边把卷好的画交给钦差身边的一位差人。

"这样不好吧，君子不夺人所爱。干脆这样，我替那个开当铺的人，写一张字吧，也算是等价交换，如何？"韩仁康满脸春风地说着，笑哈哈地望着众人。

"大人，您真是清官，不轻取贱民一根草，高风亮节，令在下佩服之极！"知府大人在一边恭维着。案几上早就摆放了一支毛笔，韩仁康在那张早已铺好的宣纸上，龙飞凤舞一番，便题写着四个字"法眼通天"。他边写边说道："开当铺的人就是要有这个能力，才会财源滚滚。"韩仁康对孙吟可极为赞赏。

孙吟可望着高高挂起墨香飘逸的墨宝，一本正经地对伙计说："开当铺就要有一种很高的识别能力，能够准确地分辨出物品的真伪、质地的优劣、时代的远近、做工的精粗、产地的不同。否则，稍有疏漏，就会以假作真，以次充好，造成损失。这几年，我的当铺越开越兴旺，就是因为我的眼力好啊。如今，又意外获得钦差大人的墨宝，我们的生意会更如虎添翼。"说着说着，孙吟可一脸露出得意洋洋的神色。接着，他的脸色越来越严肃，怏然不乐地说道："你们忘记没有？几个月前，有人推两牛车大大小小、零零散散的破烂不堪的木板来典当……你们当中还有人怒骂前来典当的客人，还催人家赶紧滚蛋……"孙吟可又在众人面前提起了这个往事。说着说着，他又变得一脸陶醉，好像挖到了藏金银的地窖一般，便大声地说："还好，那天我正在店里，我一瞄那车里的破烂货，就知道什么东西，用了很少的钱，把东西全部都收下来了。"

"那破玩意也值钱？"旁边的一个伙计还在大惊小怪地问道。

"何止是值钱，可以说是价值连城！"孙吟可说起这句话，又露出一脸喜色，手里捧着的一只青花瓷茶碗，好像变成了一只大金元宝，他的手似乎正在抚摸着黄灿灿的金元宝。

孙吟可见众人依然在云里雾里的样子，嘴贴着大瓷碗，咕咚咕咚地喝着香茶，再用手帕擦了擦胡子上的茶水，轻轻问道："你们知道那是什么东西吗？""不知道。"众人异口同声，一脸茫然地回道。孙吟可又吸了一口茶，笑哈哈地说道："那是明代休宁刻书商胡正言遗留下来的'饾板''拱花'的原木版。这个胡正言可了不得，聪明绝顶，他在刻书中，将彩色画稿按颜色雕刻成数块小版，迭套彩印，创制'饾板'。又特制凹凸版，把纸在版上压印，凸现无色图像，形似浮雕，时称'拱花'，印出来的东西五彩缤纷，灿然夺目。"说到这里，他故意停顿了一下，又举起茶碗，咕咚咕咚地喝了几大口茶，喃喃自语道："价值连城的宝贝呀，我敢打赌，世界上留存的也只有这几套了。"

"我把这些木版清洗过后，偷偷地在当铺后院里翻印一下，一看印纸，不得了，竟然是《十竹斋画谱》和《十竹斋笺谱》，这可是徽州刻书中的巅峰之作，文人墨客以得之为荣。这次战争，这些东西几乎被叛军烧光，人们更是以片纸为珍宝。我只印了一百套，卖掉一套就抵了成本，还供不应求，这印版在我手中，想印多少就印多少，财赶人不发财才怪呢。"孙吟可心花怒放地说着，他还在意犹未尽。

"老爷，那你收购洪朝奉姨太太的衣服有什么用呢？也能发财？而且还出高价收购，听说，许多小偷小摸都潜伏在浮生园四周的林木、草丛中，只要洪家的女人把衣裙一挂上花窗，便有人用长竹杆挑下来偷走。有的人干脆锯掉梅花窗，跳进房内行窃，弄得洪家人叫苦不迭。"有个伙计们不知深浅，一直在问个不停。

孙吟可一听这话，好像特别兴奋，一手端起茶碗咕咚咕咚地喝了好几口茶水。

"短短的两年，洪朝奉家的茶铺，从南街一壶春茶庄，又扩展到江南许多城镇。这个家伙鬼的很，是一个奸商，在乡人面前从不透露一点信息，生怕我们要抢了他的生意。他自以为做得滴水不漏，可他有一个习惯，到哪个城市经商，都忘不了讨好如花似玉的妻妾，喜欢替姨太太们买各式各样的服饰品。我从这些东西里，就会发现他的经商行踪。以后，他在哪里开茶庄，我的当铺就开到那里……嘿嘿……"孙吟可眉飞色舞地说着，悠悠地走到一个柜台前停下，一只手伸过去拿起一件滑溜溜的女人丝绸内衣，举到自己的鼻子前，猛然吸了几口气，又狠狠地丢了回去。

孙吟可正在闲聊起劲时，一壶春茶庄一个老长工背着麻布袋，匆匆地来到广仁义当铺门前，跳上元宝石，从木窗口伸进头，便大声地叫道："孙掌柜，这方砚台不是我上个月拿来典当的那方砚。"

"怎么可能？难道我还讹诈你不成！"孙吟可冷冷地回道。

"我拿来那方砚台是血丝龟板砚，可今天上午你们交给我的是一块柴林石金星砚，不是我拿来当的那块，当时我没有细看，回到茶庄一看，就发现你们把我的砚台调包了。"那长工大声地说道。

"黑漆漆的石头,哪有什么区别?我看你是想讹诈。"店里的一个伙计气势汹汹地指责道,一只手推着那个长工的头,想把他的头推出窗户。

"区别可大呢,我那块用清水一洗,便露出了艳红的血色,这是我家祖传下来的砚台。我在一壶春茶庄做伙计,一直把它藏在我的枕头下,谁也没有动过。而我从你们店里赎回这块,只能看见几粒稀稀拉拉的小金星。"那人的头直挺挺地不退缩,理直气壮地喊叫着。

典当铺里的大喊大叫声,引来了许多看客。这长工也是一个内行,这次他老父亲生急病,为了凑钱,才把这方砚台拿出来当些银两,哪知赎回后发现自己的东西被调包。他早就听说,孙吟可这几年赚钱都赚昏了,生意越做越大,奸诈的老毛病又复发,成了一个贪财好色的魔君,还装出一身正气的样子。人家把一些珍贵的物品拿来典当,他垂涎这些宝贝,暗地里让人打造了一些一模一样的物品调包,细珠换粗珠,古画换了新画,好砚好墨换成一般的劣品。几年下来,赚了不少黑心钱,许多客户对此不满,但又无可奈何。

"你用这种昧良心之法,盘剥客户,肯定要遭报应。"那长工依然不饶不依,一直大声地叫着。

"请你讲话客气点,我们的生意一向以诚信为本,你这样无理取闹,我就报官。"孙吟可语气中夹杂了几份威胁,眼睛转向墙上钦差大人的题字,这墨宝早就成了金灿灿的金字,镶嵌在一块方正的楠木牌匾中。

"哼,我知道你后面有人,但夜路走多了,总有一天会遇见鬼,算我倒霉。"那人见斗不过他,悻悻地跳下元宝石，转回身，又对着那块大元宝石恶狠狠地吐着唾沫，一只拳头朝旁边的那棵皂荚树连捶几下，把麻布袋往肩上一抛，气冲冲地走了。

典当铺门前皂荚树上，突然飞出几只麻雀，它们似穿着一身粗布衣，丑陋而瘦小，长得土不拉叽，边飞边"叽叽喳喳"地叫个不停，又像一个胆怯的孩童，对周边环境充满惶恐之惑。它们可能是被那个怒气冲冲的人吓坏了，也许是被不远处的锣鼓声，惊吓到了。

第三十一章

孙家祠堂门前正传出声震梅溪的锣鼓声，时而震耳欲聋，时而响遏行云。

孙家祠堂前，人山人海，有两排威武雄壮的队伍，从祠堂里缓缓走出，左排有六十八人，全部武士打扮，短衣裹身，十字披红，颈挎仗鼓，右手持鼓槌，左手持键铃，边击鼓、摇铃边行进，发出"嘭嘭、嚓嚓"的浑厚响声；右排也是六十八人，人人手持檀木夹板，边行进边拍击，响起"嗒嗒、嗒嗒"的清脆声。鼓队前面是一队大红灯笼方阵，族长孙道德亲自撑着一面大旗，旗上绣有两个墨黑的大字"得胜"，鼓队后面有一队人，举着蜈蚣旗，跟在后面不停地嘶叫。

"他们这是在干什么？"孙吟可站在皂荚树下呆呆地听着问着，感到胆颤心惊，心中突然生出一种不好的预感。

"老爷，孙家祠堂前，许多人正在敲打得胜鼓。"一个仆人从祠堂跑来，一手撑在皂荚树上，气呼呼地急急禀报。

"得胜鼓？谁得胜回朝了。"孙吟可记得南街上说书人的话，讲是古代将军打胜仗，班师回朝，就要敲打这种得胜鼓。

"孙炭花荣归故里，族里人正在迎接。"仆人激动地说着，好像是他家人的喜事一样。

"哪个孙炭花？我怎么一点都不知道。"孙吟可低沉沉地自语着，心里开始怦怦地跳着。

"当然不会让你知道，不是炭花，是探花，这个探花就是你的死对头族叔孙白廉的义子，皇帝恩准他回梅溪探亲。"烂肚宝阴阳怪气地说着。不知道什么时候，他站在了孙吟可的背后，把孙吟可吓了一跳。

"真的高中了？"孙吟可的话，一下子变得沉甸甸，满脸肌肉紧张呆板起来。

"中了，还是一个探花郎呢。"烂肚宝语气十分肯定，一脸奸笑。

"扫帚星回来了，还这般风光！"孙吟可低低声说着，心里感到有些隐隐作痛。

孙探花就是孙孔嘉，就是在孙吟可眼中那个无钱无势的穷书生。如今，中了探花，又当了大官，不知这个人今后会有什么花头，……孙吟可越想越怕，心中开始发怵。

孙孔嘉和孙吟可同宗同族，但他从小就饱尝弃孤之痛苦。其父是梅溪镇一个买卖锡器的小商人，在南街最北边开设了一片小店铺。五十多岁还没有子女，其妻是个凶悍、好妒的女人。他家有个婢女生得很秀气，孙妻对婢女防备严密，禁止老公与她接触往来，平时他对婢女不敢正看一眼。一天，婢女去南街店铺送饭，恰巧天降暴雨，他借着酒胆，奸了这个婢女。无心插柳柳成荫，婢女竟然怀孕了，东躲西藏，又逃回娘家，总算生下了一个儿子。哪知家中悍妇十分恼怒，到处搜索男孩要杀死，他只得把孩儿掷到隔壁磨坊，幸亏孙白廉发现，将男孩救出并收养起来，这个男孩就是孙孔嘉。

孙白廉没有孙吟可家富裕，毕竟也是一个穷举人，非常注重对孙孔嘉的教育。春日，父子俩去县城看望朋友，走到梅溪河堤上，看着泛绿的柳条，在枝头蹦来蹦去的鸟儿，孙白廉给小男孩出了个上联："柳浅莺梭织就江南三月锦。"小孔嘉竟然脱口而出："云笺雁字传来塞外九秋书。"孙白廉把此联说给好友他们听，大家都纷纷称赞，说这孩子将来一定会金榜题名。

孙孔嘉腹中装满文章天赋，很早就中了秀才，后来又成了举人，但和他义父一样每次会试却屡考不中，南街上流传着一首讽刺他的歪诗："梅溪有个状元哥，一气秋闱走十科。经魁解元荷包里，怎耐京城剪绺多。"都在取笑他屡考屡败。

梅溪一些闲人再怎么挖苦取笑他，他也毫不在乎，他坚信自己迟早有一天会中进士的，而且皇帝还会点他为翰林大学士呢。他那个怪梦中就有天意的暗示。

那天，梅溪正处于炎炎夏日，到了夜晚，天气依然炎热。他提着一盏油灯躲进楼后的石磨坊里读书，灯摆放在石磨盘上，他坐在青草堆上看着书，旁边二只毛驴还在啃着青草，偶尔还拉出一段段的驴粪，蚊子也在嗡嗡地叫个不停，这些似乎对他毫无感觉，渐渐地入迷入梦。

孙孔嘉突然感到天气太闷热，走出石磨坊透透新鲜空气。他便走出那座低矮的房子，门前便是绿油油的青草地，草地上站有许多人，洪朝奉朝着他笑，孙吟可却在哭着，方阶云望着他不停地摇着头，他亲生父亲背着身也不搭理他，义父孙白廉直挺挺地站在那里，一言不发。

孙孔嘉走在青草地上，走也不是，退也不是，十分尴尬。

"石磨坊起火了……"亲生父亲大叫起来，还恶狠狠地盯着他。

"毛驴肯定被大火烧死了。"孙白廉也在喊叫，泪流满面。

孙孔嘉听到这些声音，赶紧回头一看，不远处的石磨坊熊熊烈火正在燃烧，他这时才想到，刚出门时忘了熄灭那盏油灯，这油灯一定是被吃夜草的毛驴顶翻倒地起火了。他望着那一堆炭火，想起多少年来，自己在科考场总是屡考屡败，屡败屡考，悲伤滚滚而来，竟然大哭起来。他醒来时，依然还在抽噎着。

"儿子，这是一个好梦，大吉呀，你梦中有'驴（屡）屎（试）炭（探）花'之意，屡试探花就是考了许多次后再中探花，不得了，你今后可就是我们梅溪的探花郎啊。"义父孙白廉听了儿子的梦后，颤抖的双手不停地翻着《周公解梦》书，便很开心地解说着。

这梦被孙白廉一说，孙孔嘉顿时豁然开朗，从此，他信心百倍地苦读诗书，岁月不饶人，他的头发和胡子变得雪白。

孙孔嘉一出门，脚刚踏上南街，身后就有许多人在指指点点，几个佃户正聚集在那里侃大山。

"那个满头白发的老头子就是探花郎？"梅溪的老佃户

阔海明知故问。

"不是探花郎，是雪花翁。"富贵阴阳怪气地答了一句，暗讥他头发花白。

"唉，这个孙孔嘉也真可怜，考了这么多年也考不中一个进士，真搞不懂，有那么难吗？我每次去斗山帮程熹礼家驮一根树到梅溪河，只用个把钟头，如果把他花在考进士上的时间给我，我会把斗山的树木运空，把梅溪河岸上的树木堆成山。"老佃户痴痴也说了句没头没脑的大话。在他们心中，孙孔嘉还不如一个干苦力的农夫。

嘿嘿……哈哈……充盈着熙熙攘攘的南街。梅溪所有读过书的人或没有读过书的人，见到孙孔嘉心底就感到宽慰，见到他就无比开心。

说来也怪，这一年秋天，孙孔嘉竟然真的被皇上点为探花。皇上见他满头白发，半开玩笑地说了一句上联："东启明，西长庚，南星北斗，朕乃摘星汉。"孙孔嘉心知肚明地对了下联："春牡丹，夏芍药，秋菊冬梅，臣是探花郎。"

皇上爱其才，特意派他出使罗刹国。当他来到罗刹时，国王见他一副老迈的样子，也故意作一上联："琴瑟琵琶，八大王一般头面。"孙孔嘉听了，略微一想，马上对出了下联："魑魅魍魉，四小鬼各自肚肠。"众人一听，连连称赞，罗刹国王再也不敢小看这位探花郎了。

……

探花郎荣归故里，可是梅溪一件大喜事。这不仅是孙家的荣耀，也让梅溪所有姓氏的人，都感到脸上有光，各姓氏的祠堂都争着悬挂一块探花郎题写的牌匾。人未到梅溪，各家祠堂的大门都像一张张巨大的口，全部张开等待着盼望着。

探花及第匾，挂洪家祠堂；天子门生匾，挂程家祠堂；金榜题名匾，挂黄家祠堂；月中折桂匾，挂江家祠堂；金榜传芳匾就挂在孙家祠堂……探花郎就是探花郎，每姓氏送一块，各族人也没有纷争，皆大欢喜。众人感谢孙探花给他们的荣光，相约探花郎回乡探亲时，黄家祠堂演徽戏，江家祠堂演目连戏，程家祠堂演傩戏，一壶春茶庄门前演采茶戏。孙家人最亢奋，得胜鼓敲得震天响，欣喜若狂。

"钱赚得再多，捐资再盛，也不如考取一个探花风光啊，士农工商，商人还是下贱的呀！"站在人群中的孙吟可渐渐有点自叹不如，甚至有一丝丝凄凉的感觉。

"这个探花郎真聪明，刀切豆腐面面光，一族送一匾，真是空前绝后。大家也乐得屁颠屁颠，赶来众星捧月啊。"烂肚宝一走到孙吟可身旁，立即冒出这句话，让孙吟可掉进了云里雾里。孙吟可也不知道，眼前这个人说的话，哪句是真，哪句是假，心中生出一丝丝莫名的厌恶。

"今晚孙家祠堂要办探花宴，邀请你了？"烂肚宝转过头来望着孙吟可突然问道。

"难道请了你？"孙吟可冷冷地反问道，暗暗恨起这个哪壶不开提哪壶的角色。

"哈、哈……看来我们还够不上档次，下贱人啊。"烂肚宝自嘲着，眼睛却死死地盯着孙家祠堂那边。

探花宴开席前，众人先焚香拜朱子像。方阶云从那个大木匣子里，缓缓地捧出画像，孙道德立即接过画，轻轻地递给了一个伴当。伴当是一个瘦小精干的汉子，他拿着画像，顺着木梯，爬到木梯的顶上，一手抓着木梯，另一只手把画像的吊头套进那根固定的铁钉上，画像顺着漆黑的板壁缓缓向下展开。

众人在画像前，整齐地站了几排。孙道德两只干枯黑黄的手，紧紧握着一把已经冒烟的香火，很慎重地递给孙探花。

孙探花接过香火后，便跪下参拜，众人也纷纷跪下。

"君臣、父子、兄弟、夫妇、朋友，皆人情所不能无者，但学者须要穷格得尽。事父母则当尽其孝，处兄弟则当尽其友。如此之类，须是要见得尽。若有一毫不尽，便是穷格不致也……"方阶云干嚎着嗓子，大声读着朱子的名句格言，那声音比一只公鸭子嚎叫还响，站在祠堂外的人群也能听清一二句。

"这是哪只公鸭子在叫？"烂肚宝在祠堂外大声嚷嚷着，他终于也有些生气了。

"还有谁？就是那个屡考屡败的老童生方阶云吧。"孙吟可在一旁答腔着。他们声音让站在祠堂门前的乡丁听到了。乡丁见这两个穿着光鲜的人，已在门口徘徊很长时间了。

"你们两位在这里干什么？"乡丁大声地问道，一只手推着孙吟可，另一只手推着烂肚宝。

"你是新来的吧？我可是梅溪有头有脸的人，里面的族长孙道德见到我，也会低头讨好呢……"孙吟可一脸傲气，讲起话来，还是死鸭子嘴硬。

"你呢？"乡丁又侧过头问烂肚宝。

"我是梅溪最有名的烂肚宝，名字中都有一个宝，你说高贵不高贵。"烂肚宝也恬不知耻地吹嘘着，心里想，这人真笨，到了花果山还不知道有个美猴王。

"你们来干什么？"乡丁低声地问道。

"孙家祠堂里的八仙桌、太师椅、长板凳都是我捐的，今天想来看看，是不是有破损了。如有损坏的桌椅板凳，我得找人修理一下……"孙吟可仰着头回答着。

"老秀才那朱子像，是靠我修补好的，画像上面我用了许多矿物质涂料，今天我来看一看，画面返铅变坏了没有……"烂肚宝又露出不可一世的模样，那只斜眼珠转了转。

"可是，可是……"乡丁迟疑地说着。

"真是小鬼难缠！"孙吟可气愤地指责道。

"今天是探花宴，这是朝廷的大事，凡未被邀请的人都不得入内，就是孙族长也做不了主，除非孙探花本人点头……"乡丁很严肃地说着，一口小心翼翼的语气。

"唉……又是孙探花，这些鼠辈真是三分颜料开染坊，六亲不认了。"孙吟可摇摇头，长叹着。

探花宴设在孙家祠堂，名单都是孙探花亲自列出，有黄仕植、江佩春、洪朝奉、林琴坤、方阶云、程熹礼等等，就是没有孙吟可，至于烂肚宝，更是没有份了。

这次，探花郎还别出心裁送给梅溪乡贤六色礼包，即山核桃、金丝琥珀蜜枣、枇杷露、蚕蛹干、雪梨、顶谷大方茶。镇上的人，被邀参加宴会，或者得到这个礼包的人，都感到无限荣耀，孙吟可一家人就连一粒蜜枣都得不到。

"鳜鱼是臭的，毛豆腐是发霉的，蜜枣是烂的，葡萄是酸的……"孙吟可好像早已吃过探花宴上的菜肴了，而且喝得酒醉淋漓，他在冷风中不停地背着各类菜名果品。

祠堂门咯吱一声便洞开了，灯火阑珊处，走出了一个瘦小的人，孙吟可认出是老秀才方阶云。方阶云双手捧着那个长长的木匣子，摇摇晃晃地走出祠堂时，月亮已经高高地挂在祠堂上空了，看样子老秀才今晚还真的喝多了。

"一张破画像捧来捧去，累不累呀，有什么了不起，那张破画像，画得也不是什么好人，娶尼姑，睡儿媳，最后在文武百官的骂声中，逃离京都杭州……也是一个伪君子！"烂肚宝三句不离本行，竟然开始污蔑起画像里的朱子。

"你这句话，我不敢苟同，朱子可是我们的大圣人！"孙吟可听了这句话，有些气急败坏了，声音一下子大了起来。

方阶云听到他们的争吵声，停下了脚步，转过来，一双醉眼睁得大大，望着他们笑了笑，又摇了摇头，双手把那个木匣子抱得紧紧地向梅溪学堂方向走去。

第三十二章

孙吟可从孙家祠堂回到家,一路上越想越不是个滋味,走到了春蠢堂门前,那一扇扇桃花窗在冷风中,不停地咯吱咯吱地响着。在春蠢堂大厅里,他独自徘徊,心里气呼呼地想着,我孙吟可在梅溪也算是一个有头有脸的主,偏偏让你这个书呆子出尽风头,好像孙家就你孙孔嘉是一个人才。我还用自己的热脸去贴你这个冷屁股,想起来,真气人。还有那个洪朝奉,好像是他老子洪文翰中了探花一样,今晚在探花宴上讨好献殷勤,明天还要在洪家祠堂举办什么狗屁的诗文会,摇头摆尾,假斯文……呸、呸……孙吟可想到这里,怒火中烧,恶狠狠地吐了几口唾沫说:"不就是一块探花及第匾,一块烂木板,送给烂肚宝做棺材,烂肚宝也会嫌木板上的字臭。"

第二天的洪家祠堂中的诗文会热闹非凡。洪朝奉当着孙探花的面,提议每一个人诵颂一首乡贤写的新安竹枝词,为孙探花荣归故里增添喜庆。众人听了,连连呼道:"好好……"声音一波比一波响,传出了祠堂,传进了祠堂外人群的耳朵里。洪朝奉带头吟出一首茶诗:

清明灵草遍生芽，入夏松萝味便差。

多少归宁红袖女，也随阿母摘新茶。

"我开个头，抛砖引玉，请诸位先生接龙。"洪朝奉说完话，便频频敬酒。

孙探花想到了义父之厚恩，想到了祭祀之事，双眼湿润地吟道：

鼓吹喧阗拥不开，牲禽列架走舆台。

问渠底事忙如许，唐宋坟头挂纸来。

程熹礼好像早有准备，不假思索地接上孙探花，慢悠悠地吟道：

灵迹群推六六峰，峰峰高耸玉芙蓉。

自从老衲西归后，无复棋杆对古松。

三句不离本行，程熹礼这首黄山古松诗，贴切合题，他毕竟是靠卖木头发家的，大家都由衷地称赞着。从邻村雇来的名厨邵灶锅夫妇，见到大家兴高采烈地吟唱诗歌，也来到大厅凑热闹。他俩的厨艺好，洪朝奉特意请他们来烧徽州菜。

"这种顺口溜，我们村里的人都会唱。"邵厨子随口说了这句话，众人听后，一个个面面相觑，方阶云用疑视的眼光盯着他。

"你们如果不信，不妨让我们夫妻也来唱上几句？"邵厨子见大家一脸不相信的怪像道，心里急了起来。接着，他就把去长江口大通镇买鱼、养活鱼的经历吟唱起来：

> 大通江口买鱼花，昼夜星驰早到家。
> 青鱼白鲢级拣择，明朝割草饲糟渣。

厨子老婆见她男人唱完了，也唇红齿白地唱道：

> 红苋调灰种塎田，落苏扁荚竹篱边。
> 枯松高架北瓜络，羊角签排豆蔓牵。

众人听着，皆暗暗称奇。祠堂大厅，一片寂静，忽然又掌声如雷。厨子老婆见大家兴高采烈，干脆把手上的碗筷放在桌上，张口又唱道：

> 三春乍暖吱咣叫，四月微阴蟋蟀鸣。
> 庭际纵横纷鸟迹，门口鼓吹集蛙声。

"我真没想到，你们夫妻的作诗水平这么好啊，不仅诗压韵，讲平仄，而且饶有情趣。"孙探花感到很新奇，心里想，这对烧菜做饭粗人的水平一点不比我们这些饱读诗书的文人差啊。

"我们徽州自古就有'十户之村，不废诵读'之文风，秉承'三代不读书，就是一窝猪'的古训。读书这活，不仅是你们梅溪人喜欢，我们绩溪那里的人也是一个样。我们的祖辈、父辈最喜欢在依山傍水之地、佳树繁茂之区、鸟语花香之处，设书舍、筑精舍、建书院，相与讲习，其乐融融。我们家祖上也出过几个举人、秀才，只是没有当上官就去经商了……那场战争，让我家的基业殆尽，我就跟了一个同乡学厨艺，混口饭吃……"邵厨子在众人面前，侃侃地谈起他的家乡事。接着，邵厨子又津津有味地讲起老婆的阅历：

"我老婆原来就是杭州一个崇义会馆总管的女儿，以前会馆好像就是我们徽州人在外的'聚义厅'。大部分商人都在此聚集议事，还有许多参加科考落第的书生、落魄的孤寡老人遇到了困难，也会来到会馆求助。所以，她就见多识广，写诗作文也有几分才气。"

"你老婆在杭州崇义会馆干过？"洪朝奉好奇的问道。

"是啊……"邵厨子颇有自豪感地回答着。

"现在怎么回来了？"众人又问道。

"亏你们还是一些见过大世面的主，喜欢开玩笑，江南这场战争，一把火把会馆烧毁了……"邵厨子边说边在想，这些老爷们怎么这样糊涂呢。

众人好像都沉浸在惊涛骇浪的往事中，祠堂门前似乎又出现了一场场熊熊烈火。梅溪一幢幢粉墙黛瓦的住宅起火了，马头墙挡不住从邻居家喷过来的烈火，一幢接着一幢在烈火中倒下；一排排飞檐斜壁的店铺烧了，烈火从一个花窗射进另一个花窗，一座接着一座在烈火中塌下；一座座金碧辉煌的祠堂烧了，烈火从大厅窜到天井，天井上空形成一个又一个巨大的蘑菇云，红红的火浪冲向天空，一座接一座的祠堂在烈火中灭亡……书院烧了，庙宇烧了，学堂烧了。驼峰山中的白云寺，也未逃过这一劫，被砸得稀巴烂。这次宴请孙探花的祠堂，也是不久前才修复好，梁柱、木雕、石雕、砖雕，比以前显得简朴多了，里面的摆设，都得靠众商家共同捐助，根本无法和战争之前比辉煌，但总算还对得起列祖列宗。

"如果在杭州建成梅溪会馆，我们商人就有了一个水埠头。梅溪人从钱塘江上岸，就可以在那里歇歇脚。梅溪人先在杭城立足，再纵横江南开商道，这真是一件功德无量的大事。"洪朝奉趁着酒兴，突然冒出了建会馆的念头。

"梅溪会馆？以我们梅溪镇命名的会馆。"众人兴高采烈地望着洪朝奉。

"无徽不成镇，徽州许多商帮在一些城市里都有会馆，我们就建一座梅溪会馆。"洪朝奉胜券在握地说道，他抬起头，笑容可掬地望着孙探花。

"好，我在杭城各大衙门里，有一些人脉关系，到时候，一定派上用场！"孙探花边说边举起酒杯，在空中朝着众人转了一个圈，又回到自己的嘴边。

"干杯，为梅溪会馆顺利建成干杯。"洪朝奉和众人兴奋起来，吱吱吱吱地干着杯。

众人酒正酣，一个伙计匆匆冲进祠堂，走到洪朝奉身前嘀咕着。

"怎么了？"孙探花侧头冷冷地问道，浓眉深锁着。此时，他和众人讲述着出使罗刹国的往事，正在兴头上，说着那里的人以丑为美，以臭为香，如果把徽州的臭豆腐、臭鳜鱼去那里贩卖，一定生意兴隆。

"孙吟可聚集了一班人在表演叠罗汉。"洪朝奉静静地回道，眼神有些飘浮不定。他这句话如一盆冷水把孙探花从头浇到脚，兴致顿消。

"我也不需要他来拍马屁，我很讨厌这个人。"孙探花满脸怒气，手上的酒杯重重地落在八仙桌上。

"他不到孙家祠堂表演，却跑到我们洪家祠堂来了，葫芦里装了什么药？"洪朝奉感到了有些古怪，心里却在咕噜着。

洪家祠堂前，突然锣鼓喧天，十八个壮汉正在表演"叠罗汉"。他们赤膊光膀着上身，下穿红彩裤，在大锣大鼓的伴奏下，用身体堆叠着各种各样的架式和造型。造型一个接着一个，兔儿望月、独脚金鸡、一柱牌楼、二柱牌楼、三柱牌楼、四柱牌楼……到了六柱牌楼时，壮汉们一个叠起一个，重重叠叠升高，在数层人的顶尖上，站立了一位满脸涂金粉的"神童"，合掌祝福："祝梅溪人幸福平安，财源滚滚。"祠堂外的观众一片欢呼，沉醉在异常热闹的气氛中。

"有恶必除，有邪必赶，刚修建的洪家祠堂占了我们孙家风水宝地，踩着我们孙家的龙脉，孙氏家族会世代受折磨……这就是邪恶，我们必须齐心协力破掉这个紧箍咒，给他们一个教训！"满脸涂金粉的一个壮汉，突然振臂高呼，满脸杀气。人体叠立起的六柱牌楼，片刻土崩瓦解，十八个壮汉迅速解开腰带，从红彩裤中摸出一把亮闪闪的短斧，跟着那个满脸金粉的壮汉冲进了洪家祠堂，跳过大厅前的青石板台阶，三个人一团，把洪家祠堂大厅中的六根巨大的顶梁柱团团围住。宴席上的人你看我，我看你，不知所措。

"砍……"壮汉大喊着，十八把斧头齐刷刷、亮闪闪地挥舞着，洪家祠堂顿时"噔噔……"声一片。那一根根粗大的木柱顿时疤痕累累，火花和木梢四溅。

"停……"孙吟可终于从人群中冲了出来，大声地制止这帮壮汉。

"你们不能再砍了，否则祠堂会倒塌。洪家列祖列宗的灵魂不会放过你们。乡里乡亲，有什么问题过不了坎？不就是洪家祠堂占了我们三寸长的檐水地，再请风水师看看，重新调整一下不就行了，非要闹出这么大的动静，人家正在喝着探花郎的喜酒呢。不许这样毁坏人家的祠堂，再说风水、龙脉，看不见摸不着，哪有乡谊情深义重。"孙吟可在刻不容缓之时说出这番动听的话。十八个壮汉一头雾水，也不知孙吟可葫芦里卖什么药，明明是他花钱雇我们来替他出气，到头来，他又变成了一个仁爱的好人。壮汉们立即停止手中那一把把挥舞的斧头，那个脸上涂金粉的壮汉赶紧带着罗汉们灰溜溜地跑出了洪家祠堂。洪朝奉心知肚明，这是烂肚宝捣的鬼，孙吟可也把自己受到的冷落气，全撒到洪朝奉等人的头上，故意借风水、龙脉之说，来找茬子，出出气。

"当婊子又想竖牌坊，就是孙吟可的德性，这个小人总有一天会遭报应！"孙探花恨恨地骂完后，也匆匆地离开了宴席。

第三十三章

杭城大运河两岸，柳堤上一派桃红柳绿，百鸟歌唱之景象。虽是春光融融之时，偶尔也有几天倒春寒的料峭，长期在外经商的洪朝奉早就预感到了。几天前，他乘船从新安江、钱塘江赶到这里，伙计挑着铺盖，里面就有一二件厚厚的皮毛冬衣。

在大运河入城处汪王庙附近建造梅溪会馆，对所有在外经商的客户来说，无疑是一件天大的好事。这一带也是徽州人密集的地方，徽商木业会所、紫阳书院、胡庆馀堂、胡开文墨店散落在大运河岸边，过了盐桥，就是徽州弄，这里的徽州人更多，有了会馆等于梅溪人就能在杭城有了一个大家庭。想到这里，洪朝奉心里感到特别的舒畅，柳堤上的几只小鸟，正在叽叽喳喳地嬉戏，在柳枝上追逐，又往着吴山方向，飞进了蓝蓝的云天里。

这次，孙探花不是只用嘴说说，而是真心实意的帮忙，他路过杭州时，还特意拜访了杭州知府。梅溪人很轻松地在新安惟善堂附近购得一大片好土地。会馆建在这块陌生的土地上，就有一种衔远山，吞钱江，浩浩荡荡之气派。"真是一块难得的风水宝地，日后梅溪商人必兴。"洪朝奉望着眼前的空旷晴翠，油然而生出满满的自信。

建会馆要梅溪众商人共同努力，众人拾柴火焰高。程熹礼捐银两，应该没有问题。孙吟可也是一个有钱的主，也不知他现在怎么想的……洪朝奉双眉紧锁，好像一个人在雨天挑稻草，越挑越重。他望着前方那丛竹林，心里想，一块好的土地，不能只种一根竹子，风雨来了，那根孤独的竹子，不是左斜，就是右倒，而一片竹林就不惧怕狂风暴雨，它们互相支撑，互相衬托，不仅风景优美，还会发出美妙的天籁之声。

梅溪会馆借孙探花之人脉关系，选址、买地、建设都顺风顺水。用了两年时间，会馆建成了，会馆从外观上看，颇像一座书院，徽派园林意趣味极浓，有清旷轩、文昌阁、百花楼、牡丹圃。在建造过程中，洪朝奉又接受了老父亲之建议，院墙尽量放低，可收园外大运河之景，又让人感到徽州人的低调和谦逊。进入会馆，又好像是一座宏大的祠堂，坐北朝南，东西对称，砖木结构，三进七开间，依次升高，庭院、廊庑、祭房、厢房、特祭祠组成，后面还有一个戏台。门楼为重檐歇山顶，仪门上彩绘以门神，石鼓相依，石狮对峙，这些都是程熹礼捐赠的珍品。里面的木雕更加精湛，梁枋、柱础、斗拱、雀替、博风、枫拱、槅扇、驼峰、平盘斗、替木、叉手，皆有精美的雕刻，这些宝贝皆来自孙吟可的典当铺。几年前的战争，徽州民宅巨楼毁掉不少，许多祠堂、书院、庙宇、楼台都成了断墙残垣，贫穷的乡民从中找出不少有价值的木雕、砖雕、石雕、竹雕，搬到孙吟可的典当铺换点银两。孙吟可也好像特别好这一口，这些破烂货，全部进了当铺后院的库房。这次建梅溪会馆，他特别慷慨大方，全部物件包扎好，从新安江运到杭州，全部捐赠给了梅溪会馆。

"看那花窗的百鹿图，梅花鹿姿态各异，各有生活情趣，这是我从一个倒塌书院中买来的宝贝。"孙吟可见到这些木雕，成就感油然而生。

"再看那花窗上的荷花图，荷花千姿百态，无一雷同……当时人家送来时，伙计们见一大堆破烂的木板都不以为然，而我却一眼识宝。"孙吟可对这些木雕更是得意洋洋，他越说声音越大。

"孙老爷，你这次运来的木雕，可有一些古构件还冒出了浓浓的猪尿气味。"林琴坤在众人面前笑哈哈地说道，一只手指了指不远处的戏台。

"都是烂肚宝干的鬼事，也怪我眼拙，轻信了他。"孙吟可满脸通红，不停地辩解道，一脸笑容顿时消失了。

"你那么精明，也会被他骗？"林琴坤心里一直不解，总觉得是他和烂肚宝狼狈为奸。

"我真的上当受骗，当初我看到他送来的木雕，颜色陈旧，包浆均匀，甚至连木头的裂缝里，也有灰黑灰黑的纹理，就觉得是些老东西。"孙吟可唉声叹气着，不停地辩解道。

"他说是乾隆年间的木雕，你就当成乾隆盛世的宝贝？"

"是啊！这个家伙实在太诡异，手段太高超！"

平日里，灶肚宝在棺材店里，总是昏昏欲睡。战争结束有一段时间，梅溪百废待兴，死人也越来越少，他的生意也就越来越惨淡。有时，二三个月也卖不掉一口薄皮的杉木棺材。这天，当他听到孙吟可要捐赠老木雕的消息，全身好像打了鸡血，一天之内，在南街上来来往往好几回，还站在十字街口听众人讲述梅溪会馆的事。

　　大概几个月后，烂肚宝又在南街上大摇大摆，转转这家店，窜窜那家门，边走边吹嘘着他家的精品木雕，随后拉了一下身上的皱衣服，往春蠢堂方向跑去。

　　"孙老板，听说你要捐赠木雕给梅溪会馆，这可是一件功德无量的大事啊！"

　　"这是梅溪人的大事，我理当如此。"

　　"你孙家家大业大，不像我这种小贩，全部家当加在一起，也没有几两碎银，我是无能为力的。"

　　"别说恭维话了，你又想干什么？"孙吟可一见到烂肚宝那只斜眼的眼珠在不停地滚动，就知道他的心思。

　　"我要帮你一个大忙！"

　　"你帮我忙？除非太阳从西边出山。"

　　"我店里正好也藏有一大堆乾隆年间的好木雕，是我几年前收购的一个倒塌祠堂里的物件。你现在需要，我就低价卖给你。"烂肚宝走到孙吟可身边，望了望四周无人，就神秘兮兮地说道。

　　"你是卖棺材的人，怎么也收购起木雕来？"孙吟可看了看烂肚宝，见那只斜眼在不停地转动，心中也没有底了。

　　"你就别问这么多，我只收一个本钱，保你得到一批乾隆盛世的精品。如果有假，天打雷劈，我烂肚宝不得好死。"烂肚宝见孙吟可的脸色，拍了拍胸脯，大声地说道。

烂肚宝棺材店确实有一批木雕，孙吟可一直不知道它们的来历。烂肚宝知道孙吟可这个人是一个死要面子的角色，当他得知孙吟可需要大量的木雕捐赠给梅溪会馆，望着那堆棺材板，开心地笑着。他立即停止棺材制造，把所有木料运往驼峰背面的一个山村，雇佣了许多手艺精致的木雕艺人，雕刻了许多各式各样的精美木雕。在雕刻之前，他还让艺人们走访了徽州境内的一些祠堂，尤其是康熙、雍正、乾隆年间的建筑物，尽量让他们把各类木雕精品看个遍。烂肚宝心里明白，前清阶段的徽商鼎盛，商人们都很有钱，建筑最大气，上面的木雕构件尽善尽美。等到木雕全部刻完后，就让人把一块块新木雕全部放进几个干枯的大水池里，再雇当地的农夫，挑来了一担担猪尿液，倒进池里，把所有木雕浸泡其中。二三个月后，再把木雕从池中捞出来，放在太阳地上暴晒，晒干后，偷偷地雇人搬运回棺材店，一大堆陈旧的乾隆时期的好木雕堆满了棺材店的后院。他开始向外宣称，棺材店里有一批珍贵的木雕。

"你看，这木雕的风格、工艺水平，还有上面的包浆，至少是乾隆年间的宝贝啊，甚至更早……要不是我抬举你，我还舍不得出手呢。"烂肚宝对前来购买木雕的孙吟可滔滔不绝。"好吧，我就依你的价格全收。"孙吟可漫不经心地看了看那一堆陈旧的木雕构件，很爽快地答应了，心里想，反正杭城的会馆正缺这些东西，再说，他这个人也得罪不起，要是不给他赚一些银两，不知又会生出什么点子来算计我。至于旧木雕的来源，乱世之中，非偷即盗，也不想去追究了。

梅溪会馆坐落在大运河西岸，宝石山、吴山、凤凰山、皋亭山簇拥在远山近水之间，山势绵亘起伏，伸入大运河，左带钱塘江，右瞰西湖。洪朝奉看得到远处山峰上的积雪，在艳阳高照下，冰雪消融。建造梅溪会馆说快也快，说慢也慢，从到杭州购买土地开始，也有二个年头，这二年里虽然是他负责牵头，花费掉的银两还是依仗各位商家大户，几乎所有梅溪商人都付出了一定的代价，或多或少而已。程家和孙家付出更多，白花花银子还是要捧出来的，还有不少的珍贵石雕、木雕等等，他们贡献了不少。望着宏大的梅溪会馆，洪朝奉心中的石头终于落地了。他一想到这些，就快乐地哼起了小调：

> 还与去年人，共籍西湖草。
> 莫惜尊前仔细看，应是容颜老。

梅溪会馆初建时，孙探花就对洪朝奉等人说："在杭城建一个梅溪会馆，也是我们梅溪人在外的颜面，它不单单是一个聚会、议事、寄寓的场所，更是实力的象征。我们梅溪人本是移居在徽州的中原衣冠大族，自古尚文重教，奋发进取，能当官的去当官，当不了官的就经商，把会馆建成书院的模样，就是告诉世人，我们梅溪的官都是鸿儒，商人也是儒商。"

"那会馆里面为什么要用祠堂架构呢？"洪朝奉随便又问了一句，心里却想，徽州人都讲究落叶归根，在外地建祠堂毫无用处呀。

"别看我们梅溪商人有钱有势,妻妾成群,表面光鲜得很,但这只是一小部分人啊。今后会馆门前会有许多落魄的书生,失业的小商小贩,他们流落在街头,我们总得救助吧?还有许多身无分文的老幼病残,我们也得收留,人死了,也得给他们一口薄木棺材吧,每个死人的灵牌也要寄放在会馆里,等待他们家人以后再来运棺材请灵牌回乡……祠堂就是他们的最好避风港,也显得我们梅溪商人有情有义,这些善事传出后,天下人都会赞美我们仁义道德。"孙探花毕竟是一个读书人,又见了不少世面,说起话来,句句在理。

"读书人就是不一样,看问题比我们深刻得多,佩服之极!"孙探花的话还没有说完,程熹礼就恭维起来。

会馆落成,大家都异常兴奋,贺馆宴三天三晚,白天吃喝,晚上看戏,热闹非凡。

宴会第一天,食谱、菜谱根据徽州民宴习俗而设定。一品锅、六大盘、九碗九盘、十碗八盘、十碗细点,要有尽有,琳琅满目。摆放在桌上,让来宾任意挑选吃喝。哪知消息传出后,寄寓于杭州的徽州名流、商人、士子等等,蜂拥而至,争着捧场。还有许多小商小贩们也想在家乡会馆里露一手,都争先恐后地贡献着他们自己精心烹制的各式各样食品送往梅溪会馆。

"朝奉,人越来越多,家乡人的热情高涨,我们又不能拒绝啊!"程熹礼望着门前川流不息的人群,又喜又忧。

"怎么办呢?"洪朝奉也感到有点招架不住。

"老爷，我们干脆就来一个'赛琼碗'宴会吧。有一年，在徽州绩溪，一个村举行花朝会，是祭祀越国公汪华，族长当时也没有考虑到会有那么多虔诚的乡民。早晨，村中祠堂闹花灯、敲锣鼓、放鞭炮、抬会猪、摆供献、烧香祭拜，依次进行，到了中午，捧着供品的人越来越多，桌上的供品愈摆愈多……族长只有临时向大户人家借了许多供桌摆放在大厅，任乡民们随意摆放五花八门的食品。后来，规模越办越大，众人干脆把花朝会改称'赛琼碗'，让所有乡民的供品全部进了祠堂，给足了大家的面子……"厨子邵灶锅津津有味地说着，他老婆在身旁，双手在空中不停比划着一个又一个大大的弧形圈，嘴也不停地说："那装供品的碗都是滚圆硕大的。"

"这个事我知道，连苏州府沈三白《浮生六记》书里都有记载。"洪朝奉想起这件很有趣味的往事，感到特别地开心。

"浮生？你家的庭院就叫浮生园，真是无巧不成书。"程熹礼也兴奋地叫道。

"这个办法好，这些在外谋生的人，都是乡里乡亲，谁都要点面子争口气。再说，越国公是我们徽州人共敬的神，祭拜他，谁都没办法说闲话，我们也把宴会改为'赛琼碗'吧。"洪朝奉话说得干脆利落，也突然感到这事干得很有成就。

洪朝奉把一张丈二的越国公汪华像张挂在大厅正上方，画像下的八仙桌全部换成长条桌，齐刷刷，一排又一排。摆放供品的人先到先放，后到后摆，秩序井然。案桌上，摆放了粗如断柱的大红神烛，剥洗得白白嫩嫩的肥如牯牛的全猪和清茶、美酒、果点，更多的是用名贵瓷盘、瓷碗盛装的山珍野味和徽州土产，有嫩黄、或玉白、或青紫、或艳红、或金黄……鲜艳夺目。

梅溪会馆前车水马龙，熙熙攘攘，邻近杭城的湖州、嘉兴各个集镇的徽籍商人觉得这是一次难得的聚会，也纷纷赶来祝贺梅溪会馆的落成仪式。"难怪江南人都说，无徽不成镇，此言不虚。"洪朝奉和程熹礼见此盛况，异口同声地感叹着。

夜里，整个会馆灯火阑珊，洪朝奉兴致勃勃，满脸酒色。在酒席上，他大声说道："今天为了答谢大家捧场，我和孙、程老爷各献一道家乡菜。我今天贡献的一道菜叫'徽州臭鳜鱼'，我家是盐商起家，深知盐的妙用，新安江里有石鳜鱼、翘嘴鳜、大眼鳜、桃花鳜……当年，我家的盐船纵横在江河上，船上有盐、码头有盐、店铺有盐，航行中得到的鲜鳜鱼，都用盐泡制，十分美味，尤其是桃花鳜，春水泛涨，桃花盛开，鳜鱼肥嫩，今天请大家品尝的鱼就是桃花鳜。"洪朝奉说完话，举起手做了一个手势，几个厨娘捧着几大盘热气腾腾的鳜鱼，依次摆放在桌上，有人急不可待地用筷子夹鱼，也有人却用衣袖掩着鼻子，连声喊道："臭、臭……这鱼有点臭，是不是坏了？"

"这鱼闻起来，似乎有点臭，其实，吃起来却很香、很鲜。正如我们盐商一样，生意兴隆时，一些人说我们盐商是发了不义之财，其实呢？我们盐商都是以诚信走天下，赚了钱又乐善好施……"洪朝奉心有感触地说起这句话。

"对，这鱼的味道真好，鲜、嫩、香。"刚才那些掩着鼻子的人又在赞不绝口。醉意朦胧的洪朝奉又用筷子敲打着碗，大声说道："我唱一段词来替大家助助兴。"他张开嘴巴，便是张志和的《渔歌子》："西塞山前白鹭飞，桃花流水鳜鱼肥，青箬笠，绿蓑衣，斜风细雨不须归。"看那样子，洪朝奉也好像成了一个船夫，正在驶着盐船，穿梭在烟雨江南中。

"嘀哒，嘀哒……"挑着担子，手持快板的孙家仆人上来了。

"我上的菜叫徽州毛豆腐，这个东西毛绒绒的样子，看似有点吓人。这毛还有兔皮毛、虎皮毛、猪皮毛之分。要善于鉴别类别，才能吃到鲜美的毛豆腐，这和我们典当商一样，要有一双识宝慧眼，分得好坏，鉴得高低……"孙吟可望着油香扑鼻的毛豆腐感叹着。

就在这时，螺蛳带着几位伙计捧着砂锅，急匆匆地冲进大堂，边走边叫道："徽州问政山贡笋来了……"众人吃惊，杭州哪有问政山笋，程熹礼见众人一脸迷惑，便大声说道："这是正宗的问政山贡笋，前天，我托信叫家人从问政山挖了不少笋，装船沿新安江而下，行舟时把笋箬层层剥尽，切入砂锅，放几片陈年火腿，以炭火清炖，昼夜兼程，今天下午行至杭城，刚刚送到梅溪会馆，一打开砂锅，清香扑鼻，宛如在家吃鲜笋一样美味啊！"大家闻到这种独特而又熟悉的香味，一个个勾起食欲。"你们多吃一点，我家以前是卖木头的商人，在押运木筏时，都备有这道菜，有时候，几天在船上都是靠这道菜下饭，补充伙计们的力气呢。"程熹礼说着说着，不禁老泪纵横。

厨子邵灶锅见众人这般思念家乡，回忆往事，又毛遂自荐地说道："众乡亲，睹物思人，难免有些伤感，还是要开心吃喝，今天大家难得有这样的聚会，我们夫妇也来替大家唱一首家乡的民歌，给大家助兴。"

"好、好……"众人喊的喊，拍手的拍手。邵灶锅夫妇扮作徽州商人模样，舞着离别故土多年后一个美丽邂逅的场景。

邵唱：溪水清清遍荷莲，
　　　美貌佳人坐溪沿。
妇唱：赶路客商莫多言，
　　　快到苏杭去赚钱。
　　　绿肥红瘦处处有，
　　　只怕银两不凑手。
邵唱：玉指纤纤白笋芽，
　　　肩头担饭手提茶。
　　　当初叫你嫁给我，
　　　冬穿绫罗夏穿纱。
妇唱：不嫁经商出门郎，
　　　三年两头守空房。
　　　几多壮汉长江死，
　　　几多怨妇守空房。
　　　宁愿嫁给种田郎，
　　　日在田间夜在房。
　　　夫妻恩爱呢喃话，

家庭和睦善儿郎。

······

　　会馆外又飘起了毛毛细雨，洒在黛瓦上，飘在花窗上，落在芭蕉叶上，淋在杏花瓣中……众人都在想，杏花春雨江南的季节又来到杭城，也该到达徽州梅溪了吧。

第三十四章

程熹礼从杭城梅溪会馆回梅溪，正是江南春意盎然时，一路上春风拂面，黄灿灿的油菜花开得正热烈，把弯弯曲曲的徽杭官道，点染成了一条宽大的金色花带。马车过了昱岭关，不远处便是梅溪，突然，驼峰上的林木发出了哗啦啦的声响，无数颗大大小小的冰雹稀里哗啦地就从云层中撒下，梅溪周边黄灿灿的油菜花被打得满地残枝，狼藉一片。

"今年的倒春寒又来了。"程熹礼自言自语着，心里有一种不祥的预感。

程熹礼想到了父亲程秉仁一生的愿望，就是要在梅溪竖起一座程家的牌坊，竖牌坊对程家来讲是何等的难呀。程家人想来想去，只有竖一个贞节牌坊可能还有一丝丝希望，其他类的牌坊想都别去想。程家的寡妇倒是有一些，十几年前，本想让一个寡妇殉夫，可这个女人在程家祠堂里关了三天三夜后，竟然莫名其妙地怀孕，贞节牌坊梦破灭。后来芝兰楼里又有了一个寡妇，她自愿守寡，又一次给程家竖牌坊带来无限的希望，她是程秉仁家族中一个孙媳妇，据说，程家也向县府申报多次，可朝廷至今也没有下达同意立牌坊的文书。

那年，这女人刚入程家门，就怀上了程家人的骨肉，丈夫却在苏州经商时暴病身亡。

这个女人青春年少，细皮嫩肉，本是梅溪的一朵花，自然引来无数男人的垂涎和贪婪的眼神。于是族长程麻仁在她家的芝兰楼四周砌起了高高的围墙，精美的杏花窗也被紧紧地包裹起来。他们又唤来工匠，在她住房的天井处打了一口井，取名为贞白井，居宅和外界完全隔绝，形成了罕见的"墙里宅"。这里面谁都不能进去，就是族长程麻仁，也是为了巡察寡妇守节情况，头两年进去了一二次，后来，再也不进芝兰楼了。

寡妇只有一个老女仆陪伴着，族人隔三差五爬梯子登墙头，向里面抛送些柴草和粮食。寡妇的儿子十岁，又被程秉仁他们接出去，进私塾读书。儿子深深感到母亲之痛苦……他在芝兰楼那段日子里，虽说年纪很小，不懂世事，但经常看到母亲冬日穿一件厚厚的棉袄，独自坐在天井边，阳光从天井上斜照下来，地面变得特别明亮。

"一只、二只、三只……"寡妇在数着地上爬来的蚂蚁。

"五只、六只、七只……"寡妇又在数离去的蚂蚁。

春日，族人从墙外抛进一些青竹笋，寡妇立刻把剥去笋壳、有大拇指粗的笋肉，慢慢地放进汤锅中去煮，一根接着一根，一脸的依依不舍。隔着那热气腾腾的雾，寡妇似乎一下子变得面如桃花，充满着无限的期望。

她想起了刚刚守寡那一年的一个秋日夜晚，月光如昼，高墙内芝兰楼里显得异常的明亮。芝兰楼上有许多个小小的精美的杏花窗，窗小得伸不出人头来。有时，一个窗户上还挂着一条精美的苏州丝绸裙子，在月光中临风起舞。

窗内的寡妇掀开湿漉漉的衣裳，把胀鼓鼓白花花的乳房塞到怀里孩子的嘴里，身子不停地摇啊摇，手也不停地拍打着孩子，孩子便渐渐入睡。

突然，房间门咯吱一声，寡妇抬头一望，见族长程麻仁气喘吁吁地站在门边，两道贪婪的眼光正盯着她的胸部，恨不得一口吞了她，他裤裆的阳具正昂着头，如雨后春笋，欲破布而出。

"美娇娘，你这是何苦呀，只要你依了我，我明天就向县府报告你的事迹，保你的贞节牌坊很快就在南街上高高地竖起来。"程麻仁颇有磁性的嗓音，虽然低沉，却有几分威严，嘴里的口水又咝了一声吞回去了。

"程老爷，我是在替你们程家人守节呀，好女不事二夫，我是绝不会干那种伤风败俗，丢人现眼的丑事的，你赶紧走吧。"寡妇快速拉过衣裳遮盖着白花花的胸部，嘴不停地催着程麻仁离开。

"什么叫伤风败俗？这些都是闲人嘴里的胡说八道，你想竖牌坊，就得问问我身上的命根子同意不同意，不然的话，世上的贞节牌坊千千万，你头发全白了，也轮不到你的。"程麻仁死皮赖脸地纠缠着，他呼着粗气说道。

"你再不走，我就告诉程秉仁老爷。"寡妇大声地叫道，她站起身，把小孩轻轻地放进了身边的摇篮里。

"你说程秉仁？他算老几，仗着家里有几个钱，就不知天高地厚，指手画脚，他说的话在我们程家不算什么，耳边风而已。你也要想清楚，别看梅溪周边许多村庄竖了贞节牌坊，别看她们表面风光无限，说不定她们早就和族长睡觉了！不然谁替她们向县府申报？想开一点，不就是大脚一掰，诰命一张。"程麻仁也高声地威逼着寡妇，双手紧紧抱着她柔软的身体。

"这既当裱子，又竖牌坊，我做不到。"寡妇斩钉截铁地说道，一手狠狠推开程麻仁。

"当裱子，才能竖牌坊，这世界上就是这个道理。"程麻仁恶狠狠地说着，又逼近寡妇。

"姑娘，你在和谁说话，深更半夜的，吵醒我了。"侧房里的老女仆听到了声音，正朝这边走来。程麻仁气呼呼地甩袖而去，趁着月色，溜出了芝兰楼。

"把高墙拆了，把我娘亲放出来吧！她一个人在里面太孤寂！"许多年后，寡妇的儿子长大了，他多次请求族长开恩放了他母亲。

"不能半途而废，建牌坊的圣旨还没有下呢！"程麻仁理直气壮，毫不留情地拒绝。

"小寡妇长了一身细皮嫩肉时又不给我享用，还想竖什么贞节牌坊，贞不贞节，还不是我族长说了算，白日做梦去吧。洪朝奉家那座清白流芳贞节坊，还不是媳妇偷看公公小鸡巴小便，又凭朝中有人讨来的一个贞节牌坊。程秉仁有钱就想竖牌坊，我偏偏不报县府，你有钱，我有权，你干着急有个屁用。"程麻仁心里这样想着，望着渐行渐远的寡妇儿子，恨恨地骂道。

程秉仁在梅溪也算得上有头有脸的大户人家，其他姓氏似乎都得到过皇帝恩赐的荣耀，或建牌坊，或悬挂匾额，而程家从来就没有这类喜事，这就成了程秉仁一个久治不愈的心病，他总觉得自己在乡间几十年都抬不起头来。

程秉仁喜欢看程家的伙计搬木头，各种硕大挺直的圆木堆满了水口码头，他就一直站在那里看伙计搬运木头抬木头，当两人抬一根圆木，从他身前走过时，他眼前似乎出现一座两脚牌坊；当四个人抬着一棵挺直的大圆木，朝他走来，他的大脑里立即显现四脚牌坊的影子，两眼发光，全身抖动。

"我最喜欢这种四脚牌坊，厚重大气啊！"程秉仁经常这样自言自语。

"程老爷，这不是四脚牌坊，是四个搬运工在抬圆木，你的眼睛花了吧！"螺蛳不了解程老爷的心思，说出这些不解人意的话。

"牌坊都是用石头砌成，上面都有一些'御赐''恩荣''圣旨''敕建'的大字呢……"伙计们也在看笑话，话中夹杂着几分讽刺。

"你们不要刺激我，我心中似明镜，我们程家总有一天会建成牌坊。我不求御赐、恩荣、圣旨这种品级，但会等到皇帝开金口，敕建一座气派无比的大牌坊，到时候，让你们刮目相看！"程秉仁说话句句吐钉，充满自信，他的头抬得高高的，望着驼峰顶上的云层，好像一道金光闪闪的圣旨马上要从云层中挂下来。

程秉仁也是读书人出身，肚子里也喝了不少墨水，祖上也有好几个读书人，但都有一个同样的命运，考取了秀才，再也不能中举，于是都成了商人。程秉仁一直认为，家里再有钱只是富，而不是贵，富和贵是一对孪生兄弟，一但分开，便不长久。洪家朝中有人，在皇帝那里可以说上话，只要皇帝龙心大悦，就可以讨得一座牌坊。我们程家就没有这个福气，南街这几年很热闹，今天洪家建牌坊，明天孙家挂匾额，敲锣打鼓，欢天喜地，处处都是炮竹声声……程秉仁听到这些声音就心如刀割，倍受煎熬。

"公爹，听说当今皇帝喜欢古书秘籍，我家中藏有不少古书，说不定就有皇帝喜欢的孤本。你不妨去找找看，如果找到一二本好书，贡献上去，说不定皇帝一高兴，准许我家立一个牌坊。"程熹礼夫人见公爹如此焦虑，讲出了一个充满希望的主意。

"说不定皇帝见我家如此忠心耿耿，也会恩赐四个大字'崇儒世家'。"程熹礼那个漂亮的小老婆蒋氏女也插了一句，如百灵鸟的声音，特别地好听。程夫人恶狠狠地盯了她一眼。程秉仁侧耳听到这些话，却一下子来了精神，病也好了一半，高兴地说道："贤媳们说得对，我家祖上还真有一个秀才，擅长写诗，他写过好几本诗集，你们不说，我倒真的忘记了。"

程秉仁的妻妾，儿子媳妇、奴仆、丫环全上阵，翻箱倒柜，终于在楼梯间的夹墙缝里摸出几本从未面世的手抄书稿，这是五世祖所著的《梅溪夜话》《一枕香雪》，以及七世祖所著的《驼峰诗稿》等。程秉仁望着桌上那几本厚厚的书稿，如获至宝，好像程家建牌坊的圣旨也摆放在桌上，还有皇帝题的四个大字"崇儒世家"，正墨香四溢呢，字显然比洪朝奉家那"清白流芳"四个字要遒劲得多。他急忙叫身边的儿媳，拿来一块精美的红丝绸布，把那本《驼峰残雪》诗稿一层又一层地包裹好，双手托着，两眼发光，步履轻盈，在费隐堂里走来走去，嘴里不停地喃喃道："这次程家竖牌坊真的有希望了，这些书稿献上去，一定会得到皇帝的圣旨。"

"恭喜老爷，贺喜老爷……"费隐堂众人急忙祝贺，春光融融，一片道喜声。

"程秉仁要去献书？万万不可啊！"族长程麻仁听到这个消息，如晴天霹雳，匆匆地跑到费隐堂，人未进门就大喊大叫道。

"献书给皇上是替程家争光的事，我非干不可。"程秉仁固如磐石的语气令程麻仁大吃一惊。程麻仁依然苦口婆心地劝阻道："现在是满人的天下，你家那些书都是明朝灭亡之时的诗稿，肯定有许多汉人思想的流露，不献出来无所谓，献出来肯定会被那些所谓的忠臣们找出蛛丝马迹。"程麻仁虽然才学不高，但看问题很清楚，他也害怕这些事牵扯到他。程秉仁依然固执，程麻仁讲了半天，他还是油盐不进的样子。

程麻仁终于忍不住了，暴跳如雷地喊叫道："你如果真干，我有权在程氏族谱里把你去名。"

"随你的便，等到我家受到皇帝的恩赐，又在南街竖牌坊的时候，你再跑来贺喜吧。"程秉仁自信满满，心里想，皇上的圣旨一到，你来拍马屁还得飞奔过来呢。

第三十五章

驼峰的晨曦刚刚染红山头上的林木，百鸟也在溪岸竹林间比着歌喉，程秉仁穿着一身浅紫色的长袍，双手捧着书稿，走到驴车旁，螺蛳立即摆放好小板凳，托着老爷的屁股，程秉仁拉了一下长袍，一跃而上。螺蛳赶着车，沿着徽杭古官道，向西边走，嘀嘀咕咕。临近中午就到了徽州府，府衙前耸立着一个高大的八脚牌坊，让程秉仁感到耀眼，又感到无比亲切。他把手中的东西交给螺蛳，轻轻地说道："抱好，切不可丢掉！"

"什么宝贝？"螺蛳好奇地问了一句。

"程家的无价宝！"程秉仁说完，便独自走到牌坊下，用手摸了摸牌坊石柱，心想，这石头的石质很好，我可以用钱买到；他又仔细地看着石柱上的石雕，这样的能工巧匠，我也雇得到……想着想着，又抬起头见石梁上四个硕大的字"先学后臣"，这是前朝董其昌的书法，好像就是写给我看的。这次献书成功，皇帝有了嘉奖，我纵然不是一个官，但也可以称臣了吧……他越想越乐，步伐也越走越快。

府堂里接纳程秉仁献书的人，是一位没有一丝笑容的学政大人。程秉仁见到这位大人，立刻变成了一只瘦弱的老鸭子，迈着八字步，急促地走到他的面前，跪下，双手举过头，把红丝绸包交给学政大人，支支吾吾地说道："这是臣先祖写的书，请大人敬献当今圣上。"

"你不能称自己是臣，你只是一个平民而已！"学政大人一脸不屑，严肃地训斥着。

"皇上喜欢我的献书，就会恩赐于我，我不就可以称臣了吗？"程秉仁嗓子立刻变得声音响亮，口齿清楚。

"你这个老头，脸皮比地皮还厚，八字还没有一撇，早着呢。"学政大人一脸怒气，说完这句话，再也不搭理他，捧着那个红丝绸包进了后院。

府衙边的紫阳书院中，会聚了许多白发苍苍的老学究，他们都是学政大人请来的人。有久考不中举的唐秀才，或退隐徽州养老的许翰林大学士，还有几个捐过官的读书人，头顶上都戴了一顶候补道或员外郎的帽子，他们正在认真审核程秉仁送来的古书稿本，悠悠地翻阅着书。

"征衣泪积燕云恨，林泉不共马蹄新……这句诗有点问题！"唐秀才边读边琢磨着。

"乱剩有身随俗隐，问谁壮志足澄清？……这里面怎么说起本朝来了！"一个员外郎好像发现了新动向。

"蒹葭欲自露华清，梦里哀鸿听转明……不得了，这诗明显有问题，这个'清'，那个'明'，明明就是'反清复明'啊！"那个退隐的许翰林大学士，激动地喊叫着。"是啊，这就是一本反书啊！"学政大人突然大声喊叫起来，惊得书院黛瓦上的小鸟，四处飞窜。

徽州知府深感问题的严重性，立即如实地上报巡抚，巡抚一刻都不敢停歇，立刻上报刑部。朝堂上，皇帝特意问了徽州籍的查正庸尚书："查爱卿，这个献书的程秉仁，你可知其一二？"

"皇上，此人为臣一点也不知，请圣上英明决断。"查正庸在朝堂上推得一干二净。

"皇上，这些书虽然有些问题，但毕竟是程秉仁祖上所为，再说，著书者过世二百多年了，据说，程秉仁名字已经被族长从族谱里踢出来了，开除宗籍，同时还去了县衙备案，这说明他在乡间也只是一个孤独的老人，没有一点影响力，更谈不上什么同党同犯，不会造成什么危害，可以不予深究。"御史韩仁康站出来讲了一句公道话。

"是这样吗？"皇上慎重地问道。

"为臣不清楚。"查正庸拼命地摇着头说着。

"千真万确！"韩仁康不停地点着头奏道。

"好吧……战争刚刚结束，江南正需生息养民的时候，也不宜深究，但程秉仁从此以后不得参加科举，算是给一个处罚。"皇上金口玉言，程秉仁的命总算保住了。程秉仁偷鸡不成反蚀把米，闹了一个笑话。

程秉仁从徽州府回到了梅溪，刚上风雨廊桥，许多人便向他围过来，七嘴八舌地问着。

"孙老爷，皇帝的圣旨你别藏起来，让我们见识见识，上面是写满文的还是写汉文的？不过，那宝贝一定要藏好，小心被人偷了，拿到孙吟可家的当铺里可当许多银子呢。"一个很熟悉的老者，故意哪壶不开提哪壶，一见面就说了些不痛不痒的话。

一个精瘦的老秀才，走到程秉仁身前，用手拍了拍他的肩膀，喉咙咕咕二声后，沙哑地说道："你程家竖的牌坊肯定比洪家的牌坊高，石料也肯定比他家好，程老爷祖上出了那么多写诗的人，真了不起，竖牌坊一定要大气磅礴。"程秉仁听到这里，真有点哭笑不得，进退两难，只有不失颜面地点点头。

　　这时，又来了一个满脸横肉的肥胖的男人，脸上还有一对小酒窝，几根白毛往后梳得油光可鉴。他望了望眼前这个瘦弱的老头，似乎发了善心，没有用那双肥手去拍打程秉仁的肩膀，却皮笑肉不笑地说道："听说能竖牌坊的人家，那男人撒尿都比人家高许多，洪朝奉撒尿就是高，他的儿媳妇都看得一清二楚，所以竖起一座清白流芳牌坊，程老头，不是我笑话你，你如今撒尿应该是滴滴嗒嗒，滴个不停吧。我劝你一句，息息火吧，别再做这种美梦了，让梅溪人瞧不起你呀。"

　　程秉仁听到这里，再也听不下去了，可那肥胖男人的嘴巴还是张得大大的，还想继续说，气得程秉仁的几根山羊胡子翘得老高，他顿着足，用尽力气一手推开人群，气呼呼地往家里跑了。

　　年年岁岁，梅溪的笑话闹剧多得很，时间一长，人们早就忘记了这个旧事。可程秉仁心中一直闷着气，日积月累，终于酿成了一场大病倒下了。

　　"树图一张皮，人争一口气。"程秉仁躺在花窗下那座精美的千工床上，一直念叨着这句古话。在病床上，他上气接不了下气，还在独自喃喃自语，一双浊眼总是死死地盯着花窗前方的驼峰，那峰顶的云朵似白莲花在盛开，观世音菩萨似乎从天上缓缓落到梅溪。

"我看见观世音菩萨了，她在呼唤我。"程秉仁自言自语道，一双脚又在被窝里抽动着。

"老爷的命真硬啊，病成这样，还能撑着一口气。"众人在背后悄悄地惊叹着。

程秉仁努力支撑着最后一口气，程熹礼早已把棺材、寿衣等一切后事准备好了，特别是那具楠木棺材，烂肚宝早就和仆人们抬放进费隐堂后院。梅溪有民俗，老人死了，要吃一种"豆腐饭"，"吃了豆腐，由穷变富"，所以梅溪老人去世，左邻右舍都争吃这餐饭，而且越高寿，争吃的程度越激烈。郎中李玉晶一会儿说，程老爷没有气了，程熹礼立即吩咐家人浸泡大豆，等大豆准备上石磨时，李玉晶又说，程老爷又有脉象了，众人赶紧把浸大的大豆从水中捞出来，抬到太阳下去晒……如此反复，众人浸泡了三次大豆，又捞起来晒干了三次。

"程老爷真是驼峰上那棵千年不死的万年木。"一个满头大汗的仆人赞叹着。

"老爷之所以不想断气，可能一直在等待圣旨，恩准他建造一座牌坊，这可是他一生的期望！"螺蛳似乎很懂老爷的心事。

"他这样拖着，真是生不如死啊！"人群中一位老者十分同情程老爷的处境。

"有什么办法能让老爷安心地走呢。"螺蛳望着那位老者，轻轻地问道。

"办法确实有，请孙家典当铺的老先生造一份假圣旨不就行了吗？反正他已经看不清圣旨上的满文和汉文。圣旨在老爷眼前晃动儿下后，立刻烧毁，也不会留下什么痕迹。"人群中有人出着这个大胆的主意。

"千万不可，造假圣旨是要杀头的，父亲就是为了建一座牌坊，跑去献书，闹出这么大的文字风波，承幸皇帝开恩，才保住我和父亲的头，这个教训太惨痛了，万万使不得。"程熹礼一口拒绝，一双眼恶狠狠地盯着那个出坏主意的男人。

"我倒有一个办法，可以试试，或许可行……"螺蛳似乎胸有成竹地说着，接着他走近程熹礼嘀咕了几句。

程熹礼按照螺蛳的办法，让众人退出房间，程秉仁的病床周围一下子空旷了许多。整个房间只有花窗下那座孤寂的千工床，以及床上一个斜卧的老人。两个壮汉抬着一个粗圆的老杉木，一头一尾地走进房间，来到程秉仁的病床前，两人嘴里不停地喊道："竖牌坊，竖牌坊了……"双手举起来，恰似一个二脚牌坊的样子。程秉仁吃力翻过身，渐渐地睁开眼睛，浑浊的眼珠子左右摆动着，一只手缓缓地从被窝里抽出，拳头渐渐伸长成一个没有血色的小巴掌，大拇指慢慢地勾起，其他四根干枯的手指，依然吃力地伸着。

"快，再来两个壮汉，竖一个四脚牌坊。"螺蛳赶紧吩咐道。病床前很快出现了一个"四脚牌坊"造型，四个男人齐声喊道："四脚牌坊竖起来了。"程秉仁立即睁开双眼，眼珠子左右转动，又上下移动，嘴里终于发出"嗯嗯"的声音，喉口咕咚一声，闭上了双眼。"程老爷升天了。"李玉晶摸了摸如干柴的手，然后把这手放进被子，很严肃地宣布着。顿时，哭声充盈着冷冷的费隐堂。

第三十六章

程熹礼忙乎了半个多月总算把父亲的后事办好了，他松了一口气，心也好像善良了许多。他望了望不远处的芝兰楼，心中升腾起一股美妙的正气。

"拆掉芝兰楼四周的高墙！不要再折腾那个寡妇，我们也不想竖什么牌坊。"程秉仁的棺木入土那天，程熹礼好像变了一个人似的，立即向族长程麻仁提出这个惊世骇俗的请求。

"哪个高墙？"程麻仁还以为自己的耳朵有点背，没有听清楚，又大声地问了一句。

"还有哪个？就是那个把寡妇关了二十几年的芝兰楼高墙。"程熹礼歇斯底里地喊道，一副假痴不癫的嘴脸。

"那可是我们程家竖牌坊唯一的希望。"程麻仁疾首蹙额低沉沉地提醒着，心里想，这男人和墙里面的女人一个样，脑袋里都是一根筋。再说，现在那个老女人谁见到都生厌，当年那两只肥硕的奶子，如今早成了两只干瘪的小面粉袋子垂挂在胸前，令人喷饭。

"不要再做孽，牌坊把人都折腾成了什么样子，父亲走了，他再也看不见这世上的牌坊……说句心里话，这牌坊就是一个不祥之物。"程熹礼固执的言语，让程家人目瞪口呆，觉得他在南辕北辙，荒唐之极。

"你小声一点，这可是大逆不道的话。"程麻仁大声地提醒着，走向前去，一只手堵住程熹礼的嘴。

"管他呢，我家就是因为牌坊，一个个都变得鬼不鬼，人不人的模样，倒霉透顶了。"程熹礼一脸傲睨自若的样子，心中充满怨气，嘴里还在不停地咕噜着。

"当年是你家拼死拼活要求砌高墙，现在又是你家说要拆毁高墙，什么事都这样随随便便的话，还要程氏族规干什么？要我这个族长干什么？"程麻仁大声地训斥着，这次他真的暴怒了。

"拆墙工钱我加倍付，你这两年的酒钱也让我包，这样总可以了吧。"程熹礼讨好地说着，口气也软了下来。

"那就让我好好地考虑考虑。"程麻仁语气变轻柔了，但还是有点余恨未消。

芝兰楼外，那高高的围墙渐渐变矮，四周尽是断砖碎瓦。那些雇用来的砖工好像和这围墙有仇恨似的，用铁锤把那一块块青砖黛瓦敲得粉碎。

"母亲，高墙拆了，芝兰楼的花窗也可以打开了，你可以推窗望月，也可以上南街自由走动了。"一个年轻后生正对着一个斑斑白发、满脸皱纹、两眼呆滞的老妇说着，这后生就是那位老寡妇的儿子。

"唉……娘老了，没有力气推开花窗，也没有力气上街走动了。"老寡妇面无表情地说着。

程熹礼在一边静静地听着，心里更是五味杂陈。

芝兰楼四周的高墙终于拆掉了，呆乎乎地站在木楼上的老寡妇吃力地推开一扇杏花窗，眼前还是迷迷茫茫一片。不远处的驼峰，却如一座巨大的竖琴，不停地发出悦耳的声音，那是无数只鸟儿在林中欢快地闹着唱着。

梅溪的腊月二十四日也是本地人的一个节日，那天家家户户都在印制米馃祭拜灶神。芝兰楼的老寡妇终于出了大门，从南街向东走，再右拐走几十步，便是皱月巷。

老寡妇听着此起彼伏的木板拍打声，感到特别的新奇，特别的亲切。这种声音小时候在娘家听到过，嫁入程家，再也没有听到过了，她迈着三寸金莲的小脚进了皱月巷。

皱月巷不是很宽，但很狭长，巷两旁古楼的挑檐都似乎拼命向外伸，把条古巷遮得严严实实，只有巷中央一条长长的白缝好像是让给蓝天白云的，梅溪人都称之为"一线天"。那天的飞雪下得正紧，纷纷扬扬地洒遍梅溪的大街小巷，白雪堆积在巷缝上，成了一条长长的冰雪带子，横躺在灰白的天空下。

她很无聊地在皱月巷来回走着，似乎想引起邻居们的注意，招呼她去串门。可雪地里只印满"三寸金莲"的小脚印和无数杂乱的梅花印，梅花印当然是那只和她相依为命的老黄狗留下的，可总是没有一户开门招呼她。她那身老棉袄被雪染白，老黄狗的毛也被雪盖白，可依然没有一家开门来迎接这二位苦闲客。

过了一线天巷口便是过街楼下的孙道德家，这天，外面下着大雪，他闲居在家，红漆大门总是紧紧关闭的。老寡妇与老黄狗一起走到过街楼下避风雪，虽然没有人欢迎，但老黄狗在白皑皑的雪地里依然很兴奋，时而抖抖身体，时而奔来窜去，还不时地叫几声。也许狗叫声吵闹，孙家的红门突然"吱呵吱"地开了，孙道德见是芝兰楼里的那个老寡妇，就微笑着招呼她去作客，还不停地说："乡里乡亲的，客气什么！"说完话后，便上阁楼去了。孙家不愧是有钱人家，高宅大院，楼道重重，厨房里正冒着诱人的热香味，许多伙计伴当忙里忙外，做米粿的木印在"叭叭……"地响个不停。进了孙家的老寡妇，再无人招呼她，弄得她进不是，走也不是，只有独自徘徊进了厨房。厨房的木板上摆满了一块块白花花的米粿，那些米粿可谓千姿百态，形态各异，似乎刚刚从澡堂洗澡出来，全身冒着热气。动物米粿中有狗、猪、羊、牛、马等等，正排着队等待检阅，个个都热情洋溢，好像在说："老太太，我们看你来了……"孙道德下楼来，看见老寡妇呆乎乎的样子，心里明白了什么，就脸挂微笑地说："老太太，你今晚不用烧饭，晚上我叫人送米粿给你吃……"老寡妇听清了话后，也就乐颠颠地回芝兰楼去了。

老寡妇得到孙道德的许诺后，她一直兴奋着，时时等候着美味的米粿，心里想，没有高墙关起来的日子真美。到了晌午，也未见有人送米粿来，火盆的木炭加了两次，仍然不见有人来，她闲着实在无聊，也到八仙桌抽屉里摸了一些铜钱来数。生锈的铜钱有顺治、有康熙、有嘉庆，也有风流皇帝乾隆等人的名号，她数着铜钱，嘴里喃喃地说着，顺治出家了，不会送米粿。康熙去平定吴三桂去了，很忙着呢。最有可能的是乾隆皇帝，他处处旅游，可能会到江南送米馃来。

　　老寡妇异想天开着，家里的木门吱吱响了起来，她一阵窃喜，心想送米馃的来了，可当她走到门边，却是一阵寒风吹开了木门。空欢喜一场的老寡妇回到原来的木凳上，烤着火盆痴痴地等着，渐渐地入睡了。她梦里的雪花已变成了一块块白白的米馃，正向她家里飞来，越过窗口，整整齐齐地堆放在她的身旁，一个个形态各异的动物，可爱极了。它们似乎都很理解阿婆的心，都在甜甜地呼唤："阿婆，我们真的来了……"老寡妇正如痴如醉地做着美梦时，木门又"吱吱……"地响起来，又打破了她的美梦，原来是老黄狗进门睡觉来了，它摇摇尾巴，似乎看破世情，钻进它的狗窝去了。老寡妇看到这些，心里酸酸的。

　　几番折腾，老寡妇真得感到肚子很饿了，可她就是不死心，总以为孙道德家会立即送来热气腾腾的米馃。她等啊等，更夫打更来到了芝兰楼门前，那句"天干物燥，小心火烛"的语录在梅溪夜空回荡着，饿昏头的老寡妇却真真切切地听成"二十四做米馃，老寡妇切莫求"的呓语。

　　老寡妇心里讲不出什么滋味，想着自己替程家守寡许多年，天天被关在花窗内，也真不知道窗外世界的样子。她自言自语道："作孽啊！作孽，窗里窗外的世界也是一样了，窗里黑暗，窗外炎凉。"

第三十七章

程熹礼这段时间一直闷闷不乐，父亲去世到今天正好是七七满。他独自坐在费隐堂大厅的太师椅上，心里又开始后悔着，千不该，万不该，一时冲动，就让人把芝兰楼的高墙拆掉。如果父亲泉下有知，肯定会责骂我这个不孝的儿子。也许，高墙再封闭几年，那程家的贞节牌坊真的会竖起来了。那座牌坊肯定会竖在程家祠堂门前，外观异常雄伟壮丽，气势也大大超过梅溪任何家族的牌坊……程熹礼想到这里，又苦笑了几声。

"老爷，赖狗少爷回来了。"螺蛳兴冲冲地冲进大厅，高声地嚷道。

"你叫魂啊……这个不孝的东西，祖父去世都过去几十天，才想到回家。"程熹礼一脸怒气，满口怨言，又斜靠在椅子上一动不动着。

"老爷，赖狗现在不得了了。"螺蛳走到程熹礼身边，激动地说道。

"有什么了不得？难道他当官做老爷！"程熹礼冷冷地说道，坐在椅子上，头也懒得抬一下。

螺蛳还没来得及回话，一个穿着官服的人，匆匆地冲进来，他大步跨过费隐堂前的门槛，一手捧着一个官帽，一手拉着官袍上的玉式腰带，他到了程熹礼身前，立即弯下腰，再仰起头，大声叫道："爹，儿子赖狗向您行礼。"

"你……真的是赖狗儿？"程熹礼如坠入雾海中，有气无力地睁大眼睛。

"爹，我是赖狗，还是当朝的七品大员呢。"赖狗把官帽放在八仙桌的帽筒上，赶紧靠近太师椅低声地说道。

"怎么回事？"程熹礼从太师椅上蹦了起来，拉着儿子官袍问道。

"我在外建功立业了，皇上英明，不仅封我七品官，还同意我回梅溪敕建牌坊一座……皇恩浩荡，吾皇万岁万岁万万岁。"赖狗眉飞色舞地说着。几年下来，赖狗似乎变了另外一个人。

"我们程家祖坟真的冒青烟了，儿子当官，可以竖一座牌坊……皇恩浩荡，吾皇万岁万岁万万岁。"程熹礼喜上眉梢，也跟着赖狗喊了一遍。

程熹礼感到喜从天降，扬眉吐气。他突然觉得，南街上的天空是那么蓝，梅溪河两岸的树又是那么绿，赖狗的母亲大暴牙也是那么美丽。程熹礼像喝了蜂蜜一样，天天在费隐堂里宴请贵宾，处处宣讲他儿子光宗耀祖的趣事。

程家四脚牌坊的图纸早就画好了，螺蛳他们从费隐堂一个旧阁楼里搬出了一箱，又换了一箱。程熹礼看完一叠，又换了一叠，最后，选中父亲生前最中意的那一套设计图。黄蜡纸已经很陈旧了，皱黄的纸上，散发出一股股松烟墨香。牌坊的石条也早已准备好了，程熹礼带着一班工匠，来到费隐堂后院一个水池边,螺蛳他们赶紧在池边竖起一个桔槔,立刻抽水。片刻,池底便露出一块块巨大的青石条,那是一些上等的茶园石料。

"这石料还是我祖父留下的老石材,它们在水中大概浸泡了一百多年了,这是专门为程家后人竖牌坊备用的。战争后程家祠堂、费隐堂都进行了大修理,我们也舍不得用一块,今天,总算重见天日。"程熹礼喜极而泣,他一手摸着石块,一手擦着眼泪,不停地说着。

程家祠堂门前的四脚牌坊很快就竖起来了,工匠们匠心独具,在原来的图纸上进行了修改,成了一座跨街二楼式的石坊。许多乡贤聚在费隐堂商议撰写题额的大事,众人一直激烈地争论着。

"我认为题写'穷理于书'四个字好,我们梅溪人尊崇朱子,好读书,这句子内含朱子言:'穷理之要,必在于读书'之义也。"方阶云老秀才开门见山,句句不离朱子。他总觉得程朱理学字字都是真理,句句都是放之四海皆准的圣言,他说话,手上脸上青筋都鼓暴起来。

"我也认为这四个字好,竖牌坊可是一件光宗耀祖的大事,题匾额一定要有格局。"洪朝奉附和着方老先生,心里想,这牌坊是你们程家的,我犯不着较真。

"梅溪又竖起了一道牌坊,这可不是一件小事。外人都说,我们梅溪如桃花源一般,而古籍《道德经》中有一句话:'甘其食,美其服,安其居,乐其俗。邻国相望,鸡犬之声相闻,民至老死,不相往来。'据说,陶渊明就是受了这句话的启发,才写出《桃花源记》的文章……所以,我取名'甘美安乐'坊，这样很接地气呢。"程熹礼今天显得特别有文化，说起话来，让人感觉到他也是一个饱读诗文的大儒，其实，他为了取好名，把《道德经》都翻了许多遍。

"我倒认为'万理于心'好，取自王阳明那句'夫万事万物之理，不外于吾心'之理，我们梅溪人无论做学问，还是经商，取得了成就，莫不对此话感悟透彻呀。"站在八仙桌旁边的司马正却提出不同的建议，众人也觉得他断章取义水平又高了一层。

众人激烈地辩论着，从朱熹、王阳明，一直谈到戴震；从《诗经》《礼记》，一直讲到《易经》《道德经》……众人各执不同观点，互不相让。

赖狗穿着那套崭新的官服，踏着丁字步走进了大厅，头顶官帽上那一块红色的珊瑚，在日光下闪闪发光，耀人眼睛。他抖了抖官服，吸了一口气，大声说道："我这些年来，我已看遍了梅溪无数个大大小小的花窗，虽小乾坤大。诸位乡贤，你们也不要操心了，我看这个牌坊上就刻'花窗'二字吧。"赖狗是七品官，讲话自然算数。没过几天，花窗二字上了牌坊，这二个颜体字又粗又大，站在远处往这边看，金光闪闪。据说，工匠们替字描金，足足用掉七斤重的陈年金粉。花窗坊下的赖狗，越看越高兴，满脑子都是梅溪花窗下那些如花似玉的女人。

花窗牌坊建成那天，是六月二十四，也恰巧是荷花神诞日，牌坊对面的弓形青水潭到了荷花生日这天，显得特别热闹。梅溪人很重视这个日子，画船萧鼓，游人颇盛，都在潭中赏荷，也在替荷花祝寿。

程熹礼深知梅溪人的喜好，独乐乐，不如众乐乐。他向众人大声宣布道："今天诸位赏尝的荷花食，一律由程家购买赠送。"荷花可以食，潭边许多小贩们在各家摊上摆满荷花茶、荷花羹、荷花粉蒸肉、荷花米糕等等。撑船的渔夫，还不停地带客人至潭中，撷嫩莲杆数十根，在岸边现场煮之为羹，略加糖蜜，清隽鲜美。众人吃饱玩足，望着金光闪闪的花窗牌坊，也高声地喊着："皇恩浩荡，吾皇万岁万岁万万岁。"呼声此起彼伏，经久不息。

"我活了几十年，今天是我最开心的日子。"站在牌坊下的程熹礼，此时也成了一根直立的荷梗，沉醉于众人的沸腾中。他心里又想着，我儿子赖狗这份荣耀也是来之不易啊。

程熹礼的脑海记得清清楚楚，赖狗十多岁时，最喜欢钻烂肚宝的店铺，店铺后院便是烂肚宝的蠹儿堂，厅堂上方黑木匾里的三个大字被金粉塑得光亮光亮，左边的蠹字，赖狗只认得两个虫字。

"肚宝叔，匾上为何要写两个虫字？"赖狗人小鬼大，嘴就是甜，称烂肚宝为叔，大概全梅溪就是他一人用这个称呼，不过他把肚字误读成毒字了。

"两条虫，一条是我，一条是你，不要小看这两条虫，虫慢慢也长大就成龙了。"烂肚宝戏弄起小孩，鬼话也说得玄乎玄乎。接着，他摸摸赖狗的头，细声细语地说："蠹儿堂这几个字，一般人根本不知啥意思，我只告诉你，蠹儿就是利己的同音字。我们梅溪做生意的人，都是干了一些自私自利的事，家中堆成金山银山，还从来也不嫌多。他们还把自己装扮成正人君子，庭院叫浮生园，家中的堂名叫什么德邻堂、春蚕堂、费隐堂。明明是大家集资建成的梅溪学堂，偏偏要取一个什么明德书楼，往自己脸上贴金，标榜他们腹有诗书，看似高傲，视金银如粪土，而背地里个个都是贪财好色，还装得一身正气，其实和我是一路的货色。说我是烂肚宝，他们的肚子里比我还烂呢！我确实是事事都从利己考虑，肚子里怎么想，嘴上就怎么说，而且还写在牌匾上，也够坦诚了吧……"烂肚宝说这些话，那只斜眼又露出了怪怪的眼光。

"梅溪就我和肚宝叔的名字最难听，一个叫赖狗，一个叫烂肚宝……"赖狗也恨起自己的俗名来了，他走到哪里都似乎是一只流浪狗，他就是成了东南竹箭也还是一只狗。

这时，窗外突然乌云密布，电光闪闪，雷声隆隆，一场大雨从驼峰那边哗啦啦的铺盖过来。

"大家都害怕闪电打雷，如瘟神一般躲避，雷电太有阳刚气，所以，人人怕它。"烂肚宝望着窗外，阴沉沉地说道。

"肚宝叔，你怕雷电吗？"

"我……当然也害怕它。"

他俩越谈越亲密，好像真成了一对叔侄。赖狗有事无事，总喜欢去蠢几堂拜见他的肚宝叔。

烂肚宝讲了许多奇谈怪论，说是梅溪有人家挖井，越挖越深，还是找不到水源，于是继续往下挖，突然井下面有人在大喊道："上面的人别挖了，再挖就把天挖个洞了。"

"下面怎么会有人呢？"赖狗好奇地问道。"这个你就不知道了吧？古人讲地上有十八层，地下也有十八层呢。"烂肚宝神秘地说道。他又讲，南街青石板下是一条很长的水沟，以前里面有狐仙居住，狐仙喜欢三寸金莲女人的小鞋，洪家请人打开南街青石板清淤泥，从泥水中掏出五花八门的女人鞋，足足装了三驴车。他还讲，驼峰半山腰上有许多堆积如山的石块，神仙原来想在驼峰和搁船尖之间筑起一座石桥，后来被徽州的邋遢仙看出其中的秘密，神仙就撒手不干了，石头还堆在山中。最糟糕的事，就是梅溪人不该把那块梅石沉在水中，那梅石底部就是一个大大的官印，官印都没有了，所以梅溪出不了大官，即使有人当上了大官，要么就是一个碌碌无为的官，要么当官时间也不长。烂肚宝对梅溪人把梅石沉没在水中很有看法，话语中充满遗憾。"这就驮牌了，我听我父亲常常说，只有和官关系搞好了，才能做大生意赚大钱呢。"赖狗眼睛睁得大大的，呆呆地望着烂肚宝大声地说着，心里想，梅溪的古人和大人怎么老是犯傻呢。

这些事传到程熹礼的耳朵里，他暗暗吃惊，这样下去，儿子肯定会被烂肚宝带坏。他找到了洪朝奉，让赖狗去他家一壶春茶庄当一个帮工，这样可以让他长一些本事。

赖狗刚到一壶春茶庄，端茶倒水，洗碗捡菜，样样都干得不错，茶庄里的人都纷纷夸他说："这小子虽然背脊有点驮，但聪明能干，将来一定是一个很好的生意人。"

几年下来，他个子长高了，嘴边也长出了胡子，讲话的声音十分粗大。一天到晚，一双眼睛总是盯着茶庄里进进出出的女人。一次，洪朝奉叫他去浮生园驮一包茶叶，赖狗一进庭院，听到了绣楼里传出的女人嬉笑声，这声音比莺歌还好听，他蹑手蹑脚地走到绣楼的花窗下，低着头，弯曲的身体紧贴着墙壁，偷偷地听着里面女人说话，又悄悄地抬起头，踮起双脚，一只手指伸进嘴里沾了一些口水，戳破花窗上的棉纸。里面的女人，一个个丰乳肥臀，婀娜多姿，赖狗一双脚似乎被地面紧紧吸附着，怎么也拔不起来了，手指一直不停地舔着口水，又不停地戳着窗纸。片刻，窗纸上布满了许许多多的孔洞。

"赖狗，你在这里干什么，老爷叫你取的茶叶呢？"一壶春茶庄的一个伙计从后面拍了他的肩膀，大声地问道。

"管你什么事！我不是正在寻找茶叶吗。"赖狗被那个伙计吓了一下，心里也十分恼怒。

"你这是找什么茶叶？茶庄那边都等急了，你还不送去，还把花窗纸戳了这么多的孔洞……"那个伙计也不是一个省油的灯，声音越来越大。绣楼里的女人也跑出来看热闹，把赖狗围在人群中，赖狗恨不能钻进地缝里，脸一会儿红一会儿白。

程熹礼听到这件事后，七窍生烟，一气之下，当日就把这个现世宝儿子拉回了家。

此时，战争已结束好几年了，江南各城镇正值百废待兴之时，扬州、苏州、杭州、湖州许多大户人家的庭院、园林都在修复，许多毁掉的江南名园也要重建，需要大量的名木古树名花异卉，程熹礼望着梅溪四周的梅林和驼峰上一树树古朴苍劲的梅花，心里忽然发现了一个重大商机。

"儿子，你也长大了，天天这样混混过，是没有出息的，也该出门去闯荡了。我家是卖木材的生意人，熟悉江南城镇的水路，这次战争后，木材生意不如以前好做，我想啊，有一门生意可以试试，说不定还会发大财呢！"程熹礼在费隐堂里，同赖狗心平气和地交谈着。

"什么生意？"赖狗有点摸不着头脑。

"卖梅花！"程熹礼认真地说道。

"卖梅花？可以赚钱？"赖狗还是弄不明白这话中的奥秘。

我们徽州的古梅树和梅花盆景在南宋时就闻名天下，那时的皇城就在我们邻近的杭州，皇宫里有许许多多造型似游龙的梅花盆景，都是我们徽州人进贡的，后来许多大户人家也跟风一样争购我们这里的梅花盆景……还有一个叫范成大的文人，在徽州当过官，写了许多梅花诗，还出了一本《梅谱》书，徽州梅花名气就更大。本朝有一个叫龚自珍的文人也在徽州呆过几年，写了一篇文章叫《病梅馆记》，那文中的病梅，其实就是我们这里的梅花盆景……战乱平定后，江南许多城市园林都急需我们这里的梅花盆景和造型独特的梅树。你完全可以到杭州、姑苏、扬州去试一下，或许会做成一个大生意，这样才不辜负我对你的期待。程熹礼说到这里，两眼发光，充满希望。

赖狗边听边想着浮生园那一树树灿若图绣的梅花，以及梅花下那些貌如天仙的女眷们，"这株是骨里红梅花，那株是徽州檀香梅花，这棵是绿萼梅……"浮生园里，女人们赏梅时，发出娇滴滴的如鸟语一般的声音，依然在他的耳边回响着。

程熹礼在梅溪周边收购许多梅花盆景，还派人到县城周边的卖花渔村、鸡公尖挖走了不少百年古梅树，装了满满一船。螺蛳带着赖狗一起押运，船过了新安江，转入钱塘江，三天后便到达杭州的徽州塘。

他们过了徽州塘，就在梅溪会馆停歇了一晚上，第二天在会馆东边一个叫汪庄的渔村租了几亩沙滩地。把梅花盆景苗和古梅树一棵棵地种下沙地，矮小的苗木种在坡地上，高大的梅树种在浅滩里，几天下来，这里就成了一片梅林，生机盎然。他们凭借梅溪会馆里的人脉，没过几天，就有许多人来渔村选购苗木，客户越来越多，苗木很快被争购一空。徽州梅溪这边，程熹礼也源源不断地发货。赖狗在杭州站稳脚后，又把苗木通过大运河、黄浦江等水道，运往嘉兴、苏州、松江等地销售。程熹礼不停地指点，赖狗又在大运河闸口至秋涛宫一带的钱塘江畔购置沙地近千亩，作为梅花盆景和梅桩的种植地和展示中心。

不知不觉，几年过去了，汪庄一带成了江南很有名气的赏梅佳处。

这天，赖狗闲着无事，独自在江边徘徊，望着江水滔滔，又想着家乡梅溪花窗内那些漂亮的女人们。突然，不远处出现许多官兵船只，主航道上"常"字旗号排列江中，有官兵在大声喊道："常大人出行，大小船只等齐闪开，违令者严惩不贷。"许多运输梅花盆景的货船纷纷向江边逃窜。赖狗见这官船摇摇摆摆地向这边驶来的派头，知道是一个来头不小的人物。

这个常大人是从京城回家乡休假的，这天早晨，突发雅兴，想看看梅花。如狼似虎的护卫们，手持刀枪棍棒，林立于逶迤的竹篱两旁，常大人满面红光，神采飞扬，穿着一件缝有补丁的官袍，在众人的簇拥下行走在梅林中。江风吹过，常大人里面的"黄马褂"微微露出，金黄金黄，炫人眼目，陪同的地方官，惊得冷汗直冒，"扑通扑通……"众人立即跪地连连磕头。常大人开口道："此处可有名贵梅花？"

"赖狗你快说说！"众人不敢多说，带路的梅溪会馆主持赶紧把球踢给了赖狗。

"大人，奴才马上禀报。"赖狗连磕三个响头后，站了起来，弯着腰，小心翼翼地走到常大人身旁。他用手指了指梅林，望着那位大人的脸，小心翼翼地说道："这里的梅花品种有许多，诸如绿萼梅、迎春梅、三轮玉蝶、徽州淡粉、洪岭宫粉、徽州檀香、白须朱砂……但最著名的是素白台阁和徽州骨里红。"

"那就看最好的梅花吧！"常大人口气硬朗，一言九鼎。

接着，常大人慢慢转过身子望着大家说道："那天我从京城回杭州，船过汪庄，忽见江岸红艳艳一片，梅花争魅甚是美也。我想如人徜徉在湖堤柳绿梅红之中，春风拂面，清香沁入肺腑，一扫心中阴霾，甚是爽快。"

"难怪呀，大人，这两天这里就发生了一件奇怪的事。"赖狗神秘地说着，那神情有点像梅溪的烂肚宝，讲起话来立即让人坠入云雾中。

"什么奇怪的事，快快说来。"常大人好奇地问道。

"最近，我们从徽州搬运来了许多梅花，说来也怪，其他品种一上货船，就开花了……唯独两种梅花迟迟不开，含苞待放，好像是一直等待司花女神的命令似的。可是，今天早晨，巧妙极了，它们竟然竞相开放。"

"还有这等怪事？"常大人半信半疑，顿时笑容满面。

"你看……就是前面那两盆梅花。"赖狗手指前方，两盆高大的梅花盆景，繁花朵朵，暗香浮动。常大人一下就有了兴趣，迈着丁字步，来到梅花前，闭着眼睛，尽情地吸着香气。

"大人，左方的梅花叫素白台阁，代表着臣子为官清正廉洁，官越做越大，一直入台进阁，成为本朝的阁老。"赖狗侃侃而谈，他把烂肚宝讨好人的本事用得如鱼得水。常大人严肃的脸上露出了更灿烂的笑容，一只手不停地抚摸着漆黑的胡须，头似老公鸡啄米，不停地点头。

"右边那盆梅花叫骨里红，代表大人的心是红的，对当今皇上的一片赤胆红心……"赖狗还未说完，常大人心花怒放，眉飞色舞道："看来，我和这两盆梅花真有缘分啊！不然，哪有这么巧的事，不仅花开的巧，而且名字都通我的心。"

"春随香草千年艳，人与梅花一样清。"常大人望着梅花，开始横槊赋诗了。

"梅花送给有缘人，就叫随缘。"赖狗大声地说道。心里想，这句话应该让常大人开心吧。

常大人听了赖狗的话，心里非常开心，望着茫茫群山，浩荡碧水，眼前的百鸟歌喉，不禁高声吟道：

半世消磨笑老成，忽闻梅香暗愁生。

清波残红柳堤岸，湿墨粉墙林递情。

月冷花飞霜砌白，樽空人困梦魂惊。

天涯遥望萋萋草，烟水苍茫谁共行。

　　那两盆和常大人有缘分的梅花，在一片欢呼声中，很快被人搬上了官船，船渐渐地驶进烟波远去了。常大人临走前，特意给了赖狗一张名帖，说是以后也许用得到它。螺蛳偷偷地笑了起来，说赖狗真傻，两盆最名贵的花，只换一张废纸。又说常大人也好骗，这两种花开放时间本来就比其他品种迟一点，根本就不是因为他来才开花呀。赖狗听着，心中暗自得意，你们根本就不知道世事艰难，肚宝叔早就告诉我说，当官，伴君如伴虎，做生意，伴官如伴狼呢。说好话，拍马屁怎么不好？我家厨房里摆有白糖、酸醋，蚊子都喜欢扑在白糖的碟子上，而不会停在酸醋的碟子上，这就说明了，蚊子都喜欢甜的。嘿嘿，连续几天，赖狗心里感到自己特别有智慧，一直偷偷地快乐着。

　　赖狗的梅园越来越大，汪庄周边的百姓也逐渐发现这块沙滩地越来越值钱。这里本是一片江水淤积起来的荒芜地，越来越多的百姓都在梅园周边拼命地开垦耕种，导致赖狗和他们矛盾日益尖锐。赖狗出来阻止他们，当地人就群起而攻之。

　　赖狗心里越来越烦躁，他心里一直纳闷着，这些人怎么了，难道就不懂一个道理，树木总是树木，小草就是小草，有什么好争？总不能让我砍掉自己的梅树，让给你们养草吧。如果这样，沙滩上将失去了一片梅林，留下的全是荒芜的野草，也不见得好呀。赖狗通过几年的磨练，说起话来，渐渐地和烂肚宝一样，也让人感到怪怪的味儿。

官司一直在打，闹到布政司、巡抚衙门。布政司吕大人是杭州本地人，他见赖狗这些徽商和他的子民争夺地盘，很是反感。

赖狗正在货船上清点盆景，二艘轻舟从两面包抄上来，将货船围在水中央。几个手持铁镣枷锁的衙役们，纷纷冲上船来，不由分说，将船上的所有人一一套上锁链，拉上岸，押着他们向布政司衙门而去。螺蛳他们叫苦不迭，而赖狗却一脸轻松。

众人被带至衙门，吕大人立即升堂，大家一个个都吓得发抖，纷纷跪下，而赖狗却直立不跪。他面朝堂外的天井，静静地看着天上的云在黛瓦间飘来又飘去，心想在家乡梅溪站在天井从花窗往外看，窗外的云雾通过花窗漏进家中，成了美人身上一袭纯白的露肩长裙，细嫩的肩膀若隐若现，令人着迷。吕大人见此大怒道："该死的奸商，不好好地呆在徽州，跑到杭州来抢生意，抢地盘，看我怎么修理你！"即令衙役拉下去打四十大板。当衙役剥赖狗的外衣时，一张名帖从衣袋里跳出来，飘扬落地，一个老幕僚赶紧走上前，拾起来一看，顿时冷汗直冒，全身抖索起来："你怎么有当朝阁老的名帖？你是什么人？""他是我的好朋友，他还天天让人催着我去他府上做客呢！"赖狗翘着嘴，淡淡地说着。吕大人听了这句话，心中不由"扑哧"一下，暗暗地后悔道："千不锁，万不锁，却锁来一个难剃头，这叫我怎么办呢？"他也不敢再多说，忙叫衙役先给赖狗开锁。

"慢，请问大人，我阻止百姓随意开垦沙地耕种，到底有没有错？"赖狗此时也看出了这官极其害怕常阁老，说起话来，底气十足。

"还是你做得对，该地让人垦种，坏了植被，征地粮不过百余两，而你们徽商提供的关税则多达数万两，贡献太大了。"吕大人口气坚定，还夹杂着对徽商的褒奖。

"那你就秉公办案吧！我还要向常阁老报告此事呢。"赖狗故意狐假虎威，他心里想，官大一级压死人，何况是阁老，吓死你这个不识时务的狗官。

"好，我保你满意……你在阁老面前替老夫多多美言几句。"吕大人讨好地说着，心里想，还好还好，如果真的依了那群刁民，乌纱帽丢了，说不定小命难保，他的手不停地擦着额头上的冷汗。

随后升堂，吕大人正襟危坐，右手握着惊堂木，重重地拍着，大声宣判："……今以百余两之地粮，竟误数万金之关税，核计课额，增减悬殊，自应统归徽州商人全行管理。"巡抚衙门也非常支持这个判决，还在梅园边勒石立碑，禁止衙役营兵扰累赖狗这些外来商人。

从此，赖狗的梅花苗木生意越做越大。后来，他干脆把大本营从梅溪移到杭城外汪庄。当时，在杭州一带流传着一首民谣：

五福花，开在东，梅占魁首送春风。
玉玲珑，开在西，朱红粉白绕苏堤。

寿阳花，开在南，明朝坐船到钱塘。

一枝春，开在北，十里扬州玉蝶美。

状元花，开在中，龙游贺春迎皇宫。

五福花、玉玲珑、寿阳花、一枝春、状元花为梅花之雅称，送春、朱红、粉白、玉蝶、游龙、迎春皆为徽州梅花之名品。自此以后，江南、江北处处有赖狗卖出的梅花。

"我这次回徽州要替程熹礼老爷做一个大大的天灯，天灯上还要画上一个威武的二郎神。"一个老伴当突然冒出这句话，令大家顿时坠入云海中。程熹礼见这人老实本分，特意让他跟随赖狗他们一起来杭州帮助做生意。老伴当来杭州有很长时间了，平日里大家很少见他讲话，总是默默无语的样子。

"画二郎神干啥呀？"螺蛳故意地问道，心里想，没文化真可怕，说话都是牛头不对马嘴。

"二郎神手里牵着一只天狗，如今我们的赖狗少爷也成了一只天狗了吧。"老伴当一说完这句话，众人捧腹大笑，连连称赞道："妙妙，我们的赖狗就是天狗。"赖狗却笑不起来，心里咕嘟着，我都这么出类拔萃了，在你们眼里还是一只摇头摆尾的狗。

官司打胜了，赖狗深深悟透了一个道理，朝中无人莫做官，朝中无人商亦难。他对常阁老更是感激不尽，逢年过节都会派人或亲自从大运河租船去京都常府孝敬一番。这一年，常大人做寿，赖狗备办了许多珍贵的礼物，为了让常阁老知道他也是一个儒雅之人，他别出心裁，花了不少银两，在杭城找了一个名画家替常阁老画了一张画。这个画家一向看不起赖狗依附朝廷命官，狐假虎威，以势压人的臭奴才嘴脸，更看不惯常阁老横行霸道，贪婪吸吮民脂民膏。现在机会来了，画家心里特别高兴，满口答应，还大声承诺道：

"程客官，请您绝对放心，我一定要画一张精品，保你满意，也让常阁老开心。"

"银子真是一个好东西，这个人平日里自命清高，可见到一锭锭雪花银，眼睛都直了，还这保证，那保证，嘿嘿……"赖狗一出画家的大门，就和跟班的螺蛳说着。

半个月后，仆人从画家那里取回一张已经装裱好的大画，在厅堂里铺开。赖狗正在忙生意，匆匆地望了一眼，见画面很美，红的是蓼花，白的是芦花，还有一只肥大的螃蟹在花下爬行……题的字是篆体，好像是几行蝌蚪在游，一时也认不出来是什么字。

"这个大螃蟹边要是画上黄色的菊花就完美了，菊黄蟹肥，让常阁老边吃螃蟹，边闻花香，那该多好啊。"赖狗对此画评论了一句，就让螺蛳把画卷起来了。祝寿那天，常府里人山人海，常阁老正要把画打开欣赏时，正巧皇帝恩赐的礼品也刚刚送到，阁老急慌慌地跪拜接旨。赖狗那幅画，还没来得及打开，就被常府里的仆人匆匆丢进了库房。

官场无常，哪知第二年，常阁老因谋反罪被抄家流放，官员们奉旨抄家，发现了一幅《秋日蟹肥图》的大画，画轴上题写有"徽州梅溪赖狗敬献"的文字，引起抄家官吏的高度重视，这可是捕捉余党的铁证，官员立即逐层上交，一直送到了朝堂。

侍卫们在朝堂上，把画徐徐展开，画中秋水澄澄，芦花冷白，蓼花透红，一只肥硕的大螃蟹缓缓向沙岸爬上来。

"好肥大的一只螃蟹，比我们的官帽子还大呀。"众臣惊叫着。

"这么大的画，又画得这般神采。看来，这个献画拍马屁的人，花了不少银子，肯定是奸党的余孽。"有的大臣恨恨地说道。

"启奏皇上，我认为这个献画的人，是一个难得的忠臣。"监察御史韩仁康一说这话，众臣们大吃一惊，所有人的目光盯向他一人。

"何故？"皇帝也感到奇怪，他也弄不清这画到底是好还是坏，也说不出个子丑寅卯。

"这张画暗藏了一个天大的秘密，你们看，这只螃蟹墨中带赭，浓淡有致，从粗壮的前爪到细小的后爪，由浓而淡，表面上看，螃蟹的威武气势，其实有暗义，江南人有句民谚，螃蟹上岸，横行霸道。再看看这螃蟹的爪子，略加黄色，看似苍劲爽行，其实是另有玄机，是在警告常奸臣，你张牙舞爪，胆敢染指皇权，下场悲惨。这画的沙土更有意思，几笔横墨加竖点画出的苇间沙地，让人感到沙土的柔软，其实是在骂常奸臣，基础不牢。最精彩的是芦苇间，挂在半空中的那轮残月，残和常同音，暗喻常奸臣已是一个残败之人，太阳快出来了，残月不长了……"韩御史一板一眼地说着，众臣对他精准的解读，无不称赞。

"忠臣！"皇上在高高龙椅上，开心地说道。

"忠臣，绝对的忠臣，这只肥大的螃蟹就是常奸臣。"

众人附和声，响彻朝堂。

"忠臣呀，在常奸臣权重之际，这个叫赖狗的徽州人，敢冒杀身之祸作此画以斥奸党，真是难得的人才啊。"刚才那个骂献画人的大臣，也改口称赞。

高高在上的皇帝，越听越感动，便开口道："此人忠诚可嘉，乃天赐朕之良臣也！"于是，下旨封七品的候补道官职，并回乡敕建牌坊一座。赖狗从吏部领回来一套崭新的官服、官帽。他看到帽子顶上有一块红色的珊瑚，觉得特别好玩。以前，他经常看到洪朝奉家那些漂亮的姨太太们，耳上挂有珊瑚耳坠，手腕上套有珊瑚手镯，手里握着珊瑚手链，不停地把玩……他不由自主地抓住那块珊瑚，摸啊捏啊。

"少爷，这帽子的珊瑚，名字叫'瑞宝'，它是代表着主人高贵和权势。"螺蛳提醒道。此人卑微，知道的东西却真多。

"瑞宝……"赖狗嘴里说着，心里想到梅溪那个亦师亦友的烂肚宝，心里暗暗称奇，肚宝叔讲的话真神乎。但赖狗心里明白，他获得殊荣，纯粹是喜从天降，因祸得福，绝不能在家人和梅溪人的面前说出来，更不能让烂肚宝知晓一点蛛丝马迹。他从京都到杭州，从杭州回梅溪，马车一直是哒哒哒地向前跑，一路春风，不管谁问起这件喜事，他只说一句话："皇恩浩荡，吾皇万岁万岁万万岁。"

第三十八章

　　程熹礼独坐费隐堂里，心里想，儿子赖狗长大了，生意做得相当好，又有官衔，官虽说是一个不用进衙门审案的虚职，毕竟也是一个七品大员呀，面子够大。朝廷让程家破天荒地在梅溪竖起了一座牌坊，真是光宗耀祖的大事。我也该替他娶一位门当户对的女人，省得他一天到晚，四处蹓跶，见到漂亮的女人，眼睛总是溜溜地乱转。程熹礼早就听说，徽州府西乡塘月村的许翰林家有一待嫁的女儿，爱梅花，擅诗文，颇有几分才气，特爱慕雅士，今生不嫁于俗人为妻，要嫁就得嫁风流雅士，年复一年，妙龄少女变成了黄花菜，成了许翰林一桩心事。

　　许翰林只是他晚年的一个高贵的称号，他是六十岁后被"点翰林"。他本是一个大盐商，家中极其富有，人长得秀眉方颐，还有一丛长长的胡须。中年后，他却变得不爱经商，但惛惛好儒，更喜欢藏书。许多乡下人投其所好，常常从乡间得到善本书专程送来，他能买就买，不能买就抄。后来，他又去了京师，流连于书坊、书肆，遇到奇书，不惜银两尽力买下。他家的藏书阁上下六间，藏满图书。阁前遍种桂花树，他把藏书阁命名为"丹桂苑"。他藏书与众不同，许多藏书或附庸风雅，或炫耀于世，或囤积居奇，待价而沽。丹桂苑之书虽有五万卷，却引海内之略识字、能握笔者趋之若鹜，尽情品读。

后来，他听说皇帝号召天下百姓贡献珍本善本图书，他又捐了几百种图书。他虽是一个很有钱的商人，始终忘不了入仕求官，学问很好，却屡屡名落孙山。那天捐完书后的晚上，他做了一个梦，梦中见城墙上的皇榜有一个名字：许晋芳。梦醒后，他把自己的名字也改为许晋芳。

有一年，皇帝南巡，许晋芳代表盐商呈献诗赋。皇帝召试群贤，许晋芳又赋诗四章，皇上读之大悦，拔为第一，赐中书舍人。许晋芳信心倍增，干脆把生意交给家人打理，寒窗苦读，终于中了进士，年逾六十时又被点为翰林。

许晋芳成了翰林后，早已白发苍苍，那一掬漂亮的长胡须也白雪飘飘，后辞官回到了徽州府塘月村。他除了读书，没有别的嗜好，就是喜欢纳小妾。老来纳妾，有人就喜欢拿这事开玩笑，在他的婚礼上写了一副贺联：

> 莺啭一声红袖近，
> 长髯三尺老奴来。

他听到这对联后，不恼不怒，掀髯而笑道："一树梨花压海棠本是人间仙境呀。"

众人大笑道："如有来生，许翰林一定会投胎蜜蜂、蝴蝶，可以日日采花！"他一生在床上辛勤播种，妻妾也未生出一子，只有一个女儿。

翰林府就在村中央，一条碧波荡漾的清溪从门口流过，进了大门，便见十八棵碗粗的丹桂树，叶子碧绿如洗，黄色的桂花正一朵朵、一簇簇在风中摇曳飘香，飞舞的小蜜蜂嗡嗡地叫个不停。翰林的官厅（也是客厅）朝向桂花林敞开着，过了桂花林，上三步台阶便到了客厅。许翰林已退隐多年，正襟危坐在八仙桌边的太师椅上。他身后木板壁上方，挂有一块长方形的匾额，上有四个金光闪闪的颜体大字：儒林楷模。据说，这是皇帝赐给他家的圣物。

许翰林正在翻阅着媒婆送来的年庚帖，看了看，随即又交给身边管家，管家和坐在厅堂侧面椅子上的几位先生，叽里咕噜了一番，点了点头。

"生辰八字和小姐绝配，天赐良缘。"管家在厅堂里大声地宣布。

"不急，还要等待小姐相亲，先开脚色吧。"许翰林威严地说道。

开脚色，就是女方要派人前往男方巡察一番，摸清男方的底子。派的人有幕僚、管家、方士、媒婆等等。程熹礼家世代经商，富甲一方，如今儿子又被当今皇上赐了一个七品的官职，那气势还是够大的。众人在程府里吃好喝好，每人又有一包白花花的银子放进袋子，自然千恩万谢。回见许翰林时，嘴里说的尽是门当户对，天赐良缘的赞语。

程熹礼早就考虑到了这一些，赖狗天生就有点驼背，加上多年的江湖生意、官场上的滚摸，人的形象越来越有些猥琐，让他去许家相亲，那位心高气傲的许小姐不一定看上他。相亲那天，媒婆却带了一个年轻俊俏的后生进了许家庭院，过桂花林，进了厅堂，又从厅堂左边一侧门进入后院，院中有一个长方形天井，天井四周便是层层叠叠的木楼架构，尽是雕刻精良的花板，玲珑剔透的花窗，从地面到屋顶黛瓦间，所有的花窗都半掩半开着。那后生走到天井时，带路的仆人便一言不发地从一个小木门溜走了。后生不熟悉路径，进也不是，退也不是，十分尴尬，百无聊赖地在天井青石板上来来往往，时而低头看看地上的青苔，时而抬头看看天空上的流云。

许小姐此时正躲在楼上的花窗后观看，她轻轻地从这扇花窗走到另一扇花窗，从不同角度地看着那后生的行为举止。她心里想，这男人喜欢梅花，而且把梅花生意做遍整个江南，一定是一个高雅之人。就在她甜甜地想着的时候，那后生突然昂起头，看天上的白云从天井口流过。"好俊秀的一张脸"，许小姐顿时惊喜起来。"娘，你把这个鞋样交给爹爹。"许小姐满脸通红，面如桃花。

鞋样就是许小姐用纸剪出来的鞋底模样，代表该女子今后愿意为夫君纳鞋底制布鞋，也就是代表许小姐相中该男人了。

程熹礼正在准备聘礼派人去许翰林家下聘，媒婆手中挥舞着一块红纱布来到程熹礼面前说："今天早晨，我路过一壶春茶庄，听到洪家人说，赖狗娶许翰林女儿没什么可以显摆的，他曾经不过是洪家茶庄里的一个伙计而已！"程熹礼一听此话，满面春风的脸，顿时乌云密布。

"不要乱说，你们媒婆嘴皮，黄豆也能吹成大雪梨。"程熹礼大声训斥。

"老爷，小声一点好吗？你让人代少爷去相亲可以骗过小姐，晚上进入了洞房，凭少爷那股蛮劲，也由不得小姐，生米煮成熟饭也就算了。可是，隐瞒少爷那段为奴的阅历可不是小事，失去面子是一回事，徽州礼法不行，许翰林那里更是通不过去的……"媒婆倒豆一般，哗啦啦地说着，程熹礼低着头，哑口无言。

程熹礼带着赖狗来到浮生园，进了大厅后，发现门两边的木板对联与几年前挂的不一样，好像换了内容，字数也增多了。程熹礼虽然多年没有踏进浮生园了，但这点还是记得清清楚楚。

　　茶户喜，麦垄香，大有颁书，歌舞遍天都士女。
　　淡水清，园花落，一行作吏，咨嗟问山越饥寒。

赖狗读完后，心里想着，你洪朝奉还不是一个什么官，就装得这般忧国忧民，也只不过是一个茶商而已。想着，想着，他突然想到洪朝奉，他家朝中有人，说不定已用银两买了一个和他一样虚职的官，只是没有显摆出来……想到这里，他又肃然起敬。

"今天早晨，我家院子里的梅花树上，飞来一大群喜鹊，叽叽喳喳，好热闹，我就猜想，有贤人要踏进寒舍了，果然是七品官光临，蓬荜生辉啊！"洪朝奉笑哈哈地打趣着，他看了看程熹礼，又瞟了一眼弯着腰的赖狗。

"什么七品官，那是一个虚职，只是这个小子运气好，徒有虚名啊。"程熹礼小心翼翼，说得十分低调，十分得体。

"你程家总算竖起一个牌坊了吧，又要娶翰林大人之千金，真是双喜临门啊！"洪朝奉语气肉中带刺，让程熹礼父子俩感到一股股寒气直扑而来。

"贤兄，我们有一事相求……"程熹礼边说边递上一张花花绿绿的银票，一脸讨好的神色。

"别说了，你们一进门我就知道你们的意思，你程老爷也算是我们梅溪的贤达。我马上打招呼，不许把赖狗那点破事讲出去，程家娶一个千金小姐也是一件光彩的事，我祝贺才对，银票拿回！"洪朝奉讲的话十分干脆。程熹礼和赖狗千恩万谢，低着头，飞快地离开了浮生园。

赖狗结婚那天，洞房花烛夜，满心欢喜的许小姐头巾被挑开，她含情脉脉地看了新郎官一眼，大吃一惊，这位男子竟然不是以前相中的英俊后生，而是一个驼背丑陋的男子。赖狗喝得烂醉，在新房内摇摇晃晃，一不小心，把许小姐从娘家带来的红漆马桶和一对灯盏踢翻在地，地板上到处都是红枣、花生、红鸭蛋（用红颜色染成）、百子糕，两盏灯也在地板上咕隆咕隆地滚动着。赖狗呕吐不已，趴在木地板上呼噜呼噜睡着了，猥琐之极，器具上到处是布满酒气的呕吐物。许小姐见此无比后悔，越想越气，竟然找了一根绳子，挂在精美的千工床上，往娇嫩的脖子上一套，吊死了。赖狗酒醒，新娘子的身体早已冰冷了。许小姐之死，在梅溪闹得沸沸扬扬，她死前还写下一段话："……冰山南，雪山北，妾身入净土，几生修得到梅花乎。"许翰林读到此句，老泪纵横，直怪自己老眼昏花，有眼无珠。梅溪还有一个无名氏，写过诗悼念她，诗曰：

> 道根早已彻声闻，不习华严习坟典。
> 赋罢游仙归碧落，瑶宫应待女修文。

好在赖狗身上有当今皇上封的七品官衔，许翰林也没有
过多地为难程家，只是吩咐女婿，要在他女儿的坟墓上多植
一些梅花。她生前爱梅花，死后也让梅花陪着她，花芬芳，
鬼亦芬芳。

第三十九章

　　赖狗的事让程熹礼焦头烂额，义田的事让程熹礼更加狼狈不堪。荷花畈的义田本是全梅溪商人捐赠出来的肥田，各族的族长们，一致认为程熹礼在梅溪众人中，威望高，人也本分，又长年住在梅溪，所以，大家都推他为义田的总管。开始那些年，程熹礼确实把义田经营得很好。村中修桥补路等要花钱，义田的收入可以支出；哪家无米下锅，从粮仓里，可以一包一包地搬出来救济。笔笔账目记得清清楚楚，端端正正，赢得了很好的口碑。

　　义田就在梅溪河畔南岸，正对着梅溪镇，它们之间有一个河湾形成的大水潭，一年四季，碧水汪汪。出了梅溪的皱月巷，便见一个古月台，已经弄不清哪个朝代建的，这个台子的地面和围栏全部用黟县青巨石砌成，显半月形状，上有石桌石凳，四边还有旗杆石。每年中秋，梅溪的文人墨客、巨商富户都喜欢在此处赏月，沐浴清风，边吃月饼边饮酒，赏皎皎月华，观粼粼碧波。又是一年中秋夜，洪朝奉、程熹礼他们一大群人群集在古月台上饮酒赏月。

　　"绿荷花上挂明月，还闻稻花香。"程熹礼把酒临风，望着河对岸荷花畈上一片片朦胧的稻田，开心地说着。

"绿荷花上挂明月，不错，但现在已经没有稻花香闻了，应该是明月下荒草丛丛，尽是飞蛾爬虫。"洪朝奉调侃着说道，心里想，你程熹礼是一个瞎子呀，蒙着狐狸说獾，睁眼说瞎话。

"你这话是什么意思？"程熹礼感到洪朝奉的话中有话，就轻轻地问道。

"十五的月亮十六圆，程老爷今晚或者明天有空，可以让螺蛳替你撑船，去对河看看，就什么都明白了。"

"今年，我还准备扩建两个稻仓呢，不然到了时候，稻谷多得没有地方堆放。"程熹礼自信满满地说着，他对洪朝奉的话，颇不以为然。他自信是很有道理的，他把义田全部交给了梅溪最需要田的人种稻了，这些人个个人高马大，十分壮实，都是干农活的好把式，到了粮食收割的日子，按比例交一些粮食给管事的程熹礼就行了。梅溪的十八壮汉旺财、富贵、小狗、雌猪、阔海、讨饭、瘌痢、痴子、老狗剩、秤砣、歪嘴青等人，都有几亩或数十亩的肥田可耕耘。头几年，十八壮汉交粮食那天，程熹礼早早叫人把粮仓打开，让他们把一担担稻谷倒进黑漆漆的粮仓，粮仓很大，还有不少陈年的积粮。开始那两年，他们一个个挑着满筐的稻谷往粮仓里倒，程熹礼数了数筐子的数量，真是一筐不多，一筐不少，渐渐地就相信他们了，干脆把粮仓的钥匙交给他们，稻谷堆好就行了。从此以后，他们每年都会挑着满筐的稻谷，在粮仓里外，进进出出，忙得很呢。

几年下来，这些人开始变鬼了，而且越变越懒，互相之间还想着点子瞎折腾。

一条从驼峰山中流出的清泉，越过一道又一道山弯，最后流进了荷花畈，缓缓流进一丘又一丘的水田。讨饭、瘌痢那些田在水渠的前方，老狗剩、秤砣他们的田在水渠的尾方，还有小狗、歪嘴青的田在水渠的中央。老狗剩他们指责上游讨饭等家的农田吸干渠水，让下游的农田无法耕种；讨饭他们又骂老狗剩们把农田挖得太深太深，上游的渠水全部流完了。小狗、歪嘴青的田在上下之间，可以高枕无忧了，可上游为了堵着水流，不停地抬高田埂，下游为了吸入更多的水，不断地降低田埂，几年下来，小狗、歪嘴青他们水田由方方正正变得歪歪扭扭，成了一片又一片孤岛模样。程熹礼一直忙着他家的生意，对这些事竟然一无所知。

　　荷花畈一片片肥沃的稻田，成了杂乱无章的滩地，他们干脆不种水稻了，或种玉米、或种高粱、或种向日葵。歪嘴青有点文化，还说："不深不浅种荷花，我荷花不种了，就种芋头吧。"荷花畈似一个植物园，玉米苗已有一尺多高，油黑发绿的叶子随风摆动，发出籁籁的响声，弹拨得行人心里痒痒的。红彤彤的高粱，挺直着瘦长的身材，在风中不停地摇曳着。向日葵挺着细高的杆，宽大的碧叶烘托着金黄的花朵，风致无限。芋头叶子形似荷叶，碧绿碧绿的，挨挨挤挤的就像一个个圆盘，又像一柄柄小伞，风吹时你拉拉我，我扯扯你。

　　"讨饭家的玉米种得太密了，把我们的日头光都吸完了，真霸道。"

　　"秤砣家的向日葵长得太高了，把我们稻田的风孔都堵死了，太欺负人。"

"歪嘴青家的高粱长得沉甸甸，还不停点着头，把我家的芋头叶子弄破了许多，太显摆了。"

他们又在不停地互相指责着对方，南街上的人也分不清谁对谁错，也只有笑笑而已。可到了收割时节，他们又开始胡言乱语吹着：

"我家芋头子可大着呢，个个都有西瓜那么大。"

"我家的玉米棒槌可不得了，一个个像冬瓜那么粗，那一排排玉米籽简直就像洪朝奉爷爷驼峰居士的满嘴金牙齿，金黄金黄的。"

"这有什么大惊小怪的，我家的向日葵个个都比孙吟可春蠢堂里的洗澡盆还大还圆呢。"

"嘿嘿，我的红高粱沉甸甸的，红彤彤的，就像程熹礼老爷送给我们的红灯笼。"

南街上的人都深知这班人的德性，谁也不和他们争个长短，有人点点头，有人摇摇头，有人发出冷笑声，还会干咳一二声。

"你们把自己种的东西吹上天了，也值不了几个钱，说不定还买不起洪朝奉家那只一品锅里的菜呢。"司马正狠狠地臭了他们一句，他实在看不惯这些人的嘴脸。

"也是呀……种田真种不出头啊，以后我们干脆混混日子算了，省得大家争来争去，伤了和气，梅溪富人大户多得很，程熹礼老爷是好人，他不会看着我们饿肚子。"歪嘴青他们似乎突然觉悟起来了。

他们的笑语声戛然而止，一个个很无趣地散去。

第二天，程熹礼一下船，踏上荷花畈，往义田走去。站在田垄上，四处望去，哪有什么稻花香，尽是野草苍苍，白蛾茫茫。

"天啊！千亩的肥田怎么变成了一个大草原了。"程熹礼惊慌失色，大声地喊道。

"老爷，梅溪人都在责怪你，说你乱做好人酿成这个荒唐事。"螺蛳轻轻地说着。

"他们不是年年都去交粮食的吗？"程熹礼心里还是弄不明白这到底是怎么一回事。

"这真是一个天大的笑话，这几年，那群人只有一担稻谷，先由一个人挑着稻谷进了粮仓大门，再又悄悄地从后门挑出来，交给第二个人，第二个人又如此一般表演一趟，交给第三个人……十八壮汉进进出出，其实就是那一担不知来历的稻谷，在不停地表演着，也遮盖了我们的眼睛。"螺蛳把梅溪人的传闻，一五一十地告诉了程熹礼。

"他们怎么会这样？仓廪实而知礼节呀。"程熹礼怎么也想不通，这些看似朴实的佃农，怎么也是这个德性。

"他们只要讨老爷你欢心就行了！反正镇里的粮仓有的是粮食，你总会拿出来救济穷人。干得好和干得不好都一个样，不如不干，等你发救济粮就行了，又不会饿死人。"螺蛳话语中，也有几分愤愤不平。

"作孽啊，这些人哪像是穷人，是一群懒汉。"程熹礼后悔不已。

"做生意赚的钱也是辛苦钱，不要为了那个虚无的义字，乱救济，义田不生义，也是罪过呀。"螺蛳皮笑肉不笑地说着，主仆两人一直站在那里叽里咕噜着。

"天苍苍，野茫茫，风吹草低见牛羊……"孙吟可在不远处大声地唱着，一脸落井下石的酸气。

"这大片肥田长草放牧实在太可惜，我孙家也捐了不少田呀。"孙吟可又大声地喊道，惺惺作态着。

孙吟可弯下腰，伸手往草丛里一抓，再用力一拔，便是一大把摇头晃脑狗尾草，这和他平日里见到的那些懒汉一模一样，摇着头晃着脑，不停地讨好着人。

他又弯下腰，伸手一抓，是一把正开花的蒲公英，花絮四处飞扬，眼前一片茫然。"怎么又和那些懒汉一个德性，吹得天花乱坠，其实是一群嘴尖皮厚腹中空的瘪三。"孙吟可自言自语着，随后，把手中的蒲公英用力往远处一抛，几朵小花絮又扑面而来，堵塞了鼻孔洞。"还不让我出气，我非要出一口气，让你看看。"孙吟可边说边用手抹掉鼻孔洞的残花败絮。接着，他又有点幸灾乐祸的意味，大声地说道："都说为富不仁，不是人人都这样的，我就不是这号人，我要在荷花畈这些长满杂草的义田中，替梅溪人建造一座气派无比的藏书楼，楼上有一百个花窗，梅花窗杏花窗桃花窗梨花窗等等，要有尽有，楼的名字就叫百窗楼，五朵花瓣簇拥着百窗楼，这才是花开五福。"

在梅溪建造百窗楼也是一件光宗耀祖的事情，说不定比洪家的贞节牌坊、程家的花窗牌坊更风光呢。梅溪的后代子孙读书做官了，他们写的文稿就会提起我的功德。虽然，梅溪许多大户人家也有藏书阁，那只不过是螺蛳壳里做道场而已，也只能藏藏自家的那几部破书吧……孙吟可越想越开心，那幢楼似乎越砌越高，重重叠叠，直入云霄。

他想了许多，梅溪建祠堂，风水宝地被那些强势的大户人家霸占了。杭州建梅溪会馆，我出钱出力出木雕等，可名声也是被孙探花、洪朝奉、程熹礼他们占有了。我自己建的楼房，烂肚宝又故意放风说是金銮殿，想让我背一个要被杀头的欺君之罪……这次，我孙吟可要独自出资建造。祖宗说得好，众人养一条牛，不如一人养一只羊，成功了都是我孙吟可的功德。

"这个百窗楼一定建得气派，我要带一些工匠去一下杭州、苏州、扬州看看，徽州府的紫阳书院也要参考一下。楼房要高大，让万人敬仰；木雕砖雕石雕要精美，让世人痴迷；墙院要通透，书香四溢。"孙吟可在春蠡堂里，对仆人认真地吩咐着。

"孙老爷，义田那一带的风水不是太好，种粮食可以，但不适合建造百窗楼。"烂肚宝突然冒出这句话，烂肚宝总是似幽灵一样，又溜进了春蠡堂，那只斜眼望了望荷花畈方向，又飞快地转了回来，死死地盯住孙吟可的脸。

"难道还有比这里更好的地方？"孙吟可急忙问道。

"状元墓！"烂肚宝的斜眼又瞟向斗山下一个叫风飘罗带的小山坡。

"你怎么知道这个地方好！"孙吟可低声地问道。心里想，这个家伙又会生出什么妖蛾子。

"几年前一些朋友告诉我的，他们还是一些盗墓高手呢。"

"盗墓的？"孙吟可大吃一惊，挖人祖坟可是要遭天打雷劈的缺德事。

"我最早还不知道这些，后来才明白，他们是一群四处流浪的掘墓人。"

"现在想起来，还有点可怕呢。"烂肚宝说着，闭上那只斜眼，也陷入往事中。

数年前，叛军刚从梅溪跑完后，梅溪的洪状元墓一带，突然来了一群衣衫褴褛的外乡人，他们说是逃荒来这里的北方人。那时，这样的落难人到处都有，谁也没有在意他们。他们在状元墓边的荒芜地上搭棚挖地，种玉米，种高粱，植亚麻。烂肚宝也经常去游荡，渐渐地也熟悉了，成了朋友。那些人总是神神秘秘的模样，凭烂肚宝的江湖经验，也觉得他们不是什么善良之辈。

玉米长密了，高粱长高了，亚麻也长粗了。这天，烂肚宝棺材店没有生意，闲着无聊，又来到状元墓周边，见茅舍里空无一人，就跑到玉米地去看看。那群人正躲在玉米地里挖坑打洞，一道几米长的坑沟直达状元墓的坟头。烂肚宝心里明白，这是一群盗墓贼。

"你要命还是想要管闲事？"一个膘肥体壮的黑汉，一手拽着烂肚宝的脖子，低着头，暴出两只眼珠，沙哑地问道。

"我要命，还想你们也分一些银两给我呢。"烂肚宝轻声地回道。

"这好说，只要你封着自己的嘴巴，我们弄得东西了，也会分一些给你。"那黑汉放下手，爽快地答应了烂肚宝的要求。

烂肚宝听到他们的许诺，也心甘情愿地替他们站岗放哨，还把平日里听到老人说的故事，也一五一十地告诉他们："我听老人讲，这个墓是状元公妻妾合葬墓，墓里确实有不少好东西，名砚、名墨、名玉石、瓷器在坟墓中埋了许多，尤其是妻妾陪葬物更加珍贵，什么嵌碧霞金凤冠、金丝如意灵芝鬟花插、白玉熊、翠座朝珠、连瓣绾髻玉冠、仿古玉斧等，还有六块刻字的金条……"

"金条，你怎么知道坟墓里面有金条？"

"据说，这个状元一生崇拜朱夫子，熟读朱子文，以朱子言语为自己的行动指南。他特别推崇朱子那句'存天理，灭人欲'的名言，死后，他的弟子们，都捐了不少银两，特意为他铸了六块金条，每一块金条上都刻有一个字，称为天金、人金、理金、欲金、存金、灭金，摆放在棺材里。有人把顺序排错了，成了天理灭，人欲存的字型……弟子们为此又争吵起来，许多人都知道这件事。"

"这墓主人到底是多少品的官？"黑汉两眼冒火，急急的问道。

"这个状元官倒是不大，在徽州来讲，也只是一个中等品级的官员，好像当过礼部侍郎、兵部左侍郎等等。但他是唯一担任过'大使'的状元公，皇帝派他担任出使俄国、德国、奥地利、荷兰等国大使。"烂肚宝边说边望着那个黑汉，他见黑汉急不可待的样子，便露出一丝微笑说道："这个状元公很好玩，他以为自己是大国的状元公，必自恃大国之尊严，他不懂洋文，也不肯学一句洋话；他身穿大清的官服，土布袜磨破脚，也不换上洋袜（绒线袜）；他也不和任何人合影照相，怕被摄去灵魂；他每天伏案阅读从国内带去的线装古书，朱子《四书集注》是他每天晨读的必修课。"

"这个状元公真是迂腐。"黑汉插了一句话，顿时变得一脸无趣，双手闭着耳朵，不想再听。

"不，别看他表面是一个书呆子，他却很聪明，他回国后，及时向慈禧太后奏疏报告：'看中、欧形势而言，欧洲多事，则中国稍安。臣以为不出十年将发生欧洲战事。英国则常为局外之观，法国则存复仇之心，德国则惟日孜孜以秣马厉兵为事，唯俄国则有并吞之志……'后来，这些不都很快就一一应证了。"烂肚宝说起这些是一套一套的，好像他就是当年状元公身边的幕僚似的。

"打开小妾棺材更要小心，估计许多宝贝都摆放在她身边。"烂肚宝就是烂肚宝，好像当年下棺时，他就是洪姓家族的主事一样，什么事都一清二楚。

"不要扯远了，果真如此，那就发财了，盗有盗的行规，我们不会亏待你，到时候也会送你一块金条。"黑汉低沉沉地嚷道，一只手堵着烂肚宝的嘴，不许他再罗嗦。

烂肚宝天花乱坠，盗墓贼们的眼珠已经都变绿了，人人发出冷冷的幽光。他们每一个人手上都有一把叫做洛阳铲的铁器，是穿穴打洞、启椁开棺的利器，一直在不停地挥舞着。几天后，玉米林中挖出来的坑道又被填实，那群人也走了。谁也不知道，他们究竟盗到什么宝贝？有多少件？烂肚宝分到了多少？烂肚宝在众人面前说自己是一个无辜的受害者，英勇争斗几天，也被绑架了几天，全梅溪人都同情他，最后梅溪各族一致同意，那群人种植的东西全归烂肚宝一人收割。

"我听那群盗墓贼说，他们夜晚住在这一带，经常见到从地上冒出一缕缕的青烟，这是瑞气，只有龙脉好的地段，才有这样的怪异夜象。"烂肚宝对孙吟可终于说起这秘密，那只斜眼又不停地往四周张望着，生怕其他人也知道这个秘密。

　　"你说的有道理，我就把百窗楼建在这里，瑞气全归我孙家。"孙吟可豁然开朗，那一缕缕瑞气似乎正悠悠向他身边飘来。

第四十章

百窗楼动工前一天，孙吟可在孙家祠堂举行了一场盛大活动，即拜朱子像。他也要像洪朝奉、程熹礼、方阶云他们一样，逢事拜朱子像，梅溪人就知道了孙吟可曾经也是读书人，肚子里有文化。

老秀才方阶云抱着那个狭长的木匣子，刚走到孙家祠堂门前，孙吟可立即迎上去，热情地说道："方老先生，你辛苦了，把朱子画像交给我。"

"交给你？不放心，我人都来了，好事要做到底，万一损害了画像，我会遭雷劈。"方阶云一脸不信任，他心底根本就看不起这个五毒俱全的奸商。

"你怎么和洪朝奉他们一个腔调，其实我也是崇拜朱子的读书人，决不会像烂肚宝之流一样猥琐。"孙吟可轻轻地恳求道，心里却不以为然地骂着，兜里没有几个钱，捧着朱子像还不是为了骗吃骗喝，假清高而已。

"这个画像是我们梅溪人的神像，会保佑大家考功名，当大官，发大财，梅溪不能没有它。上次叛军来时，差一点被毁掉，现在想起来，我的心就怦怦地惊跳着。"方阶云说这句话，脸还是紧绷着，想起这张朱子像一路走来，五味杂陈。

"这些我都知道，我只是想在众人面前露露脸，想主持一下这个庆典。你是知道的，梅溪人每次有大事，不是洪家，就是程家，还有其他家族，占尽风光。他们拜朱子，我也要拜朱子，他们讲礼节，我也讲礼节……"孙吟可死皮赖脸地哀求着，脑海涌现出人声鼎沸的场面，洪朝奉、程熹礼他们正酸溜溜地躲在人群后面，呆乎乎地望着他。

"唉，你们这些有钱的人就是喜欢折腾，画像还是我去亲自张挂，该念的文章全在这张纸上。"老秀才叹了一口气，就把一张歌颂朱子的文稿，小心翼翼地交给了孙吟可。

孙家祠堂门前，炮竹声声，浓烟袅袅，祠堂里传出孙吟可大声颂读文稿的声音，这声音虽然很大，总没有老秀才方阶云读的抑扬顿挫，像一只受了凉有些感冒的大公鸡，沙哑沉闷。

"听说杭州孤山南麓，仁立着一片云霞翠轩，这是江南最出名的藏书楼，历经康熙、雍正、乾隆三朝才建好的。我也想通过梅溪会馆的人脉，找一下绩溪的胡雪岩先生，他们路宽人脉广，先去看看，再画出一些图，设计也就八九不离十了。"孙吟可向筹建百窗楼工匠们说出自己的想法。

孙吟可他们来到了孤山，登阁远眺，左为白堤，右为西泠桥，远山连绵如浓浓的水墨画，湖上烟雨濛濛，远离尘嚣，这藏书楼真是读书赏景的绝佳。

"把梅溪百窗楼建在状元墓一带，也可以左看驼峰，右看梅溪，背靠斗山，楼下踏着龙脉，楼上又可以弄月取星。今后梅溪也不知要出现多少白居易、苏东坡这样的人才，还有那可爱无比的苏小小呢。"一个瘦小的仆人面对西湖，心旷神怡，讲起话也诗意起来。

"白居易、苏东坡这样的人，我是不敢多想的，只求身边有苏小小这样的尤物就行了，免得天天受家中河东狮的气。"孙吟可一想到家中母老虎吴德懿，心里倍感压抑。

"孙老爷，莫急莫急，书中自有颜如玉，当你建好百窗楼，一定会有许多如花似玉的才女，恋上你呢。那时候，一花窗一美人，你看都看不完呢。"

"嘿嘿……"

最引梅溪人关注，是百窗楼上梁时辰，孙吟可特意请了一个锣鼓班，乌拉拉一群人，边敲锣打鼓，边高声唱着《上梁歌》：

> 金斧一动天地开，鲁班先师下凡来。
>
> 东家择个黄道日，要做万年藏书楼。
>
> 百样材料都备足，今日正上栋梁材。
>
> 金斧响到东，文官在朝中。
>
> 金斧响到西，福寿与天齐。
>
> 上有金鸡叫，下有凤凰啼。
>
> 金鸡落地，处处生意。

梅溪百窗楼借用了杭州孤山藏书楼的建筑技法。依斗山傍梅溪水，墙院内有亭台、假山、池塘、花径，而真正用来藏书的楼就是池塘边的三层楼，这楼粉墙黛瓦，飞檐走壁，远远望去又似一个宋代官员的官帽，说是要吸收宋代苏东坡的灵气。楼房四周花窗上的"窗眉"，上面都题有"驼峰雪霁""天目叠翠""梅溪曙色""小街人烟"等，行人看到了小街这两个字便浮想联翩。

园中还有好几个特别有意思的门亭，孙吟可是这样解说的。绿绕亭，绿水环绕，财源滚滚。君子亭，往来无白丁，皆谦谦君子也。归来去兮亭，代表高朋满座，胜友如云。彩虹亭，风雨之后见彩虹，商人不易啊。还有一个亭的名字更怪，叫官轿亭。

"这有什么奇怪，百窗楼就是为了藏好书，让后人读好书，金榜题名，当官做老爷，自然要坐官轿。"孙吟可讲起话来，神采飞扬，好像他这百窗楼建成以后，梅溪马上要诞生许许多多举人、进士、翰林了。

"百窗楼建好了，得有好的藏书呀，只有好的书，才能使百窗楼名扬江南。"孙吟可望着美轮美奂的大楼，心里无比的愉悦。

要想藏好书，就得有好的刻书版本，战争前，徽州刻书极其辉煌。战争后，孙吟可有银子，已经收购了丰富的珍善本和一些稀少的版源。孙吟可要工匠们参照"紫阳书院"是有意思的。紫阳书院是徽州府最大、历时最久的官办学校和官办出版机构，里面刻出的书，不仅内容正统、品种众多，而且都能被朝廷编进《四库全书》中。据说，"唐宋六大家"精选本最初就出现紫阳书院的刻书中。那时，世上盛传"唐宋八大家"，徽商反其道而行之，故意来一本"唐宋六大家"，引人眼球，引起热议。

要想在刻书行业中赚大钱，就得标新立异，独树一帜。如果做得好，名气上去了，建百窗楼投入的银两也会很快回笼，孙吟可的算盘越拨越精。

这一点，孙吟可心里比谁都清楚，那场战争，徽州的刻书业遭到惨重的损害，叛军所到之处，见书就烧，见到刻版就毁，从金陵到徽州，一座座刻书坊都成了废墟。几年前，他随意地从当铺的库房中，找了一些名画刻版，印了一些画，刚摆进杭州徽州的书店，没过几天，便销售一空。

　　"这些都是前人遗留下来的名画呀。"孙吟可自己都在惊叹，也感到自己的眼光太好了。

　　"吴道子、倪云林、黄公望、王蒙、巨然、董源……也只有从这本书上才能看到啊！"许多人也在惊叹着徽州刻版的神奇，就连那些很少称赞商人的文人，这次竟破天荒。一本很平常的画册，便成了洛阳纸贵的气象。

　　"现在想起来，眼光最重要。当时在当铺里，大量收购的废弃刻书版，如今，它们一个个都成了世上无数孤本的娘了。现在许多文人又开始喜欢小说了，我家库房里就有徽州前人鲍廷博所刻的《聊斋志异》，程晋芳所刻的《儒林外史》。当时，你们有眼无珠，把它们当作一堆垃圾，其实都是价值连城的宝贝啊……"孙吟可望着眼前忙里忙外的伙计们，越说越来劲。他眼前尽是铺天盖地的百花飞絮，望着那纷纷扬扬的花絮，孙吟可感到是天上的雪花在飘洒，又好像化成一块块小小的雪花银锭，落在百窗楼的门前门后，渐渐地又成了一座比百窗楼高许多的银山。

　　"要刻好小说，版画插图尤为重要，小说《三国演义》《水浒》《金瓶梅》的初刻本，就是以精美的插图取胜，而吸人眼球。盐政改革，大盐商全倒，战争，徽州许多行业也毁了，徽州刻书也随之式微，如今已是凤毛麟角。现在要刻版小说，市场前景一定很好，但需要作家、画家、雕家三方高手通力合作才行。这些人才都散落在民间，你们要赶紧到徽州各地去招聘能工巧匠，走村串户，广交名匠，不要怕花钱多，舍不得孩子套不住狼，将来生意好了，都会成倍地收回。"孙吟可胸有成竹地对伙计们吩咐着，他已把生意做得炉火纯青。接着，他又颇有海纳百川的气势说道："梅溪邻村有两位画家张绍宋、吕焕章，尤工人物画，曾经在叛军军营中当过差画过。据讲，他们画人物线条细若毛发，柔如绢丝，战争后，他们就躲在深山中开荒种地，过着隐居的生活。你们也可以把他们聘请来，只要能为我们所用，也就不要去管他们以前干过什么事，英雄不问出处。"

孙吟可他们印制的《聊斋志异》《儒林外史》一面世，引起轰动，上至博学鸿儒，下至耕读世家的平民，都争购珍藏。孙吟可卖书、卖碑帖真有两下子，百窗楼前热闹非凡，左前方有一个说露天书的摊，可以免费听说书，右方有一个碑帖摊，读书人可以索要一些碑帖，也是免费。

说书摊前人不多的时候，那说书的老先生便独自唱道：

> 露天书，露天书，
> 书中情节关子多。
> 一回只有一短阙，
> 三国志，封神榜，
> 任尔书中角色多，
> 不及孙家刻版书。

书摊前聚焦了许多人，他站起身，从身后书堆里摸出一本厚厚的《三国演义》，在空中抖动了一下，便正襟危坐着，嘴里吐出一句很清晰的话："这书印得真好，看起来字字有趣有神，我看了几天就读完了，现在不用看也知道。"说完这句话，他又把书合上，轻轻地把书推到一旁，便张口说道："话说曹操带着百万雄师下江南来了，崩崩沙沙，咯咯啪啪……"

那边的碑帖摊也不平静，许多人正围在摊前七嘴八舌，那摊主也不闲着，他也在唱诺着那几句陈词滥调：

> 昔人读书将字习，自幼至壮要临帖。
> 百窗楼里生意忙，碑帖成山挤厅堂。

佃户阔海、富贵、讨饭他们很早就出了百窗楼，他们力气大，每人的肩上都扛着一捆书沿街叫卖，走村串户兜售。他们嘴里喊的话，都是有人早已把他们写好的，他们只要会背就行。银两就是一个好东西，他们的记忆力好像特别地好，喊叫的声音也是一个比一个响：

> 小说书，真好看，开豁心思此为最。
> 只怕书少买不全，汗牛充栋何能算。
> 昔人古书多遗漏，今人印书补缺憾。
> 孙家新书已改良，看书之人可猛省。

张绍宋、吕焕章两人在书中的插图竞相豪华，精工富丽，使得两书的思想境界，栩栩如生地再现图中。从来不说一句好话的司马正都说："看了插图，就知道我们徽州真是藏龙卧虎之地，今后谁敢抹黑徽州，定会千刀万剐。"话说了有些过头，众人听了却很舒畅。

"本朝名著《红楼梦》书中有一句'怡红快绿'的妙句，说明大家都很喜爱红色和绿色，或红绿搭配。如果我们在插图中，同时印出两种颜色，会产生赏心悦目的快感，刊行量也会大增。"张绍宋提出了这个建议，立即得到孙吟可的赞许。张绍宋见主人如此爽快，也暗暗佩服起孙吟可在赚钱道上的活络劲头。

有红有绿插图的《聊斋志异》《儒林外史》书一出百窗楼，众人争阅，价格也一涨再涨。孙吟可立即增加伙计们的酬金，尽量加大刻印工作量，依然供不应求。大家站在百窗楼前，捧着一本本墨香四溢的书，惊叹刻书的精美，陶醉于书中那一幅幅美妙的插图。

"书中那个范进的神态，真像我们梅溪的老秀才方阶云。"司马正对着《儒林外史》中插图打趣着。

"书中范进中过举人，我又没有中过举，肯定不是我。"方阶云把书接过去看了看，摇了摇头，否定着。心里却想，这画的刻的，惟妙惟肖，还真有点像自己。

"这个严监生很像程熹礼老先生。"有一个人双目盯着书，冷言冷语道。

"不像，不像……程先生只是对我们男人小毛，但对女人们还是肯花钱的。"梅溪称小毛，就是小气的意思，也不知司马正在替程老爷洗白，还是在故意挖苦他。

"我倒觉得程熹礼的父亲程秉仁很像书中一个人物？"

司马正又开始故作高深。

"谁？"众人异口同声地问道。

"还有谁，就是那个牛布衣老头，为了竖牌坊，逼死自己亲生女儿的怪老头。"

"快翻翻看，看看像不像。"

"你们翻到了没有？就是这个老头，这形态，这脸型……尤其走起路的样子，那两条腿都很像两脚牌坊中的两根石脚。"司马正说了这句话，逗得众人捧腹大笑。

"还有《聊斋志异》那个吊死鬼，也有点像赖狗的老婆许小姐。"又有一个人在挑起话题。

"这个就不一定对，梅溪的吊死鬼太多，有的被丈夫逼死的，或被族人逼死了，有的是被流兵散勇逼死的，有的被流言蜚语气得去上吊死的……反正，梅溪人为了竖牌坊，都喜欢把这些女子，当作贞妇烈女上报朝廷，就是想竖起一座又一座牌坊而已。"司马正说的话，冷冷的又带有讽刺，却真有道理。他扭过头，又说道："梅溪还是赖狗这人厚道，一座花窗牌坊让梅溪女人人人有份。"

"那么洪朝奉这个人物呢？"一直在笑声中看热闹的孙吟可突然冒出了这句话。

"画家画人，作家写人，都是有真人参照的，不然的话，书能刻印得这么尽善尽美。"司马正望了望两位正在作画的画匠说着。画匠们听了这句话，只冷冷地笑着，一言不发。

"你们可以翻开《聊斋志异》中抓蟋蟀那几页，好像是《促织》那篇，我记得上面有一幅很有意思的插图，图上题有'一人得道，仙及鸡犬'。"孙吟可故意调侃着。心里却暗暗骂着，洪家朝中有个王侍郎，才成了梅溪有头有脸的人物。

"你们看这页，画中那位老者肯定是王侍郎，身旁围着的那些人就是洪朝奉一家人，他们家起初也不过是梅溪的土郎中，皇恩浩荡，一个个都让他们成了富豪。"孙吟可翻着书，酸溜溜地说着。

"这蟋蟀的头都是红的，画得真神！"有人又指着插图中那只大蟋蟀高声说道。

"红顶商人呀，上面的顶肯定是红的……"孙吟可说着说着，又哈哈大笑起来。

"难怪洪朝奉就像一只大蟋蟀，轻快而善于搏斗。"那人拍起孙吟可的马屁也不留一点痕迹。

孙吟可望着百窗楼里里外外，人群沸腾，生意火爆，心情无比快乐。

"洪朝奉、程熹礼都以为自己有文化，其实我孙吟可也一点不差，且不说，我们孙家出了一个探花，就是我孙某人也是一个能写诗的文人，只是我在生意场上风生水起，掩盖掉了我的文名而已。"孙吟可在春蚕堂当着小妾、丫环、伙计的面，又开始得意洋洋地吹嘘起来。接着，他又转过身来，色迷迷地盯着身边的二位小妾，轻轻说道："洪朝奉他们的头顶是红色，我却喜欢女人肚子上的红色。"

"红肚子？"一个小妾也觉得好奇，笑兮兮地问道。

"就是红肚兜。"孙吟可一脸神秘地望着小妾，笑哈哈地说。

"红肚兜？"那小妾又问了一句，手不由自主地摸了一下自己的肚子，脸也红了起来。

"我还善吟红肚兜诗，在江湖上还得到了一个'红肚兜诗人'的雅号。"孙吟可自豪地说，嘴巴不停地动着，他走到那小妾身前，一手拍着她的屁股，一手摸着她的肚子，大笑道："人家都说我们梅溪商人有几个癖好，好乌纱帽，好红绣鞋，你们老爷还要加一个，那就是好你们女人身上的红肚兜，我太喜欢红肚兜，才能吟出味道无穷的诗。"

"老爷会诗？读来听听。"小妾们娇滴滴地纵容着，一脸妖娆。

孙吟可被她们哄着，兴致更高，便大声地诵颂道：

款款花窗绣花楼，盈盈秋水美人眸。

桃红柳绿不须看，只爱玉体红肚兜。

众人听完，哄然大笑："老爷真是一个大才子，一个红肚兜都能写得这么有情趣。"

"红肚兜包裹着你们身上的玉峰、溪流，还有争风吃醋的满肚妙计……你们说美不美，我怎么不喜欢它呢？"孙吟可打趣着说道，两个小妾顿时满脸绯红，她们心里明白，老爷也不知扯了多少回她们身上的那块薄薄的红肚兜了。

"你们有什么好兴奋的，老爷喜欢的红肚兜，是我身上的红肚兜，而不是你们身上那些红红艳艳的丝布。"吴德懿也不知道何处冒出来，她一开口大声说话，众人鸟散而去。吴德懿见到小妾们娇滴滴的模样，心里就来气了。她的一双小脚走得匆匆，裹脚布总是来不及裹好，拖在鞋外，还在散发着一股股恶臭的臭豆腐味。

第四十一章

春蚕堂很大，马头墙上的黛瓦一层挨着一层，密匝匝，迤逦漫长，伸到了天井。春蚕堂的客厅紧紧围着正方形的天井而设，有时，客厅极其幽静，偶尔从天井上落下一片瓦，客厅里就听到了巨大的声响，这瓦可能是山风刮下来的，或者是几只猫在屋顶上打架闹事。

孙吟可刚刚让仆人把青石板上的黛瓦碎片捡掉，烂肚宝又窜进了春蚕堂。他那张怪脸上的斜眼，眼珠子总是不停地闪动着，讲话带出的臭气，薰得孙吟可急忙捂着鼻子。

"都说孙老爷印的书好卖，赚了不少钱了吧？"烂肚宝最擅长的本事是无话却能找话说。

"酒香不怕巷子深，何愁卖不出去。"孙吟可对他说的话，打心眼里就厌烦。

"黄婆卖瓜，自卖自夸，梅溪就有人讨厌你印的书。"烂肚宝冷语讽刺着。

"你又想说谁的坏话了？"孙吟可对他的话，本来就是半信半疑。

"你知道吗？洪朝奉那个留洋回来的大儿子洪砚耕。这次回梅溪，就变成了一个人不人，鬼不鬼的模样，头上的长辫子在国外就剪掉了，被召回国时，还来不及蓄发，一头散发，像一个长毛鬼，只念洋文，不看古书，尤其讨厌朱子的书，活生生的一个假洋鬼子，气得洪朝奉大病几天，至今父子还没有说过一句话。"烂肚宝说起别人的八卦，比梅溪任何人都清楚。接着，他怪怪地说道："那贼胚好像是王干司小矮人的后代，天生就有一副反骨。"

"言过其实，洪朝奉的儿子不至于你说的那样不堪。"孙吟可对烂肚宝的话，历来是半信半疑。

洪砚耕还在紫阳书院读书时，他的曾外祖父王侍郎通过关系，弄了一个留洋的名额，让他去英国皇家海军学院学习。他刚刚学了二年，就受了洋人的影响，竟然剪掉了长辫子，还穿上了西装……消息传到国内，把年迈的王侍郎吓得半死，急忙托人把他召回国。洪砚耕回梅溪，父子之间争吵得很凶，洪朝奉就让他独自住在浮生园后面的一间老房子里。这里本是洪家的蒙童馆，已空置多年，现在正好派上用场。洪朝奉不见不烦，洪砚耕认为得到一个清静地。

"再也不用天天见那些顽固的封建脸谱，也不用闻他们身上那股铜臭味。"洪砚耕搬进在蒙童馆里感到自由自在。从此，蒙童馆的花窗常常传出来一句半生不熟的英文：Soaring Free。

蒙童馆的八仙桌上堆满许多书，封面都有几个大汉字，如《呼啸山庄》《茶花女》《悲惨世界》《小妇人》《飘》等等，可一翻开书，全是外文，像是一条条细小的蚯蚓爬动后而留下的墨迹……八仙桌后那幅对联倒是有些气势，上联是"清时盛治人争仰"，下联是"奕世高文众所师"。这联是王侍郎请求李鸿章大人亲自替洪家写的墨宝，上款题有梅荪名，梅荪就是曾祖洪阅甫的号，就挂在蒙童馆中。

烂肚宝闲着没有事，也经常去蒙童馆遛跶。这一天，他又来到了蒙童馆，见到洪砚耕不在读书，也不在写字，却在练剑。

"院子里这棵桂花树太高太粗，应该砍掉。"烂肚宝好意地说着，手指着天井边那棵大树。

"砍掉干什么？这是一棵高贵的树，还可以帮我遮拦阳光。"洪砚耕冷冷地回了一句。

"树太高了就得砍，遮阳光，吸雨露，弄得下面的花花草草无法生长。"

"大树本来就应该多晒太阳，多饮雨露，低矮的花草凭什么要和大树平分阳光。"洪砚耕讲出的话，一股浓烈的火药味。

"你讲的道理，我不懂，不过这样粗的大树，我绝对可以打造一口上等的棺材。"烂肚宝见和洪砚耕说话总是牛头不对马嘴，就开始乱扯了一句，哪知这句话刺激了洪砚耕。

"什么？做棺材，你为什么不说，可以锯成船板制成航船，让梅溪人乘船出洋去。"洪砚耕突然大声喊叫起来，从八仙桌上拿来一把剪刀，一手抱着烂肚宝的瘦脖子，另一只手上的剪刀在他头上飞舞，咯吱咯吱几下，弄得烂肚宝一时缓不过神来。

"反正我们的大清国已被洋人打得零零碎碎了。你的头发，也要剪得零零散散，你的发型最适合现在中国的实情……"洪砚耕年轻气盛，边说边剪，弄得烂肚宝毫无招架之力。等烂肚宝头脑清醒过来后，早已成了一个丑陋无比的阴阳头。

他气冲冲地出了大门，直奔一壶春茶庄而去，找到洪朝奉要求赔偿损失，在一壶春茶庄门前闹了几天，不依不饶。洪朝奉只得花了一些银两，这事才算平息。

"烂肚宝，你头发怎么变成这样了？洋学生的胆子也太大了吧。"有人在南街遇到了烂肚宝，幸灾乐祸地说道。

"这有什么？这叫阴阳头，也叫八卦头，阴阳八卦都不懂？快去找本《易经》看看吧，真是没有文化。"烂肚宝对这人的话，一脸不屑。心里却不停地骂道："洪砚耕，贼胚，神经病，不得好死，不是上吊就是投水。"烂肚宝骂人的话很毒，还有几分押韵。

烂肚宝骂洪砚耕神经病是有道理的，梅溪人有一个习惯，他们评论人都有一个标准，也叫嫉妒底线，智商低于嫉妒底线者为平庸，智商高于嫉妒底线者为神经病。

浮生园里的蒙童馆，洪朝奉早就考虑这里让归国的儿子洪砚耕独自居住，他心里明白，这个儿子就是一个夏炉冬扇的怪物。洪砚耕从国外回到梅溪，正赶上蒙童馆在维修。古楼是典型的徽派建筑，外表粉墙黛瓦，里面全是木头结构，客厅前是天井，天井四周林立着八根顶梁柱。紧连天井有一根顶梁柱的底脚，有些腐烂了，导致蒙童馆二楼的木地板下斜了，工匠想锯掉烂脚，嫁接一段新的方正木柱。四个工匠用一根粗棕绳扎紧柱脚，再系在两根粗大的木杠上，四个男人齐声道："抬起。"木柱发出咯吱咯吱的响声，却怎么也抬不离地面。

"愚夫，一群愚夫，怎么可这样蛮干，一点都不懂干事的技巧。"洪砚耕从前门走进后院，见众人抬柱，便不屑一顾地大声说道。众人听到这话，立即放下肩上的抬杠，站了起来，满脸通红地望着这个穿着胸前开裂身后也开裂衣服的洪砚耕，便粗声粗气地问道："洪大少爷，你有本事，你来干吧。"这四个男人都是梅溪一带响当当的名工，怎么受得了这个小子的蔑视。

"我来就我来吧。"洪砚耕轻松地说着，就拿了一根棕绳把木杠的一头和烂柱脚扎绑在一起，再搬来一块方石斜顶在木杠的下面，退后几步，轻轻地按下木杠翘起来一头的顶端，咯吱咯吱的声音响了起来，烂梁柱慢慢地升起来了，二层的木地板也渐渐地平行了。

"你们这群山里佬知道吗？这是英国老师教我的杠杆原理，你们不懂，所以干起事来比老牛耕田还吃力啊。"洪砚耕乐呵呵地说着，一脸轻松。众人赶紧锯掉腐烂的底脚，正要把一段方正木柱接上，"不要用木柱了，天井边不是有许多方正的石头吗？搬一块来就行了。"两个工匠搬了一块石头摆放在已锯掉的顶梁柱的底脚部位，洪砚耕见石头摆好，便轻轻松着手，木杠又渐渐地翘了起来。短了一截的木柱和石头吻合了，顶梁柱便稳稳地竖在天井边。

"一块石头，撑大楼于不倾之中。"洪砚耕又得意洋洋地说道。

"你也不要得意，顶梁柱的方木脚在徽州是很有讲究的，要不是你曾外祖父王侍郎是大清国的二品官员，你家还没有资格竖方正的顶梁柱。你是少爷，你说了算，不过你今天破了自己家的风水，再也不会出现二品官了。"一个年纪稍老的工匠很不服气地说，他恶狠狠地奚落了洪砚耕几句。

"换上一块石头有什么不好，再也不怕天井的雨水溅起来了，它永远不会腐烂，再说，我根本不稀罕什么一品、二品的玩意，大清国摇摇欲坠，满口陈词滥调。"洪砚耕口不择言地说着，吓得工匠们吐着舌头，个个目瞪口呆，望着那个衣服前后开叉的年轻人走远了，才缓过神来。"驮牌、驮牌，洪家这个儿子今后肯定不是一个省油的灯，胆大包天的吵事胚。"

孙吟可也经常听说洪朝奉家这个洋学生有些奇怪，有一次，他路过浮生园，故意登门拜访，洪砚耕见是百窗楼里来的孙老爷，总觉得他也是一个有文化的人，便对孙吟可开口闭口尽说些"师夷长技以制夷"之类的话。最后，还像预言家一样说着一句话："有钱人应该把钱花在办学堂、开书院上，不要动不动就去买田地、买山场，这样迟早是要倒大霉的。"

孙吟可听到这里，脸色开始难看起来，一双怒目盯着洪砚耕，冷冷地说道："少爷还有什么奇谈怪论，尽管说吧，我洗耳恭听。"心里却恨恨地骂着，狗嘴里吐不出真象牙，满口废话倒霉话。

洪砚耕见孙吟可那神色，心里也明白一二，他知道孙吟可是他父辈的朋友，还是和颜悦色地说道："人世间本来就是一个悲欢离合酸甜苦辣的世界，如今的世人却掩耳盗铃，粉饰太平。哪些酸溜溜的文人只会说，兴百姓苦，亡百姓苦，这是一句屁话。兴你怎么不去拼搏，亡你怎么又不去抗争，总把自己当作一个看客，任强盗们今日抄家，明日屠城，后天苛捐杂税增几倍。历史上哪次的悲剧不都是民众的观望造成的，张献忠几万兵士可屠几百万人的四川，多尔衮十万军队可屠几十万人的扬州城，这些民众干什么去了，就是一直在观望，最后刀也砍到自己的脖子上了，怒其不争，哀其不幸。还是大泽乡的农民陈胜吴广威武，举起手中的竹竿刺向暴秦，最终是楚人一炬，可怜焦土！"

　　洪砚耕口若悬河的一通话，气得孙吟可七窍冒烟，灰溜溜地摸着蒙童馆的侧门出来了。孙吟可边走边骂道："我是一只小小的萤火虫，不想和你洪家这轮皓月争光！我是一只小小的夏虫，也怕你洪家这块巨大的寒冰，还是走着瞧吧。"洪砚耕哪里知道，孙吟可现在哪有心思去管那些东倒西歪的革命八卦事，这几天，他正忙着买山场呢。

第四十二章

孙吟可最近又买了一些山场，坐落在驼峰不远处的湖田山脉，是两个兄弟共有的山场，兄弟各占一半。其哥哥的山场大都处于阳山上，即阳光充足、照射时间长的山，当地称为阳山，也叫肥山。其弟的山场大都处于阴山，也叫瘦山。肥山的杉木，高耸入云，高大挺拔。瘦山上植被，尽是一些苍老低矮的青松，矮墩墩的杂木，细弱的竹子，粗壮的杉木几乎屈指可数。

孙吟可带着几个伙计，背着干粮，把偌大的山场看了一天一夜，站在哥哥的山场，心里开心。爬上弟弟的山场，孙吟可更是心花怒放，跟在孙吟可身后的人，都在摇头，孙吟可却在不停地点头。

商定价格时，孙吟可给哥哥山场开出的价竟然比弟弟高出一倍，众人都觉得孙吟可头脑精明，定的价格合情合理。卖山场的弟弟坐不住了，认为这是哥哥和孙吟可合谋欺压他，一纸告到县衙。

"你们梅溪人我还是了解一些，贾为厚利，儒为名高……同样亩数的山场，怎么价格只有一半？奸商刁民实在可恶！"歙县县令在公堂上，拍着惊木，斥责着孙吟可一群人。

"大人，哥哥的山场是肥山，弟弟的山场是瘦山，肥山的价值本来就比瘦山高啊！"孙吟可辩解道。他心里一点不慌，当铺里还挂着钦差大人的墨宝呢。

"什么肥山瘦山，尽扯些莫名其妙的鬼话！"县令越听越气愤，心想这个刁民怎么一点都不怕我这个官老爷。

"大人，你明察秋毫，要不请大人移步山场看看，就知道小人所言句句是实。"孙吟可毕恭毕敬地请求，心里骂道："你也不是和梅溪的赖狗一样大的官，七品而已，犯得着这样凶神恶煞。"

县令带领一班衙役来到孙吟可买下的山场，翻山越岭，细心察看，确实如孙吟可所言。哥哥的山场阳山多，土地肥沃，粗大的杉木一根接着一根，密匝匝的高入云端。而弟弟的山场阴山多，土地多为悬崖绝壁，杉木数量少，大都是一些杂木林、竹林、青松林。

县令再次升堂，倒有点左右为难。

"大人，我愿意再适当加一些银两，交给原告，但请求大人给我一张官府的文告，并写明'永不反悔'的文字。"孙吟可在县衙公堂上提出了让步。

"这都好办，只要双方能让步，本官就好处理多了。"县令听到孙吟可的提议，顿时喜笑颜开，满口答应。

孙吟可主动加了银两后，原告也觉得孙吟可的话通情达理，再说，自己的山场确实不如哥哥家的好，就满口答应了。这样，双方都捧着一张有官府大印的判决书，乐颠颠地从公堂出来，在门前握手言和。

"老爷，这是何苦呢？当初你多付一些银两不就行了吗？

打官司费精神，又耗银两，还不是拿同样的一张纸，有点得不偿失啊！"伙计们总觉得孙吟可这样做，有点匪夷所思。

"这张纸可比我们民间私下的契约强多了，你们知道不？我们这里的人都有文化，特别擅长诉讼，弄不好，原来的契约无效。这次通过官府决断，又有永不反悔的文字，可以说是铁板钉钉了。"孙吟可看着判决文书，喜形于色。他见四处无人，又神秘兮兮地说道："我实话告诉你们吧，其实弟弟的瘦山更好，要比哥哥的肥山强得多，如果现在不提前处理好，今后，弟弟发现奥秘了，肯定要打一场官司，我花的银两更多。"

"不知你们看到了没有？弟弟那一座座山，山脚是竹林，山腰是杂木林，高山上是青松林。"孙吟可望着那满山遍野的翠绿，开心地说着，心里也在盘算着。这些瘦山在孙吟可的眼里就是一座座蕴藏着无数宝贝的金山银山。

"你们别小看山脚下，溪水边，那一丛丛的野毛竹，它们可都是珍贵的品种，紫竹、斑竹、方竹都是制毛笔的上等笔杆。这次战争后，江南的毛笔厂都被毁了，梅溪南街司马正家的毛笔店也快关门了，什么道理？就是缺少原材料呀。湖州一带平原上毛竹也被战火烧尽，如今，许多读书人都缺少几支精美的毛笔……这些优质细竹杆正是江南各地的紧缺货，我就是再提一倍的价格，也会很快售完。"孙吟可的生意头脑比一般商人聪明得多。这些竹子的妙用，卖主、伙计们都没有料到，那位学富五车的陶县令估计也没有想到。

"但杉木总是哥哥家山场上的好吧，这可以卖出大价钱呢！"一个伙计插了一句话。

"你们只看表面现象，杉木虽好，但价格是明摆的，卖得再好，想发横财就难了。弟弟山场上的杂木就不一样了，我考察过几次，树林中尽是一些黄杨木、柏木、香樟木，这可是木雕中的上等木材，可以赚大钱呢！"孙吟可兴奋地说着，一脸神秘兮兮的样子。

"孙老的生意经，我们就是弄不懂？"众人仍在半信半疑，却总觉得老爷越来越像一只蝲蛄虫了。

"你们发现了没有？徽州的房子自战争之后，房子的外表都明显低调了，形体朴素，色泽淡雅。但入院门后，感官印象为之大变，内墙的梁柱、隔扇、窗棂、楼沿和厅堂的木雕装饰踵事增华，极尽雕镂之能事，而这山上的木料，就是圆雕、平雕、透雕、高浮雕和线刻等的最佳材质，又是一个大的商机。"他接着往下说："生意人不仅要勤奋，更要智慧啊！"孙吟可说这些话，心里想着，徽州也是刚刚从万户萧疏鬼唱歌的残境中走出来，这个时候做生意，更需要精打细算的水平。

"你们再看山顶上那些郁郁葱葱、奇形怪状的古松。山高风大，泥土也不肥，长得低矮，但树龄很长，极其苍老，是徽墨中烧制松烟的最好材料。"孙吟可用手指着一座座山峰，滔滔不绝地说着，那样子极像一个看山神土地的地师春嬉公，解说着各种卜卦。接着他又说道："曹子建曾经有诗：'墨出青松烟'，用老松烟制出的墨，深重而不姿媚，松越老越值钱。自从金华贯休来徽州游学以后，徽州画画的人从山水画转向人物画，而这种墨最宜画人物的须眉、动物的翎毛和蝶翅。徽州人又喜欢挂各家祖宗容像，这种画像更需要这种墨，到时候我把松烟尘粉的价格提几倍，也会供不应求。"说到这里，他突然语气一变，若有所思地说："这些古松之所以长久，是因为它的形状弯曲，不挺拔，所以，人们就不会砍它做木材，正如徽州每一个村庄的水口树，都是一些弯曲态丑的模样，无论商人，或者乱兵都觉得它没有使用价值，谁也不去砍它，以至千年还是翠绿一片。"孙吟可又开始说了这些没头没脑的话，伙计们都觉得奇怪。

"孙老爷生意越做越大，人也变得沧桑多了，讲起话来是怪怪的，总有点忧心忡忡。"一个伙计在挤眉弄眼地说着。

"大概是被那场战争惊吓坏了吧。"伙计们心里都明白，那些叛军杀富人比杀穷人还凶猛。

"钱赚多了也不一定是个好事，反而怕这怕那，过着昏天黑地的日子。"有些伙计心里更清楚，朝代不稳，有钱人更是刀板上的肥肉，随时被分割被吞吃。

伙计们的话也是有道理的，梅溪人喜欢讲一句话，把肥肉藏在饭碗底下，饭上面盖的菜应该是腌白菜腌萝卜腌辣椒。可孙老爷的典当铺、百窗楼和刚买下的山场，在众人眼里哪一样不是一块大肥肉，而这些肥肉全显现在众人的眼皮底下。看看烂肚宝眼神，听听县令讲话的声腔，就知道不是什么好事，再说，后面还有多少看不见的贪婪眼神，都在注视着他呀。

众人在他背后议论纷纷着，孙吟可似乎浑然不知，一天到晚总是沉浸在生意中，时而凝思，时而微笑；或点头，或摇头。有时候，孙吟可好像突然遇到了恶鬼，全身颤抖，魂不守舍，惶惶不可终日的样子，令孙家人百思不解。

第四十三章

百窗楼后不远处还有几个小山头，梅溪人都称斗山，似北斗七星排列。晴空万里的夜晚，南街上的人经常看到斗山上的星宿，贪狼星、巨门星、禄存星、文曲星组成了一个斗身，廉贞星、武曲星、破军星变成了斗柄，整个儿看，就是一个巨大的舀酒斗形，重重地垂挂在百窗楼的顶上。百窗楼建好后，这里也经常出现一些怪气象，刚刚还是阳光灿烂，片刻斗山上突然乌云密布，雷声轰隆隆地一阵接着一阵，山头上的大枫树、古樟树、老松树被巨大的狂风吹得摇摇晃晃，枯枝败叶向百窗楼方向涌来，山脚下一片片竹林变成一块块巨大的绿绸布，此起彼伏，在大楼四周抖动着，树上的蝉不停地狂嘶，百窗楼里的人听了，个个毛骨悚然。

"这些怪异，肯定是斗山上的星宿多，平凡人无法招架了。"地师春嬉公多次讲过这样的话。

"我倒认为孙吟可老爷建这座百窗楼，干的是挂羊头卖狗肉的勾当，哪里是梅溪人的藏书楼，纯粹是他家的印书坊。神圣是明察秋毫的，他这样干，会得罪神灵。"有人也毫不客气地说着。

"我当然要赚钱，才能做好事呀。"孙吟可也觉得他们的话有道理，心里不禁紧张起来。

"请朱子呀，他是文曲星下凡的徽州圣人。"春嬉公严肃地说着，抬头望着星空，好像在寻找朱子那颗文曲星。

"召神弄鬼？"孙吟可轻轻地问道。心里想，肯定又把朱子像一挂，点着香火，闭上眼睛，嘴巴叽里咕噜一阵，再大鱼大肉让他们饱餐一顿。

"你是数钱数傻了吧，快去梅溪学堂找老秀才方阶云，把他那幅朱子画像借来，再请画家对着画像，重新临摹一幅，挂在百窗楼里，这样就可镇住这一带的小神小鬼了。但要记住，百窗楼一定要替梅溪人多藏一些圣贤典籍，不要变成一个庞大的印书坊，只顾发财而忘了圣贤。"春嬉公总算说出了这个办法，话说完了，他一把抓起桌上的小布袋，掂了掂轻重后放进怀里那个衣袋走了，那是孙吟可给他的酬银。

他一出百窗楼，嘴里就开始咕噜着："师父教导我，永脱生死门。做人不忘本，常念报师恩。"

孙吟可对春嬉公的话，深信不疑。张绍宋和吕焕章画师一直在百窗楼做雇工，张绍宋负责画像的线条勾描，吕焕章不停地用笔在装有颜料的碟上醮醮点点，说是给朱子开脸、赋色。朱子是圣人，脸色要显得唯美深邃，赋色一定要小心翼翼，否则，斗山上空又会晴天霹雳。两人精工细作了十多天，终于把画像画完了。画像装裱好后，很快就挂进了百窗楼，孙吟可他们见了那幅巨大的朱子画像，立即感到了心安。

"我看到这张画像，就知道你们的手艺很好，我还想请你们再画一张人物画。"孙吟可悠悠地欣赏着朱子画像，对两个画师提出了这个想法，他笑眯眯地望着他们。

"你们可知道，有一张名画叫《韩熙载夜宴图》。这张图中有一个状元郎叫舒雅，他可是我们徽州第一个状元。这张画是画韩熙载家设夜宴，载歌行乐的场面，真的很有味道。"孙吟可望着朱子像，却滔滔不绝地说起那张韩熙载夜宴图，大脑里出现了一个新花头。

"孙老爷你是什么意思？"张绍宋画师有些不解，他不知道孙吟可葫芦里又卖什么药。

"你们可以画一张《梅溪孙府识宝图》，将我在典当铺中慧眼识宝的情景画出来。画面上我在鉴宝，妻妾们在吹拉弹唱，伙计们一脸迷惑地望着我……至于《韩熙载夜宴图》，你们在百窗楼里的古书中可以找到，这画的印刷品有许多呢。"孙吟可满脸兴奋，说起话来，有条有理。

"不过你们一定要这样画才行。"孙吟可声音降了许多，轻轻地说道。

"怎么画？"张绍宋好奇地问道，心里想，有钱人最喜欢猪鼻子插根葱装象。

"你们把古画中那个舒雅的模样要全画出来，最后再换成我的脸。"孙吟可脸一红，轻轻地说着。

"什么？人家是挂羊头卖狗肉，你这不是在挂自己的人头吗？"张绍宋嘀咕着，感到好气又好笑。

"他是徽州府第一个状元公，是一个大文人，也让我沾一点文气。士农工商，我这个商人再怎么样好，地位还是卑贱。再说，历史也是人写的，说不定后人见此画，考证起来，也把我当成一个满清状元呢。"孙吟可心里的算盘拨得嘀哒嘀哒地响，说完这句话，开心地大笑起来。

"一个探花有什么了不起，神乎其神，我还是名画的状元呢。"孙吟可越说越来劲，言语中夹杂着对孙探花的敌意。

那张《梅溪孙府识宝图》画得很传神，画中主人公神采飞扬，聚精会神点评古画，女人们婀娜多姿，风情万种地在男主人身边，欢歌笑语；画中伙计都在左顾右盼，纷纷伸出大拇指赞赏着。吴德懿一见到这画，就想到老爷珍藏的那张前朝董思白的古画，还有同画一起进孙家的小妾，顿时醋满金山，说了一句："画确实画得好，就是不该把狐狸精们一起画进去。"

"这张画无可厚非，但不可挂在朱子像的旁边。"方阶云毫不客气地指责孙吟可的做法，他见孙吟可把这张画就挂在百窗楼里朱子像的左方，四处张扬，逢人就吹捧，令老秀才十分生气。

"这有什么啦？不就是挂一张画，我喜欢呀。"孙吟可觉得这个老秀才，有点小题大作，嫉妒心也实在太强。

"德不配位，必有灾殃！这是《易经》上说的。这书你也印了不少，也卖了不少，脑子就是不长进，怎么还是这般愚钝。"方阶云引经据典，不折不挠，方阶云借圣人言骂人，总是有根有据。

孙吟可把老秀才的话，一直当耳边风，天天沉醉在画中。总以为画中的男人真神气，画中的女人真美啊……他越看越喜欢，越看越美妙。

就在这时，梅溪千里之外的京都发生了一件大事，京城皇宫中一场大火，烧毁了皇极、中极、建极三殿，三殿重建，朝廷需要大量的优质杉木。

"启奏圣上，江南徽州府盛产优质木材，这里处于天目山脉、黄山山脉之间，峡谷之中森林广布，林木资源极为丰富，尤其是杉木，力坚细腻，质坚性爽，不涩斧斤，最宜磨琢……臣闻徽州梅溪有孙姓商人，其家盛产的优质木名闻江南，有口皆碑，而且运输比湘西黔南方便得多，徽州府直通新安江，入钱塘江，再转运河，即可入京。"探花孙孔嘉从众臣中走出来，向皇上奏道。

"爱卿说得有理，徽商名闻天下，富可敌国，他们在盐业、木业、茶业、典当行业，都有一套绝门手艺，这事交给他们，肯定能妥善办好，就让徽州府去办吧！"皇帝一言九鼎，他心里明白，徽商历来对朝廷忠心耿耿，他们多次接驾太上皇，他们的口碑很好。

这皇差的圣旨一传到梅溪孙府，孙吟可听完官差的吩咐后，顿时惊慌失色。这绝对不是一个好差事，这件事办到最后，几千亩山场上的树木一扫而光，皇上拨的采购木材的银子，经过层层盘剥，最后到自己手上，连工匠们的工夫钱都可能没有一分。更可怕的是，一些人从中挑拨离间，弄不好，要和程熹礼父亲程秉仁一样，献书献出了一个鬼，又得一个大不敬的罪名，极有可能家破人亡……孙吟可越想越觉得可怕，梅溪商人在这事上，已有许多人吃过哑巴亏。

孙吟可和家人们商量，都认为这个皇差不能接，要赶紧找人去京城疏通关节，阻止朝廷采用梅溪孙家山场的木材。

孙吟可派一个家人去京城，利用徽商在京城的人脉关系，奔走于各大官宦家中。后来，家人又想起同村同族的孙孔嘉探花，于是他敲开了探花府的大门。机缘凑合，竟然巧遇了那个失踪很久的世仆孙荣。叛军打进梅溪时，孙家人急急忙忙地往山里逃命，看护少爷孙冠儒的奴仆，就是这个孙荣，后来少爷饿死了，这个人也不知去向。家人见到他，怒火中烧，公然咒骂，探花大人见有人骂他的奴仆，顿时暴跳如雷，恶狠狠地令人把孙吟可家人赶出大门，一大包沉甸甸的珍宝也随之抛出大门。

　　"不知死活的东西，我会让你们好受，义父报仇的机会到了。"孙探花望着重重合上的大门，咬牙切齿地说道。

　　孙探花第二天一上朝堂，就上疏："……徽州府梅溪孙吟可家资巨万，宅院妄称金銮殿，交结缙绅，霸占山场数千亩，盗卖木植，发不义之财。近闻圣上取木之旨，挟资打点，希求停止朝廷采购，昨天，又派人行贿下臣，我悉数退回……"孙孔嘉奏本叙完，众臣也无人接话，大殿鸦雀无声。

　　"这还了得，交刑部查办！"金銮殿上的皇帝大发雷霆。

　　此案一立，官府首先将赴京打点的那个家人拘押于衙内，又派人到梅溪抓人，孙吟可也被押往京城。抓捕那天，两个公差闯入春蠢堂周边邻居家找人，这家妇女本来就没有出过大门，见到如狼似虎的公差，惊吓地大叫："公差调戏妇人啦……"南街上的一些店主本来就认为孙吟可受冤枉，又看到这些公差要奸污妇女，无不义愤填膺，蜂拥而上。两公差见此架势，吓得四处逃窜，在门口青石板上滑倒了，众人一哄而上，把两公差打成重伤，事情越闹越大……官府迁怒于孙吟可，一时又找不到借口。

"据我所知，孙家百窗楼雇佣了两位叛军画家，这两人原来在金陵替叛军画壁画，后来叛军灭了，孙家就把他们请到梅溪画人物，他们还替孙吟可画了一张《梅溪孙府识宝图》的画，臭味相投……这可是余孽啊！"孙探花在替办案官员们出主意，转过头，又奸笑了几声。

"他们本来就是画家，画画也没有什么罪啊。"一些官员本来就对这个不顾乡谊落井下石的探花郎的话不以为然。

"也许你们不太清楚，他们本来是画工笔人物，现在已改成画水墨猪。你们看，这猪摇着尾巴，威风凛凛，黝黑而又壮硕。猪不是在猪栏里，而是在红花绿叶缠绕着的篱笆墙下行走着……更可恶的是画中还题有'朱唇玉面'四个字……"孙探花指着画口若悬河地说着。也不知孙孔嘉从哪里弄来的画，画上还有张绍宋的题字。

"这有什么呢？猪有时也会破栏而出，到菜园里拱大白菜啊……再说它翘起来的嘴唇本来就是红红的呀，刮光毛的猪头用玉面形容也是对的呀！"办案官员一脸不解，一点都没有领会孙探花的意思。

"此猪非猪也，乃朱也，前朝皇帝就是姓朱，这里面暗喻着反清复明的意思，而且在歌颂前朝，贬本朝啊。"孙探花一脸神秘的说着。

"这也勉强呀！"这些官员总觉得他是清水中捏米粿，凭空捏造罪名，便一脸不屑，冷冷地拒绝道。

"还有一件事你们是不知道，他家建的百窗楼，竟然是仿照杭州孤山上御书楼建造。据说，建造时，通过杭州胡雪岩那个奸商逆贼的关系，还带了不少工匠去御书楼画了不少图纸，这可是大逆不道的罪行啊。"孙探花见众官员这也不行，那也不行，就把这件事给扯出来了。

"真的？"有的官员开始紧张起来了，故严肃地问道。杭州胡雪岩案刚刚结束，天下皆知，如果此时再不慎重，头上的乌纱帽就难保了。

"千真万确！"孙探花听办案官员的语气，心里有了底，便斩钉截铁地说道。

"这还了得，对这类异己分子决不能留情，老账新账一起算！"办案官员突然提高了嗓门，拍案而起，大声地嚷道。

官府搜家搜到百窗楼时，翻来翻去也都是一堆又一堆精美的书。墙上那幅朱子的画像以及《梅溪孙府识宝图》，在寒风中，不停地在板壁上波动摩擦，许多破损的花窗或关或斜开着，花窗不时发出咯叽咯叽的声响。

孙吟可其实也没有什么罪，百窗楼挂着朱子的画像，说明他这人还讲究礼义廉耻。孙探花反复提及的那张《梅溪孙府识宝图》也没有问题，他本来就是一个开典当铺的人，没有眼光，怎么识宝开当铺啊。京都的韩仁康大人知道这件事后，替孙吟可叫屈，他对孙孔嘉这种公报私仇的行为颇为不快。在他的周旋下，事情总算平息下来了，过了一段时间，也就不了了之。

那两个画像的张绍宋和吕焕章画师早已销声匿迹，梅溪再也没有人见过他们了，据佃户们说，他们上白云寺出家为僧了。

孙吟可虽然没有什么罪，数千亩山场还是被官府砍得光秃秃，光秃秃的山场也被官府变卖成银两，用来修建宫殿。那个家人因受刑毙于狱中，孙吟可被放出监狱，总算捡得一条活命，这已是很幸运了。他回到梅溪，满头白发，两眼昏花，神情恍惚。他在南街上逢人就说一句话："商人就是一丛韭菜，人家想割就割呀。"

"有什么好伤心的，不就是一只蝤蛴虫从树上落地而已，没有摔死算命大。"南街上许多人在孙吟可背后都冷冷地说着。

第四十四章

　　孙吟可家的山场被官卖那天，洪朝奉买了不少，他家的茶场一直在不停地扩大着。他决定在这片地域上，修建几条披云山道，内连山中茶园，外接徽杭官道。先雇佣一大批工匠，凿危石、铲尖峰、填沟壑，把狭长的山路拓宽了许多，再把一块块方正的青石板铺设上去，远远望去，一条条的石径如游龙，盘绕在山间的云雾里。

　　山路铺好后，洪朝奉让一些仆人坐在青石板上吹吹风，吃着干粮，喝着水，只盯着来来往往的行人。这道上十分热闹，有背着柴火的农夫，或骑着毛驴的客商，还有抬着轿的轿夫。那些人一走到洪家的仆人面前，这些仆人便会满脸笑容地走过去，很客气地问道："客官，你们走这些青石板路时，是否遇到有什么不适的地方？""很好呀，洪老爷把路修得又宽又平，我们感恩不尽呢。"有的行人很激动地回道。"那就好，那就好……"洪家仆人也很有礼貌地说道。

　　正在这时，天上下起了毛毛细雨，不远处有一个卖油翁在挑着两桶菜油，沿着山道往这边走来，刚走到一个转弯处，双脚一滑，肩上的担子落在青石板上，满地洒满了黄黄的菜油，两只油桶不翼而飞，很快飞到了山脚。卖油翁从青石板上站起身，不禁大哭起来，还不停地喊道："晴天好过，雨天滑溜呀。"仆人见此，一个个大惊失色，他们马上走近卖油翁，表示歉意，并询问一担油的价格，赔了银两。洪朝奉又派一些工匠，把山路间所有转弯处的青石板凿出一道道浅浅的防滑槽。工匠们见洪朝奉这么高义，他们在每一块石板上凿防滑槽时，也把自己的名字刻在边角，以便今后承担自己的责任。

蜿蜒的披云山道串联着高高低低的山峰。洪朝奉在每一个山峰的腰际建有一个茶亭，山顶上又建有一个小庙。积翠岩峰是观音庙，王干岭上是汪公大帝庙，横山岭上供有财神菩萨，白鹤岭上关羽像……一年四季，从官道那边前来拜佛求神的人，络绎不绝。香客们上山随处可见碧绿的茶园，下山又可在茶亭品尝免费的花茶。

披云山道修好第二年，梅溪就发生了从未见过的旱灾，梅雨季节就一直无雨，起初，炎热的太阳烤得农田沟渠的老泥鳅都翻白了，梅溪河露出来的石头，陡地变大变烫了。水口码头周边的参天古树也都垂头丧气，奄奄待毙；知了还在高高的枝干上高叫，像是饿着肚子的更夫，敲着破锣碎鼓呐喊；南街上的柳树像生病似的，叶子布满尘土在枝上打着卷，一动也不动；街上的青石板发着白光，小摊小贩们不敢吆喝，店门上写有大大小小的金字招牌被太阳烤化了，字和木漆融合了，斑驳一片，行人很难看清楚招牌上写了什么字。

"这一定是旱魔作祟，我也是头一遭遇上。"地师春嬉公有些垂头叹气地说着。他忽而望了望驼峰顶上的一片片欲燃的枯松，忽而又看了看梅溪河那些冒着热气的石头，急得顿脚捶胸。

披云山道上，山顶的茶树焦黄，成了一个个一点即燃的柴火堆；山腰的茶树半黄半青，东歪西扭地贴在坡地上；山脚上的茶树，一片片茶叶变成了一个个小小的瓢，里面盛满尘土。洪朝奉满山遍野地爬着看着，心痛不已，他突然觉得春嬉公的话有道理，一定是旱魔在捣鬼，得赶紧请麻衣祖师菩萨来梅溪显灵求雨。

梅溪人听到了洪朝奉他们要求雨，人人都感到了希望。许多佃户也拿起毛巾在黑乎乎的水盆里洗净自己的灰脸，拉拉衣裤走出了大门，等候主事人安排活儿干。麻衣祖师菩萨住在三十里外的天目山下的龙塘寺，梅溪人还得翻山越岭地去抬回来。

仪式由春嬉公主持，他穿着赤色衣服，站在水口码头边的华佗庙门前，虽然已斋戒了三天，人还是很有精神。手里捧着一本汉朝董仲舒的《春秋繁露》，朝着乌拉拉的人群大声宣布：

所有人家从即刻起要祭拜灶神，疏通水井，换掉水缸中的陈水。

家中的铁锅和杵臼暴晒七天。

还需要人捐献出家中养了三年的雄鸡和三年的公猪，这是庙中最重要的祭品。

华佗庙前的人群异常热闹，春嬉公每宣布一条，众人异口同声地喊道："遵命。"当春嬉公宣布完第三条时，庙前顿时鸦雀无声，众人你看我，我看你，一时静默无声。

"我家有三年的公鸡和三年的公猪，我要无偿捐献出来，它们是社鸡社猪，本来是祭社神用的，可一直没有轮到我家，我就一直养着，如今正好派上用场。"人群中的烂肚宝突然大声地喊着，众人大吃一惊，呆呆地望着慷慨激昂的烂肚宝。

　　春嬉公选了一个黄道吉日，头三天让所有去接麻衣祖师菩萨的壮汉们焚香斋戒沐浴，夜晚更夫还不停地在这些人家门口敲锣鸣示：戒色戒嘴。有些汉子刚刚骑上婆娘的玉体，可一听到更夫的敲锣声，乖乖翻下身，捧着被子睡地铺去。临行那天凌晨，有的婆娘心疼男人要长途跋涉饥肠辘辘，特意烧制了一大碗鸡蛋米酒给男人吃。男人一听到花窗外的敲锣声，赶紧放下筷子，推开荤碗，匆匆地吃一碗米饭和几根腌制的白菜。

　　众人趁着微弱的月光，带上干粮茶水在华佗庙前集中。洪家族长洪正堂带领大家过了风雨廊桥，继续向前走，尽是爬山岭下山坡的崎岖山路。众人求雨心切，路上不歇气，三十多里的山路，两个小时就走到了龙塘寺。

　　龙塘寺的方丈带着大家，点烛焚香烧纸钱，三跪九叩首，再把一块从梅溪河带去的小石头抛入龙塘池，说是抄龙池，方丈又在池中捞起一尾小小的竹叶鱼放入葫芦中，让族长洪正堂挂在身上。大家毕恭毕敬请麻衣祖师菩萨入轿，抬起来前呼后拥，威风凛凛地从原路返回。

　　时近中午，就有人带上五色旌旗、锣鼓、炮竹等物列队在风雨廊桥两边。

　　"麻衣祖师菩萨进村了。"不知谁喊了一声。顿时锣鼓喧天，爆竹声声，人群一浪又一浪向廊桥方向拥来。"你这个短命鬼，踩着我的裙子了。"一个老妇女在大叫着。"哪个天杀的，在摸我的屁股。"又一个少妇在尖叫着。鸣锣开道的大旗在前，一排排五色旌旗随后，麻衣祖师菩萨目不斜视地端坐在八抬大轿上，浩浩荡荡向华佗庙而来。

庙前的洪朝奉、程熹礼等人早已在这里等候多时了，主事人春嬉公伸出长长脖子正在东张西望，供桌上摆满了祭品，三岁的公鸡和三岁的公猪早已褪光毛，白嫩嫩地卧在供桌中央，周围古树上的鸟雀也许饿的时间太长，也不死不活地扑向供桌公猪公鸡身上啄食，春嬉公手中的拂尘不停地挥舞着。

接送菩萨的队伍一到庙里，洪正堂赶紧跑向码头，跳过百步石阶又飞快地走向梅溪河，快速把葫芦里的竹叶鱼倒进河水，说是让它赶紧向东海龙王报信。

春嬉公在庙前拿着一张画有神符的黄表纸，口中念念有词，随后在菩萨面前焚化。说来也怪，这天上午太阳像一个浸透油的火球，火辣辣地悬挂在驼峰的山顶上，向梅溪喷吐着灼灼的火气，就连峰顶古松上仅剩的一丝遮蔽的云彩，在太阳的蒸腾中也无影无踪了。突然，乌云四起，纷纷向驼峰涌来，片刻，华佗庙上方闪起刺眼的电光，龟裂的大地仿佛成了一个风霜老人脸的皱纹，那么清晰深刻，那么无奈哀伤。轰隆隆的雷声在梅溪上空响着，暴雨铺天盖地倾泻下来，人们全身都水淋淋了，却依然在雨中欢快地跳着喊着，唱着哭着。

这一年，终于熬到了冬季，十里披云山道上张贴了许多告示，洪朝奉邀请各地名医名乡绅、茶叶大户前来观光品茶，领取名贵的"仙鹿丸"。清晨，几头肥硕的披红戴绿的梅花鹿在青石板路上漫游，它们一会儿喝着路旁的清泉，一会儿抬起来咬几口路边碧绿的茶叶。临近中午，中医李玉晶他们，当众宰杀梅花鹿，配制"仙鹿丸"。

"这鹿天天吃着嫩茶叶，喝着山泉。用它们制成的药丸，药效更神奇。"李玉晶在众人面前，不停地侃着。

"洪朝奉门槛精得很，三句不离本行，这是在替他们的茶叶做广告。"这个客商一语道破，其他人都露出了佩服的眼神，不停地点着头。

这次，洪朝奉在披云山道上举办"瀹茶供佛"民俗仪式，特意邀请了几个洋人来梅溪。这些人是他随父洪文翰在扬州经商时，结识的好朋友。红头发、绿眼睛的人一出现，披云山道上，人山人海。梅溪人大都没有见过西洋人，都赶来凑热闹，看洋人。

"徽州的山水奇特，云多雾重，盛产优质茶，松萝茶、老竹大方、黄山毛峰、祁红早已名闻天下。一壶春茶庄虽占皖浙之便利，但生意再好，也是十分有限。我们应该北达京师，南及广粤，甚至下南洋，才能获利更多。这次战争后，许多茶庄毁于战火，正需重建，这对我们梅溪茶商来说，绝对是一个难得的机遇。"在茶叶商道上的一个茶亭里，洪朝奉和管家林琴坤，在一起喝着茶，望着川流不息的人群，洪朝奉雄心勃勃地谈论着生意之道，不远处的观音庙正传出悠扬动听的梵音。

徽州人有句古话：猪栏里养不出千里马，花盆里种不出万年松。现在盐商倒了，木商难过，典当商也不景气，只有茶叶生意最有前途，徽州高山茶可称江南第一，我们应该出去闯一闯，借用徽商世家的人脉关系，开拓新的市场。从徽州出去，到京都，下广州，冲上海、跑苏州去开茶庄。林琴坤很有文化，又精于商道，他对江南、江北的茶叶市场了如指掌。

"名茶也是要靠人捧的，我听说，今年是慈禧太后六十寿辰，许多地方官员都在筹备寿礼，徽州知府也在干这事……我们可以从寿礼上做文章。一壶春卖的茶，只要有一种茶被钦定为'贡茶'，凭借这个广告，那我们的茶叶市场就会在江南江北打开，银两也像雪花一样纷纷飘来。"林琴坤说着，洪朝奉的头像一只公鸡在啄食，频频点头。

"京城里，要是讲人脉关系呀，外祖父垂垂老矣，早已告老还乡，再说，生意上这点事也不好找他，杀鸡还用牛刀。"洪朝奉总感到这事有些难度。

"你忘了？你父亲洪文翰老爷在扬州卖盐多年，那时候家中还有一个很出名的戏班叫春怡班，后来，这个戏班进京了。这些戏子在京城也生活了许多年了吧，他们曾经也是你家的家奴，客气地说，也是洪家的入幕之宾。"林琴坤轻悠悠地说道。

"找他们有什么用？他们只是一些人微语轻的戏子。"洪朝奉还是有些不以为然。

"非常有用，我们就从他们身上做文章，他们是戏子，有的早已成了名角，上通达官贵人，下也结识市井平民，说不定人气旺得很呢。不过当年打压洪家的查正庸在朝中还有势力，要记住孙吟可当年的教训，找人一定要小心谨慎。"林琴坤胸有成竹地说着。洪朝奉听了这句话，顿时感到这是一条可以走走看的路子。

洪朝奉这次去京城卖茶，已准备了一个月的时间。他们把茶叶挑到水口码头，然后上货船，顺着新安江，过钱塘江，到了杭州。在梅溪会馆探亲访友后，沿着大运河北上。那期间大运河有些淤积，货船行驶慢，洪朝奉和林琴坤雇了马车，沿着大运河先行北上，货未到京都，他俩人先进京了，住在徽州会馆。第二天，他俩提着大包小包奔跑在一些街巷、宅院中，遍访京城当年的徽班后人。

"老爷，虽然我来京都有些年头了，也认识了不少人，可我们毕竟是一个戏子，地位低，很难和达官贵人深交，但我可以替你想一个办法试试？"一位当年在春怡班扮演过武生的老人，见洪朝奉情真意切，认真地想着办法。

"您有什么办法？"洪朝奉有点迫不及待。老人见洪朝奉急促的样子，便笑哈哈地说道："京都茶馆是人所乐趋、贵贱咸宜的好去处。你看到那些提壶来往者，或者自备茶叶者，出钱买开水者，往往是平头百姓。那些手提鸟笼，身着便衣，来此饮茶者，往往是官至三四品的八旗显贵，甚至是王爷之类。"

"什么意思？"洪朝奉一时没有转过神来，又不停地问道。

"你可以扮着茶客，天天去一个叫'德润'的茶馆吃茶，说不定就可以遇上一个八旗显贵。如果运气好，真的可以傍上王爷之类的大树呢。"老武生鼓动着洪朝奉。洪朝奉听着这老人的话，觉得很有道理，再说也没有别的办法，也只有去碰碰运气。

一连数天，他一大早从徽州会馆出门，直奔德润茶馆喝茶。他天天都去，很快就成了这个茶馆的熟客。他出手大方，茶馆里的人对他有了很好的印象，也喜欢和他谈起京都一些风俗趣事，也涉及一些达官贵人，某某翰林大学士喜欢喝什么茶，某某侍郎喜欢加什么水温的水，某某王爷喜欢养什么鸟。洪朝奉毕竟是久经商场的人，在扬州盐铺、在梅溪药铺、在一壶春茶庄等等，早已阅人无数。不到一个月，竟然结识了一位奉王爷，是一个从二品的王爷。王爷对洪朝奉颇有好感，也有相见恨晚之感，还邀请洪朝奉去王府做客。

奉王府的客厅里，笑声朗朗，洪朝奉和王爷谈得甚欢。洪朝奉见时机已到，就把自己的想法告诉了王爷，说完又从手提箱里拿出一包东西，轻轻地放在桌上。

"王爷，这是世上最珍贵的南唐李廷珪墨，也叫乌玉块，是徽墨中之珍宝。你别看它表面平常，却用千年黄山松烧成的松烟、珍珠、玉屑龙脑，掺以生漆，捣十万杵方成。"

"哦，就是这几块小墨？"王爷斜着眼扫了一下，又鹰视狼顾般盯着洪朝奉那只手提箱。

"此墨入水三年不坏，其坚如玉，其纹如犀，写在宣纸上的字画，丰肌腻理，光泽如漆，南唐李后主特别喜爱这种墨。"洪朝奉没在意王爷的脸色，依然侃侃而谈。

"你说是谁喜欢？"奉王爷突然提高了嗓门，大声地问道。

"南唐李后主。"洪朝奉一字一字地回道，心里开始有些紧张了。

"就是那个亡国之君，还写什么'问君能有几多愁，恰似一江春水向东流'的人？"奉王爷冷冷地幽幽地说着。

"正是，王爷学识渊博。"洪朝奉满脸笑容地赞道，心脏却怦怦直跳。

"赶紧收赶来，晦气，孤王不喜欢闻那些舞文弄墨的穷酸味。我们八旗子弟都是靠刀枪打天下，对这些东西我们毫无兴趣。"奉王爷一脸不悦，很威严地责令道。

洪朝奉赶紧收起那几块乌黑的古墨，又从箱子里捧出一个红色丝绸包，沉甸甸，有些斤两，轻轻地摆放在桌上，然后小心翼翼地把绸布一层一层地掀开，顿时，室内金光闪闪。

"这是用纯金铸造的瓶形花窗，可以当作屏风摆放在橱柜里把玩。"洪朝奉边摆放边说着，话语有些颤抖的腔调。

"我早就听你外祖父王侍郎说过，徽州庭院就是花窗多，有扇形、瓶形、椭圆形、菱形、叶形、瓜果形……还有一句话是讲给你们徽州商人听的：'开窗纳日月，关窗数金银'，挺有意思。我还知道花窗也叫漏窗，做生意的人常说：'金银一点不漏，窗内尽是空斗'。是吧？有舍才有得啊！"

"王爷真有水平，对我们这些凡夫俗子之事，竟了如指掌。"

"人啊！无非是办两样事，一样是窗内的事，一样是窗外的事。"王爷感叹地说着，一脸沧桑。

"这个瓶形的花窗，也代表着王爷一生平平安安！"洪朝奉满嘴涂蜜地附和着，语气比刚才淡定了许多。

"我很讨厌金子，但我喜欢这种黄灿灿的颜色……看你外祖父的老面子，帮你一回吧！"王爷终于松了口。洪朝奉临走前，又从衣服袋里摸出一张纸说："这是我特意为金山时雨茶作的诗，请王爷斧正。"奉王爷伸手接过那张纸，叠了二下放进衣袋。洪朝奉见此便千恩万谢地走了。

慈禧太后六十寿辰前二天，她在乾清宫西侧养心殿东暖阁听政。为了这次寿庆，清廷还举行了一次殿试，主考官们正精心地挑出十份最好的考生试卷，请太后钦点该科的状元、榜眼、探花。

殿试之前，八位阅卷官轮流阅卷，一致推荐本科状元朱汝珍。这人是广东人，太后一看到这个名字，就一脸不乐，因为她的眼中钉康有为、梁启超就是广东人。再加上此人名字中有珍字，珍妃也是她深恶痛绝的人，她凶狠狠地把试卷往太监的托盘中一丢。主考官赶紧递上第二份试卷，刚一打开，她突然满脸喜色，这人叫刘春霖，当时江南、江北连连干旱三年，百姓颗粒无收，怨声载道，春霖，春天雨霖霖，多好的兆头，太后越想越高兴，立刻用朱笔一圈，刘春霖就成了本科的状元郎。

慈禧太后一高兴，就讲了许多感慨的话语。宫女们立即奉上热气腾腾的茶水，让太后润喉解渴。太后的朱唇呡了一小口茶后，便吱吱地把一小碗喝尽。

"这是什么茶？怎么这样香醇湿润。"太后好奇地问道。

"启禀太后，这是徽州府为了老佛爷六十寿庆，特意精制的名茶，它用徽州高山云雾中采摘下来的茶叶制作而成。

这种茶叶很娇贵，要在时晴时雨的天气中滋润着，茶水才会齿颊留香，回味无穷。这座山当地人叫金山，茶叶就叫'金山时雨'。"一个老臣向太后解说道。

"太后，我还有一首'金山时雨'茶诗。"奉王爷移步向前启奏道。

"读来听听……"慈禧太后兴致勃勃。

王爷便从袖子里抽出一张叠起来的纸，双手展开，念道：

飞流写幽壑，山中住云华。
雷信三春暖，驿使催绿茶。
采做银钩画，时雨试新茶。
鲜芬无双品，兰香第一家。

"好好，好诗，尤其这句'兰香第一家'，妙句！"太后大为赞赏。殿中的大臣们都知道，太后原先就是咸丰皇帝封的兰贵人，宫里头的人都认为兰花最高贵。

"金山！时雨！多好的名字，金字代表我大清朝固若金汤，时雨是我朝的黎民百姓最迫切需要的及时雨……把这茶叶列为贡茶，我每年都要喝。"太后喜笑颜开，满殿春风，众臣便把"太后万岁，万岁，万万岁"的声音喊到了高潮。

"众位爱卿，你们可知道徽州大山里还产有一种玉女茶？谁能说出一二来让哀家听听。"慈禧太后突然问出这种茶，众人面面相觑，养心殿里鸦雀无声，无人应答。她望了望奉王爷，接着又说道："我也是以前听父亲说过，他曾经是徽宁池太广的道员，在徽州府呆过一段时间，喝过一种茶叫玉女茶，茶水里充满着奶香和女人玉体香，说起来有些神神秘秘，后来叛军攻打徽州府，他又去了镇江，从此再也没有喝过这种茶了，可他老人家生前一直想念着这种茶……唉，多少年过去了。"太后冷冷地说完话，众臣们更是如坠云雾，你看看我，我望望你，养心殿里更加寂静无声。太后身旁的太监一声"退朝"，众臣才如梦初醒，如释重负地退出宫殿。

一直在殿外等候的洪朝奉一身冷汗，当他听奉王爷说，太后把他奉献的茶列为贡茶时，顿觉京都的天空处处是蓝天白云，白云之上隐隐约约的仙宫里，仙翁仙女们好像都在品尝金山时雨茶呢。

"洪朝奉，我问你一种徽州茶的名字，你得如实相告。"奉王爷突然转身拉着正要离去的洪朝奉。

"什么茶？"洪朝奉抖抖颤颤地问道，他被王爷的举动吓了一跳。

"玉女茶，就是有女人奶香和玉体香的茶。"奉王爷问着，脸上露出了贪婪的神色。他见洪朝奉呆乎乎的样子，又说道："太后老佛爷刚才在殿上问了一种玉女茶，众臣谁也答不上来，你应该知道吧。"

洪朝奉一听玉女茶，心也渐渐平静下来，却一脸神秘，轻轻地回道："王爷，此茶一言难尽，容我下次送您此茶时，再慢慢道来。"

这期间，京都里可热闹呢，八大胡同、澡堂、戏园的茶客们都在津津乐道地传说着，传说着本科状元刘春霖和洪朝奉的金山时雨茶。

　　自从有了太后的金口玉言，洪朝奉的茶叶一下子占据了京城的市场。管家林琴坤精于茶道，立即把从梅溪驼峰采来的百花，依京城及北方人的口味，就地对茶叶进行窨制、拼配，形成了风味独特的小叶花茶。茶客们一进茶馆，都指定要喝这种茶，戏园有许多名角都是"四大徽班"的后裔，他们尤其喜欢这种有家乡味道的茶，还有戏园里的青衣们，也特喜欢这种茶。那些美人们，樱桃小嘴呷了一点花茶，举手投足之间更是千娇百媚，风情万种。

　　"嗯呐买一斤，那呐买二斤，哪呐买三斤。"林琴坤这期间天天喜欢用徽州方言，学着茶客争购的模样。

　　"疏疏星，朗朗晴；密密星，雨淋淋。金山时雨茶正要大量上市了，快回徽州收购茶叶去。"洪朝奉也用方言戏谑着，心里无比开心快乐。

第四十五章

　　江南二三月，春雨绵绵，梅溪河水渐涨。山中的茶树，尽情地泡在雨中，吐芽、泛黄、涌绿，碧碧绿绿，满山遍野。洪朝奉邀了孙吟可，一边看茶，一边聊天，到了披云山道，两人便在一个茶亭前停了下来。

　　"孙老爷，你也不要灰心，风水轮流转，也许有一天，你还会东山再起。再说，咱们都是乡里乡亲，我有饭吃，也不会让你饿着。"洪朝奉边说边将白马系在亭前的树桩上，孙吟可也将那匹灰色马系好绳子。

　　"朝奉，我在想，如今茶叶市场已占据京都。猫睡楼上瓦，再来生一窝。现在的朝廷变了，可以和洋人做生意，我估摸着，茶商们都开始往广州跑了，广州是唯一对外贸易口岸……"孙吟可坐下石凳，望着洪朝奉，说出自己的想法。

　　"你是说漂广东？"

　　"我听说，郎中李玉晶之胞兄在广州，医疗水平很好，广州人都称他'李一帖'，许多疑难杂症经他手都药到病除，颇有名气。他结识达官贵人、商旅富豪肯定不少。再说广东人都属于南越人，他们祖先也是从中原入我们徽州，再从徽州进广东的，或多或少有些关系，一旦打开局面，我们的生意肯定好做。"孙吟可充满信心地说着，他说到这里，心里又暗暗地恨起孙孔嘉，要不是他陷害，凭孙家的实力，完全可以揽这些生意，如今只落得替他人出谋划策的可怜虫。

"管家林琴坤先生是福建人，离广东很近，先让他去联系联系再做打算。"洪朝奉也心动起来，他也觉得只要在广东站稳脚跟，生意还可以拓展到东南诸国。

清明节前后采下的茶叶，要及时加工，才能满足茶客"尝鲜"的需求。洪朝奉雇了许多短工，都忙着抖筛、撼簸、拣茶、熻共、风扇。洪家茶山遍布徽州六县，休宁的松萝，歙北的富溪，歙南的老竹岭，绩溪的金山等地，分派专人去监制。制成了"松萝""雨前""圆珠""皮茶""眠生""次生""芽茶""次雨"，一包包，一箱箱堆满茶房。李一帖带信来说，外销茶要用锡罐封，外用彩色板箱包装。

洪朝奉他们首次要赶广东茶市，茶叶加工成箱后，必须立马远赴广州。洪朝奉带着林琴坤和孙吟可，一起押运这批茶叶。他们把茶叶运往屯浦，官府查验给引后，收税放行。再雇船将茶叶运至渔亭，起大早，雇了二百多个挑夫，浩浩荡荡挑到祁门，用驳船和竹筏运到江西饶州，至南安，翻越大庚岭至南雄，到了广东韶关后，再雇老龙船运往广州。

"这次大家辛苦，我们已经离徽州二个月了吧！"洪朝奉客气的寒暄着。

"还好，听了林管家的话，我们尽量走水路，没有遇到飞来横祸。"孙吟可也赞美着林管家的聪明之举。

商队从旱路上走，稍有不慎，就有危险。长途跋涉，翻山越岭，弄不好从森林中冒出一群打劫的强盗。洪朝奉他们多花一些银子多雇一些人，基本上走水路，就是过丛林时，还可以壮胆驱匪。林琴坤很熟悉南方的情况，未雨绸缪。

洪朝奉到达广州发现，南方战火烧了几年，许多茶庄都关门了，狼藉一片。这对吃苦耐劳的洪朝奉来说，真是一个好机会。通过李一帖的人脉关系，将那些破落的店铺，该买的就买，该修的就修，几个月下来，广州市场渐渐打开。

"听说上海的茶叶生意现在不好做了，洋人压价收购，许多人无利图，还常常亏本。"洪朝奉在李一帖家，喝着香茶，谈着当前的茶叶生意。

"是啊！鸦片战争后，五口通商，上海也逐渐成了茶叶的外贸口岸，也是洋人最集中的地方，这块肉他们肯定要霸占，而且抢着吃。所以，我们一定要另开蹊径，做稳广州的生意。"李一帖深知天下茶事，说起来头头是道。接着，他又饶有兴趣地说道："广东人喜欢花茶，花茶大都是用茉莉花、珠兰、白兰、树兰（米兰）等窨制，口味基本一致，没有什么特殊的芬芳。"

"你有何高见？"洪朝奉听了这句话，有点疑惑不解，急忙问道。

"你们注意到了没有？如果茶叶口味单一，往往造成茶客味觉疲劳，茶叶的销售量会下降。不能老鸭子走路，一种步伐，要把生意做得好做长久，就得多想办法，酿造一枝独秀的格局。"李一帖深知南方人的特点，诱导着老乡们。

现在的商家茶叶用的花都是那几种普通的花，我们要反其道而行之。家乡驼峰一带盛产一种野兰花，其香很特别，我听许多徽州老同行们说，这种香入茶，不仅芳香四溢，而且能够提神舒气，香味也久久不会散去。如果我们在茶场种植茶叶时，一行茶树，一丛兰，兰香弥漫，沁入绿茶，可以一举二得。这种香茶市场上根本没有出现过，一旦出现，必轰动广州，茶客们必蜂拥而至。李一帖说到这里，啜了一口茶，又接着说："茶树宜阳崖，你们的茶园应多选择阳山，阳山的气候环境最适宜培植这类茶树，也易于兰草生长。"

"孙吟可家以前的许多山场都在阳山上，应在那里试种。"林琴坤边说边望着孙吟可，笑容满面。

"这些山场现在虽然成了我家的茶园，但也可以让孙老爷去负责管理啊！有钱大家赚，有饭大家吃。"洪朝奉说了句发自内心的肺腑之言。

"那都是陈年往事，不再去提它。我现在只跟着朝奉混口饭吃，一家老少还得靠我去养啊，一切听从朝奉吩咐。"孙吟可微笑地说着，他自从出狱后，性情大变，甚至讲话也是有气无力的模样。

洪朝奉突然想起驼峰上的许多山民，特别擅制顶谷大方茶，此茶扁长成片，色泽碧绿，形似小小的绿舟。茶娘们就是从长满野兰花的茶林里，采得鲜茶叶制作而成，如果再掺入茉莉、珠兰花窨制，就会成为一种芬芳独特，造型优美的茶叶，运广东，下南洋，一定会深受茶客们喜爱。

"我要买那长长的，扁扁的……香味是一绕一绕的花茶。"许多外籍的茶客叫不出顶谷大方的名字，站在柜台前，只有如此描述。珠兰、茉莉之香扑鼻涌入，兰香幽幽地绕鼻而不散，此款茶很特别。

茶叶上市几个月间，不仅是广州，而且马来群岛、菲律宾群岛、印度尼西亚群岛、中南半岛沿海的茶客们都特别推崇此茶，他们都说："这香茶似绿舟，我们喝了它，出海都会一帆风顺。"

"朝奉，你们这种茶的香味是怎么窨制出来的。按理说，里面无非也是一些茉莉、珠兰之类，怎么口味就不一样了呢？"一些茶客或茶商，好奇地问这个问题。

"徽州名中医的祖制秘方，无可奉告！"洪朝奉神秘兮兮地说笑道。

秋高气爽，洪朝奉在广州城东的歙县会馆举办一场盛大的品茶会，免费的香茶，随众品尝，还配有一些珍贵的奖品，赠予有缘的茶客。茶庄里外，高朋满座，胜友如云。

这次从徽州运到广州的奖品很有特点，徽州祁门瓷茶瓶和徽派盆景摆满了会馆门前的过道走廊。瓷器是徽州祁门生产的华釉三彩瓷，洪朝奉特意请了一些富有盛名的徽州名画家画瓷，洪承祖、黄士陵、程璋、洪庶安、汪律本、张翰飞、鲍二溪、吴秋鹿、方伯宣、王村鸥等名人的妙笔名画，都烧制在茶瓶上，或烟雨江南，或桃红柳绿，或百鸟歌喉。

盆景也都是梅溪山中的一些名贵品种，黄山松、徽州檀香梅、黄杨、石楠、碧桃、桂花、紫薇、紫荆、南天竹，还有从驼峰挖来的山中幽兰。徽梅盆景都是程熹礼儿子赖狗让人运来的。其他品种，都来自孙吟可家的瘦山山场。洪家改造成茶园时，让人把悬崖绝壁上挖下来的名木佳卉，制作成一个个风姿独具的盆景。盆景的造型有游龙式、扭旋式、三台式、疙瘩式、迎客松式、圆台式、悬崖式……茶会没有开始，众人就围在这些千姿百态的盆景前，七嘴八舌，议论纷纷。

"诸位朋友，今天请大家来茶庄，主要是想请各位品尝一下我们的徽州名茶，我们徽州人有句俗语：'茶叶卖到老，名字错不了'。大家品尝茶水时，如果讲出茶的名字，说出茶水里的特点，就算中奖了。奖品大家都看到了吧，每一件东西都是我们徽州的宝贝呀……"洪朝奉兴致勃勃地来一个开场白。他说完话，就把林琴坤推到众人前。

"茶条紧实匀壮，初微苦涩，回味甘甜……应是松萝茶吧。"一个茶客开始抢答。

"其叶扁平光滑，汤水清澈淡黄，味厚爽口……应是顶谷大方茶吧。"

"其叶酷似雀舌，茶水清澈微黄，回味甘甜……应是黄山毛峰吧。"

茶客们都在抢答，林琴坤一直在不停地点头唱诺。

"这茶水里有淡淡的珠兰花香，或者是茉莉花香，但细细品尝还有一种与众不同的香味？"洪朝奉手握着茶杯，又走到众人的面前，大声地卖起关子。

"什么香味？"众茶客异口同声问道。

"幽兰香！"一个瘦高个茶客很肯定地说着。

"说得对，头奖获得者就是你。"李一帖开心地叫起来，他苦心孤诣的事终于成功。

"这茶水味道独特，兰花是花中之君子，茶叶吸收这种气味，也变得高贵而无俗味了，稀奇呀，珍贵啊……"洪朝奉边侃边咂咂嘴巴，一脸沉醉。

"你说的对，说得好……可惜花名前忘掉两个字。"洪朝奉望着那个茶客又故作高深起来。

"哪两个字？"那茶客一时有点丈二和尚摸不着头脑。

"徽州呀！"林琴坤似乎猛然醒悟过来，大声地提醒道。

"此言不虚，应该叫徽州幽兰，我们徽州快有八百年历史了，奇山异水中产生的物品多多，每一种东西只要冠以徽州两字，人世间便知是早开的红梅，一枝独秀啊。离开徽州，什么都成了无源之水，无根之木，无基石之阁楼……"洪朝奉一侃起徽州，心中就充满自豪。

"那你呢？"那个茶客将了洪朝奉一句。

"我乃徽州卖茶郎也。"洪朝奉一口徽戏中腔调，口吐莲花，众人无不佩服眼前这位徽州茶叶商人的博学和口才。

洪朝奉在广州的生意做稳做扎实了，又雇船直接和沿海一些国家的商人做起生意。茶叶船出海时，他们又夹带一些丝织品、麝香、水银、药材、文房四宝、白糖、冰糖、书籍、字画、瓷器等杂货。返航时，又带回许多海参、鲍鱼等物，每次一回到广州码头就被一抢而空。

孙吟可望着蓝蓝的天空，波涛汹涌的大海，心里百感交集。我们徽商很早就在这大海中返运货物，鱼虾、腌猪肉、大米大豆、果品、瓷器、纸张、布匹等等，一船船地进，一船船地出，往来不绝。还有前朝的徽州同乡王直、徐海，本来都是卖盐的生意人，因亏本折利而下海做买卖，只可惜后来又被人诬作了海盗，生意没了，人死得也很悲惨。

"朝奉，海上交易的生意确实赚钱，但还是要靠官府的支持。当朝中堂李鸿章大人曾经是你外祖父王侍郎的门生，关系非同一般，要用好这些人脉。现在铜的生意好做，如果雇用民船，肯定亏本了，如果租用官船，却可以赚大钱。"孙吟可说这句话，心里像针扎一般痛，孙家的大起大落，就败在一个朝中无人。

"借用官船跑海上生意，特别是铜生意，官府还可以向商家预支资金，又可以随船返运其他货物，赚取差价，这样赚钱就容易多了。"孙吟可精于生意算计，想得很周全。

"疏通关系太重要，否则，我也成了一丛韭菜。"洪朝奉来劲了，一脸海纳百川的神色，国字脸上竖纹间的黑痣显得特别的油亮，似乎是一粒黑色的珍珠。

"听说，沿海许多地方需要商人捐资筑城助饷，我们就把这半年赚的钱全部捐出去……何愁弄不到一批官船。"孙吟可轻轻地提议道。

"舍得，舍得，只有舍出去，才会得到了更多。"洪朝奉豁然开朗。

李一帖利用他在广州的人脉，替洪朝奉牵针引线，钱很快捐了出去，洪朝奉的口碑自然好了，背后还有王侍郎的背景，官船一艘艘地排在码头，供洪朝奉调遣。船中的货物上还贴有"两江总督""两淮铜运司"等字样。码头上的税官一见到这些纸签，便挥了挥手，大声说道："立刻放行。"

洪朝奉漂广东发了大财，也没有亏待孙吟可他们。水涨船高，孙吟可也分利不少，他利用获得的银两在梅溪购买了几处店铺市房，再租赁给其他商贩开办米店、烟店、药店、布店、香店、裁缝店等，靠收取租金，用于养活家中妻妾之资和百窗楼修理费用。孙吟可越想越觉得今后的日子有盼头了。

"你家的金銮殿大楼，去年冬天，遭受一场火灾，全烧毁了。"一个伙计在货船上无意说漏了嘴，把洪朝奉一直没有说出的话，竟然说了出来。

"什么？我家的春蚕堂烧掉了……我的命怎么这么苦，辛苦一生挣得的家业，都这样一而再，再而三地毁灭，人亡我，天也亡我啊。"孙吟可听到这个消息，顿时万念俱灰，站在船的甲板上边喊边哭，身体踉踉跄跄重重地倒在船上。

船一直在大海中航行，孙吟可奄奄一息地躺在后舱的一个角落，这样过了三天，船未到广州就死了。

"Throw the body into the sea（把尸体抛下大海）！"那个英国船长歇斯底里地嚷着。

"Please, don't do this, this is my friend（求求你，不要这样，这是我的朋友）。"林琴坤懂英文，急忙请求着。洪朝奉听不懂船长的叽哩哇啦，但从船长的表情和手势中，看出了危急，赶紧从衣兜里摸出一张银票，塞进船长的大衣袋里。

那个英国船长终于点了点头，洪朝奉如释重负，赶紧叫人用棉被把孙吟可那冰冷的尸体裹紧，抬放到后舱一个放杂物的角旯晃里藏好。南海风大天冷，尸体没有散发出气味，总算蒙混过关，到了广州码头。

回到海岸，洪朝奉托一个本地客户帮忙，很快买来一口棺材，众人把孙吟可尸体入棺钉合，抬上李一帖用重金雇来的木船，急忙和其他伙计吩咐了一下，又与李一帖匆匆告别，带着林琴坤他们随着运载孙吟可棺材的木船，直奔徽州而去。

第四十六章

梅溪两岸许许多多黑色的乌鸦正在盘飞,时高时低。深灰浅灰的冬云,在驼峰山前山后,暗暗涌动。天要下雪了,孙吟可的灵车终于到了梅溪。

孙吟可客死于广东,他的棺材只能停放在梅溪镇外,而不得入镇,这是梅溪的一个习俗。洪朝奉便把他的棺材摆放在镇外风雨廊桥头一个亭内,然后进梅溪议事。

孙家的祖坟在距梅溪十里地的一个深山坞里,当地人称"纸门前"。据说,这里是梅溪先人造"澄心堂纸"时,留下的一个遗址。孙家祖先见其风水好,说是在这里,可以远眺前方的丘壑,与左右的"青龙白虎"一起围出一片地势开阔的"明堂"。祖坟地设在此,富贵三代,不贵也会富。现在挪手指一算,孙家从开典当铺以来,到了孙吟可这一代,还真是三代富翁。

孙家的祖坟边,住有一户姓陶的人家,那个男人叫陶春木,是一个南方人,也是孙家雇佣的守墓人。这个守墓人,一身好武艺,曾在叛军当过兵,叛军被镇压后,隐姓埋名在孙家当雇工。孙家知而不言,让他有口饭吃。后来,孙吟可建造了百窗楼,刻书生意红火,他又在百窗楼当搬运工,极其卖力。有时，一驴车上的书籍，他只几分钟功夫搬上或搬下，清清爽爽，干干净净，深得孙吟可满意。孙家遭受山场官司，山场被官府没收，百窗楼也得到清理，两个画人物的画师张绍宋、吕焕章也跑掉了。陶春木无处可逃，孙吟可便让他躲在这个深山坞中，替孙家祖坟守墓。

坟墓周边尽是翠绿的苞谷地，陶春木平日里在一个小山头上搭建了高脚棚，木棍支撑，树皮和茅草做盖顶，野兽、毒蛇咬不到他，山风和暴雨也能挡住。他躲在高高的棚上，敲着竹梆，山谷中便响起了"笃笃、笃笃"的声音，鸟飞尽，兽也跑完。

陶春木忠诚老实，对孙家忠心耿耿。守墓看似简单，只扫扫墓前的枯枝败叶，拔拔墓上青草荆棘。梅溪人很讲究礼俗，大年初一上坟拜，清明节挂纸，还有七月半、十月半、冬至日都要上祖坟祭祀，他就会把香纸和贡品都准备得完备整齐。有时候，孙家还要请人到纸门前，表演傩戏、傀儡戏，娱神娱祖宗，让山神、土地神、祖宗们一起开开心心，保佑子孙富贵荣华。孙家这些琐事，陶春木依然干得很出色。

陶春木从山谷的乌云间走来了，他衣服外面套了一件白色的短衫，过了风雨廊桥，走进那个亭，猛然一下在主人棺木前跪倒，叩了三个头，带着哭腔大声喊道："孙老爷，我来接你归山！"

族长孙道德认为，孙吟可客死他乡，妻妾成群，死有不甘，可能会阴魂不散。为了让他的灵魂早日安心入土，让洪朝奉他们找了十几个人在小亭前跳钟馗舞，说是替梅溪的活人赶鬼。

陶春木扮钟馗，身穿官衣，戴着纱帽，两鬓缀满五色纸条，左手握着一个筛子，伸进宽大的官衣，把自己的肚子鼓得大大的。右手拿着一个畚箕伸到官衣的屁股处，成了翘臀，肩膀左右都扎有一把稻草，耸起双肩，边走边舞。烂肚宝扮成一个小鬼，撑一把破油纸伞，举得高高的，罩着钟馗的头，钟馗走，他就走，钟馗左右摆动，他也左右摇闪。还有五个佃农富贵、小狗、旺财、麻子、讨饭他们，穿着短裤，赤着脚，头上扎着稻草绳，据讲是蝎、蛇、蟾、蜘蛛、蜈蚣，也在众鬼中跳舞。灌钟馗酒，称为醉酒，这个捧酒坛的人好找，梅溪酒鬼多的很，许多长工、伙计争先恐后，最后被老狗剩夺得。摇蒲扇的丑婆也好找，只付一些银两，许多媒婆也抢着演。骑驴子的钟馗妹妹难找，洪朝奉动员了程熹礼几次，程熹礼思考了半天，才答应让程兰花的娘蒋氏出演，虽然是人老珠黄，依然楚楚动人，勉强凑合。牵毛驴的人，当然是程家那位早已白发苍苍的螺蛳。

"人不做，做鬼！"一些观众又在打趣着，他们张着嘴，吞着舌，或翻着眼，或翘着嘴，围在蒋氏女身旁。

"这年头，做鬼比做人快活呀！"有人在羡慕那几个佃农，站在蒋氏女的身后闻体香；也有人在嫉妒捧酒坛的人，那酒好香好香。

出殡仪式开始了，陶春木用二根粗黑的棕丝绳将灵柩绑扎好，然后，背靠棺木中央，一手一根绳，两根绳在两侧肩膀拉紧，再慢慢地站起来，棺木随即被他背出亭，走了十六步，放在亭前开阔地的两条木板凳上。棺木前那堆杉木刺、香纸便冒出袅袅轻烟，片刻又燃起了熊熊大火，鞭炮也哗啦啦，噼里啪啦地响起。孙家亲属披麻戴孝，依长幼顺序列队绕火堆一圈，一一向棺木跪拜行礼，抬棺木的队伍缓缓向纸门前走去，陶春木举着招魂幡开道，吴德懿等女眷们在队伍中，她们一边哭一边散发黄表纸，是在替她们丈夫支付买路钱。

出殡队伍快到坟地时，突然刮起了一阵大风，孙吟可从风雨廊桥上买来的那个小妾的白裙子被吹开，露出了里面的红裤子。众人装着什么也没有看到，吴德懿却忍不住骂道："猫哭耗子假慈悲！老爷死了，你也开心了吧，看我怎么修理你！"骂完后，又嚎啕大哭起来，送葬队伍继续向前走。

孙吟可入土后，陶春木每天黄昏时都要爬上那高高的木棚，喝了几两酒后，便对着山谷高声地喊道：

青山埋骨难埋仁

黄土盖棺不盖义

吟兮可悲哉

他边喊边哭，不远处徽杭官道上的许多过路客听了都毛骨悚然，匆匆奔向梅溪。

洪朝奉也累了，孙吟可的丧事已经让他精疲力尽。他刚刚又去了一趟一壶春茶庄，回到了浮生园，坐在太师椅上，茶没有喝上两口，便斜靠在椅背上呼啦啦地入梦了。

洪朝奉恍恍惚惚地向百窗楼走去，月光如流水一般静静地洒在楼前的树叶上。他独自在树下的小径中走着，月光下，只是一个黑黢黢的人影。

推开百窗楼的大门，里面热闹非凡。美妙的侍女、尖着喉咙叫的太监、还有一些王公大臣……或站着，或跪着，一个穿着黄袍的老人躺在一张金丝楠木床上，正在听众人读书。大家手中都捧着一本书，在认真地颂读。洪朝奉走近一看，有人手里捧着《道德经》，大多数的人正在读的是《圣祖训》里的经典语句。西边的花窗下，聚集着几个王子模样的少年，他们正围着一个硕大的金缸，观看斗蟋蟀，三只乌黑的雄蟋蟀正在撕咬，金灿灿的缸把它们衬得醒目威武。

　　洪朝奉凑过去，伸出头，仔细地看着三只雄蟋蟀。这些小虫，似乎和他很熟悉，见到他，撕咬得更欢。

　　"你是何方人士？竟敢闯进百窗楼。"一个红衣少年大声责问道。

　　"我是徽州梅溪人呀。"

　　"你也是徽州人？徽州人讲究礼义，有文化的人皆儒雅，哪像你这样横冲直撞的熊样。"

　　　　山绕清溪水绕城，白云碧嶂画难成。
　　　　处处楼台藏野色，家家灯光读书声。

　　洪朝奉特意把南宋诗人赵师秀写的徽州诗朗诵了一遍。接着他又说："这就是描述我们徽州风土人情的诗吧，你冰雪聪明，听听就知道我没有骗你。"

　　红衣少年点了点头，他也悠悠地背出一首诗：

　　　　欲识金银气，多从黄白游。

一生痴绝处，无梦到徽州。

"我至今也弄不懂这首诗，你是土生土长的徽州人，应该比我明白，我也想知道，这究竟是在赞徽州，还是在贬徽州。"红衣少年背完诗后，也问起了这个老话题。

"应该是赞扬徽州，诗中讲到了我们徽州的金银气，徽商财气旺盛了几百年。我是梅溪商人洪朝奉，这个问题比谁都清楚一些。"

"哦，你就是那个洪朝奉。"红衣少年一脸似曾相识的模样。

洪朝奉又走到那个大金缸旁，两眼紧紧地盯着那三只正在争斗的蟋蟀。

"看什么看，这三只蟋蟀不正是你们三人的化身。"另一个黄衣少年大声训斥道。

"哪三个人？"洪朝奉有点摸不着头脑。

"徽州梅溪洪朝奉、程熹礼、孙吟可是也！"那黄衣少年说完，便哈哈大笑。

"怎么是我们三个人呢？我们怎么变成三只大蟋蟀呢？"

"这三只雄蟋蟀一碰头，就会竖起翅膀，张开钳子似的大口互相对咬，还不时用足互踢……你们三个人在卖药、卖盐、卖木、卖茶、典当东西的时候，是不是这样！"那黄衣少年笑着说道。接着他又说："蟋蟀们发出的'唧唧吱、唧唧吱……'的声音，这是你们运茶、运盐、运古董、运银子、运美人的车轮发出的声响，这声音你们比谁都熟悉，韵律无穷吧？"

"还有，这三只蟋蟀生性孤傲……雄与雄一旦相遇，就会斗起来。但是一只雄性蟋蟀可以和多只雌蟋蟀同居，像不像你们这些富商，妻妾成群，还不满足！"黄衣少年还在挖苦洪朝奉。

洪朝奉听着听着，竟然渐渐入迷了，这黄衣少年的话，说得不无道理啊！他想着发生在梅溪的前朝旧事和今朝往事，心里暗暗稀奇。

"不要再看了，我们也玩够了。"黄衣少年边说边用一个大大的金黄盖子，把那只金缸盖上了重重的盖子。

洪朝奉感到呼吸有些困难，胸口好像压了一块石头，头上冷汗直冒，突然醒了过来，原来是南柯一梦。他将梦境告诉儿子洪砚耕、洪石农，洪石农不以为然，也不答理。而洪砚耕却怪怪地刺了他父亲一句："梦是很准的，你们商人再有钱，但在满清的达官贵人眼里，也不过是一只强壮而矫健的大昆虫而已！"

"那你就是大昆虫的儿子，混帐东西！"洪朝奉气汹汹地盯着洪砚耕，大声骂道。

"这个朝廷腐朽到顶了，你们这些商人虽然赚了不少钱，建书院、修祠堂、修桥、开路也花了不少钱，替朝廷赈灾、发兵饷。这些还是不够，你们还要逢迎官员，依附、仰攀权贵，帮忙抗击倭寇、镇压农民起义和奴仆反抗，几乎把钱花了差不多，他们还要加重盘剥。你们真像一只可以被人随手捏死的虫子。"洪砚耕把他老师谭嗣同讲的话，又在父亲面前翻版似地说了一遍。

"你这个大逆不道的竖子，少说这样的废话，你就是让那些天天喊着要变法的人带坏了。慈禧太后最恨广东的康有为、梁启超，我们就要跟着恨！你可知道，我家卖的金山时雨茶就是太后金口钦定的贡茶，她给了我们一个金饭碗，我家的茶叶才畅销大江南北，我才有钱供你读书进学，哪知，你满口不着四六，不走正道，却走了歪门斜道，比春蠢堂里的人更愚钝，真是九斤老太，一代不如一代。"洪朝奉越说越气，嗓门也越来越大。

第四十七章

　　孙吟可下葬后，洪朝奉就一直没有停歇过，他又花钱替孙吟可的遗孀重建了一座楼，楼虽然低矮，也叫春蠹堂。春蠹堂里的事就没有消停过，孙吟可两个小妾先后都生病，梅溪郎中李玉晶上门替她们搭过脉，看过舌苔，也开了中药，但一直不见好转。后来，一个小妾自己推荐了一个郎中，这个郎中是她的表哥，他每次来孙家看病，总是背着一个轻荡荡的木头药箱，放在桃花窗下那个小桌上，兄妹俩寒暄了片刻，小妾就把一包沉甸甸的东西，藏在那个药箱底下，又让郎中赶紧背着沉甸甸的药箱匆匆地离去。

　　那个小妾也一直病着，吃了几个月的中药也不见好转，也不加重。那个郎中，倒是隔三差五来孙家替她看病，开完了药方，又背着沉甸甸的药箱匆匆地走了。

　　一个丫环把这些疑虑偷偷地告诉吴德懿，吴德懿用银针刺了这个小妾几次，也没有逼问出什么结果。

　　李玉晶也感到这个女人的病，有些蹊跷。他偷偷地来到梅溪药肆中，从一个熟悉的伙计手里，看到了一张药方，上面的中药，也只是一些吃不坏身体的东西，补气补血之类。他心里明白，这是一个不好说出来的秘密。

"你家中那两个女人都不是省油的灯，一个爱财，一个贪情，爱财不可怕，贪情最费神。"烂肚宝多次和吴德懿讲过这句话，尽管他每次见到她们，总是色迷迷的，恨不得一口吞掉。

　　"她们是在掏空孙家的一切。"吴德懿恶狠狠说着。只是她俩没有什么把柄可抓，也只有罢了。

　　吴德懿一直恨这两个女人，是她们夺走了丈夫对正妻的爱，是她们掏空了丈夫的身体。丈夫每次经商回家，首先就往她俩的房间跑，吴德懿倒成了一个陌路人，见了面也说不到三句话就溜走了。

　　孙吟可家被烧毁的春蠡堂，梅溪人称为金銮殿，大门正对梅溪河，背接驼峰余脉，大门上挂有一块宽大的长方形的牌匾，漆黑漆黑的木板面上，凸凹着四个金光闪闪的大字"种得芭蕉"，系梅溪洪状元所书，台阁体的金字庄严雄伟，气势开张，望之如端人正士。梅溪人对这四个字的内含却感到不伦不类，无法读懂。

　　春蠡堂前芭蕉种得并不多，千姿百态的梨花倒是一树树地飘着香。两个小妾特别喜欢梨花，她们初到孙家时，还是面黄肌瘦，愁容满面，经过孙吟可几年的强力滋润，竟成了两个貌美如花、细皮嫩肉的美少妇。平日里，在春蠡堂前赏花，她们头上竖有一个很精致的"峨髻"，身穿着一条素雅的凤尾裙，肩上披有一件粉红色的披风，披风里还有一件桃红色的小袄……梨花开，梨花落，她们的模样显得别样的妩媚和婀娜。

　　"这孙家妻妾之争，说明了一个事实，树倒猢狲散，家道中落，就会穷争恶斗。"洪朝奉当着孙道德等众人的面，深有感触地说。接着他又说道："孙吟可家败到如此地步，有天灾，也有人祸，实在令人同情。虽说，人无千日好，花无百日红，作为乡里乡亲，该帮忙还得帮忙。"

"帮她们，怎么帮法？"站在身旁的孙道德冷冷地疑问道。

"好人做到底，孙吟可入土为安，但他遗下的一家老少还得赡养，这个百窗楼还得维护，这是一笔不少的银子啊！我倒有一个想法，当年他家被没收官卖的山场，我买了不少，准备还他家一些，这样，许多问题就可以解决。"洪朝奉俨然正色地同孙道德等人说着。

"我还以买卖的形式立下文书，以前在梅溪买卖中经常出现一个问题，那就是'找价'，梅溪人叫'找不敷'，物品卖出后，卖主又觉得价格低，亏了，就一次、二次、三次，甚至四次、五次，不停地要求补钱，而且《大清律例》又认可这种行为。为了防止我的子孙发生类似的情况，我就干脆来一个绝卖！"洪朝奉敛容屏气地说。

"你把地送给他家，还叫绝卖？"孙道德有些不解，心想，洪朝奉到底在玩什么把戏。

"我要用绝卖的形式，把山场送给孙家。"洪朝奉一字一句地说着，一脸正气凛然。

洪朝奉随孙道德来到了孙家祠堂，进了祠堂，众人刚刚坐下，洪朝奉就从衣袋掏出一张早已写好的地契，让林琴坤在众人前高声读道：

（徽州府歙县）三十一都一图批据人洪朝奉，将驼峰左侧山场二百亩，卖于孙吟可家名下，得过价银五百两。今又加价银二百两整。其银系身收去，其山场日后永远不得取赎加价。今恐无凭，立批据存照。

光绪二十四年十二月八日

立批据人：洪朝奉

中　　人：孙道德

代　　笔：林琴坤

众人认真地看着这张文书，一个看完传到另一个手中，看毕，又一个接一个地写下了自己的名字。众人签名后，洪朝奉用双手捧着文书，交给那位早在祠堂等候，眼睛睁得大大的似梦似痴的女人吴德懿。那女人接到文书后，也立即递上一张纸，众人一看，是一张欠款单据，上有欠纹银七百两的字样。

洪朝奉拿到单据后，眼睛瞟了一眼，微微一笑，随后从八仙桌上拿起一盒洋火，抽出一根，右手在洋火皮上一划，哧的一声，点燃单据，片刻化为灰烬。

"七百两银子已经归还了，你们要好好经营这二百亩山场，上面可是长满了一等一的好茶叶，够你们一家丰衣足食了。"洪朝奉说完这句话，顿感如释重负，心里也感到特别地开心。

孙家的妻妾之争，让梅溪人感到那一块块镶嵌在祠堂墙上的乡约是多么的重要。乡约是根据清圣祖《圣训十六条》的内容，再结合梅溪各族的具体情况制定，战争以后，乡人都好像无暇过问乡约的事情，于是这次大家一致推选洪朝奉为乡约领读人，在百窗楼举行仪式。

　　各族人各就各位，不许队伍杂乱，不准亵服苟简，不得大声喧哗。林琴坤设圣谕牌位于厅堂的八仙桌上，设香案于庭中。洪朝奉出位，脸朝北方，宣读着清太祖高皇帝《圣谕》：孝顺父母、孝敬长上，和睦乡里，教训子孙，各安生理，毋作非为。接着，他又高声诵读《梅溪商人道德约》：

　　　　树高千丈，落叶归根。
　　　　高堂在上，不宜远行。
　　　　金山银山，奉献家乡。
　　　　……

　　宣毕，退回坐在自己的椅子上。众人起立唱赞歌，鞠躬拜，再平身。孙道德、程麻仁、方阶云、洪正堂等人代表各族行礼，年岁已高，可让其子代替，他们依次庭中肃立。中医李玉晶也在其中，这是洪朝奉特意替他安排的位子。众人歌毕，司鼓钟的人各击鼓、磬三声，礼毕，众人鱼贯而出。这个仪式在谁家祠堂中操办，大家都会有看法，在百窗楼举行，众人都高兴，公平公正。

　　"今天我还要宣布一件事，百窗楼是耗尽孙吟可生前的心血，建起的一幢宏伟建筑，虽未尽其用，但也是我们梅溪人的丰碑。我们不能因孙吟可不在了，就让它自生自灭。孙吟可不在世了，又未留下儿子，我和孙家人商量过，要过继一个同族同宗的侄子孙晦明作为孙老爷的继承人，这个侄子父母双亡，孤苦伶仃，这样也算是扶植他，又让百窗楼后继有人。"洪朝奉讲完话后，仆人立即抬上一张大方桌放于厅堂中央，摆放上孙吟可的灵牌，又接着抬上一个长条桌放在大方桌的前方，上面摆放着五色粿、菜盘，热气弥漫着。林琴坤点燃地上的黄纸，烟火燃起，厅下的天井顿时爆竹声声。

吴德懿穿着一身花里花俏的汉服连衣裙，大腹便便，好像一只刻意包裹的粽子，摆摆晃晃地向众人走来。她牵着一个十多岁的小男孩，那男孩头戴一个兔儿帽，跟着吴德懿向前走，两只兔耳朵不停抖动着，来到了孙吟可的灵牌前，吴德懿便和小男孩一起跪下行拜礼。

林琴坤面朝孙吟可灵牌，高声读道：

（徽州府歙县）三十一都一图立文书人孙晦明，经族中众人同意，入绍孙吟可子……待其成人长大，自立门户，延续香火。立继之后，不可背义。如违，罚罪无辞。今恐无凭，立此文书永远为照。

光绪二十四年十二月十二日

文书人：孙晦明

凭中人：洪朝奉

程麻仁

方阶云

孙道德

依口代笔人：林琴坤

"养儿待老，积谷防饥，孙家总算有后了！"吴德懿有些感激涕零地说道。

　　"清明断雪，谷雨断霜，我们孙家的霉运也到头了，往后的日子，夜夜有好雨，日日杨柳青了。"一个小妾也忍不住内心的喜悦，说起话来也春风满面。

　　"这里不是你说话的地方，小心我用银针插你。"吴德懿侧过头，盯着那个小妾，恶狠狠地说道。

　　"如今百窗楼焕然一新，承蒙众乡贤鼎力资助，已经藏进了不少圣贤典籍，成了梅溪名副其实的藏书楼。如再请一个有份量的名人题写名字，制成金字牌匾，张挂在大堂之上，就会更加蓬荜生辉啊！"林琴坤见众人嬉皮笑脸地看着孙家妻妾，就顺口提出这个想法。

　　"这座百窗楼墙上的花窗特别多，犹如一双双历代圣贤的眼睛。楼窗高爽，纳梅溪千年之气，花窗内飘逸出的书卷气，又是我们中华千年的思想精魂，这些都得益于自然天成的花窗，我看此楼就题写为百窗楼吧，不要画蛇添足了。"洪朝奉兴致勃勃地说着，他又走出大厅，站在门槛下，抬头望了望，自言自语道："可这个楼名请谁来题字呢？"

　　"孙家的探花郎孙孔嘉大人最合适，我再托他百忙之中再赐墨宝。"孙道德插嘴道，他心目中，孙孔嘉无疑是孙家的骄傲。

　　"可他现在已不是什么大人了，几个月前，就被朝廷撤职查办了……还是另请名人吧！"洪朝奉的脸一下子愁云密布，望了望吃惊的众人，转过身去，走了几步，坐回他的椅子上，轻轻地叹着气。

这时，林琴坤悄悄来到方阶云身边，拍了拍他的瘦削肩膀，望了望洪朝奉他们，大声说道："诸位，我们梅溪以前是孙白廉举人的字好，可他去世多年了，现如今还有一个人的字也很了不得，他就是老秀才方阶云，徽州府的知府大人都称赞他的字写得好，有东坡遗意。"

孙道德一听林琴坤说方阶云是书法大家，便冷冷地笑道："我只听说过老秀才的状子写得好，梅溪人拿着他的状纸上告，知县大人知府大人都说写得有些入木三分，还没有听说过他的字写得好。"

"他就是状子写多了，练就成了一个书法大家。"林琴坤望了望孙道德，十分懂行又肯定地说着。他走到洪朝奉的椅子旁，一本正经地说道："现在街上那些流行的书法家都是徒有虚名而已，而方秀才的字才叫字字珠玑，知府大人夸方秀才的字有东坡遗意，是句很有内涵的话。苏东坡才高而命坎坷，他被贬黄州时，掣笔突然有力，文章气节第一流，余事做书，便有俯视一切之概，动于天然而不自知矣，方阶云虽然名气无法与东坡比，但他平生阅历竟有几分相似。"林琴坤说着，洪朝奉他们也频频点头。

"不敢当，不敢当，我何德何能敢与东坡先师相比，林先生不要说笑我。"方阶云满脸通红，说起话他的牙齿好像在打架似的，众人哈哈大笑起来。方阶云见大家这么开心，也放开胆子大声说道："林先生有的话并非虚言，我替人写状子，确实有一种怪怪的感觉，在写那些贪官奸商恶人时，落笔好像成了一把尖刀，直插那些人的心脏，笔墨力透纸背；在写那些平民百姓的疾苦时，下笔有些沉重，笔笔丰腴跌宕；写人间喜事时，下笔飘逸，气映曰奕奕也。而且几十年这样不停地写，形成了一种书味。"

"方秀才把人世间的酸甜苦辣杂粹于一体，流露于笔端，这样写字不成大家才怪呢，方秀才又是道德高尚的朱子门生，百窗楼三个字非你莫属，挂上去也相得益彰。否则，德不配位的人写了，牌匾挂上去也会暗淡无光，甚至还把牌匾取下来销毁，让人更难堪。"洪朝奉一语定音，众人也跟着叫好，方阶云望着大家，一脸无奈，片刻，他又很自信地点点头。

第四十八章

　　四月的苏州，细雨蒙蒙，一枝枝艳红的杏花，从山塘街那些庭院的花窗中斜出，街上熙熙攘攘，人们驻足观望。孙孔嘉随着人群，边走边看，来到了街东头的紫阳书院。这书院是以徽州朱子的名字命名，朱子的别名就叫紫阳先生。孙孔嘉离京来苏州已经三年，当了三年的知府，这还是第一次光临紫阳书院。脱去官服，穿着便衣，感到特别的轻松。五凤楼形的书院大门，六个翘角高傲地前翘后仰，斜插在濛濛的烟雨中。门前古树参天，石井栏旁，紫竹低着头，摇曳着。门侧的几株杏花正在怒放，一簇簇杏花，透着沁人心脾的清香。

　　"好一个杏花春雨江南。"孙孔嘉边走边赞叹着。脑海里却想着昨晚在老探花潘祖荫家里的宴席，那些貌美如花的女子，她们身上的丝绸真柔滑，腰肢好柔软。他不知不觉就进了紫阳书院，见天井处聚集了一大群人，有好几位白发苍苍的老人，也有唇红齿白的少年，这应该都是书院中的学子吧，孙孔嘉猜想着。这群人也不顾头顶上的绵绵细雨，热闹地议论着今年三月礼部在保和殿科考的题目。

　　"今年科考题目'淡烟疏雨落花天'，一看题目就感到压抑，据说，许多考生见此题，一个个紧锁双眉，无从下笔啊！"一个白发苍苍的穿着灰色长衫的老童生边说边摇着头。

"许多考生，顺着题意，写了满纸落花。梨花落、桃花飘、杏花飞、菜花舞……弄得满卷尽落花。"这个穿着灰衣的老童生唉声叹气，讲的话有些夸张。

"你都考了二十年了，也没有参加过殿试吧。看你讲起话来，好像都进了保和殿似的……"另一个黑色长衫的老童生挖苦着灰色长衫老头。

"你也别笑话我，你也考了快三十年了吧。"灰衣老头反讥挖苦黑衣老头。

"江南才子俞樾聪明，反其道而行文，开篇以'花落春仍在，天时尚艳阳'诗取胜，巧妙摆脱'落花悲伤'的常规思维，博得主考官曾国藩大人的高度赞许，一举成名天下知！"有位红衣少年道出今年科考的新闻，一脸惭凫企鹤的模样。

"杨花不倚东风势，怎好漫天独自狂，这世道，许多事情都是一言难尽，切莫妄语。"灰衣老童生又反讥起那个红衣少年一句，少年顿时感到自己也只是班门弄斧而已，红着脸站在那里不说话了。

孙孔嘉边听边走近人群，高声地说道："今年的考题有什么难？我参加殿试的题目才叫难呢！"众人一听，都吃了一惊，又看看这个人，也不像吹牛之徒。有人就轻声问道："你殿试时是什么考题呢？"

"我殿试的考题是：'欲速则不达，见小利则大事不成'，出自《论语》中的名句，要求用八股文书写，难度大呢！"孙孔嘉有声有色地说着，一脸得意。

"你就是知府大人孙孔嘉探花吧？"有人很快就猜出眼前这位先生。孙孔嘉心中一阵狂喜，看样子，我的才名早已名冠江南。

"正是本人！"孙孔嘉见自己的名字这么响亮，不禁得意起来，说起话也开始有点轻飘飘。他望着这些人，一个个目瞪口呆的样子，顿感心花怒放，便故意慢条斯理地说道："我提起笔，龙飞凤舞，洋洋洒洒，一口气写完文章，主考官查正庸大人阅卷后，激动地写下一句精美的评语。"说到这里，他又停顿下来，只哈哈地笑着。

"什么神来之笔？"众人异口同声地问道，傻傻地望着孙孔嘉天花乱坠。

"这答卷的文章，骈体很见文采，代圣人立言，足见经学功底！"孙孔嘉轩轩甚得地讲着，他望众人心醉魂迷的眼神，顿觉高山仰止。他越说越得意，声音也响了许多。接着慢条斯理地说道："就这样，我的精美试卷被主考官们拟定为第三名，上报皇上钦定。皇上一看，不仅认为文章见解超凡，字也写得好……于是，我就成了本科的探花郎。"

"你的文章也许是好，但探花却是皇上见你年纪大，特意恩赐于你。这些事，在我们儒林中早就传开。"穿灰衣的老童生在众人面前，毫不留情地说出这件逸事，老童生又自豪地嘀咕着："我虽然中不了探花，但和苏州探花潘祖荫还是同科秀才呢。"

"你这个不知深浅的老童生，可不能说这些毫无依据的事。"孙孔嘉红着脸责备着老童生，又轻轻地说："这次主考官没有什么水平，出的题太诗意，没有实用价值，对提拔人才无利。讲句难听的话，这题目还不如前些年，太平天国考试的题目好。"

"什么？太平天国。"

"无庸置疑，就是我们常说的'粤寇'。"

"孙大人，你见识广，竟然知道粤寇的考题。"

"粤寇殿试那年，也是癸丑三年，他们在金陵开科考试，题目是一首诗：'春风吹清好凉爽，他名未好救饥荒，名说饥荒就是病，乃埋世人水深长'。直白易懂，切中时弊。"孙孔嘉尽情地卖弄，有些得意忘形，竟忘记了自己是大清国的探花郎。

他见众人大眼瞪着小眼，黑色长衫的老童生，张着嘴巴，半天也不知吸气。那个灰色衣衫的老童生，竟然全身发抖。孙探花心里感到无比的快乐，继续炫耀着肚子里的才华。

"你们知道状元是谁？"孙孔嘉还在卖弄着，一只手不停地捋着那不长的胡子。

"谁？"众人异口同声地问道。

"是一个大美人状元。"

"女的也可以考中状元？"

"粤寇里有两位才貌双全的大美人，一个叫傅善祥，另一个叫朱九妹，中状元者乃傅善祥也，探花者，乃朱九妹也，不过，红颜薄命，她们的结局都很悲惨。"孙孔嘉说到这里，竟然也一脸愤愤不平的样子，一手又抓着胡子，摇头晃肩地吟出四句诗：

> 棘闱先设女科场，女状元称傅善祥。
>
> 堪惜扬州朱九妹，含冤六月竟飞霜。

众人一听到这里，全都惊慌失措，鸟散而去。孙孔嘉却还在自鸣得意，哈哈大笑。心里想，这些学识浅薄之徒，见了本宗师就跑，真是死要面子怕出丑。

孙孔嘉的炫耀，弄巧成拙，酿成大祸，他怎么也想不到，举报信当晚就飞往京都。

这天早晨，孙孔嘉还和平日一样，起床后便在府衙的花窗下晨读。他刚刚把朱子《四书集注》翻了两页，一个幕僚便匆匆敲着门，大声报告江苏巡抚传圣旨来了。

"难道圣上又要重用我？朱子文章真有灵气，反复读，好事多。"他边走边想，匆匆来到大厅跪拜接旨。

"孙知府，你有言辞替太平天国歌功颂德之嫌，有反贼之心，革职查办！"巡抚大人一见孙孔嘉，立刻大声严厉地宣布。

"我怎么会替反贼称功诵德，一定是有人陷害。"孙孔嘉瘫倒在地嚷嚷道。

"不见棺材不落泪的糊涂虫……押走！"巡抚怒不可遏地叱骂道。

孙孔嘉的卖弄，一不小心就锒铛入狱了。后来，经查实那诗确实不是孙孔嘉所作。但千不该万不该，不该在公众场合把粤寇的诗读了一遍。虽无反心，朝中的查大人也多次为他分辩，但左都御史韩仁康大人最后认定，孙孔嘉有大不敬之罪，撤职发回原籍。

消息传到了梅溪，洪朝奉大为吃惊，孙孔嘉真是聪明反被聪明误。梅溪许多人却认为这是搬起石头砸人的恶徒，最后也砸到自己，老天有眼，报应。有人还偷偷地在孙孔嘉旧居前放了鞭炮，噼里啪啦，热闹了一阵。

百窗楼里，洪朝奉、洪正堂、程麻仁、孙道德等许多人都在闲谈着，他们都说梅溪人本是中原士族移民，贵族后裔，到了梅溪成了徽州人。徽州人聪明超凡，或经商，或为官，士农工商样样都有建树。但毛病也有不少，经商发财了，有钱就任性，前朝海上贸易的王直、徐海，本朝的江春等，本来都是很厉害的巨商，最后也家破人亡。还说我们的盐商、木商、典当商一个接一个倒闭，既有物竞天择之理，也有财大气粗，肆意妄为的原因。还有些文人墨客，有成就了，就忘记十年寒窗之劳苦，只会低头拉车，不抬头看路，也一个接着一个倒霉。读书得功名当官，就得好好学习我们徽州的查大人，"少说话，多叩头"，不就行了吗？偏偏要折腾。又说洪朝奉的外祖父王侍郎喜欢提意见，老是不合时宜，贬了又贬。程家为了一个牌坊，偏要找出祖宗十八代的破书，又差点灭门。孙吟可聘来的画师，偏偏去画什么猪（朱），差点惹出了官司。孙孔嘉好不容易中了一个探花，本是梅溪人的骄傲，可他却去管太平天国的旧事，还替两个漂亮的女人鸣不平，这一下完了，撤职查办。最后他们都说出梅溪男人好乌纱帽，好红绣鞋，还好言国事的通病。

也有人说，房子建好了，只有开几扇漏窗的财力，可你偏偏要雕刻一些精致的花窗，只有借钱呗；你本是一块读书人的料，却要爬上五品的官椅，只有借你的命呗。这些话用在孙孔嘉身上，不知是宿命论还是讽刺语。

众人说着说着，声音渐渐地被花窗外的风声所掩盖。百窗楼后的斗山，又刮起了一阵阵大风，似有摧枯拉朽之势，不停发出叭哒叭哒的断树枝、断枯竹之声。

第四十九章

孙孔嘉出狱后，万念俱灰，却也感到一丝轻松。一大早，老探花潘祖荫替他雇了一辆驴车，送他一家人出了苏州城。孙孔嘉带着家眷，运送行李，直奔大运河。大运河两岸杨柳依依，草长莺飞，勾起他无尽的怀念。当年，他中探花之前，也经常随义父孙白廉奔走于这段大运河之上，湖州、杭州、嘉兴、苏州盛产丝绸，他们也算是丝绸生意中的小商小贩。濒临运河中的许多县、镇，贸易繁盛，都有徽州人建的会馆、义园等。那时的人都很客气，他们发财了，进会馆，会馆里的人都是笑容可掬。亏本了，进会馆，里面的人依然笑声兮兮，给他们热饭吃，给他们热水洗澡，临走时，还会给他们一些银两做盘缠。

有一次，他们生意又亏了，进了会馆，大家依然热情地款待他俩。家乡人有说有笑，有的人还哼起徽州家乡的名谣：

> 五月里，是端阳，金壶打酒大家尝。
> 六月里，热沸沸，男女老少忙耕田。

孙白廉和孙孔嘉在会馆里，一听这些家乡的歌曲，心里特别亲切。那时他们心里想着，不如早日回徽州去守住那一亩三分田，耕田种地可以养家，还可以静下心来读书。

……

孙孔嘉想起这些陈年往事，心里依然有甜甜的感觉。

他想着想着，就到了一个小镇，已是夕阳西下，落日熔金，连岸上的杨柳也是金黄金黄的颜色。孙孔嘉一家也想在这个小镇多停歇几天，他们上岸后，沿着街向前走，在一个转弯处找到了一个徽州会馆。

会馆里的人见是徽州人，还是热情地把他们安顿下来，给他们饭吃，给他们热水洗漱。孙孔嘉这些人也许是当官、当太太习惯了，不是嫌吃的饭菜不好，就是嫌住房太脏太暗。

"能否把我们的伙食弄得好一些，花费的银两不要怕，我本是苏州知府，探花出身，我的字很值钱，一张小立轴可卖纹银十两，等我抽空时，可以替你们多写几张字。"孙孔嘉说起这些话，精神开始焕发，他此时大概忘记了自己是被撤职流放的人。

"你就是孙探花？"会馆里一个老者惊愕失色地问道。

"如假包换，徽州梅溪孙孔嘉也。"孙孔嘉有一种落进茅坑不知臭的感觉，说起话来，声音响亮，口齿清楚。

"哦，可惜我们不懂你的字，你们明天早上上路时，一定要吃得饱饱的，一路奔波，风雨兼程，也怪劳累的啊！"那个老者说完话，扬长而去。孙孔嘉惊得嘴巴张得大大的，半天也未合拢，肚里嘀咕着："狗眼看人低。"

"你们再走两天就到杭州了，杭州城有你们家乡的梅溪会馆，记住，尽快早点走，走迟了，月黑风高，容易遇上劫匪。"那老者走了几步，又回头来提醒他们。

　　"你不讲，我也知道。"孙孔嘉冷冷地回了一句，心里想，你催个毛球，等我官复原职，你们八抬大轿抬我也不来呢。

　　二天后，他们终于到了杭州，很快就要到大运河边的梅溪会馆了。当年建造梅溪会馆时，孙探花正红着呢，杭州知府还特意批准会馆建在大运河边，让梅溪商人占据了地利，如今，此处人来人往，熙熙攘攘。孙孔嘉归心似箭，他们的船一到岸，便急匆匆地直奔梅溪会馆。会馆里的主事十分热情地陪着他们吃饭、喝酒。酒后，大家又陪他夜游会馆，前面那个提着灯笼的人，是一个年轻的小伙子，他总是边走边说着，孙老爷这里是座假山，小心不要踢到石头；孙老爷这里是过石桥，小心不要落水……会馆里没有一个人喊他孙探花，也无人喊他知府大人，但孙孔嘉心里还是暖暖的。大家还请孙孔嘉去西湖边的涌金酒店吃宵夜，孙孔嘉望着花窗外的西湖，月光如水一般静静地洒在苏堤上的垂柳间，他又想起自己的际遇，心里开始愤愤不平。可众人似乎没有注意到他的变化，只是频频敬酒。

　　"今天，蒙家乡人厚爱，我在杭州也学学宋人苏东坡，作几首诗，写成条幅送给你们留做纪念……我的诗在本朝不算上等，但我的字却是一字千金，从仿宋体里走出，又吸百家之长，很有味道。以前，人们都喜爱我的字，片纸如璧，但我却不轻易写，今天，我要替你们多写几张！"孙孔嘉一脸酒意，一手拿着酒杯，趔趔趄趄，边喝边说，脸上洋溢着温和的笑容，又仰起头，一杯酒全倒进了口里。

"孙老爷，再来喝一杯，解除途中的劳顿！"主事一直卖力地劝酒。

"我不能喝太多了，酒多提笔就颤抖！"孙孔嘉的嘴有些支支吾吾，但他还接着说："我是探花出身，我的字很值钱的。"

"字还是不用写了，你写了让我挂在哪里？让官府知道，我们就死定了，做生意的人最害怕官府。"主事站起身，走到孙孔嘉的身边，轻轻地拍了一下他的肩膀，悄悄地回绝他的好意，脸朝着众人，摇摇头，一脸苦笑。

"听说，仿宋体是徽州人秦桧发明的，他可是一个大奸贼，至今还跪在西湖边呢。"那个小伙子酒喝多了，胆子也大了，竟也不合时宜地嘲笑起南宋宰相秦桧。

孙孔嘉酒是喝多了，大脑还是清楚，这些话深深地刺激着他，他感到胃里的酒都要涌出来了。赶紧站起身，跑到店外的一棵树下呕吐，身子一个趔趄，疏影横斜的枝桠把他的脸刺得火辣辣。

"这是什么鬼树？老是刺我的脸。"孙孔嘉用手拍了拍胡子上的残食，嘴里喷出一股怨气。

"孙老爷，它不是鬼树，而是梅树！"陪喝酒的小伙子像幽灵一样来到他身边，拉了拉他的长衫，轻轻地告诉他说。

"贤侄，龙搁浅滩遭虾欺啊！"孙孔嘉长叹一声，一手抓住一根树枝，拼命地摇着。

"孙老爷，人们都说乌纱帽是一帖名贵中药，你以前拥有这帖药，就成了贵人。如今，你没有这帖中药，就什么都不是了。你也不要生气，世道就是这样的现实，你以前对付族兄孙吟可，也不是很残酷吗！人们对你本来就躲之不及呢！"小伙子打破天窗说亮话，一点情面都不留。

"唉……明天我就回梅溪吧，省得大家心烦！"孙孔嘉总算明白了。他陷害孙吟可的事，已经深深地刺痛家乡人的心，大家余恨未消。以前他头上有一顶乌纱帽，众人敢怒不敢言，如今，乌纱帽丢了，谁都会抓住这件破事，不冷不热地说上几句刺耳的话。

这夜孙孔嘉在梅溪会馆无法入睡，脑海里尽是他中探花后的风光日子，尤其是他写的字，随手龙飞凤舞几下，人们争之宝之，自己也得了不少银两。

孙孔嘉依然记得，他中了探花之后，所写的字涨价不少，大有洛阳纸贵的势头。后来，他被任命钦差大臣，前往江南查办浙江余杭杨乃武、小白菜冤案，办事干练，秉直持平，轰动全国。他的官名更大了，字也更值钱了。孙孔嘉也和其他徽州人一样，嗜古成癖，当京官时就收罗了不少名人手迹和金石鼎。

一天，孙孔嘉出了官府，出门就碰到一个人抱着一只古瓶在叫卖。他立即走向前去观看，只见古瓶色彩斑斓，外面还有一层厚厚的光亮的包浆，心里想，这古瓶应是魏晋南北朝的古物。

"先生，你这只旧瓶怎么卖呀？"孙孔嘉淡淡地问道。

"这位老爷，你的眼力真好，这可是上等的好货啊。"那人抬起头来看看孙孔嘉，喉咙沙哑地说着，露出一脸愁苦。

"怎么好呢？"

"这是我祖上传下来的宝物，我祖上曾是两晋皇帝司马昭御林军的头目，因救驾有功，皇帝特意恩赐他这只宝瓶。我家祖祖辈辈都舍不得卖，只是最近家中老父亲得了重病，需要不少银两，才迫不得已从家里抱出来卖，救父要紧啊。"

"真是难得的孝子。"孙孔嘉赞扬着他，心里也更有底，有这般孝心的汉子，说的话肯定真实。

"多少钱？"孙孔嘉轻悠悠地问道。

"我贱卖二千两算了，再低一分一厘也不行。"那人态度很坚决，两只手把古瓶抱得紧紧。

"二千两？"孙孔嘉感到太贵了，但一想到自己随手写的字，也价格不低，而且买字者，也是门庭若市，就淡淡地说道："二千两就二千两吧，我见你是一个孝子，算帮你一回忙，帮我把古瓶包好。"

孙孔嘉兴匆匆地回家，亲手把那古瓶摆放在八仙桌后那张楠木条桌上，并大声喊道："孙荣，孙荣，赶紧端一盆水来，再叫夫人们到园子中剪一捧好看的月季花，要红色花。"

孙孔嘉小心翼翼地把盆中的清水注入古瓶，又把几枝红艳艳的月季花悠悠地插入古瓶，嘴不停地啧啧称赞道："家中的花红，人也红啊。"

许多人听说孙孔嘉得一宝瓶，都赶到孙府道贺。

"这只古瓶是上天特意替孙大人造的,一千多年过去了,还是要走进孙大人的家中。"

"对呀,大人本是探花郎,国色天香尽情看,瓶中花好看,身边的美人更好看,名符其实的探花郎。"

"这主要是靠孙大人博古通今,高瞻远瞩明察秋毫的眼力。真是花也芬芳,人也芬芳啊。"

宴席上酒过数巡,众人你一句,我一句,大家都十分开心。

"怎么回事?你们过来看一下。"有一个人醉醺醺地站在古瓶边大叫起来。

众人起身,近前一看,古瓶底下的桌面上有一汪水,古瓶也变得湿漉漉的,好像还在渗漏着水,也感到很奇怪。

"我的宝瓶怎么了?"孙孔嘉也赶紧起身细看古瓶,双手捧起古瓶看看瓶底,没想到刚捧起,古瓶便断裂粉碎。众人都惊慌起来,仔细一看,这是一只经过多次熏染的硬纸板假瓶。

"大人被骗了,这个卖古瓶的人也胆大包天。"众人惊叫着。

孙孔嘉既尴尬又悔恨,抓起碎纸片恶狠狠地向花窗外扔出去。

想到这里,梅溪会馆外面的公鸡开始高声鸣叫了,他起床站在窗前,见窗外依然雾气朦朦,几丝微弱的天光在幽幽地穿射着。

孙孔嘉回到了梅溪,已是晌午,见南街上人来人往,铜匠店、铁匠店、银匠店不时传出叮当叮当的响声;染坊门前挂满红红的、绿绿的布匹，在风中扬着波浪；梅溪药肆里也透出阵阵浓烈的中药味，味道苦苦的；五香豆腐干、毛豆腐、臭豆腐、糯米酒酿的叫卖声不停地诱惑着孙孔嘉的食欲。

义父孙白廉生前留给他的旧居，年久失修，低矮的门庭上长满了葱绿苔草、芦苇、小树，几根参差不齐的芦苇在风中不停地摇曳。门前的青石板道，高低不平，人一踏上，石板一斜，人就跌倒。正门前那块青石板，也不知是被谁挖走了，残缺已久，早已成了一个水坑，臭水汪汪。

他把家里清扫收拾好后，立即从行李箱里取出一副对联，这是他中探花后，恩师查正庸特意替他写的对联：

依霄夜游明月作昼
习静独处落花无言

孙孔嘉无论在京官任上，还是任苏州知府，他一直把它带在身上，居住在哪里，这副对联就挂在哪里。他望着这副对联，怎么看总觉得字雅致，文意美妙，怎么解读都感到意趣无穷。

他匆匆把对联挂在墙壁上，总觉得义父的房子太矮了，对联写得太长了，怎么挂都不适合。这对联也写了一些年头，宣纸也变得灰黄灰黄的，那黑魆魆的字，在微弱的窗光下，反而让孙孔嘉感到压抑，甚至窒息。

第五十章

　　孙孔嘉总觉得自己的字写得很好，梅溪的文风也很昌盛，可他意想不到，现在在梅溪一个字也卖不出去。

　　离他家不远处，有一家"酯玉香"豆腐店，豆腐店里的五香豆腐干特别出名。孙孔嘉最爱的一口就是吃上几块豆腐干，他捉襟见肘，却常常去那家豆腐店买豆腐干，买豆腐干又常常没有钱，只能赊账，店主见他是一个落魄的文化人，也同情他，也就常常赊账给他，但欠条必须要写。店主手里有一大叠孙孔嘉写的字条，诸如，"今欠酯玉香豆腐店二十文钱，孙孔嘉字"或者"本月共欠酯玉香豆腐店豆腐干钱八十六文，孙孔嘉字"。有时，他会在欠条上卖弄一下自己的文采，在欠条上写下这样的文字："箸上凝酯滑，铛中软玉香，今欠酯玉香豆腐店二十二文钱，孙孔嘉。"还把手伸进自己口袋，掏出一个长长方方的小章，对着自己的嘴，哈几口气，然后，两根手指紧紧抓住印章，重重地压在欠条上，纸条上出现了模糊的"甲子探花"四个篆字。这诗句是引用苏东坡的，章是他考中探花时，有人替他刻的。他又喃喃自语："我是探花出身，我的字很值钱的。"店主只关注钱多少，至于你写了多少漂亮字，盖个什么章，他也不会打折一文钱。但店主心里想，他本来就是一个文曲星，也许有朝一日或许又有出头日，收回欠账应该没有问题，于是他用力地拉开柜台边的抽屉，抽出一张白纸条，举起高高手，扬了扬纸条，递给了柜台外的孙孔嘉，这次他又大胆地赊出去三块豆腐干。

每到年底，店主就拿着一大叠字据，望着大街，边晃着字据边说道：“孙孔嘉，孙老爷，你到底何时结清账啊！”

“孙孔嘉的字不是很好吗？也值钱的，你就当做银票吧！”一些路过的熟人打趣着，气得店主把一大叠纸狠狠地抛进柜台边的钱柜中。

孙孔嘉的楼房本身就矮小，他还叫人在楼四周砌起了高高的院墙，那墙比当年芝兰楼关寡妇的围墙还高出许多。院墙原来也有一些很精致的花窗，镶嵌于高高低低、曲曲折折的女儿墙中。这几年，他竟然叫人把所有花窗用砖头和木头封死。

“花窗外的世界，浊气太重，封死窗户，可以清心寡欲。”这是孙孔嘉封窗的理由。接着，他又说道：“我毕竟是探花出身，还不想被梅溪那些凡夫俗子们探望呢。”这句话，他经常在妻妾们面前唠叨着。

“也没有人来探望你呀，当官的不敢来，就连那个族长孙道德，我们还不知他的脸长脸短。有钱的人也不想来，我也不知道洪朝奉、程熹礼他们是穿啥衣服，就连左邻右舍也没有来过一个人啊。”那个成天叫苦的小妾毫不客气地说着。

“怎么没有？棺材店老板烂肚宝不是我家的常客吗？”孙孔嘉反问了一句。

"他呀，不来还好，来多了，我们都害怕。"妻妾们异口同声。

"他那只斜眼够怕人，见到我们后，眼珠都要爆出来，恨不得一口把我们吞了。"那个娇滴滴的小妾，不依不饶，添油加醋地笑道。

"你们想多了，在他眼里，我是饿死的骆驼比马大，说不定哪天东山再起呢，我倒佩服这人的眼力。"孙孔嘉还是有点信心，心里想着，总有一天，有人敲开他的陋室，送来朝廷的喜报。

"离离原上草，一岁一枯荣……这句古诗写得真好，真贴我心啊。"孙孔嘉又开始喃喃自语起来。

"老爷撤职后，人倒霉了，也渐渐变傻了。"妻妾们还在数落着他。

"哼，我才不傻，哑巴吃馄饨，心里有数呢。"孙孔嘉面朝北方京都方向，痴痴地傻笑着。

孙孔嘉就是贪吃，有一次一个本家请他吃酒，在酒桌上，他见一道菜是用梨花烹制的豆腐。豆腐色若白雪，细腻似凝脂，清香扑鼻，看了惹人眼馋，闻之唾涎欲滴。孙孔嘉细细品味之后，三番五次卑躬屈膝，死皮赖脸地向这户人家的厨子讨教，回到家中，坐在冷板凳上，默默地记录着，那样子就如在考棚中答卷一样，笔在不停地沙沙响着。

春天，孙孔嘉看到邻居洪朝奉家浮生园墙头上的一枝杏花枝，斜插在他家的院墙上。他恼羞成怒，搬来一个高高的木梯子，爬上院墙，举起一根竹竿，噼里啪啦一阵猛打，杏花狼藉满地，他心花怒放地躲进楼房。秋天，他又觉得浮生园庭院上的天空特别晴朗，就故意在院子里烧火堆，烧完了玉米杆，又烧稻草，浓烟滚滚，他开心地笑，佩服着自己的聪明才智。

春日的梅溪河，碧波荡漾，河畔上的桃花又三三两两吐出艳红，水草也在水面上荡漾出绿油油的春色，孙孔嘉总是独自在梅溪河畔徘徊着，他好像一直在等待着朝廷送来喜报。多少年过去了，别说是喜报，连别人好脸色也没见过。一天，他撑着拐杖，上了南街，这拐杖是烂肚宝送给他的，拐杖的木质挺名贵，孙孔嘉拿在手上，有些沉甸甸的感觉。他望见洪朝奉家那座清白流芳牌坊，摇了摇头，手上的拐杖在青石板上连敲了三下，气愤地叫道："洪家媳妇不贞，偷看过公公小便，凭朝中有人，立了这个牌坊，现在的官场，都是一群有眼无珠的混蛋在鸠占鹊巢。"他心里明白着呢，只要皇帝不去骂，对那些当官的想骂就骂，天塌不下来。

走到程家祠堂大门前，见一座高大雄伟的牌坊立在那里。他抬起头，瞧见牌坊上还有三个金光闪闪的大字：花窗坊。白云在空中飘荡着，牌坊的四个角都翘上了天，他又气愤地用拐杖在青石板上敲打了三下，悲怆怆地喊道："这种混世魔王也能竖牌坊，这是什么世道啊。"

他昏头昏脑地走着，不远处就是孙家祠堂，心里渐渐有些平静。一进孙家祠堂，他赶紧抬头寻找他当年题写的"探花及第"牌匾，可怎么看，也不见踪影。倒是一块绿底金字的牌匾挂在梁柱上，"洛闽溯本"四个大字金光闪闪，光彩照人。孙孔嘉细细地看了看，也不多说一句话，匆匆走出大门，又往那几个祠堂走去。

他每进一个祠堂，抬起头，细细地张望寻找，"天子门生"的牌匾不见了，"金榜题名"的牌匾也不见了……他气呼呼地退到祠堂门口，双手紧握着拐杖，拐杖斜插在青石板上，望着天空悠悠的流云，老泪纵横。

"我是探花呀，我的字是很值钱的，你们真是有眼无珠啊。"孙孔嘉对天长叹，天空中那厚厚的云海突然闪亮着，好像有一道金光闪闪的圣旨从天上垂挂下来，还有一个人在大声喊道："孙孔嘉接旨。"片刻，那云海消失得无影无踪。

他顿时感到天昏地暗，嘴里吐出白沫，猝然倒地，昏迷不醒了。

中医李玉晶急忙赶到孙孔嘉家，一阵望、闻、问、切后，只说了一句话："邪火充盈全身"，然后提起毛笔开了一个方子，说是只能试试看。方子上的五味药：

冰上的梅花

池塘中莲子

雨后的松针

山涧的清泉

雪后的竹叶

李玉晶临出门前，还对孙孔嘉的妻妾们说，这些药物极易消除体内的邪气，如果使用及时，病人的病情会立竿见影。其他药物，中药房里都有，只是山涧的清泉，还得靠孙家人自己去取。不知是这个药方开得不对症，还是孙家的妻妾们，偷偷用河水或井水替代了山中的清泉。十几天过去了，孙孔嘉时而清醒，时而昏迷。他醒来时，总是不停地自言自语着："烂肚宝马上要替我抬来一口上等的好棺材了。"说完这句话，便又昏迷过去。

孙孔嘉的病也不是完全没有办法救，这要看孙家人的诚心了，李玉晶在南街说这句话，令许多人不解。他望着众人，侃侃地说着，李时珍《本草纲目·人部》中，已经列出了人体不同部位的药用价值，包括人肉、人眼、人汗等等，以前忠臣为了君主，贤妻为了丈夫，孝子为了父母，会在大腿上割肉作药引呢。

"什么？这不是吃人肉吗？"有人睁大眼睛，咧着嘴巴，大声地叫道。

"太残忍，孙家的妻妾子女绝对不会干的，还是让该死的人去死吧。"又有人眼睛好像冒出了火焰，直盯住李玉晶，愤愤地骂着，众人也跟着那人骂了起来，李玉晶见自己吃力不讨好，十分尴尬，赶紧灰溜溜地走了。

"孙孔嘉的病，让我郎中表哥看看，或许有救。"正在春蠢堂做针线活的孙家小妾抬头看了吴德懿一眼，轻轻地说。

"你管这些闲事干什么？他当年害我家不浅，真是老天有眼，报应啊！"吴德懿坐在一张竹椅上，一手拿着一根长长的黑黑的裹脚布，另一只手用布不停地缠绕着那双小脚，她冷冷地说着，头也不抬，那块裹脚布一直在散发着浓浓的臭味。

"总是我们孙家人，能帮就帮人一回吧！"小妾死皮赖脸地乞求着，一双媚眼也在不停转动着。

"我懒得管，随你们去折腾，死马当活马医。"吴德懿说着说着，斜靠在椅子上入睡了，突然她坐了起来，朝着那女人说道："你那郎中表哥来治病可以，不许背一个大的药箱，几根针灸针拿到手上就行了。"

郎中一大早就赶到梅溪，钻进孙孔嘉家低矮的旧房，心里就感到压抑。孙孔嘉躺在天井边的一张木床上，床边围着几个人，个个满脸愁苦。他放下一个小小的药箱，轻轻地掀开病人的盖被，拿出孙孔嘉一只枯黄的手，静静地把脉，又用手张开病人的嘴唇，看了看舌苔，点了点头道："心病还须心药医。"随后，他绕着孙孔嘉的床，边走边唱着"啊啦啦，呕嘟嘟……"又叫孙孔嘉的大老婆抱来一个小男孩，在病人床上轻轻地拍打着盖被，这是孙孔嘉晚年得的儿子。小孩子不停地摇动着老父亲，还是没有一点动静。他又叫孙孔嘉平时最宠爱的一个小妾花枝招展地来到了床前，不停地哼着姑苏小曲，纤纤玉手也不停地抚摸着病人的瘦脸，仍然没有一点动静。

"只有最后一个办法了，试试看吧！快叫人帮孙孔嘉的床抬到几里外的三元牌坊下等我，被子替他盖好，千万不要着凉。"郎中一脸严肃地吩咐那些帮忙的伙计们。

"三元坊？"

"正是，就是那座在徽州府鼎鼎有名的三元牌坊，你们都知道吧！"

"去找一个牌坊有什么用？"

"心病还须心药医！"郎中极其严肃地重复着这句话。

孙孔嘉一生读尽《四书》《五经》，终得一个探花的功名。如今，他的功名又被撤了，他的心病由此不断恶化，导致他今日昏迷不醒。他发病就是因为去了几家祠堂，"天子门生"牌匾不见了，"金榜题名"的牌匾也不见了，"探花及第"牌匾也不见踪影，这都是他无比荣耀的圣物。说没就没了，这不是要他的命吗？孙孔嘉是一个很奇怪的人，他是一个为功名而生，可能也是一个为功名而死的人。不像其他人，没了功名，就去卖盐、卖药、卖木头、卖茶叶，依然有钱有势。可他是一根筋，犟到最后，就是这惨局……郎中一番话，众人听了都觉得有理，争先恐后地抬着孙孔嘉的病床向那座象征着功名的三元坊走去。

三元坊是一座高大雄伟的四脚牌坊，四层架构，最顶层有"圣旨"二字，下来一层便是"甲第"二字，再下来一层便是空白，也不知何意？最下面一层有"状元""会元""解元"六个大字，三元坊因此而得名。这里是徽州最神圣的地方，风水特别好，左有笔架山，右有紫阳山，紫阳书院、明经堂散布于其前后。文官到此，马上下轿，武官路过，立即下马，跪倒便拜。

孙孔嘉的病床放在三元坊不远处的山坡上。这种神圣的地方，是绝不允许乡人胡作非为的，病床能抬放在这里，孙孔嘉的妻妾已是很满意。

郎中还特意让人去紫阳书院门口的一个古老水井里打来一桶清水，轻轻地把孙孔嘉的脸清洗了一遍。他说，这口井也叫官井，据说是朱熹来紫阳书院时，他叫人挖出来的，颇有灵气，以前从这里走出去的徽州学子，都喜欢用这井水洗脸洗身子，再去参加科考，一个个都中了功名，当了官，所以，这口井变得神圣起来了。郎中想，孙孔嘉如果还有官运，这井水肯定对他有作用，说不定人能复活，官复原职呢。洗脸的毛巾上还有几点翠绿的青苔，这是人在井中提水时，水桶刮到井壁时遗留下来的苔点，郎中也觉得这苔点也有灵气，任它停留在孙孔嘉的嘴角边，不忍拾去。

郎中站立木床旁边，眼睛望着高高的三元坊，大声地叫道：

三元坊，亮堂堂。

左笔架，右紫阳。

……

众人便一个接一个地喊道：

喜报，取秀才了。

喜报，中举人了。

喜报，中探花了。

当有人喊取秀才了，躺在病床上的孙孔嘉眼皮真的动了一下。当有人喊出探花二字时，他的眼睛渐渐地睁开了……孙家人喜出望外，直夸郎中医术高超。

"喜报，中状元了。"郎中身边的一个肥胖小伙突然高声地喊了一声。

孙孔嘉突然双手拉开盖被，坐了起来，身子前倾欲起，众人激动万分。哪知，他又重重地倒下，闭上了眼睛。

"唉，这次真的没救了，刚才谁叫你们喊中状元！"郎中顿着脚，摇着头，连连叹气。

"中状元不是更好吗？"

"你们不懂，这是一个医学上的问题，用药虽然正确，但是剂量过大。"郎中说着，一脸的无可奈何。

"剂量过大？"众人一脸困惑。

"你们是知道的，他中了一个探花，整个人都弄得身心憔悴，结局悲惨，现在再中了一个状元，他的心脏肯定受不了……本来，他在探花声中醒来，可以活到年底；在举人声中醒来，就能多活三五年没有问题；要是在秀才声中醒来，则会活得更长……唉，一切都是命啊！"郎中对这次治疗失败，也有一些深深的遗憾。

"为什么功名越小越长寿呢？"众人感到好奇。

"人世间万物都得讲究天人合一，我们替人看病治病也得重视这点。古人有一句话，德不配位，必有余殃，说的就是这个意思。你本是一个秀才命，就要像梅溪方阶云老先生那样活着，一生有滋有味。墙角上的苔草，看起来卑微吧，可以说是微不足道，其实生命力极其旺盛，一岁一枯荣。而此时，你偏偏要戴上高高的精美的官帽，命则忧矣。"虽说是一个郎中，讲出的话，还真有意思呢，众人不停地点头称赞。

孙孔嘉死后，孙家人立即通知守墓人陶春木，烂肚宝也很快运来一口柳木棺材。陶春木他们把棺木抬上驴车，捆扎好，便向孙家祖坟山纸门前去了。几串小鞭炮在路边的荒草丛中，噼里啪啦地响着，零零落落。

第五十一章

　　洪朝奉他们一出浮生园，就径直往南街去了。洪朝奉在京城、广州卖了几年茶叶，人都变了一个样。洪朝奉穿着那套京式高领长衫，外面套着一件精致的黑色短褂，头戴瓜皮小帽，手持一把水烟管。他走起路来，身影依然魁梧，但在这些伙计们的眼里，总觉得洪朝奉的背脊明显有些驼了，瓜皮帽在他那张宽大的国字脸上以前总觉得有些狭小，如今反而感到合适得很。

　　南街上店铺林立，长长的方方的招牌挂满街的两边，人来人往，熙熙攘攘。

　　他们也不需要向路人打听询问，直接进了一家店铺。店堂两边，各有一个用竹竿竖起来的支架，上面拴了许许多多大大小小的铜勺、铲子、小铜壶、小铜锅等。店员见有人进来了，就立即用手摇了一下两边的横竿，铜器发出了"叮零咣啷"的响声，轻重缓急像演奏打击乐一样，洪朝奉他们的眼睛立即盯了一下那些摇摇晃晃的铜器，目光又很快转向店主那边。

　　"客官，你们是不是要买一个铜香炉？我们店里可以定做。"铜匠铺店主小心翼翼地问着。他见洪朝奉气度不凡，宽大的脸上，那双大眼目光如炬，嘴唇微微斜翘，心里想，这肯定是大户人家子弟，有钱的主，买的都是贵重的东西，他店里最贵重的铜器就是铜香炉。

"你怎么知道我们要买铜香炉呢？你店开得时间不长吧。"管家林琴坤笑兮兮地问道。

"我的店是那次战乱后开张的，也有许多年了吧。我见这位客官仪表堂堂，腰带上挂有刺绣精美的荷包、扇袋、香囊等，不是个大官，也是一个大商家，而且很有文化。铜香炉这东西，一般小家小户根本用不起，也用不着。焚香、祭祖、接神、拜佛这些事，都是大户人家最喜欢干的事情。"店主滔滔不绝，一脸看透世情的模样。

"你说得没错，但今天我们不是来买铜香炉，而是来买一批大铜锅。"林琴坤打断了店主的话。

"买这么多铜锅干什么用？"店主迟疑地问道。

"炒茶，用铜锅炒茶，可让茶叶保鲜，茶香长留。"紧跟着林琴坤身后的一个伙计大声地抢着回道。

"你把铜锅打造好后，立即送去一壶春茶庄，银两绝不会少你一厘。"林琴坤补充说道，满脸堆笑。

"哦，你们是一壶春茶庄的，那可是大名鼎鼎的茶庄，老夫没有眼拙，我说呢，你们老爷这般标致精神，一定是走南闯北的巨商呀。他一进小店，蓬荜生辉，真是三生有幸啊……"店主又叽里咕噜地讨好着。

"你的嘴抹了蜂蜜吧，滑溜溜的。"洪朝奉望着店主微微地笑道，便走出铜匠铺。身后，那些铜器又叮零咣啷地响了起来，声音比刚才还响呢。

南街的中段，两条街道从这里互相穿插而过，成了一个十字型的形状，梅溪人都称此为十字街头。年年岁岁，这里还产生了一句民谚："在家死读书，不如十字街头听闲说。"十字街头，一天到晚，川流不息，各种生意都极其火爆，这里的店铺都旺铺。

洪朝奉他们出了铜匠铺，就来到了十字街头的白家茂德漆器店门口，费了不少劲才从门前的人群中挤进了店堂，柜台后的货架上，摆满五颜六色的碗、罐、盘、盒，柜台的左右也摆满了红漆央央的木屏风、箱、桌、柜，精致华美。

"这些物品都是真正的徽州漆器，在堆起的平面漆胎上剔刻花纹，是我们徽州独有的技法，你们别小看这些器具，我们在堆漆时，少则八九十层，多则一二百层，这样的雕漆多以鲜明朱漆堆叠而成，徽州人也称它为'剔红'，特别珍贵。今天好巧，小店要办一场灯会，所以价格可以优惠。"店里的店主二颗门牙微微向外翘起，郑重其事地向洪朝奉介绍着。

"漆器店搞灯会？"林琴坤不以为然地问了一句，心想，小小店花色也多。

"今晚上我们要在南街举办讨饭灯灯会。"店主满脸笑容地答道。

"讨饭灯？"林琴坤十分好奇地问道，他在梅溪混生活几十年，还是头一次听到这个名字。

"我父亲是在战乱时，从凤阳讨饭来徽州梅溪的，如今置了这份产业，但不能忘记过去，每年的这个时候，都要在自家门口置办一场灯会，既可以怀念过去，又可以给小店做做广告。"那个店主边说边指着门外那些奇装异服的人群说着。接着，他又说道："我们店的讨饭灯会，远远比不上那些有钱的大户人家那样气势浩大，没有什么名角，只是一群人饰扮着三十六行人物，手提彩灯，口唱着讨饭时的歌曲，边唱边舞，图个热闹，图个喜庆而已。"

洪朝奉看着听着，心里明白，这个男人就是程熹礼的小舅子，那突出的牙齿竟和程熹礼小妾白娘子大暴牙一模一样。

"是啊，我看那群人的装扮，就知道有农、商、诸色匠人、教书先生、师爷、讼棍、占卜、星期、算命、卖解、乞丐、媒婆、稳婆、巫婆、牙婆、鸨儿等等，多数都是社会的下层人物。"林琴坤手指着那些人说道，还特别地津津有味。

"商人也是下层人物？"洪朝奉轻轻地问道。看得出洪朝奉那张国字脸上顿时失去了光彩，像被霜打过一样，脸色灰白灰白。

谁也不去接这句话，都把目光转向那热闹的人群。

扮演农民的手提着五谷灯，扮演教书先生的手提着书箱灯，师爷是鸟笼灯，讼棍的老鹰灯，牙婆的花鼓灯，卖解的酒坛灯，鸨儿的元宝灯，铁匠的铁砧灯，铜匠的铜锤灯……各种象形灯和各自人物身份相配，五花八门的队伍开始从漆器店门口缓缓出发了。

"你们真有闲情，把这些彩灯弄得这么精彩呀。"洪朝奉漫不经心地说了一句。

"这些都不难办的，南街上的小商小贩多得是，许多人都是制作彩灯的能手，这些彩灯都是他们帮忙的。本来，我们还想请对门李家中药铺帮我们制作一个碾药槽彩灯，可他们死活不肯，还骂我们犯贱，冲了他家的财气。"店主用手指了指对门的中药铺，悄悄地说着。

"浮生园里的常客李玉晶家？"洪朝奉脸朝着林琴坤轻轻地问道。

"不是他，还有谁。"林琴坤微笑地说道，心里想，他还不是仗着和洪家人的关系铁，才对左邻右舍如此这般傲慢。

洪朝奉挑了几个首饰盒、梳妆台，让跟班伙计抱着出了店门。

洪朝奉一踏进中药铺的木头门坎，远远望见李玉晶在店堂里碾丸药。堂上那只碾丸药用的铁铸药槽中间凹两头翘，像只大元宝，上面的碾子也是用生铁铸成的，样子像陀螺，李玉晶的双脚踏在上面来回滚动，双手不时地往元宝里面填料，李玉晶见洪朝奉他们，立即停下手上的活，脚还在不停地踏着。

"朝奉，你今天微服私访了，是从京都来，还是从广东来？怎么有兴致跑到我这个小店里来。"李玉晶见了洪朝奉就开始打趣。

"不要乱说，这是要犯大不敬之罪的话，我今天空闲着，特来走亲访友。虽说，我是土生土长的梅溪人，但还没有一次认认真真地逛过街，也想看看你家的中药铺。"洪朝奉开心地寒暄，肚子里咕噜着，这家伙比起胞兄李一帖要单纯许多。

"我的中药铺地段好，生意也不错，就是对面那个漆器店有点烦，这几天，他们的店主不知是哪根筋抽到了，天天弄一班人，在门口表演什么讨饭灯，没到天黑就开始闹了，有时候要闹到天明，那些扮演讨饭的人，个个衣褛褴衫，奇装怪服，在门口来来往往，真是晦气。"李玉晶气呼呼地说着，一脸厌恶。

"我倒认为他们很不错，这是一件不忘根本的趣事，再说，我们梅溪各族人刚从外地移民过来时，还不都是这般讨饭模样吗？"洪朝奉微笑地说着。

"你是站着说话不腰疼，要是他们天天在一壶春茶庄前折腾着，看你受得了？再说，我们梅溪各族人长年在外经商，不知还有多少孤魂野鬼无处着落，尽管你们已经接回许多灵牌，但江南江北许多会馆的后面还是摆满了灵牌，如果都像他们这样不忘祖宗，南街不是成了一条鬼街了，你也得天天站在梅溪水口码头忙着迎接归来的一艘又一艘的灵牌船。"李玉晶怒气正盛，说起话来，有点口无遮拦。

历朝历代的战争，让梅溪增加了一帮又一帮的陌生人群，一姓成一族，浩浩荡荡。许多人说起自己的祖先，或吴越皇亲国戚，或中原衣冠巨族，摆在各家祠堂里的祖宗簿中的首页都有一个著名人物的头像，这些头像都是肃然危坐，天庭饱满，气宇轩昂的模样，他们都是梅溪各姓氏的始祖。他们从各地迁到梅溪，聚族而居，梅溪学堂的大门上就挂着一幅蓝底的木板楹联："聚族成村到处同，尊卑有序见淳风。"

李玉晶的话也不无道理，梅溪人有相当大的区别，有的喜欢读书科举，有的喜欢悬壶救人，有的喜欢耕读，有的喜欢亦僧亦匠，徽州知府花了相当长的时间，才把他们分类列籍，军籍、匠籍、民籍、医籍、儒籍、僧籍、道籍，但绝大多数人都以经商为业，客死他乡的人也确实不知道有多少，而且每个家族都有许多形形色色的祭祖祭神的风俗，如果梅溪人都像白家漆器店主这般上心，估计南街真成了一条鬼街，各姓氏的祠堂也变成了阎罗殿。

第五十二章

这段时间，程熹礼几乎天天在梅溪周围的一些山峰上转溜着，他发现几年前的大旱导致驼峰上、斗山上成片成片的松树枯死，一棵棵苍老的古杉树，松毛早已脱光，只剩下枯枝在风中不停地摇曳着。

梅溪四周山上有那么多枯死的老松树，你都看到了吧，白白地在腐烂呀。现在，丝绸、茶叶、海上贸易，只要能生钱，洋人都会去染指，经常弄得我们血本无归，据说，驼峰东边的绩溪巨商胡雪岩都被洋人算计翻船，胡庆馀堂都倒闭。我在想，我们不妨在这些枯木上做点文章。我们梅溪工匠多，现在也没有什么活可干，可他们的手艺都是一等一的出色，就算螺蛳壳上做道场，精益求精，说不定也能做出许多精美的工艺品，比如刻书版、雕墨模、制木器、刻牌匾……这些东西洋人无法和我们抢生意，但需要好的手艺，成品也能卖出一个好价钱。程熹礼深思熟虑，同赖狗说起来头头是道。

"砍掉枯木，青山就好看，小树也长得更好。"赖狗讲出的话，总是这样简单，他没有领悟程熹礼话中之义，只当作耳边风一般。

"不是要好看，是要赚钱。"程熹礼严肃地纠正着儿子的话，心想，你这个小子，时而聪明，时而又成了木头脑袋，亏你还是一个大清朝的七品大员呢。

程熹礼父子先试着在南街上开了一家杂物商店，卖的物品都离不开一个木字，漆器、木雕、匾额、抱柱楹联，都取材于山中那些枯死的千年古树。店里摆放的木雕，常有五蝠捧寿、鹿鹤同春、二龙戏珠、马上封侯、九狮滚球、喜鹊登梅的图案，梅溪人见之无不争购。后来，梅溪建造楼房的人家越来越多了，他们都需要好木雕装饰。程熹礼又让工匠们以"梅溪十景"为题，雕出了驼峰列翠、梅溪摇篮、斗山耕耘、南街踏雪、竹源听泉等应景木雕板，一摆放出来，就被抢购一空。梅溪四周的枯树，渐渐地减少了，青山更绿。

这天下了一夜雨，费隐堂前那三棵枇杷树变得翠绿欲滴。程熹礼接到杭州梅溪会馆主事一封信，看完信，他兴奋地对赖狗说道："苍天不负有心人，我家店里的物件越来越好卖。现在，恐怕山上那些枯死的古松也可以直接运杭州，也能卖出一个好价钱。"

"杭州要这些弯弯曲曲的老松木干什么？又不是制作梅花盆景，再说它们也没有杉树那么好取材。"赖狗听到死松树也可以卖高价，心里又在打弯弯了，他有些不解地问道。

"世上只有废人，没有废物。你可别小看这些其貌不扬的老松树，长年生长在悬崖绝壁之上，历经千百年风雨雷电，吸吮着云海中的精华，它与一般的松树材质迥然不同，这可是优等的松烟材料呀。"程熹礼一手摸着油光光的胡子，一手握着黄铜色水烟枪，长长的冬瓜脸上双眼透出深邃的光芒，嘴不停地说着，还有几分诗意呢。

几个月前，杭州知府见杭州城用墨量颇为可观，就琢磨着官府自己在杭城中设窑燃松取烟制墨，可以减少官府开支，又方便杭州用墨客户。知府令人砍伐了附近龙井山上的古松为原料，可是不管怎样精心烧制，生产出来的墨，总是不尽人意，又叫人砍伐了栖霞岭上的古松来烧制，仍然如此。他想到了徽墨，徽墨色泽黑润，坚而有光，入纸不晕，舔笔不胶，而且馨香浓郁，与桌上这堆墨有天壤之别。知府派人去梅溪会馆，想弄清到底是什么原因。会馆里的人说，徽墨的优良，主要是徽州山中有大量的千年古松。

知府终于意识到了这个问题，马上想到了徽州，立即派人从徽州购买古松树。

程熹礼接到这趟生意，干得特别认真，这也是程家又一次干官差。以前程家卖木头发财，后来卖梅花盆景赚钱，都离不开官差，这路子他们太熟悉。一船船古松木，从梅溪水口码头上船，入新安江，奔钱塘江，很快到达杭州。把徽州松木放进窑里烧，知府大人一直站在那里看。墨终于锻造出来了，那一块块乌黑的黑锭，墨色清纯，可爱之至。知府大人手拿着一块墨锭，在院子里徘徊，阳光照耀着黑漆漆的墨锭，坚而光泽，他用鼻子闻了闻，感觉好像缺少一种徽墨的清香味。他问赖狗道："你这次送来的松木，真的是千年古松？"

"大人，千真万确的千年古松，我年迈的父亲还亲自帮我一根一根地验看呢。他是一个很精明的老木商，巴不得讨大人欢心，每一根古松都货真价实。"赖狗小心翼翼地回答着知府大人的问话，他毕竟见过了更大的官员，心中一点也不慌张。

知府大人一脸冷漠，皱了皱眉头，轻轻问道："这些墨锭，怎么还缺少徽墨那种馨香呢？"

赖狗一听这个问题，也一时接不上话。他突然想起父亲程熹礼曾经说过，制墨不仅要看山之松，还有水之秀的讲究。徽州山上的古松好，水也清澈，制墨的水都是从松崖中流出来的，含有特别的矿物质。用这些水造墨，其墨如玉，其纹如犀，还散发着一股股清香。想到这里，赖狗高兴地说道："大人，我想到了，应该是水质的问题，我们徽州的水，比下游钱塘江的水好，所以能制造出一等一的好墨。"

"哦，我明白了，古人有句话'水在山中则清，出山则浊'，就是这个道理。"知府大人终于点了点头，对赖狗的回答很满意。

杭州府在梅溪专门设窑燃松取烟制墨，而且委托程家全权代管，官府只管付钱收购，这对程家来讲，真是喜从天降。程家十分珍惜官差的生意，他们集前人之长，独出机杼，精心研创，使每锭墨都含有寂光内蕴，清香四溢。程家制墨最得意的有玄元灵气、龙膏烟瑞、重光、青玉案等墨，这些墨一上市，就被杭城人争购成稀世之宝，这已是程家第三次名动杭州的盛况。程家生意兴隆，他们又雇佣一些名工，扩大产量。

有一个叫蟹钳的工人，是一个北方人，一只手只剩下了三根手指，却是一个出奇聪明的人，制墨、刻墨模都有极高的天份，他刻的十八罗汉渡沧海墨模，人物须眉毕现，鬼斧神工。他通过族长程麻仁推荐，被程熹礼高价聘用。程熹礼很厚道，蟹钳的工钱也大大超过其他工匠。过了三年，蟹钳便辞去程家的活儿，程麻仁暗中助他在南街上开了一家金壶墨庄，生意也极其火爆，他还特意刻了一本《蟹钳墨谱》，找了张謇、刘春霖两状元题词，印上墨谱。他还请了徽州最有名的画家洪承祖画墨谱稿，高价聘请顶级的篆刻家黄士陵刻墨模，然后制成墨谱，分赠往来梅溪的文人墨客。他家的墨名气越来越大，制墨的生意也大大的超过程家，让程熹礼他们渐渐地生出了许多不快。蟹钳还觊觎着程熹礼那个小妾蒋氏，也就是程兰花的娘，因程熹礼的大老婆嫉妒她的美貌，被赶出费隐堂，带着女儿独住斗山下程家一个花坊里，现在又在南街上开了一爿豆腐店。他用重金买通程熹礼家的悍妇，要她逼程熹礼休妾，以图自娶，程熹礼知道这件事后，更是气急败坏，大骂白眼狼。

程熹礼也赶紧出了一册《赖狗墨苑》，也找名家构图，名工刻模，还通过洪砚耕关系，找了左宗棠、李鸿章两位名人题词，这册书印得极其精致，受赠者不仅有墨谱，还可以得到程家名墨一盒。许多文人墨客，蜂拥梅溪，争着收藏这册《赖狗墨苑》。南街上许多人捧着书，议论纷纷。

"这本墨谱确实精美，就是有点虎头蛇尾。"有人看完墨谱后，就莫名其妙地说着。

"怎么就虎头蛇尾呢？"有人又故意地明知故问。

"你们不见墨谱最后的文章《续中山狼传》，还有插图。"那人又大声地说道。

"谁是那只忘恩负义的中山狼？"另一个人又开始在打

破沙锅问到底，不停地追问着。

南街上的人都在故意地支支吾吾，谁也不点破。

"不要得意忘形，总有一天，我会让你家破人亡。"蟹钳听到众人的议论，恨得咬牙切齿。

程熹礼对南街人的议论，只是笑而不言，天天都在费隐堂里讲着前朝的墨事。他还讲到一则往事，说是明朝徽州府西乡有一个叫罗小华的制墨高手，他制的墨坚如石，纹如犀，黑如漆，一螺值万钱，有一种雅称"小道士"的墨，更是价值连城。

"小道士？"螺蛳又好奇地问道，心想这人肯定和他一样渺小，但比蟥蚍虫、毒刺蛾虫大一些。

"小道士本是唐玄宗时期的一个故事人物，相传唐玄宗御案上有一种墨叫'龙香剂'。一天，皇帝见墨锭上有一个如苍蝇似的小道士在蠕蠕爬行，皇上问，你是何方妖怪？那小道士回答说，我是这锭墨的精灵。罗小华根据这个故事，制成了一种名墨，名字就叫小道士。"程熹礼津津有味地说着，又话锋一转，悠悠地说道："这个人恃才傲物，人品极差，这么好的手艺够他一生吃不完穿不愁，可他偏偏心术不正，一而再，再而三，自寻死路。"

"他和蟹钳一样的坏？"螺蛳也喜欢哪壶不开提哪壶，笑眯眯地问道。

"蟹钳和罗小华还不是一个档次，罗小华原本和我们徽州那两个死得悲惨商人王直、徐海交好，可他为了讨好胡宗宪大人，出面诱骗这两人伏法。又投权臣严世蕃幕下，后被嘉靖皇帝诛杀在京都西市，也死得好惨啊。"程熹礼说到这里，情不自禁地哈哈大笑，好像是蟹钳刚刚也被西太后诛杀在京都菜市口一样。

费隐堂门前那几棵枇杷树，已经种了好多年，当年程熹礼贩运木头时，船过新安江一个渔村，当地渔民送给他几根苗木，他回梅溪后，让人在厅堂门前挖了几个坑，随意种下去，如今，亭亭如绿盖，也结满了黄灿灿的果子。去年，程熹礼让人采摘下来，吃了是酸酸的，今年吃了还是酸酸的。"这是怎么回事，新安江畔长出的枇杷是那么的甜美，可一离开故土，都成了这般酸溜溜的东西。"程熹礼望着八仙桌上那盘枇杷，喃喃自语着，心里又想，蟹钳离开了费隐堂也开始变坏了。

"父亲，不好，杭州梅溪会馆主事托人带信来，杭州府突然取消和我们墨庄定的采购文书。"赖狗匆匆冲进费隐堂，急忙禀报。

"怎么了……又出事了？"程熹礼见儿子丢魂失魄的样子，也惊慌失措起来，支支吾吾地问道。

"有人举报我家有人命案！"赖狗上气接不了下气，结结巴巴地说着。

"我程家礼义之家，何来伤天害理之事？"程熹礼一时也被气糊涂，心脏扑嗵扑嗵急跳起来。

"就是在墨庄后面，那个养蛇的大池里。"赖狗也是一知半解，含糊不清地说着。

程熹礼一听到蛇池，心里顿时明白了。他们墨庄里有一种名墨，名叫龙膏烟瑞，这种墨要用蛇胆、蛇膏掺入，才能制成。程家就在墨庄后院挖了一个很大很深的池子养蛇，平日里，螺蛳他们给蛇池不时地投入一些猪肉、鸡肉之类，促进蛇的快速增长。有一天，已经很久不登程家门的蟹钳，竟然登门了，蟹钳偷偷地告诉程熹礼，说他有一个秘方，让蛇长得更快，而且熬出来的药膏绝佳，制出来的墨锭，香气可以保留数百年。

"什么秘方？"程熹礼冷冷地问道。

"用小孩子喂蛇。"蟹钳悄悄地说道。

"什么？用小孩子，哪家的孩子给你喂蛇！"程熹礼惊得目瞪口呆，一双眼睁得大大地望着这个人，大声怒斥道。

"这有什么难，南街上那些讨饭婆抱着的牵着的小孩，我们只骗她们说收养几个孩子。她们还求之不得把孩子送上门，这不就可以拿来偷偷喂蛇了吗？"蟹钳双眼不停地眨着，脸上露出几分凶光。

"缺德的秘方，也亏你想得出来。"程熹礼又张目叱咤道，举起右手，想打蟹钳一个耳光。蟹钳急忙闪身，比兔子还快，溜出了墨庄。

第五十三章

　　梅溪上空的太阳刚刚落下驼峰，费隐堂大门被一群陌生人撞开了。他们冲进了费隐堂，就把里面的人，全部搜索出来，男人都用粗长的麻绳捆绑起来，女人和小孩全部关进大厅旁的一个侧厢房内。程熹礼、赖狗两人被捆在大厅的木柱上，左右各捆一人，有二个人专门看守他们，一高一矮。其他人都在楼上楼下，翻箱倒柜。厨房里的洋油灯亮起来，炊烟也冒了起来，直涌大厅，一直吊挂在墙上的几只陈年火腿，被他们取下来，切成大块大块的肉，放进锅里去煮，肉香透过厨房，也弥漫进大厅。这伙人大概很饿了，用手抓住肉，大口大口地嚼着，这样子估摸着有几个月没有吃过肉。程熹礼见他们那馋相，心里也明白了几分，这些人可能就是躲在驼峰上的那伙山匪。程家和他们无恨无仇，也许他们是随时起意，想弄一些钱财。想到这里，程熹礼怦怦跳的心脏，反而渐渐地平静下来。

　　"你们是何方好汉？"程熹礼小心翼翼地试探着问道。

　　"这些你不用多问，只管把钱财拿出来，破财消灾。"那个瘦高个的人，边说边把手伸进八仙桌上的木盆里抓肉。

　　"你尽管放心，我们不是叛军残兵，更不是什么同盟会，只是路过贵地，想弄点钱用。叛军杀人可怕，同盟会更是翻脸无情，连自己的恩师都下得了手，不过那种人下场也悲惨。据讲，同盟会里一个人亲手杀了巡抚恩师，后来也被挖心处死，那血淋淋心脏还被师母挖出来炒了吃。"矮小的人似乎有点文化，说出来的话，都是上个月在省会发生的事情。

高个子有些不耐烦了，把手中的火腿骨头扔在地上，对着矮个子嚷道："你怎么和他说这些废话。"他转过身，走到赖狗身前，一只沾满油的手，拍了拍赖狗的肩膀，低沉地说道："我们都很饿了，小心把这只小肥羊煮了吃。"他又走到程熹礼的面前，那只油手托起程熹礼的下巴，嘶哑地说道："我们虽然不是叛军残兵，也不是同盟会，但你不拿出钱财，我们也会用他们的办法对付你，到那时候，你就不是这样轻松了，不死，皮也会脱掉几层。"

"我程家现在也穷呀，梅溪这么大，比我程家有钱的人家到处都是，求求你们高抬贵手，不要为难我们。"程熹礼有气无力地说着，嘴里一直不停地叫着苦。

"为难你们？你家原来卖木头，后来卖盆景，现在又卖墨，兔儿子还有七品官帽吧。据说，你家墨生意很好，超过梅溪所有墨庄，我没有说错吧！"瘦高个说着说着，眼睛也越睁越大，眼珠子也贼亮贼亮起来。

"这是谁在害我程家，尽是瞎讲屎蛆！"程熹礼又大声地叫起来。

"我们的蟹钳掌柜还会冤枉你们？"瘦高个刚说出这话，马上闭上嘴巴，一脸后悔，傻傻地望着那个矮个子。

程熹礼心里明白，赖狗心里也明白，真是没有家鬼不死人呀。这次，又被这个鬼害了，肯定在劫难逃，他们是有备而来的，而且就是冲着程家的财产，他俩越想越可怕。

　　费隐堂外面的鸡开始鸣叫了，那些人从各个房间走出来，会聚在大厅里。有人抱着首饰盒，有人捧着丝绸衣物，或驮着一袋墨锭，或扛着一箱瓷器，或背着一捆古画……东歪西扭地站在瘦高个身前。他们好像是一群哑巴，一个都不说话，眼睛只盯着瘦高个，看他的眼色行事。瘦高个眼睛看着八仙桌，努努嘴巴，一个人立即冲过去，捧起那个还有剩火腿的木盆。他的眼光将大厅四周环扫了一遍，最后停留在八仙桌后的板壁上，便不动了。那个背着古画的人，赶紧放下背上的东西，走上前，一脚踏上太师椅，跃上八仙桌，站在桌上开始拉扯那幅精美的人物画。

　　程熹礼一直静静地看着他们，一言不发。当有人拉址那画时，他终于沉不住气，身子不停地挣扎，昂着头，大声地叫道："各位英雄，这张破画不要再拿了，他也不值几个钱呀！"程熹礼有些歇斯底里地喊叫着。

　　"既然不值钱，那你为什么要这样拼老命的叫嚷？不要叫了，再叫的话，我们用布堵了你的嘴。"瘦高个威胁地说道。

　　"好汉，画是不值钱，可画中人却是徽州的朱子呀，他是我们梅溪的圣人，没有他的庇护，我们程家会家破人亡呀。"程熹礼压低自己嗓音，乞求地说着。

　　"你这个老犟驴，不要再骗我们了，你把画挂在这个位置上，说明这张画很值钱。我知道，你们商人最要面子，恨不得让天下人都知道你们有文化、有品位、有档次。"瘦高个熟知梅溪商人的心理，说的话句句在理，听起来又那么刺耳。

瘦高个低低沉沉地说道："把画带走！"

"慢！你们不可这样拆烂污，把画放下来。"程熹礼大声地喊道。他人被绑在木柱上，突然拼命地站直身子，怒目圆睁，视死如归。

"你想干什么？"那些人一下子被这个老头子的气势压住了，吃惊地问道。

"这张醭毛画切不可带走，你们不就是要钱财吗？我把程家仅有的一点金银全部给你们就是了，只要你们留下这张朱子像就行。"程熹礼很坦然地说着。赖狗听到父亲的话，惊得嘴巴张得大大的，半天也合不上。

"此话当真？"那个瘦高个男人半信半疑地问道。

"一口吐沫一个钉，金银就藏在院子里，那几棵枇杷树下，你们赶紧去挖地窖，里面有金条六根，白银一千两。"

"这个老头子大概是被我们吓坏了，脑子出了问题，为了一张破画，竟毫不吝啬倾其所有家当，这一趟真的让我们发大财了。"那些人七嘴八舌地议论着。

山匪们趁着黎明前的黑暗，背着物品，匆匆散去。

螺蛳从厢房里出来，赶紧替他们父子俩身上的绳索解开。程熹礼伸了伸手，摇摆了一下身体，就叫人把香炉搬过来，点香烧纸。面朝朱子像，边拜边喃喃自语道："感谢朱子的庇护，我们程家有惊无险，一家人都平安无事了。"

"还说没事，金银都被人挖走了。"身后的赖狗嘴里咕隆了一声。

"不要瞎讲屁蛆，只要朱子像完好，它就会保佑程家，万金散去还复来。"程熹礼大声地训斥着儿子。众人听了，无可奈何地摇着头，程老爷老糊涂，他们心里也都这么想着。他们经常听老爷说，他是理学家程灏的后代，又秉承朱子思想，讲究礼义，故其父母替他取了程熹礼这个名字，如果朱子像真的让山匪抢走，等于要了他的命。

这次，程家遭山匪打劫，在梅溪引起极大的轰动，许多人对此都表示同情，百窗楼里的孙晦明对这件事更是忿忿不平，扬言要替程家出气。

孙晦明这样气愤是有来头的，他一直感恩程家的仁义厚道。

那次，孙晦明打理百窗楼时，翻出了许许多多的墨模、墨锭、木楹联等，尤其是墨模，有圆形、方形、长形、斑柱形、六圭形、不规则的杂佩、人物鸟兽形等，堆满了半个房子。这些都是当年他父亲孙吟可典当铺生意兴隆时，遗留下来的东西，孙晦明翻来摸去也不知好歹。

他走到另一个房子里，里面堆满许多匾额、抱柱楹联之类的木板，匾额上写满一些累世簪缨、彝伦攸叙、道脉薪传之类难认的字，朱底金字，龙凤边纹。

百窗楼的地上还有一大堆木刻的楹联，放在最外面有一对特别醒目："几百年人家无非积善，第一等好事只是读书。"父亲去世多年了，孙晦明也弄不清，这些东西究竟是谁家拿来典当的，静静地斜靠在那里，上面的灰尘越来越厚。孙晦明想，这些东西不如卖给程家，程家的生意也需要这些货物，这样百窗楼清爽多了，又可以换一些铜钱。

赖狗来百窗楼运输这些破烂货时，程熹礼一直叮嘱，遇到有些东西，价格一定要开高一些，做人要诚信厚道，不能欺负孙家人。三十六行，行行出状元，孙吟可开当铺样样精通，孙晦明也许一窍不通。那里面还有许多墨，比如贡墨、定制墨、素墨、药墨、眉墨等，都是很珍贵的墨锭。贡墨是专供朝廷和达官显贵用的。定制墨是根据富室及文人之所需而定制的。素墨又叫写经墨，供寺庙和佛教信徒抄写经文用的。药墨是新安中医用来治病的，既可外治，又可内服。眉墨则是妇女打扮，艺人化妆用的……程熹礼说着，赖狗听着，眼睛睁得大大的，心中佩服父亲的博学多才。

"你平时不肯学，还有一些东西你还没有听说过，但我心中明明白白。那堆墨模中还有一套东西更珍贵，墨模的背面都刻有'春在堂'三个字，据讲，当年有人为了刻制这套墨模时，花了许多钱托人去京城搜集圆明园、长寿园、万春园的图纸，又高薪聘请名家绘图刻模，刻有御国图六十四幅，这是我朝墨模中之精品，后来，梅溪发生了战事，也有人搬来广仁义当铺当给了孙吟可，东西总算保护下来，也算是一件功德事。"程熹礼这话，让赖狗明白了许多事情。孙晦明后来也知道了这些往事，由衷佩服程老爷的为人，义中取利，诚信公道。

程家遭难，孙晦明忿忿不平，后来又得知这是有人故意陷害程家，他对蟹钳恨得咬牙切齿。独自一人，几次来到南街蟹钳的墨庄前徘徊。这天，他又转到了一壶春茶庄找洪石农。店里人正忙着，谁也不搭理他，他熟悉的一个伙计见是他，便往南街上努了努嘴，轻轻地说："洪少爷此时应在酯玉香。"酯玉香就是南街上的那家豆腐店，程熹礼那位姓蒋的小妾和女儿程兰花将这个店盘了下来。洪石农不是去买豆腐，但他总是三天二头往这里跑。

孙晦明走到了豆腐店门口，站在那块"酯玉香"的匾额下。

"洪石农，洪石农……"孙晦明站在门前大声嚷着。

"你在叫魂啊，生怕左邻右舍听不到是不是？"洪石农从店里慌慌张张走出来，脸红红的，像只喝了酒的大公鸡。

孙晦明拉着洪石农匆匆地来到百窗楼，一进大厅，大门便哐一声关住。

"土里狗蟆，要这样鬼鬼祟祟的干什么？"洪石农一肚子气，开口就骂孙晦明。

"你是我们梅溪最能敢做敢为的人吧！"孙晦明讨好地说道，顺手递上一杯香茶。

"你这个吃炉大，捧摊飘碗的饭桶又在出什么花色！"洪石农余气未消，还在一脸不屑地讽刺着，又把茶杯推向了孙晦明，茶水晃出来，弄得孙晦明一身都是。

"我想烧了蟹钳家的墨庄，这个人忘恩负义，凭着程家族长程麻仁的关系，竟然向官府告恶状，现在又勾结山匪陷害程家，我实在看不下去了……"孙晦明说话声音不大，却杀气腾腾，一双手不停地拍打着身上的茶水。

"这种事我不干，再说与我不相干。"洪石农一口回绝，心想，你想找死，还想让我去垫背，便在一条长板凳上坐下，冷冷地盯着孙晦明。

"程兰花是程熹礼老爷的女儿，怎么与你不相干，人要讲义气。"孙晦明抓住了洪石农的软肋，洪石农不说话了，也想到程兰花毕竟是程熹礼的种，这死老头以后说不定就是他的老泰山呢。孙晦明见洪石农心动了，便又淡淡地说道："你只负责站岗放哨，其他事都由我来干。"

"你也不要门缝里看人，我也是一个仗义的男子汉大丈夫。"洪石农语气坚定地说道，此时，一股将军的豪气在他胸中油然而生。

那天晚上，南街上金壶墨庄的火烧得很旺，众人赶来救火时，已是浓烟滚滚，几个壮汉不停地把水桶里的水泼向火海，看众叫喊的声音早已超过了木头燃烧发出的声音。

"我看到了一个巨大的火球，从驼峰那边快速向这边滚来，到了金壶墨庄房顶突然停了下来，轰隆一声，砸碎了瓦片，火球跌进了墨庄，楼四周的花窗便开始吐出了火苗……"人群里孙晦明说出了这个天火烧墨庄的秘密，他一脸无可奈何。

"啊……天火烧房，我们也不敢违背天意呀，谁也救不了。"众人都吃惊起来，纷纷抛掉救火的水桶木盆，站在远处看着说着。

墨庄的火越烧越旺，不远处的费隐堂里，躺在病床上的程熹礼也能看到天井的西墙上映着火光，通红通红的一片。程熹礼得知金壶墨庄起火，老泪纵横，瘪瘪的嘴，喃喃自语着："老天有眼啊，人在做，天在看，坏事不能做，是要遭报应的。"

墨庄起火时，蟹钳灰头灰脑地从墨庄中拎出两袋墨锭，那样子又让人觉得伤阴骘，这也算是他的全部家当。第二天，也不知把墨卖给谁了，凑点路费，回北边老家去了。

没有过多久，程熹礼也病死在费隐堂最高处的一个小小阁楼里。他生病期间让梅溪许多人都心痛了一阵子，程熹礼本来年事已高，那次家中闹匪后，他的性情大变。他的病也是很奇怪的，只有一见到黑色的木炭就哭，一见到漂亮的女人就发抖，后来病情不断恶化，天色变黑也会撕心裂肺地哭着。

程熹礼一见木炭就哭，梅溪人都可以理解。很早以前，梅溪出现了一个二百多岁的老人，他一直满脸红光，神采奕奕，有一天，这个老人来梅溪垂钓，见一个美少妇正弯腰漂洗东西，弄得满河黑黑的。老人向前走去，好奇地问道："你在洗什么？"少妇抬起似桃花的俊脸，轻轻地回道："我在洗黑木炭，想把这袋黑炭洗白。"老人一听美少妇的话，忍不住哈哈大笑道："你这个女子真傻，我活了二百多岁，也从来没有听说过木炭可以洗白。"哪知老人的话刚说完，那美貌女子顿时花容失色，片刻变得很狰狞，对着老人恶狠狠道："你这个老不死，让我找得好苦啊，我今天抓你去阎罗殿了。"那女人说着，便化作一股青烟飞走了，老人也倒地而亡。后来听人说，那女人是阎王身边管生死簿的小鬼化成的，一不小心把生死簿上的一个人名弄模糊了，所以让这个人多活了一百多年，群鬼意见很大，告到了天庭，玉帝责令肇事者去人间缉拿这个老寿星归冥界。这故事也深深地刻在程熹礼的脑海里，他一见黑色的木炭就感到有鬼来索命了。

叛军占领梅溪那些年，烧毁梅溪不计其数的房屋，许多年过去了，断垣残壁下巷角水沟里，甚至野草丛中也有不少黑色的炭头。他在梅溪行走，一不小心就遇见一块或者一小片木炭，就感到自己的末日到了，便伤心地哭着。后来，他干脆不出门了。他的爱妾蒋氏女十分关心他的病情，可当她一走近程熹礼，他便全身发抖起来，众人问什么原因，他颤抖地说道："那个索命的女鬼就是这般漂亮的。"他的病情越来越重，天开始黑下来了，他就大哭，家人无计可施，便把他抬到院中那间最高的阁楼里，阁楼有一个似狗洞的贮藏间，程熹礼如狗一般趴在洞里才感到安全，而且天未黑之前，家人就点燃一支支蜡烛，阁楼一片亮光。

　　每天夜晚，那高高的阁楼一直明亮着，犹如梅溪空中的一盏灯塔，大家都知道，程熹礼老爷还活着。

　　有一天，那阁楼里的烛光消失了，梅溪南街上的行人终于放下了牵挂的心，程熹礼老爷终于死了。

第五十四章

　　洪朝奉撑着一根精致的楠木手杖，又出了一壶春茶庄，沿着南街的青石板路，见南街上金壶墨庄的惨状，感到十分的痛心。但他万万没有想到，这莫名其妙的天火竟有他小儿子洪石农的一脚。他摇摇头，叹着气，嘀嘀哒哒地进了浮生园，刚过那片梅树林，又不停地干咳着。妻子胡月娥急忙迎上去，扶着他的一只手臂，边走边告诉他，大儿子洪砚耕的岳父又来了。

　　"唉……大概又是兴师问罪来了，只怪我的儿子洪砚耕不争气啊！"洪朝奉双脚越走心情越沉重。

　　亲家坐在大厅左边的太师椅上喝茶，见到洪朝奉进来，立即站了起来，关切地问道："朝奉近期身体可好？""岁月不饶人啊，现在走点路都感到吃力，你在紫阳学堂教书也很累吧。"洪朝奉示意亲家坐下，自己坐在右边的太师椅上。"再苦再累我都无所谓，恨只恨儿子一个都不争气，洪石农喜欢热闹，喜欢钻女人堆，就是一个十足的纨绔子弟。你那个牛头犟的女婿洪砚耕，小时候真的不错，喜爱读线装书，琴棋书画无不涉及，拜老举人孙白廉、老秀才方阶云为师学习古文，又拜林琴坤为师，学习堪舆术。我一心指望他中举人，授翰林，替梅溪的生意人争光。可如今呢，还是一场黄粱美梦啊。"洪朝奉唠唠叨叨地说着，嗓子还在不停地咳着。

"紫阳学堂每次维修，商人们都踊跃认捐，南山殿梁栋、圣贤像，木商承修；南山门楼、文曲石坊、四周垣墙，盐商承修；崇王殿、二门楼、围墙、东斋，粮商承修；明伦堂梁栋、墙壁、扁联、池塘、檐阶、丹桂台，典当商承修；御书楼、秉义斋，茶商承修。洪砚耕祖父是盐商，所以洪家先是南山门楼的股东，后来又成了御书楼的股东，洪家如此费心思，还不是为了让子孙有一个好前程。"亲家说起洪家对紫阳学堂的捐赠往事，如数家珍，头头是道。他心里明白，洪家这般卖劲，犹如把一座大楼建在沙滩上，一场大水便是汪洋，空空如也。

"那个时候，我还引以自豪。第一次带洪砚耕进紫阳学堂，我就告诉他说，门楼是紫阳学堂的门面，我家最早入股的就是门楼。徽州人无论读书做官，还是读书经商，最讲究的就是一个光耀门庭。那时儿子很听我的话，都是唯唯诺诺，真是一个孝顺的儿子。"洪朝奉讲到这里，脸上露出了开心的笑容，一刹那，笑容又消失。

"那当然，不然的话，我会把女儿许配给他？"亲家接着说一句。洪朝奉听了笑一笑，随后，他又说道："我还记得，洪砚耕当时还问我御书楼是干什么用的，我告诉他说，御书楼藏有皇帝恩赐的书。徽州人当官的多，经商的更多，官当得好，皇帝一高兴就赐书。商人捐款多，皇帝一高兴也喜欢赐书……你太外祖父王侍郎就是皇帝身前的御用文人，他得了许多恩赐的书，全都放在这个御书楼里。"洪朝奉想着说着，心里感到无比的自豪，人又沉浸在昔日的霞光里。

"是啊，我们紫阳学堂历来崇尚程朱理学。后来，渐渐地变了，许多商人深信王阳明夫子之学，因为王夫子认为儒、贾平等，无尊卑贵贱之别，你们生意人当然喜欢他。"亲家说着，一脸无可奈何的样子。接着，他又啜了一口茶，恨恨地说道："最可恨的是学堂里那个主持，后来经常让一些奇谈怪论的人来讲学，学堂风气变得很糟糕。我记得有一年，学堂师生们迎来了一个讲学的先生，这个人身穿官服，瘦高个子，昂首阔步走进学堂。据说，他是湖南人，也是王阳明学说之信徒。他讲课时，声音响亮，口齿清楚，口若悬河。开始讲儒、释、道、墨各家和资产阶级、自然科学时，声音还是温柔的。讲到废科举、兴学校、开矿藏、修铁路、办工厂、改官制时，言语越来越严肃。可一讲到拒和谈、迁都、变法时，好像变成了一条乌龙精，手舞足蹈的样子，让许多在场的先生们，都吓得瑟瑟发抖。"

"这样的人讲学，不把学生带坏才怪呢。"洪朝奉也有些愤怒了，一只手不停地拍打着自己的大腿。

"更可恶的还在后面呢。"亲家又接着说道："那人在学生面前讲到了八股文。他说这类文章最无聊，禁锢了人们的思想，扼杀了大家的创造力……竟然还有一个学生跟着他起哄，大叫岂有此理！"

"这个学生胆子也太大了，典型的叛逆者，是谁？"洪朝奉更加气愤了，两只手同时都在重重地捶着大腿。

"还有谁？你的宝贝儿子，我的好女婿洪砚耕呀！"亲家无可奈何地冷笑道。

"唉,我当年让他拜孙白廉举人、方阶云秀才学习八股文,就是指望他日后科考得功名,可他就是学不好,还心生怨言,背地里尽看了一些不堪卒读的坏书,我也不知训斥了多少次,可他就是屡教不改。"洪朝奉叹叹气,又摇摇头,说道:"我们当年就是怕他不学好,外祖父王侍郎还特意帮他弄了一个留洋的机会。谁知到了国外,他竟然开始崇洋媚外,天天穿着西服,讲着洋文,还是太后老佛爷英明,把这批学生提前召回国,回到梅溪后,与我这个老子也是不冷不热,还天天穿着前后开衩的西服东游西荡。"

"吹灭读书灯,一身都是月,这个简单的做人规则连古板的司马正都懂,可这个犟牛头的儿子怎么就是不开窍呢。"洪朝奉自言自语着,又长长地叹了一口气。

"他这些闲事,我都不想管,他和我女儿的夫妻关系好坏,我也不想管,我倒是担心一件事。"亲家又不冷不热地说道。

"又有何事?"洪朝奉轻轻地问道,他见亲家不是来追责的,反而一块石头落地了。

洪朝奉心里也似明镜一样,现在时代在变,而且变得让人一片迷茫。中法战争刚过,甲午战争又来了,许多人也变得胆大妄为,比如外祖父王侍郎的两个门生李鸿章、翁同龢,人还在高位上,一个是宰相,一个是户部尚书,就有人敢挖苦他们。这些年,天下灾荒,粮食欠收,有人就撰写了一副对联,讽刺嘲笑他们:

宰相合肥天下瘦，

尚书常熟世间荒。

"时代变了，现在的人胆子真大，越来越没上没下了。"洪朝奉又无可奈何地说道，他一想起这付天下闻名的对子，心里就是烦躁。

"这等事情现在都很平常了，我听到的还有比这些更难受的事情，现在朝中的官也不好当，稍有不慎，也会被世人指责。"亲家冷冷地回道，一只手揉了揉自己那双浑浊的眼睛。

这难受的事就是指翁同龢"找鹤"的事，翁同龢喜爱鹤，曾养过两只丹顶鹤，有一天这两只鹤飞出门再也不回来了，他十分痛心，找了一张大红宣纸写了一张招贴，张贴在京城正阳门瓮洞上。可当这告示贴出去不久，就被书法爱好者揭走。老尚书认为张贴不牢被风吹走了，于是揭了又写，写了又贴，贴了又揭，连连写了近十张鲜红大纸，一时轰动京城。这时，正值中日发生了甲午战争，有人又作诗讽刺道：

军书傍午正徬徨，唯有中堂访鹤忙。

从此熙朝添故事，风流犹胜半闲堂。

半闲堂本是南宋奸臣贾似道的堂屋，却让一个尽心尽力尽职的贤臣，也这样背了黑锅，成了一个大奸臣。他们边谈边笑，气氛一下子缓和下来。

"别想那些天下大事了，管好自己的儿子才是正事。"亲家立刻又打断了洪朝奉的思绪，刚才那张笑脸又开始阴沉下来了。

　　亲家正要开口细说，一阵冷风把浮生园墙上的花窗，吹得叭哒叭哒响。阳春三月，山区的天就像一个孩儿脸，说变就变。亲家进门时，园中的绿树还在阳光下悠然摇曳着，一群麻雀也在尽情地赛着歌喉。这一下，狂风渐起，声如千军万马嘶杀，又如山洪从驼峰山顶上猛泻，摧枯拉朽，直奔浮生园。

　　洪朝奉急呼家人把那几扇花窗紧紧地关上，双手弹了弹袖子上的雨珠。"我们梅溪人都说这是乌龙精来母亲坟前挂纸了，它是龙，来的时候，腾云驾雾，飒飒有声……但愿它不要吹断古树，摧毁老房子，推倒我家那座清白流芳牌坊就行了。"洪朝奉边说边拉下花窗上的竹帘，胡月娥、胡月姣进了大厅，把两个托盘放到八仙桌上，又走到亲家身前，双手叠合，颔首低眉，微微伏身，算是道了万福礼，然后放水果，添茶水。

　　亲家起身走到了洪朝奉身边，在侧椅上坐下，轻轻地问道："你知道吗？最近京都闹得很热闹，一千多名举人，一起签字上书朝廷，要求变法……叫什么'公车上书'。几年前，那个来紫阳学堂讲学的先生就叫谭嗣同，是这次事件中的一个头目。"

　　"这与我们家没有关系啊！"洪朝奉皱着眉头，不解地问道。

　　"关系大着呢，那次他来紫阳学堂讲学，竟然和砚耕儿惺惺相惜，走时还托学堂里的一位先生，交给了砚耕一本叫《仁学》的书。砚耕越读越有兴趣，还四处鼓吹这本书。据说，送书的先生，也是一个什么同盟会里的人，只是众人装作糊涂而已。"亲家道出心中忧虑。

"我听说，那些举人闹得有些过份，老佛爷很是恼火……老佛爷对我们洪家可是皇恩浩荡。要不是她老人家，金山时雨茶也不会成为贡茶，我家的茶叶生意会有这样红火吗？"洪朝奉大为恼火，满脸通红，呼一下站了起来。

亲家也站了起来，向前走了两步，双手按着洪朝奉的肩膀，悄悄地说道："亲家，光发火是没有用的，万一不听话的儿子参加了什么同盟会，这可是满门抄斩，株连九族的大罪呀，我们的头被砍了，偌大的家业有什么用啊。"

"今后，咱们一定要小心谨慎，死死盯着这个不知死活的家伙。"

花窗外，春雨沙沙；花窗内，死气沉沉。

两个老人，一直在谈着，外面的雨渐渐地停了，大厅前天井上明月高悬。两人酒足饭饱后，心情也好起来了。家中的女眷们争着要老爷叫戏班来唱戏，洪砚耕的妻子也走出绣房，来到了大厅。那戏叫《彩舟记》，戏中借春天的景色，表达女人盼春的情绪，洪家女眷们如身临其境，如痴如醉。当戏中女子幽待舱中，对着一轮明月唱着：

楼船闲泊，画簾高卷，一望江横白练。
嫦娥我应是恨孤眠，不锁广寒宫殿。

洪砚耕妻子突然大哭起来，也不顾公公和父亲还在看戏，倔强地站起身，双手提着长裙，袅袅地跑回她绣房里去了。弄得洪朝奉无言以对，只装作没有看见，心里却想，这个儿媳今天怎么这样没有规矩。亲家也什么话都没有说，一双眼睛死死地盯着那个如花似玉的女戏子，心里却在恨恨地骂着女婿洪砚耕。

第五十五章

　　太阳刚刚还在驼峰的山顶上，现在渐渐地坠进了峡谷，熔金般的光芒把一片片松树林映射成金黄金黄的波动林野。片刻，梅溪坠入黑雾，南街一片茫然。洪砚耕穿着西服，独自一人往浮生园方向走。"砚耕，真的是你呀，终于找到你了。"一个瘦高的男人，从后面拍了他的肩膀，轻轻地叫道。砚耕回头一看，见是紫阳学堂里当年那位送书给他的先生，点了点头，也不搭话，急匆匆地向浮生园走去。

　　两个戴着礼帽，穿着长褂的男人紧随洪砚耕走到浮生园后门口。洪砚耕赶紧把他们带进自己住的小院，进了一个小瓦房，随后，关起门，又闭紧左右的花窗。

　　"这是铸铜钱的模型。"洪砚耕见那位先生边说边从皮箱里掏出一些硬物，堆放在八仙桌上。

　　洪砚耕拿起来一个一个地看着，每个凹下去的圆圈底，都写有阴文，上面是顺治通宝、康熙通宝、雍正通宝、道光通宝、咸丰通宝、同治通宝、光绪通宝的字样。

　　"我们经费紧缺，清廷又紧盯着我们。这些东西是革命党人冒着砍头的危险，从绍兴运到杭州交给我俩。为了躲避一路关卡，我们是顺着天目山的古官道，好不容易送到梅溪。你们这里是山区，比杭嘉湖平原等地方隐蔽……你一定要想办法，多铸造一些铜元，补充革命党的经费。"当年紫阳学堂里的那位先生，低声细语地吩咐着。

铜钱需要大量的青铜、红铜来熔化，徽州本是富庶之地，大户人家遗留下来的铜碗、铜勺、铜鼎、铜门铃还有许多，一些倒闭的典当铺库房里，也堆满了生锈的铜器，这些都是铸造铜钱的原材料。

洪砚耕用了一些银两，让邻村儿时的二位好友挨家入户去收购，没过几天，后院就堆满许多废弃铜器。百窗楼原址上，有一个庞大的铜香炉，后来被叛军烧毁了，铜香炉也被烧变形了。孙吟可重建百窗楼时，把它移到一边，废弃不用。风霜雨雪，早已锈迹斑斑。洪砚耕雇了八个壮汉，才把这破香炉搬进浮生园后院。洪砚耕住在这里，有小门可以直进直出，浮生园前院也几乎听不到什么响动。

"洪朝奉这个儿子书读多了，脑子也坏了，也学当年的孙吟可收破烂，弄这么多废物来干什么用？真是'九斤老太，一代不如一代'！"左邻右舍见此都兴奋地冷嘲热讽。

"人家孙吟可当年是开典当铺，这些东西还可以换成钱，而洪砚耕是把钱换成废物，真不知道他在搞什么鬼？他那个精明的老子也不管一管。"有人也开始疑心重重起来，总感觉到这事有些玄而又玄。

"洪朝奉如今老了，老眼昏花，自从牡丹姨太玉屑姑娘死后，性情大变，天天只躲在一壶春茶庄的楼上不下楼了，洪砚耕可以尽情地胡闹。"见不得他家人好的人，总说不出一句好话，尤其烂肚宝他们更加喜欢冷言冷语。

牡丹姨太玉屑的死，让洪朝奉痛心疾首，万念俱灰，甚至失去了理智。他竟然要把玉屑姑娘的坟墓建在浮生园院中，就是藏春坞旁，还说是玉屑姑娘虽然年纪轻轻地去世了，但她青春貌美的容颜永远与春同在，与池水中的日月同辉。

　　"怎么可以把这个女人的坟墓建在家院中？"胡月姣、胡月娥她们纷纷指责道，她们对洪朝奉这个匪夷所思的做法极其不满，甚至感到十分晦气。

　　"这很平常，徽州庭院里就有许多坟墓呀，梅溪西边的西溪南村中有一个果园，主人吴天行不也是把他的爱妾琐琐娘埋在家里吗？你们不要大惊小怪，我意已定。"洪朝奉非常固执地回道，心里想，要是你俩死了，我早就让人抬上山去埋葬掉。

　　"这是何苦呢？人都死了，再埋在家中，浮生园就会阴气弥漫。"林琴坤也认为这样很不妥。洪朝奉站在德邻堂前眼泪婆娑，其他人的话，一句也听不进耳朵。他望了望玉屑姑娘的卧室，自言自语地说："她这么美，又这么年轻，浮生园外的野狗那么多，还有许多两只腿的狼，埋在外面的风险太大。"玉屑姑娘生前喜欢的物品，洪朝奉都让人放进了棺材，洪石农见那把琵琶太精美了，就偷偷地藏了起来。

　　玉屑姑娘的香冢在藏春坞右边堆砌好了，洪朝奉又让人买了一百多株各色名贵的牡丹苗，有七个品种，他认为七和妻同音又同义。香冢的泥土上，香冢的四周，种满各色的牡丹花，处处是浅浅胭脂脸，殷殷腻粉腮，令洪朝奉遐想不已。这个香冢四周以文石为栏，参差数级。每当花开时节，洪朝奉经常在墓前独饮，他以用木为架，张碧油幔于其上，以蔽日色，夜则悬灯以照。

"自古少有的多情郎啊，我们可没有玉屑姑娘的福气呀。"妻妾胡月娥她们见洪朝奉如此痴情，心疼之后便是酸味四溢。洪朝奉还把这些牡丹花分门别类地写在一张微黄的宣纸上，张贴在玉屑生前的卧室墙壁上：

大红色：锦袍红、石榴红、醉胭脂、金丝红、七宝冠、小叶大红、九蕊珍珠。

粉红色：玉楼春、合欢娇、满园春、倒晕檀心。

桃红色：凤头红、西子红、四面镜、醉仙桃、殷春芳、海天霞、娇红楼台。

青色：水晶珠、玉天仙、佛头青。

黄色：御衣黄、女真黄、姚黄、蜜娇、太平楼阁。

紫色：魏家紫、紫金盘。

白色的牡丹，被海棠姨太、樱桃姨太她俩移栽了一盆，再用玉屑生前遗留下的胭脂涂抹在花瓣上，摆放在玉屑那间卧室前。"知我者，海棠樱桃也。"洪朝奉见到这盆白牡丹后，不禁老泪纵横，嘴也叽里咕噜地说道。花窗外吵得热火朝天，他竟浑然不知。

"你这样收购铜器，影响我们梅溪千百年来的乡风。"华佗庙的地师春嬉公找上门了。他是来找洪朝奉说理的，却被洪砚耕在门口拦住。

"找你也一样，你父亲老了，我也不想烦他。你们究竟中了什么邪？到处收购旧铜器，我庙里的菩萨都被你惹怒了，你可知道这是什么后果！"春嬉公怒气冲冲地责问道。他每说一句话，就跺一次脚，看样子是真生气。

"我喜欢收藏研究旧铜器，不犯大清律法，这与你何干？"洪砚耕反问道，一脸不屑的神色，心里却想，这老地师也想敲诈我不成。

"华佗庙上的铜盖被人偷了，起先我们都没有注意，后来越看越不对劲，搬来梯子爬上去一看，糟了，铜盖也没有了。"春嬉公说着，一脸伤心。

"他不会清水捏粿吧。"洪砚耕突然意识到问题严重，暗暗地叫苦不迭。

"铜盖被人替换成木盆盖，也是淡黄色，站在远处还真的分辨不出来呢。"春嬉公说着，手也不由自主地揉了揉昏花混浊的双眼。接着，他又说："你是知道的，华佗庙在梅溪是一个小庙，它没有观音庙中的观音娘娘那般高大气派，但你遇上什么毛病，去拜一下华佗菩萨，还是很灵验的呢。它在梅溪人的心中很神圣，李玉晶他们都把它当作祖师爷供着。"

洪砚耕心里明白，春嬉公靠庙吃饭，他再怎么说都不为过。他也熟悉那个铜盖，那是盖在华佗庙顶一个通风口上的大黄铜盖子，既通风遮雨，又替庙宇增添几分精神。平日里，行人路过梅溪，都会指着那个金光闪闪的大铜盖说："那就是梅溪的华佗庙，人世间病人多，它的香火旺盛着呢。"洪砚耕小时候，也得过一种怪病，嘴巴突然歪了，管家林琴坤特意带着他来到华佗庙。春嬉公摸了一把筷子，在他的屁股拍打了几下，嘴巴竟然又恢复原样了。也不知道哪个短命鬼，这种缺德事也干，这几天我一直在忙着，也没有去过熔炉间，两位朋友也不问问铜器的来路，见到铜就兴奋地收下来熔化成铜锭……洪砚耕想到这里，也暗暗责备自己的大意。

"我不想责怪你，你只要讲出来，是谁偷来卖的就行，我要去徽州府告他！"春嬉公不依不饶，气汹汹地喊道。

春嬉公这样一喊，洪砚耕突然想到了几天前，南街上的收购点出现过烂肚宝。他人已垂老了，可那只斜暴的眼睛，只要一见到，就忘不了。难道是他干的？什么事情只要让烂肚宝沾上了，追查下去更遭糕，何况那铜盖早已被伙计们熔化了。

"春嬉公，我一个外地朋友几天前来梅溪看望我，见杂物堆上的铜盖精美。他是研究青铜器的老学究，就借去研究了，过点时间，我去索回，立即送到华佗庙，如何？"洪砚耕心想，这个时候能拖一时都是好的，如果打破沙锅问到底，他的大事就会败露，后果不堪设想，只有自己一人扛着，编的谎话倒也合乎情理。

"哦，是这样啊！那我在庙中等你消息。我也懒得去告你们，刚刚在气头上只是说说而已，你们洪家待我也不薄，我还记得你祖父洪文翰说的那句话：'大义灭亲并非传统美德，亲亲相隐才是高贵人格'，时代是变了，操守还得坚持。"春嬉公见铜盖有了着落，也就乐颠颠地唱着歌走了，嘴里还是那句滥调陈词：

昔人豪贵信陵君，

今人耕种信陵坟。

　　洪砚耕望着地师的背影，心里也有些难过起来，革命呀，总是有一些无辜的人受害，等革命成功了，我一定要买一个更大更美的铜盖子，盖在华佗庙的屋顶上。

　　铜钱一个一个的铸造后，又集中在一只只竹筐里。当筐里堆满铜钱后，洪砚耕就叫朋友全部倒进木门后的大水缸里，这水缸里装满食用醋。几天后，从缸中摸出一把铜钱，不再是光亮亮的，而是陈旧甚至生了一点铜锈，好像是在商铺里用了几十年的旧铜钱。

　　黄昏时，烂肚宝路过浮生园，听到临街花窗传出来一些怪声音，哒哒……响个不停。他好奇地爬上院墙望去，小楼房里的花窗都是开着的，有人正把几筐铜钱倒进水缸，发出了铜板和水缸的碰击声。落日斜晖下，还不时映出一闪一闪的亮光，那二人又打开几坛陈醋，哗啦啦地倒进水缸，醋味弥漫着整个小楼，也飘到墙头上来了。

　　"铜钱浸在醋中？"他好奇地自问道。

　　"铜钱做旧！我以前在广仁义当铺里见过。"他突然明白了，赶紧用手闭着嘴巴。

　　烂肚宝很快意识到浮生园里正在发生一件惊天动地的事情。他想，如果把这件事告诉官府，偷卖一只铜盖就算不上什么事了，说不定立下大功，甚至还有更多的银两奖励。他越想越开心，从墙上向下一跳，几片青瓦也随即落下，叭嗒叭嗒地落在青石板上。烂肚宝迟疑了一下，飞快躲进街巷，溜走了。

洪砚耕听到了青瓦落地声，心中噗咚一下，意识到秘密可能被人发现了。他连夜让好友把所有造铜钱的器具和已经铸好的铜钱运往驼峰一个深山坞中，隐藏起来，又发了一些工钱，让他们到外地躲避去。

洪砚耕的妻子经常见丈夫和两个陌生人神神秘秘地从蒙童馆进进出出，也不知道在干些什么，问一句，丈夫总是冷冷地说一句："有些事，女人还是少管为好。"她天天在绣房里干活，干累了就望着花窗发呆，嫁入洪家，只图夫家生意红红火火，可求衣暖饭饱。夫君看似文弱书生，却是一个天生的反骨胚。书读了不少，还留过洋，可正经的事一样不干，成天结交一些奇形怪状的人，不是头上没有辫子的壮汉，就是穿着前后开衩西服的瘦个年轻人，四处奔波。

笃笃……有人在敲绣房的门了，妻子心里一阵欣喜，立即起身去开门。洪砚耕闯进绣房，关好门，轻轻地说道："贤妻，你还没有睡觉呀。""我守空房习惯了，不到三更天，也没有一点睡意。"妻子嗔怪地答话。"我的事情可能败露了，今晚就要逃离梅溪，不过，一切我都处理好了，不会连累你和父亲他们。"事到如今，洪砚耕也只有如实说了。"你们的事情，我早就预料到了，不是什么好事。父亲和我说过，你们那班人成天要变法，要革命，我一个妇道人家，也不知这些是什么事，但明白这些都是凶多吉少的事情。好了吧，报应的时候到了，你就赶紧走吧，父亲那里，我自会去帮你解释。"妻子说完后，把一个包袱递给了洪砚耕，哭着脸转过身，向卧房跑去。洪砚耕拿着包袱，无言以对，趁着月色，匆匆逃离梅溪。

第五十六章

洪砚耕离开梅溪一月有余。他从梅溪跑出来，三天后赶到了杭州，一直沿着京杭大运河向京都方向逃跑，他是去找他的老师谭嗣同先生。这天，他恰巧来到宣武门外的菜市口，见人山人海，他偷偷地挤进人群中，六辆囚车缓缓向这边驶来。他们的背上都插着一块长长的木板条，板条上写着漆黑的名字，还有红色的"×"的标志，他知道这就是死囚犯。

"林旭、杨深秀、刘光第、杨锐、廉广仁、谭嗣同"，人群中有人在念着囚犯的名字。一念得谭嗣同，洪砚耕大吃一惊，双手揉了揉眼睛，盯着一看，果然是瘦高的躯干，昂着头的老师。当他想喊叫时，却怎么也张不开口，人群鼎沸。

"反贼，该杀！"许多人都在激动地高喊着。

"胆大包天，竟敢杀我们的老佛爷！"更多的人在指责囚犯们的滔天罪行。

洪砚耕又惊又疑，随着人群涌向了刑场。当他到了刑场时，那六个人的头，已经被刽子手砍落在地。许多市民看众，正向那些血淋淋的头上扔瓶瓶罐罐，有的菜农摸出萝筐里的白菜帮子，凶狠狠地抛向他恩师的尸体，几个胆大的男人，走到他恩师的头颅前，边吐痰边骂道："谁叫你们变法？不得好死，死无完尸！"

"这就是变法的结局？这就是革命？"洪砚耕见此惨景，痛不欲生，心灰意冷地反复说着这句话，恍恍惚惚地挤出愤怒的人群，向江南逃去。

方阶云刚刚从江南九华山回到梅溪，朝拜九华山是他晚年最喜欢干的事。每年春夏之间，他都会关上家门，背着香袋，捧着木鱼，边走边敲，以示虔诚，到了九华山后，朝拜了地藏菩萨，才算功德圆满，再快速回梅溪。从梅溪去九华山有三条路，一条是水路，也是梅溪人外出经商的重要通道，一条是弯弯曲曲的官道，青一色的石板路，还有一条是山里人自开的羊肠小道，荆棘、茅草参差不齐地盖满小道。方阶云偏偏选中这条小道，他认为，自己身为徽州人，一不经商，二不做官，无需选择好走的道路，应在菩萨面前做一个苦行僧，也许会感动菩萨，图一个好晚年。来去一个月，脚走得又酸又痛，一进梅溪就听说学生洪砚耕的事，他撑着拐杖，急急来到浮生园。

洪砚耕从梅溪失踪后，洪朝奉一家人的日子都不好过。尽管他家在梅溪享有绝对的尊贵，但这件事或多或少地影响着他们，左邻右舍那些人的眼神里总是有些异样。今天，老秀才赶来看望他们，洪朝奉自然有点喜出望外。

方阶云的脚一拐一拐地走进客厅，洪朝奉立即迫不及待地说道："我们家经商赚钱多好呀，这个不孝的儿子偏偏要和那些'铜门汇'的人混在一起，真是作死！"

"难怪他那么喜欢铜，原来他们这个会是管铜的呀。"洪朝奉身旁的洪石农，也在添油加醋地说着。

　　"不是铜门汇，是同盟会，我看你们是汇银票汇多了，也昏了头，发生了这么大的事，事前竟然一无所知。"方阶云挖苦起来，毫不留情。

　　"他每次回家，总喜欢高谈阔论，还讽刺我们只会什么为臣的死忠，为子的死孝，为妻的死节，把颓败纲常撑住了……啥意思，这不是反了？依他的意思，忠、孝、节组成的纲常，该废除，那我们的梅溪还有明天吗？祠堂拆完，牌坊推倒，女人也可以一嫁再嫁……这还叫'程朱故里'吗？真是现世宝！"方阶云一坐下，就对这个学生有泄不完的怒气。

　　"开始我见他成天穿着洋装四处奔跑，总认为是年轻人的新鲜感，哪知道，他真的有叛逆的心，唉……家门不幸啊。"洪朝奉呆呆望着花窗，不停地叹息。

　　"他们变法，革命……今天造假铜钱，明天投炸药，后天又暗杀某某朝廷官，这样的革命多惨忍，哪是礼义之邦之人所为！"方阶云极其反感这样的革命，说着说着，眼睛两侧的青筋也在不停地波动。

　　"这样的儿子，不如不生，孙吟可家过继的儿子，也还不一样可以传宗接代，至少不会闹出这样大逆不道的事情。"这次，洪朝奉的心彻底地冷了，还在胆战心惊。

　　两人说着说着，气氛渐渐地平和起来，方阶云心中的气渐渐地消了，又见洪朝奉痛苦的样子，便也不再责怪什么了。洪朝奉静静地站在那里，双眼呆呆地望着梅花窗外，慢慢地摇着头，轻轻地说道："唉……一切都迟了。"

"永远都不要说迟了，树大招风，尤其你们商人有钱，极易引人妒嫉。程秉仁的事，你还没有忘记吧，差一点就会伤及程姓家族，这件事还真要夸奖族长程麻仁的先见之明。"方阶云的话，让洪朝奉想起梅溪那件差一点株连九族的"文字狱"往事，心里又隐隐作痛起来了。

其实，方阶云和洪朝奉心里都明白，现在到处闹革命，商人的日子也不好过，梅溪学堂很少有人捐款了，读书的人也减少了不少。方阶云也感到自己老了，手脚也不灵便，干脆辞掉学堂的先生，回到家中看看朱子文章写写字，颐养天年，女儿方春梅一生未再嫁，一直在家中陪着老父亲。梅溪人都开玩笑地说，方阶云名字应改为方三白，父亲的头发白，女儿的头发白，院内的梨花树也开满一朵朵白花。

逢上过年过节时，方阶云在梨花坦自家门口的青石板街上摆上一张方桌，一叠信封信纸，一方盛有黑墨的砚台和砚台斜搁的毛笔，他身穿灰布褂端坐在桌前，驼背瘦削。方阶云一肚子学问，字又写得好，许多居民都喜欢找他帮忙，他们都有许多十三四岁往外一丢的儿子在外地经商，或者是女人写给离家多年的丈夫。方阶云每写一封信只收一个铜板，遇上过路的穷人或老弱病残的佃户，分文不取，还乐此不疲。他对所有顾客总是那么热情，先是面带微笑洗耳恭听，继而很耐心地对来者重复一下所要表达的内容，然后才戴上老花眼镜动笔。写毕，又一字一句地读给对方听并作出解释，直到对方满意为止。用老式信笺写信须用老式信封，信封中间红框书写着收信人的姓名，字迹端正清秀，古朴典雅，墨香四溢。

腊月快过了，梅溪又有许多人来求他写春联，这时候他最忙，而且收入也是最少的事情。大户人家都能识字通书，自己提起笔写写就得了，两片红纸写上墨字即可，贴在门前就可以去邪纳春。上门求写字的人都是一些没有文化的佃户长工，一手提着一篮瓜果蔬菜，一手握着一圈红纸，毕恭毕敬地站在方阶云的书桌边，大眼小眼全盯着写字的老秀才。方阶云的毛笔不停地动着，一挥间便写完了一幅，他喜欢把春联铺在青石板上风干，眼睛盯着地上的红纸，走来晃去，佝偻的身子，紊乱的稀发向两耳垂下，下巴那一撮雪白的山羊胡子随着摇摆的身躯左右晃动，简直是一只巨大的苍老的龙虾，有时点点头，或摇摇头，但满脸笑容。

方阶云见那些平日里对他不尊重的人，此时就没有好脸色了。租义田种地的瘌痢佃户，自己大字不识一个，最喜欢嘲笑方阶云。方阶云每次参加乡试回梅溪，他便讪讪地问道："老童生，这次一定中举了，中举就可以进京考进士授翰林了吧，皇帝见到你的尊容，会给你一个比孙探花大的官做吧？"气得方阶云满脸通红，顿足捶胸。瘌痢此时还觉得不过瘾，继续数落道："老童生一天到晚只知道朱子，还不如我两腿间的卵子，我力气大，还能挣一些铜子，说不定到时候还可以买一个功名捐一个官呢，决不会和你一样当一个现世宝。"说得方阶云再也站不住，一只脚把一块石头踢得飞起来，眼睛里滚出两滴浊水，嘴里发出呼噜噜急促的声音。

这年，瘌痢也想在自己的门上贴一幅春联。这些年，他家的家运不太好，倒霉的事频频发生，又听大家说，过年门上贴上红红的春联，可以去邪纳福。他见许多佃户都去找方阶云写字，便花了十块铜板在南街一个小店里买来一张红纸，卷起来挟在腋下，一只手提了一只装满芋头籽的篮子向梨花坦走来，一遇见那些手捧红春联的佃农，自己马上紧靠着街上的墙壁，肚子里好像有一条蛔虫正在捣鼓着，他只是弯着腰，一只手不停地摸着肚子，悄悄地向前移动。

方阶云远远看见了痢痢，也看到他腋下的那卷红纸，心里一下子就明白了。痢痢还没有走到书桌前，方阶云却十分热情地叫道："痢痢来了，稀客稀客，今天有啥事呢？"

"我又不识字，家里的婆娘却要乌鸡学凤凰，吵着要贴春联。你是知道的，我是斗字都不识，特意求秀才先生赐字，让我回去装装门面。"痢痢低低声乞求着。方阶云这天气色特别好，皱纹满脸却皮肤红润，像刚喝过酒似的，他望了望痢痢手中的篮子，十分爽快地说："乡里乡亲的，不用客气，东西我就不要了，春联一定帮你写好。"痢痢一听这话，立即把篮子放在地上，拿着那卷红纸凑到方阶云的书桌边。方阶云一手接过红纸，嘴里却说道："这是我应该做的，家乡人都要互相帮忙才是，你的力气大，也可以帮我这个手脚无力的老童生一点小事，你说是吧。""是的，我有使不完的劲，有什么事尽管吩咐。"痢痢回得也很爽快。"我家的年猪刚杀了，猪圈里的猪粪还没有挑到菜地里去，离我家菜地大概有一里多路吧，你就帮忙把猪粪挑到菜地里就行了，我凭良心做事，我写一个字，你就帮我挑运一担猪粪如何？"方阶云笑呵呵地说着，又裁好红纸，顺溜地铺在书桌上，提起毛笔，写着春联：

良言一句三冬暖
恶语伤人六月寒

　　瘌痢不识字，也弄不清这是一幅风马牛不相及的春联。他听了方阶云嘴里读出的句子里有良言、恶语、冬暖的词语，就感到很满足，拿着春联乐颠颠地走了。"记住，这春联有十四个字，你要挑十四担猪粪呀。"方阶云望着瘌痢十分开心地补了一句。

　　每次方阶云在门前替人写书信写春联时，百窗楼里的孙晦明经常去观摹，只要有空，他都会站在方阶云的身旁问这问那。他很惊叹方阶云先生的学问，先生总是喋喋不休地说，书法是美术中一种，美术就是美的艺术，要求其美，求其韵，不可故作高深，故意写出一些鸡飞狗跳体，或张牙舞爪形，或蚯蚓满地爬。虽然他说起话来有些慷慨激昂，但毕竟是一个暮年老人，话说快了就有点上气接不了下气，再也没有当年当他老师时那样的生气。

　　这年暮春的时候，方阶云家门前几树梨花开得惊人，一朵朵小白花，前呼后拥地盖满了梨花坛，带雨白花，如白雪霏霏，凄冷动人。

　　这天早晨，洪朝奉特意走出浮生园，找到了洪石农低沉地说道："石农，不要一天到晚四处游荡，该去看看你的老师方阶云老秀才，他现在病得快不行了，很难熬过这个春天。"

洪石农吃完早饭，就到百窗楼约了孙晦明一起来到梨花坦，方阶云楼前的梨花正在冷风中摇曳着，梨花片片地飞舞着，落在他家梨花窗的瓦檐上，也洒满了门前的青石板。他们一推开木板门，院里一个小脚老太太踏着碎步，颤颤巍巍地向他们走来，老太太满头银发，身穿青布素衣，大襟子蓝布衫，脚下缠着绑带，裹着一双三寸金莲。"她就是那个小脚美人方春梅？怎么老得这么快？"洪石农心里想着，孙晦明也好像在感叹。

"两位先生，我父亲躺在堂屋里等你们，跟我从这边走。"老太太边说边用手指着左前方的一间低矮的小屋。她说话的声音还是那么好听，难怪当年唱撒帐歌让李玉晶他们那么迷恋，她肩不驼背不弯，耳聪目明。

方阶云躺在床上呻吟着，他见到两个学生来了，忽地坐了起来，示意他们坐下，然后很吃力地从枕头下掏出一本书和几本字帖递给他们。

他把那本朱夫子编著的《孟子集注》递给了洪石农说："你以后要好好读这本书，不要一天到晚像你哥一样跟着那班人闹革命，他就是一个不睁眼的土里蛤蟆，今天杀这个人，明天炸那个人，这有什么好，我们儒家子弟是受不了这般折腾的。"接着，他又把苏东坡楷书《醉翁亭记》《宸奎阁碑》，行书《前赤壁赋卷》《黄州寒食诗帖》，草书《梅花诗帖》一并交给了孙晦明，然后又躺下来，断断续续地说："我一生不得志，中了秀才以后再也没有中举，承蒙洪家、程家、孙家等大户人家看得起我，让我一生衣食无忧。他们也知道我饱读诗书，追随朱子，热爱朱子。我一生为人谨慎，没有做什么了不起的事，但保护梅溪的朱子像做到了鞠躬尽瘁，用命相护。朱子像我已交给了洪朝奉他们，让他们放进你家百窗楼保存，以传后人。这几本字帖一直珍藏在我身边，你拿去可以临临帖，苏东坡堪称文人的泰山，你临他的帖保你渐入佳境，咳、咳……"

洪石农和孙晦明走出堂屋，方春梅早站在院中等待他们。老太太又迈着小脚碎步在前面引路，嘴里尽是千恩万谢的言语。她推开了院子的木板门，把他们送到了门口，一阵冷风，梨花又纷纷扬扬地飘落。当洪石农他们回头道谢时，老太太眼里不停地滚出泪珠，头巾上飘着零落的白梨花。

第五十七章

百窗楼经过多年风雨侵蚀，变得苍老了，门楼顶上的黛瓦长满了苔草、芦苇，还长了一棵不知叫什么名字的小树，碧碧绿绿的，生机盎然。孙晦明每次出门总会抬头看看，静静地望着墙头上那棵顽强生长着的小树，自言自语道："命运如此，也要吐着绿。"

孙晦明心里明白，天天守着百窗楼是生不出银子来的。他想，自己能够赚钱的手艺，就是手中那支画笔。他曾拜邻村蔡坞画师王村鸥等老先生为师，许多年努力，自己画出来的人物、花鸟鱼虫等都很传神。

孙晦明七岁失父，与母亲相依为命，八岁时，他舅舅把他带回蔡坞外婆家，寄放蒙童馆读书，隔壁就有一个桃花坞画店，店主王村鸥就是一个名画家，耳濡目染之下，他对书画篆刻有了兴趣，舅舅深知他天资聪颖，便让他拜王村鸥为师学画画。十三岁那年，他过继给了孙吟可老爷当继子，舅舅又带他到杭州当学徒，孙晦明一心想着科举入仕，一边当学徒，一边苦读诗书。清光绪三十一年（1905）朝廷废除科举制，这对十七岁的孙晦明来说，无疑是沉重的打击。这期间，他又结识擅长画美女的西乡人郑曼陀先生和在洪朝奉家茶庄当管家的林琴坤胞兄林琴南先生，林琴南擅长文学和画画，让孙晦明一下子开了眼界，画艺大增。孙晦明仕途无望，只有返回梅溪，坚守着他家的百窗楼。

他成了百窗楼的继承者，也就成了孙家的少东家，他自号为"梅溪哭哭生"，一哭父亲孙吟可的冤假错案。又见南街上，商贾大户人家金山银山，妻妾成群，而他却是家徒四壁，孤身一人，故又多了一个哭，所以称"哭哭生"，他喜欢在作画时把这个哭哭生题写在画中。

他平日在百窗楼中最喜欢画竹、画鱼，他画的竹子，刚刚裱好挂上墙，窗外的小鸟雀就会叽叽喳喳地误飞进家，想在画林中小憩；他画的鱼活蹦乱跳，无论巨幅中堂，还是小立轴，一挂上墙，猫儿就跳进花窗，先对着画中的鱼注视、蹲守、扑抓，直到把画弄破为止。

梅溪人自古就有喜欢挂画的习俗，无论是平头百姓，还是儒商巨富，都会买上一二幅挂在家中装扮门面，甚至还说："家中无字画，便是俗人家。"前些年战争后，梅溪人再也没有当年买"元四家""扬州八怪"画那样的豪气了，但买起地方小名家的画依然成风，这样的画价格便宜，又让梅溪人觉得自己有面子。

每当一些富商子弟，跑到百窗楼买画时，孙晦明心里就特别高兴，交画时，却扳着脸说道："你们都是有钱人，赚了不少钱，该多闻闻这些竹子的清气。"说着，就把一大捆竹子画递过去，然后就急匆匆地清点着银两或一串串的铜钱，嘴里不停地说道："你们不会少付钱吧。"

"我家只定了五张画，你怎么给了我十张？"赖狗不解地问道，他望了望这些画，明显感觉这些画的尺寸也比预定的要大得多。

"你家费隐堂前的正厅板壁上要挂一张，左右侧壁也要挂四张，书房、花厅、楼道上也应该挂画，而且画幅大更能显得你家风雅有文化啊！"孙晦明笑眯眯地说道。

"可我带的钱不够啊？"赖狗笑着说道，心想，你再也不好意思把画多卖一些给我。自从他父亲程熹礼死后，他就把手中的钱守得紧紧的，再也不敢大手大脚。

"不要紧，你家有钱，我放心，下次再送来！"孙晦明悠悠地答道，心里想，这点小钱还不是程家的九牛一毛而已。

那些耕田种地、赶毛驴赶马、砍树卖木、撑船运货的平头百姓，还有轿夫媒婆占卜打短工的穷人们来买画时，他就喜欢当他们的面画鱼，认认真真地勾画赋色点睛一番。

"这鱼活了，可花去我不少本钱啊！这墨是胡开文墨，墨色好，但价格贵；这颜色鲜艳，可矿物质的颜料价格不菲啊；这张宣纸上的鱼特鲜活，可澄心堂纸的价格好贵啊……"他边画边自言自语着，又看了身边人一眼。

买画人心里明白，立即从衣兜里掏出碎银或几串铜钱交给他，他立即把一张鲜活灵动的鱼图交给他，笑吟吟地说："你家穷，我只收了一个成本费，你把画挂上墙就可以天天开荤，家里的饿猫也可以一饱眼福。"

"你放心，我知道你对我好，秋收时，我会挑一担毛笋头来谢你。"那人说着，又赶紧折起那张画，塞进怀里，笑眯眯地走了。

洪朝奉见南街上的人都喜欢孙晦明的画，甚至有的人还以拥有他的画为荣，这勾起了他的兴趣。他让伙计去要几幅四尺整张的花鸟画，准备挂在一壶春茶庄。也不知是洪朝奉忘了，还是他觉得这画不值钱，画已拿去许多天了，就是迟迟没给钱。

半个月过去了，洪朝奉还没有来付钱。孙晦明提着一个布袋，匆匆地走进一壶春茶庄，众人都在忙碌着，也没有人搭理他，那个取画的伙计这天也出门去了。他从一楼走到二楼，又从二楼退到一楼，孙晦明看不到他画的那四张大画。柜台前站着一个屁股正对着他的老头，他上前拍了一下那人的肩膀，老头回头一看，便问道："你要喝茶？""不是，我是来看我画的那几张画。""什么画？没有听说过呀。"那老头说完又忙去了。孙晦明追上去问道："你家老爷的画，平日里在哪里装裱？""南街孝友堂吧。"老头子十分不耐烦，说完赶紧上二楼去。

孙晦明跑到孝友堂，见那四张画还在装裱中，便骗店主说，他这四张画，画得不好，这样对不起洪家的恩情。说完又从一个布袋里拿出四张画，交给了店主。店主平日里和孙晦明友好，这又是成人之美的举动，乐哈哈地替洪朝奉收下了四张花鸟画，原来的那四张画便让孙晦明带走。

四张画挂上了一壶春茶庄的墙壁，洪朝奉一直忙着，画也没有时间看过一眼。几位表演茶艺的姨娘们都看了好几次，可怎么看，都觉得不好不美，更可笑的是，画中所有鸟雀全都低着头，而且每一张画的落款都是"梅溪哭哭生"，一点喜气都没有。

"你给人家画的鸟，都是抬起头，在鸣叫，而一壶春茶庄里画的鸟，怎么都是低着头，默默无语的模样。"赖狗悄悄地问孙晦明，这天，他请商户在茶庄里喝茶，发现了这个秘密。

"鸟叫代表鸟价，人家是付钱买的；鸟低着头，无语，因为人家没有付钱，小鸟的心情也就好不起来。"孙晦明苦笑地解释道。

此时皇帝没有了，但我们祖先的事业，都是在皇帝时代发达起来的，我们的先人也都是各朝代帝王的臣民。我们不能忘本，要把我们的祖先画成像，挂在家中的上位头，让子子孙孙祭拜追思。梅溪人自从天下没有了皇帝，一个个都产生了这个强烈的愿望。

梅溪各姓氏的祠堂本来就有许多，还有一些支祠，孙晦明的生意一下子兴旺起来。但各家的要求却是五花八门，黄家喜欢"红顶子"，祖宗像要显官之威仪。程家喜欢牌坊，祖宗像要有朱子之遗风。孙家也是开当铺的大户人家，衣服款式特别讲究，胸前要画一二个金光闪闪的大金元宝，要画出财神赵公明的遗韵。洪家特崇拜陶朱公，陶朱公就是那个范蠡，带着美人西施躲进太湖闷着发财的财神，所以，财神要画出丰姿怡态，仙风道骨。

这些都很好办，孙家祖宗就画孙吟可的脸，洪家祖宗画洪朝奉的脸，程家祖宗画程熹礼的脸，方家祖宗画方阶云的脸，李家祖宗画李玉晶的脸……这些都是各姓氏的权威人物，众人一看画像的初稿，都异口同声地说："像极了，神！"

"我们的祖先虽然都是商人，但很有文化，是儒商！"众人又异口同声地说道。

"这些我明白，你们指的是画中人的气质！"孙晦明边说，边掏出一张润格表。有人拿到手里一看，只见纸上写着各级别人物的价格：

状元，纹银二十两

榜眼，纹银十五两

探花，纹银十两

进士，纹银八两

贡士，纹银六两

举人，纹银五两

秀才，纹银三两

孙晦明见众人不解，便解释道："要画什么级别的文人气质，就有什么样的价格。"

"那就付纹银二十两吧，我家没有做过状元郎，也要过把瘾吧！现在是民国了，这样做也不犯法，我们的祖先本来就有文化啊！"洪石农爽快地点了一个状元郎。众人连连说道："值得，值得！"

各家的画像画完了，全梅溪人都说好。接着，又有许多人跑来，说是书房、书院、藏书阁里也要挂画像。这次大多数的人都要求画出孔子、朱熹、戴震、王阳明等圣人。

孙晦明听了众人的话，觉得可气又可笑，你们这些凡夫俗子，也敢和这些圣人比肩，有一丝可比性吗？真是山老鼠见老虎，以为只是一只大猫，反正你们有钱，不赚白不赚，孙晦明想到这里，干脆又开出一个价格表：

> 孔夫子，纹银十两
> 朱熹，纹银二十两
> 戴震，纹银十两
> 王阳明，纹银五十六两

孙晦明特别有生意头脑，要求画王阳明像的人，都是一些有钱的商人，干脆赚他们一大把。画孔子像的人，大都是一些穷酸书生，也拿不出太多的银子。

百窗楼前，地上的绣球花开得异常热闹，或红或白的花瓣，层层叠叠地相挨在一起，簇拥着花蕊，像一只只硕大的灯笼，映衬着前来画像女人的笑脸。

孙晦明画画的名气越来越大，生意也越来越红火，梅溪许多小姐、太太，甚至俊寡妇也跑来请他画像。女人的画像，当然越美越好。脸蛋是她们自己的，千姿百态要靠孙晦明笔下生春了，西施采莲，昭君盼临幸，貂蝉拜月，贵妃出浴都是孙晦明笔下的好素材。画贵妃出浴题材，大都是那些早已为人妇的太太和俏寡妇们。这张画开脸难度大，而且要画全脸，衣裙上用的颜料也多，所以收的钱要贵一些。脸蛋不漂亮的女人，总喜欢貂蝉拜月图，价格最低，美人低头拜月，不用开脸，衣裙也被朦胧的月光所掩，只用米南宫之笔法，淡淡一扫即可。

"这些女人一个个都成了倾国倾城的美娇娘，可那眼神都好像是俏寡妇程兰花的骚眼。"有一些人在疑问着。程兰花就是那个早已死去的孙冠儒未过门的妻子，也算是孙晦明的寡嫂。如今，她和生母在南街上开了一家豆腐店，她家的豆腐店生意很好，她的脸蛋美，腰姿软，撒帐歌也唱得动人心弦。又有人说，她现在和洪朝奉的儿子洪石农在一起鬼混。街上人的解读，孙晦明也听到了许多，心里酸酸的，但也只有笑笑而已。

梅溪的城隍庙就在村口不远处的山坡上，战争时，梅溪人祭拜各路神仙的庙宇几乎全被烧毁，唯独这庙还完整无损。这庙原来是供城隍菩萨，后来又变成了道观，这观里有一个道士，后来参加了叛军，成了叛军的幕僚，叛军攻进梅溪和撒军都没有烧了这个庙。这次，梅溪各族又集资修复了城隍庙，立起了城隍菩萨，菩萨像四周的白墙就交给孙晦明画壁画，画神、画仙、画鬼由孙晦明决定，只要画像画得让人肃然起敬，或瑟瑟发抖就行。

孙晦明先在白墙上画了一些园林楼阁，再穿插各种稀奇古怪的鬼，钟馗、土地公也在其中。园林里有一男鬼与众女鬼在嬉戏，还有许多鬼祟来来往往，神情变幻，景物凄凉。一些人见到这些壁画，顿时瑟瑟发抖，幸好，见到钟馗、土地公也在里面，心里的紧张感消除了不少，但总觉得那些鬼好面熟。

"你这鬼画里，到底是画人，还是画鬼？我们怎么这么面熟呢！特别是那二个恶鬼，怎么看，都有一点像卖棺材的烂肚宝和倒霉的孙探花。"有人好奇地问道。

"难道你见过鬼？"孙晦明笑哈哈地反问一句，心里暗暗责骂这个人在明知故问。

"你画的那个老色鬼，怎么死了还在泡女鬼、戏女鬼……还有那么多小鬼，躲在假山后偷听老色鬼说鬼话骗女鬼。"又有人指着画问道。

"阴间和阳间也是一样的，不要问了，他们的事，由钟馗、土地公去管！"孙晦明刚说完这话，又见程麻仁、孙道德他们涌进庙门，也来观看他的鬼画，自己赶紧闭嘴干活去。

第五十八章

孙晦明赚了钱，就把三层的百窗楼全部翻新修理，瓦匠们站在高高的楼顶上"拾漏"，一把把苔草、苇草从楼顶抛下。一片片碎瓦装进了箩筐，然后用绳子从高空中缓缓地吊下来。"你们要把楼顶清理干净，否则，到了梅雨季节，雨水就会流进百窗楼。"孙晦明站在楼前那片空旷的草地上，大声喊着。接着，他又叫道："门楼上那些杂草要清除干净，但檐角上那棵小树千万不要碰到。"

"小树长大会让墙体开裂，还是拔掉好。"一个砖瓦匠在房顶上大声地喊道。

"你们干事尽量精细一些，我会多付一点工钱，但那棵小树一定要帮我保护好。"孙晦明又高声地喊道，他还在担心砖瓦匠会把那棵小树弄死。

"这个孙晦明有些莫名其妙。"楼上的瓦匠叽里咕噜着，便小心翼翼地铲去小树周围的杂草。

几天后，百窗楼显得格外窗明几净，书香弥漫整个百窗楼，一扇扇花窗外的白云不停地流动着，从花窗吹过的风也是暖暖的，总是那么和煦。孙晦明独自站在花窗前，眼睛呆呆地望着窗外悠悠的白云，不停地叹着气。

"你叹什么气？把百窗楼修理得这么好，南街上的人都在夸着你呢，我父亲还叫我见贤思齐。"洪石农大声地说着话，把孙晦明吓了一跳，孙晦明不知道这家伙何时进来了。

"唉……你们大户人家快活似神仙呀，妻妾成群，还在吃着碗里，望着锅里，据说你现在天天也在泡程兰花吧。哪像我，站起来一竖，躺下去一横，光棍一条呀。"孙晦明苦笑一声说道。

"你现在有钱，又不是养不活女人，娶一房呀。"洪石农笑哈哈地说道。

"你不知道，我过继给孙吟可老爷之前，本来就有一个有婚约的未婚妻。她家开了一个弹棉花的小店，专门替人家制棉絮，也算是温饱不愁的人家。后来，我家败落，女方父母强迫我家解除婚约，这事我也就算了。哪知，前几天听说，他父亲竟然把女儿卖了，要嫁一个七十多岁的老财主为妾，明天就是出嫁的日子，你说，我心里怎么不难受。"孙晦明说着说着，眼泪都流下来。

孙晦明想起了当年他父母还在世时，父亲本是一壶春茶庄的水客，平时提着麻布袋上门收散茶，梅溪几乎家家户户的山地都种有茶树，即使有的人家山地少得可怜，但屋前屋后的石磅上也有几棵绿意葱浓的茶树，哪怕几斤或者十几斤，也是可以换成银子的，谁都会摘下茶叶炒成香喷喷的绿茶，这些散户都是靠水客上门收购，虽然干得很辛苦，但收入还不错。母亲一年到头在家里做针线活，替梅溪那些大户人家缝缝补补，也有一些收入，家里还算殷实。孙晦明还是几岁时，家里就替她订了一门亲事。

他曾随父亲到过邻村蔡坞未婚妻家，到了他家门口，就听到了"嗑嘟嗑嘟"响个不停。一进铺门，一个头上扎有两条辫子的小姑娘正坐在一架脚踏弹棉机上，脚不停地踏着机架，一双小手不停地拉着缓缓吐出的白棉花，这小姑娘就是未婚妻。她把未来的公公和丈夫当作一般上门订购棉絮的客户，只抬起来朝他俩微笑了一下，又低头忙她的活。

孙晦明跟着父亲走进了店铺的后院，耳朵里充满了一阵阵"铿—铿—笃笃铿"的声音，那是男人手中木锤敲击弹棉花弦发出的声响。正在弹棉花的男人头发白的，眉毛白的，像是一个站在大雪纷飞里又不停摇动的稻草人。他身上背着一个大木弓，右手执锤，木锤不停地敲击弓弦便又发出了"锵锵"的声响。

那男人的老婆在旁边的棉花絮上加网线，她个子不高，但长得很窈窕，身材婀娜，面如桃花。她的纤纤玉手忽高忽低，忽张忽合，丹凤眼左右顾盼，眼到线合，甚是美妙，不一会儿，一个红红的双囍字便浮现在白白的棉花絮上了。

他们见亲家来了，那女人赶紧拍拍身上的棉花飞絮，说是端茶去了。男人一只手还在不停地敲击弦，声音明显轻多了，嘴里却大声说道："我们手艺人，一天不干活就没有饭吃，不像你们梅溪那些大户人家，家里的雪花银比我这里的棉花堆得还高呢，我们是没有这般福气。"

孙晦明的父亲站在一旁酸酸的苦笑着，嘴不停地应道："是呀，你说的话句句在理。"

铿铿……笃笃铿……声音一直响个不停，那男人自顾自地忙着手中的活。

......

　　"你在痴想什么呢？流泪有什么用？赶紧想办法去把老婆抢回来呀。"洪石农大声地叫道，把孙晦明从回忆中拉了回来。

　　"抢老婆？"孙晦明恍恍惚惚地问道，他似乎刚从梦中醒来。

　　"你连人家的墨庄都敢烧，胆量也够大的，抢老婆又不伤人命，再说，你们本来就有婚约的，有什么好怕！"洪石农怂恿起来特别有一套，而且感到很刺激。

　　孙晦明和洪石农一大早就离开了百窗楼，走了几里路，奔向蔡坞。孙晦明心中一直忿忿不平，准备装疯卖傻，戏弄一番，也算是出口恶气。

　　新娘子头盖红绸巾，在媒婆的撑护下，莲步款款地向花轿走去。孙晦明见此，心如刀割。洪石农见新娘子似仙女下凡，嘴也不停啧啧着。

　　新娘子摇着婀娜的腰姿，抬起红绣鞋，马上就要迈进花轿。孙晦明挤出人群，向花轿冲去，猛然掀开新娘子的红盖头，大声地说道："小娘子嫌贫爱富，要去给老牛送嫩草了……"孙晦明满嘴怨气。接着他又说道："小娘子，你今天嘴上的胭脂真艳真厚，我穷得没有饭吃，好饿啊！"

　　他边说，边抱着新娘子，嘴便凑上去，叭嗒叭嗒地吃起胭脂。

　　"这小娘子细皮嫩肉里的香汗，真的好香啊！一定是一个旺夫的主！"孙晦明好像进了无人之境，尽情地享用。

　　轿前的人群都成了一群呆头鹅，一个个伸起脖子，暴起大小不一的眼珠，贪婪地看着，鸦雀无声。

片刻，花轿的周围又沸腾起来，拳头、唾沫如雨点一般飞向孙晦明和那娇艳的新娘子。

"这是谁家的少爷，真无耻！"男人们咬牙切齿，又有几分陶醉。

"这个女人也贱！"女人们愤愤不平，也夹杂着嫉妒。

好事不出门，丑事传千里，老财主接到送亲人的报告，摇摇头，连连说道："罢了，罢了……这样不贞的女子我也不要了。"孙晦明毕竟是洪朝奉他们替孙吟可过继的儿子，众人立即凑齐银子，赔偿那老财主一些银两，也算了事。事到如今，新娘子家人也无计可施，又见孙晦明好像有出息，也就勉强口头同意把女儿嫁给他。

新娘子父亲带着一班人来到了百窗楼，他从进梅溪那一刻起，总是板着脸，一丝笑容也没有，当他走进百窗楼的大门槛，他见楼里堆满了一层一层的书籍，不解地问道："你家的账簿如此之多耶？"

"这都是没有收回银子的记账簿啊。"孙晦明轻轻地说着，脸上露出一丝不易被察觉的苦笑。

那男人突然大笑起来，他一脸内疚地说道："我真是有眼无珠，放着有钱有势的金龟婿不要，偏偏把女儿推向一个土埋到脖子的老鬼做小妾，贤婿切莫记前嫌啊。"那男人在楼里爬上走下，望着那堆积如山的书山，心里感到无比地开心，他想呀，一本记账簿就算一两银子的欠账，这么多记账簿该有多少银两呀，全部收回来，恐怕我家的棉花铺也堆放不完啊。

那男人突然变得大方起来了，嫁女儿那天，摆在棉花铺内外的嫁妆，除了许多精美的徽州漆器以外，"喜被"的数量达到了梅溪所有人家结婚的空前场面，一百多床红红的绿绿的棉被被人抬着，浩浩荡荡地从南街走过，街上看热闹的人站在各家门口，喜孜孜地数着被子的数目。

　　"孙吟可家又开始兴旺了，这么多的被条恐怕几代人也盖不完呀。"站在百窗楼门前的女人们酸酸地说道。

　　"是呀！老泰山认为不这么做，就会被梅溪的人瞧不起，会说门不当户不对，他是保着自己的老脸啊。"孙晦明笑哈哈地答道。

　　"孙晦明，你的名字也可以动一下了，百窗楼里有一本书叫《金瓶梅》，专门写男人娇妻美妾的艳事，著书者叫什么南陵笑笑生，你就叫梅溪笑笑生吧。"有人打趣地说着。

　　"要不就改为梅溪哭笑生吧，喜得娇妻，可以去掉一个哭字了。"有人似乎对他的名字很在意。

　　"名字不能轻易改动，君不见，大风起兮云飞扬，世事如棋局局新。谁也不知道明天是哭，还是笑呢！"孙晦明得了便宜又卖乖，乐哈哈地说着笑着。他又抬头望了望门楼上那棵小树，总觉得小树是那么的绿，转过头来，轻轻地对刚过门的妻子说："门楼上那棵小树的叶子真绿，比梅溪洪家山场上的茶叶还绿呢……"

　　两人相视了一下，便咯咯地笑了起来。

第五十九章

月亮早已从驼峰的林间升起来了，今晚是"七月半"，也是梅溪人的鬼节，圆圆的月儿把百窗楼照得亮堂堂，孙晦明刚走出百窗楼的大门，便见母亲吴德懿独自在楼左前方的空旷地上忙碌着，还不时发出啼哭声。

百窗楼前那几棵罗汉松已经茂密成林了，吴德懿在每一棵树上挂着一个红灯笼，在林子中央还摆放着一张祭桌，桌上摆满茶懒、辣椒煎菜、绿豆德等祭品，桌子左右还有两个蜡烛台，插在上面的蜡烛正在燃烧，红红的火苗，在不停地晃动着。还有几双很精致的小脚鞋整齐地排列在桌面的前沿，每一双鞋上都绣有很好看的花朵，粉红的桃花、紫红的牡丹花、素白的梨花等，在烛光中开放，吐着花香。祭桌正对面不远处的一根树枝上，还挂有一张精裱的女人画，这是几年前母亲命他精心绘制的一张画。当时，吴德懿告诉孙晦明说，百窗楼版画中有许多美人像，你去挑一张有一位三寸金莲的女子在莲花台展姿起舞的画像，照葫芦画瓢就行。她还说，这个女人是南唐后主李煜的妃子，叫窅娘，是我们小脚女人的祖师。

"这是我出嫁前的牡丹鞋呀。"吴德懿摸着一双绣花鞋喃喃自语，想着在娘家，自己的一双小脚在庭院中忽进忽退，翩若惊鸿，惹得多少媒人争先恐后前来说亲，门槛都被踏破了。想到这里，她又咯咯地笑了起来。

"这是我嫁到孙家的桃花鞋呀。"她又摸着桌上另一双鞋自言自语着。脸越来越红了，她想到洞房花烛夜，孙吟可捧着她的两只小脚，不停地闻呀、吸呀、舔呀、咬呀、搔呀、捏呀、推呀……两人还没有上床睡下，孙吟可就大叫起来："驮牌，饿鬼见不得白乳猪，下身全湿了。"

"这是我守寡时的梨花鞋呀。"吴德懿说到这里，双眼流下了眼泪。淡淡的月色，淡淡的夜风，让这个平日里只有一张凶神恶煞的脸增添了几分柔情。孙晦明也是第一次看到母亲的温情模样。

"娘，你这是在干啥呀？"孙晦明轻轻地走到祭桌边，好奇地问道。

"你是讨了老婆忘了娘，我在祭拜我们小脚女人的祖师。"吴德懿细声细语地回道。

"这有什么好祭拜的？"孙晦明真的弄不明白，都什么年代了，娘还在痴迷着这些小脚女人的鞋。

女人裹小脚是几千年以来的礼教，怎么可以随意禁止呢，以前清朝皇帝，也说过禁止，后来不了了之；叛军攻下徽州时，也说过这类荒唐话；最近，闹革命的人更加混帐，竟然搜出许多女人的小鞋，堆成一座小山，浇上洋油放火烧掉，还说是废除礼教，你说气不气人。我今天就是想请我们的祖师赶紧下凡，管管这些人间不平事。吴德懿越说越气，双手抓住两只鞋，不停地在桌上拍打着。

"这又有什么不好的呢？女人不裹脚，以后出门轻松自由。"孙晦明也只有这样劝着娘，心里却越听越烦躁。

"儿子，你还是不懂事，女人不裹脚，一个个打开花窗，就会引来多少西门庆那样的二流子。她们一个个在街上乱跑，会惹来多少是非呀……再说，你娶来的媳妇，要不是一双小脚，会让你轻松抓着背走……"吴德懿数落着儿子，也是有条有理。

"没有了小脚，天下肯定是要乱，梅溪也要乱了。"吴德懿说完这句话，立即摆出平日的威严，再也不和孙晦明搭腔，从香筒里抽出六根木香棒，走到蜡烛台前，把香棒点燃，在祭桌前跪下，双手握着香棒，脸朝窅娘像，不停地叩着头，轻烟袅袅升起，渐渐地向那画像飞去。

昨天晚上，孙晦明在家和母亲争论了几个小时，感到十分疲惫。早上一起床，就想到去一趟白云寺，顺便拜访一下父亲生前好友张绍宋画师。

太阳早已从驼峰的山坳里露出脸，孙晦明觉得百窗楼门前处处耀明，空中、屋顶、地面，都是白亮亮的一片，似乎有一双手撩开了轻纱似的薄雾，黑黝黝的山脊晒得似乎要冒出油来。孙晦明过了风雨廊桥，兴匆匆地往白云寺方向而来。他听人说，曾经在百花窗画像的画师张绍宋就在驼峰山中的白云寺出家当僧人。他还听人说，张绍宋出家后，生活也一直极不平静。

那年，张绍宋刚到白云寺，见禅房的墙壁过于空白，就即兴画了一张巨幅墨竹图，一轮明月，几竿劲竹，月光如水一般静静地洒在竹叶上，清风明月，甚是美妙，画完画后随手题了一些字："一轮明月照清枝……"哪知却惹了祸。有一个老秀才上白云寺烧香求财神时，看到了这幅画，下山后直奔徽州府府衙控诉，说清朝的竹子竟然还要明朝的月亮来照耀，这不是反清复明的意思吗？还说张绍宋画的鱼也很怪哉，一条条鱼尽在急水中飞跃，有革命党跃跃欲试的征兆……县令越听越可怕，越想越有道理。于是，县令一声令下，张绍宋就锒铛入狱。

在狱中，张绍宋又犯起了与生俱来的古怪洁癖，狱卒送饭来了，他竟说："请把饭碗举得高一些，要与眉毛齐平，不然会把唾液喷到饭里。"狱卒大怒，干脆把他锁铐到那只装粪便的大木桶边，那碗饭干脆摆放到粪桶前面的地面上。幸好，他被冤枉关了二个月后，辛亥革命爆发，县令也不知跑到哪里去了，他才又回到了白云寺。

孙晦明气喘吁吁地爬完台阶，走进了张绍宋的禅房，室内干干净净，一尘不染，画桌上的笔、墨、纸、砚摆放得井井有条。据小和尚说，平日里窗外偶尔飘进一片落叶，张绍宋立即叫小和尚找出捡起，丢进火炉中烧掉。

窗外有几棵高大的紫薇树，张绍宋让小和尚每天挑一担水，早晚清洗紫薇树的树干两次。

张绍宋的怪癖让小和尚累死累活地忙碌着，张绍宋见到小和尚的脸色，心里也明白，他特意写了一首诗，让人裱好挂在小和尚的卧室，诗曰：

花果同株时有光，藤黄朱红次第匀。
晨扫不净莫烦恼，日日伴读是此君。

小和尚读诗后，也只有苦笑一声，还得天天扫地去。

张绍宋正在静静地画山水画，墙壁上也贴着几张完稿的山水图。他见故人的儿子来了，倒是很热情地让坐递茶，欢快地交谈着。孙晦明见那些山水画，青山峻岭，清溪碧波，就是见不到一个人影。

"大师，你画的山水画，怎么不见一个人呢？"孙晦明盯着一幅山水画好奇地问着。

"当今哪有什么人物啊！"张绍宋傲骄地答道，一双锋利眼神冷冷地看了一下孙晦明。

"孙晦明，你的画也画得很好，我就是看不到你画一幅兰花图，是不是因为程兰花是你的寡嫂，所以忌讳？"张绍宋突然冒出了这个问题，似乎也想出一个难题，为难一下眼前这位故交的儿子。

"倒不完全是因为这个，我画的兰花带有辣味，苦涩味浓烈，这种味道是对抗当今社会的，许多人不喜欢它，我为了生存，也只有不画它了。"孙晦明淡淡地说着，一脸苦笑。

"我偏偏喜欢梅溪山中兰花。"张绍宋轻声地说道，一脸笑容。

他们从书画又谈到了诗词，又谈到了以前替他父亲在百窗楼里作画的往事，不料孙晦明一声咳嗽，张绍宋开始坐立不安，心不在焉，再也无兴趣谈下去了。孙晦明刚走，张绍宋立刻让小和尚趴在地上细细搜寻孙晦明可能落下的痰迹。可怜的小和尚找了半天，也实在找不到一丝痰迹，只好故意地指着一片挂在夕阳下的紫薇叶嚷道："孙施主把痰吐在树叶上，我终于找到了。"张绍宋立刻闭上眼睛，蒙住鼻子，叫小和尚用剪刀剪掉那根小树枝，扔到白云寺前不远处的荒坡上。

后来，孙晦明也知道了这件事，弄得哭笑不得，摇摇头说："这个人真是有病，不可理喻！我父亲当年还喜欢这号人，而且还当作一个宝贝，真是不可思议。"

"什么不可思议？他就是一张气死人也不怕抵命的嘴脸。"司马正听了孙晦明的诉说，一脸憋屈，颇有微词。

司马正说自己有一次闲着无聊讨气受的往事。他那天冒着寒冷去白云寺找张绍宋谈古论今，中午张绍宋请司马正烤火饮酒，渐渐地张绍宋便歪头入梦了。司马正却酒兴正酣，望着窗外驼峰上的残雪，摇头晃腰地唱着古人的词：

> 帘外雪初飘，翠幌香凝火未消。
>
> 独坐夜寒人欲倦，迢迢，梦断更残倍寂寥。

张绍宋听到这声音，心里开始烦躁起来，双眼未睁，双手一拢，嘴里吐出一句话："阿弥陀佛，善哉，善哉！"司马正听到此言，心中大为不快，气呼呼地喊道："你不过是一个能画几笔画的穷和尚，凭什么在大名鼎鼎的司马正面前尽说些酸溜溜的套话酸话。"

张绍宋依然双眼未开，嘴里却慢慢悠悠地回敬道："井底之蛙，还好意思吹自己大名鼎鼎，我看你还不如我这位身披袈裟云游江南的老和尚呢！"

"大白天说梦话！"司马正很不服气地嚷道。接着，他站了起来，走到窗前，脸朝梅溪，自豪地说道："我司马正家世代读书经商，当年我祖上还和绩溪胡雪岩一起替左宗棠大人筹军饷备军粮，生意做得可大呢。而且家中男人个个都有一顶官帽子，走进店堂便是商，迈进衙门又是官，真的很威武。"

张绍宋双眼这时才露出一条缝，笑呵呵道："如你不信，我们俩人出白云寺一道去南街走走，一见分晓。如何？"

"走就走！"司马正趁着酒兴跟着张绍宋出了寺庙大门，沿着时白时黑的山道，向梅溪方向走去。

他俩刚刚走到了风雨廊桥，桥下的水埠上挤满了许多洗衣洗菜的妇女，叽叽喳喳，热闹非凡。婆娘们望见桥上的男人，立即互相挤眉弄眼，眼睛都盯着他们，还有一个女人说："这么冷的天，和尚还出门化缘，真是一个圣僧呀。"说完又低头干活了。洪家那座"清白流芳"的贞节牌坊下，许多小孩正在玩耍，他们见和尚来了，便全部坐在地上学着和尚打坐念经，嘴里不停地喊着："阿弥陀佛，善哉，善哉！"司马正这天还特意戴着一顶官帽，一直跟在张绍宋的屁股后，半天了，就是没有一个人招呼他。

南街上人来人往，熙熙攘攘，当他们走到铜匠铺时，店里墙壁上挂满大大小小的铜器，正叮叮当当地响着，店主见到张绍宋，满脸笑容地说道："出家人真辛苦，这么冷的天还出门化缘，敬佩敬佩。"他边说边打开身后的一个柜子，手伸进去掏出一把铜钱递给张绍宋，嘴里也说了一句："阿弥陀佛，善哉，善哉。"他们刚转身出门，身后的店主就对伙计们大声说道："你们千万不要学老和尚身后那个老头，人家和尚忙着化缘修庙，他只知游手好闲，头上还戴着一个买来的官帽，真把自己当作一个官了，不知羞耻。"顿时，店堂内一片哄笑，气得司马正七窍冒烟，身子摇摇晃晃，张绍宋只好把他扶走。

他俩又回到白云寺，坐在火炉旁边聊天边吃酒，司马正仍然闷闷不乐："我家虽然没有洪朝奉家显赫，他家毕竟有用白盐做白塔的气势，但我家也替朝廷做了不少事，也够威风的了。我真有点想不通，你一个普普通通的老僧人，倒成了妇孺皆知，人人尊重的人物。"张绍宋见司马正还是那副嘴脸，毫不留情地说了一通话："你司马正家的男人，既是商人，又是一个官，见到朝廷的人要摆出无比崇敬的模样；见到同僚，又要装出德高望重的样子；见到平头百姓，又要表现出威风无比的气势。再说你们穿衣服吧，穿起读书人的衣服，表露你们熟读诗书，肚子里有货；穿着鲜艳华贵的衣服，显摆你们家财源滚滚；偶尔又穿上官服，让世人知道你们深受着浩荡的皇恩。而老和尚呢，确实很平凡，朝朝暮暮，一身破袈裟，来往风雨中，鸡声茅店月，人迹板桥霜，见到人，嘴里都要说句阿弥陀佛，善哉，善哉，在任何人面前总是一样的嘴脸，天下谁人不念叨着我这个老和尚呢？"

孙晦明听完司马正的话，便哈哈大笑起来，心中的憋屈灰飞烟灭，学着张绍宋的模样，双手紧合不停地拜着，嘴也不停地喃喃道："阿弥陀佛，善哉，善哉。"

第六十章

梅溪一到秋天，仿佛一夜之间来临，漫卷尘埃，飞扬阡陌，席卷整个梅溪，环村就是一个万山红遍的世界，一棵棵巨大的枫树，树顶上的叶子先变红，再是整个树冠，最后连树腰上那些零零落落的细瘦枝叶，也渐渐变红。

嘭叭、嘭叭……南街东边的枫树林响起了一阵炮竹声。大清早，声音特别的清脆和震耳，打破了梅溪的宁静。枫树叶在冷瑟瑟的秋风中不停地坠落，沙沙声也显得十分悦耳动听。

"刚才是谁家在放炮竹？大清早就这么烦，今天好像不是什么时节吧。"洪朝奉穿好衣服走出卧室，踱步进了大厅，嘴里叽里咕噜着。林琴坤正在客厅里冲洗着一把茶壶，赶紧回了一句："老爷，我听说歪嘴青他们正在建一座公祠。"

"他们建祠堂，谁有这么多银两？我也不是不关心这些小姓小户人家，梅溪每年接回了那么多的灵牌，都把几个庙堆满了吧。"洪朝奉一说这事，心中陡然有压力。

"梅溪都轰动了，歪嘴青的儿子冯小丰回来，还带了不少钱。他现在可是北洋军阀冯大督军手下的一个小头目，好

518 ……花窗

威风呢。"林琴坤轻轻地说着，心里想，寒门出贵子，莫过如此。

"冯小丰，那个嘴巴歪不拉叽的臭小子？老猫病了，老鼠也成精。"洪朝奉大声地说道，似乎有点不相信林琴坤说的话。洪朝奉心里清楚，管家夸起人家的儿子特别来劲，他对洪家两位少爷却颇有微词，只是不说而已。

洪朝奉脑海里一下子出现了冯小丰清晰的样子。歪嘴青是梅溪的一个佃户，几十年过去了，总好像没有吃过一餐饱饭，瘦得像一个苍老的老漆木，只有他走到人的身旁，开口讲话，头也动起来，嘴巴向左边翘起来，人们才知道歪嘴青是一个活人。可他的儿子，却长得异常高大壮实，膘肥体壮。人们都说，这是水和草形成的混合体，因为他家穷，没有大鱼大肉的日子，竟能长出这般模样，和猪牛的肥壮是一个道理。当然，这种话，也只有在背后说说而已。冯小丰的嘴巴是向右歪，梅溪人又说，他的嘴巴在义田中拱山芋白菜的时间太久，用力过猛，才形成这个怪模样。也有这样的话，他娘是歪嘴青从风雨廊桥买来的外乡落难女人，可能是遗腹子，说不定，他的亲生父亲就是叛军中的威武大将军呢。

平日里，冯小丰也能识一些字，看了几遍《水浒传》，就崇拜起书中的梁山好汉，今天学武松，明天学鲁智深。梅溪山中没有老虎，他也成不了打虎英雄，南街上也没有他可以揍的屠户，卖肉的店主膘肥体胖，杀猪凶狠，但他一见顾客就笑眯眯，一脸和蔼。他整天游手好闲，把南街弄得乌烟瘴气。后来，有一支军队路过梅溪，听说他被抓走当了挑夫，也有的人说，是他自己投军去的，从此他从梅溪消失。

"他这次回梅溪，可真威风呢。"林琴坤说着这话，还带有几分羡慕的神情，那情态让洪朝奉感到不舒服，似乎在暗喻洪家子孙的不肖。

冯小丰回梅溪那天，引起了梅溪不小的轰动。他身穿毕挺的呢子大衣，手持佩剑，歪嘴上还留着八字胡，头上的高帽有两个鸡蛋大小的圆珠在不停地抖动着，梅溪人都认为，这气派比清朝的大官查正庸、王侍郎他们路过南街时还威风。

跟随他一起回梅溪的姨太太也很时髦，身上有三层粉红色的大袄、中袄、小袄，紧窄合身的小袄，一会儿桃红色，一会儿水红色，娇媚极了。有些时候，姨太太身穿一件云肩背心，黑缎宽镶，头上盘着一个大云头，白嫩的手臂也露在外面，好标致的。灶肚宝每次在南街上说起这个女人，斜眼就色迷迷，臭嘴还不停地流着口水。

"他们要建一个什么祠堂呢？"洪朝奉轻轻地问道，心里想，这些人目无长辈，白眼狼的货，竟然不上门和他商量商量。

"一时宗祠。"林琴坤正容亢色地答道。

"怎么取这个怪名字，一点都不慎重严肃。"洪朝奉轻蔑地说道，觉得这个名字没有文化味，倒充满浓浓的草根气。

"老爷说的不在理，这个'一时'两字很有文化，取孟子：'此一时，彼一时也。'他们说风水轮流转，现在还是小姓，若干年后就是梅溪的望族呢。"林琴坤很有意味地说着，他越说越让洪朝奉难以琢磨。

"哦，口气倒不小，但愿如此，他们也该建一个公祠，灵牌在城隍庙、华佗庙里摆放太久，应该早日归位！"洪朝奉停顿了一下，便心平气和地说道，脸上也露出一丝笑容。

一时祠堂破土动工这天，梅溪出现了空前的轰动和热闹场面。朝阳刚刚还像一盏扁圆的宫灯冉冉升到驼峰顶上，霎时，便成了滚圆的火轮，高高被雾船驮起，喷射出万道金光，给梅溪水口林罩上了一层灿烂的霞辉。树林下聚集了许许多多形形色色的人，这些人大都是梅溪那些独门独户人家，姓氏也很孤僻，字也生冷，如虞万支柯、昝管卢莫、经房裘缪、干解应宗等等。现在这些人家能在梅溪合建一座公祠，个个人都兴高采烈，心里想着他们祖宗的灵牌在梅溪也可以占一席之地了。

一阵冷风悄然而至，一片片枫叶便悠然地飘下来，地上的红叶越积越厚，人在叶上踏，尽是咯吱咯吱的声响。南街上铜匠、铁匠、锡匠、车匠、箍桶匠等等，都在捐赠他们认为打造得最好的各类器具，铜壶、铁盒、锡罐、单轮车、双轮车、水桶、粪桶、木盆等等，堆积如山。

梅溪那些送不出什么物件的人，干脆在高大的枫树下摆出阵势，替建祠堂的工匠们当义工。

修伞的小贩，蹲在一棵树下，摆出椅凳，免费替过路人修伞三天，他原来也在扬州替洪文翰烧饭炒菜，回梅溪改修伞混碗饭吃。磨剪铲刀的小贩，一条长板凳摆在路口，替人磨刀修剪，嘴里还不停地低沉地喊着："磨剪子来——锢菜刀。"补锅的小贩，把补锅炉下的风箱抽得呼呼地响，嘴里不停地叫道："新锅没有旧锅光，扔了旧锅菜不香，快来补锅，不收钱。"

炸炒米的小贩，坐在小板凳上，一手摇着炒米的圆锅，一手拉着风箱，嘴里竟然唱着郑板桥家书中的句子："天寒冰冻时暮，穷亲愁友入门；递上炒米半瓶，最是暖老温贫。"这个小贩是一个落魄流浪而来的穷书生，改起古人的句子，还是得心应手。

剃头的小李子，一张白脸，没有一根胡须，光溜溜的脸蛋，年纪大概四十多岁。一个挂有洗脸毛巾的木架，紧靠在一棵树边，烧水的锅，热气直冒，他边替人修理毛发，边吹着牛："虽毫末技艺，乃顶上功夫。"毛发弄好后，他立即叫那做工的汉子坐好坐稳，就给捶背捏筋，随着各种节奏和清浊阴阳的响声，小李子的两只拳头在汉子肩背上哔哔叭叭地直捶，随后找准肩胛上的两根"懒筋"一阵拿捏，汉子被整得龇牙咧嘴，小李子却说："轻松吧，懒筋已经拨好了，赶紧去做祠堂，千万不要偷懒呀。"

最热闹的是在城隍庙前看西洋镜，那是有人特意从上海搬来的东西，免费供大家观看。一个有四条腿子宽高八尺的大箱子，正面有三个小孔，竖立在庙前的空旷地上，众人涌上前去，眼睛紧紧地贴着小孔，对着小孔的镜头往里边看。

"我看到了一个白色的塔，好像是洪朝奉父亲洪文翰替皇帝堆砌的盐塔，下面就是扬州瘦西湖上绿绿的柳条。"

"我看到一个怪物，好像是上次误入梅溪的'四不像'，那头、角、身、脚都是一模一样。"

"我也好像看到了京城的圆明园，就是那个被洋鬼子烧毁的大园林。"

"我看到了几只大的老鹰好像是正从驼峰上飞来。"

众人七嘴八舌，想象着镜里的东西，像什么就说什么。站在旁边的小贩，脸朝着大家，一面说说唱唱，一面拉扯提绳操纵换片，笑眯眯地说着："不要挤，一个一个地看，不收一文钱，你们看完后，在祠堂工地上一定要卖力啊。"众人似乎没有听到他讲的话，一个个盯着镜头里的景物，直喊过瘾。

几天下来，一时祠堂的基础早已平整叠砌好了，接下来就是起梁。梅溪人有句古语：建祠堂，选好梁。梅溪四周林木茂密，古树高耸入云，这次建祠堂，大家都十分支持，无论是大户人家，还是小家小户，都很乐意捐助。工匠们看中哪家山中的树，户主们都很爽快地献出，几天下来，祠堂的地基上就堆满了圆滚滚直挺挺的木梁。祠堂正中央那几根栋梁，冯小丰倒是费了不少心思，老工匠们说，栋梁的好坏，直接影响到这些杂姓子孙后代的运势，在山中选材时，就要细心观看这棵树的形态。树要长在阳山，寓示着紫气东来，树枝多子，易出贵子，树冠如伞，易出官娘，树立山正中，代代后人在朝中云云。

冯小丰脱掉军服，带领一班人走遍梅溪周边的山山水水，最后，终于在洪朝奉家的山场中找到这些栋梁。

"不收一文钱，你们需要的话，尽管砍吧。"洪朝奉十分爽快地说道，这公祠本来也是他多少年来一直想建造的，只是财力不足火候未到，如今出了一个冯小丰，正好帮他卸了担子。

祠堂上梁时，人山人海，冯小丰穿着军服，威风凛凛地站在一块高大的石条上，手捧着一把佩剑，头顶帽子上的两个小圆球在风中不停地摆动着，八字胡十分醒目，远远望去，他的嘴巴也不像先前那样歪了。

春嬉公主持上梁仪式，他喊一声，众人跟着喊，工匠们就把扎在木梁上的绳子拉一下，栋梁便升高一点。

"一敬酒，荣华富贵代代有。"春嬉公喊着，他手握酒杯，酒向栋梁洒去。

"二敬鸡，头戴金冠身着锦衣。"春嬉公叫着，他手捧着一只大公鸡，不停对着栋梁叩头。

"三敬槌，山珍海味不离嘴。"春嬉公双手捧着一只木槌，不停地唱着。

"四敬索，手捏金丝索一根，乌龙顶上盘三盘，左盘三盘生贵子，右盘三盘出皇娘。"春嬉公手拿一根绳，作盘扎栋梁之状，边盘边唱着。他一唱完，踏梁仪式正式开始。春嬉公选了八个人扮成"八仙"模样的人，按着先后秩序粉墨登场。春嬉公放开嗓子高声唱道：

> 脚踏梁头步步升，盘盘起，起盘盘。
> 左一盘，右一盘，盘上天。
> 紫气东来遇八仙。

修伞的扮汉钟离，手捏着鹅毛扇，左右扇着风，从栋梁下走过，喊了一声："上正梁。"接着，剃头的成了身背葫芦的铁拐李，手捧聚云筒炒米的扮张果老，握宝贝的屠户变成了吕洞宾，磨剪刀的手捧华云板扮曹国舅，佃户富贵吹玉笛扮韩湘子，佃户阔海手捧花篮扮蓝采和，冯小丰那个姨太太肩背笊篱扮荷仙姑，一个个栋梁下飘然而进，每一个神仙都喊了一句"上正梁。"梁升到了最高处，与其他木柱、横梁吻合起来了，顿时炮竹声声，乌牙牙的人群跪满一地，他们都在乞求神仙保佑，保佑他们的今生和来世。仪式一结束，众人所有眼光死死地盯住冯小丰的姨太太，似乎这是一个从天上彩霞中降落下的仙女。

"这个女人前凸后翘，讲话声音好听，扭起屁股来，骚死人了，人间尤物。"有一人用手抹了抹嘴上的口水，色眯眯地说着。

"还是这个新时代好，要是在大清，这个女人肯定被高官财主家关养着，我们根本就没有艳福看到她。"又有一个人痴痴地说着。那个姨太太一直跟在冯小丰身后，见梅溪人扮八仙，她感到特新鲜，想扮一下何仙姑过过瘾，哪知冯小丰不加思索地点头答应。

一时祠堂建好后，各姓氏的人都争着把各家的祖宗灵牌往祠堂里摆放，这些人似乎没有南街上那些大户人家那么讲究，不在乎什么礼仪，认为祖宗灵牌进祠堂，死人的灵魂安息，活人也对得起祖宗。

冯小丰又请来春嬉公看风水，春嬉公绕着祠堂走了一圈，先生手中的罗盘一下子在这里摆放一下，一下子又在那里摇晃一下，嘴里叽里咕噜，谁也不知他说了些什么话。他又在祠堂背后的一个池塘边站着，突然说了一句："穴坐火坑招泥水，金牛坐穴起紫藤。"

"先生，此话何意？"望着春嬉公，冯小丰认真地问道。

"这水塘不好，有冷水洗屁股之嫌，尤其这水流，是从左流到右，左水流到右，天天为钱愁。"春嬉公意味深长地说着。

"这还不容易，把这口水塘填了。"冯小丰毫不在乎地说道。

"没有这样轻松，这口塘是烂肚宝家的水塘。"歪嘴青提醒儿子说着。

灶肚宝一大早就把棺材店的门开得大大的，独自一人坐在店堂里，水烟筒咕噜咕噜响个不停，那只斜眼不用转，也可以看见街上来来往往的行人。

突然，不远处出现了他很熟悉的几个人，好像就是歪嘴青、旺财、阔海他们。他们刚到店门口，歪嘴青便客气地叫道："宝掌柜，生意很忙吧。"

"忙个屁，你睁大眼睛看看就知道。"烂肚宝冷冷地回了一句。

"你们今天要帮谁家来抬棺材？"烂肚宝斜眼又转了一下，冷冷地望着他们问道。

"宝掌柜，我们今天不是来抬棺材，而是代表一时公祠全体姓氏来找你帮忙。"歪嘴青讨好地说着，还走到他的身边，特意提起火炉上正冒气的水壶，替烂肚宝那只茶碗添加一点热水。

"找我帮忙？我一个卖棺材的，最多也就是便宜一点卖出，或者定做棺材取料时多加一些好的木头吧。"烂肚宝冷冷地说道，肚子里却骂道，你们这群贱胚，无事献殷勤，非奸即盗。

"你能否把那方池塘卖给我们，我们有用处。"歪嘴青忍了半天终于开口。

"你们要买那方池塘，有啥用处呀？"烂肚宝装得一脸茫然的样子，那只斜眼珠子好像坠入雾中，一闪一闪着。

"春嬉公讲那池塘破了一时公祠的风水，我们要买下来填平，再种一些花草，祠堂的风水就变好了。我们公祠虽然没有那些大户大姓人家祠堂气派，但也是全梅溪几百户杂姓人家的命根子呀，祠堂建好了，我们也能兴旺发达。我们本来都是一些破落户，幸好出了一个冯小丰，要不是他拿出大部分的银两，这祠堂的事，我们想都不敢想。"阔海稀里哗啦地说了一大通话，他认为烂肚宝也不是一个油盐不进的人。

"哦，歪嘴青家大发了吧，儿子跟着北洋军阀混，还当了官，这可是不得了的美事。那些军阀什么财都敢发，甚至连太后老佛爷的坟墓也敢挖，不发财才叫怪呢。"烂肚宝见这事有利可图，讲起话来兴趣倍增。他心里也很明白，那方水塘，养鱼鱼不大，种莲水太深，根本就没有什么大用。再说，歪嘴青儿子冯小丰那么有钱，漂亮的小妾都有好几个，此时不狠狠地敲一把，更待何时。烂肚宝的斜眼一转，很严肃地说道："你们想买我的水塘可以，但价格一定要到位，低了我是不会卖的，那也是我家的风水宝地呀。"

歪嘴青一听到风水宝地几个字，更是志在必得，他望着烂肚宝贪婪的脸，轻轻地问道："你就开个价？"

"价？我就不开价了，你歪嘴青家，如今也是一个暴发户，也不差钱吧。"烂肚宝肆意地鼓动歪嘴青好强的心理，故意吞吞吐吐地说着。

"你说个合理价。"歪嘴青耐心地问着，他心里着急，这个魔头又不知葫芦里卖什么药。

"我的价并不高，你们只要围着那方水塘四周铺放一圈银洋即可，但银洋要一个紧挨着一个，银洋数就是我的价。"烂肚宝的斜眼转了转，吐出的话毫无商量语气。接着，他又神秘兮兮地说道："不是我想你们的钱，乡里乡亲的做好事也是不容易的，上次大家求雨，我想都不想，就把一只养了三年的肥公猪捐了。问题是这个水塘里住了一个水鬼，他知道你们要填塘，就托梦给我，说是要一笔迁居费用，否则，让你们鸡犬不宁。"

"你说什么鬼话？那水鬼开价多少？"歪嘴青这一下急了，怒不可遏地喊道。

"水鬼说了，你们绕着水塘，把银洋铺一个圈，围住水塘就行了。"烂肚宝悠悠地说着。他见歪嘴青他们一言不发，又洋洋得意地说："不要想不开，冥界凡界一个样，有钱能使鬼推磨。"他再也不搭理他们，水烟筒又咕咕地响了起来。

歪嘴青他们气呼呼地走出棺材店，烂肚宝也跟着出了店门，大声地说道："如果不及时买，到时候水鬼可能又要再加铺一个圈的银洋。""真是瞎子见钱眼开。"歪嘴青转过头狠狠地骂了一句。"不是瞎子见钱眼开，而是斜眼见钱更斜。"阔海跟在歪嘴青身后，也悻悻地骂了一句。

第六十一章

　　一时祠堂里聚集了许多人，冯小丰在和众人商量着祠堂题匾的事情。他端坐在祠堂正中央那张太师椅上，一脸严肃地望着众人，双手握着撑在地面上的佩剑，长长的帽子上那两个鸡蛋大的圆球似乎停止了抖动。

　　"我们梅溪出了冯小丰大人，又出钱又出力，终于让我们这些小姓居民们的祖宗，有了一个完美的归宿，祠堂牌匾可不是一件小事，它代表着我们这些人的格局。名门大姓家祠堂都挂满了大大小小的牌匾，其实是在展示他们的实力。"老狗剩一改平日里的憨态，说得句句有理。

　　"难怪啊，他们那些牌匾都是请名人题写，而且官越大越威风，高高地挂在祠堂的上空。甚至皇帝替某家随手写的几个字，他们也会大张旗鼓地把字放大，再制成大大的牌匾很威严地挂在祠堂的中央。"佃户秤砣是一个矮胖男人，他似乎正在拉直自己的身高，双脚不停地向上拉，话也说得有模有样。

　　"是啊，我们这次绝不能让南街上的人看小我们，特别是那洪家、程家、孙家、江家、黄家等大户人家，我们祠堂牌匾也要做得气派。"修伞的那个小贩插了一句。

"可是找谁题字呢？他们的祠堂里都有皇帝的字，我们也无法超过这档次呀。"冯小丰坐在太师椅上，自言自语地说着。

"冯大人，听说你一直跟随的冯督军大人，如今成了……临时代总统了，总统……和……前清的皇帝该是……平起平坐的，一个级别，请……他……题字，就如同皇帝的圣旨。"那个瘦小的播放西洋镜的小贩，走到冯小丰面前，很认真地提议着。他是播放西洋镜的，此时有点像清朝大臣向皇帝上奏的模样，双脚有点抖动，讲出的话很吃力，每吐一句话，都要停顿一下。冯小丰渐渐有些开窍了，微微地点着头，帽上的两个圆球也开始大幅度地抖动起来了。

"这好办，我马上派人去求恩公的墨宝。"冯小丰很轻松地说着。

歪嘴青他们灰溜溜地踏进祠堂的门槛，人还没有走到正厅，头却摇得像一只拨浪鼓一样，阔海他们紧随其后，步伐一致，头也在不停地摇着。

"歪老，事情办得怎么样了？"老狗剩站在祠堂间门大声地问道，自从冯小丰当官了，他老子的地位明显提高，大家都称他歪老。

歪嘴青们在祠堂里气愤地数落着烂肚宝的贪婪和奸诈，众人七嘴八舌，叽里呱啦。冯小丰靠在太师椅上听着，也不答一句话，等到众人的声音渐渐地平静下来了，他才站了起来，懒洋洋地伸着腰，悠悠地说道："烂肚宝不就是多想点钱吗？给他吧，池塘关乎一时祠堂的风水，非买下来不可。"众人听了，吃了一惊，大眼瞪小眼，片刻，大家又感到特别的轻松，如释重负了。

"我不仅要把这池塘买下来，还要把祠堂边的一些田地也一并买下来，再建一座祠堂。"冯小丰微笑地望着大家，大声地说道。

"还要建一座祠堂？"歪嘴青听了儿子这句话，吃惊不小，迟疑一下，又问了一遍。

"那些大户人家一个个自称是礼教之家，其实虚伪透顶，男人死了，灵牌就进了祠堂，而女人死了就成了孤魂野鬼，这是什么礼教？我要在一时祠堂旁再建一座女人祠堂，女人死了，也要把灵牌放进祠堂。"冯小丰大声地说着，颇有大义凛然的气度。

临近中午了，一时祠堂顶上的太阳似一个红珊瑚球似的，在天空中滚动着，红球周围，霞光尽染无余，那轻舒漫卷的云朵，好似身穿红装的女人，正翩翩起舞。

"女人也建祠堂？冯大人是不是在说梦话。"老狗剩一只手不停地揉了揉眼睛，另一只手用劲地扭了一下大腿，呆乎乎地问道。

"我要在梅溪干一件开天辟地的事情，看谁再敢小看我们这些小姓小户人家。"冯小丰语定，让众人感到毫无悬念。接着，他拉了拉身上的披风，两手紧紧地握着手中佩剑，又大声说道："古时候那个揭竿而起的人不是说，王侯将相宁有种乎！这就是风水轮流转，爬岗斫柴的人也能当官，让那些自以为是的大户人家站在水口上喝着西北风，再去轻骨头吧。"顿时，哈哈的笑声从一片弥漫到了整个祠堂。

冯小丰要建女祠堂，众人都明白他的用意，他们知道，在冯小丰眼里，这个当佃户的父亲远远比不上他的母亲，他母亲当年是歪嘴青用了一两银子在风雨廊桥买来的官府低价处理的寡妇，但母亲吃苦耐劳，任劳任怨，进了冯家，很快生下了冯小丰，而且爱子如命，而不像他父亲，无才无能，只顾着自己的肚子，家里只要多余的几文钱，也会被他偷偷摸走，买一碗酒一喝，便睡倒在义田那片草地上，天当被，地当床，呼噜呼噜地睡觉，根本不顾老婆儿子的死活。

冯小丰长大了，变得人高马大，一身用不完的蛮劲。清朝灭亡了，经常有乱军攻打梅溪，或路过梅溪，他们都要抓一些男丁去当挑夫。一些男人正在地里干活，还来不及躲避就被抓走。

这个时候，许多老人妇女就赶紧会来敲歪嘴青家的木头门。只要门一敲，躲在家里面的歪嘴青就知道有人送稻谷来了。

"老歪，你儿子呢？我把稻谷先挑一担来，这是定金，余下的两担等事情办好就送来。"歪嘴青一开门就见一个挑着稻谷的老头站在门口，心里一阵窃喜，这个老头子又来请冯小丰去顶差。

冯小丰顶差也不是一两回，每次梅溪有男丁被抓走，他就有英雄有用武之地，他会自告奋勇地帮人家顶替。乱军抓住了男丁，就让他们当挑夫，挑锅挑粮挑兵器，有时还要抬着伤病员的担架，跟着散兵游勇仓皇逃跑。歪嘴青家收到稻谷后，冯小丰立即跑去追赶跑了不远的队伍。

"长官，那个挑夫是我的一个亲戚，身体有病，活不了多久，你看我这么强壮，挑起担子如飞马一样，就让我代替他吧，我会尽心尽力地效劳你们。"冯小丰嬉皮笑脸地说着。

"换上你更好，让那病鬼快走。"乱军中的头目，见到人高马大的冯小丰来顶替就感到十分满意。

每次，等那些队伍离开了徽州府地界，冯小丰都会奇迹般地消失，再过三五天，他又会昂首挺胸地走在南街上。大家越来越佩服冯小丰的勇敢，他的生意也越来越好，家中的稻谷也堆满谷仓。

冯小丰也有失算的时候，最后一次他顶替了司马正去一支军队里当挑夫，歪嘴青又收到了花嫂三担稻谷，可是几个月过去了，冯小丰再也没回梅溪。歪嘴青倒是无所谓，他家还有许多稻谷呢。可他的娘却急坏了，白天站在门口呆呆地等着，夜晚，独自站在阁楼上，推开槛阆望着黑魆魆的天空，不停地念叨着儿子，有星星的夜空，他娘又傻傻地望着星空，嘴里不停地念叨着："古人讲，天上一颗星，地下一个人，哪颗星是我儿子呢？他怎么还不飞回梅溪来呀。"

一年过去，他娘也不知多少次跑到梅溪水口的华佗庙前，等待着她的儿子，杭徽官道上不见儿子的身影，梅溪河上的舟船来来往往，也见不到儿子下船的踪影。

"这样下去，歪嘴青的女人真要变成一个木头菩萨。"南街也有人同情她的处境。

"这个女人还能端着一只碗吃饭，人还活着就不错了。"也有人对此不以为然。

几年过去了，南街上的人再也没有见过冯小丰。冯小丰真的去当兵了，而且还混了一个不小的长官，他这次回梅溪是衣锦还乡。当他走进破旧的老房子时，他娘还在二楼推窗望着远方，她一听到儿子的声音，喜从天降，三寸金莲的小脚踩空了木楼梯，人从狭长的阁桥上滑了下来。

冯小丰听了众人说起他母亲的往事，激动得泪流满面。他要花钱建一座女祠堂，众人无不拍手称好，纷纷赞道："冯小丰在徽州干了一件开天辟地的大事，女人竟然也有了祠堂。"

女人祠堂建好了，谁都感到惊奇，耕种义田的佃户们，十八只大大的红灯笼挂遍了整个女祠。女祠是冯家牵头建造的，而且大部分花费的银两都是冯小丰拿出来的，所以，冯家的灯笼就高高地挂在女祠的大门上。灯笼上那浓黑的冯字，在夜光中显现出闪耀的光芒，远远望去，马字前两点似乎是飘洒着不尽的雨珠，还散发着不尽的贵气。

"真是风水轮流转，我们这些大户人家的贵族气渐渐消亡，这些不伦不类的流氓们却兴起了。"有人对这个女祠颇有微词，应该说是眼红，在南街上愤愤不平地嚷着。

"我们都去看看那个女祠，看看女人的祠堂究竟是个什么玩意。"有人随意说了一句，众人都说好。

这天，梅溪那些大户人家的公子哥们，自发组成了一个浩浩荡荡的参观团，他们身上穿的衣服，形态各异，色彩斑斓，但每一个人的脚上都穿有一双光亮的皮鞋或皮靴子，鞋底都有一层厚厚的坚硬的牛皮，走在南街上便发出十分悦耳的声音，嘎吱嘎吱地响个不停。

当人流涌进女祠时，他们的皮鞋狠狠地踩在水磨地面上，灯笼下水磨地面显得特别的光亮。这群人走在地面上，皮鞋不停地蹬着，发出咔哒咔哒的声音。

这群人七嘴八舌，满嘴都是一些挑剔讽刺的酸话。他们走完这厅，又去了那厅，出了大门，又返回女祠，那些光亮的水磨地面上，布满了一个个浅浅的模糊的脚印，灯笼下，光亮的地面变得狼藉一片，泥尘遍地，吧嗒吧嗒的声音还在不停地响着。

突然，女祠隔壁的一时祠堂外，来了一大群人，旌旗招展，鼓乐喧天，爆竹鸣空，好不热闹。一时祠堂的一楼二楼的花窗中都伸出许多人头，祠堂的大门口许多人踮着脚，头不停地伸着又摇动着，远远望去，恰似一只只呆头鹅。

"冯大总统派人给一时祠堂送牌匾来了。"那个卖肉的屠户边跑边大声地叫着。

"这冯小丰真是一个人物呀，总统都给他送牌匾，千万不能小看他，竟然这样有来头，佩服，佩服。"许多人由衷地感叹着。

"那块大横匾，由冯大总统亲题的'派别源同'四个大字，真的好威风，超过我们所有祠堂上的牌匾了。"

"大总统都讲自己和梅溪冯家是一家人，这真是了不起。"歪嘴青内心无比激动。

"嗯，确实不假，五百年前本来就是一家嘛。"冯小丰望着牌匾，高声地说道。

这群呆头鹅内心开始泄气了，刚才那股傲气荡然无存。一个个悄悄地站到一时祠堂门前，挤进人群看着热闹。

冯小丰站在祠堂的台阶上，腰上挂着那把佩剑，高帽上的两只圆球不停地抖动着，一边是妖艳的姨太太，另一边站着的人是一位县长，迎接着送匾队伍。

据说，冯小丰托人把书信送到大总统手里，大总统立即令手下人找来一本《冯家宗谱》，翻着翻着，竟然发现自己和冯小丰是同宗同族，便欣然提笔，写了"派别源同"的大字。县长大人道出事情的经过，满脸充满羡慕。

"冯家真是鸿福齐天，喜从天降呀。"歪嘴青不知是哭还是笑，说话时，双眼流着眼泪。

祠堂前的人们在议论着，梅溪周边村子里的人，都听说冯大总统到梅溪来认族，四方人纷集而来，盛况空前。冯小丰他们又拿出银两，做了三天三晚的敬神祭祀。祠堂内做祭，祠外演戏，人实在太多了，恰逢义田上的粮食已经收割完，众人又移到义田上搭台演戏，热闹非凡。

那块"派别源同"大牌匾高悬在一时祠堂的大门顶上，白天，金光熠熠，夜晚，也把祠堂点缀更加庄严肃穆。

第六十二章

南街的大部分店面都是兵燹后重建的，粉墙黛瓦马头墙，还是老徽州风格的建筑。冯家发迹了，他家在南街的正中心购买了几个店铺，全部拆掉重新建起新楼房。他家的楼房竟然采用西洋的风格，大门和徽州府城旁那座天主教堂门一个模样，不伦不类地夹杂在那群徽式的建筑群中，又有点像一个魁梧的西洋人挤在一群挂有长辫子的梅溪人之中。

"唉，人一旦有钱，连房子都变成这个怪模样，老祖宗遗留下来的规矩都没有了，哪里还有左青龙，右白虎的风水讲究，一个似圆似方的怪门把南街的金银气全部吞进去。"

"司马正性情古怪，洪砚耕头发和衣服怪，至于那个烂肚宝就是贪财好色太露骨，而这个歪嘴青，不仅嘴歪，连家中的楼门也一样的歪。"

南街人对冯家这楼房议论纷纷，群情激昂着。

众人又七嘴八舌谈及梅溪的热门话题，说是洪家的面子、程家的银子、孙家的才子、冯家的房子，号称"梅溪四子"。冯家的房子没有传统建筑的样式，外表奇特，里面洋味十足，尤其是冯小丰姨太太的那幢住房，那简直像是长发披肩的女眷中，突然冒出一位爆炸式头发的女郎。大概这位姨太太喜欢粉红色，整幢楼的外表全用了粉红色的颜料，犹如一朵巨大的粉红色牡丹花开放在院子的西面。里面有舞厅和游泳池，最耀眼的是舞厅屋顶上的天花板，是用数十块不同色彩的玻璃面板拼接完成的，抬头看就会让人眼花缭乱。游泳池底面和池四周全用洋人瓷砖铺设，采用意大利文艺复兴时建造手法，那水似乎一直此起彼落，众人见了很有亲切感，他们在想着，那些细皮嫩肉的姨太太们，一个个从木桶中站起来，捂着丰乳，水淋淋、白条条、羞答答地向游泳池走去，那该是一种多么迷人的风景。外面的门楼和门眉多处，巴洛克式的多曲线雕刻细节纹饰清晰可见，浓郁欧洲古典主义雅致气息。土生土长的梅溪人见到这些，觉得不可思议，直呼道："从这里面走出来的女人不变成妖怪，那才怪呢！"

客厅正面的大墙壁倒有几分传承的气息，整个墙壁就是巨大的山水画。画上的古楼、树木、人物、江湖等等，几乎都是以极为精微的细笔进行勾画，连古楼上的装饰图样、瓦片以工笔描绘，如此逼真，宛然如在目前。树木用双钩夹叶树、胡椒点、介字点，层出不穷。在成画之前，冯家把许许多多宝石镶嵌于墙壁间，再以藤黄、赭石、花青等笼染数遍，不见一粒宝石，只见青葱郁茂的树木。

冯小丰经常独立于客厅，望着墙上的壁画，自言自语道："梅溪先人真是一只只土鳖，经商得来的金银财宝到处乱藏，最后还不是被官军或者叛军搜刮干净！"他又走到壁画前，手不停地摸着画中那些树木、人物、古楼，心里乐着。

歪嘴青楼房的对门就是小李子的理发店，他家的店铺本来也是徽式的砖瓦房，他见了歪嘴青家高大气派的洋房后，总觉得自己的房子要低人一等，就把临街的墙面全部拆掉，改成了木头玻璃架构的立面，每一个木头格子中，都镶嵌着一块蓝色玻璃。圆形、菱形、长方形、正方形、葫芦形、寿桃形、竹叶形等等的玻璃，布满在所有的格子里。夕阳照在南街上，理发店门里门外亮堂堂，也把歪嘴青家的门庭反照得明晃晃。整幢楼一会儿百合色，一会儿金黄色，片刻又成半黄半红，突然又是半灰半红，一眨眼，又变成了紫檀色。月儿从驼峰升起了，南街也开始平静下来，理发店的玻璃反光却幽幽地反射到歪嘴青家的大门上，菱形的似刀，竹叶形的似箭，葫芦形的似一只斜斜的酒壶……歪嘴青一开大门，那酒壶正好套在他的脖子上，嘴巴显得更歪了，那块寿桃形玻璃反光到他的脸上，成了一块大大的伤疤，月光明亮，歪嘴青的脸成了白癜疯的模样。

"剃头店要贴这么多稀奇古怪的玻璃干什么？有点臭钱就可以这样显摆吗，把我家的楼房照成了什么样子了。"这天早晨，歪嘴青有些气急败坏，站在大门口，对着对面的理发店大叫了起来。

"你也不要把我当成一个二百五，我心里明白，只是我儿子太忙，又去北方了，要是他还在梅溪，你家那些从阴间买来的鬼玻璃，早就让他手下的卫兵们敲得满大街都是碎片。"歪嘴青气愤地骂个不停。他骂完这话，就让身边的仆人也在自家的门庭上方挂了一方圆圆的大玻璃镜。镜上的反光又照到理发店的蓝色玻璃上，歪嘴青心里感到无比的痛快，他双手抱在胸前，翘着歪嘴巴，大声叫道："照妖镜，亮堂堂，对门的妖怪无处藏。"

南街上已经聚集了许多闲人，他们都在聚精会神地关注着这两家的事态发展。

"还好意思说什么照妖镜，南街上的龙脉就是被他家那座古怪的房子插在街中间给弄断了。老母鸡插了几根羽毛就成凤凰了，就喜欢显摆，也不拍拍胸脯，问一问那钱是从哪里来的？听说军阀弄钱，连慈禧太后的坟墓都敢挖，那样的人就算有钱也是很晦气的……"站在对门的小李子嘴也不饶人，说起话来真难听。

"他家房子是怎么弄断南街龙脉的呢？"有人一边看热闹，一边打破沙锅问到底。

"我们南街是全一色的徽式建筑，家家户户的马头墙都昂着头，挺着胸，像一排排整齐的战马，望着云雾里的驼峰嘶叫奔腾。他家那座楼拦腰插进来，拦住了马头墙的气势，马头墙也被他家破坏了不少，整条南街都被他家的洋楼拦得不通气了，财运也漏掉了许多。"小李子越说越气愤，这期间，他天天捧着那个万安罗盘在南街上走来晃去，还把白发苍苍的地师春嬉公请到南街上多次。

"是啊，南街上的生意确实越来越差，现在大家一年忙到头，也赚不到几个铜板呀，哪像歪嘴青家，装箱子的车进进出出，说不定里面都是金银财宝，不知冯小丰又到什么地方去挖地窖炸坟墓了。"修伞的小贩走到小李子身旁，悄悄地说着，他是修伞的，哪里人多就往哪里钻。

"我把临街墙改成玻璃墙，就是要破这恶人家的风水，让大家都有财气，共同发财。"小李子终于说出了心里话，他改墙面就是为了给众人收妖气聚财气。

　　大家听了这些话，纷纷伸出大拇指，又开始称赞着小李子的侠义。理发店门前聚集的人越来越多，对门歪嘴青家门口，只站了几个呆呼呼的老弱病残之人，大概是那里宽敞，可以晒晒太阳，也可以近距离地观看两家争吵的动态。

　　说来也怪，只要歪嘴青开口骂人时，南街左右两边的铜匠铺里顿时响起了"叮零咣啷"，铁匠铺里也响起了"叮儿当，叮儿当"，连那几乎听不到响声的秤行，也一改平日里的低调，师傅的铁锤都一直在嘀嘀哒哒，不停地敲打着秤杆、打刀口、敲铁皮、铸秤盘、定秤砣、打铜丝、码星线、配吊钩，师傅们嘴里还唱着歌："制衡偶奇求公平，斤两重轻照眼明。"

　　不远处的一个炮仗店，不知是谁从店里抛出一串点燃的红红炮仗，在青石板上噼里啪啦一阵轰响，几只狗儿没命地逃窜，汪汪乱叫。"谁在作孽啊！"有人在骂，有人狂笑不止。

　　这些乱七八糟的声响好像都是冲着歪嘴青来的，他骂小李子的声音再响，也被这些杂音掩盖住了，歪嘴青愤愤关上那扇铁大门，各种声响一下子就消灭了，恢复了平静。站在理发店门口的那些人，都感到十分地开心，在欢快地说着笑着。

　　众人都认为小李子说的话很有道理。歪嘴青家那八字形的门楼就像一只老虎张开了嘴，吸尽许多人家的财气，司马正家的毛笔店就深受其害。

　　司马正的毛笔店正处于老虎嘴的左前方，司马正有个候补道官帽，也算是梅溪的名流。这些年，人们从南街走过，常常看到司马正头发花白、满脸皱纹，整天坐在柜台里的木凳上，身体趴在一张长条案桌边，左手捏着一小撮羊毛，右手持尺余长象牙色的骨梳，接着又把双手浸在一只盛水的瓷盆里，麻利地反复梳理。

司马正平日和人说起话来，一根筋，钻牛角尖，而且总是不依不饶，每次都会争得满脸通红，窄窄的瘦脸布满了跳动的青筋，斜眼瞪人时，整个眼珠子好像都是白色，那些和他抬杠的人，见他这模样，赶紧说：“候补道大人说得对，说得对。”司马正的眼神才缓缓转回来，眼珠子里便露出了胜利者的喜悦。

他在店里做生意时，却是另一幅模样，说话低声细语，说起毛笔来头头是道，一点也没有平日里那股傲气了。他说王羲之的《兰亭序》是用老鼠胡子制成的毛笔写成的，毛笔以鸡毛、小儿胎毛、猩狸毛、狼毫为上品……他滔滔不绝，听者也如痴如醉。

“你店里的毛笔是用什么毛呢？”方阶云平日里很严肃，他们之间也不融洽，但在司马正的店里就喜欢追问到底。

“我的毛笔有特点，是用山羊毛或与兔毛、鸡毛、狼毛混合制作的毛笔，那真是尖圆齐健、毫细出锋、毛纯耐用啊。”司马正一说起自己家的毛笔，便兴趣盎然。说着说着，眼睛又转向店堂上那块扁平的“博通经籍”牌匾，叹了一口气，轻轻地说道：“我家本来有许多好笔，都是用上等的狼毫制成，粗的有碗口大，细的如绣花针。”

“那些笔呢，拿出来看看，让我们见识一下。”方阶云听到有好的毛笔就来了兴趣，嚷着要看看这些毛笔。

"一干二净，那次战争打到了梅溪，叛军把这些毛笔搜出来全部交给了烂肚宝，烂肚宝就是用这些笔在洪朝奉的店铺上写下许许多多歪歪扭扭的洪字，还画了许多圆圈和叉叉。后来洪家那些店铺被烧毁，那些毛笔也不见了。"司马正一脸惋惜地说着，想起那些宝贝，心中又隐隐作痛着。

"这个烂肚宝真是一个人渣，丧尽天良，什么坏事都干绝，可偏偏活得有滋有味，满街招摇。"司马正说到这里，便开始咬牙切齿。

"梅溪有的人还把他当一个宝，真是愚蠢之极。"方阶云在烂肚宝人品的话题上是和司马正一个鼻孔出气。

司马正的父亲在黄家兄弟中排行老二，秀才考了多年，也一直考不取。后来去杭州运货物，船到一个徽州塘的地方遇到了台风，船翻人亡。母亲虽是小户人家，却生得貌美如花，心灵手巧，她绣制的雏鸡、小鸟只有指甲盖大，却栩栩如生。一到逢年过节，南街的姑娘少妇们都喜欢在发髻上插一枝她制作的绒花，街上的人都称她花嫂。

花嫂和司马正居住黄家大院旁的别院，那张硕大的圆桌子，被花嫂分成两个半月形的桌子，一半靠在左边的木板壁，另一半紧依着右边的木板壁，从司马正父亲最后一次出门后，再也没有合起来。

司马正捐了一个候补道的官后，总觉得自己是一个官，应该在梅溪人面前有所作为。这一年，他特意在渔梁码头上租一艘客船，要前往钱塘江畔的徽州塘，祭祀父亲的灵魂并把灵魂招回梅溪。

燕草如碧丝，秦桑低绿枝的初春，司马正走在渔梁镇的鱼鳞街上，他要赶在新社前寻赁经验老道、价格合适的船家。只见鱼鳞街两旁店铺货栈鳞次栉比，人声鼎沸，熙熙攘攘，此地原是水手、挑夫、商贾云集之处，也是各类货物的中转之地。司马正站在百步梯上望向渔梁坝，埠头泊船大大小小百余艘。坝后江水深数米，清幽不可见底，坝上水声哗然如雷，有千军万马奔腾之势。只见挑夫们肩挑背扛来往于坝上和坝下的船只之间，亦有装满货物的船只撑篙离岸，下游不远处一群纤夫正喊着号子，小心地拉着纤绳，牵引大船渡过新安第一关的浅滩，去往新安江、钱塘江。

　　司马正很快找到了一个比较满意的姚姓船家，这个船老大其祖辈居渔梁街姚家巷，此人一副好身板，壮实寡言，年过五十，走南闯北行船万里有余，更重要的是来回一趟费用不贵。

　　赶在寒食节前一天，司马正收拾好包袱，从梅溪的水口码头步行，沿着梅溪向东走十几里便到渔梁码头，天不亮就登上船老大的船出发。船老大家有货船，这一趟跑钱塘江，他用的是自家的一条小客船，司马正独家包了船，显得格外清净宽敞。老旧斑驳的船身在船老大的掌舵下稳妥妥进了江面开阔的新安江，两岸青山相对出，新绿盎然，山花烂漫，目之所及皆是美景，司马正有些兴奋，虽已近清明，呼呼的江风依然料峭，但干净温暖的卧舱内他呆不住，非要端坐在船头，一动不动望着远方。"司马正，你把头上的帽子摘下来，小心被风吹进江中哦。"船老大一边摇着橹一边对他喊着。"你真是一个大老粗，这是官帽，我坐在船上，你就成了官差，你的木船也成了官船了。"司马正转过身来，大声地回道。船老大一听这话，哈哈大笑："真是一只山老鼠，没见过世面，这都是什么年头了，还这样不识数，大清朝像你这样的官帽子一摸就是一大堆，梅溪有钱人家都买了一二顶，就连那个卖肉卖鱼的屠户家三岁的儿子也都买了一个什么江西候补道呢。"司马正懒得理他，闷闷不乐准备回卧舱。只见船老大升起了船帆，这段江面开阔平稳，风力也大，凭着这布帆，船就能顺风前行。此时船老大去后舱抱了一个大木盆来，司马正便坐在船头，看船老大干活。

木盆里有一大块年前腌制的黑猪肉，足有四五斤重，船老大在樟木刀板上利落的将它分成二大块，刮去表面的盐末，轻轻放入砂锅。转身将绳子系着的小木桶轻甩入江中，在江中心撒开江面的水，使木桶沉入江中，拉起一桶清冽的江水，缓缓注入砂锅。船老大故意请司马正帮忙用炭炉生火，司马正笨手笨脚把自己眼睛熏出了眼泪也没有点着。船老大一边生火一边说："你们这些书生啊，百无一用！"船行数里，炭炉上的砂锅咕嘟咕嘟的开始冒热气了，这边船老大从木盆里拿出两根春笋，"白壳苗！"司马正兴奋地认出来了。"是啊，这是今早问政山上一位好友挖来的问政贡笋。"司马正来了劲："好东西啊！据《徽州通志》记载，笋出徽州六邑，以问政山者味尤佳。尤其是白壳苗，笋肉白皙，质地脆嫩微甜。"书生夸赞间，船老大已是快刀碎玉，将白嫩的笋片倒入砂锅，与腌肉一起在文火中交融。

潮平两岸阔，风正一帆悬。暮色时分船驶入了建德梅城的一处小港，渔火相照，波光粼粼，此岸边泊船还不少。船老大说这只是建德的一个小码头，专门停靠些小船，明日可见到富春江。船头上腌肉炖笋的香气让司马正心不在焉，只见船老大掀开砂锅，用筷子戳住大块腌肉，放在樟木刀板上，又搬来一个小几和两个木凳，拿出一壶酒。"这酒平时我都舍不得喝。"船老大一边说着，一边切着烫手的腌肉，腌肉精中带肥，颜色鲜红，是徽州名菜，叫刀板香。这黑猪肉腌制的刀板香肥而不腻，贡笋甜嫩可口，笋汤乳白浓醇，司马正和船老大你一口我一杯，醉倒在他乡的夜色里。

收拾好碗筷，船老大靠在船头木板上，往烟袋里添些烟丝，深深吸一口，在烟雾里眯着眼睛享受。司马正看着天上的星星，晚上江风寒凉起来，他裹紧身上的褂子，想到那未曾见过面的父亲，当年走水路赴钱塘，也许在此地也停留过吧，父亲哪里知道还有个我？二十多年来母亲对他日思夜想，为他守贞，他可知道？船老大突然唱起歌来："一送郎，送到枕头边，拍拍枕头睡睡添；二送郎，送到床面前，拍拍床沿坐坐添………"司马正眼眶一热，这唱的不就是他娘亲花嫂吗？"别唱了，从哪里学来的女人腔调。"司马正心里难过嘴却硬。船老大自言自语："我唱的是《十送郎》，这个小调在我们渔梁镇上传唱了几百年呢。夫妻离别、父子离别，在我们徽州是无处不在。"司马正干脆进了卧舱，沉沉睡去。

江水随风一波接着一波拍打在岸边，又退回到江中。船老大一早就上岸去添置了些物品回来，司马正钻出卧舱的时候，一眼就看到木盆里多了几条活蹦乱跳的翘嘴白。此时船已经离岸了，越往前江面越开阔，来来往往的各色船只也多了起来。"这是何地？""嘿，报告官老爷，已经和建德的兰江汇合，往前就不叫新安江，是富春江喽！"三江聚会古严州，一注清流奔杭城，说的就是这里，江面上那可真是百舸竞渡，千帆过往。司马正心里暗暗赞叹，男人是要出来闯天下的，这些往来的船只和商人，有很多就是我们徽商，梅溪的洪家、程家、孙家能把生意做到苏杭去，确实了不起！

　　船行富春江上，江面突然开始变窄，两岸山峰陡峭起来，层峦叠嶂，水流湍急，司马正有些害怕地看向船老大，只见船老大不慌不乱，顺水掌舵，很快小船驶出峡谷段。"官老爷，怕了吧，刚才是富春江最过瘾的一段水域了，你应该赋诗一首。"此时两岸的景色与之前有些不同，如果新安江上游是范宽的《溪山行旅图》，这里就真的是黄公望的《富春山居图》。司马正想了这些，却又认为船老大也听不懂，懒得说与他听。午后小船过了杭城闻家堰，降下桅帆，把船静置在幽静的江边，他告诉司马正："这就是钱塘江边的徽州塘。"司马正四周远眺，江水涛涛，船体摇晃，再一直往前就能汇入东海，父亲当年应该就是在这里遭遇不测。他颤颤巍巍摆上父亲的灵牌，点燃香烛，四面八方叩拜一圈，然后跪在灵牌前喃喃道："父亲，不孝儿黄洼盈来接您的魂儿回家。如今您儿子也算是个官老爷了，您就放心吧。"江上突然开始起风，司马正高兴极了，他觉得这是父亲的灵魂在回应他，他向江面撒了一把又一把的纸钱，愿父亲保佑儿子司马正加官晋爵，光宗耀祖。风儿将纸钱吹得很远很远，司马正突然想起了什么，又把船老大的好酒倒了三杯洒在钱塘江上。风儿渐渐停了，司马正感觉此行不虚，心里渐渐踏实起来。

　　回程的船上，司马正心情大好。船儿行至界口，离家越来越近，江上白鹭偕飞、船头浪花排空，司马正诗兴大发："金陵江水只咸腥，敢望新安江水清。""这是你写的？"船老大不以为然地问道。"当然不是。"司马正不好意思了，"这是宋朝杨万里写的。""我说呢，还以为你是个靠真才实学考取功名的官老爷，原来只是个背书匠。""你们这些粗人不识字，除了撑船营生，哪里懂诗词。"司马正一脸不屑地说道。"我走南闯北的，有文化的人、做大官的人，见过不少，你可别门缝里看人，把人看扁了。"船老大很不服气地说着，接着他又自信地说道："吟诗我也会，我来讲，你来写怎么样？"司马正哭笑不得，只能答应，爬进船舱，拿出笔墨和纸。"我讲你写。""好，我来写。"

　　船老大一边摇桨一边望着远山近水，开口大声地唱：

新安江，长又长。

趁风了，开大船。

竖起桅，扬起帆。

顶逆流，上险滩。

纤要真，身要弯。

步要稳，心莫慌。

　　司马正见他在唱民谣，心里很不耐烦，但还是拿起笔勉强地记录着：

新安江，长又〇。

趁风了，开大〇。

竖起桅，扬起〇。

顶逆流，上险〇。

纤要真，身要〇。

步要稳，心莫〇。

　　江上风大，司马正为省事，干脆把最后一个字都以"〇"替代。眼尖的船老大看了这么多圈圈就好奇地问道："你有文化就是画圈圈吧，看来读书识字也不难啊。"

　　船老大脑子很快，他送司马正回到梅溪后，见到读书人就说："读书也不难啊，只要把圈圈画好就行。""谁说的？"有人好奇地问道。"候补道老爷司马正说的。"船老大这个时候又特别清醒，他不称司马正为背书匠，而称其官名，他知道梅溪这个地方，只有当官的讲话才是正确的。船老大理直气壮地回道，便昂首挺胸地向渔梁方向走去。

第六十三章

司马正白天一直守着他的毛笔店，偶尔也会在橱柜里拿出一本厚厚的线装书，之乎者也一番。父亲本来在他大脑里就没有什么印象，几天一过，也就没有念想，他倒是关心唐诗宋词里的一些细微情节。

他捧着书读着读着，便自言自语道："半亩方塘一鉴开，天光云影共徘徊……可听说，朱夫子写诗的那口塘，早已被叛军填埋了，再读这诗，味同嚼蜡。"接着，他又说道："柴门闻犬吠，风雪夜归人……梅溪的狗都被梅溪那些死皮赖脸的破落户偷吃完，再也听不到狗叫声，哪里还有这些诗意。"一天到晚，他担心的事情就是这些无稽之谈，毛笔店生意的好坏似乎与他无关似的。

花嫂一年四季大门不出一次，在自己绣房里不停地编织绒花，梅溪人都喜欢她的手艺，生意很好。各种颜色的蚕丝，经过她那双纤纤玉手，漂洗、揉、拧后，就变成了精美的绒花。过年时，她便织出一些"元宝鱼""双鱼跳龙门""四季如春"等；端午节则以避邪为主，有"蜘蛛""蛤蟆""壁虎"等；中秋节有"月宫塔""兔子拜月""荷莲""单宝塔""双宝塔"等。除了头戴花外，还有胸花、壁花、罩花、帽花等。

花嫂白天都是忙于织绒花，有说有笑，可到夜晚，她又好像变了一个人似的，睡前她就会轻轻地从枕头下摸出一把长长的铜钥匙，点燃一支红蜡烛，踏着三寸长的小脚，一步一步地走到荷花窗下那只大的樟木箱前。她一只手捏着铜锁，另一只手上的钥匙对准锁口，插入后再转了两下，锁便打开了。打开木箱后，她两眼发光，双手捧出一套红色的嫁衣，悄悄地摆放在床沿上，双手不停地抚摸着，鼻子贴上去，贪婪地吸着红衣的清香。

司马正小时候就发现他母亲这个秘密，心里想，这大概是母亲太想父亲，也许，她太喜欢这件衣服，也就没有什么大惊小怪。他母亲年轻守寡，貌美如花，一只只精美的绒花在梅溪大街小巷售卖出去，程麻仁手里拿着绒花，目不转睛地看，贪婪地吮吸着绒花上的香气，大脑里产生许多稀奇古怪的念头，甚至于猥琐下流的臆想。

民国了，孙家族长孙道德成为梅溪的保长，大小还有一顶官帽子。而程麻仁却莫名其妙地失业了，往日的权力一扫而光，年老的程麻仁改行卖斗笠为生，天天挑着一担斗笠在梅溪走街串巷。他族长的帽子没有了，头上喜欢戴一顶瓦楞帽，帽子折叠似瓦楞，梅溪人都称他瓦楞帽。

"瓦楞帽，你卖斗笠不去南街，也不去城隍庙、华佗庙前去，老是跑到人家寡妇门前荡悠，不会有什么鬼心思吧。"有人就喜欢这样戏弄地称呼他，反正他现在没有权力了。

"怎么会呢，花嫂家门口空旷，我可以摆一摆担子，图个方便呢。"程麻仁边说边弯下腰，挑起那担斗笠。可当人们走远了，他又返回，急忙放下担子，跑到荷花窗下，蹬起双脚，两只眼睛又贪婪地寻觅着墙院内那个织绒花的女人。

说来也巧，那天花嫂刚走出绣房，提着一个小菜篮，袅袅地去后院菜园里摘菜。程麻仁在窗外望着花嫂那美妙的倩影，口水直流，恨不能吃了她。他悄悄推开院墙上的花窗，爬进墙院，轻轻地来到绣房门口，想捞一两样东西做个纪念，心里想，女人得不到，能把她摸过的东西带一两样回去，看着摸着，也是一种快乐。

程麻仁正在美妙地想像着，突然后院的门又咯吱一声响了起来，花嫂回来了，他赶紧躲在床下，屏住呼吸。只见花嫂走到绣房门口，放下菜篮子，急匆匆地走进绣房，在房间角落处，提起长裙，露出雪白的屁股，便坐上了那只红艳艳的马桶上小便。荷花窗外的程麻仁全身充血，裤子里的命根子爆炸了，湿滑一片，此时，他整个大脑里占满了花嫂白白嫩嫩的屁股。片刻，花嫂走出绣房，提着菜篮去了厨房。程麻仁偷偷从床下爬出，站了起来，伸了一个腰，见桌上堆满了大大小小、形态各异的朵朵绒花，还有许多染色用的盘子，有红的、黄白、绿的、紫的，整齐排列在桌的旁边。

程麻仁赶紧从桌子上抓了几把绒花装进自己的衣袋里，两只眼四处张望，又看见了那只红艳艳的马桶，花嫂的白屁股又出现在他的大脑里，心又砰砰地直跳。"我摸不到这花一样的白屁股，实在是痛苦，如果能在这屁股上留下一点什么东西，也不枉我冒险来这里一遭。"程麻仁喃喃自语着，眼睛望着那只装有红颜料的瓷盘子，这是花嫂平日染色用的，他伸出一只手指，放进嘴里叭哒叭哒几下，随后把手指插进了盘子的红颜料里，轻轻地走到马桶边，一手提起马桶盖，那只粘有颜料的手指便沿着马桶内圈处，不停地涂抹着，随后，如幽灵一般跑了。

"黄家那个花嫂已经不想守寡了，还让我摸她的屁股，今天她还高兴地脱掉裙子，让我用红笔在她屁股上画了一个红圈圈呢，还说这是两瓣合一圆，永结同心呢。"程麻仁逢人就说，又见人们不相信他的话，还蔑视他的语气，他干脆信口雌黄地说着。

当晚有人把这个秘密报告了黄家，黄家人惊得目瞪口呆。黄家一群妇女在公公婆婆的带领下，马上推开花嫂的绣房门，她还点着蜡烛正在织制绒花。众人不由分说，一把提起坐在长板凳上的花嫂，扒裙子的，举灯照看的，一片哗然，两个由马桶圈盖上去的红圈圈赫然在目。

这事发生后，花嫂再也没有心思编制绒花，她总认为，一切的委屈和冤枉都来自那些漂亮的绒花，是它们招蜂引蝶，引来的冤屈和痛苦。她闲着无事的时候，就会打开橱柜的一个抽屉，拿出一本厚厚的线装书《黄氏宗谱》，不停地翻着，一行一行寻找着。她想在宗谱中找出那些记录妻妾事迹的文字，竟然一句也找不到，最多是黄某某娶妻某氏，纳妾某氏。她心里终于明白了，女人不上家族的宗谱，想到这里，花嫂心里一下舒服多了，她屁股上的圆圈丑事也进不了宗谱，当然也不会遗臭万年了。

久病卧床的花嫂独自靠在木床上，一双眼睛透过花窗的格子，望着窗外，云起云落，喃喃自语道："老天啊，你快下一场大雨吧，让梅溪河的水涨起来，该多好呀。"

"娘，这晴朗的天多好啊，你怎么盼下大雨涨大水呀。"司马正看了看娘，迟疑了一下，心里想，娘老了，脑子也犯糊涂了。他走到床边，伸出手臂，把娘扶了起来，在她背后放进一个高枕头，轻轻说道："娘，你生病久了，身子虚弱，不要想了太多。"

　　"不是娘胡思乱想，你父亲离开我们许多年，这些年我夜夜都梦着他，梦里他总是痴痴地望着穿新嫁衣的我，依依不舍。趁现在我还能动，娘想完成一件事。"花嫂望着不远处那只精美的樟木箱，苍白的脸突然泛起一层红晕。司马正望了望那只熟悉的木箱，心里明白，娘在想那件存放多年的红嫁衣。

　　"娘，你想做一件什么事？儿子帮你去干。"司马正轻轻地问道。

　　"等哪天梅溪涨大水，你带着娘，抱着这个箱子去河边。"花嫂望了那只木箱，又望了望儿子，神情严肃地说着。

　　司马正还是不理解母亲说的话，轻轻地问道："娘，把箱子抱到梅溪河去干什么呢？那里面可是装有你的宝贝红嫁衣呀。"

　　"那红嫁衣，娘只穿了几天，你父亲就走了，他那么喜爱这件衣服，我想借梅溪河的水，让木箱装着它漂啊漂，漂出梅溪河，漂过新安江，漂进钱塘江，你父亲就可以收到了。"说着说着，眼泪便从那张好看的脸上流下来。

　　花窗外乌云密布，一群燕子在窗外飞来又飞去，叽叽喳喳地叫着。

　　母子临出门时候，花嫂突然说道："儿子，你去把厅堂里的两个半月形桌合并起来，让它恢复成原来的大圆桌。"

"娘，它们不是摆放得好好的，再动它干什么？"

"你爹在钱塘江水中收到了你娘的红嫁衣，也算是夫妻团圆了，家中的桌子也该合起来了。"

"哦……"司马正哽咽地答道，泪流满面。

梅溪河两岸，晴朗时，春光融融，桃红柳绿。但山雨来了，却是另一番风景，一条条柳丝在狂风暴雨中飞舞，桃花也被风吹得零落，落在黄黄的洪水上，随波逐浪去了。司马正一只手抱着木箱，另一只手撑着一把油布伞，走在前面。花嫂两只手握一把纸伞，在后面紧紧地跟着。远远望去，雨帘中像两只硕大的蘑菇在风雨中移动。他们到了河滩上，梅溪的水也涨了许多，还在不断地向他们身边奔腾而来。司马正在岸边望见洪水，心里有点发怵，花嫂一点都不怕，脸上却露出舒心的笑。她叫儿子把箱子放下，自己又从衣袋里掏出那根长长的铜钥匙，打开铜锁，把箱盖提起，一只手又轻轻地摸着那件红红的嫁衣，眼泪随着雨水不停地流下，然后，又轻轻盖好箱锁好，一抬手，铜钥匙丢进河水中。接着，他叫儿子把木箱子推进河水里，片刻，那木箱子漂到了河中央，随着洪波摇摇晃晃地向东漂去。花嫂呆呆地望着那远去的木箱，嘴里不停地说道："相公，我的新嫁衣送来了，你一定要保管好，来生我还要穿着它嫁给你。"

天空越来越暗了，一片可怕的黑暗像贪婪的恶魔一样企图把整个世界吞没掉。梅溪上空的闪电像一条矫健的金龙，轰隆隆，轰隆隆，把乌云撕得四分五裂。骤雨抽打着河面，片刻，山洪怒涛开始翻滚，咆哮奔腾。

第六十四章

"冯小丰又要回梅溪探亲了。"这条消息从一壶春茶庄传出来,又很快传遍了整个梅溪。歪嘴青家的仆人还手提着铜锣,咣咣地敲着。那声音急促而又响亮,好像以前徽州府衙门里的大人出门巡视时,兵丁鸣锣开道一般,十分刺耳。仆人沿着洋楼周围边走边敲,走到理发店门口,他故意放大嗓门,张着嘴不停地喊道:"不姓冯,马上滚。"

歪嘴青以为自己的洋楼是南街上的一艘船,左邻右舍人家必须姓冯,或者姓姚姓蒋,这样才能保住他家洋楼的风水不被破坏。南街上的许多商户一听这话,心里都明白,这是歪嘴青借儿子的威风来压人。

"为什么姓姚姓蒋的人可以呢?"有人不解地问道。

"他家的洋楼是船,当然离不开用桨(蒋)摇(姚)船呀。"那个仆人能说会道,巧言令色。

"可我们这些左邻右舍有许多户人家,既不姓姚,也不姓蒋,那怎么办啊,这不是有意为难我们呀。"有胆小怕事者小心翼翼地问道,他们心里明白,冯家那个儿子今非昔比,是什么事都敢干的朝天辣,谁不识数,自讨苦吃。

"只有装成冯家的孙子吧,赶紧在自家门口挂上一个红红的大灯笼，灯笼上写上一个醒目的冯字就行。冯家人见到这个灯笼，自然也不会为难你们。"那仆人故意出了这个主意，几个邻居听后，无可奈何地点点头。

众人急匆匆地穿过青砖黛瓦层层叠叠的南街，赶到了灯笼店，店堂宽敞，里面挂满了红彤彤的灯笼，一个个，一串串，一片片，触目所及，红得蔓延，亮得闪烁，尤其是那只大金元宝形的灯笼，金光闪闪，格外耀眼。店里的伙计们正忙着绷竹条，扎绳丝，折色纸，装蜡烛，描金字。高高的柜台后，店主见一群人到他家店堂，便满脸堆笑，娓娓动听地唱喏道：

> 小本开爿灯笼店，
> 糊成灯笼价钱贱。
> 上海已有自来火，
> 梅溪还是黑漆漆。
> 灯笼点火灯外明，
> 共说灯笼制法精。

众人选好了灯笼，便要求每一个灯笼上都题写一个"冯"字，店主走到众人身前，轻轻地说道："灯笼上的字用金粉写，会更加富贵荣华。"众人一听到这句话，脸上的笑容顿时凝固起来，你看看我，我看看你，一个个哑口无言。店主又问道："到底用什么颜料写？"众人好似如梦初醒，异口同声道："用黑墨汁写。""墨汁越浓越好。"有人还补充了一句。

当天夜晚，冯家左邻右舍都挂上一只只写有墨黑冯字的大红灯笼，轻风徐来，摇摇晃晃，煞是壮观。

　　冯小丰回梅溪，大箱小箱十多个，南街上的人看了心里直咕噜，当武官好呀，有兵有枪，只要看中都可以抢。文官只是一个虚名，下了台，丢了官帽子，便一无所有，孙孔嘉那么大的官，撤了职就成了穷光蛋，连块豆腐干都买不起，想吃了，只有打借条。乱世有枪就有了一切，带着自己的兄弟，占据一二个山头，便可旌旗飘扬，自封一个司令，吃香喝辣的一样不缺，见到漂亮的女人还可以抢来当压寨夫人，冯小丰这些姨太太也不知道从哪里抢来的。冯小丰紧随冯督军大人，混得很好，南征北战，捞了不少银两，梅溪人一直在背后议论着。

　　冯小丰的队伍，过了风雨廊桥，便齐刷刷地上了南街。他骑着马在前头，马嘀哒嘀哒地走在青石板街上，不远处就是他家的洋楼。他见自己家洋楼的左右邻舍也挂着一只只红彤彤的写有黑墨冯字的大灯笼，心里无比的开心，便哈哈大笑道："这就叫臣服，和我冯家步调一致。"洪石农站在一壶春茶庄目睹了那场面，心生崇拜，两只眼睛流出向往的眼神。他心里想，我洪家大都是商人，挂的官名，都是用银两买来的虚帽子，写在《洪氏宗谱》上好看，其实就是几行令人陶醉的语句，可与冯小丰相比，显得太虚弱了，甚至不堪一击。父亲洪朝奉也当过兵头，那是护卫百姓的棒子兵，哪有冯小丰他威风，衣服笔挺大气，佩剑金光闪闪，手下人的枪杆子也是气势轩昂。

　　冯小丰一到洋楼门口就感觉不对，见对门那理发店太张狂，一块又一块的蓝色玻璃正泛着幽幽的蓝光，直射冯家大门，这不就是直系军阀和奉系军阀宣布开战吗？狭路相逢，勇者上。还不等歪嘴青向儿子哭诉，叭叭……枪声大作，理发店上的玻璃成了一个个孔洞，碎玻璃落满青石板。小李子赶紧开门看个究竟，见门口雄纠纠，气昂昂的军人站成一排，吓得屁滚尿流，又慌忙关上门。周边店铺人家一个个伸出头看热闹，一见这阵势，也赶紧关好花窗，躲在里面叽里咕噜着。

洪石农穿着那件西装，匆匆地跑到洋楼前，见到齐刷刷的一队军士，片刻，队阵又变成了两排，站在洋楼的大门口，像一个大大的八字形。冯小丰头戴着高高的军官帽子，帽子上的两个圆珠也在不停地抖动着，他从马上跳下，疾步上了台阶，转身站好，双手紧握佩剑，直插在台阶上，眼睛望着对门的小李子家，一脸愤怒。

"那风度真叫一个绝了，好像是一个将军站在战车上指挥战斗，兵对兵，将对将呀。"洪石农在浮生园里，手握一根木棒，不停地说着表演着。

"你怎么知道这么多乱七八糟的东西呀。"母亲胡月娥笑着问着。"百窗楼的许多书籍里，都印有这些图画呀。"洪石农认真地回道。洪石农看书，最喜欢翻看《金瓶梅》中的艳图，或者战争画面的交战图。

"司马正的娘昨晚死了，现在黄家闹得一塌糊涂。"有人赶到浮生园，找到了洪石农，赶紧说着这事，在这个人的心目中，洪石农比梅溪的孙道德保长威风多了，敢做敢为。

"人死了，有什么好闹？装进棺材抬上山一埋不就行了。"洪石农觉得这个人可能又在生什么花色，便冷冷地回道。

"你不知道吧，烂肚宝早就把棺材送进黄家，那女人的尸体也入了棺材，佃农们抬起棺材准备出门时，司马正的伯父却不允许棺材从正门抬出，必须从旁门抬走。司马正的脸挂不住了，他拼死拼活也要争一口气，非要走大门……这一下，闹僵了。"那人边说着，又斜看着洪石农。洪石农心里想，你们这些多管闲事的吵事胚，遇到正经事也没有能耐吧。

"都民国了，人人都民主，还这样封建。"洪石农义愤填膺地嚷道，那气派也一点不比冯小丰差。

黄家的大门口，人越来越多，人们都从各街巷赶来趁热闹，听故事。程麻仁说，司马正的母亲，其名份是一个小妾，小妾死后的棺材是不能从正门抬出去的，这是徽州几百年来的规矩。孙晦明说，那是有皇帝时的老皇历，现在是民国，可以破这个规矩。赖狗说，按朱夫子的道德文章也是不允许的。你说你有理，我说我有理，众说纷纭。

突然，一班全副武装的大兵冲到黄家大门口，大声地喊道："让道，让道，将军马上要出门了。"众人见这班士兵，立即鸟散鱼溃，退到远处，又像一只只伸出脖子的鹅，静静地盯住黄家的大门。

"噹叭、噹叭、噹叭"炮竹连响了三声，黄家大门缓缓拉开了。八个佃农，头扎白巾，腰系白巾，抬着棺材从黄家正门出来，走在棺材前的不是儿子司马正，而是冯小丰，他一身戎装，手捧佩剑，左顾右盼地向前走，高帽上那两个圆球左右摆动着，怒目圆睁，八字胡好像刚刚修理过，八字尤为清晰，歪嘴也就更加明显。洪石农穿着他哥洪砚耕给他的那套西装，紧跟着冯小丰，司马正在他们身后，头戴着候补道的官帽，两手扶着棺材头，弯着腰抖颤颤地向前走。

这阵势也是破天荒地在梅溪出现，谁也不敢去阻挠送丧队伍，棺材很顺利地出了正门。队伍走到了一个空旷地便停了下来，冯小丰见还有许多人在围观，便挂好佩剑，拉了拉衣服，朝着众人大声说道："各位乡亲，我今天也不是特意破规矩，为难黄家人，现在是民国，老一套规矩肯定是不行的。民国人的嘴里却说着满清时期的陈词滥调行吗？这不是和古人讲的人头畜鸣一个道理吗？所以，这规矩非破不可，我还要把花嫂的灵牌摆放进女祠中。"冯小丰一说完这话，手一挥，那班士兵又排好队伍，齐刷刷地跟着他离开了人群。

"冯青天真仁义，当年替司马正顶替壮丁，如今又帮他娘风风光光地送上山，一身正气，难得的好官。"还有一些人也激动地说着。他们认为，只要帮弱者主持公道的官就是好官，就是青天大老爷，也不管他是多大的官。

众人望着渐行渐远的官兵，又掉头来称赞着洪石农巧借官威，解了司马正的尴尬，今后肯定会和冯小丰一样，也能混一个司令之类的官当当。洪石农对众人的言语，笑而不答。他用手拉了拉那件后面开衩的西服，昂着头，挺着胸，向浮生园走去。

第六十五章

　　浮生园大少爷洪砚耕又悄悄地回梅溪了，头发短短的，是一个板刷头，前后开衩的西服穿在身上，脖子上还系了一个红带子，走起路来，飘扬着，他满脑子还在自顾自地革命着。

　　洪砚耕闲着没事，跑得最多的地方就是百窗楼后的斗山，斗山上许多枯死的老松木早已被程熹礼家砍伐一空，山坡上的映山红吸足阳光，磅礴而出，它们开得灿烂，满山遍野，红色、粉色此起彼伏，如海浪翻腾，一波红过一波，千枝万朵在妖媚，密密匝匝在舞蹈，在暖风中摇曳着，浓浓烈烈地张扬着。

　　洪砚耕带着曾经一起铸铜钱的好友在花丛中穿插着，披一身花雨，还在气喘吁吁向山坞爬去。他们到了山顶，爬上一块巨石，站立起来，双手拨开云层，头刚从云层中伸出，眼前的云像洁白的羊群，像连绵的山坞，像奔腾的骏马，像威武的雄狮，像翻腾的巨浪，像堆积的棉絮，像泛着光的鱼鳞。翻腾的乌云，像恩师谭嗣同他们一样，正带着千人进京上书，千人化作千百匹脱缰的烈马，在天池中奔跑飞跃，蹄一动，踢起了万朵银花，尾一扫，扬起了满天飞雪，正往京都方向纷纷扬扬地飘落着。片刻，天边逶迤着几条白丝条般的白云，涂上一层朝晖，宛如是一壶春茶庄几位漂亮姨娘身上鲜艳夺目的彩缎，装扮着碧蓝的天空。

突然，云层出现了裂缝，如被拉开的帷幕，越来越大，山下的粉墙黛瓦渐渐出现了，梅溪河隐隐约约如一条宽大的绿带，在晨光中翩翩地扭动着，不远处，几个男人背上都驮有一个肥胖的人往山上爬行。

"海马又驮人登山看风景了，这社会腐烂透了，人压人，人欺人！"洪砚耕开始愤怒起来了。海马就是那几个驮人上山的佃户，贫苦人以背作鞍，驮着富人登峰看云海换点衣食之需，富人们还给他们一个"海马"的蔑称。

"你们过来看，如果我们有几艘军舰该多好呀，从这浩荡的云海驶向梅溪河，从梅溪河进新安江、钱塘江，再开进东海去攻打倭寇。"洪砚耕望着波浪汹涌的云海又痴痴地说着，这大概也是他在英国皇家海军学院留学时的梦想。

"你开着军舰走了，我们俩只有又回到山村中去了。"一个朋友知道这是异想天开，还是顺着洪砚耕的梦境痴人说梦。

"你开军舰走，我们也可以赖在舰上不走，你去哪里，我们就跟你到哪里。"另一个朋友还真地做起美梦来了。

"放心吧，我会让你们当舰长。"洪砚耕这时候也有点当真，好像自己是国民政府的权贵。

"洪少爷说得对，我们这样死心塌地跟着你混，不就是想你革命成功了，我们也可以捞个一官半职啊。"两个朋友异口同声地附和道，又认真地望着对方，便哈哈大笑。

三人正在海阔天空地吹着，云却渐渐地散去了，海马又背着那几位大腹便便的富人下山了，身后只留下一阵阵松涛声，伴着小鸟清脆的歌声，映山红依然红灿灿地迎风玉立，一团团一簇簇，云蒸霞蔚。洪砚耕一脸失望，大声喊道："三只不同凡响的动物，下山去吧，站在山顶做山下的梦，都是一些啼笑皆非的人间呓语。"

洪砚耕他们快走到山底时，百窗楼门前，人山人海，密匝匝地围了过来。有挂着长辫子的少年，有戴着瓜皮帽的汉子，也有一些鼻子上架着圆圆镜片的老人。他们见到山上下来的三个人，便大呼小叫道："头发披着，衣服前面开着，后面也开着，怎么就不怕冷啊，真是一只二条腿的四不像。"洪砚耕心里明白，梅溪人把他当成异类。洪砚耕看着两个朋友头上的披发，也觉得他们自己在梅溪确实有点不合时宜。

洪朝奉每天撑着那根长长的拐杖，在浮生园和一壶春茶庄之间走来走去，年纪大了，话语也多了，他见到熟人就喜欢重复那句话："现在是民国，明朝的气息很早就消失了，大清朝的气息也渐渐淡去，当年靠皇上、靠侍郎、靠知府们照顾做生意的日子也成了过眼云烟……这样也好，我就天天在南街上走走，喝喝茶，听听戏吧。"

洪朝奉真的太苍老，脑子退化也出了问题。茶客们在一壶春茶庄指着柜台上那一瓶瓶样品茶问价，他也不管茶叶的优劣，还是贵贱，只说一个铜板。有客户故意开玩笑，指着一个姨太太说："当年这位美人是多少钱买来了？"

"一个铜板。"洪朝奉很响亮地回答，众人忍不住大笑。

洪朝奉有一样习惯一直未变，几十年过去了，他吃猪肉很有特点，吃猪脑髓，吃猪肺，猪肝只吃上面的血筋，猪肠只吃排大便的肠头，最好上面还夹杂着绒毛。他常说，这些都是人世间最美味的龙脑凤尾。

有一天，洪朝奉头脑特别清楚，突然提出要去藏春坞看看，他说："我现在不去，恐怕这辈子再也进不了那石洞。"

"有什么去头，不就是几个假山洞，你老眼昏花，弄不好就会碰了头跌了脚，不要自讨苦吃吧。"胡月娥极力地反对着，她嘴里不停地咕噜着，人都老了，还要乱折腾。

"你们不懂呀，祖宗称这个假山峰为藏春坞，是有意思的。外界乱传，说我们洪家美人多，老爷们喜欢在这个洞中偷情寻欢，其实根本就不是这回事。你们都有文化，春字没有繁体异体的写法吧，它的笔划亘古未变，祖宗们用心良苦啊，藏春坞，藏春坞啊……"洪朝奉说起这些，脸上的气色明显好多了，甚至出现一些红晕。接着他又轻轻地说道："还有一个秘密，我一直没有告诉你们，你们扶我去藏春坞，我会告诉你们。"

大家见洪朝奉这般固执，便扶着他向藏春坞走去，洪石农极不情愿地跟在后面。

"石农，去找一把小挖锄。"洪朝奉回过头，吩咐儿子洪石农。大家也不知道洪朝奉葫芦里卖的什么药，他说什么，大家就做什么。

阳光斜斜地照着假山，显得明媚秀丽，几个大石洞也被照得亮堂堂的。大家沿着进山洞的小径，弯着腰向前走，走到假山中央，头顶上还有一个天窗似的山洞，大家顿时感到豁然开朗，洞里面还摆放着石桌石椅石床。

"梅溪人传的故事，都是由这张石床引起，虽说这里面冬暖夏凉，但在这个床上睡觉，肯定会得风寒病。"洪朝奉手指石床微笑地说着。他又用手指着石床，对洪石农说："把石床移开，再往下挖，你曾祖父洪阅甫在这里埋了一个箱子，箱子里面有一株几百年的灵芝，当年，这里还是一片荒野，灵芝就长在一棵古树上，后来这里建成了浮生园，灵芝被你曾祖父采下来，用箱子装好，藏在这地下，说是这地窖藏住洪家的元气。"

　　"哦……"众人恍然大悟。洪石农挥舞着手中的小挖锄，急急忙忙地挖着地。"不要急，这是细活，慢慢挖，不能损伤那株灵芝。不过，我也没看到过这灵芝是什么样子，据祖上讲，像一个特别大的蘑菇。"洪朝奉边说边用手比划着，从那弧形来看，应该有洗脸盆那么大。

　　洪石农不断地挖，挖了半天，只挖出几块腐朽的木板条，也找不到那株特大的灵芝。众人摒住呼吸，一言不发，洪朝奉眼睛睁得大大的，死死盯着眼前泥坑。洪朝奉轻轻地说了一句："不要挖了，也挖不到了，宣统皇帝都跑到东北好多年了，灵芝埋在土里的年份太久，大概腐烂掉了。"众人听了这话，一个个反而感到特别轻松，赶紧扶着洪朝奉走出藏春坞山洞。

　　洪朝奉去世的头天晚上，洪石农就做了一个很奇怪的梦。他梦见自己在浮生园德邻堂的二楼，刚从自己的卧室里走出来时，见楼梯上站了一个和自己相像的年轻人，那人穿的衣服非常整齐规矩，像堂前那张祖宗像上的人。洪石农走过去问道："你是谁？我怎么从来没有见过你呀。"

"我是你父亲洪朝奉呀。"楼梯那人幽幽地告诉他，脸色开始变暗。

"你怎么又变成这个模样？"洪石农不解地问道，心想父亲的情态变化得太快了。

"你出生之前，我就是这样的呀。"那人轻柔地说着。接着，他又对洪石农说："儿子，我马上要出远门了，带你去堂前，见见你的三个祖宗。"洪石农随洪朝奉来到了德邻堂大厅。里面的摆设和他白天里见到的是一模一样。堂前八仙桌两边的太师椅上各坐一人，左边那老头好像是一个大官，顶戴花翎，十分精致，冠顶上有块漂亮的珊瑚。右边的老头，显然朴素多了，身穿着一套破旧的蓝衫，头上带了一个圆圆的暖帽。厅堂侧面两边各摆放了四张方正的椅子，又有一个老头端坐在一个椅子上，也穿着一身官服。

洪石农一脸茫然，洪朝奉一手牵着他，一手指着那三个人，说道："八仙桌左边那位老人，就是你的太外祖父王侍郎，当过兵部、吏部的左右侍郎。右边那位老人，就是你的曾祖父洪阅甫，中过秀才，开过药铺。"

"嗯嗯，我好像听说过。"洪石农恍恍惚惚地回答着。

"这位就是你的祖父，皇帝封过他二品官，他没有到任，就去扬州卖盐了，他生意做得很大，还在扬州接过圣驾。"洪朝奉又指着侧面椅子上的老头，很自豪地说着。突然，洪朝奉又严肃起来了，一字一句地说道："吾儿石农，快上前去——跪拜！"

洪石农一听这话，赶紧朝前去一个接着一个跪拜着。拜完后，洪朝奉摸了摸洪石农的头，认真地说："儿子，我们出远门，临走前，我告诉你两句话。做生意，我用古人的话教导你，一句是'祸患每从勉强得，烦恼皆因不忍生'，另一句是'贱里买来贱里卖，容易得来容易舍'。你悟透了，你就是一个好商人，洪家的好儿孙。"

"吹灭读书灯，一身都是月，这是一个人的气节。这句话你一定要带给你那个不听话的大哥。"洪朝奉临走前又说着这句老调重弹的话，洪石农不停地点头称是。

洪朝奉说完这句话，便跟着那三个老人一起出了德邻堂，突然都飞了起来，一个接一个地从浮生园的花窗中飘出去了。

早晨，洪石农醒来，德邻堂西厢哭声一片，父亲洪朝奉已经在床上断气了。

第六十六章

洪石农自小生活在这个儒商之家，耳濡目染，在生意方面也是触类旁通，口才又很好，在一壶春茶庄中很会讲话。

"徽州的茶之所以优，是因为有天上月、地下泉、秀丽的山、浩渺的水，还有山间的松涛一起孕育出来的山珍。佳人之所以为佳，不在于涂脂抹粉，满头珠翠，而在于'玉雪心肠'，内在清韵，徽州的绿茶就是这样的……"洪石农在一壶春茶庄，经常侃着这样的高论，巧联妙串，一语惊四座，茶客们纷纷侧过头来细听。

"少爷真有一肚子货，看来，他在浮生园里读的《茶经》《茶歌》《随园诗话》……真的没有白读啊！"有才情的海棠姨娘赞不绝口，她依然长发垂腰，那么地好看。

洪石农见海棠姨娘如此抬举他，更是口若悬河，滔滔不绝。他从汉武帝、苏东坡、陆羽、卢仝开始，谈到煎茶、茶艺、茶具，甚至还谈到高深的"茶禅"。他即兴引用了卢仝的《茶歌》，并用徽调唱了出来："一碗喉吻润，两碗破孤闷，三碗搜枯肠，唯有文字五千卷，四碗发轻汗，五碗肌肤清，六碗通仙灵，七碗吃不得也，唯觉两腋习习清风生……"他的唱词，把所有人带进这七碗茶中，人人都似乎散尽胸中垒块，心情舒畅，恍若登仙。

有二位来自镇江金山、焦山的高僧，正在茶庄里喝茶，听得神魂颠倒，情不自禁地问道："店主，你懂'茶禅'么？"

"茶禅，字面上是茶香恬淡，禅味隽永。天之高，地之阔，月之皎洁，风之清扬，茶与万物融为一体，自性清明，即为茶心。其在名山中，或在清溪畔水，随缘而适，不拣不择，即为茶之初心。茶禅可以在煮茶、斟茶的过程中体会淡、静，而后使人变得缓和从容、宠辱不惊。"洪石农的一番话，两位高僧听得如痴如醉，拍案叫绝道："难怪一壶春的茶在江南江北响当当，不仅茶叶好，店主也讲得好，年纪轻轻就有如此高妙的见识，口吐莲花呀！"

两位高僧把洪石农当作知己，他们经常横渡长江跑到梅溪来，专门定购一壶春茶庄的各种徽州绿茶，而且从不计较价格高低。茶庄里樱桃姨娘也称赞道："小少爷不错，看似有点不务正业，但用嘴也能把生意吹来，又为一壶春茶庄做成了一笔生意。"洪石农这个散漫的样子，樱桃姨娘却喜欢他，觉得他不是油腔滑调，而是多才多艺，富有情趣。

"龙生龙，凤生凤，朝奉儿子就是不一样。"白发飘飘的老管家林琴坤见少爷有出息了，也不停地称赞着，手中的拐杖还不停地舞着，好像在画龙，又好像在画凤。

洪石农吃腻了桌上的菜，但每餐饭却要上一道菜，那就是醢玉香豆腐店里的白豆腐。他总是津津有味地吃着这碗豆腐，边吃边傻笑着。大家都心知肚明，他哪里是在吃豆腐，而是把碗里的白豆腐当成程兰花了。

程兰花在南街上卖豆腐，街上醢玉香豆腐店的店主老了，就把店面租给了程兰花母女俩。程兰花已不是当年那个天真无邪的少女，而是一个风姿绰约的俏寡妇，她未过孙家门，孙家那个短命鬼孙冠儒就命归西天了，她是一朵未开苞的鲜花。梅溪人都说，梅溪河是一条胭脂河，程兰花天天用这清溪水清洗，洗脸蛋，洗身子，越发前凸后翘，身段丰腴，一双丹凤眼会说话，一头乌发如瀑布一般直泻腰间……南街上的人一说起她，有荤有素，眉飞色舞，情趣盎然。

店主把豆腐店盘算给她娘时，顺便把一大堆欠条给了她，还说："能收回几个铜板，算你家运气好。"

洪石农在一壶春店里似乎也很忙，但他一有空闲，就穿着大哥送给他的西服，再把头发梳得油光可鉴。

"少爷，你又想去豆腐店了，那店可比不上一壶春茶庄，店小蚊子多。"

"你就别替少爷操心，他头发那么光滑，蚊子飞到他的头上，也站不住，还会拐断脚呢。"

海棠樱桃姨娘们在打趣着，洪石农微笑着，用手拉了拉脖子上那根红领带，吐了吐舌头，轻轻地说道："你们放心吧，驴屌当不了石磨芯。"一出店门，便往豆腐店方向飞跑而去。

这天，洪石农一跑进豆腐店，就看见那堆欠条。他好奇地翻着翻着，双眼发光了，大声地叫起来："兰花，你要发财了。"

"你是财迷心窍，一堆旧纸条，怎么发财呀，还是要好好干活，能混口饭吃就行。"程兰花嗔怪道。洪石农大惊小怪的模样，确实把她吓了一跳。

"我说真的，就是这堆旧纸条。"洪石农一本正经地说道。

"这是人家的欠条，一些要不回的死账！"程兰花淡淡地说着。

"这里面大都是前朝探花郎的墨宝啊，一字千金！"洪石农却来了精神，大声地说道。

"听老店主讲，这些旧纸条就是梅溪那个倒霉死鬼孙孔嘉的欠条。他生前喜欢吃店中的五香豆腐干，可总是拿不出钱来买。店主见他可怜，让他赊账，一而再，再而三，多少年了，竟有这么多的欠条。后来，他人死了，就成了一堆废纸！"程兰花带有几分讨厌的神色述说着，心里还在责怪那老店主给了一堆无用的废纸。

"你可知道，现在是民国时代，许多人都喜欢收藏前朝的名人字画，尤其是状元、榜眼、探花的墨迹更加珍贵，片纸珍宝。我再来数一数，看看有多少张墨宝。"洪石农越数越兴奋，好像是在数着一张张银票。

"一共有二百五十张，其中题写诗句的欠条也有不少，比如'箸上凝脂滑，铛中软玉香'的欠条，尤其珍贵！可以高价卖出。"洪石农边数边说着，好像白花花的银子就堆放在他们的眼前。

"你就白日做梦吧！"程兰花含情脉脉地嗔怪道。

"绝对不是梦，梅溪人那股附庸风雅味，我心中最明白。"洪石农语气十分肯定，他心里明白，探花倒霉时大家讨厌他，可探花死了，又有许多人怀念他，人就是这样犯贱。

洪石农特意找出两张欠条，把写有"酯玉香"三个字刻成了一块横的匾额，让写有"箸上凝酯滑，铛中软玉香"欠条成了对联，再制成一幅宽广的木头楹联。欠条上的两个印章，一个是"丙子探花"，另一个是"臣孙孔嘉"，也请刻工一并刻上去，挂在豆腐店的门前，小小豆腐店，蓬荜生辉。那些欠条，不到三天功夫，就被南街的商人争购一空。程兰花一下子得了不少银两。人们也学着酯玉香豆腐店拆字拼字的做法，刻制了许多探花的题字牌匾。诸如，香玉、软香、凝脂、嘉玉、滑玉、嘉玉孙等等，满街尽是探花匾。

　　浮生园后院，有几台磨豆腐用的石磨，早已空置多年了，程兰花天天要磨豆籽，正好派上用场。她常说，洪家的石磨，石质好，石齿精细，磨出来的豆浆，又白又细，做出来的豆腐又白又嫩。洪石农经常从一壶春茶庄溜出去跑到浮生园后院，看着程兰花推磨的模样，满头乌发挽起一个头髻，再用一根红纱布扎着，汗水从白嫩皮肤沁出，满脸通红，恰似千姿百态花窗下的桃花，美妙极了。南街上的人却认为，一个壮汉和一个俏寡妇，天天在一起磨豆腐，谁知道这对男女在演什么戏。

　　"肯定又是先奸后娶，反正他那个久病的老婆朱茗珍的命也不会长久，有钱人都是这个路数！"那人的语气很肯定，说着这句酸溜溜的话，一不小心，口水流了出来。

　　洪石农那个长年生病的老婆朱茗珍，虽然不是大家闺秀，却知书达理。只是太过迷痴于仿古人究茶，因为曾经是洪家玉女茶的制作者，也因此嫁入了洪家。

　　朱茗珍出身殷实之户，其父在梅溪街上有一爿小店，经营茶叶小生意。主要供货给梅溪洪家。祖父也是一个老秀才，老实本分。

孙女朱茗珍常跟祖父习字看书，小丫头肤质白皙，眼波婉转，是个美人胚子。她发呆的时候颇多，祖父常叹此丫头灵性有余，性格却有些乖癖。祖父书房内喝茶用的是一把小品石瓢壶，走到哪儿都抓在手中，一斗烟，一口茶。朱茗珍小时候爱偷着喝祖父石瓢壶里的茶，祖父无奈，到了茗珍十岁那年，便拿出一把西施壶，许她专用。此壶亦名文旦壶，原先也叫西施乳，言壶之形若美女西施之丰乳，后人觉"西施乳"不雅，改称"倒把西施壶"。茗珍平日里懒读《女诫》《内训》之类，倒是喜欢读陆羽、皎然，陆羽的《茶经》，初看不懂，年岁渐长，后来当过洪家的茶童后，越发喜欢研读此书。

说起洪家的茶童，规制倒是高。十岁到十二岁的女孩儿为茶童，十三岁到十八岁为玉女，须是处子之身、容貌秀丽、端庄质朴、出身干净的女孩儿。因为洪家素来对茶童玉女选拔甚严，不仅酬报丰厚，杰出者还奉以珠宝、金银等，梅溪周边十里八乡参选之女络绎不绝。最盛之时达到百名有余。不知情者以为宫中选秀女，实则只为一款茶：玉女茶。

驼峰之侧，阳崖阴林，云蒸霞蔚，朝晖夕阴，奇峰岩石充分风化，最宜茶树生长。陆羽《茶经》有云"上者生烂石，中者生砾壤，下者生黄土"，这片茶园的茶树即生长在蔚然深秀的高山上品。生茶为上品，若制茶工序有差池，则暴殄天物！洪朝奉天南海北闯荡时留心观致，参阅茶书古籍，终于创制成独树一帜的"玉女茶"。

此茶需要十至十八岁处子之身的女茶童、玉女（女子来过初潮之后）采制。早莺争暖树，新燕啄春泥之时，茶树渐醒，淅沥春雨，茶芽萌动。此时茶童、玉女已集结在驼峰山脚的玉茶坊。玉茶坊既是女孩儿们清明到谷雨左右半个月的驻地，更是制作玉女茶的秘密场所。

玉女坊前后共三进。一进开阔平整，青石铺地，竹簸约百十个纵横摆放，用于摊晾茶青。并用毛竹扎高架，茶芽尚嫩或日光较烈时，铺白绸于竹架上，形似茶寮，保护茶青，走风晾干即可。二进精致复杂，分大间，小间。依次为炒青室、揉青房、烘青房、静置房、分拣房、品鉴室、小仓库。其中最精妙的是揉青房，有十小间，每间内设木制镂空蒸浴座，座下可放置一木桶热水。三进为茶童、玉女起居之地，所用之物皆为上品，所食菜肴专人甄选，多为滋阴润肺、平顺和气之材。务必使女童玉女采茶时身康体健、舒心柔和。采茶前的晚上，女孩儿们皆需煮山泉水，沐浴更衣。玉女坊有三不采：下雨天不采、午后不采、经期（玉女）不采。

朱茗珍在家也算养尊处优，却时常孤僻。十一岁时去参选茶童也是自己做主，父母阻拦不成，唯祖父知其爱茶，便让她去。没想到入山成痴，制茶成魔，与女伴采茶于驼峰之下，竟成了她每年春天最盼望的事。山气日夕佳，飞鸟相与还，朱茗珍仿佛倦鸟归林，加之心灵手巧，成为采茶女童中的佼佼者。

有几件事情朱茗珍很是不懂，每日自己小手采下的嫩芽，小茶篓还未装满，就被监茶妇人倒在一个个纱袋里拿走了？玉女们下午去揉青房总是神神秘秘。

朱茗珍采茶时发现那些玉女们的胸前都鼓鼓的，她们腰带绑的紧紧的，上衣领口敞开，里面是一小包一小包的纱袋，弯下腰，耳坠轻轻晃动，小颗的汗珠沿着脸颊、颈子悄悄的流，流进了衣领，茗珍看到了姐姐们滚圆雪白的胸脯，一颤一颤，茶包在双乳之间挤来挤去，好香啊。

谷雨过后，玉女茶采制结束，洪朝奉和一干茶商来验茶。此时茶童、玉女要各自归家了，除了既定的酬金，还可以挑选一件礼品回家，品鉴室里，同伴们选了耳坠、簪子、扇子等物件，一一拜谢退出，朱茗珍心意已定，等到众人退尽，她手指向书架上那本监茶师才能翻阅的《大观茶论》，监茶师看看洪家管家林琴坤，林琴坤看看洪朝奉，洪朝奉意外之极，这小丫头识字？这可是宋徽宗赵佶所著的关于茶的专论，因成书于大观元年，故后人称之为《大观茶论》。"请洪老爷赏我这本《大观茶论》"，朱茗珍倒是一点也不怯场，洪朝奉欣然答应。

朱茗珍经常去父亲茶铺中，研磨茶粉。时而翻阅《大观茶论》，时而央求祖父把架上的茶筅给她玩。十三岁起，朱茗珍胸部越来越丰满，肚兜里面用白布裹了一层又一层。

燕子来时新社，梨花落后清明。这一年的春天，朱茗珍终于不再是茶童，而是一名玉女了。参选的时候，监茶妇人看她个头冒尖了不少，鹅蛋脸上悬胆鼻，比上一年更标致了，只是胸部还不够一些。朱茗珍心里明白，干脆心一横，说愿意进内间查验，监茶妇人看着丫头脱下外衣，是个水红色的肚兜，肚兜解下，还有裹胸。朱茗珍似乎被裹得透不过气来，一层一层将白布绕下来，胸前越来越鼓，最后一层白布落地，一对活蹦乱跳的奶子挺立在胸前，监茶妇人惊了：我的个祖宗呀，比面团还白还大，粉嫩的小红枣随着身体的晃动颤抖着，可怜了这丫头藏了这么久，胸前两道白布勒出的红印子让人心疼。赶紧说道："好姑娘，以后别勒太紧，这对奶子是你的福气。"

朱茗珍第一次把监茶妇人递过来的茶包，塞进了不再裹白布的胸前，其他玉女最多放置三包，她能一次塞五包。采完一棵又一棵，不一会儿，她低头擦汗的时候，闻到了熟悉的味道：有茶香，还有体香……朱茗珍尽情地吸着这样的香气。

朱茗珍终于走进了揉青房。原来，玉女茶的精髓就在于揉青这道工序。每个玉女都要进属于自己的私密揉青房，褪下衣裳，洗净身体，坐上木制的蒸浴座，下面是一大木桶烧开的山泉水，热气化成雾气，缠绕在小小的房间内，白玉般的朱茗珍坐在蒸浴座上，她的心里砰砰跳，少女纤细的腰配上丰润的乳房，散发出淡淡的香气。房间内越来越热，细密的毛孔开始打开，香汗淋漓，监茶妇人透过门帘一手递进来一小竹簸茶，这是杀青过后刚起锅的茶，软软嫩嫩的。她平躺着将茶叶铺满在胸脯上，片刻后轻轻起身，茶叶在她两乳之间来回翻转，两个粉色的乳头立了起来，雾气氤氲，朱茗珍一会儿左右揉搓，一会儿上下揉挤，呼吸声重了起来，她感到晕眩，下面有些潮湿，小腹微微酸胀，不禁轻轻的"啊"了出来，脸一红，咬住自己嘴唇继续揉奶子。监茶师和制茶师父对她揉捻出来的茶叶香味感到与众不同。

洪朝奉带着儿子洪石农及二位茶师来品验。这次品鉴，所有的茶童和玉女都在场。洪石农第一次来这里，监茶师带着他里里外外介绍了一圈，洪石农很是不以为然，觉得父亲故作神秘，不过尔尔。

品鉴室内，洪朝奉坐在大茶桌中间，监茶师说今年的玉女茶比往年产量多得多。洪家虽说在徽州各处都购置有茶山茶园，按照山场特质和茶树品种分别制作不同的茶，比如漕溪的徽茶、绩溪的金山时雨、休宁松萝山的松萝茶、祁门芦溪的安茶，都聘有监制人负责。但唯独这玉女茶，产量极少，名声神秘高贵。

洪朝奉有些担心今年玉女茶的香气和口感，于是发话：开汤品鉴吧。走到几十个茶样前，看外形闻香气，择制茶日期抽茶样，一共六样。往年最多抽三个不同日期的茶样，这次监茶师虽然准备数十副盖碗，准备冲泡品鉴，但一次冲泡六个茶样，显然有些手忙脚乱。泉水已是三沸，眼看不能同时开汤，只见朱茗珍走上前将六个茶样分装入十八个盖碗，一个茶样出三碗茶汤。她双手分别执水壶同时注水，从右至左，十八只盖碗注水均匀，水柱细柔，没有伤到芽茶，注完水一一合上碗盖，每只盖碗留一隙。朱茗珍这番动作行云流水，滴水不漏，在座各位鸦雀无声，洪石农目瞪口呆，见这玉女气度不凡，白里透红，又是这般镇定自若，不免浮想联翩。洪朝奉一声"好"，众人皆叫好鼓掌。洪朝奉呆呆地看着朱茗珍，监茶师提醒洪朝奉，她就是当年那个索要《大观茶论》的茶童，洪朝奉点头不已。

朱茗珍走近大茶桌，双手一一揭开碗盖，行茶礼退下。霎时间，众人惊叹，屋内茶香花香蜜香肆溢，令人神清气爽，心生喜悦。洪朝奉和二位茶师共同品鉴，轻啜一口，茶汤经舌入喉，花香袭人。洪朝奉与二位茶师目光相接，满足一笑，茶水中的蜜香乳香和少女的体香弥漫一室，玉女茶成功了！

洪石农有些急了："父亲，剩下这碗茶让我也来学着品鉴。"端起盖碗，喝了一大口，只觉鲜爽怡人，一股奶香在鼻腔回旋。他望望监茶师，心里想着，这奶香是从何而来。

洪朝奉心境大好，重赏了茶童和玉女。又让林琴坤去朱茗珍家打探家世。他心里想，这玉女坊如果由自家媳妇掌管经营，必定独秀江南。

洪石农还在缠着监茶师，不停地问道："茶汤里怎么会有奶香。"监茶师将他带到揉青房，轻轻地说道："少爷，您喝到的何止是奶香，更是女人香！"他便将玉女如何在热气腾腾香汗淋漓的房子里用双乳揉搓茶叶描述了一遍，洪石农望着揉青房，感觉下身胀起来了。

洞房花烛夜，洪石农眼前一片白嫩香艳，只剩一个红色的肚兜，肚兜上绣着莲生贵子，被撑得高高的。他不扯肚兜，反而慢慢靠近新娘子朱茗珍，闻着她的乳香，听着她紧张的呼吸，从下面钻进那被撑得很高的肚兜，从下面往上看，立刻血脉偾张，这两只出现在梦里的奶子，那么挺翘，那么有弹力，迫不及待的去抓，一手一个奶子握不过来，当年雾气腾腾的揉青房里，就是这对香乳揉搓了玉女茶，不知是乳香揉进了茶香，还是茶叶滋润了这对玉峰，一边揉捏，一边浮想联翩，茗珍有些害羞，毕竟这对洁白的奶子还没有被男人揉捏过，越是挣扎，乳房越是颤抖，引得洪石农扑上去吮吸乳头软滑香甜。茗珍似乎明白了什么，这以后就再不是处子之身了，再也不能进揉青房了，朱茗珍自知此生再回不到玉女之时，任洪石农在身上揉捏、抽送，眼泪掉落眼角。这一夜，洪石农三上玉女峰，泄完后把脸埋在她的双乳间，喃喃道："我愿意，愿意做一片茶叶，任你揉搓。"朱茗珍不语，心下痛惜不已：你这臭男人，如何能与那圣洁的茶叶相比？

新婚月余，洪石农夜夜迷恋双峰，朱茗珍却渐渐冷淡。恰逢新社，春风春雨催新茶，一年一度的茶童、玉女开始集结驼峰下的玉女坊，朱茗珍失落极了。

洪石农外出喝酒的次数多起来，他的那些狐朋狗友对朱茗珍那对揉茶的奶子垂涎不已，酒后打趣洪石农，众人三句不离奶茶香奶茶甜，洪石农长叹一声，继续喝酒。回家看到朱茗珍又在灯下看书，什么《茗荈录》《茶录》《东溪试茶录》《品茶要录》《大观茶论》《宣和北苑贡茶录》《北苑别录》《茶具图赞》，他什么也没有说，直接上床睡觉了，半夜起来把那些书拿到后院一把火烧了，烧完之后一觉睡到三竿醒。再见到独坐在床沿上的朱茗珍，泪痕未干，双眼肿得像核桃。

……

这天蝉鸣池柳，小扇摇风，已是初夏。浮生园里蔷薇花又开了，池子里红白二色荷花含苞待放，隐约数尾锦鲤在荷叶下游弋。海棠和樱桃午后醒来，相约去池边的烟云亭下棋。二位渐向凉亭走来，发现亭中秀影往来，原来是朱茗珍带着随行丫头，摆设茶席。见过二位姨娘后，急忙赔不是，指着瓷罐说这是今年窨制的珠兰花茶，刚从邻村送来，茗珍没有邀请二位姨娘就先行品鉴，实在失礼。未曾想此时婆婆胡月娥也来了，赞叹道："这珠兰窨茶是徽州独有，用的是徽州烘青、老竹大方绿茶作茶坯，混合珠兰窨制而成的花茶，今日共品，真是福气。"茗珍见婆婆和几位姨娘如此随和，宽心不少，便为她们奉茶，珠兰花茶清香幽雅，海棠和樱桃甚是欢愉。胡月娥让人去房中取她的私房茶，茗珍的好奇心又上来了。不一会儿，丫环抱来一个铜制茶罐，海棠猜是西湖龙井，樱桃猜是老爷生前从西山带来的碧螺春，胡月娥笑着摇摇头，倾斜铜罐，将茶拨入茶泽，一股梅香扑面而来。突然有人说道："这夏日里如何有梅花香呢？"胡月娥又唤随行之人端上几色瓜果糕点，"富岱的杨梅熟了，刚好送来大家尝一尝"，朱茗珍与各姨娘皆向胡月娥行礼言谢。各位落座后，胡月娥说道："这款带有梅香的茶，是用梅花窨制的祁门红茶，干茶条形紧锁，乌黑带金边。"开汤后果然口感滑腻，果香与梅花香兼而有之，回甘生津。说这款茶名叫"梅妃"，樱桃放下盖碗便朝着胡月娥说道："姐姐您看，老爷就是偏心，好东西都在你那里，我们竟是第一次喝这好茶。"胡月娥笑着低下头。

　　胡月娥看看茗珍，平日里就不太爱说话的她，眉间似有淡淡烟愁。"茗珍，你多出来到园子里走走，我们徽州的男人都是走南闯北，哪有常年在家陪妇人的呢？总听说你会茶百戏，你海棠姨娘在扬州的时候，雅号'点茶娘子'，点茶也是她的绝活呢。"容不得海棠谦虚，便吩咐下去，添二副茶桌来，要看茗珍和海棠斗茶。众人顿时来了精神，就连灶房里的几位帮厨也闻声来观"战"。

清风拂过，荷叶翻动，亭子里裙袂飘飘，很是凉快。茶桌上茶粉、茶膏、茶针、宋建盏、宋影青执壶、茶筅各司其位，海棠、茗珍恭敬行完茶礼，款款坐下。胡月娥悠闲地吃着杨梅，甜中带酸，又轻轻抿一口"梅妃"，柔和地看着端坐的朱茗珍，目光里有一丝怜惜。

后山上取来的泉水已经烧开，海棠、茗珍将研细后的茶粉用茶匙拨入建盏，提壶缓缓环绕茶粉注入少许沸水，先将茶粉调成茶膏，纤纤玉指，轻拿轻放，一看就是行家。点茶时，一共需要注入七次沸水，二回注水要求来回成一条直线，快注快停，海棠动作干净利落，茗珍稍有拖延。三回注水后茗珍开始用茶筅击拂，茶面渐生沫饽。海棠不紧不慢，击拂看似舒缓匀齐，但柔中带刚，力度重于茗珍。直到七回注水，二位建盏中的汤面已呈雪沫乳花状。樱桃起身来回观看，说："海棠的汤面乳花雪白一些，茗珍的汤面不仅乳花白而且厚，不容易消散。"樱桃心里赞叹茗珍的汤面已经达到"咬盏"的境地。"以此看来，茗珍更胜一筹？"胡月娥话没有说完，海棠茗珍已执茶针，蘸清水开始在汤面上作画，不一会儿，朱茗珍的"鱼戏莲叶"画成了，栩栩如生，众人点头称赞，海棠这边刚放下茶针，轻摇建盏，一副"远山含翠图"呈现在白色的汤面上，亭子里发出叫好声！胡月娥叹："好一个扬州点茶娘子啊！"海棠忙说与小辈切磋，实在有愧，好久不点茶，生疏了。众人欢笑，直呼见了世面了。洪家花园好久未曾如此热闹。樱桃抚琴并吟诗一首：

《饮罢珠兰又梅妃》

纤纤击拂浮玉华，徽州扬州同点茶。

指绕腕旋凝盏面，细描巧勾生莲花。

粥面粟纹久者胜，观战不觉时有涯。

饮罢珠兰又梅妃，微汗似在玉川家。

　　此时斜阳晚照，流霞满天，远处的驼峰金黄明亮，胡月
娥心里想：要是老爷此刻还活在浮生园里该多好……

第六十七章

洪石农开始接手一壶春茶庄那阵子，还有三把火的劲道，几年下来，渐渐地又没有心思经营打理了。局势也是动荡不停，南街上的人刚刚说完袁世凯，又谈起孙传芳，偶尔还讲到红头发绿眼睛的洋人。

一壶春茶庄的牌子响，不仅是茶叶质优，而且店堂的茶具也十分精美，青花瓷，玲珑剔透，清雅柔润。釉里红瓷，五彩缤纷，晶莹雅致。尤其是桌上那个硕大的茶壶，胎如蝉翼骨如玉，型如美人声如磬，引人注目。据南街上的一些老人说，这是用一个美貌少女的命换来的。那时，一壶春刚刚起步，洪朝奉父亲洪文翰去祁门山里"太后坑"瓷窑定瓷器，窑工中一个短命鬼说了一句恶语："好瓷器需要女人的血肉融合。"当时，洪文翰对此话并不在意，六个月后，他再去购买瓷器。那堆瓷器无论纯白、纯绿、纯黄，还是釉里红、青花，一件件光亮夺目，美轮美奂，价格也高出数倍。窑主说，你走后，我们悄悄地在梅溪的街上那群要饭堆里，买了一个秀气女孩，平日里，好吃好喝地供着她，等把她养得肤白肉嫩时，让她沐浴梳妆打扮一番，再骗到窑口，猛然把她推进去烧了祭窑，才烧成你预定要的瓷器。反正我们恶事已经干了，你不买也得买，否则，一起砍头。洪文翰也不知真假，吓得不轻，只好偷偷让伙计们把瓷器拉进了一壶春茶庄。

太后坑因清宫里的慈禧太后而得名，当年，慈禧太后为了纳凉，想让官窑烧一个瓷器的凉床，景德镇御窑终因瓷床过大，试用了多处瓷土都未烧成，后来取了徽州府祁门山中的瓷土，则烧成一张白如玉、明如镜、声如磬的凉床。

"你们看，这些瓷器，红的是那个俏女人的血，绿的是女人脸蛋上的粉黛。青花瓷上的袅袅烟云，就是那女人不散的灵魂。"洪朝奉生前也经常这样戏说着。那些貌美如花的姨太太们，吓得一个个花容失色。

洪石农的海棠姨娘行茶表演美妙绝伦，更有一头鬓黑如漆垂地的美发，当年洪朝奉在扬州一个茶馆中见其表演茶艺，一头秀发一打开，就像黑色的瀑布一样，闪闪发光，马上吸引住了洪朝奉。洪朝奉正为没有儿子而苦恼不已，按照梅溪老地师春嬉公的讲法，头发乌黑浓密者气血旺，气血旺者高寿多子，所以花巨资买下海棠，迫不及待地带回梅溪，可天不如人愿，海棠一直没有怀孕生子。

海棠姨娘每次在一壶春茶庄表演行茶之礼，梅溪人都想一睹这位长发美人，她一出场，一壶春茶庄顿时春光融融，宾客满堂，川流不息，茶庄生意空前的好。佃户富贵、阔海他们手中没有多少钱，也从未去过一壶春茶庄品茶，这天，他们也凑足钱，去一壶春点一壶滴水香，坐在花窗下慢慢地品赏着香茶，而一双眼睛却溜溜地盯住不远处的海棠。

海棠的嘴唇如涓涓细流吐出天籁之音：

春水春池满，春时春草生。

春人饮春酒，春鸟弄春声。

君生我未生，我生君已老。

君恨我生迟，我恨君生早。

那清脆的歌声，好似山谷中黄鹂的鸣叫，洋洋盈耳。又似翠鸟弹水，沉鱼出听。

"富贵，你都流口水了吧？"阔海轻轻地挖苦道，他边说也边流着口水。

"你的口水和茶水混在一块，也分不清是茶水还是口水。"富贵打趣地回道，他见阔海的口水正滴滴哒哒流入茶碗。

"她的头发咋那么多那么黑那么长，要是趴到洪朝奉身上睡觉都不用毛毯盖了，这就是一条滑溜溜的毛毯呀。"阔海自言自语着，大脑里想象着洪朝奉生前睡觉时的艳福，心里有些责怪洪朝奉在瞎折腾，嘴里又莫名其妙地说了一句话："春水船如天上坐，老年花似雾中看。"

"看，坐在那边的孙道德那群人，平日一本正经，至高无上的臭样子，现在变成了那个馋模样，脖子伸得那么长，眼珠都要暴出来了。"富贵拍了拍对面阔海那只摆放在茶桌上暴着青筋的手，悄悄地说着。

樱桃虽然在海棠一旁抚琴，也诱惑着许多人那双贪婪的眼睛，她脸蛋紧致又光滑，一双水汪汪的大眼睛，娇柔妩媚，又灵气逼人。穿着红衣的樱桃，头上的发髻上簪着绢花插着发钗，美得就像是清晨花瓣上还带着晶莹露水的樱花，偶尔向客人嫣然一笑，更是娇艳欲滴。当她偶尔休息时，斜靠在椅榻之上，手托香腮，梳起的高高发髻在悠悠地晃动着，脖子上的层层闪耀的珍珠项链华贵流彩，美得不可方物。

多少年过去了，海棠樱桃依然还是那么年轻美貌，一颦一笑都风情魅惑，珠圆玉润的面容，温婉端庄的气质，撩人于无形，美得勾人心魄。

洪朝奉死了，海棠樱桃就成了寡妇，浮生园再也不平静，梅溪那些垂涎她们美色的男人们开始蠢蠢欲动，千方百计地骚扰她们，族长孙道德为老不尊，竟口出狂言，一定要强纳樱桃为妾。樱桃听到了这些闲言碎语后，毅然地告别浮生园，跑到几十里外一个抗日的驻军部队，参加了战地服务团，成了一名文工团战士。海棠见樱桃这么勇敢，干脆剪掉心爱的长发，去梅溪学堂当了一位教员。

一壶春茶庄在外地的店铺，开始一个接着一个倒闭，梅溪的"一壶春"也逐渐失去了昔日的光彩。那块金光闪闪的"一壶春"店招牌匾，也开始布满灰尘，任一群饥饿的鸟雀在上面叽叽喳喳叫个不停。墙壁上一块块写有"金山时雨""顶谷大方""滴水香"……的名茶方牌，也在风雨中不停地摇摇晃晃。

洪石农天天想着钱，那些瓷器也被他卖个精光。他天天在浮生园中走来走去，寻找值钱的东西，见到园中那些精美的花窗时，他眼睛又发亮了，立即叫人拆了几十扇梅花窗，堆成一座小山，低价出售。

他又想到苏州几个有来往的茶商，想去借点钱，就先寄几斤茶叶去试探一下，可找不到包装茶叶的东西，便拽下浮生园墙壁上的一张古旧的山水画，咯吱一声，古画一剪两半。苏州茶商收到茶叶后，立即回了一封热情洋溢的信，信中说："世侄盛情，一壶春茶优，君子不夺人所爱，茶叶就不用寄了，请你把另外半张破画寄来，以解思念洪家之旧情，云云。"

洪石农看完信，立即找出那半张画，横看竖看，一团漆黑的山水，不见一个字，画的下角有一个霉点斑斑的印章，有四个篆字："梅花古衲"。洪石农一看到梅字，心里就不爽，大喊："怎么我家有这么多梅，难怪恶运连连，赶紧把霉送走，寄走，寄走。"梅花古衲是明末清初徽州大画家渐江和尚的雅号，这画也是洪文翰留给后人的传家宝。

浮生园里的东西，能卖的都卖了，家徒四壁。一天，程麻仁来到了浮生园门外，这家伙脑子太好使，现在见古董值钱了，摇身一变，卖斗笠的就成了一位货郎，他挑着一副担子，在浮生园转了一圈，没有发现什么宝贝，却见两个老年妇女抬着猪食桶，打算去喂猪，这两个女人就是胡月姣、胡月娥姐妹俩。程麻仁迎上前问道："洪老太太有什么古董卖？"两个老媪回答说："园子里能卖的都给少爷卖完了。"这时，眼尖的程麻仁瞧见猪食桶里有一块黑褐色的狭长板子，便说："你这根猪食棒卖不卖？"俩老媪一听，都笑了起来，说："猪食棒不值钱，你要就拿去吧！"说罢，随手递给程麻仁。程麻仁接过，在手上掂了掂，二话没说，拿了十个铜钱给了胡月娥，胡月娥称谢不迭。程麻仁暗暗欢喜，挑起货担，走到梅溪河畔，用水细细洗净，竟是一块象牙板，即"朝笏"，也叫"笏"，以前高官朝见皇上时，都要手捧这样的朝笏面君。程麻仁实在忍不住内心的喜悦，对着梅溪河哈哈大笑道："真是风水轮流转，三十年河东，三十年河西。"

程麻仁赶紧把那块珍贵的象牙板藏进梅溪河的沙石中，又匆匆地返回浮生园。浮生园的院门洞开着，程麻仁来到那座假山前，放下肩上的担子，静静地看着那座假山，自言自语道："一座假山竟是岩、峦、洞、涧、壑、坡之大成，这很可能就是在梅溪广为流传的藏春坞，说不定地下还有宝贝。"他又走近一个洞口，见石柱都是一些上等的太湖石，玲珑剔透，穷穴千百，妙不可言，心中顿时惊喜万分。

"少爷，你家那假山的石头要卖吗？我尽量不让你吃亏。"眼尖的程麻仁见梅林中走来的洪石农，便笑容可掬地问道。

"我要卖呀，越快越好。"洪石农急不可待地说着，他明白眼前这个人不是什么善良之辈，但为了钱，也顾不上他是什么货色。

"那我叫人把假山拆了，再把石头运走。"程麻仁压着内心的激动，淡淡地说道。

胡月姣、胡月娥听到洪石农要卖藏春坞上的石头，匆匆赶来劝阻。

"儿子，不能拆呀，我听你父亲说过，这藏春坞一年四季都是绿的，所以也叫春山，后来你祖父又添加几块白色雪石，有赏雪围炉之意，这是浮生园的镇园之宝，我们不能失去这些，否则洪家家业就要彻底败了。"胡月娥极力阻止儿子的胡闹行为，胡月姣站在一边冷冷地看着，一言不发。

"我家已经败了，埋在地下的灵芝也烂完了，再留这些也没有用，能换几个钱就几个钱吧。母亲你喜欢那些陈年破事，几块白石头留给你吧，让你赏雪围炉去。"穷怕的洪石农根本就不听母亲的劝说，依然让人把藏春坞推倒了，峰顶上那几块白色石头落进水塘中，发出扑嗵扑嗵的声音，平静池水泛起阵阵涟漪。几只瘦小的鸭子，一直躲在水塘边的芦苇丛中，突然受了惊吓，扑嗵扑嗵地向岸上飞去，溅得胡月姣胡月娥俩人满脸满身灰水。

"洪家的气数尽了，老爷你在天上看见了没有？"胡月姣顿足捶胸地哭喊着，她一直在那座清白流芳的牌坊下痛苦了几十年，如果她的丈夫没有在钱塘江翻船而亡，自己的亲妹妹也不会嫁给老公公传宗接代。

"造孽呀，造孽，我怎么生出了这两个不争气的逆子。"胡月娥眼泪婆娑，不停地自责。站在身旁的胡月姣冷冷地说："什么狗屁的不孝有三，无后为大，这样的后代不如断子绝孙，作孽！"

洪石农如一个大将军站在一块巨石上指挥着，一块块精美的石头被工匠们抬上双轮木板车，然后，车轮咯叽咯叽地朝着浮生园大门浩浩荡荡地出去了。

第六十八章

南街上的住户都有印象，程兰花每当打开包豆腐的白布，一大块白如羊脂的嫩豆腐便出现在案板上，豆腐冒着热气，少量的热水还在滴滴哒哒地流着。人们便争先恐后，把一只只大小不一的瓷碗伸过去。"别急，等一下！"程兰花说着，纤纤玉手拿着一块小铁片，上下左右划几下，把边角不规则的豆腐，先盛进旁边的芦大碗中，再把一块块豆腐铲起来，滑进各家的碗中。谁都知道，那只芦大碗里的豆腐是送给浮生园洪石农享用的。除了程兰花要去替人家婚庆唱撒帐歌的日子外，那只芦大碗总是一动不动地摆放在豆腐板的边角上，有时，还有几棵早已清洗干净的小白菜，也斜放在那旁边。

"洪少爷，给你钱，这是还你当年高价收购俺家珠兰花的差价，现在补上。"程兰花总喜欢用这句话调侃着洪石农。她把节省出来的小钱，偷偷地递给洪石农。

洪石农身体不舒服，程兰花会放下手上的忙活，帮他去请中药店李玉晶郎中看病。李郎中很喜欢程兰花去找他，程兰花不仅美貌善良，而且聪明过人，他这个中药店之所以红火，与程兰花编唱的"中药歌"是有关系的，干枯涩苦的中药名字，经她一唱，病人喝药的感觉就大不一样，如饮甘露，似喝琼浆，人也变得温婉如玉了：

> 问春，凌泉柳华生冬青，白芍佩兰多香椿。
> 看夏，花楹重楼文竹下，六月雪后挖半夏。
> 闻秋，金盏银盘满山丘，冬虫夏草汉宫秋。
> 听冬，鹅不食草爱麦冬，紫花杜鹃路路通。

凌泉、柳华、冬青、白芍、佩兰、香椿、花楹、重楼、文竹、六月雪、半夏、金盏、银盘、冬虫夏草、汉宫秋、鹅不食草、麦冬、紫花、杜鹃、路路通是徽州中医常用的二十味中药。

程兰花捧着一碗刚熬好的药，走进了大厅。洪石农双手接过药碗，药汤还冒着热气，他把碗轻轻地放在八仙桌上，不喝，也不说一句话。

"你就趁热喝了吧，我昨天晚上又编了一首撒帐歌，唱给你听听？"程兰花说完，便嗯嗯了两声，清了清嗓子，准备开口唱歌。洪石农连连摇摇手，又指了指挂在墙上那套西服。

"你今天怎么这么郁闷，西服怎么了？"程兰花望了望那件西服，心想他在想病死的前妻朱茗珍？可这是男人的衣服呀，于是她轻轻地问道。

洪石农望着程兰花俊秀的脸，眼泪从眼睛里溢出，嗓子哽咽地说："我昨晚上又见到大哥。"洪石农一改平日里那股玩世不恭味儿，显得十分轻柔。

"你大哥死了，好多年了吧，你又在胡思乱想。"程兰花柔柔地说道。

"我昨晚梦见他，他上半身穿着和我这套一模一样的西服，在浮生园的梅花林上，飘来又飘去，梦里也是有风有雨也有雾。"洪石农低声说道。

程兰花一听，全身的毛孔都竖起来了，说起话来也变得口吃："这是阴魂不散呀，我娘和我说过。"她一双俊眼紧张地左盼右顾，好像洪砚耕的阴魂就在房里。

洪石农望着程兰花，点了点头，叹息道："我到现在还没有弄明白，他为什么要去投河自杀。"说完，双眼又盯着墙上那套西服，这是大哥死前留给他的唯一遗物。

洪石农想起大哥死前的一天下午，他步履蹒跚来到浮生园后院找大哥，见后院一片寂静，便轻轻地推开木门，见大哥独自站在一张古画前发呆，手还不停地擦着眼泪。洪砚耕见弟弟站在他身后，便苦笑地说了一句话："灵魂最后自由一次。"洪石农听了这句莫名其妙的话，手指着墙上的古画道："它也能让你灵魂自由？"

洪石农走近墙上那张青绿山水画，见画中山脉曲折蜿蜒，群峰环翠，层峦叠嶂，山谷间白云缭绕，山麓绿树丛生，苍翠欲滴；江湖开阔连天，村舍、寺庙、坟碑、寒鸦点缀其间，一片缥缈幽深。洪石农也觉得画好看，问道："大哥，这么美的画怎么会让你流眼泪呢？"洪砚耕看了看弟弟，便指着画中的坟碑说道："石农，你只看到江山如画，却不知道其中意。这个画家是一个明末清初的遗民，他是忠于明朝的贤士，后来，江南一带发生一起瘟疫，让他所有希望幻灭。他辗转了无数个夜晚，才画出这张图。你看看这画中坟碑，碑周围布满点点小白花，碑上记载着一次瘟疫的小字，大字却写了无言二字，象征着一切美好都过去了。"洪砚耕说着说着，又流下了眼泪。

"大哥，这画中间还有一个山洞呢。"洪石农大声地叫道，他似乎还在感到自己的眼光特别独到，有着明察秋毫之神力。洪砚耕的眼光随着洪石农手指的方向望去，幽幽地说道："这不是一般的山洞，是进桃花源的那个洞口。""里面的人不折腾不打仗无苛政之苦。再看看我们这个世界，新鬼喊冤旧鬼哭，乱哄哄你方唱罢我登场。"洪砚耕情绪的反差，让洪石农感到奇怪，他这样敏感，怎么和我的亡妻朱茗珍也有点相像呢。

"哦，还有这么多讲究。"洪石农见他哥这样多愁善感，便漫不经心地说了一句。洪砚耕又悲戚戚地说着："这石碑画得这么纯白，让无数理想和希望埋在这里，石碑上方尽是枯木和昏鸦，让人心中生出了万马齐喑的悲凉，云散尽，梦初醒，实在让人伤心啊。"洪砚耕说到这里，又流下了眼泪。洪石农也弄不明白，大哥见这张画怎么生出这么多的悲情，便悄悄溜出木门，心中也陡然冒出了一丝不安。

浮生园的树木、竹子、芭蕉密匝匝，风一来，便发出了哗啦啦的声音，在每一扇花窗里都可以听得清清楚楚。

"四不像出现了，何时抓捕？"躲在浮生园后院一堵残墙下的程麻仁轻轻地问身边的孙道德保长，不远处还摆放了一副货郎担子。四不像就是指洪砚耕，四不像本是一种常常出现在梅溪的麋鹿动物，这种动物头脸似马，角像鹿，颈像骆驼，尾巴像驴。梅溪周边的沼泽地里就有不少，有些时候，船来船往，它们受到惊吓，误逃进梅溪。梅溪人见到它，也不敢去捕捉，只是站在远远的地方指指点点，评头论足。

"这人真是一只四不像，看那头发，看那衣服，看那走路的模样，简直和我们这些人差别太大，我见到就心烦。"孙道德保长摸了摸自己头上粗糙的头发，又扯了扯身上光鲜的长衫，鬼鬼祟祟地和程麻仁说着。

"他那该死的爹洪朝奉死了，这只怪物气数也该尽了，县政府又要我们抓一批壮丁，正好把他抓去凑个数。我们抓捕后，连夜把他押往县政府，千万不要让他跑掉。"程麻仁好像心里比谁都急，他把多年来对洪家的积怨要发泄出来。

"这个我明白，现在抓个壮丁也不容易，再说梅溪许多人家还是有权有势的，老虎的屁股摸不得，排来排去，抓这个怪物是上上策，梅溪人对他也是不见不烦，没有一个人会心疼的，这样我这个保长也算完成上面交待的使命。"孙道德得意洋洋地说着，他如意算盘拨得叭哒叭哒地响。

"这只怪物当年替程熹礼的墨庄造势，动不动就请康有为、梁启超写字题词，后来还有人烧毁了金壶墨庄，如果我没有这些劫数，现在肯定还是有钱有势，会败落到卖斗笠收古董谋生，梅溪的保长帽子就不是你孙道德的了。"程麻仁摸了摸头顶那只折叠似瓦楞的帽子，嗓子低沉地嘶吼着。他把金壶墨庄的事全部怪罪于洪砚耕，洪砚耕以前敢替反清的同盟会造假钱，烧一个墨庄更不在话下了，程麻仁心里一直都是这样认为的。

"不要罗嗦，我也不会让你吃亏的，这壮丁是你发现的，我会从补偿壮丁户的八担米中扣除四担米给你，也让你发一笔财。"孙道德边说边盯着洪砚耕悠悠地进入浮生园。

孙道德突然站直身子，右手高高举起，往浮生园方向一挥，一群兵丁团团把浮生园围住，踢门而入。洪砚耕被五花大绑着身体押出浮生园，白发苍苍的母亲胡月娥死死拖着儿子的左手臂，不停地喊叫着："你们怎么抓我的儿子，他又没犯啥罪？""不要叫了，现在不是大清朝，没有人会来帮你们，你家现在也是草民一个，再说，一个儿子去当兵打仗，真是祖坟冒青烟，运势好，凭你儿子当年反清那股劲头，说不定以后要比冯小丰将军的官还大呢。"站在孙道德背后的程麻仁不阴不阳地说着。

"我们也不让你家吃亏，政府奖励你家的四担大米还留在仓库里，赶紧去领回来吧。"孙道德昂着头，左手摸了摸头上的乱发，右手拉了拉皱起的长衫，望着胡月娥，大声地说了一句话，一挥手向前走去。

洪砚耕当天就被押到县政府，第二天就送到驻扎在长江岸边的一支国民党军队，据讲当了一个线务兵，就是竖电线杆，拉电话线的兵丁。

这天，洪砚耕和队友们一起正躲在一个碉堡里睡觉，日本鬼子的一个炮弹射中碉堡，碉堡被炸了，其他队友全部死光，唯独洪砚耕命大，从血淋淋的尸体堆里爬出来。他顺手抓了一捆电话线套在肩膀上，拼命向徽州方向逃走。

洪砚耕在逃往徽州的路上，经常见到许多国军部队来来往往，在逶迤的官道上匆匆行军。

"你是干什么的？"一些兵士用枪逼着他大声地问道。

"我是电话兵，正在检修线路。"洪砚耕急智地大声回道。兵丁们见他身上扎有一捆电话线，也就放他走了。三天三夜，洪砚耕终于潜入梅溪，他直奔程麻仁的家，敲开了程麻仁家的门，洪砚耕一言不发地冲进门。

"四担大米是孙道德给我的，我还你家就是了。"程麻仁顿时吓得语无伦次，终于如实说出了四担大米的来龙去脉。

"孙道德保长凭什么要送给你四担大米，你心里最明白，我洪砚耕这一生确实悲惨，读了不少书，还留过洋，一生追求革命，但每件事都是失败的，成了众人眼里的一只四不像动物。今天，我要怪到底，最后革命一次，杀了你这个老淫棍老光棍老恶棍，也算是为梅溪除去一害。"洪砚耕一改往日的书生气，竟成了凶神恶煞，从腰间摸出一把亮晃晃的尖刀向程麻仁的胸口刺去，接着又连刺三刀。程麻仁也是一个老头了，哪里经得起洪砚耕的三刀，嘴巴只发出一声"梅溪最倒霉的人怎么都是我"便歪身倒地断气了。

洪砚耕丢掉尖刀，不慌不忙地把手上脸上衣服上的血渍擦了几下，轻轻地关好木门，匆匆离去。

洪砚耕回到了浮生园，换了一身毕挺的西服，梳了一个往两边披的分头，一脸轻松，飞快地在南街走着。他似乎没有在意天上正下着濛濛的细雨。南街两边的建筑，虽是战争结束后建起的店铺，粉墙黛瓦经过风雨的侵蚀，也生出一片又一片的陈旧气，反而让洪砚耕显得风度翩翩。

洪砚耕出了皱月巷，从义田的田垄走过，到了村外的梅溪河畔，卷起裤子，脱掉皮鞋，又撸起袖子，提着鞋子，一步一脚印地走过那片沼泽地，来到一个巨大的石崖下，石崖背后紧连着山，前面便是碧水汪汪的深水潭。他在石崖下穿好皮鞋，整理好衣裤，一步一步地踏着石崖的苔草，向石崖顶上爬去。到了石崖顶上，他慢慢地找了一个地方坐下，又理了理衣裤，将盖着双眼的头发不停地向后拢了几遍。然后，从西服口袋里摸出一包"哈德门"香烟，抽出一根，叼在嘴上，又掏出一盒洋火，抽出一根，吱一声，点燃了香烟。他悠悠地吸着烟，眼睛望着驼峰上的流云，盯着梅溪那一片片粉墙黛瓦，看着那座高高的百窗楼……他手中的香烟袅袅地飘着，渐渐地变短。最后，他用劲地吸了一口，便把烟屁股往远处一丢，纵身一跃，咕咚一声，水潭卷起了巨大的白浪，惊起一群白鹭，哗啦啦地从沼泽地里的苇草丛中飞起。一只四不像也受了惊吓，慌忙地飞奔，这次没有向梅溪村跑，而是朝着水流方向，向东边跑去，渐渐地消失在烟雾中。

第六十九章

　　徽州山水重峦叠嶂，川谷崎岖，据传倭寇打到临近的宁国县时，见前方山水奇特，仙雾弥漫，似一个桃花源世界，他们问当地的人，这是什么地方？人们答道："（宁）邻国"，日本人一听，大吃一惊，天皇派我们来侵占中国，还没有下令攻打邻国，赶紧撤军，所以，日本鬼子的铁蹄没有踏进过徽州，确实是一个幸运……梅溪人在南街上，都津津有味地谈着这趣事，谁也弄不清这事，究竟是真还是假。

　　日本鬼子未攻进徽州，但周边战事激烈，军警们都去了前线，梅溪这一带也成了真空地带，又成了山匪的乐园，梅溪许多商户的店铺经常发生被洗劫的事情。许多商户聚集在百窗楼里商议，想凑一些钱，组织一支地方武装，来保护梅溪区域的社会治安，保长孙道德想到了洪石农。他家茶庄生意倒闭，闲在家中无所事事，被公推为这支武装的头目。洪石农心中一直不甘寂寞，大家推他当这官，洪石农当然欣喜若狂，心里想，当这个官也许还可以撑撑洪家门庭。

　　"当官比经商好，人家瞧得起你，把你当作你父亲洪朝奉看待了。"老母亲胡月娥高兴地说着，支持洪石农去当这个官。

"你一天到晚，在家闷闷不乐，终究不是一个事，这样至少有一份职业。"程兰花也十分支持洪石农去干这事。

洪石农头脑灵活，接受这个担子后，立即拼凑人马，原先洪家的伙计、长短工等，他招回不少人到手下，并把各大商户用于自卫防盗的枪支也统统集中起来使用，只用了一个月的时间，一支有模有样的杂牌队伍开始在梅溪南街上巡逻了。

县政府认为这支队伍对梅溪很重要，就发了一张委任状，还送了一辆车，几十套军人服装，洪石农真成了南街上堂而皇之的"洪司令"。洪石农当了司令，首先想到了酯玉香豆腐店，他特地乘坐了美式吉普车去豆腐店，车未到，人们老远就听到哑咕哑咕的汽车喇叭声，接着是一阵滴滴笃笃的皮鞋响，到了豆腐店门口，早有四个卫兵肃立在两边。脚蹬高筒马靴、身着美式军装的洪石农，慢悠悠地走下车来，两手拉了拉呢子大衣，那风度比冯小丰回梅溪时，似乎还威风，许多人心里一直这么认为。

只可惜，那天一大早，程兰花就出门去替人家唱撒帐歌去了，根本没有见到这盛况。

程兰花唱撒帐歌的名气，早已超过当年的三寸金莲方春梅，她人长得美，天赋又高，而且歌词都自出心裁，每唱一家就有一家的词，但这个阶段，她特别爱唱茶叶之类的歌。百窗楼中的孙晦明也喜欢在笔记本上抄录寡嫂的歌词，已经有了厚厚的几大本。

这次，梅溪有一个老茶商的儿子娶媳妇，特意请她来唱撒帐歌。程兰花身穿粉红色旗袍，轻轻袅袅地走进洞房，她身旁的木凳上，摆放了一个斗大的装满各种茶叶的盒子，不远处桌上的红漆小盒也盛满瓜子、花生、红枣、板栗、百子糕品。众人好像不是来看新娘子，而是一个个睁大眼睛，死死盯着程兰花那妩媚的脸蛋，樱桃般的小嘴，柔软的玉手。而兰花呢？似乎成了万人注目的名角，红扑扑的脸庞夹杂着几分得意的脉脉情，她的手缓缓从大木盒中抽出，轻轻地在空中摇了摇，然后悠悠地举起，一双丹凤眼对着婚床上的丝帐，身体开始旋转着，时而向东，时而向西，时而向南，时而向北，玉手也向四周抛洒着，樱桃嘴吐出一句句腔正词甜意趣盎然的歌词：

> 接灵牌，放天灯，梅溪孤魂归祠堂。
> 杏花苑，八盐行，叠雪成塔竟奢华。
> 木成排，梅成仙，逐浪新安家业旺。
> 春怡班，好戏腔，名动京师埋祸殃。
> 梅花宴，赛琼碗，广交天下结商帮。
> 一壶春，玉女茶，金山时雨贡朝堂。
> 朱子像，探花郎，笔墨春秋亦徬徨。
> 花窗里，花窗外，你方唱罢我登场。
> ……

洞房里尽是茶粒瓜子落地的沙沙声以及程兰花的低吟浅唱，一些茶叶粒也落在不远处桌上的青花瓷盘中，也发出优美的响声。程兰花似从云层中落下的仙女，正在人世间翩翩起舞，尽情唱着舞着。

那对新人不约而同地从床边站起，双双走到程兰花身前，双手合拢，拜谢着。

调皮的新郎，娇气的新娘，学着程兰花的腔调，琴瑟和鸣般唱道：

> 今撒帐，明撒帐，东边亮后西边亮。
> 小语低声问兰花，俏模样，多思量，
> 你也会，红茶绿茶满床上
> ……

顿时，哄笑满堂，程兰花的俊脸如桃花盛开，羞涩妩媚，赶紧匆匆地溜走了。

也就是这天，梅溪的天空突然出现了一个奇怪的现象，一个梅溪人从未见过的天象。

三个黑魃魃的飞行物从驼峰顶上的云层中，沉沉地往下飞，越飞越大，司马正惊呼着："抓小鸡的老鹰来了。"那三个飞行物往梅溪方向飞来，渐渐地，人们听到了嗡嗡的响声。大家感到奇怪了，以前老鹰来梅溪抓鸡都悄悄地飞到空中，看准鸡仔后，一个猛扑，便从地面上叼走鸡仔，哪有这样大的动静。那三个飞行物越来越大，声音也越来越响，南街上人家纷纷打开花窗，伸出头仰着头，睁着大眼小眼好奇地望着。梅溪上空，那三个飞行物突然抛下许多圆长的东西，像梅溪人家菜地里挂在竹篱笆上的冬瓜，有大有小。"那三个怪物拉屎了，像冬瓜一般粗长……"司马正惊叹着。那些东西开始往地面落下来，落在洪氏宗祠上，落在程氏宗祠里，落在孙氏宗祠门前，也落在梅溪四周的雕堡上、城隍庙的围墙外……先是轰隆隆的巨响，然后烈火熊熊地烧着。

"这不是拉屎，是倭寇的飞机在泻炸弹轰炸。"有人总算清醒过来，大声地叫道。

"洪石农说过，倭寇到了宁国后，就不敢进我们这片山国了。"有人还在一脸茫然地说着。

"倭寇人不敢进深山坞，但飞机可以在天上轰炸我们呀。"也有人高声地喊叫。倭寇的飞机在梅溪上空盘旋轰炸后，屁股拖着长长的浓烟，向东边飞窜走。

"喂……你们发现没有？这些倭寇来梅溪轰炸，许多高楼都被炸毁了，而梅溪的百窗楼竟然丝毫未损，那楼可是梅溪的最高楼啊。"事后诸葛亮司马正就会讲这些与众不同的话。

"大概是神灵保护吧，百窗楼堆满了圣贤书，这些东西充满灵气呀。"

"也许是洪朝奉、程熹礼、孙吟可三位老爷在天之灵，一直保佑着百窗楼啊！"

孙晦明见众说纷纭，微微一笑，轻轻地说道："你们都说错了，是楼顶上的苔草和门楼上那棵小树掩护了它。"

"黛瓦上的苔草小树？"

"世上有废人，可无废物啊，这两年我一直忙碌着，也没有再让人爬上楼顶去打理，苔草布满黛瓦，撑起了一片片绿意。倭寇在空中往下看，以为还是一块荒地呢，还有那棵门楼上的小树，他们又以为是荒地上的小树呢。"孙晦明望着高高的百窗楼，抑制不住内心的欣喜，众人纷纷点头感叹着。孙晦明又自豪地说道："你们没有想到吧，有时候，微不足道的东西，往往是最强大的，比如瓦上的苔草……只要百窗楼不倒，梅溪人就有希望。"

这期间，洪司令也没闲着，日本鬼子今天没有攻进梅溪，不能说明天就不会打进来呀，南街商户们还在焦虑着。洪石农带着卫兵，爬上驼峰，四处张望，总觉得那条如飞龙似的杭徽公路，是最危险的目标，还有梅溪那座百窗楼，太高太大。

"立刻把通往梅溪的公路挖掉，这样鬼子步兵打进梅溪就难。"洪石农提出这个建议，众人也认为非常有道理。

"那百窗楼怎么办？虽然刚躲过一劫，但还是要小心。"孙晦明还在焦虑着这个高楼。

"立刻把百窗楼的所有青瓦全部拿下来，在梁栓上钉上木板，木板上再铺上更厚的苔草……总之，从天上向下看，只见草地，不见楼就行。"洪石农信心十足地说着，在众人眼里，他的一举一动，总是那么有气质有风度。

"这样干行不？还要花去许多劳力。"有人颇有微词，认为这样干是多此一举。

"再多的劳力也得干，百窗楼里有我们梅溪人世代积累的珍宝，是一个巨大的精神支柱，它永远不能倒下，也不会倒下。"洪石农说到这里，双手拉了拉肩膀上的披风，挥了挥手，命令大家立即行动。

梅溪人都知道，百窗楼里堆满了四书五经、诸子百家、二十四史等，据讲，百窗楼里只缺商鞅和韩非子两人的书，这两本书是洪朝奉生前特意从书山中找出来烧毁的，梅溪人都不喜欢这两本书，商鞅之道和韩非子之术，梅溪人深恶痛绝。

百窗楼里的书，有青简、韦编、青编类，或芸帙、芸编、芸签型，还有缥缃、缃秩、缃缥、缥帙等高档封皮书，更有存世不多的坟典、坟籍等珍贵书籍，全是梅溪人世代积攒下来的宝贝。

梅溪人一直以百窗楼的藏书为自豪，尽管也有一些人在担忧，担忧子孙后代有一天不喜欢这些东西了。一幢幢古楼不停地倒塌，一本本古书不断地毁灭，一个个村庄渐渐地消失……那时的梅溪后人成了只利己不利人、只知有我而无天、只要物而失心、只想利益而丢道义、只求己生而忘慧命，既使读书却弃悟道，渐渐地没有了礼节、节日、语言、文字等，没有了这些，就没有了梅溪之魂。问君何人？乃不知乡关，无论乡音。洪石农他们的抗争，至少暂时保住了梅溪的灵魂，乡人无不感激。

这次行动，洪石农获得了很好的口碑，大家都称赞他有洪朝奉遗风。当年叛军攻打梅溪时，也就是他父亲洪朝奉出钱出力组织乡勇，成立民团，保护了梅溪，救了不少百姓，至今，梅溪人还在感恩戴德。公路被洪石农他们挖了一段再挖一段，日本鬼子就是想进来，没有半年、十个月，公路根本无法修复。梅溪人望着那断断续续、大坑小洼遍地的杭徽公路，心里增添了巨大的安全感。

梅溪为了庆祝洪石农司令这次旗开得胜，保长孙道德他们凑了一些钱，特意演一场戏，请洪石农观赏，表示慰劳。

"好啊！请本司令看戏，我特别喜欢看徽戏《水淹七军》，男演员们表演那些独脚单提、叉脚单提、跑马壳子、刀门、飞叉、火圈，我一想起来，劲就来了，很合本官之气度。"洪石农对着前来征求戏目的保长、甲长们,说得头头是道。他说完这句话,眼睛一亮,露出了贪婪的眼色,声音低低地说:"其实,我现在最想看的是《雷峰塔》,那绿云堆发白雪凝肤的白娘子一出场,乖乖,眼横秋水之波,眉播青山之黛,桃萼淡妆红脸,樱珠轻点绛唇,步鞋衬小金莲,玉指露纤纤春笋……那个美啊,叫人销魂。"洪石农说起从前那些美貌的女戏子们,活灵活现,众人听了也沉醉起来。

洪石农见大家听入迷了,心里更加得意,他突然抬起右手的袖子,在嘴巴上一抹,诡异地笑着说:"特别是演到水漫金山,那美娘子打斗时,偶尔露出了雪白的膀子,我看了,下身那家伙就会撑了起来呢。"

"嘿嘿……"

"哈哈……"

孙道德他们按照洪石农的要求,让人找遍了徽州,也找不到一个像模像样的戏班,有的戏班很早就进京了,有的戏班前几年解散了,名角更是一人难求,男的去当兵谋生了,那些演白娘子的女人,不是当了军官们的小妾,就是去了上海各大舞厅做歌女舞女了。

孙道德不想扫洪石农的兴趣,好不容易,才到邻县请到了一个目连戏班。

戏台搭建在梅溪河畔的沙滩上,梅溪周边的乡民也鱼贯而来,场面浩人。戏台左右还挂有一副长长的绸布对联:

两姓告打目连,招来看戏人、听戏人、男人女人、老人少人、士农工商人、巫医僧道人,人山人海,熙来攘往人世界。

一杖顿开地狱，放出长子鬼，矮子鬼、赌鬼烟鬼、色鬼冤鬼、孤寡鳏独鬼、跛聋残疾鬼，鬼精鬼怪，争先恐后出鬼门。

这对联是孙晦明写的，不知是他显摆文化，还是故意捉弄人，一副对联，真草隶篆字体全都有，特别是那个鬼字，也不知道是象形字，还是他自己创造的，一个个鬼字，怎么看都像哭泣的脸。

洪司令坐在前排中央，左右还有四个卫兵站立在两边。当目连戏演到了《十月怀胎》时，戏中那个女鬼刚进地狱，一口悲戚戚的腔调，洪司令显得十分不耐烦，大声嚷嚷道："这种戏看起来真没劲，想当年我祖父的春怡班，那阵势才叫人激动，演《八阵图》时，诸葛亮先后换了八件八卦衣，那气派才叫人震撼。现在哪有当年徽班进京的气派，九斤老太，一代不如一代呀。"众人看得如痴如醉，也不知是没有听到洪司令的怨言，还是装得没有听见，你说你的戏，我看我的戏。

"你们洪家能和当年比吗？也还不是九斤老太，要不是你当了这个比芝麻官还小的官，我们还懒得理你呢，真是不知天高地厚。"孙道德听了他的狂语，也在叽里咕噜，不过声音很小，洪石农根本就听不到。

"司令说得极是，司令高瞻远瞩，明察秋毫。"站在两边的卫兵们连连附和着。

"我啊，就喜欢韩信点兵，多多益善，这几个孤零零的丑老太丑老头清唱，再是爬竿、窜火、窜剑、滚灯、滋钉板、耍缸子、变脸、变衣、跳魁、跳僵尸……烦死了，真无趣。当年我家戏台上，有演员一百多人，演武戏从《水淹七军》开始，接着《凤凰山》《奇双会》《打台湾》《盗金刀》，一直演到《闹天宫》，那才叫过瘾呀。"洪司令旁若无人地在评戏，在吹嘘他洪家的昔日辉煌。众人依然不语，他说他的戏，我看我的戏。

"司令说得极是，司令见多识广，深悟戏之道理，是我们的楷模。"两边的卫兵们大赞道。

"你们只会拍马屁，又说不出一个道理来。"洪司令心里也有点烦，开始责骂手下人。

"司令说得极是，我们今后拍马屁也要精益求精，免得惹司令不开心。"两边的卫兵很坦诚地说着。

卫兵们这种谦虚的态度，终于让洪司令开心地笑起来，孙道德他们听到这句话，也都哈哈地大笑起来。

"司令，烂肚宝又干坏事。昨天晚上，他锯掉梅溪好几家的花窗，把几户人家照壁上的朱子像全偷走跑到外面去兜卖，我们是否立即派兵去追？"一个小军官模样的人，跑到洪石农身边报告。

"随他去吧！倭寇说不定哪天又来梅溪轰炸，万一那些楼房被炸，朱子像也不是被烧了。他偷去卖了，说不定还会保住这些画呢。"洪石农说着，一副无所谓的样子。众人听了，也都不说一句话，有的人点了点头，有的人摇了摇头。

戏一直在演着，孙道德他们也一直耐着性子陪看着。

洪石农虽是一个司令，其实是一个空头司令，有名无实，就那几年，他的存在至少让梅溪商户有了一点安全感。后来，国民党借改编之名，解除了洪石农的武装，也结束了洪司令的"戎马"生涯。

第七十章

梅溪人都认为这次洪石农很豁达，他在南街上逢人就笑兮兮地说："祸患每从勉强得，烦恼皆因不忍生，这是我父亲梦里教我的话，既然上面的人，不让我当这个官，我就得顺其自然，也落得个清闲，反正我们洪家已经出了一个女团长了。"洪石农把樱桃姨娘在战地服务团当的领导就认为是团长。

浮生园的花窗外，满墙艳红的蔷薇多姿多情，随墙而攀，随窗弄影。花窗内，胡月娥一班姐妹们正在争看樱桃寄来的照片，照片上的樱桃早已把旗袍换成了军装，一点也看不出千娇百媚的影子，却是一身飒爽英姿。

洪石农闲居在浮生园里，程兰花几乎天天跑浮生园后院磨豆腐，精致的菜篮子里，少不了洪石农吃的喝的东西。洪石农闲着无事，就教程兰花弹琵琶，程兰花天资聪慧，一学就会，替人家唱撒帐歌时，还增添几分艺术意味。

"石农，你家世代儒商，经商很厉害，做官却不是那块料。当年你祖父放弃二品官不做，一心做生意，才有你们洪家的富贵荣华。现在倭寇还在中国，南京的国民政府正在搬迁，我们这里成了大后方，许多衙门（政府机关）、学堂

（大学）都迁到我们这里来，生意特别好做。你不妨把南街上的一壶春茶庄修理一下，凭这个老字号，一定会兴旺。对你来说，有稳定的收入，对祖宗来讲，光耀门庭，一举两得呀！"程兰花望着洪石农的瘦脸，认认真真地说了一番。

"狗肉也能上台盘？"洪石农自讽地笑道，他似乎有些心灰意冷了。

"不要贬低自己的能力，你曾祖父和祖父开始卖药，后来又卖盐，再后来又卖茶叶，还创造了名气很响的'一壶春'茶庄，不都成功了。再说我们母女被程家抛弃，开始也靠卖珠兰花、茉莉花为生，现在的酯玉香豆腐店，生意也算火红。我这手艺活，尽力去做，吃饭没有问题，但你家的茶叶生意，就可以赚大钱。"程兰花有见识，早已不是当年那个卖花姑娘的眼界，说的话句句明白事理。

一壶春茶庄又在梅溪南街上开业，局势动荡的日子里，开门容易，但要把生意做出去却是很难。

洪石农知道名茶的宣传很重要，他家祖上卖得最多的名茶"金山时雨"，就是慈禧太后赞赏后成了贡茶，他认为，有些名茶一半是其质优，一半是要靠吹起来。

"比如，号称徽州第一菜的'一品锅'，听起来名字很吓人，其实就是几块皖南花猪肉，再加上油豆腐、豆角干、笋干、盐卤老豆腐等，杂糅于一锅的大杂烩而已，这就是宣传的效应！"开业那天，洪石农当着伙计们的面，开场就说了这句话，引得满堂大笑。

"你们别笑，我说的可不是祖辈父辈经商时的套话，卖木头的说，我家根根木料都是直挺挺的；开当铺的又说，我家当铺里的东西，件件都是和璧隋珠，一狐之腋；卖盐的人一开口就是煎盐叠雪，江南有味。而是在讲文化呢，比如，茶叶蛋人人都吃过，看似平常，其实很有学问的，用的茶叶不能太新，也不可太陈，还要因徽州的季节而定。春天炖鸡蛋，在茶叶汤中加一段笋根，茶笋相容，易促生气。夏日煮鸡蛋，添加一根老山药或黄精根，除湿气降火气。秋季，茶汤中加入一段池塘中的藕茎，防燥气。冬日，茶汤中加一截牛骨头，补钙促暖，味道大增。可当人们吃完鸡蛋后，却只说，一壶春茶庄的茶叶好啊！"洪石农说完这些话，掌声哗啦啦地响成一片。

他从热烈的掌声中走过来又走过去，昂首挺胸，神采飞扬，几根摇曳的白发泛着银光，要不是他穿着那套西服，人们还真的把他当作一个得道高僧，从彩云中降临梅溪。

程兰花开始行茶表演，那性感的身段，紧紧裹着淡红色的旗袍，步态轻盈地来到众人面前，丹凤眼含情脉脉扫向众人，像是从月宫中翩跹而来的仙子，准确地说，是唐朝的仙子，她丰腴，身段上该凸的地方凸，该凹的地方凹，凸的部位马上要破衣而出了。路过南街一壶春茶庄的人都啧啧称赞，上了年纪的老人螺蛳歪嘴青们都说她，比当年浮生园举办敬茶节时，那六位姨太更有味道，程兰花是带有野气的俏美人。

酯玉香豆腐店，程兰花是无暇顾及了，几个月前就租给赖狗经营。赖狗认为，兵荒马乱时代，开豆腐店成本低，本钱回笼也快，赖狗卖的不是白豆腐，而是毛豆腐。赖狗做的毛豆腐是以梅溪本土大豆"六月黄"为原料制成，色清如雪，刀切似玉，坠地不碎，长出的毛可以分成虎皮毛、鼠毛、兔毛、棉花毛四种。赖狗要价最高的是虎皮毛豆腐，这种毛豆腐一入油锅，毛会竖起来，香味扑鼻。

赖狗每天挑着一副担子，走街串巷，还是一身劲，他大声吆喝："卖毛豆腐……"梅溪的大街小巷走完了，便挑着担子，来到一壶春茶庄，摆放在大门左上方的屋檐下，一排排竹架上尽是一片片长满白毛的毛豆腐，正成群结队地挤进黑亮的油锅……赖狗见到行人，喊道："赶快来吃，香喷喷的虎皮毛豆腐。"

茶庄大门右边的屋檐下摆有一张小方桌，上面摆满纸墨笔砚，那是孙晦明替行人写书信或替商家写招牌字的摊点。人们从南街走过，见他驼着背，紊乱的稀发随着两耳垂下，下巴那一小绺雪白的胡子，随着摇摆的身躯左右晃动，真像一只从梅溪水沟里捞出的大龙虾。

孙晦明替人家代写书信，看似很平常，其实很讲究，他和以前的老秀才方阶云一样，总把左邻右舍的信件当做一件艺术品来精心细作。他用的信笺，都是靠在外地经商的梅溪老乡代购回来的，大都标着云蓝阁、虚云阁、芸香阁、荣宝斋、松竹斋、虚白斋、九华斋、文苑楼、大吉祥等，雅致古朴，各有特色。孙晦明又能画画，寥寥几笔，仿佛是倪云林的简笔山水，令人神往，又如汪采白的花鸟，意趣超逸。信笺宣纸也讲究，浅浅地插图、笔简意绕，很是雅逸。各种书体于信笺上，真草隶篆，巧联妙书，行云流水，实在精美。

尽管战争没有结束，镇中有钱的没钱的，有文化的没文化的，还是喜欢在自己家的堂屋里张挂中堂、对联之类。有钱人可以请那些从京都南逃的前清遗老、书法名家赐墨宝，诸如梁启超、赵之谦、王一亭、黄宾虹、汪仲山、吴待秋、许承尧、汪采白等，运气好的还可以找到清末状元陆润庠、刘春霖、张謇等题写对联条幅。没钱没有文化的人，自然而然地想到了孙晦明，孙晦明在形态各异的宣纸上，笔走龙蛇，墨香四溢，似乎把古书《围炉夜话》《菜根潭》《幽梦影》里的警句妙语都写完了，可以赚一点铜钱。

这阶段，南街又有几户人家的店铺要开张，孙晦明忙于替他们写招牌字。他穿着长衫，袖子卷得高高的，横靠在桌子边，右手握着一支粗大的毛笔，左手压着一张长长的宣纸，他一边写一边自言自语着：

> 横转身体写招牌，七抓八凑本领佳。
> 破笔一支随手搁，写成恰无一字歪。
> 商人多想发横财，越是横写越得劲。

他身后的墙上挂了许多写好的招牌字，有横写的徽风堂、金山时雨、滴水香等，也有竖写的玉堂春、碧皇阁、玉屑居等，还有狭长的胭脂溢彩店、宫粉梅香轩、桂花清露肆等等，大大小小，高高低低，宽宽窄窄的墨字随风翻卷着。

一群燕子往百窗楼飞去，燕子飞过的天空，时明时暗，还牵动着深灰深灰的雨云，在驼峰前后涌动。

"梅溪要下大雨。"赖狗也赶紧把没有卖出的毛豆腐，一屉一屉地叠放好，准备封死煎毛豆腐的炭火炉。

"赖狗，慢一点收摊，我要吃一碟毛豆腐。"吴德懿撑着拐杖，左歪右扭地往一壶春这边走来。那包脚的裹脚布，还是有一截露在鞋外，上面粘了不少黄色泥巴。

吴德懿刚到摊位的小凳子坐下，就不停地唠叨着："时代变了，女人都不裹脚了，穿的衣服也露白肉了，在男人面前也敢把花窗打开了……""老太太，赶紧吃呀，天要下雨了。"赖狗十分不耐烦，这话他也听腻了，他低着头，正忙着收拾东西。

一道闪电，一声清脆的霹雳，接着便下起了瓢泼大雨，宛如天神收到指令，把天河之水倾注到梅溪。远处的驼峰被雨水冲洗了一遍又一遍，似一只雄壮的青色骆驼，向烟雨江南奔去。大雨猛烈地敲打着千家万户的黛瓦，冲击着街巷。雨斜打着一壶春茶庄花窗上的彩色玻璃，噼噼啪啪的响声像点着了一串串连珠鞭炮，毫无顾忌，狂扫着尘埃，宣泄着自己的力量。

片刻，雨又突然停了下来，天空开始出现了阳光，梅溪镇显得特别的平静。

不远处，梅溪学堂里传来了一阵阵孩子们的读书声，海棠老师身穿着窄小而又修长的高领衫袄，下身着黑色长裙，两条麻花辫垂挂在脖子后。她站在学堂的花窗下，带着孩子们读徽州陶行知先生那首《儿童节歌》：

> 站起来，抗日的小孩！
> 长起来，抗日的小孩！
> 联起来，抗日的小孩！
> 我们要帮助大人，

把东洋的妖怪赶开，

赶出关外，赶出海外！

　　"老师，你看，窗外的彩虹好美啊。"一群学生望着窗外，大声地喊叫着。

　　师生们冲出教室，站在梅溪学堂门前的草坪上，兴奋地舞着、跳着、笑着。一道绚丽的彩虹横贯碧空，一头挂在百窗楼顶上，另一头接着驼峰。在阳光照耀下闪烁着颜色各异的光芒：红橙黄绿青蓝紫。

　　云拥奇峰出，霞飞散绮红。

后　记

　　我的家乡在徽州府城南的三阳坑，民国以前称为梅溪，因梅溪河得名。梅溪河是江南新安江的源头之一，通过这条水路，可直达杭州、大运河，是徽商的一条重要商道。我家的祖宅梅溪草堂，是一座明末清初的古楼，几百年的沧桑，只剩下很少的一部分。周边尽是高高低低、飞檐翘角、粉墙黛瓦的破旧楼房，依然保留着当年辉煌的痕迹。梅溪草堂的上方，便是清代著名清官王茂荫的女婿洪承基旧宅，也是北京大学哲学家洪谦的故居，清末状元吴承仕、文学家胡适之都是这楼里的亲戚。民国期间，大作家林语堂、郁达夫都专门来此拜访。梅溪草堂前方的芝兰楼，这里的主人曾是清代南通状元张謇的门生，后来成了近现代中国纺织工业的始祖。梅溪草堂的下隔壁，又是清代文学家龚自珍的门生、大学问家程秉钊的故居。梅溪草堂本是村中圣旨坦的遗存后院，绩溪胡宗宪的孙女就嫁到这里，洪家世代经商，盐、木、典当、茶等，无不涉及，到了清末民初，便以茶为业了。据说，大文学林琴南在发迹之前，在杭州时就是洪家茶庄的账房先生。父母生前经常说，你不是喜欢写文章吗，不如写写此地的先人故事，这里就是整个徽州的缩影。

十几年前，我读完了陈忠实先生的《白鹿原》，心里痒痒的，浮想联翩，陈忠实的笔下展现出北方的农耕文明，独特的地域文化跃然纸上。徽文化本是山越文化和中原文化的融合体，经过宋元明清的徽商发轫，形成了独具特色的徽州地方文化，并逐渐达到高峰。可以这样说，徽文化就是贵族文化的杰出代表，但遗憾的是，至今还没有一部长篇小说来写徽州昔日的灿烂荣光。

有一年，清华大学洪啸吟教授返乡探亲，我陪着他走街串巷，走到他旧居门口时，他说："你散文写了好几本了，也该写一部长篇小说了。"我问："写什么呢？"他说："你就写徽州呀，徽州处处有故事。"一语点醒梦中人，写《花窗》的念头由此而生。

花窗本是徽州、江南建筑中的一处景观，或砖砌、或木制，其形态也是多姿多彩的，或方形、或圆形、或月牙形，还有瓶形、桃花形、梨花形、蕉叶形、葫芦形等等，让人足不出户即可纳千顷美景、收四时烂漫。我在梅溪的老宅里住了几十年了，最喜欢登楼推开花窗看窗外的街巷、牌坊、祠堂、书院等，感悟甚多，于是把书名定为《花窗》。

如今，我一打开梅溪草堂（小说中的浮生园）的花窗，就见远处隐隐约约的清凉峰，云雾缭绕，如一朵巨大的白莲花在天际开放，又似一把巨大的竖琴不停地弹奏天籁之声。最显眼的那道飞流直泻的瀑布，是从峰顶流下的山泉，因它一路狂奔，受到许多奇形怪状的巨石阻挠，又被那些欲与天公试比高的群峰挤压，便形成了大气磅礴的飞瀑，偶尔在阳光下形成五彩缤纷的彩霞，这正是《花窗》中人和物发展的主流。

写到这里，我想到了宋代杨万里的一首诗，把它作为结尾：

万山不许一溪奔，拦得溪声日夜喧。

到得前头山脚尽，堂堂溪水出前村。

洪振秋

2023 年 10 月 16 日于梅溪草堂